웬디의 꽃집에 오지 마세요

* 본 소설은 동화 '초록색 엄지손가락의 티투'에서 일부 설정을 차용했음을 밝힙니다.

Don't come to Wendy's flower shop

웬디의 꽃집에 오지 마세요

김지서 장편소설

외전

D&C BOOKS

1화

비밀의 정원으로 함께 갈까요

비밀의 정원으로 함께 갈까요

결혼 축하연이 파할 시간이 다가오자 꽃을 한가득 안은 시녀 여럿이 분주하게 복도를 오갔다. 그들은 갓 꺾은 싱싱한 꽃을 신방에 부지런히 장식했다. 이날의 특별한 의미 때문이었을까. 숙련된 시녀들의 손놀림이 유난히 정성스러웠다. 그들 중 창가에 놓인 화병에 조심스럽게 꽃을 꽂던 시녀 하나가 창밖에 펼쳐진 낭만적 풍경에 잠시 시선을 빼앗겼다. 슈로더 공작가에서 두고두고 기억될 창밖의 아름다운 정경을 본 시녀의 얼굴에 절로 미소가 어렸다.

슈로더 가문 신관의 중앙 정원에서는 음악 소리와 사람들의 웃음소리가 한데 뒤섞여 들려오고 있었다. 그 가운데 라드와 웬디가 있었다. 아이작 황제가 중심이 되어 연주하는 경쾌한 왈츠 선율이 절정을 지나 끝을 향해 가는 중이었지만 파티의 분위기는 식을 줄을 몰랐다. 라드의 손을 잡고 즐거이 왈츠를 추던 웬디는 현악기의 선율이 점차 작아지자 잡은 손을 아쉽게 놓았다. 그와 마주 보고 하는 인사 끝에 두 사람의 눈이 마주쳤는데 누가 먼저랄 것 없이 맑은 시내 같은 작은 웃음이 터져 나왔다. 마음 한복판에 부드러운 물결이 일렁이는 것 같은 간질간질한 기분이었다.

"하하, 박수는 그쯤하면 되었네. 그대들의 결혼을 기념하여 내 작곡한 곡이라네! 어떤가? 곡명은 꽃을 위한 왈츠라고 지었는데."

연주를 마친 황제가 웬디와 라드를 향해 걸어오며 말했다. 곡명을 '웬디를 위한 왈츠'라고 지을까 심히 고민했다는 황제의 말에 웬디는 괜한 고민을 하셨다며 곡과 곡명 모두 아주 마음에 든다 답했다. 황제는 그럴 줄 알았다는 듯 호방하게 '하하' 웃었다. 연주 후의 갈증을 풀 듯 샴페인 한 잔을 금세 비운 황제는 몇 마디를 더 주고받다가 늦은 시간을 아쉬워하며 이내 공작가를 떠났다.

황제가 떠나자 홀짝이던 샴페인에 가랑비 젖듯 취해 버린 손님들도 쭈뼛거리며 하나둘 자리를 뜨기 시작했다. 자연스러운 파장 분위기에 따라 멜리사 역시 그녀의 부군인 장 자크 시뮤안과 함께 축하연장을 막 빠져나가던 참이었다. 많은 우여곡절을 겪은 라드와 웬디가 비로소 결합한 데 온종일 벅찬 감정을 숨기지 못했던 그녀는 또다시 울컥하는 심경이 되어 마지막으로 신랑 신부를 바라봤다. 떠나는 사람들을 배웅하던 웬디의 해사한 얼굴을 보던 멜리사는 돌연 아차 하는 표정으로 미간을 좁혔다. 머릿속을 강타한 어마어마한 사실에 놀란 그녀는 꼭 잡고 있던 장 자크 시뮤안의 손을 얼른 떨쳤다. 그 즉시 멜리사는 무거운 몸을 움직여 웬디에게 다가갔다. 등 뒤에서 장 자크가 의아한 듯 그녀의 이름을 몇 번이나 불렀지만 멜리사는 걸음을 멈추지 않았다.

"도웨인 경, 잠시 실례할게요! 웬디, 잠깐 저 좀 보실래요?"

파스칼 도웨인 경에게 작별 인사를 하고 있던 웬디를 이끌어 사람들에게서 몇 걸음 거리를 벌린 멜리사가 웬디에게 잔뜩 낮춘 목소리로 꼭 할 이야기가 있다 말했다. 둥글게 불러 온 배를 버릇처럼 매만지면서 맹렬하게 무언가를 생각하는 모습이 자못 심상치 않아 보였다.

"멜리사, 몸은 괜찮나요? 오늘 너무 무리한 건 아닌지 걱정스럽네요."

사실 정원 한쪽에 마련된 편안한 소파에 내내 앉아 장 자크의 시중을 받던 멜리사였지만 늦은 시간까지의 외부 활동이 혹 몸에 무리를 주었을까 싶었던지 웬디의 목소리에 염려의 기운이 가득했다. 정신없는 통에 살뜰히 멜리사를 챙기지 못한 게 뒤늦게 마음에 걸렸다. 웬디는 다시 한 번 멜리사의 몸 상태를 살폈다.

"무리라뇨, 전 오늘 진심으로 좋았답니다!"

크게 도리질을 한 멜리사가 마음을 가다듬으려는 것처럼 가슴에 손을 얹었다.

"그보다 웬디, 잠시만 제 얘길 들어 봐 주세요. 음, 그러니까 말이죠. 그게…… 웬디랑 슈로더 경의 지난 역사를 제가 모두 지켜봐온 걸 알고 계시죠?"

"그럼요."

늘 뒤에서 지지를 보내 준 멜리사의 마음을 알기에 웬디가 살며시 웃으며 그녀의 손을 잡았다. 그러자 차마 하고 싶은 말을 내뱉지 못하고 말을 길게 끌던 멜리사의 표정이 더욱 비장해졌다.

"두 분 모두 워낙 숙맥인 걸 제가 너무 잘 알아서 말이에요. 으음, 본디 부끄러움이 많으신 분들이란 걸……."

멜리사가 말끝을 흐렸다. 이어 꿀꺽 침을 삼키는 그녀의 목울대가 크게 흔들렸다. 웬디는 여자의 울대뼈가 저리 크게 돋아날 수 있음을 이날 처음 알았다. 그만큼 멜리사가 침을 크게 꼴딱 삼켰던 탓이다. 기민하지 않은 사람이라 할지라도 그녀의 뒷말에 불길한 예감을 가질 만한 태도였다.

"웬디."

멜리사가 웬디에게 몸을 기울여 오며 거의 소곤거리듯 이름을 불렀다. 웬디는 멜리사와의 좁혀진 거리만큼 그 불길한 예감이 더욱 구체화되어 성큼 다가오는 듯한 느낌을 받았다. 의미심장한 말을 꺼낼 듯 구는 멜리사를 응시하며 웬디가 어색한 웃음을 뱉어 냈다.

"하하. 멜리사, 무슨 이야기를 하려고 이리 뜸을 들이시나요?"

웬디가 최대한 상냥한 투로 그녀에게 말했다. 멜리사는 말할 듯 말 듯 입을 우물거리다가 아주 작은 목소리로 한마디를 꺼냈다.

"첫…… 날밤이요."

"네?"

웬디가 잘못 들었길 바라는 마음에서 던진 물음에 멜리사는 외려 용기를 얻은 듯 탄력을 받은 사람처럼 말을 늘어놓기 시작했다.

"그러니까 첫날밤은 말이에요. 음, 상상보다도 더 놀랄 일들이 아주 많아서 꼭 웬디에게—."

"멜리사, 그만, 그만 말하셔도 좋습니다. 이 자리에서 할 이야기가 아닌 것 같군요."

당황해 얼굴이 붉어진 웬디가 주변을 의식하며 멜리사의 손을 놓자 멜리사의 눈빛에 초조함이 스쳤다. 이런 당부를 해 줄 지인이 자신밖에 없다는 사명감에 사로잡힌 듯 멜리사가 급히 도리질 쳤다.

"드, 들으셔야 해요. 슈로더 경이 오래 참으셨잖아요. 자그마치 삼 년을 말이에요. 그 정도면 첫날밤에 거의 짐승으로 변한다 해도 이상하지 않은—."

"멜리사!"

웬디가 급하게 멜리사의 입을 막았다. 이목 때문에 큰소리를 낼 수도 없어 어색하게 웃는 낯으로 복화술을 하듯 멜리사를 달랜 웬디는 간신히 그녀를 돌려보낼 수 있었다. 걱정이 가득 담긴 멜리사의 눈동자를 마지막으로 보며 웬디는 외려 그녀의 첫날밤이 어떠했기에 저런 이야기를 하는지 궁금해지기까지 했다.

손님들이 모두 떠난 후 웬디는 시녀들에게 이끌려 그녀의 개인 침실 옆에 딸려 있는 욕실로 향했다. 건물이 둥글게 둘러싼 모양의 비밀스러운 정원을 웬디에게 선물하기 위해 라드는 공작저의 일부를 새로 건축했고, 그리하여 아름다운 정원을 품에 안은 그 건물이 두 사람의 보금자리가 되었다. 슈로더 공작가의 명성에 맞게 저택 구관들 역시 하나하나 기미하고 고풍스러워 작은 장식들마저 아름답지 않은 게 없었지만 라드의 명에 따라 지은 이곳 신관은 그 아름다움이 더했다.

웬디는 세밀하게 구워진 벽의 세라믹 장식과 커다란 아치 천장에 번갈아 시선을 주었다. 바닥에 깔린 속이 빈 벽돌 아래로 뜨거운 공기가 돌아 욕실 안은 이미 따뜻한 열기로 데워져 있었다. 붉은 반암을 깎아 만든 욕조에 들어가 몸을 기대자 예식으로 피로했던 몸이 흐물흐물 풀리는 것 같았다.

온기에 취한 그녀가 수면에 일부러 찰랑거리는 물결을 만들어 내자 매끄러운 욕조 내벽에 닿아 부딪친 물결은 금세 퍼져 사라졌다.

웬디는 붉은빛의 욕조 표면을 만지며 새삼 반추한 공작가의 위명에 설핏 쓴웃음을 지었다. 지난밤까지 나무 욕조 안에서 몸을 씻었던 그녀였기에 하루아침에 변한 자신의 삶에 대해 복잡한 심경이 들었다. 과거 오귀스트의 반란 당시 황실에 잠깐 머물 때에도 이 정도의 호사를 경험하진 못했다. 더구나 하즐렛의 성을 달고 반쪽뿐인 귀족이었을 적에는 더욱 꿈도 꾸어 본 적 없었던 호화였다.

둘의 보금자리를 위해 라드가 얼마나 신경을 썼는지 작은 것 하나하나가 남달랐지만 앞으로 완벽하게 달라질 자신의 삶이 몸을 씻는 간단한 행위에서부터 피부로 느껴져 마음이 순간 혼잡해졌다.

찰랑.

쓸데없이 어두운 생각은 새 신부에게 어울리지 않았다. 웬디는 헛된 상념을 몰아내려는 듯 물 표면을 가볍게 휘저었다. 공작 부인, 웬디 슈로더. 이 말들을 가만가만 속으로 읊조려 보며 웬디는 변화된 앞날을 기쁘게 맞이하리라 생각하였다.

"마님, 들어가도 되겠습니까? 착의하시는 것을 돕겠습니다."

얼마나 시간이 흘렀을까. 욕조에 있는 시간이 길어지자 바깥에서 재촉하는 소리가 들렸다. 자신을 부르는 호칭에 어색함을 느낄 새도 없이 웬디는 얼른 몸을 일으켜 목욕 가운을 걸쳤다.

"모슬린으로 된 슈미즈는 없나요?"

"원하시는 게 있다면 새로 마련해 놓도록 하겠습니다. 다만 오늘은 두 분의 특별한 날이니 이 옷도 특별하게 여기시고 입으시는 것이 어떻겠습니까?"

갈색 머리가 희게 센 호리호리한 체구의 시녀장, 레이첼 부인이 웬디에게 하늘거리는 실크 슈미즈를 내밀었다. 레이첼 부인은 전대 슈로더 공작 때부터 전 공작 부인을 모셨던 돌랑트 자작가의 사람이었다. 혼인이 결정된 후 예식의 전반을 책임지고 웬디를 도왔던 그녀는 웬디의 의견에 따라 군말 없이 모든 일을 진행해 왔지만 이번만큼은 물러서지 않을 듯한 기세였다. 레이첼 부인이 내민 실크 슈미즈는 여성미를 한껏 살린 디자인에 부드럽기 그지없는 촉감이었지만 웬디에겐 썩 내키지 않았다. 이건 너무 노골적이지 않은가.

"공작 전하께서 기다리고 계시니 조금 서두르는 게 어떠실까요?"

레이첼 부인이 웬디가 망설이는 이유를 모두 알고 있다는 듯 작게 미소 지으며 실크 슈미즈를 다시 한 번 내밀었다. 손에 구겨 잡으면 한 줌도 되지 않을 그 속옷을 마치 귀한 금덩어리라도 되는 양 고이 들이미니 선택의 여지가 없었다. 웬디는 하는 수 없이 슈미즈를 받아 들었다. 조금만 세게 잡아당겨도 '북' 하고 찢어질 것 같은 위기감에 그녀는 생애 가장 조심스러운 동작으로 그것을 입어야 했다. 옷시중을 하는 레이첼 부인의 손길도 무척 조심스러웠던 까닭에 민망하면서도 왠지 모르게 웃음이 났다.

가벼운 단장을 마친 후 레이첼 부인이 부부 침실로 연결된 문을 열었다. 문을 여는 순간 별안간 몰아닥친 긴장감으로 인해 심장이 존재감을 과시하며 요동쳤지만 다행스럽게도 라드는 침실 안에 있지 않았다. 웬디를 안으로 안내한 부인이 공작 전하를 모시고 오겠다면서 좋은 밤 되시라는 인사말을 남긴 채 사라졌다.

방 안에 혼자 남겨진 웬디는 어색한 옷차림에 잠시 어쩔 줄 몰라하다가 침실 한쪽에 놓인 여분의 가운을 발견하곤 그것을 재빠르게 걸쳤다. 얇은 가운을 하나 걸쳤을 뿐인데도 마음이 놓였다.

기다림은 길지 않았다. 잠시 뒤 가벼운 노크 소리와 함께 라드가 방 안으로 들어왔다. 창가에 어정쩡하게 서 있는 웬디의 모습을 본 그가 빙그레 웃으며 그녀에게 다가갔다.

"피로하지 않소?"

그는 모슬린으로 된 하얀색 셔츠형 슈미즈와 편안해 보이는 갈색 바지를 입고 있었다. 자신과 차별되는 차림의 라드를 보며 웬디는 눈을 동그랗게 떴다. 그는 저리 편안한 차림이거늘 자신에겐 대체 왜 이런 천 쪼가리를! 어쩐지 레이첼 부인에게 배신감이 느껴졌다.

"괜찮습니다. 경께서는 피곤하지 않으신가요?"

"전혀. 그대가 이곳에 있다는 게 믿기지 않아 얼떨떨한 기분이 들 뿐이라오."

라드가 웬디의 두 손을 가볍게 잡으며 말했다. 진심이 담긴 말을 들은 그녀가 작게 미소 지었다. 그리고 바로 그 순간, 그의 가슴팍 부근을 무심코 바라본 웬디의 눈동자가 여리게 흔들렸다. 적당히 풀어진 셔츠 옷깃 사이로 그의 맨가슴이 언뜻 보였던 까닭이었다. 심장이 쿵 떨어질 만큼 단단해 보이는 남자의 맨살에 순간 얼굴이 달아올랐다. 그녀는 앞선 생각을 정정해야 했다. 라드의 차림 역시 이루 말할 수 없이 파격이었던 것이다!

"치, 침실이 무척 아름답군요. 아, 이 커튼도 말이에요."

당황한 그녀가 방 안을 휘둘러보며 빠르게 시선을 돌렸다가 이내 창에 달린 커튼 자락을 흘낏대며 말했다.

"다행이오. 그대의 마음에 차지 않을까 염려했는데. 그 커튼은 디벨로앙트국의 비단을 쓴 것이라오. 뷔젠보르라던가? 데비타 대로 중앙에 있는 골트 살롱의 수석 디자이너가 만든 것이라더군."

"어떻게…… 그런 걸 세세히 아세요?"

커튼의 재질과 그것을 만든 디자이너의 이름을 술술 말하는 라드에게 놀란 웬디가 눈을 끔뻑이며 물었다. 과거 데비타 대로의 상점에서 자신과 쇼핑을 할 때 보인 남자의 창백한 표정이 머릿속에 스쳐 지나갔다. 이런 분야는 그가 질색하던 것들 중 단연 으뜸에 속하던 것이 아닌가?

"……."

웬디의 물음에 라드는 미간을 모으며 잠시 대답을 고민했다. 그의 난처한 표정을 본 웬디가 짧은 침묵을 참지 못하고 다시 질문을 던졌다.

"혹시 이 모든 걸 하나하나 경께서 고르셨단 말씀이세요?"

"……하나하나 골랐다는 말에는 어폐가 있군. 디자이너들이 권하는 것들 중 선택했다는 게 옳을 것이오."

작은 망설임 끝에 남자가 답했다. 아니라고 했지만 결국 그가 골랐다는 말이었다. 세상에, 이 모든 것들을 그가 직접 골랐다고? 단연코 라드가 즐겨할 리 없는 일이었다. 살롱의 디자이너 이름을 읊는 라드 슈로더라니! 상상할 수조차 없는 일이 아닌가? 멍하니 그를 바라보자 라드가 '흠' 하고 가볍게 헛기침을 했다. 자신의 눈길을 피하며 어색한 표정을 짓는 그를 보는 웬디의 얼굴에 여명처럼 미소가 번졌다. 놀람 뒤에는 고마운 마음이 뒤따랐다. 자신을 위해 이 모든 일들을 한 그의 인내에 깊은 고마움을 느꼈다.

"얼굴이 왜 점점 야위어 가나 했더니."

더욱 날렵해진 그의 턱 선에 가만히 손을 대며 웬디가 안타까이 말했다. 라드가 곧장 그녀의 말을 부정했다.

"겨우 이런 일이 내 체중에 영향을 미쳤을 거라 생각하는 건 아니겠지? 난 황실 기사단장이라오."

"이 턱 선을 보고 그런 이야길하세요. 세상에, 살롱이라니! 봄살카 숲 너머 국경 수비를 맡는 것보다 더욱 어려운 일이셨을 게 분명한걸요. 그렇지 않나요?"

라드는 그녀가 비교 대상으로 삼은 두 가지 일의 어려운 정도를 따져 보듯 미간을 좁혔다. 디자이너들의 질문 공세 속에서 인테리어를 고민하는 일과 척박한 환경에서 국경 수비를 하는 일, 그 두 가지 일이 그의 머릿속 양팔 저울 위에 얹어졌다. 그러나 의외로 저울은 한쪽을 향해 압도적으로 기울었다.

"봄살카 숲 너머의 국경 수비라니. 생각하기도 싫군. 차라리 디자이너들과의 면담을 다시 갖는 게 나을 듯하오."

생각 밖의 대답에 웬디가 눈을 가늘게 뜨며 다시 한 번 진실을 추궁했다.

"설마요! 괜한 소리 마세요."

"난 방금 결혼식을 올렸소. 새 신부를 두고 봄살카 숲 너머로 간다니 가당치 않은 일이오. 전하의 명이라 해도 그건 안 될 일이오."

떨떠름하던 그의 낯이 단호하게 변하며 종국엔 명령 불복종을 선언했다. 실제 내려진 명이 아닌 단순히 비교 대상으로 꼽은 상황일 뿐이었지만 웬디는 순간적으로 라드의 국경 지대 파견을 상상하고는 자신도 모르게 인상을 찌푸렸다.

"그건 그렇군요."

황제가 정말로 당장 그런 명을 내린다면 오랜 시간 그를 원망하게 될 거라는 생각이 들었다. 신하의 의무고 뭐고 간에 잠자코 받아들이지는 않으리라! 웬디는 라드의 마른 턱 선을 보며 있지도 않은 상황에 분노했다.

"그런 표정 짓지 마시오. 오늘은 좋은 날이지 않소."

"맞아요, 좋은 날이죠. 그래도 살롱이라니, 정말 놀랐어요. 고마워요, 이렇게 신경을 써 줘서."

창틀의 아름다운 석조 장식에 잠시 눈길을 던진 웬디가 말했다. 등나무 꽃과 나뭇잎이 선과 선으로 세심하게 조각된 것이다. 마치 보물찾기 같았다. 이건 정말 발견하는 즐거움이 있지 않은가. 이 무뚝뚝한 황실 기사가 이토록 섬세하게 마음을 쓸 줄 아는 사람이란 걸 어느 누가 상상이나 할까?

"혹여 마음에 들지 않는 곳이 있다면 언제든지 바꿔도 좋다오. 이제 그대의 공간이니까."

"우리의 공간이죠."

그녀가 그의 가슴에 이마를 대며 말했다. 라드가 그런 그녀의 어깨를 부드럽게 감싸 안으며 머리 위에 가벼운 입맞춤을 했다.

"듣기 좋은 말이군."

"사실인걸요."

낯선 감동을 주는 말이었다. 아, 이제 정말 내 사람이 되었구나. 뜨겁고 뭉클한 무언가가 가슴속 가득 찼지만 두 사람 모두 자신의 마음을 부러 설명하려 들지 않았다. 라드가 가만히 그녀의 얼굴을 매만졌다. 닿은 피부 사이로 느껴지는 체온에 더는 말을 잇기 어려웠다.

그의 손이 이토록 뜨거웠던가. 라드의 가슴팍, 얇은 슈미즈 너머로 느껴지는 단단한 피부에 열기가 감돌았다. 머릿속을 온통 엉클어트리는 뜨거운 체온이었다. 웬디는 그의 잿빛 눈동자에 얽매인 채 차오르는 숨을 삼켰다.

곧 그가 그녀의 작은 이마에 입을 맞췄다. 눈두덩에도 코끝에도 차례로 입술이 닿았다. 이날이 오기까지 오랜 시간 예를 다하여 서로를 지켜 온 만큼 입맞춤의 속도 또한 더뎠다. 그게 더욱 서로를 애태웠다. 이윽고 그의 입술이 웬디의 입술 위로 겹쳐졌다. 찌릿한 감각이 온몸을 감쌌다. 얕게 이어지던 입술의 부딪침이 의식하지 못하는 새 깊게 변했다. 그녀의 숨소리 하나까지도 놓치지 않으려는 듯 라드는 웬디의 입술을 삼켰다.

“하아…….”

웬디가 잠시 떨어진 입술 밖으로 참았던 숨을 토해 내자 라드가 다시금 쉼 없이 입을 맞춰 왔다. 이런 입맞춤은 처음이었다. 벅찬 숨이 곧 끊길 듯 위험스레 차올랐지만 심장은 결코 멈추지 않겠다 다짐하는 것처럼 너무도 빠르게 뛰어 댔다. 어느 순간 그의 손이 웬디가 입고 있는 가운의 끈을 잡아 풀었다. 이어 가운의 옷깃을 쥔 라드가 그녀의 둥근 어깨 너머로 옷을 끌어내렸다. 웬디의 몸을 감싸고 있던 금사가 수놓인 짙은 남색 가운이 스르륵 바닥으로 떨어졌다.

몰아치는 비바람에 속잎을 보이고만 꽃처럼 웬디는 부끄러움을 느낄 겨를도 없이 그를 안은 팔에 더욱 힘을 줬다. 그러지 않으면 거친 비바람에 속절없이 날아가 버릴 것 같은 위기감이 그녀의 머릿속을 헝클어 놓았다. 자신의 목덜미에 얼굴을 묻는 라드의 숨결에 어깨를 웅크리는 것만이 그녀가 할 수 있는 전부였다.

그런 웬디를 한 팔로 넉넉히 지탱하던 그가 그녀의 곡선을 천천히 쓸어내렸다. 얇은 천 위로 고스란히 느껴지는 그의 손길에 웬디는 떨리는 날숨을 뱉어 냈다. 온몸의 힘이 빠져 자연 그의 어깨에 이마가 닿았다. 그가 속삭였다. 웬디. 그 부름에 괴이하게도 가슴이 저릿했다. 사붓사붓 내려앉는 나비처럼 그녀는 기대고 있던 그의 어깨에 입을 맞췄다. 그 작은 날갯짓을 온전히 맞이하겠다는 것처럼 그가 그의 셔츠 단추를 풀었다. 곧이어 아무렇게나 내던져진 셔츠를 보고 웬디는 평소 라드의 고결한 성품을 떠올렸다. 그러나 그 괴리에 웃음을 지을 여유 따위는 없었다. 그의 맨살이 한 치의 틈도 없이 닿아 왔다.

오래 단련한 몸은 근육의 선과 각 하나하나가 관능적이었다. 고대의 아름다운 조각상과 닮은 그의 육체는 팔뚝의 불거진 푸른 핏줄과 데일 듯 뜨거운 체온이 빚어낸 활력으로 더욱 아름다웠다. 그 생동감에 웬디의 심장이 더욱 빠르게 요동했다. 그가 잠시 숨을 고르는 사이 그녀의 눈길이 이끌리듯 벗은 몸 위로 향했다. 너른 어깨와 가슴팍, 어깨에 비해 가느다란 허리까지. 그 자극적인 모습에 그녀는 시선을 빼앗겼다. 그 순간 그가 집중하라는 것처럼 그녀의 턱을 잡아당겨 다시 깊게 입을 맞췄다. 그 달콤한 키스에 빠져드는 찰나 그녀의 가슴 위로 그의 손이 미끄러졌다. 등줄기를 훑는 그 찌릿한 감각에 그녀는 그만 아찔해져 숨을 삼켰다.

혼미한 와중 그녀는 먼 옛날 제루스 홀에서 들었던 바이올린 선율을 떠올렸다. 아니, 정신이 혼미했기 때문에 떠오른 선율이었는지도 모른다. 그 아름다운 선율이 어렴풋이 들려오는 것 같은 착각마저 들었다.

"제루스 홀……."

작은 음성이었으나 라드에게는 그 목소리가 충분히 들린 모양인지 그가 고개를 들어 웬디를 봤다. 라드의 잿빛 눈동자가 자정의 밤하늘처럼 깊은 빛으로 짙어져 있었다. 지독한 갈망이 깃든 눈이었다. 그가 다시 그녀의 목덜미에 입술을 대고 마치 꽃잎에게 하는 것처럼 살갗의 향을 들이마셨다. 웬디가 가늘게 어깨를 떨었다.

"다시 독 이야길…… 꺼내려는 것은 아니겠지."

라드가 입맞춤을 이어 나가며 말했다. 그래, 독. 독이었다. 제루스 홀에서 사고처럼 벌어진 그와의 첫키스도, 걷잡을 수 없이 빠져들었던 그의 그 눈빛도 모두 그 바보 같은 독 때문이다. 오늘 역시 독에 취한 게 아닐까, 혹은 지금껏 계속 독에 취해 있었던 건 아닐까. 만약 그렇다면 결코 해독되지 않기를 그녀는 바랐다.

"독을 핑계 댄다 해도…… 그전과 같진 않을 것이오."

라드가 웬디의 나긋한 허리를 더욱 깊이 안았다. 목소리가 더할 나위 없이 가라앉아 있었다. 결코 놓지 않겠다는 것처럼 그녀를 가둔 팔에 힘이 들어갔다.

"……그보다 그럴듯한 핑계라 해도 말이오."

라드가 그녀를 으르듯 말했지만 평소와 같이 발끈하는 심경이 되진 않았다. 웬디는 그의 입술이 닿은 피부의 감각에 온통 정신이 팔려 있었다. 슈미즈 자락 아래로 스치는 그의 손을 신경 쓰는 것만으로도 벅찼다.

대화는 더 이상 없었다. 라드를 따라 그의 뺨 위에, 입술에 입을 맞추며 웬디는 두 눈을 꾹 감았다. 첫날밤에 대해 말했던 멜리사의 경고 같은 건 전혀 떠올리지도 못할 만큼 심장이 뛰었다. 아스라이 들려오는 꿈같은 바이올린 소리만을 문득문득 의식할 뿐 무언가를 생각할 여력 같은 건 없었다.

슈로더 공작가의 새로 지어진 건물 앞뜰에서 여럿의 인영이 숨죽인 채 한 가지 행위에 몰두해 있었다. 그들의 손에는 제각기 바이올린이 하나씩 들려 있었고, 그들 앞에 선 한 남자의 열정적인 지휘에 맞춰 아름다운 합주를 이어 나가는 중이었다. 쉽게 듣지 못할 환상적인 연주에 마음을 빼앗긴 시녀들이 근처에서 넋이 나간 채 그들의 공연 아닌 공연을 지켜봤다.

"베스, 무슨 일이죠? 왜 이 시간에 이곳에서 연주를……?"

손님을 위해 쓰였던 휴게실을 정리하고 돌아오던 시녀 하나가 기둥 뒤에 숨어 합주를 훔쳐보고 있던 시녀에게 물었다. 연주에 푹 빠져 있던 그녀가 탄성과 같은 한숨을 내쉬며 느릿느릿 입을 열었다.

"황제 폐하께서 명하신 일이래요."

"폐하께서요?"

"네."

"폐하께서 왜 이런 일을요?"

"왜긴 왜겠어요. 전하와 마님께 로맨틱한 첫날밤을 선물해 주시려는 거겠죠. 하아, 정말 낭만적인 분이시지 않나요? 이런 깜짝 선물이라니!"

웬디가 결코 영원히 알고 싶어 하지 않을 만한 깜짝 선물은 그 후로도 오랜 시간 공작가의 앞뜰을 차지하고 있었다. 음률은 밤의 공기에 녹아 공작가 여기저기로 희미하게 퍼져 나갔다. 예식 내내 가득 떨어져 내렸던 하얀 꽃송이들이 풍기던 향기처럼 달콤한 연주였다. 예식을 지켜봤던 시녀들 모두 한결같이 음률에도 향이 있다면 분명 그 꽃잎 같은 향일 것이라고 생각할 만큼 말이다. 아닌 게 아니라 신관 중원 위에 소복이 떨어져 있는 흰 꽃잎은 연주가 계속

됨에 따라 마치 이에 반응하듯 더욱 짙은 향기를 풍기고 있었다.

"하아—."

연주를 듣던 시녀가 열기 오른 숨을 내뱉었다. 숨 막히게 낭만적인 밤이었다. 달콤한 향과 선율이 어우러진 공작가의 밤이 그렇게 깊어 갔다.

오늘도 어김없이 여느 때와 같은 이른 새벽에 눈이 떠졌다. 떠진 잿빛 눈동자에 미미한 잠기운이 남아 있었으나 평소라면 몸에 배인 습관대로 아랑곳 않고 일어나 아침 훈련을 시작했을 것이다. 그러나 이날의 그는 달랐다. 미동 않고 누워 품 안의 온기를 즐겼다. 맨살에 닿은 보드라운 감각과 코 아래 맴도는 머리칼의 달큼한 향내에 취해 도무지 움직일 생각이 들지 않았다.

"음……."

아직 잠에 빠져 있는 웬디가 몸을 뒤척였다. 누운 자세를 바꿔 똑바로 누우려 하기에 불편한가 싶어 놓아주었다. 품 안이 순식간에 휑하니 허전해졌지만 이불을 끌어 덮어 주는 것으로 허전함을 달랬다. 곤하게 잠든 그녀의 얼굴이 바로 보였다. 새벽녘 어슴푸레한 빛을 통해 본 낯이 고왔다. 수년간 그녀를 봐 왔지만 잠이 든 얼굴은 익숙한 게 아니었다. 낯설고 묘했다. 하염없이 바라봐도 질릴 것 같지 않았다. 둥그스름한 이마를 따라 내려오는 매끄러운 콧날과 얇고 부드러운 입술의 선이 믿기지 않을 만큼 아름다웠다. 끌리듯 손을 가져갔으나 깰까 싶어 차마 대지 못했다.

그러나 인내는 길지 않았다. 품 안의 온기가 식어 갈 즈음, 그는 잃어버린 온도를 더는 견디지 못하고 그녀를 끌어당겨 다시 안았다. 성가신 듯 웬디가 몇 번 어깨를 뒤틀었으나 이번엔 놓아주지 않았다. 다시금 차오른 만족감에 그는 작게 가슴을 들먹이며 웬디의 이마에 입술을 내리눌렀다.

새파란 새벽빛이 사라지지 않았으면 좋겠다고 생각했다. 그믐달이 해를 밀어내고 계속 하늘 위에 떠 있기를 바랐다. 이대로 품 안의 온기를 계속 느낄 수 있으면 좋겠다고, 그렇게 생각했다. 이성을 따르지 않는 감성적 사고로 머릿속이 가득했지만 그것 또한 만족스럽다 여길 만큼 그는 이 순간이 좋았다.

지금껏 그대 없는 밤을 어찌 홀로 보냈을까. 불현듯 푸념과 같은 말이 흘러나왔다. 함께하기까지 여러 고난을 겪었지만 그 가운데 이 작은 여인을 놓치지 않았던 일은 자신이 지금껏 한 일 중 가장 잘한 일이리라.

아침은 금방 찾아왔다. 라드의 바람을 배반하듯 새벽빛을 지워 버린 햇살이 금세 그들 머리맡까지 다가와 눈가를 간질였다. 웬디의 눈꺼풀이 파르르 떨렸다.

"으음……."

그녀가 빛을 피하려는 것처럼 라드의 품으로 더욱 파고들었다. 그게 몹시 사랑스러워 웬디의 귓가에 입을 맞추자 그녀가 목을 움츠렸다.

"……일어났어요?"

잠시 바르작대던 그녀가 고개를 들며 잠에 덜 깬 목소리로 말했다.
"잘 잤소?"
"……몇 신가요? 늦잠을 잔 건 아니죠?"
"먼동이 튼 지 얼마 되지 않았소. 염려 마시오."
그가 그녀를 안심시키며 입술 위에 가벼운 버드 키스를 했다. 그 행동에 웬디가 배시시 웃었다. 왜 웃냐는 듯 라드가 그녀를 보자 웬디가 그의 뺨을 어루만지며 말했다.
"이젠 입맞춤이 너무도 자연스러워져서요."
웬디의 말에 순간 라드가 눈매를 좁혔다. 웬디가 그런 그의 미간을 꾹꾹 눌러 펴며 물었다.
"왜 그런 표정을 짓나요?"
"내가 그대에게 숙맥처럼 굴었던가 싶어서."
"그럴 리가요."
웬디가 그의 입술 위에 스치듯 입을 맞추며 답했다. 이번엔 라드가 설핏 웃음을 지었다.
"왜 웃으시나요?"
"그대의 입맞춤이 너무도 자연스러워져서."
"더 자연스러워질 수도 있는걸요?"
"기대해야겠군."
라드가 그녀의 허리를 어루만지며 다시 한 번 입술에 짧은 입맞춤을 남겼다. 맨살에 닿은 그의 손길에 웬디가 작게 비명을 질렀다.
"말이 다른데."
라드가 가늘게 뜬 눈으로 그녀를 바라봤다. 그 표정이 마치 가소롭다는 듯해 웬디가 울컥해 외쳤다.

"손을 쓰는 건 반칙이잖아요."

"쓰지 말란 법도 없지."

"그렇단 말이죠?"

웬디가 눈을 번뜩이더니 라드의 한쪽 겨드랑이 사이로 손을 쑥 넣었다. 갑작스러운 행동에 그가 움찔거리는 것을 고소하다는 듯 보며 그녀가 간지럼을 피우기 시작했다. 라드의 한쪽 눈썹이 쑥 올라갔다.

"난 여러 가지 고문에 대비하는 훈련을 받았소. 간지럼도 그중 하나지."

그의 말에 웬디가 김이 샜다는 것처럼 심드렁한 낯을 하고서 손을 뺐다. 이렇게 로맨틱한 상황에 고문이라니, 그게 어울리기나 하는 말인가! 입술 사이로 투덜거림이 흘러나왔다.

"재미없는 남자. 그냥 간지러운 척이라도 좀 해 주지그래요."

"……노력은 해 보도록 하지."

마지못해 나온 말을 들은 그녀가 급작스레 고개를 들고 그의 턱 위에 손을 댔다. 이어 웬디의 입에서 선전포고 같은 말이 흘러나왔다.

"누가 더 자연스러운지 보세요."

웬디가 그의 턱을 끌어당겨 '촉' 하고 제법 대담한 입맞춤을 했다. 입술을 스치는 혀의 감촉이 아찔했다. 그의 맨가슴에 그녀의 몸이 바짝 닿았다가 곧 떨어졌다. 뭉클한 감촉이 여운처럼 남았다.

"지지 않을 테니 두고 봐요."

다소 놀란 듯 커진 그의 눈동자를 만족스럽게 바라보며 웬디가 기고만장하게 말했다. 그가 이내 피식 웃음 지었다. 사랑스러워 견딜 수가 없었다. 턱을 잡히고도 이런 감정이 들 수 있다니 우스울 지경이었다. 함락된 성의 장수처럼 그녀에게 굴복당한데도 얼마든지 몇 번이고 성을 내주리라는 헛된 생각마저 들었다.

"누가 이기는지는 두고 보도록 하지."

그는 마음과 다른 말이 만들어 낸 웬디의 뾰로통한 표정을 웃음기 어린 얼굴로 감상하며 그녀의 손을 잡았다. 입술 위로 끌어당긴 손등 위에 자잘한 입맞춤을 여러 번 남기자 웬디가 볼을 붉혔다.

똑똑.

그때 문을 두드리는 소리와 함께 문밖에서 기척이 났다. 기침하셨냐고 묻는 레이첼 부인의 음성이 들리자 라드는 잠시 기다리라 이르고는 웬디를 한껏 끌어당겨 안았다. 바깥의 기척에 놀란 웬디가 그의 품에서 벗어나려고 버둥거렸지만 안은 팔을 풀지 않았다. 다시 한 번 그녀의 입술에 아쉬운 입맞춤을 남기고서야 그는 마지못해 느릿느릿 몸을 일으켰다. 그사이 튕겨 오르듯 벌떡 일어난 웬디가 재빠르게 가운을 걸치고서 레이첼 부인이 들어오기 전에 후다닥 욕실로 사라졌다.

아침 식사를 마친 두 사람은 모든 사용인들을 물리고 단둘이 중정을 거닐었다. 정원을 둥글게 둘러싼 신관은 천장이 높은 단층 건물로 두 사람의 침실 외에는 창이 모두 높다란 위쪽에 나 있어 건물 안쪽에서 정원이 보이지 않는 구조였다. 이에 더해 정원 둘레에 사철 푸른 사이프러스 나무를 밀도 있게 심어 정원 안쪽을 향한 시선을 차단했다. 지금 당장이라도 마음 놓고 손가락을 꾹 눌러 식물을 키워 낼 수 있을 만큼 비밀스러운 이 공간이 웬디는 몹시 마음에 들었다. 물론 이 정원을 본격적으로 사용하는 건 좀 더 나중이 될 것이다. 한동안 이곳을 정리하기 위해 사용인들이 들락거려야 할 터였다.

"무슨 생각을 그리하시오?"

골똘히 생각에 잠겨 걸음을 옮기는 웬디를 보며 라드가 물었다. 웬디는 정원을 빙 둘러보며 고개를 갸웃거렸다.

"어제 떨어져 내렸던 하얀 꽃잎 말이에요. 벌써 치워 버린 걸까요?"

그녀의 말대로 정원의 푸른 풀밭 위에 하얀 꽃잎의 흔적은 남아 있지 않았다. 단 한 곳, 정원 중앙의 물푸레나무 아래만 제외하고서. 물푸레나무 밑은 도드라지게 흰 꽃잎이 잔뜩 떨어져 있어 꽃의 쇠락을 여실히 보여 주고 있었다.

"이상하지 않나요? 그 많던 꽃잎을 이렇게 말끔히 치웠는데 다른 꽃잎들을 그대로 놔두었다는 게. 여기 해바라기도 그렇고요."

그랬다. 정원에 피어난 다른 꽃들은 꽃잎이 떨어진 흔적이 그대로 남아 있었다. 식을 위해 정원을 꾸몄던 집기들 중 일부마저 아직 이곳에 남아 있는데, 그것들을 놓아두고 특정 꽃잎만을 치워 버렸다는 게 더욱 이상했다. 마치 마법처럼 그 꽃잎만 사라져 버린 것 같았다.

"레이첼 부인에게 물어봐야겠어요."

"아쉬워 그렇소?"

"아뇨, '정말 요정의 선물이 아니었을까' 하는 생각이 들어서요."

요정을 만났던 그녀의 신비로운 기연을 세세히 들어 알고 있던 라드는 웬디의 말에 덩달아 생각에 잠겼다. 한참 뒤 그가 입을 열었다.

"부인에게 묻지 않는 게 어떻소?"

"왜요?"

"그저 요정의 선물이라 여기는 것도 좋을 것 같아서."

물푸레나무 근처로 걸어간 라드가 흰 꽃잎 하나를 주워 웬디의 손바닥 위에 올렸다. 작은 무게조차 느껴지지 않는 그 꽃잎이 몹시 포근하다 생각되었다. 웬디는 가볍게 주먹을 말아 쥐며 소중히 꽃잎을 갈무리했다.

"전날의 꽃잎이 그 작은 요정의 선물이라면 더욱 기꺼워할 수 있을 테니까. 우리를 축복하고 있는 특별한 존재가 있다 여기는 것도 좋지 않겠소?"

그녀가 부드럽게 미소 지으며 고개를 끄덕였다. 쥬아소네뜨에게 이미 너무도 큰 선물을 받았지만 어제의 꽃잎이 그 사려 깊은 요정이 준 또 다른 선물이라면 그 역시 소중히 기억하리라.

두 사람은 꽃잎에 대한 일을 접어 두고 가벼운 마음으로 다시 정원을 거닐었다. 웬디는 이곳에 새로 심을 식물을 머릿속에 그리며 정원 구석구석을 돌아봤다. 신이 나 걸음을 옮기는 그녀의 손을 잡고 라드는 군말 없이 따랐다. 그런 그가 지루해할까 웬디는 때때로 곁눈질하며 라드의 얼굴을 살폈지만 그는 그녀와 한가로이 보내는 이 시간이 달갑기만 했다. 가만가만 걷는 그녀의 발걸음도, 사분사분 말하는 그녀의 음성도 모두 좋았다. 그러나 그중 가장 좋은 건 역시 그녀의 손을 잡고 걷는 것이다. 이 손을 잡기까지 얼마나 많은 날들을 견뎌 왔던지 보드라운 그 감촉이 소중하기만 했다.

"왜 그러세요?"

웬디의 손등을 위로 보이게 고쳐 잡고 손끝에 닿은 금속의 표면을 매만지는 그의 행동이 그녀의 주의를 끌었다. 라드는 대답 없이 그녀의 네 번째 손가락에 꼭 맞는 반지를 다시 한 번 어루만졌다. 투조로 세공된 덩굴무늬가 기하학 양식으로 들어가 있는 우아한 형태의 반지였다. 밴드의 첨단에는 아름답게 커팅된 투명한 잿빛 다이아가 박혀 있었다. 라드의 눈동자 색과 닮은 빛깔이었다. 그의 손에는 웬디의 눈동자 색과 닮은 푸른 다이아가 박힌 반지가 끼워져 있었다. 그가 어렵게 구한 상급의 유색 다이아였다.

"정말 예뻐요."

그녀가 반지 낀 손을 눈앞에 들어 이리저리 돌려보고 배시시 웃었다. 꽃빛으로 빛나는 그녀의 볼을 보며 그가 따라 미소 지었다. 타인의 감정에 무심한 그였지만 굳이 선웃음을 짓지 않아도 저절로 그녀의 웃음에는 따라 웃게 된다. 이상한 일이라고 그는 생각했다.

그 뒤로도 한참 정원을 거닐던 그들은 다시 물푸레나무 근처에 왔을 때에서야 걸음을 쉬었다. 정원 탐사를 마친 그녀가 한결 밝은 얼굴로 라드를 돌아봤다. 그는 바람에 흔들리는 물푸레나무 가지를 살며시 손에 쥐었다.

"폐하께서 제안하신 일에 대해선 생각을 좀 해 보았소?"

물푸레나무에 진 떡잎을 여러 장 떼어 내며 라드가 조심스럽게 이야길 꺼냈다. 나무를 돌보는 손놀림이 무척 익숙해 보여 웬디는 그 모습을 유심히 봤다.

"아뇨, 조금 더 고민해 보고 싶어요. 도날드 교수님도 한번 만나 뵈었으면 하고요."

"그래, 오랫동안 공들여 시간을 할애해야 하는 일이니 신중하게 결정하는 게 좋겠지. 그대가 너무 바빠지는 건 나도 환영하는 바가 아니고."

몬트라피의 병해 이후 농작물에 깊은 관심을 갖게 된 황제는 이 분야 연구에 많은 지원을 했고, 병충해 예방과 대안에 대해 크고 작은 성과를 이루었다. 그리고 그가 지원하는 연구는 지금에 와 베냐한 제국 곳곳의 현존 식생과 생태에까지 나아갔다. 황제의 거듭된 요청으로 웬디는 자신이 가진 식물 리스트를 정리해 레이니 숲을 비롯한 제도의 몇몇 숲에 대한 대략적인 식생과 식물 목록을 전달한 일이 있었다. 이를 보게 된 제다 아카데미의 도날드 교수가 그녀의 자료에 깊은 감명을 받고 그가 맡은 연구에 웬디가 함께해 줄 것을 황제에게 청했다. 제도에 서식하는 식물 목록을 체계화하는 데 그녀가 큰 도움을 줄 수 있을 것이라는 이유였다.

"흥미롭긴 하지만 제가 그분들의 기대만큼 도움이 될지 모르겠어요. 이제 공작가의 안주인 역할도 해야 하고."

"그대보다 이곳의 숲을 잘 아는 이는 없을 거요. 그런 걱정을 할 필요는 없어. 가문의 일이라면 레이첼 부인이 많은 힘이 되어 줄 테고. 그저 그대가 하고 싶은 대로 하면 될 것이오."

라드는 진심이겠지만 그의 말처럼 하고 싶은 대로 모두 할 수는 없는 노릇이었다. 웬디는 자신을 어린아이처럼 싸고도는 눈앞의 황실 기사를 보며 탐탁지 않다는 듯 콧소리를 냈다.

"흠, 꽃집도 제가 하고 싶은 대로 계속 운영하고요?"

"이미 여러 번 얘기하지 않았소. 꽃집 또한 그대가 원하는 대로 해도 좋소. 이전처럼 매일 가는 건 어렵겠지만 운영을 계속할 수는 있지 않겠소? 사람을 두고 가끔 가 보는 것도 방법일 것이고."

"제도 내 식생 연구를 끝내고 다른 지역으로 가야 하면 어찌합니까? 제가 계속 그 일을 하길 원한다면 하고 싶은 대로 전국을 돌아다녀도 상관없나요? 몇 년이 걸릴지도 모르는데?"

그녀가 도발하듯 입매를 야무지게 움직여 물었다. 라드는 처음으로 웬디가 얄밉다는 생각을 했다. 상관없을 리가 있겠는가? 지난밤 자신은 황제가 명을 내린다 해도 국경 수비 같은 건 할 수 없다고 당당히 의지를 밝혔는데, 지금 어딜 가겠다 말을 하는 겐가. 그의 심사가 순간 울적해졌다.

"그건 좀 어려울 듯하군."

"듯해요?"

"어렵소."

라드가 막힘없이 답했다. 목소리가 조금 뚱했다. 무언가 어깃장을 놓고 싶은 걸 참고 있는 듯도 했다. 웬디는 그런 그가 몹시 귀여워 보여 나오려는 웃음을 참았다. 맙소사, 라드 슈로더를 두고 귀엽다는 생각을 하다니!

"알겠습니다. 조금 더 고민해 보도록 하죠. 당장 결정해야 하는 일이 아니니까요. 그만 들어갈까요? 짐이 제대로 꾸려졌는지 확인을 해 봐야겠어요."

자신도 모르게 눈매를 갸름하게 뜨고 있는 라드를 놓아둔 채 웬디는 총총히 정원을 빠져나갔다. 급히 걸음을 옮기는 그녀의 얼굴에 숨기지 못한 웃음이 가득 서려 있었다.

발코니를 통해 침실로 되돌아간 웬디는 시녀를 불러 레이첼 부인이 어디 있는지 물었다. 시녀는 아주 공손하게 몸을 낮추며 외부 계단에서 벨하르 집사와 함께 있는 걸 보았다 고했다. 첫날밤을 보낸 공작 부인의 얼굴을 힐끔 올려다본 시녀의 볼이 금세 상기되었다. 그녀의 눈에서 호기심을 읽은 웬디가 작게 헛기침을 하자 시녀가 놀라 다시 고개를 숙였다.

"모셔 올까요?"

"아니, 그럴 것 없네."

부인을 모셔 오겠다는 시녀를 만류하고 웬디는 레이첼 부인이 있다는 외부 계단을 향해 갔다. 하즐렛 백작가에서 그러던 대로 아랫사람들에게 말을 낮추기 위해 웬디는 의식적으로 더욱 노력했다. 모르던 이들에게 하는 것은 어렵지 않았지만 평민 지구에서 오래 보아 온 사람들에게는 앞으로도 어려운 일이 될 것 같다는 생각을 했다. 귀족에서 평민으로, 평민에서 다시 귀족이 되는 동안의 간극을 무시할 수는 없는 일이었다.

"마님, 나오셨습니까."

레이첼 부인은 벨하르 집사와 함께 짐이 마차에 실리는 모습을 지켜보고 있었다. 웬디가 웃으며 그들에게 다가가자 두 사람이 고개를 조아리며 깍듯이 그녀를 맞았다. 슈로더 공작에게 절대적인 충성을 맹세한 공작가 일원들은 아주 극진하게 웬디를 예우했다. 레이첼 부인은 자작 가문의 귀부인이었고 벨하르 집사는 준귀족 출신으로 그들은 각기 그만큼의 긍지를 갖추고 있었다. 그러나 그 둘 모두 웬디를 평민 출신의 공작 부인이라 하여 얕잡아 보지 않았다. 혼례를 준비할 적 여러 번 이곳을 드나들며 그들과 만나왔지만 두 사람은 라드가 선택한 여인에 대해 한 치의 의심도 품지 않는 것처럼 그녀를 대했다. 웬디는 라드를 향한 그들의 충성심에서, 또 공작 부인에 대한 의무감에서 그들이 자신에게 이처럼 고개를 조아릴 것을 알고 있었지만 그들이 아직까지 자신의 사람들이 아니라는 것 또한 잘 알고 있었다. 자신이 빈틈을 보이는 순간 그들과의 관계가 어떻게 변화할지 모를 일이었다. 그러나 타인을 경계하는 일이 타성처럼 몸에 밴 그녀라 할지라도 이번만큼은 무턱대고 그들을 경계하고 싶지도 쉽게 예단하고 싶지도 않았다. 웬디는 아직 그들을 알아가는 중이었으며 충분히 그들을 존중하고 싶었다.

"준비는 잘되어 가고 있나요? 이동 규모를 직접 확인하고 싶어 나왔어요."

"잘 오셨습니다. 안 그래도 보고 드릴 것이 있었습니다. 영지까지 워낙 먼 길이다 보니 몇 가지 더 추가된 짐들이 있어서 말입니다."

레이첼 부인이 완만한 미소를 지으며 말했다. 벨하르 집사와 번갈아 추가된 짐의 목록에 대해 설명한 그녀가 끝에 가 마차 하나를 가리켰다. 공작가의 문장이 은빛으로 크게 돋을새김된 검은색 마차였다.

"이번에 전하께서 새로 마련하신 마차입니다. 혹 불편하신 부분이 있는지 확인차 한번 시승해 보시겠습니까?"

"아니요. 괜찮아요, 전하께서 마련하신 거라면."

라드가 자신을 위해 마련한 마차라면 어떤 것이라 해도 좋았다. 그 어느 마차보다도 편안할 것이 분명했다. 아주 명백하게 말이다. 자신을 향한 그의 마음 씀씀이를 이미 여러 번 경험하지 않았는가.

물론 웬디의 예상은 아주 잘 들어맞았다. 다음 날 아침, 긴 여정을 위해 마차에 오른 그녀는 안락한 내부에 무척 만족했다. 슈로더 가문의 영지까지 가는 먼 길 동안 몸을 의탁하기에 부족함이 없었다.

웬디와 라드의 영지 방문은 통과 의례 같은 것이다. 영주는 결혼 후 그의 아내와 함께 영지를 순례할 의무가 있었다. 영지민들에게 새로 맞은 아내를 보이고 그들이 섬길 영지의 안주인이 누구인지 알게 하는 일은 매우 상징적인 일이었다. 허공에 대고 보내는 섬김과 충성이 아니란 것을 알게 하기 위해 영주 내외는 결혼 직후 예외

없이 영지 시찰 길에 올랐다. 이는 영지의 안정화에도 기여했다.

"함께 마차에 타도 괜찮은 건가요? 앞장서 일행을 통솔해야 하는 거 아닌가요?"

푹신한 쿠션을 품에 안은 웬디가 맞은편에 앉은 라드에게 물었다. 군청색 프록코트와 짙은 녹색 조끼를 입고 있던 그는 더위를 느꼈는지 프록코트를 훌훌 벗어 들며 명료히 대답했다.

"오후 즈음 그러하지."

"괜찮겠어요?"

"물론이오. 내 가문의 기사들은 모두 잘 훈련받은 자들이라오. 일꾼들 또한 마찬가지지."

슈로더 공작가의 주인이자 황실의 기사단장인 라드 슈로더가 신혼의 달콤함에 푹 빠져 처신을 소홀히 한다는 소문이 돌까 봐 웬디는 조바심이 났다. 어제만 해도 그는 그녀 곁에서 거의 하루 종일 시간을 보냈다. 결혼 후 맞은 첫날이라 하더라도 아랫사람들의 시선이 영 신경 쓰인 게 사실이었다. 냉철함의 대명사라 할 수 있는 남자가 결혼 후 보이는 평소답지 않은 행동에 정도의 차이가 있을 뿐 모두가 놀랄 게 뻔했다. 그렇다고 그를 마차 밖으로 억지로 쫓아낼 수도 없는 노릇이었다. 마차에서 내릴 생각일랑은 조금도 없어 보이는 라드를 보며 웬디는 반쯤 포기하는 심정으로 다른 화제를 꺼냈다.

"오후쯤이면 제도를 벗어날 수 있을까요?"

"제도의 도로는 잘 닦여 있으니 충분히 가능할 것이오. 제도를 벗어난 이후부터는 속도가 더딜 테지만."

"음, 낭트셰는 어떤 곳인가요? 자세한 얘기를 듣고 싶어요. 전처럼 단답형으로 대답할 생각 말고요."

웬디가 슈로더 가문의 영지에 대해 물었다. 뒤이어진 그녀의 경고와 같은 말에 라드가 무언갈 말하려다 말고 입을 다물었다. 그녀가 만족할 만한 충실한 답변을 고민하는 듯했다.

"낭트셰는 여름이 무척 짧소. 반면에 겨울이 아주 길지. 질릴 만큼 말이오. 하지만 난 그 겨울을 아주 좋아했다오. 그 추위는 마치 군관처럼 영지를 단련시켜 영지민들이 스스로 그들의 보금자리를 지키게 만들었으니까."

그가 목에 덧댄 실크 천을 풀어 프록코트 위에 올려 둔 후 말을 이었다. 그녀 앞에서만 보이는 흐트러진 모습이었다.

"그곳의 겨울은 극한을 경험케 한다오. 하나 검사들에겐 외려 그 환경이 긍정적으로 작용하기도 한다는 게 재밌는 일이지. 나 또한 그곳에서 빠른 검의 성취를 맛보았다오."

낭트셰의 특색 있는 아름다움이라든가 문화에 대해 듣고 싶어 던진 질문이었지만 지금의 답도 나쁘지 않았다. 라드의 시선으로 그곳을 잠시 엿본 기분이었다.

"이곳은 아직까지 더위가 가시지 않았지만 낭트셰는 이미 겨울이라오. 그대가 부디 그곳의 추위에 어려움을 겪지 않길 바랄 뿐이오."

"경께서 좋아하신 낭트셰의 겨울을 저도 알고 싶군요. 춥다 해도 상관없어요. 레이첼 부인이 두꺼운 겉옷을 한 짐 챙겼으니까."

걱정 말라는 듯 의기양양하게 말하는 그녀의 음성을 가만히 듣던 라드가 돌연히 웬디를 향해 손을 내밀었다. 의아해하는 웬디에게 그가 말했다.

"이쪽으로 와 보겠소?"

그의 제안에 잠시 어리둥절해하던 그녀가 쭈뼛거리며 몸을 일으켰다. 흔들리는 마차에서 오래 서 있기란 어려운 일이었기에 곧 그의 손이 이끄는 대로 그의 옆자리에 앉았다. 웬디가 자리에 앉자마자 라드는 그녀의 손을 바짝 끌어당겨 몸을 붙여 왔다. 기습적으로 그가 그녀에게 입을 맞췄다. 숨결을 앗아 가는 것 같은 깊은 입맞춤이었다. 웬디가 입을 떼려 하면 다시금 그의 입술이 내려앉는 검질긴 움직임이 이어졌다. 그것은 첫날밤의 입맞춤을 떠올리게 하는 강렬한 접촉이었다. 한참 만에야 그가 입술을 떼고 그녀의 뺨을 다정하게 쓸었다.

"마차에 동승하는 건 옳지 못한 선택이었던 것 같소. 그대를 자꾸 안고 싶어져 견디기 어렵군."

라드의 도발적인 발언에 웬디의 얼굴이 새빨갛게 달아올랐다. 이, 이 남자가 지금 뭐라 하는 겐가!

"슈, 슈로더 경, 이런 곳에서 무슨……! 경답지 않군요."

"나답지 않게 된 지는 이미 한참 되었소. 그대만 모르고 있을 뿐이지."

그가 웬디의 입술을 엄지로 훑었다. 그 동작에 그녀가 뒤늦은 방어로 몸을 뒤로 뺐다.

"기사도를 지키셔야죠."

"부인에게 입 맞추는 게 어찌 기사도에 어긋난 일이라 할 수 있단 말이오? 전혀 관계가 없소."

"그, 그럼 황실 기사 강령이라도 되뇌어 보십시오!"

웬디의 외침에 그가 잠시 침묵했다. 이윽고 그의 눈썹이 삐뚜름하게 한쪽으로 올라갔다. 표정마저 풍부해진 라드를 보며 웬디는 마른침을 꿀떡 삼켰다.

"황실 기사 강령이 효력을 잃은 게 자그마치 이태라오. 기사 강령 없이 이태를 견디어 온 내게 잔인한 말을 하는군. 더욱이 기사 강령 어디에도 부인에게 입 맞추지 말라는 구절은 나와 있지 않소만."

"네? 효력을 잃다니요……?"

영문을 모르겠다는 듯 굴던 웬디가 슬금슬금 몸을 뒤로 물리더니 삽시간에 자리에서 일어나 반대편 의자로 가 앉았다. 그의 행동을 멈추게 할 수단으로 열거할 만한 도덕적 안전장치가 바닥난 데다가 조금 더 그와 입술을 맞댔다간 자신도 더 이상 이성을 차리지 못할 것 같아서였다. 온몸이 화끈거렸다.

"지금에 와 하는 말이지만."

다람쥐처럼 재빠르게 그로부터 벗어난 눈앞의 여인을 보며 그가 지나가는 투로 이야기했다. 웬디가 경계심 어린 눈으로 그를 응시하자 라드가 시선을 돌려 창밖을 봤다. 웬디는 다소 경계심을 누그러뜨리고 이어질 그의 말을 기다렸다.

"그대와 함께 마차에 탈 때마다 난 한 가지 생각을 떨칠 수 없었소."

그의 그림 같은 옆얼굴 위로 햇살이 단정하게 떨어져 내렸다. 웬디는 라드의 입술 움직임을 눈으로 좇으며 그와 함께 마차에 탔던 과거의 일들을 떠올렸다.

"입 맞추고 싶다고 생각했소."

그는 여전히 창밖을 향해 시선을 둔 채 감정이 절제된 목소리로 말했다. 그래서 더욱 얼굴이 달아올랐다. 지나가는 투로 어찌 저런 말을 예사로이 한단 말인가! 웬디는 그의 너무도 솔직한 고백에 또다시 열이 올라 마음이 일렁이는 걸 느꼈다. 이런 쪽으론 조금 무심한 듯하게 굴던 그가 마치 작정한 것처럼 표현해 대니 그 속도에 보조를 맞추기가 어려웠다. 이미 첫날밤을 보낸 사이라 해도 그의 이런 태도에는 면역이 되지 않았다.

"그런 생각이 들 때마다 난 스스로를 책했지. 그대 말처럼 기사도에도, 황실 기사 강령에도 부합하지 않는다 여겨졌던 까닭이라오."

그가 말하기를 멈추자 달그락거리는 마차 바퀴 소리와 말발굽 소리만이 주위를 감쌌다. 마치 넋을 놓은 것처럼 라드의 옆얼굴만 한참 바라보던 웬디가 잠시 뒤 몸을 일으켰다. 그제야 그가 그녀를 향해 고개를 돌렸다.

"좀 잡아 주세요."

웬디의 청에 그가 손을 내밀었다. 그 손을 잡은 그녀가 다시 라드의 옆자리에 가 앉았다.

"어떡하면 좋을까요?"

"무얼 말이오?"

"경이 제가 알던 슈로더 경이 맞는지 의심스러워지기 시작했어요."

"내가 맞소."

웬디의 의심을 모두 소멸시키려는 듯 단언하는 그에게 그녀는 자그마한 미소를 보냈다. 그 미소를 못 본 체한 그가 창가로 살짝 고개를 기울였다. 창을 뚫고 부딪쳐 오는 햇빛에 빛나는 그의 검은색 속눈썹이 유독 풍성하게 보였다. 잿빛 눈동자가 햇살 아래 옅어져 그 색이 더 연해져 있었다. 그 모든 게 그를 소년처럼 보이게 했다. 아주 순한 소년처럼.

두 손을 뻗어 그의 두 뺨에 대고 라드가 자신을 볼 수 있게 했다. 얼굴을 마주하자마자 장난스럽게 반짝이는 웃음이 자연스럽게 베어져 나왔다.

"입 맞추고 싶은데 괜찮을까요?"

소년에게 그러하듯 정중하게 허락을 구하자 그가 웬디의 한쪽 볼을 가볍게 쓸었다. 얼굴을 비스듬히 기울이며 그가 입을 맞춰 왔다. 눈을 감기 전 입술이 닿는 찰나, 웬디는 라드의 잿빛 눈동자를 마지막으로 보았다. 햇살이 달아난 그의 눈동자는 짙은 빛으로 여물어 있었다. 소년의 것이라 이를 수 없는 그 눈동자가 눈을 감은 뒤로도 도렷이 남았다.

점심 먹을 나절이 되었을 때 마차의 행렬은 제도 외곽에 다다랐다. 제도의 북쪽 관문인 놀폰티 북탑이 바로 근처였다. 일행은 근방의 가장 큰 식당에 자리를 잡고 제도에서의 마지막 식사를 즐겼다. 라드는 제도를 벗어날 때부터 마차를 타지 않고 발로스 위에 올라 행렬 앞쪽에 섰는데, 이를 기점으로 레이첼 부인이 웬디의 마차에 함께했다.

웬디는 타인과의 대화를 즐기는 편이 아니었지만 긴 여정을 불편하게 보내고 싶은 마음은 없었기에 레이첼 부인과 이런저런 이야기를 나누며 친분을 쌓았다. 그녀는 결코 수다스러운 타입이 아니었던 까닭에 대화를 이어 나가기에 부담이 없었다. 무엇보다 부인은 대화 후의 침묵을 어색하지 않게 만드는 재주가 있었다. 웬디는 때론 그녀와 대화를 나누면서, 때론 침묵 속에서 사색을 즐기며 마차에서의 시간을 보냈다. 그런 와중에 웬디는 레이첼 부인이 발타자르 수복 전투에서 남편을 잃었다는 사실을 알게 되었다. 그녀의 남편인 돌랑트 자작은 라드의 부친인 전대 슈로더 장군 아래 있던 지휘관이었는데 그분과 같은 날 전장에서 세상을 등졌다고 했다.

"소식이 전해졌을 때 공작가는 울음바다가 되었지요. 의연히 상황을 대처하고 싶었지만 전혀 그럴 수가 없었어요. 생전 처음 겪어보는 슬픔이었답니다. 그때 공작 전하께서 절 위로하시더군요, 그 어린 분께서. 자신도 아버지를 잃어 슬플 터인데."

레이첼 부인이 쓸쓸한 미소를 지으며 과거를 회상했다. 오랜 시간이 흘렀음에도 그날의 아픔이 여전히 남은 듯 얼굴에 숨길 수 없는 상실이 어렸다.

"돌랑트 가문은 부유한 편이 아니었어요. 외려 넉넉하지 못한 축에 속했죠. 전쟁이 끝나고 전사자들에 대한 예우로 저희 가문 역시 많은 보상을 받아 저 또한 남은 생애를 편안히 남편만을 그리며 살 수 있었답니다. 그러나 슈로더 공작가를 떠나는 일은 결코 하지 못하겠더군요. 먼저 돌아가셨던 전대 공작 부인과의 약조도 있었지만 그 어린 분을 커다란 저택에 홀로 놔두고서 간다는 게 제겐 세상 무엇보다 어려운 일이었어요. 물론 전하께선 누구보다 의지가 굳세고 영특하신 분이셨지만 말이에요."

웬디는 라드에 대한 부인의 애정을 느꼈다. 어린 시절 양친을 모두 잃은 그였지만 외롭게만 자라지는 않았을 거라는 생각이 들어 다소 안심이 됐다.

"저는 슈로더 공작가에 평생을 충성하기로 다짐하고 오랜 세월 그곳에 몸을 의탁하였답니다. 어느덧 전대 공작 전하와 공작 부인을 모신 햇수보다 더욱 긴 시간 동안 현 공작 전하를 모시게 되었네요. 공작 전하께서 차가우신 분이라 모두가 말한다지만 지금껏 지켜봐 온 제가 보기에 그분은 누구보다 따뜻한 분이세요."

웬디는 저도 모르게 동감한다는 듯 가벼이 고개를 끄덕였다. 그런 그녀를 보며 레이첼 부인이 동지를 만난 것처럼 기뻐했다.

"표정 없던 그분께서 어느 날 작게나마 미소를 보이시더군요. 그 미소를 선물하신 분이 공작 부인이세요. 전하께서 언제쯤 마님을 공작저로 모셔 올지 손꼽아 기다렸답니다."

부인이 정답게 말했지만 웬디는 어색하니 입꼬리를 끌어올리며 예의상 고맙다 말했다. 그 모습에 레이첼 부인의 눈이 부드럽게 휘었다.

"후훗, 두 분께서 닮으셨단 것을 아시는지요?"

"들어 보지 못한 얘기군요. 슈로더 경과 제가요?"

"네, 그것도 무척이나요."

레이첼 부인이 세상에 단 하나뿐인 참된 진실을 들려주는 것처럼 호언했다.

"그런데 전하를 부르시는 호칭을 조금 다정히 바꾸실 필요가 있겠어요. 이제 부군 되는 분이시니 말이에요."

라드와 자신의 닮은 구석을 고민하는 웬디에게 부인이 넌지시 말을 건넸다. 웬디는 그만 아차 하는 심경이 되었다. 사람들 앞에서 조심하자 다짐하였는데 말실수를 하고 만 것이다.

"생각은 하고 있었으나 바꿔 부르는 게 쉽지 않군요."

"그럼요, 쉬운 일이 아니죠. 저 또한 혼인 전 부르던 대로 한동안 남편을 돌랑트 경이라고 부른 적이 있었답니다. 떠올리기만 해도 애틋해지는 어린 날의 추억이 가득 서린 호칭이죠. 하나 그 호칭은 마님께서도 추억에 묻어 두시는 게 좋을 거예요. 두 분께서 단둘이 있을 때는 상관없을지 모르나 다른 이들에겐 흠이 될 수도 있는 일이니까요. 낭트셰의 가신들 앞에서는 특히나요."

뼈 있는 말이었다. 낭트셰의 귀족들은 제도의 귀족만큼이나 혹은 그보다 더욱 웬디의 존재를 달가워하지 않을지 모른다. 라드가 태어나 유년을 보낸 낭트셰를 방문하는 것은 단순히 그의 삶의 한 자락을 보기 위한 게 아니었으니까. 영주가 혼인 후 따라야 하는 의례적인 절차에 따라 영지를 시찰하기 위한 여정에 올랐지만 그건 슈로더가를 섬기는 봉신 가문들에 새로운 공작 부인을 선보이는 자리이기도 했다.

"……낭트셰의 가신들에 대해 알고 싶어요. 제가 알아 두어야 할 사람들이 있나요?"

웬디는 부인에게 낭트셰 지방에서 오랜 시간 슈로더 공작가를 섬긴 여러 가문에 대한 설명을 들었다. 부인은 끝에 가서 웬디를 안심시키려는 듯 몇 가지 사실을 강조했다.

"그들과의 만남이 편치만은 않으실 거란 걸 압니다. 그들에게 시험을 당한다 여기실 수도 있겠죠. 하나 그들 또한 마찬가지일 거란 걸 잊지 마세요. 아니, 도리어 마님의 눈에 띄기 위해, 또 종국에는 마님의 마음을 얻기 위해 그들은 치열하게 경쟁할 거예요. 기억하세요. 낭트셰의 가신들은 충성된 자들이며 공작 부인이 되신 마님께도 그들의 충심은 다르지 않을 거예요. 그곳의 주종 관계는 다른 곳과 다르답니다. 절대적이죠."

"글쎄요, 어느 정도 어려움이 따를 거란 건 예상하고 있어요."

웬디는 두 사람의 결혼이 발표됐을 때 사교계는 물론 정계까지 모두 들끓어 올라 한바탕 소란이 일었던 것을 생생히 기억하고 있었다. 아이작 황제가 이능과를 설치한 이후 많은 평민들이 문관과 무관으로 임명되었고, 이를 통해 평민들의 사회적 지위가 보다 상승되었음에도 그러했다. 오귀스트의 잔당들을 척결한 후, 황제는 기세를 몰아 귀족과 평민의 혼인이 적법함을 천명하려 하였는데 이는 귀족들의 반대에 부딪쳐 일 년을 넘게 표류하다 겨우 제한적으로 명문화—귀족 남성은 평민 여성과 혼인할 수 있으나 그 여성의 집안은 귀족의 반열에 들 수 없다. 또한 귀족 여성은 평민 남성과 혼인할 수 있으나 그 여성은 귀족의 신분을 잃는다 따위—되었다. 그 이후 몇몇 하급 귀족이 평민들과 혼인한 일이 있었지만 고위 귀족의 경우는 라드 슈로더가 최초였기에 그 파급이 더욱 컸다. 황제의 적극적이고도 과격한 지지가 있었던 덕에 소란은 얼마 후 수그러들었고 결국 두 사람은 부부가 되었지만 제도의 귀족들이 공작 부인이 된 웬디를 곱게 볼 리 없었다. 웬디는 낭트셰의 귀족들 또한 다르지 않을 거라고 생각했다.

"아닙니다. 만약 그들 중 마님을 반기지 않는 자가 있다면 그는 공작 전하의 진노를 살 거예요. 낭트셰를 떠날 각오를 하지 않는 이상 불경한 태도를 보이진 못할 겁니다."

레이첼 부인은 웬디의 말을 부정하며 그녀의 우려를 불식시키려 했다. 낭트셰의 주종 관계가 절대적이라는 데 진실된 믿음을 갖고 있는 건지, 웬디의 마음을 편히 해 주기 위해 상황을 낙관적으로만 이야기하는 건지는 두고 보아야 할 터였다. 웬디는 그저 레이첼 부인을 향해 의미 모를 미소만을 지어 보였다.

2화

눈꽃 핀 낭트셰로 함께 갈까요

눈꽃 핀 낭트셰로 함께 갈까요

이동은 비교적 순조롭게 이어졌다. 여드레가 되었을 때는 뚜렷한 날씨의 변화를 느낄 수 있었다. 마차 밖으로 보이는 풍경의 색채는 이젠 초록보다 진한 갈색이 주를 이뤘다. 무료한 가운데 달라진 풍경을 보는 것은 작은 즐거움이었지만 나무가 앙상한 가지를 드러낼수록 낭트셰에 가까워진다는 걸 뜻했기에 어쩔 수 없는 긴장감이 차올랐다.

"오늘은 야영을 해야 할 것 같소."

"레이첼 부인에게 들었어요. 이 근방에 민가가 없다죠?"

"내일 오후쯤에는 민가를 만날 수 있을 것이오. 이번 여정에서 한뎃잠을 자는 건 이번이 마지막일 테니 하루만 견디어 주시오."

"다른 귀족 영애들과 제 체력을 비교하시면 곤란해요. 아시잖아요, 끄떡없다는 걸."

라드가 웬디를 물끄러미 바라봤다. 피로한 기색이 완연하여 그녀의 말은 설득력을 얻기 어려웠지만 그것을 지적하면 안 될 것 같았다. 그녀의 눈빛이 그리 말했다. 괜찮으니 더 이상 아무 말 하지 말라고. 또렷이 자신을 보는 웬디의 눈동자에 힘이 들어가 있었다.

괜한 말로 그녀의 심기를 어지럽히는 대신 라드는 웬디의 옆자리로 옮겨 앉았다. 어깨 위에 손을 올리자 역시나 움찔하며 그의 진의를 엉큼함으로 해석하기에 얼른 해명하듯 말했다.

"근육을 풀어 주려는 것뿐이오."

뾰족하게 올라가려던 눈매가 금세 제자리를 찾으며 편안히 그에게 몸을 맡겼다. 오랜 마차 여행으로 굳어 있던 몸이 그의 손길에 노곤히 풀어지는 듯했다. 잠시 뒤 마차가 서서히 멈추며 바깥에서 마부가 목적지에 도착했음을 알려 왔을 때에는 거둬진 그의 손길이 아쉽기까지 했다. 라드를 따라 밖으로 나오자 몸이 훨씬 가뿐한 게 확실히 그의 안마가 효과가 있는 모양이었다.

"어찌 그리 뭉친 곳을 잘 아세요?"

"근육 쓸 일이 많다 보니 자연히 깨우친 것뿐이오."

"다음에 또 기대해도 될까요? 솜씨가 수준급이세요."

한껏 치켜세우는 말을 듣고도 라드는 별다른 반응이 없었다. 그러나 표정과 다르게 그의 입 밖으로 흘러나오는 말은 애정이 듬뿍 묻어났다.

"얼마든지. 안색이 나아진 듯하여 다행이오. 마차 안에 온종일 있는 게 쉬운 일이 아니란 걸 알고 있소. 무리할 생각 말고 힘이 들면 언제든 말하시오."

두 사람 주변에서 바쁘게 야영 준비를 하던 기사들과 병사들, 일꾼들 몇몇이 그 대화를 듣고 저마다 특색 있는 괴상한 얼굴을 했다. 슈로더 공작가의 주인에게서 저런 인간적인 말을 듣게 될 것이라곤 누구도 생각하지 못한 것처럼. 그날 밤, 입에서 입으로 슈로더 공작 전하가 엄청난 애처가란 소문이 퍼졌고 결국엔 그 소문이 라드의 귀에까지 들어갔다. 멀찍이서 자신을 보며 수군거리는 병사들의 모습을 기민하게 알아챈 덕이었다.

"나를 두고 애처가라 한다?"

"……그렇습니다. 전하를 사사로이 입에 올린 것은 반드시 주의시키겠습니다. 그러나 그들도 긍정적인 뜻으로 한 말 같으니 너무 노여워하지 마십시오."

슈로더가의 기사단장이 면구하다는 듯 보고했다. 기사단장의 머릿속에 과거 레이니 숲에서 오귀스트에게 쫓겨 몸을 숨기고 있던 웬디와 그런 그녀를 구출하던 라드의 모습이 떠올랐다. 자신이 섬기는 주인의 초조해하는 모습을 그날 처음 보았고, 타인의 눈을 의식치 않고 여인을 품에 안는 모습 또한 그날 처음 보았다. 오늘의 소문을 단숨에 납득하게 만드는 기억이었다.

"아니, 사소한 것을 들추어 괜히 그들의 사기를 떨어뜨릴 필요는 없네. 그만 가서 쉬도록 하게."

얼떨떨해하는 가문의 기사단장을 돌려보내고 라드는 자신의 천막 안으로 들어갔다. 애처가, 애처가라. 듣기에 과히 나쁘진 않았다. 아니, 오히려.

"희소식이라도 있나요?"

찻물을 우려내고 있던 웬디가 천막 안으로 들어선 라드를 보며 물었다. 표정이 좋아 보인다 말하는 그녀에게 그는 충동적으로 이야기했다.

"시뉴엘에서 우승해 황실 기사가 되었을 때나 제국의 제일검 크레취만 경을 꺾었을 때 내게 여러 가지 별칭이 붙었소. 모두 듣기에 거북한 것들뿐이었지."

"어떤 별칭이었길래요?"

"입에 올릴 게 되지 못하오."

웬디가 직접적으로 별칭을 물어 올 줄은 몰랐는지 라드가 당황의 빛을 띠며 고개를 저었다. 그러나 웬디는 집요하게 되물었다. 결국 그는 이실직고할 수밖에 없었다.

"……철의 기사, 푸르가, 블랙 스피리터스, 얼음…… 검 같은 것들이오."

"얼음 검이요?"

웬디가 웃음을 참지 못하고 그 괴상한 별명을 입에 담는 바람에 라드의 표정이 얼핏 굳었다. 그의 불편한 심기를 눈치챈 웬디가 얼른 웃던 걸 멈추고 '큼큼' 목을 가다듬었다.

"푸르가랑 블랙 스피리터스는 무슨 뜻이죠?"

"푸르가는 낭트셰 지방에 부는 강한 북풍의 이름이오. 스피리터스는 도수가 높은 술이고. 너무 독해 제도에서는 판매가 금지되었다오."

"어마어마한 별칭들이네요."

"그래, 모두 끔찍한 것들이지."

"그런데 그건 갑자기 왜요?"

"아무 뜻도 없소. 그저 홀연히 떠올랐을 뿐. 무료한 밤이니 이런 이야기를 해 보는 것도 좋을 것 같아서."

자신에게 붙었던 온갖 거북한 별칭들을 단숨에 내리누를 만큼 제법 마음에 드는 별칭을 오늘 들었다고 그는 끝내 말하지 않았다. 아마도 평생 이야기할 수 없을 것이 분명했다. 급히 대화를 마무리하는 라드를 웬디가 아리송한 눈빛으로 응시했지만 그는 말을 아끼며 그녀가 우려 낸 차를 기품 있는 몸짓으로 입에 댔다.

"답답하지 않으십니까?"

웬디에게 모자를 씌워 준 레이첼 부인이 턱 아래로 묶은 끈의 조임을 확인하며 물었다. 테두리가 하얀 담비 털로 된, 귀를 덮는 두건 형태의 모자였다. 웬디가 괜찮다 답하며 그녀에게서 어린 송아지 가죽으로 만든 장갑을 받아 꼈다. 닿는 촉감 모두 매끄럽고 따뜻해 매서운 추위도 거뜬하게 헤쳐 걸을 수 있을 것 같았지만 웬디는 몹시 춥다 여겼다. 추위 속에서 으레 그렇듯 어금니를 모질게 앙다물었다.

'어쩜 이리 추울까.'

움츠러든 어깨를 억지로 편 웬디는 이마 아래로 흘러내려온 머리칼을 발견하고 다시 장갑을 벗었다. 머리칼을 모자 안으로 정리하고자 이마께로 손을 가져가자 배어난 땀이 손끝에 만져졌다. 그제야 그녀는 자신이 추위 때문에 굳어 있는 게 아니란 걸 깨달았다. 긴장하고 있었다. 그것도 몹시.

"도착하였나 봅니다."

어느덧 마차가 멈추고 잠시 뒤 마차 문이 열렸다. 문밖에 선 라드가 그녀에게 손을 내밀었다. 찬 공기가 안으로 들이닥쳐 순간 몸이 떨렸지만 이 역시 추위 때문인지 긴장 때문인지 이젠 알 수 없었다.

라드의 손을 잡고 지면에 내려서자 얇게 깔린 눈이 발에 밟혔다. 시선을 돌려 앞쪽을 보니 최대한 고개를 높이 들어도 둥근 첨탑 끝이 보이지 않을 만큼 커다란 고성이 있었다. 회색빛이 도는 하얀 석회암으로 지어진 성은 고아한 아름다움을 느끼게 했다. 눈이 쌓이는 것을 막기 위한 삼각형의 게이블지붕은 짙은 남회색 빛이어서 훌륭한 색채 대비가 이루어져 있었다. 세월이 고스란히 느껴지는 외벽은 여러 개의 망루와 이어져 있었는데, 성 자체가 높은 언덕에 지어졌던 까닭에 꼭 망루에 서지 않더라도 내부 어디서든 아래가 훤히 내려다보일 것 같았다.

“많이 추운가?”

얼이 빠져 성을 올려다보는 그녀의 손을 더욱 그러잡으며 라드가 웬디의 주의를 돌렸다. 그녀가 고개를 가로젓자 그가 걸음을 옮기기 시작했다. 제도에서 온 일행들이 다 함께 두 사람의 뒤를 따랐다. 곧 본성 입구 앞에 도열해 있던 사람들의 모습이 눈에 들어왔다. 미리 와 영주 내외를 기다리고 있던 슈로더 가문의 가신들이었다. 웬디와 라드가 가까이 가자 그들 모두 깊게 고개를 조아렸다.

“오랜만이군.”

“공작 전하, 공작 부인. 먼 길을 오시느라 고생이 많으셨습니다. 두 분을 얼마나 애타게 기다렸는지 모릅니다.”

그들 중 짧은 곱슬머리의 나이 든 남자가 앞으로 나서며 두 사람을 반겼다. 나이가 무색할 만큼의 건장한 체격과 의기가 느껴지는 태도를 보고 그가 무인임을 짐작할 수 있었다. '공작 부인'이라고 말할 때 웬디와 눈을 맞추는 그의 말투는 공손했다.

"공작 부인, 이렇게 인사드리게 되어 영광입니다. 마그리트 백작가의 데이빗 마그리트입니다."

데이빗 마그리트라면 레이첼 부인에게 들었던 이름 중 하나였다. 전대 슈로더 공작과 함께 발타자르 수복 전투에 참전했던 기사로 매우 호방한 성격이라 하였다. 그가 웬디 앞에 한쪽 무릎을 꿇고 손을 내밀었다. 노기사의 존경이 서린 인사였다. 웬디가 기꺼이 손을 허락하자 그가 손등에 입을 맞췄다. 그의 완벽한 인사에 웬디 역시 예를 다해 화답했다.

"반가워요, 마그리트 백작. 이렇게 진심을 담아 맞아 주시니 기쁘기 그지없군요. 이만 일어나세요. 바닥이 찹니다."

그녀의 말에 그가 고마움을 나타내며 몸을 일으켰다.

"마그리트 경, 여전히 건강한 모습을 보아 기쁘군."

"하하! 아직 한창입니다. 전하와 검을 맞대도 스무 합은 밀리지 않을 자신이 있습니다."

마그리트 백작이 호기롭게 외치며 가슴을 탕탕 두드렸다. 반갑게 인사를 마친 그는 이어 반보 정도 뒤로 물러나 옆에 선 사람이 공작 내외에게 인사를 올릴 수 있도록 자리를 내주었다. 이를 신호로 옆에 서 있던 남자가 한 걸음 앞으로 걸어 나왔다. 웬디의 시선이 그를 향했다.

"어서 오십시오. 공작 전하, 공작 부인."

기다란 검은 머리를 가지런히 하나로 땋아 내린 모습이 금욕적인 인상을 자아내는 남자였다. 그가 두 사람에게 한 번씩 눈을 맞추며 말했다.

"외람되지만 인사는 들어가서 하시는 게 어떻겠습니까? 찬바람이 공작 부인의 건강에 해를 끼칠까 염려스럽습니다. 두 분 다 오랜 여정에 지쳐 계실 텐데 여장을 먼저 푸시고 잠시 쉬시는 것도 나쁘지 않은 선택일 것입니다."

그가 웬디의 건강을 염려하며 안으로 들어갈 것을 권했다. 분명 웬디를 걱정하는 말이었지만 그녀는 그에게서 묘한 위화감을 느꼈다. 뭘까, 이 기분은. 웬디는 다시 한 번 그를 조심스럽게 살폈다.

그러나 오래 생각에 잠길 여유가 없었다. 남자의 말을 들은 라드가 웬디를 보며 허락을 구해 왔고 그녀는 고개를 가볍게 끄덕였다. 두 사람이 앞장선 가운데 일행은 모두 본성 안으로 들어섰다. 육중한 나무 문이 닫히자 훈훈한 기운이 온몸을 감쌌다. 창을 통해 떨어져 내린 햇빛이 군데군데 있어 내부는 자연광만으로도 충분히 밝았다. 중앙의 거대한 벽난로에서 연신 불꽃이 타오르고 있었지만 햇살이 진해 밝기에 큰 영향을 주지 못했다.

웬디와 라드는 먼저 영주의 방으로 안내되었다. 넓은 공간은 고풍스럽고 아늑하게 꾸며져 있었다. 색이 짙은 오래된 가구들에선 고즈넉한 미가 느껴져 방 안의 분위기를 더욱 편안하게 만들었다. 영주의 방 바로 옆에는 그의 부인이 사용하는 방이 위치해 있는데, 그곳은 오히려 영주의 방보다 크기가 더욱 컸다. 그 방은 낭트셰에서 나는 자작나무를 이용해 만든 귀해 보이는 하얀 가구들이 아름답게 배치되어 있었다. 라드의 어머니가 낭트셰에 머물 때마다 사용하던 방이었기에 웬디에겐 더욱 남달라 보였다. 라드는 웬디에게 잠시 쉬라 이르고 옷을 갈아입기 위해 그의 방으로 되돌아갔다.

"슈로더 가문은 대대로 아내 사랑이 극진했나 봅니다."

웬디가 방 안을 둘러보자 짐 정리를 하기 위해 따라 들어온 레이첼 부인이 웃음기 어린 목소리로 말을 걸어왔다. 무슨 말인가 하고 귀를 기울이자 레이첼 부인은 웬디가 하던 대로 방 안을 휘둘러보며 말을 이었다.

"전대 공작 전하께서는 더욱 큰 방을 아내에게 양보하셨죠. 여성은 필연적으로 남성보다 넓은 공간을 필요로 한다고 하시면서요."

말을 마친 부인이 시녀들을 시켜 방 한쪽에 있는 거대한 옷장에 가져온 드레스들을 정리하기 시작했다. 하루에 몇 벌씩을 갈아입어도 일정 내에 다 소화하지 못할 분량의 드레스를 가져왔지만 옷장이 워낙 컸기에 겨우 일부만 차지했다. 그 모습을 잠시 지켜보던 웬디는 창가로 다가가 단단하게 닫혀 있던 창문을 약간 열었다. 낭트셰의 차가운 바람이 단숨에 창을 비집고 들어왔다. 웬디는 모자와 장갑, 외투를 차례로 벗으며 찬 공기를 마셨다. 이곳의 겨울에 익숙해질 필요가 있었다. 그녀는 폐부 깊숙이 낭트셰의 찬바람을 들이마셨다. 긴장감에 사로잡혀 나약한 모습을 보이진 않으리라고 웬디는 여러 번 생각하였다. 코끝이 얼얼해졌을 때쯤 놀라 다가온 레이첼 부인이 다급히 창문을 닫았다. 부인의 잔소리를 들었지만 웬디는 얼은 몸의 감각이 나쁘지 않다 여겼다.

1층 만찬장에는 공작 부부를 환영하는 진미가 준비되어 있었다. 절제된 디자인의 자주색 드레스를 입고 라드의 에스코트를 받아 만찬장에 들어서니 기다란 식탁 앞에 마주 보고 앉아 있던 수십의 사람들이 한꺼번에 일어나 그들에게 인사했다. 두 사람이 상석에 앉고 나서야 모두가 자리에 앉았다. 데이빗 경이 일어나 공작 부부의 결혼을 축하하는 축사와 함께 환영의 인사말을 하자, 뒤이어 라드가 일어나 짧은 답사를 했다.

다 함께 잔을 들어 포도주를 마셨다. 찌르르하게 목구멍을 타 넘어가는 알코올의 기운이 곧 배 속을 따뜻하게 덮었다. 포도주를 몇 모금 더 넘겼을 때 남자들이 한 명씩 일어나 공작 부부를 축복하는 말을 곁들이며 제 소개를 하기 시작했다.

"두 분의 앞날에 광영이 있기를."

이윽고 본성 앞에서 보았던 검은머리 남자의 차례가 되었다. 그가 입술을 말아 올리며 앞서 하지 못했던 인사를 했다.

"공작 부인, 저는 모건 자작가의 레슬리 모건이라고 합니다. 이곳 낭트셰의 세리稅吏 일을 맡고 있지요. 사사로이는 슈로더 공작 전하와 어린 시절 대학자 줄리오 가버나 선생 밑에서 함께 수학한 사이이기도 하고 말입니다."

레이첼 부인에게 들어 기억에 있는 이름이 그의 입에서 흘러나왔다. 레슬리 모건. 빈틈없는 성격 덕에 낭트셰의 행정에 많은 기여를 하고 있다 했던가. 웬디는 그를 향해 고개를 가볍게 기울여 인사하며 그의 이름을 속으로 되뇌었다.

예상한 것처럼 슈로더가의 가신들은 웬디의 행동 하나하나를 눈여겨보고 있었다. 노골적인 시선은 아니었지만 못 느낄 만큼 은밀하진 않았다. 웬디는 반듯한 자세로 식사를 이어 나갔다. 그녀가 본래 백작가 출신이라는 것을 모르는 사람들은 너무도 익숙해 보이는 그녀의 귀족식 식사 예절에 과히 놀랐다. 평민의 삶을 살며 식탁 앞에서도 예외 없이 귀족의 허울을 벗어던졌던 그녀였지만 손에 익은 대로 다시 포크와 나이프를 쥐는 건 어려운 일이 아니었다. 하즐렛가의 천덕꾸러기였던 웬디였으나 어찌 됐든 그녀는 귀족이었으며 외려 멸시를 물리치기 위해 프란시스보다 완벽한 예법을 구사하고자 노력했던 적도 있었다.

"황제 폐하께서 공작 부인을 무척 귀하게 대접하신다 들었습니다. 둘도 없는 말벗이라 칭하신 일도 있다던데요."

낭트셰의 보건 행정을 맡고 있는 맷 돌란트가 웬디에게 처음으로 말을 걸었다. 멋지게 모양을 낸 콧수염을 기른 자였다.

"폐하의 관대함 덕분이지요. 과분하게도 저와의 대화를 기꺼워해 주신답니다."

"폐하께서 지난 봄 제루스 오케스트라 연주회에서 3년 만에 연주를 하셨다지요? 황위를 이으신 후 처음으로 서신 무대시지 않습니까? 다섯 해 전 제도에 방문했다가 그 당시 황태자셨던 그분의 연주를 처음 듣고 어찌나 감동에 젖었는지 모릅니다. 다시는 그분의 연주를 듣지 못할 줄 알았던 제겐 희소식이었습니다."

"폐하의 음악적 재능은 제국민들에게 축복이기도 하지요. 음악에 대한 그분의 열정이 여전히 식지 않았으니 안심하셔도 되십니다. 언제고 또 무대에 서실 날이 있을 테니까요."

"오, 그렇습니까? 그때는 꼭 제도로 가 그 무대를 지켜봐야겠습니다."

맷 돌란트가 무릎을 탁 치며 기뻐했다. 대화를 듣던 마그리트 백작이 혀를 끌끌 차며 한마디 했다.

"자네는 관리가 아니라 악사가 되었어야 해."

"재능만 있었다면 그리했겠지요."

맷 돌란트가 지지 않고 응수했다. 오히려 안타깝다는 듯이.

“폐하께서 새 악곡을 쓰시면 공작 부인께 먼저 선보이신다는 이야기가 있던데, 사실입니까?”

그는 호기심으로 빛난 눈을 하고서 질문을 쉬지 않았다. 어찌 그런 세세한 일들을 알고 있냐는 듯한 여러 시선들이 맷 돌란트의 얼굴에 박혔지만 그는 개의치 않았다. 다들 못 말리겠다는 것처럼 고개를 저었다.

“과장된 이야기네요. 몇 번 그러신 일이 있을 뿐이에요.”

“아! 공작 부인이 부러워 견딜 수가 없군요.”

맷 돌란트의 흥분한 모양은 만찬장에 어울리는 품격 있는 모습이 아니었지만 그래도 덕분에 분위기가 매우 유하게 풀렸다. ‘껄껄’ 웃음을 터뜨린 마그리트 백작이 그를 핀잔하더니 돌연 라드와 웬디의 모습을 흐뭇하게 바라보며 말했다.

“그러고 보니 폐하께서도 연차가 차셨는데 두 분의 결혼식을 보시고 많은 생각을 하셨겠습니다. 이렇게 잘 어울리는 한 쌍을 보시니 황후 마마를 어서 맞이해야겠다는 생각을 하실 법도 하지 않습니까?”

“안 그래도 최근 많은 압박을 받고 계시오. 공주 전하께서도 폐하의 탄신일을 기점으로 간택을 공식화하려 벼르시는 듯하고. 머잖아 움직임이 있겠지.”

라드가 먼 이웃 나라 이야기를 하듯 무감하게 소식을 전했다. 웬디 역시도 처음 듣는 말이었기에 눈썹을 쫑긋거리며 흥미롭게 그 말을 들었다. 외척에 의한 권력 구도의 변화를 경계하며 한사코 황후 간택을 거절해 온 황제였다. 영애들과 어울리는 건 좋지만 혼인은 성가시다며 장난스럽게 중얼대던 아이작 황제의 모습이 불현듯 떠올랐다.

“오, 그렇습니까? 조만간 나라에 경사가 있겠군요.”

커다란 웃음소리가 이어졌다. 화기애애한 분위기 속에서 모두가 기분 좋게 식사를 했다. 웬디는 거의 처음으로 황제에게 고마운 마음이 들었다. 어찌 됐든 그에 대한 일이 화제에 오른 덕분에 자신에게 쏠렸던 불편한 시선들이 흩어졌지 않은가.

“저도 제도로부터 들은 소문이 하나 있는데 말입니다.”

새로운 화제인가 하여 그녀는 목소리가 들리는 방향으로 고개를 돌렸다. 레슬리 모건이었다. 그는 자신의 빈 포도주 잔에 시종이 술을 채우는 것을 기다렸다가 그 잔을 들어 올렸다. 그가 움직일 때마다 어깨 아래로 늘어진 땋은 머리가 스르륵 함께 움직였다.

“오귀스트가 선대 폐하를 해하려고 독을 썼다는 것을 알아낸 게 공작 부인이라는 소문을 말입니다. 식물을 감별하셨다죠.”

역모의 주역인 오귀스트의 이름이 나오자 공기가 순식간에 싸늘하게 식었다. 가볍게 두런거리는 소리와 웃음소리, 식기가 부딪치는 작은 소리들이 한 번에 멎었다.

“……식물에 작은 지식이 있어 우연히 폐하께 도움을 드렸을 뿐입니다.”

“작은 지식이라니요, 너무 겸손한 말씀입니다. 공작 부인께서 꽃을 가까이 하시고 식물을 사랑하시어 거기에 해박한 지식이 있다는 것은 익히 알고 있었습니다. 부인의 해박한 지식 덕에 역적의 죄를 소상히 밝혀 낼 수 있었으니, 제국에 큰 공을 세우신 게지요. 폐하께서 공작 부인을 아끼시는 것도 이해가 갑니다.”

“레슬리, 자네 말이 맞네! 하하! 슈로더 공작 가문이 참으로 귀하고 영민하신 공작 부인을 맞이하지 않았는가! 이게 모두 전하의 홍복입니다. 하하하!”

마그리트 백작이 대소하며 웬디를 치켜세웠다. 그러자 저마다 한마디씩 라드에게 덕담을 건넸다. 거의 공작 부인의 영민함을 칭찬하며 두 사람의 행복을 비는 말이었다.

그 가운데 웬디는 포도주 잔을 입에 대며 레슬리 모건을 응시하고 있었다. ‘꽃을 가까이 한다’라……. 웬디는 그의 말을 곱씹었다. 그래, 그렇단 말이지. 포도주가 닿았던 붉은 입술이 미소를 그렸다. 아름다웠지만 유쾌함의 흔적 따위는 찾아볼 수 없는 미소였다. 긴장감은 어느새 씻은 듯 사라져 버리고 없었다.

그를 보며 느꼈던 위화감의 정체를 알았다. 레슬리 모건, 그는 그녀 자신이 낭트셰에서 마주치고 싶지 않았던 제도의 귀족들과 비슷한 분위기를 풍기고 있었다. 언뜻 웬디를 위하며 그녀의 공을 치켜세우는 듯하지만 실상은 전혀 다른 말장난을 하는 사람. 웬디는 그가 자신을 두고 꽃을 가까이하며 식물을 사랑한다고 말할 때 다른 가신들이 어색하게 눈을 굴리던 것을 보았다. 이미 웬디가 꽃집을 운영하는 평민 여인이었단 사실은 귀족들 사이에 파다하게 퍼져 있는 소문이었다. 굳이 그 이야길 꺼내어 그녀의 신분을 다시 한 번 각인시키는 일을 순수한 의도만으로 볼 수는 없었다.

한 번 의심을 품자 본성 앞에서 보인 레슬리 모건의 행동 또한 악의 없이 받아들여지지 않았다. 그는 그녀에게 인사를 하는 대신 들어가 쉴 것을 권했다. 마그리트 백작이 웬디에게 무릎을 꿇고 손등에 입을 맞추는 최상의 예를 다했던 까닭에 다른 가신들 역시 그가 한 대로 인사를 올릴 수밖에 없었을 것이다. 앞서 그리 행동했는데 멀뚱히 고개만을 숙일 수는 없는 노릇이 아닌가. 속으로 어떤 마음을 품고 있든 그녀 앞에 무릎을 꿇는다는 행위는 공작 부인으로서 인정한다는 뜻과 진배없었다. 그런 분위기를 레슬리 모건이 중간에 끊어 놓았다. 교묘하게 웬디를 위해 그리하는 것이라 포장하는 말과 함께.

웬디는 귀족 영애들이 비꼬아 말을 하거나 공교한 핍박을 하는 것 모두를 혐오했다. 그 모든 게 라드와 만난 긴 기간 동안 수도 없이 겪어 왔던 일이었고, 그때마다 결코 당하고만 있었던 적은 없었다. 그건 상대가 남자라고 해도 다르지 않았다.

그러나 웬디에게도 인내심이라는 것은 있었다. 이 정도는 그저 웃으며 관대하게 넘어갈 수 있었다. 조금 거슬리기는 했지만 심정이 상할 만큼은 아니었다. 그가 선을 넘지만 않는다면 자신도 인내를 보이리라.

그녀는 레슬리 모건을 조금 더 지켜보기로 결심했다. 그리하여 이 모든 게 자신의 오해라는 게 밝혀진다면 진정 기쁜 마음으로 그의 손을 잡고 미안하다 사과하리라. 하나 그가 변변치 않은 방법으로 자신의 마음을 정녕 상하게 한다면 그땐 그녀만의 방법으로 대응할 것이다.

"자, 모두 공작 전하와 공작 부인을 위해 건배합시다!"

마그리트 백작의 제안에 모두가 잔을 들었다. 붉은 포도주가 각자의 잔 위에서 넘실거렸다. 웬디는 기꺼이 그 붉은 음료를 입안에 머금었다. 훌륭한 포도주의 맛이 삽시간에 떫고 시게 변해 혀에 맴돌았지만 그 맛 또한 즐기듯 삼켰다.

낭트셰에서의 첫날이 그렇게 깊어 갔다.

영지에서의 일정은 빠듯했다. 다음 날부터 당장 영주 성 주변 마을을 돌며 영주민들을 만났다. 모두가 영주 내외를 우러르며 깊이 환영하였는데, 특히 그들은 새로운 공작 부인을 유난히 반기며 좋아했다. 오랫동안 비어 있던 낭트셰의 안주인 자리가 채워진 것에 대한 기쁨이기도 했지만 그녀가 평민 출신이라는 데서 오는 반가움도 큰 몫을 했다. 상냥한 성격이 되지 못했던 웬디는 영주민들에게 드문드문 미소를 지어 주며 환대에 고마움을 표했다. 그것만으로도 그들은 웬디를 친근하게 여기며 연신 환호했다.

"인기가 좋군. 그댈 나보다 더욱 반기는 듯하던걸."

언덕에 올라 마을을 내려다보던 중 라드가 조금 전 상황을 떠올리며 이야기했다. 부럽다는 듯 말했지만 표정은 전혀 그렇지 않았기에 웬디의 눈이 절로 쌜쭉해졌다.

"내일은 일정이 더욱 빠듯할 것이오."

그는 웬디의 눈초리를 모른 체하며 말을 돌렸다. 웬디는 레이첼 부인이 오늘 아침 잠에 취한 그녀를 깨우며 앞으로의 일정에 대해 몇 가지 일러 주었던 걸 떠올렸다. 방문해야 할 곳은 대부분 주변 마을이나 영지의 상징적인 장소들이었다.

"광산행을 취소할까 생각 중이오. 가장 먼 곳인 데다, 그곳을 다녀오고 나면 밤에 있을 무도회까지 쉴 겨를이 없을 것 같아서."

"소금 광산 말이에요? 오, 아니에요. 꼭 가 보고 싶었던 곳인걸요. 레이첼 부인이 소금 광산의 신비로움에 대해 이야기해 줬다고요. 낭트셰의 자랑을 곧 보게 될 거라면서 기대하라고."

제국에 단 두 개뿐인 소금 광산 중 하나가 이곳 낭트셰에 있었다. 소금 광산은 낭트셰의 제일가는 수입원이었고 덕분에 겨울이 긴 이곳 환경에도 불구하고 영지는 풍요로웠다.

"정말 괜찮겠소?"

"그럼요. 걱정 말아요. 그보다 글피까지만 본성에 머문다면서요?"

"그렇소. 사흘 후 이곳을 떠나 내륙으로 더 들어갈 것이오. 미르와르 호수를 낀 큰 마을 두 곳이 있는 곳이지. 거기에서 더욱 나가면 판타르카 산맥과 이어지는 험준한 산악 지대가 있고 그 경계에 국경 수비대가 주둔하고 있소. 하루 마을에 머물고 다음 날 수비대의 주둔지에 갈 생각이라오. 국경 근처까지는 길이 험해 그대는 함께 갈 수 없겠지만."

"국경 수비대라니……. 그곳에서 얼마나 머물러 계실 건가요?"

혼인 첫날밤, 국경 수비 운운했던 일이 떠올라 웬디가 다급히 물었다. 같은 생각을 한 듯 라드가 안심하라는 것처럼 웬디의 어깨를 가벼이 다독였다.

"길지 않소. 주둔지에 도착한 다음 날 바로 돌아올 것이오."

"그럼 저는요?"

"그대는 미르와르 호수 근처 마을에 머물며 그곳의 경치를 하루 더 즐기시오."

"휴가 같은 건가요?"

"그래, 휴가라 생각해도 되겠군."

단비 같은 말이었다. 웬디는 마을 아래서 들려오는 망치 소리를 따라 시선을 옮겼다. 다가올 한겨울의 추위를 대비하여 지붕 손질을 하는 사람들의 모습이 내려다보였다. 그녀가 그들의 분주한 모습을 보며 눈을 반짝였다.

"미르와르 호수라면 가까이에 봄살카 숲이 있겠군요."

"……꿈도 꾸지 마시오. 이 시기라면 온통 눈으로 덮여 있을 테니까. 그대가 흥미를 가질 식물 같은 건 볼 수가 없을 거요."

그가 어림없다는 듯 말했다. 쩡쩡 곡괭이질을 한대도 흠집 하나 날 것 같지 않은 얼음산 같은 태도였다. 이미 웬디의 꿍꿍이속을 알고 있는 눈치였다.

"봄살카 숲을 다녀온 약초꾼을 만난 적이 있어요. 그가 호박달버섯을 가지고 있었죠. 피부 발진을 일으키는 버섯이었는데 제다 아카데미 교수의 부탁으로 캐 왔다고 하더군요. 기억하시죠? 오귀스트의 감옥을 탈출할 때 그 버섯을 이용했다고 말씀드렸잖아요."

"기억하고 있소. 하나 그 버섯 역시 이 시기에 볼 수 없는 건 마찬가지라오."

"전 그 버섯이 보고 싶은 게 아니에요. 이미 그건 이 손가락으로 얼마든지 자라게 할 수 있으니까."

웬디가 검지를 치켜들어 살살 흔들었다. 라드의 눈썹이 못마땅하니 가파르게 올라갔지만 그와는 딴판으로 웬디는 여유 있게 웃었다.

"보고 싶은 게 무엇이오?"

"사탕단풍 나무요!"

기다렸다는 듯 웬디가 나무의 이름을 외쳤다. 그런 웬디를 본 라드의 표정이 의아하게 변했다. 아니 된다 말리거나 어쩔 수 없이 허락하는 것 둘 중 하나라 여겼던 그녀의 예상을 깨고 그는 전혀 뜻밖의 이야길 했다.

"그 나무라면 이곳에도 있소."

바로 증명해 보이겠다는 것처럼 그는 곧 사람을 불러 사탕단풍 나무 앞으로 안내하라 일렀다.

"음, 책에 분명 봄살카 숲에서만 자생한다 쓰여 있었는데요. 흰 불나방 애벌레 때문에요. 다른 나무들은 다 말라 죽고 가장 추운 봄살카 숲의 나무들만 살아남았다고요."

허튼소리를 하지 않는 그였지만 웬디는 라드의 말을 완벽히 신뢰할 수 없었다. 하지만 그의 걸음걸이가 너무도 당당했다. 반신반의하며 언덕을 오르자 겨우 몇 분 가지 않아 안내하던 이가 멈춰 섰다.

"하아……."

웬디는 어안이 벙벙하여 눈앞의 나무들을 올려다봤다. 늠름하니 솟아올라 있는 사탕단풍 나무의 모습이 웬디의 풀빛 눈동자 위에 비췄다. 찬바람에 잎을 거의 떨궈 앙상한 가지만 있었지만 분명 책으로만 보았던 그 나무였다. 나뭇가지에 쌓인 하얀 눈꽃이 햇살에 현란한 반짝임을 빚어내 눈이 부셨다.

"봄살카 숲에 대규모 군락을 이루고 있지만 본성 근처에서도 심심치 않게 찾아볼 수 있는 나무라오. 이곳의 겨울 역시 충분히 추워 유충 피해가 적었고. 무엇보다 낭트셰의 자랑이라 할 수 있는 나무니 방제에 더욱 노력했소. 종자 반출을 엄격하게 관리해 애초부터 낭트셰 외에는 사탕단풍 나무를 거의 기르지 않기도 하고."

"몰랐어요."

볼을 붉힌 채 하염없이 나무를 보는 웬디의 모습에 라드가 전에 없이 빙그레 미소 지었다. 추위에 언 그녀의 양 볼이, 얼음 결정 같은 맑은 두 눈이 어여뻐 보였다. 조금 몽롱하니 기세가 꺾인 그 음성도 몹시 귀여웠다. 마음에 단단하던 눈 더미가 사르르 녹아내리는 느낌이었다.

"물론 봄살카 숲의 사탕단풍 군락이 더욱 볼만하긴 하지만. 그렇지 않아도 그곳에서 나는 시럽을 그대에게 맛보여 주고 싶었다오."

"이제 괜찮아요. 이걸 봤으니까."

"흠…… 그 숲에서만 볼 수 있는 나무가 몇 가지 더 있긴 한데."

갑자기 상황이 역전되었다. 괜찮다는데도 라드가 권하는 모양새였다. 웬디는 웃음을 참으며 그의 손을 살며시 잡았다.

"그럼 가도 되나요?"

"기사들을 대동한다면."

"좋아요."

장갑을 낀 채 잡은 손이 마음에 들지 않는지 그가 웬디 손에 낀 장갑을 벗겨 냈다. 따르던 시종에게 장갑을 건넨 라드가 만족스럽게 다시 그녀의 손을 잡고 걸음을 옮기기 시작했다. 맨손과 맨손이 닿아 장갑보다 더한 온기가 전해졌다. 웬디는 자신보다 훨씬 높은 남자의 체온을 참으로 유용하다 여기며 쿡쿡 웃었다. 그의 손 안에 언 손을 녹이는 게 좋았다. 닿은 감촉을 즐기듯 엄지로 가볍게 손등을 만지작거리는 그의 장난 역시 싫지 않았다.

시간은 빠르게 흘러 본성을 떠날 날이 왔다. 지난 며칠 동안 웬디와 라드는 분주하게 여러 마을을 돌았다. 영지의 군사 시설과 새가마가 축조되는 현장을 다녀왔으며 소금 광산을 비롯해 두 군데의 광산과 크고 작은 의료원, 고아원을 방문했다. 의료원과 고아원에는 각각 공작 부인의 이름으로 거금을 기부하였으며 병사와 광부들에게는 후한 상여를 주었다. 그리고 여기서 웬디는 일말의 기쁨과 일말의 죄책감을 얻었다. 그러나 그마저도 오래 생각할 여유가 없었다는 게 오히려 웬디를 무익한 사념에 빠지지 않게 했다.

성에서는 두 번의 무도회가 열렸으며 그곳에서 또다시 수많은 사람들을 만났다. 웬디는 공들여 치장한 귀족 부인들과 그들의 어린 자녀들과 대화하며 친분을 쌓았다. 정신없는 하루하루였지만 다행인 것은 그 모든 나날이 무난히 흘러갔다는 것이다. 웬디를 보며 수군대는 이들이 많긴 했지만 시선을 던지기만 해도 어색하니 뿔뿔이 흩어질 만큼의 미약한 뒷공론이었다. 이렇다 할 난처한 일들은 걱정과 다르게 일어나지 않았다.

그 외 틈틈이 마그리트 백작과 대화를 나누었고 라드의 희귀한 어린 시절 이야기—쥐며느리를 보고 무섭다 엉엉 울었다거나 마그리트 백작과의 대련에서 진 후 식음을 전폐했다는 일 따위—를 듣는 소소한 기쁨을 얻을 수 있었다. 레슬리 모건과는 부딪힐 일이 거의 없었지만 대신 황제의 음악적 취향에 대해 질문해 오는 맷 돌란트에게 여러 번 시달려야 했다.

성을 떠나는 길, 올려다본 낭트셰 성은 여전히 낯선 느낌이었다. 정들지 못하고 떠나니 해야 할 책임을 다하지 못한 기분이 들었다. 마치 꽃에 물주기를 잊고 만 날 같은 느낌이랄까. 라드가 유년을 보낸 곳이었지만 일정에 쫓겨 그의 추억을 더듬어 보지 못했다는 아쉬움도 남았다. 라드는 그런 그녀의 시선을 읽고 다음번 방문 때는 이곳에서 한 계절을 머물 것이라 말했다.

이른 새벽에 출발했음에도 일행은 점심때가 훌쩍 지나 미르와르 호수 근처 마을에 도착했다. 슈로더 가문의 가신들 여럿과 시종들이 함께 떠나 일행의 규모가 늘어났기에 시간이 더욱 소요됐다. 길은 이전과 다르게 매우 험했고, 웬디는 멀미로 인해 어지럼증을 겪었다.

"저기, 호수가 보이시죠? 지금 이곳이 미르 마을이고 호수 반대편이 와르 마을이랍니다."

마차에서 내려 땅을 밟으니 멀미가 바로 가라앉았다. 레이첼 부인이 웬디에게 물을 권한 후 호수를 가리키며 마을 이름을 설명했다. 미르와르 호수를 사이에 두고 마을이 있고 위쪽이 미르, 아래쪽이 와르라 불렸는데 마을 이름이 먼저인지 호수 이름이 먼저인지는 알지 못한다고 했다. 이어 마을에 얽힌 전설을 이야기하는 부인의 목소리를 흘려 들으며 웬디는 너무도 단순한 작명에 피식 웃었다.

"괜찮으십니까? 안색이 좋지 못하신데요."

마그리트 백작의 외아들인 댄 마그리트가 웬디를 걱정하며 다가왔다. 무도회에서 인사를 나눈 후, 아버지 마그리트 백작을 닮은 그의 격의 없고 호탕한 성격 덕에 두 사람은 금세 가까워졌다. 그는 낭트셰의 기사였다.

"괜찮습니다. 차라리 말을 탔더라면 한결 편안했을 텐데 체면을 차리느라 그러지 못했군요."

웬디가 우스갯소리처럼 말하자 마그리트 경이 눈을 휘둥그렇게 떴다.

"오! 승마를 할 줄 아시는가 보군요. 하지만 낭트셰 성에서 이곳까지는 남자에게도 녹록치가 않은 길이라 차라리 마차가 나으셨을지 모릅니다. 얼었던 땅이 녹아 바닥이 질펀한 탓에 여간해선 쉽지 않았을 겁니다."

"글쎄, 내 보기엔 우리 중 가장 앞장서 갔을 것 같은데. 자네에게 지지 않을 만한 실력이네. 내 보증하지."

촌장과 인사를 나눈 라드가 두 사람에게 다가오며 이야기했다. 마그리트 경은 쉽사리 믿기 어려웠지만 감히 슈로더 공작의 말을 의심할 수는 없었으므로 홀로 조용히 납득했다.

"정말 말을 탈 걸 그랬군. 혈색이 좋지 않소."

"아니에요. 이젠 괜찮은걸요."

라드가 그녀의 손을 잡아 부축하여 호수 근처의 회백색 석조 건물 앞으로 이끌어 갔다. 주변 건물들 거의가 나무로 지어졌으나 이곳만 예외로 석회암을 썼다. 전대 영주 내외가 올 때마다 머물렀다는 장소였다.

"이곳 촌장인 빌 톰슨이 공작 내외께 인사 올립니다. 아름다우신 공작 부인을 이리 뵙게 되어 영광입니다. 안에 따뜻한 음식을 준비해 두었으니 드시고 부디 편히 쉬시지요."

머리가 전부 벗겨져 오히려 인상이 훤한 서글서글한 생김의 중년 남자가 웬디에게 인사했다. 웬디가 고맙다 말하자 다시 한 번 고개를 조아렸다 든 그가 급히 손에 들고 있던 털모자를 썼다.

"허헛, 머리가 추워서 말입니다."

웬디의 시선이 떠나지 않자 그가 민망하게 웃으며 변명했다. 웬디가 이해할 만하다는 듯 고개를 끄덕이는 찰나 저만치 뒤에 서 있던 꼬마 남자아이 하나가 쪼르르 달려 나와 그의 허벅지에 달라붙듯 안겼다.

"이 녀석, 공작 부인 앞에서 이게 무슨 짓이냐. 허어, 어서 저리로 가지 못해! 아니, 부인께 인사를 먼저 올리고!"

촌장이 당황하여 아이를 을렀으나 늘 있는 일인 듯 아이는 겁먹지 않고 눈을 초롱초롱하니 뜬 채 웬디를 올려다봤다. 대여섯 살 정도 되었을까. 검댕이 묻은 오동통한 볼과 삐뚤빼뚤한 솜씨로 잘린 단발머리가 오히려 더욱 귀여워 보였다.

"이름이 뭐니?"

"코빈 톰슨이요."

"반갑구나, 코빈."

"누나가 공작 부인이세요? 우리 영주님이랑 혼인한 누나요! 엘리 누나가 엄청 부럽댔어요. 엘리 누나는 아직 혼인을 안 했거든요."

분위기가 서늘하게 가라앉은 줄도 모르고 코빈이 배시시 익살스러운 웃음을 지어 보였다. 아이는 제가 말할 때 난 하얀 입김이 공기 중으로 퍼지는 걸 잡으려는 듯 장난스럽게 손을 뻗어 폴짝 뛰었다. 천진한 모습이었지만 코빈의 말에 대경실색한 촌장은 아들의 손을 거칠게 잡아 끌어내리고서 풀썩 무릎을 꿇었다.

"요, 용서하십시오. 아직 어려 무얼 모르고 한 말이니 은혜를 베풀어 주십시오!"

"괜찮으니 일어나게. 어린아이가 한 말에 신경 쓰지 않으니."

대수롭지 않은 투로 말한 웬디가 코빈의 얼굴을 살폈다. 아이는 생전 처음 보는 아버지의 모습에 놀라 단숨에 겁에 질려 버렸다.

"코빈, 아버지를 일으켜 드리렴. 겁먹을 것 없단다."

웬디가 아이를 달래자 우물쭈물 망설이던 코빈이 아버지의 옷자락을 잡아당겼다. 그제야 촌장이 조심스럽게 몸을 일으켰다. 그때 마차 앞에 서서 소란을 지켜보고 있던 레슬리 모건과 몇몇 가신들이 그들 곁으로 걸어왔다. 미르와르 마을행에 함께 나선 이들이었다.

"두 분께서는 그만 들어가시지요. 이곳은 저희가 처리하겠습니다."

레슬리 모건이 그린 듯한 몸짓으로 가벼이 고개를 숙이며 공작 부부 내외에게 말했다. 라드가 무언가를 말하려는 순간 웬디가 한 걸음 앞으로 나서며 입을 열었다.

"모건 경, 무슨 문제가 있나요?"

"공작 부인, 이 아이의 언사가—."

"모건 경, 무슨 문제가 있냐고 물었습니다. 제가 모르는 문제가 있는지 궁금하군요."

웬디가 그의 말을 도중에 끊으며 이야기했다. 단조로운 어조였지만 싸늘한 감을 느끼지 못할 리가 없었다. 멈칫 그녀의 얼굴을 바라본 레슬리가 곁에 선 라드를 곁눈질해 보더니 안면을 바꿨다. 아무렇지 않은 것처럼 미소를 보인 그가 이윽고 아무 문제없다 답했다. 그제야 웬디는 그에게서 눈길을 거두고 라드와 함께 건물 안으로 들어갔다.

2층 식당에는 식사가 준비되어 있었다. 식탁은 소박했지만 정성을 다해 차린 표가 역력히 났다. 미르와르 호수는 하천과 연결된 기수호로 그곳에서 낚은 다양한 물고기들이 마을 사람들의 식탁에 빠지지 않고 올랐다. 영주 내외를 위한 메인 요리 또한 이곳 호수에서 잡아 올린 농어를 구운 후 볶은 아스파라거스, 양파 같은 것을 소스와 함께 곁들인 것이다.

"왜 그렇게 쳐다보세요?"

아스파라거스의 마지막 토막을 먹을지 말지 고민하고 있던 웬디가 자신을 향한 시선을 느끼고 고개를 들었다. 라드가 하던 식사도 멈춘 채 그녀를 빤히 바라보고 있었다.

"라자뷰데 박물관에서 그대를 처음 보았을 때가 생각나서."

"갑자기 그건 왜요?"

"그때 보았던 그 싸늘한 표정을 오늘 다시 본 것 같아 말이오."

"표정이요?"

"그렇소. 내가 그 표정을 무척 좋아하고 있었단 걸 이제야 깨달았소. 옆에서 지켜보니 은근한 쾌감이 있군. 물론 나를 향해서가 아닐 때 이야기지만."

"지금 당장이라도 그 표정을 지어 보일 수 있단 걸 잊지 마세요."

웬디가 뾰로통하게 눈을 흘기자 라드가 설핏 웃었다.

"제가 실수했다고 생각하세요?"

과거의 일을 농담처럼 말했지만 웬디는 그가 조금 전 촌장과 그 아들에 대한 일을 에둘러 꺼내고 있단 걸 알았다. 역시나 그녀가 묻자 라드의 미소가 조금 더 짙어졌다.

"그대는 예전부터 어린아이들에게 약했지."

"그 점이 싫으세요? 공작 부인의 체통을 지키지 못한 건가요?"

"아니오. 그대는 현명하게 처신했소. 낭트셰의 영지민들 사이에서 그대의 평판은 더욱 좋아지겠지. 관대한 공작 부인으로."

"평판 때문에 그런 게 아니에요."

"알고 있소."

"모건 경…… 그를 비롯한 다른 가신들 사이에서의 제 평판은 나

빠지겠죠. 지체를 잊은 공작 부인으로."

영지민이 영지의 안주인인 공작 부인을 격 없이 불렀는데 그것을 그냥 놓아두고 넘어갔다는 건 스스로의 체면을 깎아먹는 것이나 다름없었다. 웬디는 레슬리 모건 앞에서 책잡힐 행동을 한 것이다.

"아니, 그들 또한 공작 부인의 너그러움을 칭송할 것이오. 같은 행동을 한다 해도 그 평가는 자리에 따라 달라지는 법. 그대의 자리는 감히 의심을 품을 수 없는 자리라오."

웬디의 낯이 여전히 흐리고 어둡자 라드가 어쩔 수 없다는 것처럼 말을 이었다. 그의 눈에 부드러운 빛이 서렸다.

"그댄 평판을 신경 쓸 필요가 없소. 그대의 자리는 평판 따위에 흔들릴 자리가 아니니까. 무엇보다 웬디, 그댄 이미 충분히 현명해. 그러니 나 또한 아무 걱정을 하지 않는 거라오."

"당신 말대로라면 전 금방 오만한 사람이 되고 말 거예요."

웬디가 조금 풀어진 얼굴로 한숨을 내쉬었다.

"방금 뭐라 했소? '당신'이라 했나?"

라드가 잘못 들었냐는 듯이 고개를 비스듬히 기울이며 물었다. 엉뚱한 곳으로 빗나간 그의 물음에 웬디가 작게 헛기침을 하고선 접시 위에 남은 아스파라거스를 마저 먹었다.

"듣기에 나쁘지 않군."

"레이첼 부인이 조언한 대로 연습하는 중이에요. 계속 슈로더 '경'이라고 부를 순 없으니까."

"난 그리 불리는 것도 나쁘지 않소만."

다시금 손에 포크와 나이프를 든 그가 농어를 먹기 좋은 크기로 잘라 냈다. 식사를 이어 나가는 그의 모습이 어쩐지 무척 만족스러워 보였다.

식사 후 잠깐의 휴식을 취한 두 사람은 가신들을 대동하고 미르 마을과 와르 마을을 차례대로 둘러봤다. 호수에서 잡은 물고기를 줄 위에 걸어 말리는 모습을 마을 어딜 가든 흔히 볼 수 있었다. 바짝 말려 저장성을 높인 물고기들은 주로 내륙으로 내다 팔기 위한 것이다. 해수와 담수가 만난 미르와르 호수는 어족 자원이 풍부해 그물을 내렸다 올리기만 해도 만선을 이뤘고 물고기를 걸어 놓은 줄은 잠시도 비어 있지 않았다.

"이곳에서 잡힌 생선은 가까이 소하르 영지부터 멀리는 게트랑트까지도 공급됩니다. 미르와르 마을에서 나오는 주요 세원이라고 할 수 있지요."

레슬리 모건이 라드와 웬디를 번갈아 보며 열성적으로 설명했다. 영주인 라드가 모를 리 없는 사실들이었지만 그는 자신이 세리로서 임무를 얼마나 훌륭하게 수행하고 있는지 어필하고 싶은 듯 작년의 어획량과 매겨진 세율까지 멈추지 않고 이야기했다.

"물고기를 염장해 팔지는 않나요?"

레슬리가 잠깐 숨을 고르는 사이 꾸덕꾸덕하게 마른 물고기를 보며 웬디가 물었다. 그의 얼굴에 단숨에 빙글거리는 웃음이 떠올랐다.

"값비싼 소금을 물고기를 절이는 데 쓸 수야 없지요. 타산에 맞지 않습니다. 이곳에서 잡은 물고기를 소비하는 주된 층은 평민들입니다. 공작 부인께서도 아시다시피 그들은 소금에 절여진 물고기를 살 능력이 없습니다."

평민이었던 그녀가 더 잘 알지 않느냐는 듯한 말에 낮잡아 보는 투가 은근히 배어 있었다. 웬디는 스스로가 자격지심에 자꾸 레슬리의 말을 비꼬아 듣는 것인지 잠시 고민해 봐야 했다. 그러나 그의 얼굴에 어렴풋이 떠올랐다 사라진 비릿한 그 표정을 비웃음이 아닌 다른 무엇으로 설명할 수 있을까.

"두 해 전이었지요. 여름부터 가을까지 제도와 가까운 테르비안 해안에 폭우가 잦아 그곳 어부들이 조업을 오랜 기간 하지 못했어요. 그 때문에 제도에서도 한동안 생선을 찾아보기 힘들었던 일이 있습니다. 평민 지구의 시장에선 날생선 대신 마른 생선을 팔았고 모두가 하는 수없이 그걸 사 먹었죠. 그러다 얼마 후 아래 지방의 도헤름 해안에서 잡힌 염장된 생선들이 거의 세 배에 이르는 가격에 공급되기 시작했고 몇 군데 가게에서 그 생선을 팔았죠. 어찌 됐을 것 같아요?"

웬디가 레슬리에게 두 번째 질문을 했다. 이번엔 평민 지구에서 경험했던 일을 거리낌 없이 이야기했다. 모두가 자신의 과거 신분을 알고 있는 상황에서 평민이었단 걸 감추고 아닌 척하는 게 더욱 구차하다 여겨졌던 까닭이었다. 레슬리 모건이 자신이 평민 출신이란 사실을 빈정거리는 수단으로 삼는다면 자신은 역으로 그것을 그의 말을 부정하는 수단으로 써먹으면 되는 것이다. 움츠러들 필요는 조금도 없었다.

역시나 웬디가 의도한 대로 평민 지구에서의 일을 이야기하자 점잔을 빼고 서 있던 가신들이 유난히 관심을 보였다. 그들은 흥미롭다는 눈빛으로 레슬리가 내놓을 답을 기다렸다. 라드를 비롯한 가신들 모두가 레슬리를 주목하자 그가 '큼큼' 어색한 헛기침을 내뱉었다.

"그런 질문을 하시는 의도를 생각하지 않을 수가 없군요. 공작 부인께서는 그 이야기로 염장된 생선이 잘 팔렸다는 걸 증명하려 하시려는 게 아닙니까?"

그의 대꾸에 웬디가 고개를 끄덕였다. 그는 적어도 멍청한 자는 아니었다.

"생선은 불티나게 팔렸어요. 비싼 값이었는데도 그랬죠. 마른 생선 특유의 질감과 맛도 좋지만 말리지 않은 생선 고유의 맛과는 분명 차이가 있잖아요. 염장된 생선을 팔았던 가게들은 큰 수익을 거뒀죠."

"그건 한시적으로 나타난 특수한 상황이었으니 가능했던 거겠죠. 장기적으로 본다면 수익률이 낮을 수밖에 없습니다."

레슬리 모건이 하나만 알고 둘은 모른다는 듯 눈살을 찌푸렸다.

"소하르와 게트랑트 같은 내륙의 영지도 상황이 특수하긴 마찬가지예요. 달리 생각해 보면 수요와 공급의 단순한 문제라고 볼 수 있지요. 내륙이라고 해서 말리지 않은 생선에 대한 수요가 없을 거라고 생각하세요? 접하기 어려우니 어쩔 수 없다 여길 뿐, 구입할 수 있는 환경이 된다면 자연히 수요가 발생할 거예요. 공급량을 조절한다면 충분히 수익을 낼 수 있다고 생각해요. 게다가 게트랑트는 제국 내에서도 부유한 영지가 아닌가요? 그곳의 평민들은 비싼 값을 주고도 염장된 생선을 사 먹을 능력이 될 거예요."

"상황을 너무 낙관적으로만 생각하시는군요."

"부정적인 생각에 갇혀 가능성을 보지 못하는 것보단 낫지요. 낭트셰에 소금 광산이 있단 걸 잊은 건 아니겠죠? 낮은 가격에 소금을 공급받을 수 있으니 염장된 생선의 가격도 조금 더 합리적이 될 수 있을 거예요."

웬디의 말에 레슬리 모건은 이렇다 할 반박을 하지 못했다. 그러자 옆에서 가만히 듣던 마그리트 백작이 생각에 잠긴 얼굴로 웬디에게 공감을 표했다.

"일리 있는 말씀입니다. 시도해 볼 가치가 충분히 있을 것 같군요."

"하등품의 암염을 사용해 보는 건 어떨까요? 채취 중에 입자가 보존되지 못한 것들이나 단맛이 덜한 암염을 쓴다면 가격 면에서도 경쟁력이 있을 겁니다."

낭트셰의 행정관 중 하나인 존 볼테가 한마디를 거들었다. 그의 말을 시작으로 너도 나도 사업성이 있다 의견을 같이하자 레슬리 모건의 안면이 눈에 띄게 굳었다.

"괜찮은 생각이군."

라드가 쐐기를 박듯 동의하고 나섰다. 눈알을 이리저리 굴리며 어떻게 반대 의견을 낼까 궁리하던 레슬리 모건조차도 더는 무어라 어기댈 수 없게 만드는 말이었다. 라드는 그 자리에서 일의 적임자를 뽑아 앞으로의 경과를 보고하도록 했다. 일사천리로 일이 결정되고 나서야 일행은 다음 목적지를 향했다. 레슬리 모건은 열성을 보이던 좀 전의 모습과 달리 심기가 뒤틀린 표정으로 행렬을 따랐다. 그의 심정을 대변하듯 걸음이 느리게 뒤처져 누군가 보조를 맞추라 농담처럼 그를 핀잔하였다. 웬디는 행렬의 꽁무니에 선 그를 힐끗 보고 비소를 머금었다.

다음 목적지인 마을의 낡은 교습소 앞에 이르렀을 때 일행은 그들의 방문을 기다리고 있던 아이들을 만났다. 아이들은 저마다 가느다란 소나무 가지를 들고 있었는데 가지 중간에는 고운 빛깔의 리본이 서투른 솜씨로 매어져 있었다. 아이들은 마을의 귀한 방문객을 위하여 헐벗은 숲에서 유일하게 짙푸른 빛을 내는 소나무 가지를 준비하였다. 그중 특별히 영주 내외를 위해서는 솔방울까지 소담스럽게 달린 가지를 마련했다. 환영의 의미였다. 끈적이는 송진 하나 없이 말끔한 자태의 소나무 가지를 보니 아이들이 얼마나 고르고 골라 꺾어 온 것인지 알 수 있었다. 웬디는 고맙다 말하며 그것을 소중히 손에 들었다.

"허허허, 고맙구나."

영주 내외에 이어 소나무 가지를 받은 마그리트 백작이 환히 웃으며 아이의 머리를 쓰다듬었다. 이를 시작으로 아이들이 제각각 들고 있던 가지를 높으신 귀족 나리들께 두 손으로 내밀었다. 모두가 미소 지으며 그것을 받았지만 한 사람만은 예외였다. 바로 레슬리 모건이었다. 소나무 가지를 내민 아이의 손을 불결한 것 대하듯 피한 그는 품에서 꺼낸 손수건으로 가지를 감싸 받아 들었다. 눈에 띄지 않을 만큼 행동이 자연스러워서 누구도 그의 태도를 지적하지 않았지만 그를 눈여겨보고 있던 웬디의 눈매는 저절로 사나워졌다. 단순한 결벽증이라고 하기에는 아이를 보는 그의 눈빛이 결코 가볍지 않았다. 레슬리 모건이 좀 전의 일로 신경이 날카로워져 있지 않았다면 섣부른 혐오감을 아이에게 내보이지 않았을지도 몰랐지만 이미 때는 늦었다. 웬디는 그가 아이에게 보인 그 눈빛이 자신을 바라보던 그의 눈빛과 비슷하다는 걸 알아채고 말았다. 그의 눈에 언뜻언뜻 비치던 감정은 이루 말할 수 없는 혐오였다. 낮은 자를 향한 병적인 거부감 말이다. 웬디는 더러운 감정을 떨쳐 내려는 것처럼 그에게서 시선을 떼어 냈다. 눈이 찌르르 시려 왔다.

"규모는 작을지 모르지만 아이들의 배우고자 하는 의지는 여느 곳 못지않습니다. 아니, 오히려 더욱 열정적이랍니다. 다른 영지에서도 아이들을 가르쳐 보았지만 이만큼 교사로서 자부심을 느낀 적이 없답니다."

일행을 반가이 맞이한 교습소의 교사가 건물 내부를 안내하기 시작했다. 단층으로 된 건물은 증축을 반복한 듯 옆으로 여러 채가 이어져 있어 문을 열면 또 다른 공간이 신기하게 계속 나왔다.

"이 안에도 교실이 있나?"

한쪽에 난 작은 쪽문이 웬디의 시선을 끌었다. 빈번히 드나들었는지 문턱이 다 닳아 있는 곳이었다.

"그곳은 쓰지 않는 집기들을 모아 둔 창고입니다."

미처 청소가 되지 못한 곳에 영주 부인이 관심을 보이니 교사의 얼굴이 당혹스럽게 변했다. 꾸민 게 아닌 날것 그대로의 모습을 보고 싶었던 웬디가 쪽문을 조심스럽게 열어 보았다. 열자마자 제일 먼저 먼지 냄새가 났다. 교사의 말대로 질서 없이 놓인 집기들이 여기저기 자리를 차지하고 있었고 그것들 대부분이 오래도록 사용하지 않았는지 먼지를 뽀얗게 뒤집어쓴 채였다. 다만 문가에 놓인 놀이 기구—마른 풀을 둥글게 뭉친 공, 나무로 만든 칼, 구슬이 가득 담긴 바구니 따위—는 유난히 말끔한 게 여전히 자주 사용하는 모양이었다. 웬디가 안으로 들어서자 라드가 뒤에 선 이들을 물린 후 따라 들어왔다.

"잠깐 기다리시오."

성큼 걸음을 내딛는 그녀를 막으며 그가 공중에 늘어진 거미줄을 걷어 냈다. 그 모습을 유심히 본 웬디가 문득 든 생각에 장난스러운 미소를 지었다.

"거미가 무섭지 않으세요?"

"……무섭지 않소만."

뜬금없는 질문에 라드가 그 진의를 알고자 웬디의 웃음기 어린 얼굴을 살폈다. 그의 그런 시선에 웬디가 딴청을 피웠다.

"쥐며느리를 보고 무서워 우셨단 이야길 얼핏 들었거든요. 혹시 거미도 무서워하시는 게 아닌가 해서요."

놀리듯 하는 말에 라드의 눈썹이 슥 올라갔다. 얼마 못 가 다시 제자리를 찾은 눈썹이 서서히 좁혀지더니 말이 나온 진원지를 찾는 것처럼 문 쪽을 향해 고개가 비스듬히 돌아갔다.

"누구에게 들은 이야기요?"

"밀고자가 되란 말씀이세요?"

웬디의 상체가 방어적인 태세로 뒤로 물러났다. 잠시 말이 없던 라드는 이내 답을 듣길 포기하고 옆쪽에 늘어져 있던 거미줄을 검집으로 마저 휙 걷어 냈다.

"……설마 그 말을 믿는 건 아니겠지?"

두려움 따윈 없다는 듯 거침없이 거미줄을 치워 낸 그가 돌연 물음을 던졌다. 웬디가 대답 없이 미소만 짓고 있자 그가 어울리지 않게 입술을 달싹였다. 웬디는 그런 라드를 모른 척하고선 잡동사니 사이로 재빨리 시선을 돌렸다.

"아, 이런 곳에 목마가 다 있네요."

그녀가 반갑게 말했다. 손잡이가 떨어져 나간 조악한 모양의 목마였다. 웬디의 무릎에 겨우 오는 크기로 교습소 아이들이 쓰기에는 몹시 작은 것이다.

"이런 걸 갖고 싶었던 적이 있었어요."

창으로 들어온 햇살 사이 부유하던 먼지가 목마의 안장에 떨어져 내렸다. 벗겨진 염료 대신 먼지가 그 자리를 차지했다.

"어릴 때 저택에 굉장히 예쁜 모양의 목마가 있었거든요. 몇 번 보지 못했는데도 생생히 기억에 남을 만큼 예쁜 목마였어요."

아마도 그 목마는 그녀의 배다른 자매의 것이었으리라. 웬디의 충분치 못한 설명에도 라드는 모든 걸 이해할 수 있었다.

"때로는 이런 걸 가졌으면 할 때도 있었고 말이에요."

이번엔 그녀가 마른 풀로 만든 공을 주워들었다.

"교양 있는 숙녀가 될 수는 없었지만 그렇다고 야지를 뛰노는 아이들과 어울리는 게 허락되진 않았죠."

웬디는 어쩌면 예나 지금이나 매한가지의 시선을 견디고 있는 걸지도 몰랐다. 남들의 재단된 생각 아래 그녀는 완벽한 귀족도 완벽한 평민도 아닌 어설픈 위치에 늘 어정쩡하게 서 있었다.

"그렇지만 말이에요, 결국 전 목마 대신 진짜 살아 있는 말을 타고 들판을 달렸어요. 마른 풀로 된 공을 만지진 못했지만 생생히 살아 있는 꽃을 키워 냈죠."

그녀가 공을 제자리에 내려놓으며 말했다. 앞으로도 그럴 것이라고 다짐하는 대신 웬디는 손에 묻은 먼지를 미련 없이 털어 냈다. 자신을 괴롭게 하는 온갖 것들은 어쩌면 이 작은 티끌보다 보잘것없을지도 몰랐다. 말을 타고 꽃을 키우고 손에 묻은 먼지를 털어 내는 행동을 지금껏 반복했던 것처럼 이번에도 그렇게 하면 될 것이다. 다만 그 먼지를 다시 공기 중에 부유하게 놔둘지, 물에 깨끗이 씻어 영원히 사라지게 만들지가 웬디의 처분에 달려 있을 뿐이었다.

"제도로 되돌아가면 그댈 위한 마구간을 새로 지어 주겠소. 원하는 대로 말을 살 수 있을 만큼 큰 마구간을 말이오."

라드가 웬디의 손을 잡고 손끝을 어루만졌다. 그녀의 어릴 적 그 시절로 되돌아갈 수 있다면 제도에서 가장 귀하고 아름다운 목마를 여러 개 선물하겠지만 그는 시간을 되돌리는 법을 알지 못했다. 그는 그것이 몹시 안타까웠다.

"지금도 충분해요. 대신 에센튀릉 벌판에 함께 가 주세요. 발로스와 니스나를 이끌고요. 약속해 줄 거죠?"

"약속하겠소."

그가 짧은 한숨과 함께 답했다.

"그리고 교습소에 후원금을 내고 싶어요. 이곳에 정말 필요한 게 많아 보여요."

웬디가 넌지시 말했다. 라드 역시 흔쾌히 그러자 했다.

"이번엔 제 돈으로요. 집을 처분하고 받은 여윳돈도 있고 꽃집을 하면서 모아 둔 돈도 꽤 되거든요. 한 번쯤은 제 힘으로 온전히 도와도 좋잖아요?"

그녀의 속 깊은 생각에 라드가 가만히 고개를 끄덕였다. 낭트셰에 와 공작 부인의 이름으로 기부금과 상여금을 냈지만 진심이 얼마나 깃들어 있었는지 웬디 스스로도 떳떳하게 말하기 어려웠다. 의무처럼 라드의 힘을 빌려 하는 일이 아니라 자신의 진실된 마음으로 낭트셰를 위한 일을 하고 싶었다.

그날, 마을을 둘러보고 숙소로 돌아온 두 사람은 내일을 위해 일찌감치 잠자리에 들었다. 제도의 저택이나 낭트셰의 영주 성처럼 넓고 화려한 침실은 아니었지만 웬디는 이곳이 제법 마음에 들었다. 개인 침실은 따로 없었고 부부가 함께 쓸 공간은 비교적 단출하게 꾸며져 있었다. 단풍나무로 만들어진 침대는 투박했고 침구는 좀 뻣뻣했다. 그럼에도 웬디는 그 안에서 편안함을 느꼈다.

"좁지 않나요?"

그러나 라드에게는 다를 수도 있을 터였다. 저택의 커다란 침대에 비할 수 없이 작은 침대 위에 자신까지 함께 누워 잠을 청하려니 생경하여 불편할까 염려가 됐다.

"좁은 것도 이로울 때가 있소."

라드는 감은 눈을 뜨지 않은 채 팔베개하고 있던 손을 말아 웬디를 품에 끌어안았다. 자연스러운 애정 표현을 라드에게 공언했지만 그의 달콤한 말과 행동은 웬디보다 한참 우위였다. 부끄러움을 느낀 웬디는 어색하게 그의 품에서 꼼지락대다 숨만 색색 내쉬었다.

"그렇게 숨을 내쉬면 이 밤을 참고 보내기가 어렵소."

곤란하다는 투였다. 그녀의 숨결이 그의 목덜미를 자극했는지 라드가 웬디를 살짝 품에서 떼어 놓았다.

"먼동이 트기 전 길을 나서야 한다오. 게다가 이 방은 방음이 좋지 못해. ……그대가 원한다면 상관없지만."

라드의 발언에 웬디가 벌떡 몸을 일으켰다. 이, 이런 낯부끄러운! 방음이라니, 무슨 생각을 했기에. 원하긴 무얼 원한단 말인가!

"넉살이 느셨군요."

웬디가 흥분을 감추며 도로 몸을 누였다. 그가 자신을 놀리고 있는 것 같다는 아주 적중률 높은 생각이 들었다. 그녀가 보복하듯 그와의 사이에 공간을 벌리자 라드가 다시 손을 뻗어 왔다.

"춥소. 내일은 온종일 설원 위에 있을 텐데 오늘마저 춥게 자고 싶지 않아."

웬디의 마음을 약하게 만드는 말이었다. 그녀는 못 이긴 척 그의 품으로 가 안겼다.

"수비대의 주둔지는 잘 곳이 마땅치 않겠죠?"

"척박한 환경이지. 추위를 견디며 제국의 경계를 지키는 이들이라오. 댄 마그리트 경 역시 그곳에서 오랜 시간을 보냈지. 어수룩해 보일지 몰라도 매우 뛰어난 기사라오. 황실 기사 못지않은. 나의 기사들 대부분이 그렇소."

자신감이 흠뻑 배인 음성이 고요한 방 안을 울렸다. 어느 누구도 자만이라 이를 수 없는 진실된 자신감이었다. 웬디는 영지의 군사들에게서 느꼈던 벼린 듯한 기운을 떠올렸다. 잘 훈련된 이들이 아니고서는 결코 내뿜을 수 없는 기세였다.

"당신의 기사들이라면 훈련이 무척 잘되어 있겠죠."

"실전 역시 강하오."

"낭트셰 이북이라면 요한레스 공국과 르들투 족 마을들이 있겠군요."

"맞소."

"르들투 족이 가장 큰 경계 대상인가요? 요한레스 공국이야 판타르카 산맥 때문에 쉬이 접근할 수 없을 테니까요."

영지에서 방어해야 할 국경 너머엔 요한레스 공국과 소왕국을 이루었다 분열한 르들투 족이 있었다. 이들과 영지 사이에는 판타르카 산맥이 가로막고 있어 방어가 유리했지만 서북쪽의 경우에는 산줄기의 경사가 비교적 완만해 르들투 족의 빈번한 도발이 있었다. 동북의 요한레스 공국은 금을 비롯한 돈이 되는 금속 광산이 도처에 있어 척박한 환경에도 불구하고 부강했으나 서북쪽은 달랐다. 그곳은 오로지 척박하기만 했다.

"경계심을 늦추지 못하도록 종종 침입하려는 시도가 있었지. 르들투 족은 산개 전투에 강하다오."

르들투 족이 문제라는 건 알고 있었지만 실제 침입하려는 시도가 계속되어 왔다는 것은 잘 알지 못했던 일이었다. 웬디는 내일 있을 라드의 수비대 주둔지 방문이 혹 위험한 길이 되진 않을까 불안해졌다.

"그러나 낭트셰의 전력은 그들을 가뿐히 압도한다오. 그대가 염려할 일은 없어."

그 마음을 어떻게 알았을까. 라드가 웬디의 등을 가벼이 토닥였다. 웬디는 어쩐지 애틋한 마음이 되어 그의 품을 더욱 파고들었다.

"얼른 자요, 우리. 새벽에 나가셔야 한다면서요."

조심히 다녀오라는 말 대신 그의 허리를 꼭 안았다. 라드가 웬디의 정수리에 부드럽게 입을 맞췄다.

"그댄 늦잠을 자도 좋아. 오랜만의 휴가를 즐겨야지."

"배웅하겠어요. 먼저 일어나시면 깨워 주셔야 해요."

라드가 웬디의 중얼거림 같은 나직한 목소릴 들으며 어서 자라는 것처럼 등을 어루만졌다. 그 닿는 감각이 무척 따뜻해 웬디는 곧 깊은 잠에 빠져 들었다.

3화

사탕단풍 숲으로 함께 갈까요

사탕단풍 숲으로 함께 갈까요

아침에 일어났을 때 이미 라드는 침대에 없었다. 깨워 달라는 청을 들어주지 않은 그에게 서운했지만 자신을 위해 그리한 걸 알았다. 매일 아침 고단해하는 웬디를 딱하게 보아 온 그였으니까. 숨 가쁘게 바쁘던 나날들 가운데 하루 쉴 말미를 얻은 것이니 온전히 편히 쉬길 바랐을 것이다.

침대 위에서 조금 더 꾸물거린 웬디는 시녀가 아침상을 가져왔을 때에서야 몸을 일으켰다. 차를 마시고 벽난로 불빛을 쬐며 여유롭게 시간을 보내다가 정오 무렵이 되었을 때 그녀는 밖을 나섰다. 그녀 뒤를 마그리트 경과 레이첼 부인이 따랐다.

"공작 부인."

군데군데 살얼음이 얼은 호숫가를 산책 삼아 거닐고 있을 때 막 고기잡이를 끝내고 돌아온 촌장을 만났다. 그가 든 나무통에는 아직 아가미를 빠끔거리고 있는 물고기들이 한가득 있었다. 비린내가 훅 끼쳐 왔지만 힘 있게 생동하는 기운이 느껴져 나쁘지 않았다.

"어제는 정말 큰 은혜를 입었습니다."

"코빈은 아직 풀 죽어 있는가?"

"오늘은 집에서 반성하라 일러두었으니 한창 반성 중일 겁니다. 아이의 무례한 태도를 용서해 주신 것에 다시 한 번 감사드립니다. 다시는 그런 일이 없도록 주의, 또 주의시키겠습니다."

잔뜩 몸을 낮추며 딱딱하게 말하는 촌장의 모습에 마음이 불편했다. 코빈이 그의 아버지에게 얼마나 야단을 맞았을지 짐작이 갔다. 웬디는 조금 충동적으로 촌장의 집까지 동행을 청했다. 영지민들에게 있어 공작 부인의 청은 실상 청이라기보다 명령에 가까웠기에 그는 잠시 머뭇대다 곧 그녀를 안내했다.

그의 집은 멀지 않은 곳에 위치해 있었다. 나무로 지어진 갈색 건물에는 어김없이 뾰족한 게이블지붕이 올려져 있었고 창에는 초록색 이중 덧창이 나 있었다. 영지민들의 살림살이를 직접 눈으로 확인하고 싶었던 차였기에 웬디는 이 기회를 달갑게 여기고 가벼이 발걸음을 옮겼다.

"고, 공작 부인! 이렇게 누추한 곳에 어찌……."

예상치 못한 공작 부인의 방문에 촌장의 아내는 까무러칠 듯 놀랐다. 그러나 웬디가 미소 지으며 자신의 방문이 그녀를 번거롭게 만든 것이냐 묻자 송구히 고개를 숙이며 얼른 그녀를 맞았다. 집 안은 바깥의 한기가 무색할 만큼 따뜻했다. 커다란 화덕에서는 고소한 냄새가 끊임없이 풍겨나고 있었고, 솔방울과 조각 천을 엮어 만든 수수한 가랜드가 나무 기둥 사이에 걸려 있었다.

"이 마을 사람들의 사정은 어떠한가? 이 집과 비슷한 편인가?"

"특별할 것 없이 다들 이렇게 삽니다. 미르와르 호수에서 잡히는 물고기를 외부에 팔아 그래도 비교적 넉넉한 편이지요. 봄철에는 단풍 시럽이 큰돈이 되고 말입니다."

"사탕단풍 나무의 시럽?"

"네."

라드가 그녀에게 맛보여 주고 싶어 했던 것이다. 봄살카 숲의 사탕단풍 군락이 이곳 주민들에게 큰 수입원이 되어 주는 모양이었다.

웬디와 레이첼 부인은 촌장의 안내를 받아 통나무로 된 식탁 앞에 앉았다. 마그리트 경은 한사코 앉기를 거절해 그 옆에 섰다. 기사들의 고집을 알기에 웬디도 더 이상 권하지 않았다.

"자, 공작 부인께 인사 올려야지."

그때 촌장의 부인이 코빈을 데리고 나왔다. 주눅 든 표정의 아이가 몸에 익지 않은 예법으로 어색하게 인사했다.

"이리 와 앉으렴."

웬디가 자신이 앉은 식탁 맞은편 자리를 가리키며 말했다. 공작 부인과의 동석이라니, 법도에 맞는 일은 아니었지만 어린아이에게 아량을 베푸려는 의도로 보였기에 누구도 이의를 제기하지 않았다. 잠시 아버지의 눈치를 본 코빈이 그의 허락이 떨어지자 특유의 장난기를 내보이며 후다닥 자리에 가 앉았다. 아이의 천성에 녹아 있는 명랑함을 엿본 웬디가 굳이 다정한 음성을 꾸미려 하지 않고 말을 걸었다.

"몇 살이니?"

"여섯 살 하고 삼 개월이요."

"굉장하구나."

"뭐가요?"

"내년엔 일곱 살이 될 테니 말이다."

"음, 맞아요. 지난번에도 금방 여섯 살 됐으니까 이제 또 금방 일곱 살 될 거예요."

"동생이 있니?"

"아니요, 그치만 제가 이 근처에서 제일 형아예요. 빌립은 다섯 살이고 숀은 네 살이에요."

"그것도 참 굉장한 일이구나. 형 노릇하기가 쉽지 않을 텐데."

"네, 제가 어제도 애들한테 사탕단풍 씨앗 구워 줬어요. 형아니까."

이상하게 말이 통했다. 다른 이들은 그런 둘의 대화를 따라갈 수 없어 어색하게 눈알을 굴렸다. 웬디는 옆집 소년 벤포크와의 대화에서 단련된 대로 대화를 이끌었을 뿐이었다. 후한 칭찬은 아이를 들뜨게 했다.

"단풍 시럽을 넣은 밀크 티입니다."

화덕에서 갓 구운 오트밀 쿠키를 내온 촌장 부인이 연이어 차를 내왔다. 김이 모락모락 나는 연갈색 찻물이 투박한 도자기 잔에 담겨 있었다. 향긋한 냄새가 하얀 김에 함께 묻어나 코를 즐거이 간질였다.

"이 쿠키도 단풍 시럽을 넣은 것인가?"

"네, 입맛에 맞으실지 모르겠습니다."

'오도독' 한 입을 베어 물자 고소하고 달콤한 특유의 맛이 입안 가득 퍼졌다. 라드가 왜 그렇게 단풍 시럽을 맛보여 주고 싶어 했는지 이해가 갔다. 웬디는 촌장 부인에게 아주 맛있다며 그 솜씨를 칭찬했다.

"레이첼 부인, 제도로 되돌아 갈 때 이 시럽을 사 가야겠어요."

맛과 향이 마음에 들어 말하자 레이첼 부인이 빙긋 웃었다.

"올해 이 지역에서 보내온 시럽이 이미 저택 저장고에 가득 있습니다. 공작 전하께서는 즐기시지 않아 거의 그대로 쌓여 있었죠. 부인의 입맛에 맞으신다니 앞으로 자주 올리도록 하겠습니다."

단풍 시럽이라면 제도에서도 값비싸고 귀해 고급 제과점이나 전문 감미품 가게 같은 곳에서만 사용하는 것이다. 그러나 이마저도 여름이 지나고부터는 품귀 현상을 보일 만큼 유통량이 한정되어 있었다. 제도에서 단풍 시럽을 언제든 구할 수 있는 단 한 곳을 뽑으라면 슈로더 가문의 저택이 유일할 것이다. 영지에서 나는 특산품인 까닭에 지속적으로 진상된 단풍 시럽이 슈로더 가문의 창고 자리를 풍족히 채웠다.

"그래요, 전하께선 단 것을 좋아하시지 않으니 그럴 만도 하군요."

"어머, 웬걸요. 레몬 티는 달아도 굉장히 좋아하신답니다. 삼 년 전부터였나, 그 무렵부터 어찌나 자주 찾으시던지."

부인이 무언가를 알고 있는 사람처럼 웃음기 띤 눈을 가늘게 떴다. 공작 전하의 새로운 취향이 생겨난 시점을 단서 삼아 웬디와의 관련성을 추측하고 있는 듯했다. 레몬 티에 얽힌 라드와의 추억은 남들 앞에 꺼내 놓기엔 낯 뜨거운 것이다. 웬디는 그런 이야기를 떠벌리는 취미가 없었기에 혹여 부인에게서 이상한 질문이 날아오기 전 재빨리 말을 돌렸다.

"사탕단풍 나무는 가구마다 그 소유가 각각 있나?"

"반반입니다. 마을 공동 소유의 나무들도 있고, 개인 소유도 있습죠."

"그중에서 우리 아빠 나무가 제일 커요! 봄살카 숲에서 아마 제일 클걸요! 진짜 멋진데에!"

신이 나 외치는 코빈을 향해 수선 좀 그만 떨라는 것처럼 촌장이 검지를 입술 앞에 댔다.

"8년 전부터는 접붙이기로 품종 개량을 해 나가고 있습니다. 한창 노력 중이죠."

"품종 개량?"

"네, 병해에도 강하고 당도도 높은 수액을 내는 나무로 말입니다."

"성과가 있나?"

"꽤 괜찮은 녀석이 나오긴 했습니다."

웬디의 눈이 반짝였다. 호기심이 불빛처럼 그 안에서 일렁였다. 그의 말을 듣고 나니 봄살카 숲에 직접 가 제 눈으로 나무를 확인하고 싶은 생각이 마구 들었다. 이미 본성 근처의 사탕단풍 나무를 보았지만 더욱 좋은 품종의 나무가 있다면 이야기는 달라진다. 자신의 손끝에 피어 날 나무가 훌륭한 형질의 것이길 바라는 욕심이 모락모락 피어올랐다. 이곳까지 와 그걸 놓칠 수는 없지 않은가!

"괜찮다면 그 나무가 있는 곳으로 안내해 주겠나? 내 사례는 하겠네."

"아이고, 사례라뇨. 얼마든지 모셔다 드리겠습니다."

웬디의 관심이 기뻤는지 촌장이 흔쾌히 허락했다. 웬디는 그길로 즉시 봄살카 숲 답사를 감행하려 했으나 레이첼 부인과 마그리트 경이 이를 격렬히 반대했다. 숲까지의 외출이라면 지금의 옷차림으론 안 된다는 것과 호위를 더 두어야 한다는 이유였다. 촌장의 집이 거리상 숲과 훨씬 가까웠지만 그들은 강경했다. 하는 수 없이 머물던 숙소로 되돌아간 웬디는 그들의 바람을 모두 이뤄 준 이후에야 봄살카 숲으로 향할 수 있었다. 마차로는 가기 어려운 길이어서 레이첼 부인은 숙소에 남았지만 세 명의 기사를 더 대동해 일행이 늘었다.

숲 초입부터는 제법 눈이 쌓여 있어 촌장이 내준 설피를 신발 아래 덧신었다. 물푸레나무 가지로 그가 직접 만든 것이었는데 눈 위에서 제법 지탱이 되는 게 무척 쓸 만했다. 촌장을 따라 함께 온 코빈은 아주 능숙한 폼으로 설피를 신고 맨 앞에 서서 제가 길을 안내했다. 숲을 놀이터처럼 자유자재로 쏘다니는 게 마치 한 마리 날다람쥐 같았다. 어기적어기적 어색하게 걷던 웬디가 설피를 신고 걷는 폼이 조금 익숙해질 무렵 숲의 풍경이 달라지기 시작했다. 아찔하니 키가 큰 사탕단풍 나무가 거친 잿빛 수피를 두르고 겨울 숲을 가득 채우고 있었다. 하늘을 얼기설기 뒤덮고 있는 눈 쌓인 나뭇가지로 인해 주위가 어둑어둑했다.

"여깁니다."

사탕단풍 나무 군락지에서 조금 안쪽으로 가니 다른 나무에 비해 눈에 띄게 덩치가 작은 어린 나무 여럿이 있었다. 접붙이기된 나무들이었다.

"나무에도 좋은 혈통이 있습니다. 다른 녀석들에 비해 유독 병충해에 강할 뿐만 아니라 질 좋은 수액을 생산해 내는 나무들 말입니다. 그런 나무를 접붙인 것들입니다. 2년 정도 더 기르면 훌륭한 종자를 얻을 수 있을 겁니다."

꿈에 부푼 그의 목소리가 힘 있게 겨울 숲을 채웠다. 영지의 안주인 앞에서 그들이 오랜 시간 공들여 이뤄 낸 성과를 내보이게 된 것이 무척 감격스러운 듯했다.

"이 나무에서 올해 처음으로 수액을 얻어 시럽을 만들었습니다. 제가 지금까지 먹었던 단풍 시럽 중 가장 달콤하고 맛 좋은 시럽이었죠. 비록 양은 적었지만 말입니다. 조금 전 저희 집에서 공작 부인께서 드셨던 것도 그 시럽이 들어간 것이랍니다."

촌장이 어린 나무들 중 가장 키가 크고 줄기가 굵은 나무를 가리켰다. 나뭇가지에는 서리를 맞아 그대로 얼어 버린 단풍잎 여러 장이 아직 그대로 남아 있었다. 이보다 완벽할 순 없었다! 웬디는 그 나무를 세심하게 눈에 새겼다. 그녀의 식물 리스트에 들어갈 나무의 모습을 말이다.

만족스러운 성과를 거둔 웬디는 사탕단풍 군락지를 조금 더 돌아본 후 촌장 부자와 헤어져 숲을 빠져나왔다. 온몸이 꽁꽁 얼어 버려 어깨가 부르르 떨릴 지경이었지만 발걸음만은 몹시도 가벼웠다. 눈에 젖고 흙에 찌들어 버린 가죽신이 하나도 아깝지 않았다.

"무척 기분 좋아 보이십니다."

추위에 지친 그녀의 상태를 살피며 걷던 마그리트 경이 말했다. 웬디는 구태여 부정하지 않았다.

"숲에서 본 그 나무들이 영지에 큰 보탬이 될 테니 기분 좋지 않을 리가 없지요."

속마음과 다소 다른 이유를 말했지만 말이다. 새로운 컬렉션을 손에 넣은 수집가처럼 웬디는 충만한 기쁨을 느끼고 있었지만 그 속마음을 그대로 마그리트 경에게 털어놓을 수는 없는 일이었다.

"그러는 마그리트 경께서도 기분이 좋아 보이는데요."

올라간 그의 입가를 콕 집어 곁눈질하자 그가 당황한 듯 표정을 수습했다.

“조금…… 놀라서 말입니다. 제가 아는 귀부인 중 누구도 평민의 집을 찾아가 생계를 살피거나 영지의 특산물에 관심을 가지질 않았습니다. 이토록 모범이 되시니 낭트셰의 미래가 밝습니다.”

웬디의 행보가 인상적이었던지 그가 그녀를 높이 평가했다. 언뜻 본 그의 눈에 존경마저 서려 있어 웬디를 당혹스럽게 만들었다. 입술을 달싹이며 뭐라 할지 잠시 고민한 그녀는 결국 그의 오해를 그냥 내버려 두기로 했다. 오해라기엔 퍽 유쾌한 것이었으니 애써 바로잡는 수고를 할 필요는 없었다. 그녀는 겸양을 떨지 않고 보란 듯 자애로운 미소를 지어 보였다.

“마그리트 경의 말이니 고맙게 듣겠어요.”

“진심으로 드린 말씀입니다. 이래 보여도 헛된 말을 하는 사람이 아닙니다.”

그가 주먹을 가볍게 가슴에 대며 진실을 피력했다.

“공작 전하께서 마그리트 경을 칭찬하시더군요. 뛰어난 기사라 이르시며. 그런 분의 진심을 의심할 수야 없지요.”

웬디는 화답으로 라드의 말을 전해 줌으로써 터럭같이 존재했던 거리낌을 지웠다. 존경해 마지않는 공작 전하의 칭찬이라니, 그의 눈이 놀란 듯 쓱 올라갔다.

“아직 많이 부족합니다.”

마그리트 경이 점잔을 빼며 그녀에게서 시선을 돌렸지만 그의 입매에는 미처 숨기지 못한 기쁨이 고스란히 나타나 있었다.

“국경 지대에 있으셨다면서요?”

“3년간 있었습니다. 다른 기사들 역시 마찬가집니다.”

그가 뒤따르는 기사들을 한 번 돌아보며 답했다. 모두가 마그리트 경의 또래로 보였다.

"국경 지대라면…… 르들투 족이 잦은 도발을 해 온다고 들었어요. 어려움이 많았겠군요."

"전투는 기사를 강하게 만들죠."

그가 담백한 어투로 자신이 내린 명제를 의심 없이 말했다.

"르들투 족과 벌어진 최근의 전투는 언제인가요?"

"두 달 전입니다. 아주 가벼운 전투였죠."

"요한레스 공국과는 부딪친 일이 없었나요?"

국경 지대의 위험도를 판별하려는 그녀의 질문이 이어졌다. 지난밤 라드와의 대화로는 안심이 되지 않는지 타인의 입을 통해 객관적으로 그곳의 상황을 알아보려는 듯했다.

"산세가 험준해 왕래가 어려우니까요. 오히려 내륙보다는 해안 쪽에서 부딪침이 있을까요? 나토체 항구에 요한레스의 배가 빈번히 드나들거든요. 요한레스 공국에서 채취한 금과 철광석을 실은 배죠. 요한레스인들의 기질도 르들투 족 못지않게 거친 편이어서 가끔가다 문제가 생기곤 합니다. 베냐한에 대한 그들의 감정이 최근 들어 더욱 나빠지기도 했고요."

요한레스 공국은 베냐한과의 무역을 활발히 하였는데 주로 광산에서 난 금속이나 향유고래기름 따위를 수출하고 베냐한에서 난 곡식을 수입해 갔다. 내륙으로는 길이 막혀 있었으니 모든 무역은 배를 통했다. 요한레스의 배는 나토체뿐만 아니라 더 남쪽의 여러 항을 순항하고 있었다. 그러나 이런 형편에도 두 나라의 사이는 그다지 좋지 못했다. 요한레스 공국은 베냐한 황가의 분파인 그레이너 가문이 다스리는 땅이었던지라 베냐한 초기에는 요한레스에 대해 충분히 영향력을 행사했으나 세월이 흐르며 그 영향력이 희미해졌다. 이는 배를 이용하지 않고서는 접근하기 어려운 지리적 한계 때문이기도 했지만 그들이 스스로를 독립된 나라로 인식하여 베냐한의 간섭을 적극적으로 거부하였기 때문이다. 지금에 와서는 독자적인 세력이 더욱 강성해져 스스로를 '요한레스 왕국'이라 칭하고 있으나 베냐한에서는 이를 인정하지 않았다. 이런 감정적 발로로 양국 무역은 순탄하지만은 않았다.

"음, 나토체 이야기가 나와서 말인데, 나토체에서 이어지는 하천이 미르와르 호수까지 연결되는 걸 아십니까?"

웬디의 낯빛이 어두운 걸 본 마그리트 경은 그녀가 국경지대로 간 라드를 걱정하고 있음을 눈치채고 얼른 화제를 전환했다. 홀로 생각에 잠겨 있던 웬디가 다시 그의 이야기에 집중하며 고개를 저었다.

"듀이 경, 곧 푸르가가 불어올 때지?"

마그리트 경이 그들을 뒤따르던 기사들 중 한 명에게 물었다. 얼굴에 주근깨가 많은 홀쭉한 체형의 기사였다.

"맞습니다. 이맘때쯤이면 매년 빈번히 불어왔으니까요. 그러고 보니 곧 미르와르 호수에서 나토체로 가는 배를 이용하기 편해지겠군요. 푸르가가 불기 시작하면 호수가 더욱 활기에 찰 겁니다."

"푸르가요?"

라드가 그의 별칭이라 고백했던 그 무시무시한 북풍의 이름을 그들은 여상히 말했다. 마그리트 경이 의도한 것은 아니었지만 웬디는 덕분에 '철의 기사, 얼음 검'과 같은 그의 나머지 별칭을 떠올리고 미소를 지을 수 있었다.

"네, 푸르가가 불어와야 호수에서 남쪽으로 항해가 수월하거든요. 노를 젓지 않아도 쉽게 나토체로 갈 수 있습니다. 다음 목적지가 나토체라 들었는데, 공작 전하께서 이를 염두에 두신 모양이군요. 뭐, 그때까지 푸르가가 나타나지 않으면 노잡이를 이용해야 하겠지만요."

"거친 바람이라 들었는데, 유용할 때도 있는가 보네요."

"불기 시작한 초기엔 그렇습니다. 지날수록 몹시 사나워지지만요."

어깨를 으쓱인 마그리트 경이 마을 어귀에서 뛰노는 아이들의 모습을 잠시 바라봤다. 얇은 옷차림에도 움츠림 없이 신이 나 뛰놀던 아이들이 공작 부인 일행을 발견하고 저마다 인사를 했다. 선망 어린 눈을 또르르 굴리며 자신을 보는 아이들에게 웬디가 조그맣게 웃어 줬다.

"나토체만 방문하시면 다시 제도로 돌아가시겠군요."

"가는 마을마다 정성스러운 환영을 받은 탓에 돌아가는 게 아쉬울 것 같군요."

"떠나시는 행렬에 저와 여기 세 사람 모두 동행하게 된 건 혹 알고 계십니까?"

듣지 못한 이야기였다. 웬디가 고개를 갸웃하자 그가 약간 쑥스럽게 입을 열었다.

"내년 봄에 있을 시뉴엘에 응시할 생각입니다. 그때까지 제도 슈로더 가문의 기사들과 수련을 이어 나가기로 했고 말입니다. 공작 전하께서 계신 황실 제1기사단에 들어가는 것이 궁극적 목표지만 제2기사단의 롯테어이신 뱃지 에노스 경께도 가르침을 받고 싶은 욕심이 있습니다."

끝으로 갈수록 그의 음성이 상기되었다. 조금 전, 숲에서 들었던 촌장의 음성처럼 꿈에 부푼 이의 벅찬 흥분이 느껴졌다.

"제2기사단에 영구 결원이 나 내년엔 한 명을 더 서임한다 하니 아마 대부분 제2기사단에 기대를 걸지 않을까 싶습니다만."

시뉴엘을 통과하는 건 결코 쉬운 일이 아니었던 까닭에 그는 기사단에 결원이 난 이야기를 웃으며 꺼냈다. 워낙 적은 인원을 엄청난 경쟁률 속에서 뽑는 것이다 보니 한 명의 자리가 아쉬울 것이다.

그러나 그의 말을 들은 웬디의 안색은 다시 어둡게 가라앉았다. 영구 결원. 그 말이 가지는 불편함 때문이다.

"제도에서도 제2기사단에 영구 결원이 난 일로 떠들썩했다 들었는데, 맞습니까?"

"……한동안…… 그러했죠."

웬디가 굳은 입술을 움직여 띄엄띄엄 대답했다.

"많이 추우십니까?"

"괜찮아요."

웬디의 분위기가 단숨에 가라앉자 마그리트 경의 발걸음이 조금 빨라졌다. 그녀가 추위에 기운이 빠졌다 여긴 듯했다. 하지만 웬디의 몸을 바짝 얼려 버린 건 추위가 아니었다. 반사적으로 떠오른 한 사람의 이름이 차갑게 웬디의 가슴을 휘돌고 있었다.

손가락이 닿았던 자리에 탐스러운 장미 넝쿨이 자라났다. 소란한 몸짓으로 쭉쭉 넝쿨을 뻗은 장미는 거울 앞에 선 아가씨처럼 제가 가장 아름다울 때의 모습을 알고 있는 듯 어느 지점에 이르자 성장을 멈췄다. 탁탁 손바닥을 부딪쳐 묻은 흙을 털어 낸 웬디가 그제야 전정가위를 꺼내 들었다. 붉은 색조의 꽃이 달린 그 꽃가지를 막 잘라 내려던 그때, 바깥에서 요란하게 문을 두드리는 소리가 들려왔다. 누군가 인내심 없는 손님이 꽃집을 방문한 모양이었다.

딸랑—.

잠긴 문을 열자 한 여인이 다급히 꽃집 안으로 들이닥쳤다. 멜리사였다.

"웬디!"

"멜리사, 오늘 티 파티가 있다고 하지 않았나요?"

급히 왔는지 차오른 숨을 몰아 내쉬느라 그녀는 바로 대답하지 못했다. 웬디는 멜리사가 티 파티에서 자신을 험담하는 이야길 듣고 도중에 또 자리를 박차고 나온 건 아닌지 슬그머니 걱정이 됐다. 라드와의 혼인이 발표된 이후 웬디를 헐뜯는 말을 늘어놓는 영애들로 인해 멜리사가 격분한 게 한두 번이 아니었다.

"사람들이 하는 얘길 신경 쓰지 마시라 이야기했지 않습니까? 그들이 뭐라든 제 혼인 준비는 수월하게 되어 가고 있으니까요. 태아에 흥분은 좋지 못하답니다."

그녀를 달래고자 한 말이었지만 도리어 멜리사의 표정은 단숨에 일그러졌다. 울상이 된 그녀를 보며 웬디가 의아해 눈을 깜빡였다.

“방금 장에게서 딜런 레녹스 경에 대한 이야길 들었어요. 듣자마자 바로 이렇게 달려온 거랍니다.”

컵에 물을 따라 내던 웬디의 손이 멈췄다. 그녀는 절반도 차지 못한 컵을 그대로 테이블 위에 내려놓았다. 3년 만에 듣게 된 딜런에 대한 이야기였다.

“오늘 아침 황궁에 입궁하셨대요. 그런데 그게 복귀를 위한 게 아니라…….”

멜리사가 차마 말을 잇지 못하고 입술을 꾹 깨물었다. 웬디는 흔들림 없는 얼굴로 그녀의 다음 말을 기다렸다.

“레녹스 경께서, 그분께서 붉은 루비를 깨뜨리는 의식을 치르셨대요.”

담담한 척 굴던 웬디의 표정이 찡하니 얼어붙었다가 곧 허물어졌다. 붉은 루비는 베냐한 황가의 상징이었다. 기사 작위를 받을 때 가슴에 다는 휘장에 그 상징이 박혀 있었다. 그것을 깨뜨리는 건 공식적으로 작위를 반납한다는 의미였다.

“이유가…… 이유가 뭐라던가요?”

간신히 떨리지 않는 음성을 만들어 낸 웬디가 물었다.

“건강상의 이유를 들었다던데, 자세한 건 저도 모르겠어요.”

황실 기사가 되는 건 개인에게나 가문에게나 영광된 일이었으므로 황실 기사 작위를 반납하는 일은 필연 극소수뿐이었다. 대부분 나이가 찬 이후 영예롭게 사임하고 명예 작위를 받는 관례를 따랐다. 도중에 작위를 반납하는 일은 가문의 작위를 이어받아 불가피하게 영지로 내려가야 할 경우나 건강상 직무를 이행할 수 없는 경우뿐이었다.

"병을 얻었답니까?"

웬디가 힘들게 마른침을 삼켰다. 오귀스트의 반란이 정리된 이후 장기 휴가를 내고 홀연히 기사단을 떠났던 그였다. 이후 복귀하지 않고 휴직을 신청한 지 벌써 3년의 시간이 흘렀다. 그가 제도를 떠난 이후 그녀는 오래도록 그에 대한 부채감에 시달렸다. 자신이 그를 제도에서 떠나게 만든 게 아니었을까 하는 무겁고도 진실에 가까운 추측. 딜런은 그의 옛 사랑 앞에서도, 옛 사랑의 연인 앞에서도 철저히 약자였다.

"모르겠어요. 하지만 겉보기엔 그렇지 않았다 하니 너무 걱정 말아요."

내가 그를 걱정하고 있었던가. 웬디는 참담히 마른 입술을 쓸었다. 나의 결혼 소식이 그에게도 전해졌을까. 그게 그의 전부나 다름없었던 기사직까지 반납하게 만들었을까. 뼈아픈 질문이 꼬리에 꼬리를 물었다.

"어디로 간다던가요? 레녹스가의 영지로 내려간다던가요?"

멜리사는 이번에도 머리를 내저었다. 지난 3년간 제도를 떠나 있을 때도 레녹스의 영지에 머물러 있지 않았던 그였다.

"아직 제도에 있을 테죠?"

제도 내 레녹스 가문의 저택으로 간다면 그를 만날 수 있지 않을까. 서둘러 간다면, 그래, 서두른다면.

생각이 미치자마자 그녀는 급히 치맛자락을 잡고 몸을 돌렸다. 막 몇 발자국을 떼어 내던 그때, 웬디의 걸음이 멈췄다.

"웬디, 괜찮아요?"

우뚝 굳어 있는 웬디의 모습에 멜리사가 걱정스러운 눈길로 다가왔다. 힘없이 늘어뜨리고 있던 웬디의 팔을 조심스럽게 잡는 멜리사의 손길에 웬디가 괜찮다며 쓰게 웃었다. 더는 걸음을 옮길 수가 없었다. 그를 만나 무슨 되잖은 말을 하겠다고, 가서 대체 무얼 한다고.

웬디는 가지가 잘려 나간 장미처럼 아릿한 아픔을 느꼈다. 그와의 사랑은 이미 오래전에 파탄 나 상처조차 옹이 져 아물었지만 타인의 상처를 외면하고 몰아붙이다 종국엔 쫓아 버린 건 아닌지 두려운 마음이 들었다. 그러나 그녀가 할 수 있는 건 아무것도 없었다. 딜런 레녹스라는 이름이 웬디의 마음 바닥까지 끝없이 침잠했다.

창이 덜컹거리는 소리가 무섭도록 크게 들려 웬디는 퍼뜩 잠에서 깼다. 침대에서 일어나 슬리퍼를 꿰어 신으니 써늘한 한기가 발바닥을 찔렀다. 덜컹거리는 창가로 이끌리듯 걸어가 밖을 내다보자 하얀 눈을 끊임없이 유리에 처박는 바람의 사나운 움직임이 보였다. 온통 하얗고 뿌예 밖이 제대로 보이지 않을 만큼 거센 눈보라가 몰아치고 있었다. 마치 하늘이 토악질을 하는 것처럼 거칠게 쏟아지는 눈보라였다. 처음 마주한 눈보라의 거센 소용돌이에 웬디는 마을의 안전을 걱정했다. 창이 곧 깨어질 듯 덜컹이는 게 심상치 않다 여겼을 때 어딘가에서 '쨍그랑' 하고 크게 무언가 깨어지는 소리가 들렸다. 화들짝 놀라 무슨 일인가 한참 주의를 기울였으나 더 이상의 소란은 일어나지 않았다.

수비대의 주둔지에도 눈보라가 치고 있을까? 불쑥 불안한 마음이 치밀었지만 웬디는 애써 마음을 진정시키며 안쪽 덧창을 닫아 걸었다. 잔인한 눈발이 그를 피해 가기를 바라는 수밖에 없었다.

목구멍에 무언가 걸린 듯 답답해 그녀는 물을 한가득 따라 마셨다. 차가운 물을 마신 탓에 잠이 달아났지만 다시 누워 애써 잠을 청했다. 왠지 모르게 머릿속이 멍하고 우울해 괜히 누운 자세를 고쳐 잡았다. 라드의 온기가 그리웠다. 그가 없는 밤이 이토록 메마르고 스산할 줄 알지 못했다. 그가 준 반지를 만지작거려 보기도 하고 그가 누웠던 자리를 손으로 쓸어 보기도 했지만 쓸쓸함은 더해만 갔다. 그렇게 그를 그리며 그 뒤로도 한참이나 더 깨어 있던 웬디는 동이 터올 즈음에서야 간신히 잠에 들었다.

"……부인, 공작 부인."

자신을 부르는 음성에 눈을 떴을 때는 눈보라가 이미 모두 그친 뒤였다. 시녀가 열어 놓았는지 덧창이 다시 열려 있었고 그곳에서 햇빛이 들어오고 있었다. 시녀가 웬디에게 따뜻한 물을 건넸다.

"레이첼 부인은?"

"감기 기운이 있으셔서 누워 계십니다."

추운 날씨 속 연속된 강행군이 노부인의 몸에도 무리를 준 모양이었다. 이를 안타까이 여긴 웬디가 한숨을 내쉬었다.

"마을에 피해는 없나?"

"아직까지 보고된 건 없습니다."

"……공작 전하께 따로 소식은?"

"소식은 없지만 너무 걱정 마시어요. 전하는 물론이고 함께 가신 분들 모두 이 지역 사정에 밝은 분들이십니다."

라드가 마을로 되돌아오는 때를 물었을 뿐인데 시녀가 서둘러 웬디를 안심시켰다. 창가로 시선을 던지는 그녀의 풀빛 눈동자에 염려가 얽혀 있었던가 보다.

시녀의 도움을 받아 단장을 마치고 응접실로 가니 그곳에 낭트셰의 가신들과 마을 사람 몇몇이 있었다. 웬디가 소파에 가 앉자 미르 마을과 와르 마을 촌장이 번갈아 가며 눈보라로 인한 마을 피해 상황을 보고했다. 간밤에 분 눈보라는 이곳에서도 흔치 않은 강력한 눈보라라 했다. 생각보다 피해 범위가 넓었지만 거의가 건물 파손에 관한 것이었고 다행히 인명 피해는 없었다.

피해 복구에 병사나 기사들의 도움이 필요하면 지원하겠다 약속하고 웬디는 마을 사람들을 현장으로 얼른 돌려보냈다. 잠시 레이첼 부인의 방에 들러 그녀의 상태를 확인한 후 웬디 역시 마을을 둘러보기 위해 밖으로 나갔다. 그녀 뒤를 낭트셰의 가신들과 기사들이 따랐다. 그중엔 레슬리 모건도 있었다.

직접 나가 마을을 두루 살펴보니 큰 피해는 일부 지역에 집중되어 있었고 나머지는 창이 깨지거나 하는 자잘한 피해들이었다. 웬디와 일행들은 전체적인 피해 상황을 가늠하기 위해 피해 지역 근처의 언덕에 올라 마을의 모습을 굽어봤다. 지붕 여기저기에 사람들이 위험천만하게 올라서 있는 게 가장 먼저 눈에 들어왔다. 떨어져 나간 지붕을 수리하는 사람들이었다. 아직 눈이 그대로 쌓여 있는 곳이 태반이었지만 마을 전체가 복구에 여념이 없었다. 웬디는 그 모습을 한참 보다가 봄살카 숲 쪽으로 고개를 돌리고 오랜 시간 홀로 생각에 잠겼다. 주변의 지형과 바람이 부는 방향 같은 게 그녀의 머릿속을 가득 채웠다.

“공작 부인, 이만 내려가시는 게 어떨까요?”

마그리트 경의 음성이 들렸을 때에서야 그녀는 퍼뜩 정신을 차리고 고개를 끄덕였다. 이곳에서 너무 시간을 지체했던 것이다.

“혹 매번 비슷한 지역이 이런 피해를 입나?”

웬디는 언덕 아래로 내려서자마자 마을 사람 하나를 붙들고서 궁금했던 걸 물었다. 그는 공작 부인의 갑작스런 하문에 깜짝 놀라면서도 얼른 그렇다고 답을 올렸다. 웬디가 느리게 고개를 끄덕였다. 막을 수 없는 천재지변이긴 했지만 마을 곳곳에는 안전에 유독 취약한 곳이 존재하고 있었다. 그나마 다행인 것은 이번같이 강력한 눈보라가 매년 불지는 않는다는 것이었다.

그녀는 가신들과 함께 마을을 마저 돌아봤다. 그러다 코빈의 집 근처에 이르렀을 때 무너졌던 민가 지붕의 일부가 다시 와르르 가라앉는 사고가 있었다. 쏟아져 내린 잔해가 집 입구를 막아 큰 소란이 일었고 이를 돕기 위해 모두가 그쪽으로 몰려갔다. 작업이 쉽게 끝나지 않을 것 같아 보였기에 웬디는 시녀들 중 일부에게 일꾼들과 기사들을 위한 따뜻한 차를 준비해 오라 일렀다.

“아얏!”

뒤쪽에 물러나 서서 작업 상황을 바라보고 있던 웬디는 갑자기 터져 나온 비명 소리에 고개를 돌렸다. 웬디 곁에 남았던 시녀 한 명이 아픈 듯 어깨를 움켜쥐고 있는 게 눈에 들어왔다. 골목 모퉁이에 서 있던 시녀를 미처 발견하지 못하고 그녀와 부딪힌 듯한 남자가 그 옆에 어정쩡하게 서 있었다.

"미안하오."

남자는 다급하게 사과 한 마디를 남기고서 골목으로 되돌아갔다. 갈색 로브를 깊게 눌러 썼지만 그 아래 단단한 체격과 유난히 흰 피부를 감출 순 없었다. 이런 벽지에서는 확실히 눈에 띄는 외향이었다. 사과를 하던 순간 그의 시선이 저만치 한참 일손을 돕던 기사들에게 향해 있었던 것을 놓치지 않고 본 웬디는 그의 수상쩍은 행동에 눈매를 좁혔다.

"공작 마님, 마님!"

그때 울먹임이 가득 든 목소리 하나가 웬디를 애처롭게 불렀다. 시선을 돌린 웬디의 눈에 새빨간 양 볼 위로 눈물을 끊임없이 쏟아 내는 아이의 얼굴이 들어왔다.

"코빈, 무슨 일이니?"

"마님! 우리 사탕단풍 나무가 다 쓰러졌어요. 나도 맨날 맨날 돌본 나문데! 우으으흑! 아직 씨앗도 안 난 나무란 말이에요. 큰일 났어요, 아아앙!"

"……어린 나무들 말이니? 접붙인 나무들을 말하는 게 맞니?"

코빈이 격하게 고개를 위아래로 끄덕이더니 또다시 눈물을 뚝뚝 쏟아 냈다.

"울 아빠가 힘들게 키운 건데! 아빠가 키운 건데 어떡해요? 흐으윽!"

"진정하렴. 쓰러진 걸 일으켜 세우면 그중 살아날 나무들이 있을 거다."

"나무가 다 부러져 버렸는데도요?"

말문이 막혔다. 아이의 말만으로는 상황을 모두 파악하기 어려웠지만 촌장과 마을 사람들이 수년간 노력했던 일들이 스러질 위기에 처한 것만은 분명했다.

"공작 마님! 마님은 대단하신 분이시죠? 다들 그랬어요! 마님이 되게 높은 분이라고. 그니까 저 좀 도와주세요! 나무들을 살려 주세요! 흐으으윽, 아빠는 지금 숲으로 갈 수 없다고 나한테 화만 낸단 말이에요. 우우웅, 흑."

웬디가 이 사태를 해결해 줄 수 있다 믿는지 코빈이 거의 애원하듯 말했다. 하려던 말을 모두 하자 참았던 울음이 터져 나오는지 종국엔 꺼이꺼이 울어 젖히기 시작했다. 소란 통에 사람들의 이목이 몰렸다.

"방자한 행동은 그만하면 됐다. 이 분이 뉘신 줄 알고 이리 무례하게 구느냐!"

눈살을 찌푸린 채 그 모습을 바라보고 있던 레슬리 모건이 그 틈에 끼어들어 아이를 다그쳤다. 그의 서슬 퍼런 기세에 코빈이 단박에 겁을 먹고 하얗게 질렸지만 나오던 울음을 멈출 수는 없었다. 코빈이 차마 소리는 내지 못하고 꺽꺽 숨죽여 울었다.

"모건 경, 아이가 제 딴에 큰일을 겪어 저러는 것이니 너무 나무라지 마십시오."

웬디가 코빈을 감싸자 레슬리 모건이 아이를 향하던 차가운 시선을 그녀에게 돌렸다. 그가 어쩔 수 없다는 듯 예의 바른 몸짓으로, 그러나 말투만은 철모르는 이에게 하는 것처럼 말했다.

"공작 부인, 아이의 방자함이 선을 넘었습니다. 사리 분간을 못하는 어린애라 하더라도 귀족 부인 앞에서 이리 떼를 쓰고 악을 쓰진 않습니다. 명예 있는 귀족 부인이라면 이런 태도를 그냥 넘기지 않을 것입니다. 친근함과 방자함이 엄밀히 다름을 아셔야 하지 않겠습니까?"

또다. 그가 또다시 뼈 있는 말을 늘어놓고 있었다. 그에 대해 품었던 의혹이 단순한 의혹이 아니란 게 한층 더 분명해졌다. 이자는 사람들 앞에서 자신을 망신 주고 싶은 걸까? 찌푸려지려는 표정을 간신히 억누르며 웬디가 천천히 입을 열었다.

"아이에 대한 훈계는 내 따로 할 터이니 모건 경은 이만 마음을 가라앉히시지요."

그제야 레슬리 모건이 얕은 한숨을 내쉬며 뒤로 물러났다. 웬디는 여전히 눈물 젖은 얼굴로 울음을 삼키는 코빈을 바라봤다.

"코빈, 마을의 일이 수습되면 내 숲에 사람을 보내 나무들의 상태를 확인토록 하겠다. 살릴 수 있는 나무가 있으면 반드시 조치를 취할 테니 이만 집으로 돌아가렴."

"우우읏, 흐읏. 그, 그치만, 아픈 건 빨리 고쳐야 하잖아요? 살릴 수 있는데 너무 늦게 가서 죽으면 어떡해요?"

천진하게 내뱉는 그 말에 웬디는 다시 한 번 말문이 막혔다. 이내 고개를 저으며 그렇지 않다고, 일단 돌아가 있으라 채근하니 코빈이 실망한 얼굴로 돌아섰다.

아이가 돌아가자 집중되어 있던 이목도 다시 흩어졌다. 하던 작업을 마무리하려는 듯 사람들이 재차 분주하게 움직이기 시작했다.

"모건 경."

레슬리가 그녀 곁을 떠나가려다 말고 부름에 고개를 돌렸다. 웬디가 그에게 날카로운 시선을 던졌다.

"충고 잘 들었습니다. 그런데 경 또한 친밀함과 방자함이 엄밀히 다르단 걸 잘 알아 두셔야겠습니다. 명예 있는 귀족 부인이라면 그런 태도를 그냥 넘기지 않을 테니까요."

"……명심토록 하지요."

그가 여유 있게 웃으며 고개를 숙였다. 웃는 눈동자에 웬디를 향한 혐오감이 찰나 드러났다 사라졌다. 무조건적인 반감, 자신과 다른 류의 미천한 이를 보는 듯한 시선. 제도의 귀족들에게서 자주 마주한 시선이었지만 그것보다 더욱 깊고 검질겼다. 그녀는 레슬리 모건의 뒷모습을 한동안 바라보며 자신의 아량이 어디까지일지 고민했다.

잠시 뒤 웬디의 명을 받았던 시녀들이 따뜻한 차를 준비해 돌아왔다. 웬디는 솔선수범하여 추위에 지친 이들에게 차를 나눠 주었다. 몸이 잔뜩 얼어 있던 차였기에 모두가 따뜻한 음료를 몹시 반기며 공작 부인의 너그러움에 감사했다. 정신없이 모든 이들에게 골고루 차를 나눠 주다 보니 레슬리 모건이 서 있던 근처까지 왔다. 그 순간 얄궂게도 그와 눈이 딱 마주쳤다. 그 마당에 그를 그냥 지나칠 순 없어 웬디는 조금 떨떠름한 심정으로 그에게 찻잔을 내밀었다. 그가 잠시 멈칫하더니 그걸 받아 들었다. 그러다 그녀의 손끝이 그의 손마디를 살짝 스쳤다. 레슬리 모건이 찰나 눈살을 찌푸렸다.

쨍그랑!

그 순간 그가 손에 들고 있던 찻잔을 바닥에 떨어뜨렸다. 레슬리 모건이 당황이 역력한 표정으로 얼른 그녀에게 사과했다. 웬디는 코웃음이 비어져 나오려는 걸 가까스로 참았다. 신들린 연기력이었다. 실수인 척했지만 고의적인 행동이었다는 걸 단박에 알아챘다. 그는 더러운 것을 내버리듯 그녀가 준 찻잔을 바닥에 떨궜다.

"손이 얼은 모양이지요? 오, 민망해하실 것 없습니다. 모건 경같이 예법에 익숙한 분들도 추위에 얼은 손을 어찌할 순 없을 테니까요. 다시 한 잔 드릴 테니 표정을 펴세요."

"맙소사, 제가 이런 끔찍한 실수를 하다니 아찔하군요! 저의 흠을 넓은 아량으로 이해해 주시니 감사할 따름입니다. 공작 부인께서 주신 찻잔을 감히 떨어뜨렸는데 차를 두 번 청할 수는 없지요. 너그러우신 마음만을 감사히 기억하겠습니다."

그가 예법 교습서에나 나올 법한 동작으로 그녀에게 그럴듯하게 인사했다. 웬디는 기분 나쁜 속내를 감추며 그 뻔뻔한 작태를 지켜보았다. 그릇된 특권 의식에 사로잡힌 족속인 줄만 알았더니 그는 좀스럽고 옹색하기까지 한 자였다. 웬디는 그의 얼굴에 뜨거운 찻물을 부어 주고 싶은 걸 간신히 참아 냈다.

그 후로도 울컥울컥 화가 치밀어 오른 탓에 웬디는 이곳을 더 지키고 있어 보았자 마음만 소란스러워질 것이란 걸 깨달았다. 잠시 생각에 잠겨 있던 그녀는 코빈이 사라진 방향을 바라보다가 결국 아이의 집으로 걸음을 옮겼다. 이대로 있느니 마음에 걸리던 일을 해치워 버리는 게 나을 것이란 판단에서였다.

코빈의 어미는 일꾼들을 위한 식사를 준비하느라 한참 분주한 와중이었다. 웬디는 시녀들에게 그녀를 도우라 이르고 코빈이 있는 방으로 갔다. 아이의 방은 좁은 복도 안쪽에 있었는데 그보다 더욱 안쪽에는 밖으로 통하는 뒷문이 있었다. 웬디는 그 문을 눈여겨봤다.

방 안에 들어가자 침대에 엎드려 훌쩍이고 있는 아이의 모습이 보였다. 흔들리는 작은 어깨가 처량해 웬디는 마음이 약해졌다. 아이에게 조심스럽게 인사하며 말을 걸어 보았지만 코빈은 고개를 들지 않았다.

"코빈, 울지 말거라. 널 도와주려고 이리 오지 않았니."

웬디의 말에도 한동안 꿈쩍 않고 울던 아이가 한참만에야 눈물 젖은 얼굴을 들었다.

"……정말 도와줄 거예요?"

"그전에 한 가지 물어볼 게 있단다. 너 외에는 사탕단풍 숲의 쓰러진 나무들을 본 사람이 없니?"

아이가 고개를 끄덕였다. 어른들 모두 지붕을 고치느라 바빠 숲으로 가자는 부탁을 들어주지 않았다며 코빈이 서러워했다. 지붕 수리를 하지 못하면 다음 눈보라 때 더 큰 피해를 입을 수 있었지만 아이는 그것까진 헤아리지 못했다.

"그랬구나. ……코빈, 내게 설피를 하나 가져다주겠니? 숲에 사람을 보낼 거란다. 눈길을 걷기 어려울 테니 그게 필요할 거야."

"공작 마님처럼 높은 사람이에요? 그 사람이 나무를 고칠 수 있어요?"

코빈이 훌쩍훌쩍 코를 크게 들이마셨다. 웬디는 피식 웃음 지으며 코빈이 코를 풀 수 있는 무언가를 찾아 고개를 두리번거렸다.

"글쎄다. 우선 얼마나 심각한지 가서 살펴봐야지. 다른 어른들은 모두 바빠 숲에 갈 틈이 없다 하니 나라도 사람을 보내려는 거란다."

코를 풀 마땅한 것이 없어 멋쩍게 아이를 보니 코빈은 아무렇지 않다는 듯 익숙하게 소맷부리에 코를 슥 닦았다. 누런 코가 길게 늘어졌다.

똑똑.

그때 아이의 방문을 두드리는 소리가 들렸다. 들어오라 이르니 시녀가 촌장 부인과 함께 따뜻한 밀크 티와 구운 견과류를 가지고 들어왔다. 웬디는 그들 앞에서 괜히 얕은 기침을 하며 추운 양 팔뚝을 한 번 쓸었다.

"잠시 홀로 쉬고 싶으니 날 신경 쓰지 말고 할 일들을 하게나. 오랜 시간 바깥바람을 쐬었더니 고단하군. 내 부를 때까지 방해치 말아 주겠나? 코빈이 방을 내주기로 했거든."

웬디가 코빈에게 눈짓을 하자 아이가 고개를 크게 끄덕였다. 아들의 코 묻은 얼굴을 앞치마로 닦아 준 촌장 부인이 가죽 주머니에 뜨거운 물을 채워 오겠다 말했다. 웬디는 그 배려를 거절하고 그들을 모두 물렸다. 그들과 함께 밖으로 나갔던 코빈이 잠시 뒤 설피를 들고 쪼르르 잰걸음으로 들어왔다.

"코빈, 너도 나가서 어른들을 돕도록 해라. 숲으로 사람을 보내고 그가 돌아오면 내가 널 찾으러 갈 테니 아무 걱정 말고."

잠시 고민하던 아이가 알겠다며 재빠르게 뛰쳐나갔다. 그제야 웬디는 설피를 손에 쥐고 방 밖으로 나섰다. 모두가 제 할 일을 하느라 바빴기에 그녀를 지켜보고 있는 눈은 없었다. 웬디는 집 뒤로 나 있는 문을 통해 밖으로 나가 곧장 숲을 향해 갔다.

4화

북풍을 맞은 사탕단풍도 단내를 내나요

북풍을 맞은 사탕단풍도 단내를 내나요

숲으로 가는 내내 웬디는 요정의 힘이 깃든 손을 꾹 말아 쥐고 자신이 해야 할 일에 대해 생각했다. 3년 전과 웬디가 달라진 게 있다면 필요한 곳에 검지의 능력을 사용하는 데 더 이상 주저하지 않는다는 것이다. 타인에게 그 힘을 감춰야 함은 변함없었지만 망설이는 가운데 상황이 나빠지는 걸 예전처럼 지켜만 보지 않을 것이다. 그녀는 자신이 검지 아래 커다란 선물 보따리를 숨기고 있는 것과 다름없다고 생각했다. 필요한 곳에 그 선물을 주지 않는다면 색이 바래고 낡아 아무 쓸모없는 잡동사니가 될 뿐이다. 대의라든가 위대한 사명 같은 건 모른다. 다만 더는 머뭇거리지 않을 뿐이다.

이번 일은 비단 아이를 위한 일만은 아니었다. 식물에 대한 집착과 애정이 누구 못지않게 강한 그녀였기에 사탕단풍 나무를 가꾼 이들이 느끼게 될 허탈감을 쉬이 짐작할 수 있었다. 수년간 공들여 가꾼 나무가 한순간 사라진다면 그 좌절감은 이루 말할 수 없을 터였다. 더구나 이 일은 라드의 영지가 더욱 번영하는 데 큰 도움이 될 것이다.

눈보라에 의해 생명이 다한 어린 나무들의 모습을 더 많은 사람들이 보기 전에 멀쩡하게 살아 있는 나무를 한 그루라도 세워 놓아야 했다. 접붙인 나무들이 모두 죽었단 걸 마을 사람들이 알고 난 이후에는 손가락의 힘을 쓰는 게 불가능했다. 지금이 아니고서는 기회가 없었다. 코빈이 이미 현장을 본 후였지만 어린아이가 세심히 모든 나무들의 상태를 파악했다고 여기지는 못할 것이다.

찬바람이 망토 사이를 비집고 불어오자 그녀의 걸음이 조금 더 빨라졌다. 식물 채집을 위해 숲을 쏘아 다닌 경력이 오래된 까닭에 웬디는 숲길을 기억하는 탁월한 능력이 있었다. 전날 밤에 몰아친 눈보라의 영향으로 여기저기 꺾이고 부러진 가지들이 많은 데다 눈이 전보다 쌓여 있어 걸음을 내딛는 게 쉽진 않았지만 그녀는 사탕단풍 군락지를 노련하게 찾아냈다.

뿌리를 단단하게 박고 있는 둥치 굵은 키다리 나무들은 눈보라를 든든히 견뎌 낸 듯했지만 접붙인 어린 나무들은 코빈이 말한 대로 죄다 쓰러져 있었다. 가지만 조금 꺾였다면 문제가 없었겠지만 나무 기둥이 꺾이고 뿌리가 뽑혀 회생을 바라기 어려웠다. 웬디는 이곳에 온 본래의 목적을 상기하며 뿌리가 뽑혀 쓰러져 있는 나무 근처로 다가갔다. 코빈 외에 이 현장을 본 사람이 있을 가능성을 배제할 수 없으므로 웬디는 일부러 눈이 가득 뒤덮인 자리를 골랐다. 눈이 쌓인 탓에 살아 있는 나무를 미처 발견하지 못했다 여기게끔 하여 혹시 모를 의심을 조금이라도 봉쇄하고자 한 것이다. 순식간에 일을 마치고 아무렇지 않은 얼굴로 되돌아가면 누구도 그녀를 의심하지 못하리라. 이미 그녀의 머릿속에는 만약의 사태를 대비한 그럴듯한 변명거리들 역시 가득 차 있었다.

굴러다니던 나무막대를 지렛대 삼아 쓰러진 나무를 힘겹게 조금 밀어내고 가득 쌓인 눈을 공들여 걷어 내자 뿌리가 있던 땅이 드러났다. 잠시 숨을 고른 그녀가 주위에 인적이 없는 걸 확인했다. 간간이 들리는 바람 소리 외에 숲은 고요했지만 쉬이 안심할 순 없었다. 자신의 행동이 얼마나 괴상해 보일지 깊이 생각하지 않아도 알 수 있었다. 묘지를 파헤치는 마녀 같은 괴담 속 인물이 저절로 떠올랐다. 비록 이곳이 묘지가 아니라 할지라도 누군가 그녀의 모습을 본다면 충분히 오해를 살 수 있을 만큼 생뚱맞은 행동거지가 아닌가. 덕분에 더욱 조바심이 난 웬디는 사방을 매의 눈으로 더듬고 나무 위쪽까지 훑어본 이후에야 언 땅에 검지를 댔다.

투두두둑.

그러자 곧바로 변화가 일어나기 시작했다. 꽁꽁 언 땅을 뚫고 나온 초록빛 새싹이 일순간에 떡잎을 떨구고 본줄기를 쑥쑥 키워 냈다. 두터워진 줄기는 눈 깜짝할 사이에 잿빛 수피를 겉에 입고서 건강한 나뭇가지를 몸 밖으로 밀어냈다. 어느덧 전날 숲에서 보았던 나무 한 그루가 그녀의 발치 앞에 우뚝 솟아 있었다. 다만 그때와 한 가지 다른 점이라면 나무기둥의 꼭대기 부근이 뚝 분질러진 모양이란 것이다. 덕분에 본래보다 키가 훨씬 작아졌지만 이 상태로 눈을 조금 쌓아 놓는다면 의심을 피하기 한결 수월해질 터였다.

바스락!

그때였다. 웬디가 나무의 키를 가늠해 보고 있던 순간, 뒤쪽에서 가는 나뭇가지가 부러지는 소리가 들려왔다. 누군가의 인기척이었다. 소스라치게 놀란 그녀가 소리가 난 방향을 향해 고개를 돌렸다. 근육이 잔뜩 긴장하여 눈두덩이 파르르 떨렸지만 눈을 깜빡일 수도 없을 만큼 위기감이 몰아쳤다.

"……!"

경악하여 커진 초록색 동공 위로 나무 사이에 서 있는 한 남자의 모습이 비쳤다. 갈색 로브를 눌러쓴 남자였다. 그의 얼굴이 무언가에 놀란 듯 딱딱하게 굳어 있었다. 보았을까? 보았다면 어디서부터 본 것일까? 왜 저리 놀란 표정이지? 웬디는 들썩이는 마음을 가라앉히려 애쓰며 그를 살폈다. 낯설지 않은 남자의 인상착의에 조금 전 마을의 골목에서 보았던 자임을 금세 알 수 있었다.

"여기서 뭘 하고 있는 거죠?"

웬디가 묻자 도리어 그녀를 의심스럽게 살핀 남자가 경계심 가득한 목소리로 입을 열었다.

"……그러는 당신은?"

남자의 말투를 보아하니 자신이 공작 부인이란 사실을 알지 못하는 듯했다. 오히려 잘된 일이었다. 익명성이 준 자신감을 원천 삼아 웬디는 날카롭게 그를 추궁했다.

"언제부터 거기 있었나요?"

나뭇가지가 부러지는 소리 외에는 그가 다가오는 발자국 소리 하나 들은 게 없기에 의심쩍은 물음이 삐죽 튀어나왔다. 웬디의 날선 질문에 그의 표정이 불쾌하게 찌푸려졌다.

"무슨 생각을 하는 거지? 걷다 우연히 마주친 것뿐이오. 내가 그쪽을 지켜보고 있기라도 했단 말인가? 그러는 그쪽은 거기서 뭘 하고 있었기에 그러지?"

되물어 오리라곤 생각지도 못했기에 웬디는 순간 꿀 먹은 벙어리가 됐다. 머리를 팽팽 돌리며 그럴듯한 핑계를 끄집어내려던 그녀의 뇌리에 그 순간 그의 접근을 과민하게 경계해도 될 만한 핑계 하나가 천운처럼 번뜩였다.

"저, 전 볼일을 볼 자리를 찾고 있었어요!"

"무슨 볼일 말인가?"

"그 볼일이요!"

놀라운 기지에 스스로 탄복하며 던진 말이었지만 얼굴은 단숨에 새빨갛게 변했다. 그 역시 당황한 듯 그녀에게서 잠시 시선을 돌렸다. 웬디는 그가 자신의 신분을 알지 못하는 걸 다시 한 번 감사해야 했다.

"이제 그쪽이 대답할 차례군요. 이곳을 배회하고 있는 이유가 뭐죠?"

"산책 중이었소."

"눈이 이렇게나 쌓인 숲에서요?"

가늘게 뜬 눈으로 자신을 보는 그의 눈빛이 피차일반이라 말하는 듯해 웬디는 '큼큼' 목을 가다듬었다. 그와 말을 더 섞느니 한시 바삐 이 자리를 뜨는 게 상책이란 생각이 들었다. 남자의 태도를 가만 살피니 무언가 특별한 걸 보진 못한 눈치였다. 산책을 하고 있었다는 그의 말이 영 수상쩍긴 했지만 인적 없는 숲에서 낯선 남자를 상대로 적극적인 의심을 내보이는 건 현명한 일이 되지 못했다.

"그럼 갈 길을 가시지요. 저도 이만."

남자에게 이별을 고한 웬디가 그보다 먼저 움직였다. 혹여나 그가 붙잡을까 싶어 빠르게 줄행랑을 놓고 싶었지만 애써 단정한 걸음을 유지했다. 꼿꼿이 유지되던 그녀의 걸음걸이가 깨진 것은 그와 거리를 적당히 벌렸을 즈음이었다. 급작스럽게 거세진 바람에 나무 위에 쌓여 있던 눈이 풀썩 쏟아져 내린 것이다. 그 아래를 지나던 웬디는 고스란히 눈 벼락을 맞았다.

"꺄악!"

의도치 않은 연약한 비명이 터져 나왔다. 쏟아져 내린 눈이 그녀의 어깨를 짓눌러 쌓인 눈 더미에 몸이 처박혔다. 움직이려 할 때마다 얄궂게도 모자 위에 남은 눈이 와스스 떨어져 내렸다. 모자를 거칠게 털어 내고 악에 바쳐 빠져나오려 버둥거리던 때 눈앞에 손 하나가 불쑥 내밀어졌다.

고개를 들자 가까이 선 남자의 하얀 얼굴이 또렷이 보였다. 측백나무 껍질 같은 적갈색 눈동자와 같은 빛의 머리칼이 후드 아래로 그 모습을 드러냈다.

"잡으시오."

남자가 오만하게 그녀를 내려다보며 말했다. 비위를 상하게 하는 태도였지만 웬디는 편리한 도구를 이용한다 생각하며 그 손을 잡고 몸을 일으켰다.

"고맙군요."

"천만에."

웬디는 망토에 묻은 눈을 탁탁 털어 낸 후 고개를 까닥이는 것으로 다시 갈 길을 가겠단 의사를 표했다. 낭비할 시간 같은 건 없었다. 남자 역시 거만하게 고개를 한 번 까닥였다.

휘이이이잉.

설피를 신은 발을 야무지게 내딛는데 또다시 바람이 크게 일어 망토 자락을 엉망으로 흔들어 놓았다. 몸이 부르르 떨릴 만큼 차고 강한 바람이었다. 망토를 조금 더 바짝 여민 웬디는 더욱 빠르게 발을 놀렸다. 어째 바람이 이는 게 점점 심상치 않았다.

그리고 그녀의 예상보다 더 짧은 사이에 바람은 포악하게 변했다. 사탕단풍 군락지를 빠져나올 즈음에는 바람이 말도 못 하게 거칠어져 있었다. 웬디의 입에서 짜증스런 신음이 흘러나왔다. 강한 맞바람 때문에 전진하는 게 종전보다 서너 배는 어려웠다. 바람에 휩쓸린 눈발이 얼굴을 아프게 때리고 지나갔다. 그쯤 되자 덜컥 겁이 났다.

우지끈!

절반쯤 부러져 위태롭게 흔들리던 나뭇가지가 거친 바람에 아예 절단이 났다. 그 소리가 지척에서 들린다 싶었을 때 부러진 나뭇가지가 아슬아슬하게 그녀의 옆을 스쳐 지나갔다. 이번엔 비명조차 나오지 않았다. 웬디는 질겁해 숨을 집어삼켰다.

이, 이게 무슨 일인가! 벌렁대는 심장을 진정시키며 어깨를 웅크린 채 주변을 살폈다. 잠깐 사이 눈발은 한층 더 거세져 눈을 뜨고 있는 게 힘들 지경이 되어 있었다. 눈보라였다. 웬디는 숲을 벗어나야 한단 일념으로 애써 걸음을 옮겼지만 눈앞이 온통 뿌옇게 흐려 점차 방향 감각이 사라졌다. 숲에서 길을 찾는 데 탁월한 그녀라 할지라도 시계가 확보되지 않은 상황에서는 도리가 없었다. 몰아치는 눈보라 속 홀로 있다는 무시무시한 적막감에 그녀는 몸을 떨었다.

"아얏!"

힘겹게 두어 걸음을 더 내디뎠을 때 무언가 단단하고 날카로운 게 이마를 스치고 지나갔다. 화끈한 통증이 밀려들었다. 아픔에 반사적으로 이마를 짚는 순간 누군가 그녀의 팔을 확 잡아당겼다.

"이쪽으로!"

사탕단풍 군락지에 있던 그 남자였다. 비틀거리는 웬디를 단단하게 붙든 그가 어느 한 방향으로 힘을 다해 나아갔다. 의문을 제기할 새도 없이 그에게 이끌려 정신없이 걷는 와중에도 매서운 눈보라는 쉬지 않고 온몸을 때렸다. 남자가 그녀보다 앞쪽에 서서 바람을 막아 주고 있었는데도 엉망으로 두드려 맞는 것처럼 몸을 가눌 수가 없었다.

"으윽!"

어느 순간 남자가 그녀의 고개를 숙이게 하더니 어딘가로 거칠게 밀어 넣었다. 그에게 아픔을 호소하려던 찰나 거짓말처럼 바람이 잦아들었다.

"여긴……."

"썩은 나무 밑동이오."

입구에 서 있던 남자가 옆으로 비켜서자 바깥의 빛이 희미하게 들어왔다. 그 빛에 의지한 남자가 매고 있던 가방에서 양초를 꺼내 들었다. 아주 능숙하게 부시를 쳐 불을 붙인 그가 작은 철제 랜턴을 꺼내 그 안에 양초를 넣었다. 순식간에 시야가 환해졌고 그제야 나무 밑동 내부가 자세히 보였다.

안은 생각보다 넓었다. 세 아름은 족히 될 만한 공간이었다. 나무 밑동이 썩어 자연히 파인 나무 내부는 훌륭한 대피처가 되어 주었다. 나무 굴은 위쪽으로도 높게 뚫려 있어 장신의 남자가 서 있는데도 전혀 무리가 없었다.

남자는 바닥 여기저기 널려 있는 마른 나뭇잎을 모아 앉을 자리를 마련했다. 그가 웬디에게 나뭇잎 일부를 밀어 주자 웬디는 그와 조금 떨어진 자리에 그것을 깔고 어정쩡한 자세로 앉았다. 잠깐 사이 겉옷에 잔뜩 달라붙은 눈이 우수수 떨어져 내렸다. 그 모습을 바라보던 남자 역시 이내 자리에 앉았다.

"용병이신가요? 아니면 기사?"

웬디가 묻자 그가 눈에 띄게 날카로워진 기색으로 물음의 의도를 파악하려는 것처럼 그녀를 쏘아봤다. 하지 못할 말도 아닌데 지나치게 경계하는 태도였다. 웬디는 그에 대한 의심을 감추며 변명하듯 말했다.

"앉으실 때 검을 매고 있는 걸 봤어요."

로브 안에 감춰져 있던 검집은 그가 쓰기에 턱없이 짧은 길이였다. 라드를 비롯한 기사들을 수없이 보아 온 웬디였기에 신장에 알맞은 검의 길이를 자연 어느 정도 짐작할 수 있었다. 검을 차고 있단 걸 감추기 위한 게 아닐까 하는 생각이 들었지만 굳이 그렇게 할 이유가 있는지 의아했다. 범법자든 허가받지 않은 무기든 무언가 뒤가 구린 게 있는 걸까? 마을 골목에서 그와 마주쳤을 때 그가 마치 기사들을 피하는 것처럼 행동했던 게 생각났다. 덕분에 남자의 정체에 대한 의구심이 더욱 커졌지만 지금까지 그가 보인 태도로 보아 그가 그녀를 해칠 것 같진 않았다. 그래서인지 남자가 두렵다는 생각은 들지 않았다.

"그쪽은 귀족인가? 하는 행동거지나 옷차림을 보아하니 그런 듯한데."

그는 대답 대신 웬디의 망토와 모자 같은 걸 훑어보고선 외려 그 정체를 추궁해 왔다. 말투가 위에서 아래를 굽어보는 듯하고 태도에 찌르는 듯한 예기가 있었다. 위압감이 들었지만 웬디는 애써 태연한 척 그를 봤다. 물론 그녀 역시 그 남자처럼 대답할 의무가 없었기에 입을 꾹 다물고 그의 질문에 답을 해 주진 않았다. 그다지 궁금했던 사항은 아니었던지 남자도 더는 묻지 않고 관심을 끊었다.

두 사람의 대화가 끊기자 을씨년스러운 정적이 감돌았다. 귀를 찢는 바람 소리만이 위험스레 나무 굴을 파고들어 왔다. 입구를 통해 바람과 눈발이 조금씩 들이치고 있었기에 웬디는 금세 한기를 느꼈다. 양팔로 어깨를 감싸 보았으나 추위를 막기엔 역부족이었다. 눈보라는 그칠 기미를 보이지 않았다. 이곳에서 더 지체할 시간이 없었지만 다시 밖으로 나가는 건 자살행위나 다름없었다. 기사든 시녀든 그녀의 부재를 눈치챘다면 이미 한바탕 난리가 났을 것이다. 웬디는 점점 초조해졌다.

얼마의 시간이 흘렀을까. 뻣뻣하게 굳은 근육을 풀어 주려고 곱은 손을 억지로 펴 보았다가 별 소득 없이 다시 무릎을 끌어안았다. 바람 소리가 등골이 오싹할 만큼 괴괴하게 들렸다. 바깥이 어둑어둑한 게 벌써 해가 질 무렵이 된 건지 아니면 단지 날이 궂은 탓인지 시간을 가늠할 수가 없었다. 해가 지면 상황은 더욱 나빠질 게 뻔했다. 지금이라도 되돌아갈 수 있는 방법이 없을까. 초조함에 쫓겨 골똘히 대책을 강구해 보았으나 헛일이었다. 이번만큼은 손가락의 힘에 기댈 수 없었다. 한 치 앞도 보이지 않는 상황에서 눈보라를 헤치고 마을까지 갈 수 있게 해 줄 식물이 존재할 리 없지 않은가. 거푸 한숨이 나왔다.

그렇게 웬디가 하염없이 생각에 잠겨 있을 때였다. 남자가 돌연 그녀의 얼굴로 랜턴을 들이밀었다. 갑작스런 빛에 고개를 돌리려는

데 성큼 다가온 그가 억지로 그녀의 턱을 쥐었다. 턱에 닿은 차갑고 억센 손길에 심장이 덜컹 떨어져 내리는 것 같았다. 겁에 질린 그녀가 남자의 손을 막 뿌리치려 할 때 그가 먼저 손을 떼어 냈다.

"입술이 새파랗군."

남자가 양초가 든 랜턴을 그녀에게 쥐어 주고선 자리를 털고 일어났다. 바깥으로 나가려는 듯 입구 앞에 선 그를 웬디가 급히 불러 세웠다.

"어, 어딜 가려는 거죠?"

남자의 무례한 행동에 겁을 집어 먹었지만 그가 자신을 두고 가버릴지도 모른단 생각이 반사적으로 그를 붙잡게 했다. 남자가 멈칫하더니 몰라서 묻냐는 듯 말했다.

"땔감이 필요하지 않겠소? 이대로는 오래 버티지 못할 테니."

지금껏 성실한 답변을 해 준 적 없던 남자가 웬일로 그의 목적을 밝혔다. 웬디가 더는 말이 없자 그는 뿌옇게 눈보라가 이는 바깥으로 금세 사라져 버렸다. 입구 밖으로 나가는 그 뒷모습이 마치 괴물의 아가리 속으로 뛰어드는 것처럼 위험천만해 보여 웬디는 저도 모르게 어깨를 떨었다. 오만하게만 보이던 남자의 예상 밖 친절에 머릿속이 엉킨 실타래처럼 복잡해졌다. 아니, 따지고 보면 자신은 벌써 그에게 몇 번이나 도움을 받았다. 남자의 태도가 워낙 거만하고 따가워 그 친절이 희석됐을 뿐.

그가 되돌아오지 않을 수도 있단 생각이 들었다. 자의든 타의든 말이다. 차라리 그 편이 그녀에겐 더욱 유익하게 살길을 도모할 수 있는 길일지도 몰랐다. 그가 없다면 땔감 정도는 손가락의 힘으로 얼마든지 만들어 낼 수 있었고 칼날 같은 바람도 요령껏 피할 수 있었으니. 하지만 그럼에도 불구하고 웬디는 그가 다시 돌아와 줬으면 하고 바랐다. 그에게 빚을 졌기에 그것을 갚아야 한다는 의무도 있었지만 그보다는 원초적인 두려움이 우선했다. 이 침묵 속에 홀로 남아 언제 그칠지 모를 눈보라를 바라보고 있는 건 낯선 이와의 시간보다 더욱 견디기 어려울 것 같았다.

타닥타닥.

양초의 심지가 타는 소리에 웬디는 억지로 귀를 기울였다. 의지할 거라곤 랜턴의 불빛과 거기서 나는 온기뿐이었다. 가만히 그 불빛을 바라보던 그녀는 초의 생김과 밝기가 남다르단 걸 깨달았다. 베냐한에서 흔하게 쓰이는 싸구려 양초와는 다르게 질이 월등히 좋았다. 황실이나 귀족 가문에서 귀하게 사용하는 경랍 양초가 틀림없었다. 향유고래의 기름으로 만든 매우 고품질의 양초로 아무나 쉽게 구할 수 있는 게 아니었다. 남자가 이것을 가지고 있다는 건 그도 귀족이거나 매우 부유한 상인 가문 출신이란 뜻이었다.

한참 양초를 바라보고 있던 웬디는 잠시 뒤 인기척을 느끼고 고개를 번쩍 들었다. 남자가 눈에 젖은 모습으로 돌아왔다. 웬디를 흘깃 바라본 그가 로브 안에 안고 있던 나뭇가지를 바닥에 와르르 쏟아 놓았다. 어디서 구했는지 용케 젖지 않은 마른 가지였다. 익숙한 손길로 부시를 친 남자는 금세 모닥불을 일으켰다. 마치 이런 일을 숱하게 경험한 사람 같았다. 거센 눈보라가 몇 번이고 불어 닥친다 해도 거뜬히 살아남을 것처럼 그는 한 점의 동요도 없어 보였다. 정말 희한하게도 남자에게선 다듬어지지 않는 야성과 속되지 않은 고매함이 함께 느껴졌다. 거친 노지에서 자라는 나무 같기도, 온실 속에서 자라는 나무 같기도 했다. 꼿꼿하게 허리를 펴고 앉은 모습이나 불꽃을 바라보는 눈빛이 거친 듯하면서도 한없이 귀족적이었다.

"뭘 그렇게 보지?"

말투는 무례하기 짝이 없었지만 말이다.

"고맙단 말이 늦었군요. 덕분에 눈보라를 피했어요. 이 마을 분 같진 않은데 나무 굴이 있는 건 어찌 아셨죠?"

"……이리 큰 나무를 보지 못하고 지나치는 게 더 이상한 일이지."

마을 사람이 아닌 것 같단 웬디의 말에 그는 부정하지 않았다. 웬디는 본능적으로 모닥불 가까이로 몸을 기울이며 남자를 조심스레 살폈다. 공간의 제약으로 모닥불을 크게 피우진 못했지만 나무가 타자 삽시간에 훈기가 돌았다. 체온이 떨어져 자연 떨리던 몸이 서서히 멎었다.

그가 가방에서 마른 육포 조각을 몇 개 꺼내더니 나뭇가지에 꽂아 모닥불에 구웠다. 고소한 냄새가 순식간에 나무 굴에 가득 찼다. 육포가 적당히 구워지자 그가 나무 막대를 웬디에게 내밀었다. 먹고 싶다, 먹고 싶다. 침이 가득 고이고 머릿속에선 끊임없이 먹고 싶단 말이 애걸처럼 흘러나왔지만 웬디는 살인적인 인내로 잠시 주저하는 척을 했다. 그러다 마침내 그가 나뭇가지를 도로 회수하기 전 아주 적당한 타이밍에 냅다 받아 들었다.

불에 그슬린 육포는 무척이나 부드럽고 구수했다. 맛을 음미하며 여러 번 천천히 씹고 싶은데 꿀떡꿀떡 순식간에 넘어가 아쉬울 지경이었다. 또 다른 육포를 꺼내 굽고 있는 남자의 모습을 몰래 훔쳐 본 웬디는 홀로 자그마한 한숨을 내쉬었다. 남자에게 이만 저만 신세를 지는 게 아니었다. 그는 자신을 구명한 것과 다름없는데 끊임없이 그를 의심하고 경계하고 있는 게 스스로도 껄끄러웠다. 자신이 너무 옹졸하게 군 것만 같아 마음이 무거웠다.

그래, 그는 내게 은인과 같아. 웬디는 그의 정체를 의심하는 걸 그만두겠다 다짐했다. 지금으로선 아무런 이득도 되지 않는 일이었다. 이건 맹세코 육포 때문에 든 생각이 아니었다.

"더 들겠소?"

"……주신다면야."

맹세코.

"가방이 마치 보물 상자 같군요."

부끄러운 상념을 떨치려고 웬디가 다급히 말을 돌렸다. 남자가 피식 웃었다.

"되돌아가면 구해 주신 보답을 드리고 싶어요. 식사를 대접해 드려도 좋고요. 아, 여행 중이시라면 여행 자금을 보태 드리는 건 어떨까요? 진심이에요."

"마음만 받도록 하지."

"절 은혜도 모르는 사람으로 만들지 마세요."

어쩐지 밤의 숲에서 만났던 작은 요정, 쥬아소네뜨가 하던 말을 그대로 따라 하는 기분이었다. 보답을 꼭 해야겠다는 사명감이 마구 들었다.

"정 그렇다면 오늘 이곳에서 날 만난 걸 잊어 주시오. 눈에 띄고 싶은 생각이 없소."

의심스러운 기운이 물씬 끼쳐 왔으나 웬디는 순순히 그리하겠다 답했다. 이미 그의 정체는 그녀의 머릿속에서 '귀족 출신 범법자'로 굳어지고 있었지만 그럼에도 불구하고 마음에선 그를 향한 호의가 피어오르고 있었다.

"눈보라가 잦아들었군."

어느덧 휘몰아치던 눈발의 기세가 한풀 꺾여 시야를 분간할 수 있을 정도가 되었다. 웬디는 해가 지기 전에 어서 숲을 빠져나가야겠다고 생각했다.

"늦기 전에 가 봐야겠어요. 더 늦으면 곤란한 일이 생겨서요."

"다시 눈보라가 거칠어질 수 있소. 바람이 물러간 게 아니오."

남자가 일어나 바깥을 내다보고선 말했다. 경험이 담긴 말이었지만 웬디에겐 더 지체할 시간이 없었다. 자신의 외출을 의심스럽게 생각할 사람들도 걱정됐지만 라드가 되돌아올 시간이 머지않았다는 것 역시 마음을 조급하게 했다. 시야만 확보되어 길을 찾을 수 있게 된다면 무슨 수가 있을 것이다. 속이 빈 고목을 우산 모양으로 조그맣게 자라게 하는 것 같은 실현 가능할 법한 아이디어가 여러 개 떠올랐다. 바짝 말라 가벼워진 나무의 겉껍질을 뒤집어쓰고 간다면 갑작스러운 바람에 날카로운 무언가가 날아온대도 비교적 안전할 것이다. 이 정도 눈이라면 자신도 거뜬히 헤쳐 걸을 수 있었다.

"더 머무르실 건가요? 제 걱정은 마시고 편하실 대로 하세요. 제겐 익숙한 길이니까."

그가 억지로 따라나설까 염려된 웬디는 조금 거짓말을 보태 말했다. 잠시 고민한 남자가 모닥불에 흙을 끼얹고 발로 비벼 껐다. 그 역시 숲에 더 머물러 좋을 게 없다는 판단을 내린 듯했다.

"숲의 경계까지 함께 가도록 하지."

그와 함께 밖으로 나가니 안에서 보던 것과 사뭇 다른 거친 바람이 온몸을 덮쳐 왔다. 별안간에 강탈당한 체온에 다시 턱이 떨려오는 걸 웬디는 억지로 참고 빠르게 걸음을 옮겼다. 그나마 길을 분간할 수 있게 된 게 불행 중 다행이었다. 나무의 종과 모양을 이정표 삼아 걷다 보니 바람이 점차 세지고 덩달아 눈발의 양이 많아지는 게 느껴졌다.

"서둘러야겠어요."

바람이 거칠어지자 그가 웬디보다 앞장서 걷기 시작했다. 외지인일 거라는 짐작을 우습게 만들듯 그는 이곳 숲이 훤한 것처럼 숲길을 찾는 데 매우 익숙해 보였다. 어느 정도 걸었을까? 치렁치렁한 망토가 걷는 데 무척 거추장스럽다 느낄 즈음 지금까지완 비교가 되지 않는 바람이 몰아쳐 왔다. 단숨에 눈앞이 새하얗게 바뀌어 두 다리를 지탱하고 서 있는 것만도 버겁게 되었다. 바로 그때 사달이 났다.

우지끈!

그 불길하고 둔탁한 소리를 인식하여 등골이 쭈뼛 서는 것과 동시에 부러진 나무 기둥이 두 사람을 덮쳐 왔다. 남자가 인정사정없이 웬디를 밀치고서 그 반동과 함께 반대편으로 몸을 던져 피했다. 웬디는 눈 위를 엉망으로 나뒹굴었지만 아픈 것도 잊고 몸을 발딱 일으켜 쓰러진 남자에게 달려갔다. 자신보다 한 박자 늦게 피한 남자의 마지막 모습이 눈에 어렸다. 맙소사! 다치진 않았겠지? 불안감이 숨 끝까지 차올랐다.

"이봐요! 괜찮아요?"

남자가 미동 없이 바닥에 누워 있었다. 숨을 크게 몰아쉬며 그의 사지를 살피니 다행스럽게도 나무 기둥에 깔린 부위는 없었다.

"이봐요!"

가볍게 몸을 흔들자 그가 낮은 신음을 흘렸다. 남자가 고통스럽게 그의 오른쪽 배 위로 손을 올렸다.

"다, 다친 거예요?"

맞바람에 떠지지 않는 눈을 억지로 뜨며 조심스럽게 그의 배 위를 더듬어 보니 이미 피가 흥건했다. 손가락 두 개 굵기의 나뭇가지가 그 위에 흉측하게 박혀 있었다.

웬디는 너무 놀라 뒤로 물러서며 무심코 손으로 바닥을 짚었다. 장갑 위에 묻은 시뻘건 피가 눈 위에 그대로 자국을 남겼다. 새하얀 눈 바닥에 물든 진한 선홍색 손자국이 시야 가득 날리는 눈발 틈으로도 미치도록 선명히 보였다. 숨이 턱 막힐 만큼 가슴이 떨렸지만 그를 도울 수 있는 사람은 자신밖에 없단 사실이 현실 감각을 일깨웠다. 자신을 신경 쓰지 않고 홀로 몸을 피했다면 그는 이런 상처를 입지 않아도 되었을 것이다. 침착하자고 스스로에게 되뇐 그녀가 그의 팔과 어깨를 잡았다.

"일어날 수 있겠어요? 다시 나무 굴로 되돌아가야겠어요."

웬디가 힘을 줘 그를 일으키려 하자 그가 어렵사리 협조해 왔다. 그의 팔을 어깨 위에 걸치고 비틀거리는 몸을 지탱했다. 남자가 간간이 신음을 흘렸다. 가까스로 고통을 참고 있다는 게 생생히 느껴졌다.

나무 굴에 도착했을 땐 둘 다 녹초가 되어 있었다. 오는 도중 눈보라가 다시 약해졌지만 마을로 되돌아갈 여력은 없었다. 웬디는 그를 조심스럽게 굴 바닥에 눕히고 그의 가방에서 양초와 부싯돌을 찾아 꺼내어 불을 밝혔다. 눈 알갱이가 붙어 새하얘진 속눈썹을 빠르게 깜빡이며 렌턴 안에 양초를 넣는데 손이 덜덜 떨렸다. 그의 무게를 견디며 오느라 온 힘을 쓴 까닭이기도 했지만 남자의 중한 상처에 두려움이 몰려 온 게 더 컸다.

"조금만 참아요."

웬디가 말했지만 남자는 벌써 까무룩 정신을 놓아 버린 후였다. 뺨을 살짝 건드려 보았으나 그는 의식을 회복하지 못했다. 더는 지체할 시간이 없었다. 웬디는 재빠르게 장갑을 벗어 던지고 흙바닥 위에 검지를 댔다. 두 차례 똑같은 행동을 반복하자 서로 다름 생김새의 작은 나무 두 그루가 땅을 뚫고 자라났다. 바하즈만과 베젠타였다. 웬디는 남자의 가방에서 양초를 찾을 때 봐 두었던 대나무 물병을 꺼내 뚜껑을 물로 헹구고 베젠타 줄기를 거기다 짓이겼다. 줄기에서 제법 많은 즙이 흘러나왔다.

"아플 거예요."

웬디가 남자의 배 위에 박혀 있는 나뭇가지를 두 손으로 잡았다. 이를 악문 그녀가 한순간 힘을 줘 그것을 몸에서 쑥 뽑아냈다. 끔찍한 감각이었다. 나뭇가지가 뽑혀 나오자마자 피가 울컥울컥 쏟아져 나오기 시작했다. 웬디는 다급하게 소독 성분이 있는 베젠타 즙을 상처 자리에 부었다. 남자는 죽은 사람처럼 얼굴이 새하얗게 질려서는 조금의 미동도 없었다.

그녀의 마음이 조급해졌다. 떨리는 손으로 바하즈만의 빨간 열매를 거둬들인 후 베젠타 즙으로 헹군 손으로 그것을 으깼다. 웬디의 손아귀에서 으깨진 붉은 액체가 뚝뚝 상처 위로 떨어져 내렸다. 효과는 빨랐다. 다행히도 솟구치던 피가 점점 줄어드는 게 확연히 보였다.

이젠 기다리는 것밖에 도리가 없었다. 한숨을 돌리고 나니 써늘한 한기가 뒤늦게 느껴졌다. 웬디는 꺼진 모닥불을 다시금 일으켜 온기를 만들어 냈다. 땔감 몇 개를 더 쑤셔 넣어 불길을 조금 키우니 나무 굴 안이 훤히 밝아졌다. 그러자 남자 근처에 내팽개쳐진 피 묻은 나뭇가지가 눈에 들어왔다. 그에게 잔인한 상처를 낸 흉기였다. 나뭇가지를 주워 들고 피에 젖은 자리를 자세히 살피니 표면이 매끄러운 게 조각이 떨어져 배 속에 남아 있거나 하진 않을 것 같았다. 이대로 상처가 잘 아문다면 크게 문제가 없을 터였다.

어느덧 바깥에 깊은 어둠이 내려앉아 있었다. 오락가락하던 눈보라는 밤의 기운을 먹고 또다시 괴물처럼 으르렁댔다. 적막과 함께 스산한 기운이 몰려오자 필연처럼 라드가 떠올랐다. 웬디는 버릇처럼 손에 낀 결혼반지를 매만졌다. 그는 되돌아왔을까? 괴팍한 날씨에 그 또한 발이 묶여 있진 않을까? 자신을 걱정하고 있을지 모를 그에 대한 미안함에 가슴이 까진 상처처럼 쓰라렸다. 선한 마음을 가지고 시작한 일이 이 지경에 이르자 한숨이 절로 나왔다. 자신이 너무 경솔했던 게 아니었나 하는 생각이 들었다. 그냥 모른 체 검지의 힘을 쓰지 않았다면 이런 일 또한 일어나지 않았을 것이다. 하지만 그게 과연 옳은 일인가? 현실을 바꿀 힘이 있는데도 자신의 안일을 위해 아무 행동도 하지 않는 게?

"후우……."

웬디는 무거운 생각을 떨칠 요량으로 바하즈만과 베젠타를 뿌리째 뽑아 들고 모닥불에 던져 넣었다. 탁탁 타오르는 불길이 잠시 커졌다가 곧 원래대로 되돌아갔다. 그 불빛을 따라 요동치던 남자의 그림자를 잠시 지켜본 그녀의 시선이 미끄러지듯 그의 얼굴로 향했다. 바하즈만의 약효가 전신으로 퍼졌는지 남자의 표정이 눈에 띄게 편안해져 있었다. 허연 피부 위로 혈색이 살아난 걸 눈으로 확인하고서 가지런한 남자의 이마를 짚어 보았다. 체온 역시 정상이었다.

새벽은 금방 왔다. 땔감이 떨어질 때마다 웬디는 검지의 힘을 빌려 마른 고목을 키워 냈다. 생에서 곧장 노년의 죽음으로 향하는 식물의 모습을 여러 번 지켜보는 건 마음 편한 일이 아니었지만 생존을 위해 하는 수 없었다. 늦은 새벽, 남겨 두었던 바하즈만 열매를 한 번 더 즙 내서 그의 상처 위에 뿌렸다. 그런 후 바로 찢어 낸 옷자락을 붕대 삼아 상처에 덮으려 손을 움직였다. 바로 그 순간 남자의 팔이 움찔 떨렸다.

탁!

정신을 차린 남자가 별안간 그녀의 손목을 억세게 잡았다. 헛숨을 들이켜며 그를 바라보자 그가 그녀를 거칠게 잡아당겼다.

"……!"

그의 얼굴이 코앞이었다. 그가 가늘게 뜬 눈으로 웬디를 바라봤다. 측백나무 껍질 같은 그 적갈색 눈동자가 쏘는 시선이 아릿하게 아플 만큼 강렬했다. 도와주려던 것뿐이라 막 변명의 말을 하려던 참에 그녀를 잡고 있던 그의 손아귀 힘이 빠졌다. 저항할 수 없는 어떤 힘에 남자의 눈이 다시 스르르 감겼다. 운신의 자유를 되찾은 그녀가 얼른 그에게서 몸을 떼며 뒤로 물러났으나 그는 더 이상 아무런 움직임도 보이지 않았다. 잠시 뒤 혹시 몰라 남자의 숨을 확인해 보았지만 숨결은 안정된 채 이상이 없었다. 잠이 든 것뿐이었다.

동이 터 올 무렵이 되어 어둠이 쇠하자, 마치 힘의 원천을 잃은 것처럼 눈보라 역시 잦아들었다. 그의 상처 난 자리를 한 번 더 확인할 겸 덮어 둔 천을 걷어 내니 상처가 거의 아물어 있었다. 웬디는 깨끗한 옷자락을 더 찢어 내어 상처 위에 대고 그의 옷을 추슬러 주었다. 그때 멀리서 희미하게 사람의 음성이 들렸다. 헛것을 들었나 싶어 다시 귀를 기울여 보았으나 틀림없는 누군가의 음성이었다. 사람들이 자신을 찾고 있는 것이라는 직감이 들었다.

웬디는 모닥불에 땔감 몇 개를 더 던져 놓고 장갑을 든 채 급히 몸을 일으켰다. 사람들에게 남자의 모습을 노출시키는 것은 현명한 일이 되지 못했다. 웬디는 그와의 만남을 잊겠다고 약속한 일을 상기했다. 그녀가 짐작한 대로 남자가 실제 죄를 지은 도망자라 할지라도 이리 인연이 얽힌 이상 그를 밀고하거나 위험에 빠지게 할 수는 없었다. 웬디는 이중으로 된 자신의 망토 윗자락을 벗어 그의 상처 부근에 덮어 주고 몸을 돌렸다. 당분간 모닥불이 꺼지진 않겠지만 체온을 유지해 줄 게 더 필요할지 몰랐다. 이대로라면 남자는 괜찮을 것이다.

잠이 든 이에게 가겠다 인사말을 남기는 것도 퍽 우스워 웬디는 말없이 나무 굴을 빠져 나왔다. 소리가 들리는 쪽으로 한참 걷자 어스름 속에서 횃불을 든 사람들이 여기저기 보였다. 기사들이었다.

산책하다 길을 잃었고, 갑자기 눈보라가 불어와 굴속에 피해 있었다. 웬디는 해명을 바라는 마그리트 경의 눈빛에 길을 잃게 된 경위를 설명했다. 오랜 시간 숲을 뒤지고 다닌 듯 그를 비롯한 기사들의 귓불이 새빨갛게 얼어 있었다. 그들의 고생을 생각하니 깊은 죄책감을 느끼지 않을 수 없었다. 마그리트 경이 호각을 불자 숲 여기저기로 퍼져 있던 기사들이 다시 숲 입구로 모여들었다. 다행히 그들 중 숲의 남자를 발견한 이는 없는 듯했다.

"공작 전하는 돌아오셨나요?"

"아직이십니다. 눈보라가 산발적으로 일어나고 있어 한동안 움직이기 힘드실 겁니다. 차라리 다행입니다. 부인을 찾지 못한 상황에서 돌아오셨더라면 어떤 불벼락이 떨어졌을지, 생각만 해도 눈앞이 깜깜합니다."

그가 퀭한 얼굴로 고개를 내저었다. 웬디는 입이 열 개라도 할 말이 없었기에 그저 가만히 그 옆에서 걸음을 놀렸다. 라드의 소식을 듣자 그에 대한 걱정이 치밀어 올랐지만 현명하게 생각하려 애쓰며 꿋꿋하게 앞을 보았다. 주둔지의 수비 대원들은 그곳 주변 환경에 대처하는 데 부족함이 없을 터였고, 그들 틈에는 숙련된 길잡이들 또한 수두룩할 게 분명했다. 웬디는 그들을 믿고 기다리기로 마음먹고 불안한 마음을 지우려 노력했다.

"공작 부인!"

숙소 앞에 이르자 레이첼 부인이 새파랗게 질린 얼굴로 뛰어왔다. 그녀를 찾았다는 소식을 전해 듣고 찬바람 속에서 웬디가 오길 기다리고 있던 모양이었다. 자신의 일탈로 노심초사했을 노부인을 생각하니 웬디는 절로 민망해졌다. 자신을 걱정하고 또 나무랄 이들에게 사탕단풍 나무를 되살리고 왔다는 사연을 말할 수도 없는 형편이라 산책 중 길을 잃었다는 시답잖은 핑계를 계속 대자니 마음이 무겁고 안타까웠다.

고맙게도 레이첼 부인은 아무런 말도 묻지 않고 웬디가 쉴 수 있게 배려했다. 물론 부인이 시름 깊은 한숨을 내쉴 때마다 마음이 뜨끔거리긴 했지만 말이다. 숙소 건물의 2층에 이르러 우선 씻고 싶다 말을 하려는데 낭트셰의 가신들이 응접실에서 우르르 나오는 걸 목격했다. 웬디의 실종 사건으로 그들 역시 이곳에서 밤을 지새운 듯했다. 그들이 웬디를 발견하고 걸음을 멈춰 세웠다. 웬디는 마른침을 삼켰다. 무척 면구한 상황이 아닐 수 없었다.

"공작 부인."

지금 가장 마주치고 싶지 않은 사람을 꼽으라면 단연 레슬리 모건을 들 것이다. 그런 그가 보란 듯 웬디를 불렀다. 낭패였지만 피할 수도 없는 일이었다.

"저로 인해 심려가 크셨겠습니다."

웬디는 가신들의 상한 얼굴을 안타깝다는 것처럼 바라보며 말문을 열었다. 미안한 마음을 내비치되 품위를 잃진 않았다.

"이만 돌아가셔서 쉬시지요. 공작 전하께서 오시면 여러분들의 노고를 전해 드리겠습니다. 이리 애써 주신 것 잊지 않겠어요."

레슬리 모건 한 사람과 대화를 나누느니 여럿과 하는 편이 나았다. 웬디는 굳이 그와 눈을 마주치지 않고 모두를 둘러보며 말했다. 그러나 레슬리는 웬디와 단독으로 대화를 나누고 싶어 안달 난 사람처럼 또다시 말을 걸어왔다. 꼬박 밤을 새우게 만든 장본인이 멀쩡한 얼굴로 나타난 게 그의 비위를 상하게 한 듯했다. 가뜩이나 웬디를 못마땅하게 여기던 그에게 이번 일은 그녀를 공개적으로 비난할 수 있는 건수를 안겨 준 것과 다름없었다.

"밤새 걱정했습니다. 소식을 전해 온 기사에게 듣자 하니 숲으로 홀로 산책을 나가셨다지요. 어찌 그리 위험천만한 행동을 하셨습니까?"

"걱정을 끼쳤군요. 제도에서도 종종 숲을 산책하곤 했기에 큰 위화감을 느끼지 못했습니다. 이곳의 눈보라를 경계하지 못한 제 불찰이지요."

웬디가 잘못을 시인했음에도 그는 만족을 몰랐다. 레슬리의 갈색 눈이 녹슨 쇠붙이처럼 빛났다.

"저런, 과거에 아직도 연연하고 계셔서야 되겠습니까? 격에 맞는 행동을 하시는 데 전혀 도움이 되지 않을 텐데요."

"……무슨 뜻이죠? 과거라 하셨나요?"

웬디가 지친 낯으로 물었다. 그와 말장난을 하고 있을 만큼 마음이 여유롭지 못했다. 그가 싸움을 걸어온다면 회피하지 않으리라 마음먹었지만 밤새 눈보라에 시달리다 온 지금은 그 도발을 받아줄 여력이 없었다. 목소리가 절로 착 가라앉았다.

"모건 경, 공작 부인께선 매우 지쳐 계십니다. 지금은 공작 부인께서 무사히 돌아오신 걸 우리 모두 감사해야 할 때입니다. 이만 물러나시지요."

보다 못한 레이첼 부인이 나서 그에게 은근한 비난을 담아 말했다. 레슬리 모건이 오해하지 말라는 듯 두 손바닥을 펴 보였다.

"오, 물론 부인께서 무사히 돌아오신 걸 저 역시 감사하고 있습니다. 저는 다만 '공작 부인'의 위에 오르시기 전의 일들에 연연치 않으시는 게 부인의 품격을 높이는 길임을 간언 드린 것이니 부디 곡해치 말아 주시지요."

끝을 모르는 그의 건방진 태도에 웬디의 눈빛이 달라지기 시작했다. 그에 대한 반발심에 지친 몸뚱이에 바짝 힘이 들어갔다.

"경이 이르는 품격이 어떤 것을 가리키는 건지 모르겠군요."

웬디가 경고 조로 한 말이었으나 그는 거드럭대길 멈추지 않았다. 가신들 중 하나가 분위기를 바꾸고자 레슬리에게 농을 건넸지만 그는 그게 마치 웬디를 비웃기 위한 농이라도 되는 양 굴며 분위기를 자신에게 유리하게 만들었다. 유들유들한 품새가 이런 기싸움에 타고난 자처럼 보이기까지 했다.

"귀족에게는 그 이름에 맞는 고고한 품격이 있습니다. 각 지체마다 각기 다른 품격이 있고 또 그에 맞는 존경을 받게 되는 건 마치 순리와도 같지요."

"경의 존경을 받기 위해 그 품격을 갖춰라, 이 말인가요?"

"허허, 곡해하지 마시라 말씀드리지 않았습니까."

그가 난감하다는 것처럼 웃었다.

"누군가에게 인정받기 위해, 누군가의 눈높이에 맞는 품격을 갖춰야 하는 자리라니, 경의 말대로라면 참 우스운 자리가 아닌가요?"

웬디가 참지 않고 그를 자극하자 레슬리의 입매가 비틀렸다. 모자란 이에게 가르침을 주고자 하였는데 그가 충고를 번번이 물리치니 심사가 뒤틀린다는 표정이었다.

"이로운 말도 준비가 되지 않은 채 들으면 쓰기만 한 법이지요. 부인께서 그 정도 분별은 하실 수 있을 거라 믿었는데 말입니다."

레슬리의 말이 도를 넘었다고 생각했는지 몇몇 가신들이 큼큼거리는 헛기침을 내뱉었다. 웬디는 이대로 그의 무례를 넘긴다면 자신의 처지가 우스워질 거라 직감했다. 관대함은 경시하는 태도만을 부채질할 것이다.

"모건 경, 예법과 법도를 몹시도 중히 여기시는 것 같으니 제가 하나 묻지요. 경께선 자신이 내게 무례한 말을 이토록 거리낌 없이 할 수 있는 위치라 여기나요? 경이 날 이리 불쾌하게 만드는 말들을 쏟아 내도 될 위치라 생각하는지 궁금하군요."

날이 선 말이었지만 웬디는 감정의 곡선을 애써 억눌러 이야기했다. 그게 더 그의 신경을 긁었는지 레슬리 모건의 눈썹이 꿈틀 위로 솟구쳤다. 그녀가 처음으로 드러낸 직접적인 불쾌감에 모여 있던 이들이 당황해 저들끼리 웅성거리기 시작했다. 그 소란에 레슬리 모건이 눈을 낮게 뜨고 뒤에 선 무리를 한 번 바라봤다.

"대답해 보세요. 그럴 자격이 있다 여기나요?"

웬디가 그를 몰아세웠다. 그녀의 기세가 바뀌니 레슬리의 얼굴이 굳었다. 다른 이들 앞에서 면박을 당하자 지금껏 유지하던 평정이 사라졌다. 같잖은 상대가 고고한 척 저를 이리 모욕하다니, 자존심에 금이 갔다.

"실례했습니다. 제가 실언했군요. 품격은 태생적인 것인데, 그게 노력하면 생기는 것이라 여기다니. 모두 저의 불찰입니다."

"오, 모건 경! 말을 가려서 하시지요!"

레이첼 부인이 발작적으로 외쳤다. 웅성거림이 커졌다. 맷 돌란트가 뒤늦게 나서 레슬리 모건에게 자제를 요청했으나 묵살당했다. 맷 돌란트의 언성이 높아졌음에도 그는 무시로 일관하며 오직 웬디에게 따가운 눈빛을 고정했다.

"내 말이 들리지 않는 게요?!"

발끈한 맷 돌란트가 위협적으로 그에게 덤비자 일이 더 커지는 걸 막으려는 이들이 그를 잡아당기며 실랑이가 일었다. 웬디는 레슬리 모건이 이렇게까지 본심을 드러낼 줄은 몰랐기에 잠시 말문이 막혔다. 지금 저자가 내게 '태생적'이라고 하였나? 머릿속이 순간 뜨거워졌다. 라드가 자리를 비운 사이 그는 지금을 기회 삼아 그녀의 버릇을 고쳐 놓겠다는 것처럼 굴고 있었다. 그에게 공작의 비호를 받지 못한 눈앞의 여인은 그저 좋은 옷을 껍데기처럼 뒤집어쓰고 있는 평민 계집애일 뿐이었다.

"경의 경솔함에 실망감마저 느껴지는군요. 좀 더 현명하리라 기대했는데."

"그 또한 제 불찰이지요."

그가 입꼬리를 비틀어 올리며 비아냥댔다.

"경께 나의 위치를 확실히 각인시켜야만 하겠습니까?"

알알이 분노가 깃든 말이었으나 레슬리 모건에겐 같잖게만 들렸다. 그가 비릿한 미소를 지었다.

"평민 출신이라는 게 방종한 행동을 납득하게 하는 방패막이가 되진 못합니다. 부디 저의 직언을 현명하게 새겨들어 주십시오. 이렇게 간청 드립니다."

그가 진심으로 간청하는 것처럼 고개를 숙였다. 빈정거리는 말들을 실컷 지껄여 놓고서 끝에 가 존중하는 척하는 게 더욱 역겨웠다. 반감을 내보일 사람들이 있을 거란 건 예상했지만 이렇게 직접적인 말을 들을 줄은 몰랐다. 웬디는 분노로 떨리는 입술을 쥐어물고서 그를 어찌 처분해야 할지 고민했다.

"이벨루트 경."

레슬리 모건을 무섭게 노려보던 웬디가 뒤쪽에 방관적인 자세로

서 있던 중년 남자를 불렀다. 그가 웬디의 부름에 앞쪽으로 걸어 나왔다.

“그대가 낭트셰의 재판 사무를 담당한다고 했지요?”

“맞습니다.”

“영지의 법에 능통할 테니 내 그대에게 조언을 구하려고 해요. 영주의 부인을 모욕한 이에게 어떤 처벌을 내리는 게 합당한가요? 난 법이 허락하는 가장 강력한 처벌을 원해요.”

이벨루트는 잠시 망설였다. 이윽고 레슬리 모건의 쿡쿡거리는 비웃음 소리가 이어지자 이벨루트가 그를 한 번 곁눈질하고서 입을 열었다.

“상대가 관리라면 그 벼슬을 파하거나 영지에서 추방할 수 있습니다. 다만, 모두 합리적인 재판의 절차를 거쳐야 합니다.”

“웃기는 소리! 난 모욕을 가한 적이 없소! 그런 황당한 법이라니! 그런 조항 따위 모두 형식적으로 달아 놓은 문구에 불과하단 걸 여기 있는 모두가 알지 않소? 낭트셰의 역사에 그런 일이 벌어진 적은 없었소.”

법을 들먹여 자신을 옥죄려는 공작 부인의 술수가 빤히 보인다는 듯 레슬리가 헛웃음을 지었다. 그는 조금도 겁먹지 않았다. 실제로 영주의 부인을 모욕했다 하여 벼슬에서 파해진 사례가 없었을 뿐만 아니라, 재판이 열린다고 해도 자신을 비호할 세력이 수두룩했다. 이곳에 있는 이들의 태반이 그에게 유리하게 증언할 것이라 자신할 수 있었다. 그는 낭트셰의 세리였고, 그에 따라 웬만한 관리들의 경제 상황을 속속들이 알고 있었으며 적당한 약점도 여럿 쥐고 있었다. 재판까지 간다면 그에게도 난처한 일이 될 게 분명했지만 그렇다고 여기서 공작 부인에게 고개를 숙일 순 없었다. 그건 그의 자존심이 결코 허락하지 않았다.

"그대와 같이 오만 방자한 행동을 한 이가 없었으니 그랬겠지요. 모건 경, 그대가 그 처벌을 처음 받은 이로 낭트셰의 역사에 기록될 것 같군요. 더 미룰 것 없겠지요. 이 자리에서 레슬리 모건, 당신에 대한 처분을 결정하겠어요."

웬디가 더는 상대하기 싫다는 것처럼 사무적인 태도로 말했다. 레슬리의 낯이 못 볼 꼴을 보았다는 듯 찌푸려졌다.

"공작 부인, 당신에겐 재판권이 없습니다. 그런 간단한 상식조차 인지하지 못하고 계신 건 아니겠지요?"

"오, 모르는 소리 마세요. 내겐 재판권은 물론 즉결 처분권 역시 주어져 있는걸요. 사리에 밝으신 분인 줄 알았는데 제가 사람을 잘못 보았나 보군요."

웬디의 말에 레슬리가 대소했다. 껄껄 웃는 웃음 속에 같잖은 광대 짓을 다 본다는 것처럼 어처구니없는 감정이 그득했다.

"하루아침에 높으신 자리에 앉으시니 본인이 이젠 영주라도 된 것이라 착각을 하셨나 봅니다. 그건 영주가 가지는 고유한 권한입니다. 누구도 감히 넘볼 수 없지요."

"맞아요."

웬디가 씨익 미소를 지으며 레슬리의 말에 동의했다. 모두가 의아한 낯으로 그녀를 봤다.

"그 고유한 권한이 오늘만큼은 제게 주어져 있답니다. 영지의 안주인 자리가 오랫동안 비워져 있었다지만 이렇게 무지해서야."

웬디가 혀를 끌끌 차며 그가 보인 경멸을 되돌려줬다.

"이벨루트 경, 영주가 자리를 비웠을 때 그의 권한은 누구에게 이양되죠?"

그녀가 묻자 모두의 얼굴이 얼음장처럼 굳었다. 레슬리 모건이 무언가를 깨달은 듯 부릅뜬 눈으로 웬디를 쳐다봤다.

"……공작 부인께 이양됩니다."

이벨루트의 답에 레슬리가 말도 안 된다 외쳤다.

"공작 전하께선 영지를 비우신 게 아닙니다! 수비대의 주둔지에 가 계신 것뿐입니다!"

"주둔지는 영지의 경계에 있어요. 기사들을 불러 주둔지의 위치까지 따져야 하나요? 좋아요. 데이빗 마그리트 경을 불러 오세요."

웬디의 명에 시녀 하나가 허둥지둥 뛰어나갔다. 얼마 지나지 않아 돌덩이처럼 굳은 얼굴을 한 마그리트 경과 그 또래 기사 둘이 함께 나타났다. 시녀에게 대강의 이야길 전해 들은 듯 레슬리를 보는 그들의 눈에 책망이 서려 있었다.

"마그리트 경, 그대는 수비대에서 오랜 시간 복무했다 들었어요. 여기 있는 누구보다 수비대의 주둔지에 대해 잘 알고 있겠지요."

"그렇습니다."

"그럼 제가 경께 질문을 할게요. 진실하게 답해 주세요. 수비대의 주둔지는 지리적으로 영지에 속해 있나요?"

마그리트 경이 웬디의 얼굴을 한참 바라보더니 혀로 입술을 축였다. 그가 말을 고르며 답했다.

"일부는 영지에 속하지만, 일부는 그렇지 않습니다."

"그렇담 더 중요한 질문을 해야겠어요. 공작 전하께서 주둔지에 가실 때면 영지 안에만 머무셨나요?"

"아닙니다. 주둔지는 물론 경계 밖까지 꼼꼼히 살피시곤 하셨습니다."

그는 막힘없이 답했다. 웬디가 예상했던, 또 바라던 대답이었다. 레슬리 모건의 얼굴이 붉으락푸르락 엉망으로 변했다.

"추정과 경험에 의해 이 중차대한 일을 판단할 수 없습니다!"

"경의 주장 역시 추정이란 걸 모르겠어요? 정 억울하다면 공작 전하께서 돌아오신 후에 호소해 보도록 하세요. 전 지금 이 자리에서 당신의 처분을 결정해야겠으니까."

웬디가 안됐다는 것처럼 고개를 흔들었다. 라드가 되돌아온 후에라도 레슬리에게 내려진 처분을 되돌릴 수는 없으리라. 공작 부인의 위신 때문에라도 라드는 이 일을 결코 번복하지 않을 테니까.

"그런—!"

"그럼 내게 이양된 권한에 따라 즉결 심판을 내리겠어요."

웬디가 그의 말을 자르며 큰 목소리로 외쳤다. 살얼음 같은 분위기에 휩쓸려 함께 화를 입을까 염려됐는지 누구도 토를 달지 않았다. 레슬리의 언행이 도를 넘은 것도 사실이었지만 그의 인망이 평소 그리 두텁지 않음을 알 수 있는 반응들이었다.

"이 자리에서 레슬리 모건의 세리직을 파하겠습니다."

웬디가 레슬리의 충혈된 눈동자를 똑바로 보며 선고했다. 상대가 그릇된 귀족 의식에 침잠해 핍박을 가해 온다면 이쪽도 똑같이 해 주면 그뿐이었다. 그가 종교처럼 신봉하는 신분의 힘으로 악의를 되돌려주고 찍어 누른다면 그의 고통은 배가되리라. 레슬리 모건은 웬디를 모욕한 대가를 혹독히 치러야만 했다.

"말도 안 되는! 이건 횡포요! 모두 말씀들을 해 보시오! 이게 말이나 되는 일입니까? 베르시안 경! 경께선 할 말이 있겠지요? 조르비 경! 경이 그리 날 모른 체해선 안 될 텐데요? 경의 여름 별장 구입 과정을 내가 속속들이 알고 있는데!"

레슬리가 사방을 둘러보며 소리를 내질렀지만 다들 그의 시선을 피하기 바빴다. 급변한 상황에 레슬리의 눈이 회까닥 뒤집어졌다.

"감히! 평민 따위가! 공작 전하의 혜안을 흐려 요행히 귀족의 이름을 얻은 자가 이리 설치는 꼴을 두고만 보겠단 말이오?! 어디서 굴러먹다 왔는지도 모를 저따위 평민 계집의 더러운 수작을!"

그가 매스껍다는 듯 일그러진 얼굴로 소리쳤다. 거의 토악질을 하는 것처럼 목소리에 악이 받쳐 있었다. 웬디는 그 꼴을 그냥 보아 줄 만큼 관대하지 못했다.

"저자에 대한 처분을 하나 더 추가해야겠군요. 레슬리 모건을 낭트셰에서 추방하겠어요. 그가 살아 있는 한 결코 낭트셰에 발을 붙이지 못하도록 말입니다."

"평민 따위가 어찌!"

레슬리 모건이 공격성을 드러내자 기사들이 그를 양쪽에서 붙들었다. 이에 굴하지 않은 그가 웬디에게 계속 악담을 퍼부었다. 그 모습을 본 가신들이 수군거리기 시작했다.

"그만."

그때였다. 소란스럽던 실내가 힘 있는 음성 하나에 삽시간에 조용해졌다. 모두의 시선이 소리가 난 웬디의 뒤편으로 향했다. 그러자 복도 모퉁이에서 여럿의 남자가 모습을 드러냈다. 그중 선두에 있던 한 남자가 웬디의 손목을 부드럽게 잡아당겼다. 그녀의 눈동자 위에 넘실대는 소란스러운 감정의 파도를 확인한 남자의 얼굴이 한결 서늘하게 가라앉았다.
"내 아주 불손한 말들을 들은 듯해 귀를 의심하고 잠잠히 지켜보았네. 그런데…… 도무지 더 들어 줄 수가 없군."
"고, 공작 전하!"
라드가 나타나던 순간 이미 레슬리를 비롯한 가신들의 얼굴빛은 새하얗게 변해 있었다. 그러나 단 세 사람, 웬디에게 불려 왔던 기사들만은 예외였다. 그들은 이미 라드의 귀환을 알고 있었던 듯 놀란 기색을 보이지 않았다. 라드가 언제부터 모퉁이 너머에 서 있었는지는 확신할 수 없지만 레슬리의 악다구니를 듣기엔 충분했을 것이다. 가신들 전부 딱딱하게 굳은 어깨를 더욱 굽히며 고개를 깊이 숙였다.
"레슬리 모건."
라드의 부름에 레슬리가 고개를 들었다. 당황이 역력히 드러난 표정에선 지금까지의 당당함을 찾아보기가 힘들었다.
"네가 입에 올린 말들이 심히 추악해 되짚을 수조차 없구나."
"공작 전하! 저의 간언을 바로 헤아려 주십시오. 공작 부인을 바른 길로 인도하려는 와중에…… 비록 몇 가지 강한 언사가 있었다 하나 그 또한 저의 충심에서 나온 행동임을 알아주십시오!"
레슬리 모건이 억울하다는 것처럼 목에 핏대를 세우며 부르짖었다. 그의 변함없는 태도에 분노한 웬디가 라드의 옷자락을 꽉 움키었다. 옷에 묻은 차가운 기운이 고스란히 그녀의 손에 전해졌다. 눈길을 헤쳐 온 듯 라드의 몸 이곳저곳에 아직 눈발이 그대로 남아 있었다.
"네가 여전히 주제를 모르고 망발을 지껄이는구나. 너 따위가 감히 누굴 인도해?"

라드의 성난 음성이 날카롭게 그를 때렸다. 레슬리의 어깨가 저절로 움찔 흔들렸다. 그러나 그는 이대로 주저앉을 생각이 없었다. 잠시 침묵을 지키던 레슬리 모건이 다시 기운을 차리고 비장한 표정이 되어 말했다.

"이런 충심을 몰라주시고 듣기 싫다 물리치신다면 그 누가 진정한 간언을 할 수 있겠습니까? 전하의 혜안을 믿고 다시 간청합니다. 공작 부인을 위한 저의 직언을 헤아려 주십시오."

"충심을 바쳐야 할 이에게 상스러운 언사를 보인 네놈의 충심을 이제 와 믿어 달라?"

라드의 입매가 비틀렸다. 노기가 느껴지는 음성에 모두가 그의 눈치를 살폈다.

"내 본성에 당도한 첫날, 네놈이 무례히 구는 걸 참아 넘기었거늘 그 인내를 모르고 이리 더욱 날뛰니 더는 참아 줄 수 없구나."

"제, 제가 언제 무례했단 말씀이십니까? 소신은 그런 적이 없습니다!"

"예를 갖춰 인사하길 회피하고 도리어 그녀를 위하는 척 방자한 혀를 놀린 것을 모를 줄 알았나? 내 부인의 옛 신분을 간악한 술수로 들먹인 것 또한 내 진력으로 참았거늘, 네놈에게 애써 기회를 준 것조차 알지 못하고 관대를 기만으로 돌려주었으니 나 또한 더 이상의 너그러움을 보일 필요는 없겠지."

웬디가 레슬리 모건을 처음 만난 날 그의 행동에서 느꼈던 불쾌감을 라드는 기민하게 알아챘다. 아니, 어쩌면 그 두세 배의 감정으로 민감하게 그녀의 주변을 경계했을지도 모른다. 그것이 자신이 자리를 비운 사이 벌어진 불경한 일들에 대해 그가 보다 분노하게 된 이유가 되었을 것이다.

"죄를 모르는 이를 억지로 교정시킬 수는 없을 터. 작은 희망조차 없는 이에게 내 시간을 더 낭비하고 싶지 않다."

"오, 오해십니다!"

"레슬리 모건, 네가 보인 방자함은 이미 도를 넘었다. 오늘의 하극상을 그냥 넘긴다면 슈로더의 이름이 우스워질 터. 내 이 자리에서 너를 베어 그 싹을 깨끗이 자를 것이다."

라드의 입에서 흘러나온 소리에 다들 숨을 집어삼켰다. 극단적인 처분으로까지 일이 번질 줄 몰랐던지 모두가 안절부절못하며 동요했다. 그러나 그들 중 누구도 레슬리 모건을 위해 나서는 이는 없었다.

"억울합니다! 지금껏 낭트셰를 위해, 슈로더 가문을 위해 산 저의 공을 아신다면 이러실 수는 없습니다! 저는 한 치의 부끄러움도 없습니다!"

레슬리가 악을 내질렀지만 라드는 듣지 않고 웬디를 옆쪽으로 밀어냈다. 라드의 오른손이 검으로 향했다. 검 손잡이를 잡은 라드의 모습을 본 레슬리의 몸이 떨리기 시작했다. 그로서는 전혀 생각지도 못했던 결과였다.

"세리의 직무를 충실히 이행했으며, 온몸을 바쳐 낭트셰의 발전에 이바지해 왔습니다! 그것을 어찌 모르십니까? 저, 전하! 직권을 남용해 낭트셰의 법 체계를 흐린 건 오히려 공작 부인이십니다!"

라드가 검을 뽑아 들었다. '스르릉' 하고 날붙이 소리가 음산하게 울렸다.

"하, 함께 수학한 동무에게 이러실 수는 없습니다! 줄리오 선생께서 이 사실을 아시면 노하실 것입니다!"

레슬리가 부르짖는 온갖 말들이 라드에게만 들리지 않는 것처럼 그에게 다가가는 라드의 걸음에 주저란 없었다. 차갑게 가라앉은 잿빛 눈동자에는 들썩이는 분노가 숨겨져 있었다. 위압적인 그 모습에 전부 숨을 죽였다. 작은 소리라도 냈다간 그의 검에 함께 화를 입게 될 거란 불안감이 오금을 저리게 했다.

"무릎을 꿇어라."

레슬리가 뒷걸음질 쳤다. 그의 턱이 달달 두려움으로 떨렸다.

"전하, 용서하십시오. 다신, 다신 입을 놀리지 않겠습니다."

종국에 레슬리가 오만한 껍질을 벗고 나약한 내면을 드러냈으나 이미 늦어 버린 뒤였다. 라드는 이미 자비심 없는 집행관이 되어 있었다.

"꿇어라."

레슬리가 꿇을 생각이 없어 보이자 라드가 기사들에게 눈짓을 했다. 그들이 굳은 얼굴을 한 채 레슬리를 억지로 꿇어 앉혔다.

그 순간 라드가 검을 높이 들었다. 웬디는 어찌해야 할지 갈피를 잡지 못하다 다음 순간 벌어질 잔인한 장면에 겁을 먹고 눈을 감았다. '스렁' 하는 스산한 소리가 귓전을 때렸다.

"으헉!"

숨을 삼키는 비명 소리에 번쩍 눈을 뜨자 레슬리가 벌벌 떨며 바닥에 엎어져 있는 게 보였다. 그리고 그의 얼굴 옆에 잘려 나간 그의 검은 머리채가 보였다. 긴 머리칼이 뱀의 허물처럼 본래의 모습을 잃고 초라하게 늘어져 있었다.

"레슬리 모건, 나의 부인이 나를 대리해 내린 처분 그대로 널 세리직에서 파하겠다. 동시에 모건 가문과 슈로더가의 계약이 끊어졌음을 밝힌다. 이로써 네 가문에 내린 봉토는 회수될 것이다. 너와 네 식솔들은 사흘 내로 낭트셰를 떠나라. 두 번 다시 네가 낭트셰에 발을 들이는 것을 허락지 않겠다. 만약 이를 어길 시에는 다음번에 잘리는 건 네놈의 목이 될 것이다."

레슬리 모건은 아무 대답도 못한 채 엎드려 바들바들 떨고만 있었다. 라드는 마지막으로 앞에 선 이들의 얼굴을 하나하나 세세히 바라봤다. 그가 지금 한 말이 모두에게 하는 경고라는 것을 모를 이는 아무도 없었다.

"끌고 나가게."

라드가 명하자 기사들이 레슬리를 일으켜 밖으로 나갔다. 그는 모든 의지를 상실한 듯 힘없이 끌려 나갔다. 고장 난 목각 관절 인형처럼 붙잡힌 팔이 괴상하게 꺾여 있었다.

라드는 웬디의 시선을 자신에게로 돌려세우고는 더는 그를 생각하지 말라는 듯 고개를 저었다. 라드의 손에 이끌려 방으로 돌아가는 짧은 걸음이 웬디에겐 마치 수 시간처럼 느껴졌다. 힐끗 본 그의 표정 역시 납덩이처럼 무거웠다. 방에 당도하자 그는 뒤따르던 시녀와 기사들을 모두 물렸다. 웬디는 그가 자신에게 무슨 말을 할지 두려워졌다. 이 일을 무어라 설명해야 할까. 머릿속이 혼탁했다.

문이 닫히자마자 웬디는 재빠르게 입을 열었다. 그가 자신에게 화를 낼까 두려웠다.

"슈로더 경, 처음부터 이런—."

그 순간 라드가 그녀를 덥석 잡아 품에 안았다. 그의 팔이 숨이 쉬어지지 않을 만큼 웬디의 몸을 옥죄어 왔다. 망토가 엉망으로 구겨지는데도 그는 한 치의 틈도 없이 그녀를 세차게 안았다.

그의 품에서 벗어나려 잠시 버둥거린 웬디는 얼마 가지 않아 모든 행동을 멈췄다. 라드의 몸이 미약하게 떨리고 있다는 걸 눈치챘기 때문이다.

"……미안해요."

간신히 말을 꺼냈지만 라드는 여전히 품에서 그녀를 놓아주지 않았다. 가슴이 먹먹함을 느낀 그녀가 그의 등을 찬찬히 어루만졌다. 그제야 라드가 억눌린 목소리로 입을 열었다.

"홀로 숲에 갔다 들었소."

"……마그리트 경께 들으셨나요?"

"대체 왜 그런 위험한 행동을—!"

하려던 말이 다 끝맺어지지 못한 채 그의 목울대 아래로 삼켜졌다. 그의 가슴이 크게 오르락내리락했다. 깨어진 평정 위에 드러난 짙은 불안감을 마주한 웬디는 심히 자책했다. 그를 두렵게 만든 건 레슬리 모건의 불손한 태도도, 웬디와 레슬리의 갈등도 아니었다. 그를 이토록 흔들어 놓은 건 웬디가 밤새 눈보라 속을 홀로 헤매었다는 사실이었다.

"다 이야기할게요."

그녀가 라드의 팔을 부드러운 손짓으로 쓸어내리고 나서야 그가 안은 팔에 힘을 풀었다. 라드의 잿빛 눈동자가 폭풍우 부는 하늘처럼 어두워져 있었다.

"사탕단풍 나무 때문이었어요."

웬디는 그에게 모든 이야기를 털어놓았다. 사탕단풍 나무 한 그루를 검지의 힘으로 자라게 한 것과 숲에서 낯선 남자를 만난 일, 갑자기 눈보라가 친 것까지 모조리 말이다. 낯선 남자가 나오는 대목에서 라드는 인상을 찌푸렸고, 그가 자신을 구하다 부상을 입었다 전하자 얼굴이 한겨울 빙설보다 더 단단히 굳었다. 남자를 구하기 위해 손가락의 힘을 썼다는 걸 자백했을 땐 라드에게서 한기가 풀풀 느껴졌다.

"기사들이 절 찾으러 온 것 같기에 동이 터 올 무렵 그 남자를 남겨 두고 떠나왔어요."

웬디의 목소리가 갈수록 작아졌다. 그의 무시무시한 기세에 이마 위로 식은땀이 삐죽 흘렀다. 황실 기사단에서 복무하는 그의 휘하 기사들의 고충을 조금 알 것도 같았다.

"음……."

멋쩍게 침음을 흘린 그녀가 무심코 손을 들어 이마를 훔쳤다. 그 순간 라드의 눈이 놀란 듯 크게 떠졌다. 그가 몹시 신중한 태도로 그녀의 손목을 쥐었다.

"다친 것이오?"

웬디는 그가 자신의 장갑에 묻은 핏자국을 보고 놀란 것이라 생각하고 얼른 도리질을 했다. 어두운 갈색 장갑에는 얼룩덜룩한 피 얼룩이 스산한 모양으로 묻어 있었다.

"아니에요, 전 다치지 않았어요. 그 남자 피예요."

그러나 그가 염려한 건 웬디의 손만이 아니었던 모양이다. 그의 눈길이 그녀의 이마를 향해 있었다. 라드가 손을 뻗어 이마 위를 가리고 있던 그녀의 머리칼을 쓸어 올렸다. 그의 표정이 더욱 침잠했다.

"모자를 벗어 보시오. 이마에 상처가 났소."

그제야 숲에서 이마에 상처를 입었던 게 기억났다. 그의 눈치를 보며 괜찮다 어물쩍 넘어가려 하였으나 라드는 내버려 두지 않았다. 작게 난 생채기에도 그는 안타까움을 내비쳤다.

"이번 일은 그대가 경솔했소. 얼마나 위험한 일이었는지 알고 있소? 그가 그대의 힘을 눈치채기라도 했다면 어떤 위협이 될지 장담할 수 없는 일이지 않소."

웬디는 자신의 행동을 정당화하지 않고 그저 고개를 끄덕였다. 숲으로 간 일이나 검지의 힘을 쓴 일이 잘못됐다곤 생각하지 않았지만 그를 걱정시킨 건 명백한 자신의 잘못이었다.

"미안해요."

그녀의 사과에도 인상을 펴지 못한 라드가 보기 싫다는 듯 피 묻은 장갑을 휙 벗겨 냈다.

"그자가 어떤 자인 줄 알고…… 삿된 마음을 품은 자였다면 어쩔 뻔했소."

숲의 남자는 전혀 그럴 사람으로 보이지 않았다고, 도리어 자신의 목숨을 구해 주지 않았냐 항변하려다 웬디는 입을 다물었다. 굳이 그 말을 하여 라드의 심기를 불편하게 만들 수 없었던 것이다. 대신 그녀는 그의 품에 와락 안겼다. 라드가 무엇을 염려하여 이런 소리를 하는지 그 또한 짐작이 갔다. 무언가를 더 말하려던 라드가 말을 아끼며 그녀를 마주 안아 주었다. 레슬리 모건에 대한 일이 계속 머릿속에 맴돌았지만 둘 중 누구도 그 말을 꺼내진 않았다.

5화

파랑이 웅크린 나토체로 함께 갈까요

파랑이 웅크린 나토체로 함께 갈까요

돛을 단 배들이 호수 위를 빠르게 떠갔다. 푸르가가 불기 시작하자 배들은 약속이나 한 듯 저마다 돛을 올렸다. 바람에 팽팽하게 당겨진 하얀 돛은 힘들이지 않고 배를 남으로 끌어갔다. 배들의 새하얀 행진은 호수 위뿐만 아니라 공중에서도 똑같이 이어졌다. 웬디는 허공을 빽빽하게 떠가고 있는 하얀 배들의 진로를 방해하듯 손바닥을 내밀어 보았다. 얼음 결정이 그대로 보일 만큼 커다란 눈알갱이가 손바닥 위를 축축이 적셨다. 오전부터 내린 눈은 바람에 흩날려 쾌속정처럼 공중을 흘러가고 있었다. 바람에 휩쓸린 눈발은 애초부터 하늘이 아닌 북쪽에 기원을 둔 것처럼 보일 만큼 횡으로 쏟아졌다.

"바람이 차오."

선장과 이야기를 나누고 돌아온 라드가 갑판에 홀로 서 있던 웬디 곁에 와 말했다. 눈발 사이로 멀어지는 마을의 풍경을 바라보던 그녀의 시선이 그의 잿빛 눈동자로 향했다. 새벽 달 아래 쌓인 잿빛 눈 더미처럼 그의 눈동자에 염려가 쌓여 있었다.

"그 유명한 낭트셰의 북풍을 느껴 보고 싶어서요."

웬디가 짐짓 익살스러운 태도로 그의 주위를 돌리려 했지만 그녀의 여린 입김을 자비 없이 앗아 간 거친 바람에 의연하려던 노력이 무색해졌다. 호수의 찬바람을 고스란히 맞고 있는 그녀의 모습은 이르게 싹을 틔운 무른 새순 같아 애처로움을 느끼게 했다. 라드가 그의 겉옷을 벗어 웬디의 어깨에 두르고 거의 감싸듯 여며 준 것은 당연한 일이었다.

"마음에 걸리는 게 있소?"

마을을 오래도록 바라보고 있던 모습에서 근심을 느꼈는지 그가 나직하게 물었다. 웬디는 곧장 씁쓸하게 웃으며 고개를 흔들었다. 그의 체온이 묻은 옷이 찌르르하게 추위를 녹여 어딘가 공허한 마음을 채워 주는 듯했다.

"그런 거 없어요."

그래, 근심 같은 건 조금도 없었다. 그녀의 손끝에서 자라난 사탕단풍 나무로 외려 여럿의 근심을 달랬으면 모를까. 눈보라를 피해 살아남은 나무가 한 그루 있었다며 신이 나 이야기하던 코빈의 얼굴이 아직도 훤했다.

"어제 은밀히 숲과 마을의 수색을 명했소."

무엇을 위한 수색이었는지 말하지 않았음에도 그 말을 듣자마자 저절로 한 남자의 얼굴이 떠올랐다. 측백나무 껍질처럼 거친 적갈색 눈동자를 가진 남자. 숲에서 만났던 그의 존재 역시 웬디에게 근심이 되지 못했지만 라드에겐 가벼이 넘길 일이 아니었던가 보다. 웬디는 이미 그가 죄를 진 도망자 신세일 거라고 심증을 굳혔기에 몸을 사리면 사렸지 눈에 띄게 나서 자신을 곤란하게 만들진 않으리라 믿고 있었다. 감쪽같이 나은 상처에 의문을 품을지라도 그의 처지상 그저 어쩔 수 없는 의문으로 끝나리라고. 자신이 실종됐던 사건에 대해 알고 있는 모든 이들에게 철저한 함구를 명했다지만 영주 부인이 숲에서 길을 잃었단 이야기가 알음알음 퍼져 그가 그것을 듣게 될 가능성이 아주 없지 않았다. 그러나 그 남자가 자신의 정체를 안다 해도 과연 문제 될 게 있을까? 사탕단풍 숲에서 검지의 힘을 쓰던 그 모습을 그가 보지 못한 이상 어느 것도 불안할 게 없었다. 그리고 그날 그의 태도를 오래 관찰한 결과 웬디는 그 불안감마저 이미 날려 버린 후였다.

"그대가 말하였던 나무 굴을 찾았지만 아무 흔적도 남아 있지 않았소."

라드가 멀리 봄살카 숲을 바라다보며 말했다. 희끗한 눈으로 덮인 숲의 머리는 바람 속에서도 고요해 보였다. 숲을 정찰했던 기사들은 족적이 쉬이 남는 눈길에서조차 그 남자의 흔적을 찾지 못했다. 황실의 수색조 못지않은 슈로더 가문의 기사들조차 아무런 흔적을 발견하지 못할 정도로 흔적을 지우는 솜씨가 노련했다. 범상한 자가 아니었다. 마치 증발한 것처럼 사라져 버렸다고 보고하는 기사의 얼굴에는 하달된 명을 완수하지 못한 침통함이 있었다. 그러나 기사의 말에 라드는 묘한 안도를 느꼈다. 손에 박힌 가시처럼 개운치 않은 감을 떨칠 수 없었던 것도 사실이지만 가장 먼저 느낀 감정은 안도였다. 그러나 그 감정을 웬디 앞에 모두 내비칠 만큼 라드는 어리석지 않았다.

"차라리 다행한 일이오. 그가 남아 있었다면 긁어 부스럼이 될 수도 있을 테니. 마을에 내밀히 눈을 심어 두었으니 그가 다시 나타나면 보고가 있을 것이오. ……하나 그자가 보인 조심성을 돌이켜 봤을 때 다시 나타날 가능성은 적다고 보는 게 맞을 테지."

위안이 되는 말을 선별했지만 딱딱한 어투로 그 세심한 배려를 감췄다. 그런 라드의 얼굴을 잠시 들여다본 웬디가 손을 뻗어 그의 눈썹을 매만졌다.

"그래요."

웬디가 그의 가지런한 눈썹 위에 내려앉아 있는 하얀 눈 알갱이를 엄지로 쓸어 냈다. 찬 기운이 그의 피부 위 온기를 빼앗는 걸 지켜볼 수 없다는 듯 손길이 세심했다.

"큼큼."

그때 마그리트 백작이 두 사람에게 걸어오며 헛기침으로 자신의 존재를 알렸다. 백작의 뒤를 따라온 행정 관리 여러 명이 공작 내외의 다정한 모습에 슬며시 미소 지었다.

"추운데 왜 밖에 나와 계십니까? 이만 들어가시지요."

전날 새벽 내내 숲에서 시달린 공작 부인의 건강이 염려됐는지 마그리트 백작이 안으로 들어갈 것을 권해 왔다.

"푸르가를 직접 느껴 보고 싶다는군. 낭트셰의 안주인이니 거센 북풍이 기지개를 켜는 것 정도는 보아 두는 것도 좋겠지."

라드가 웬디의 어깨를 가볍게 어루만지며 말하자 마그리트 백작도 더는 안으로 들어가자 권하지 않았다.

"아름다운 마을이지요?"

이벨루트가 웬디의 시선을 따라 마을의 풍경을 보며 넌지시 말을 걸어왔다. 전날 웬디가 낭트세의 법에 대해 조언을 구할 때는 경직되게만 보였던 그의 입매가 오늘은 편안히 풀려 있었다.

"몹시도요."

하얀 눈에 둘러싸여 파란 호수를 안고 있는 마을의 풍경은 위대한 화가의 그림보다 아름다웠다. 이른 아침빛에 물든 마을의 색조는 오묘하고 신비로워 어떤 물감으로도 흉내 낼 수 없을 것 같았다. 두 사람의 말에 귀를 기울인 모두가 잠시 그 아름다움을 감상하는 사이 갑판 여기저기 서 있던 다른 가신들이 그들 근처로 모여들었다. 전날의 사건으로 냉기를 풍기던 그들 영주의 심기가 다소 펴 보였던 까닭에 분위기를 전환할 수 있는 계기가 될 수 있겠다 여긴 것이다.

"매년 반복되는 눈보라 피해만 없다면 살기에도 그만인 마을일 텐데 말입니다."

"나무 대신 석회암을 쓴 돌집으로 바꿔 나간다면 피해가 줄 겁니다. 물론 순차적으로요."

"그걸 누가 몰라서 그러나? 비용이 문제가 되니 그렇지. 그 많은 석회암을 조달하는 것도 문제고."

"그래도 이번 피해는 마을에서 자체적으로 복구할 수 있는 수준이었으니 다행이지요. 물론 두 분께서는 너그럽게도 피해액을 모두 지원하겠다 하셨지만요."

가신들이 그들끼리 마을의 문제를 이야기하다 끝에 가서는 공작 부처의 아량을 칭송하는 것으로 마무리했다. 웬디는 그들이 기리어 한 말을 고맙다는 듯 눈웃음으로 화답하며 입을 열었다.

"마을 전체 가옥을 다시 짓는 것보다 쉬운 방법이 없는 건 아닙니다."

"좋은 생각이 있으십니까?"

그녀의 답이 궁금했는지 마그리트 백작이 웬디를 향해 몸을 틀었다.

"저와 함께 마을의 피해 구역을 돌아본 분들은 아시겠지만 피해를 입은 가옥들은 산발적으로 흩어져 있지 않았습니다. 대부분 비슷한 구역에 피해가 집중되어 있었죠. 크게 보자면 소뿔 모양처럼 생긴 저기 저곳과 마을의 가장자리에 있는 저곳, 두 곳을 중심으로요."

웬디가 마을을 향해 손가락을 가리켰다.

"두 곳의 공통점을 아시겠지요?"

그녀의 물음에 누구도 선뜻 답하지 못했다. 가신들의 얼굴을 빙 둘러본 웬디가 마지막으로 라드를 바라보며 답을 구하자 그가 마지못해 답했다.

"……숲에서 먼 곳들이군."

"맞아요. 정확히 말하자면 북풍을 막아 줄 숲이 없어 고스란히 바람을 맞게 되는 구역들이죠."

"아, 이제 알겠군요!"

마그리트 백작이 과연 그렇다는 듯 손바닥 위로 주먹을 부딪쳤다.

"저 구역들 북쪽으로도 나무를 옮겨 심어 방풍림을 만든다면 피해가 줄어들 거예요. 힘이 좋고 수명이 긴 침엽 수종을 이용하는 게 좋을 테죠. 아, 소뿔 모양처럼 된 저곳은 옆으로 언덕 두 개가 나란히 있어 그 사이로도 바람이 몰아치니 숲을 조성할 때 바람 부는 방향을 잘 따져 봐야 할 거예요."

마을 이곳저곳을 다닌 덕에 알아낸 바를 웬디는 대수롭지 않게 말했지만 이야기를 듣는 가신들의 표정에는 감탄의 빛이 맴돌았다. 그녀의 통찰력도 놀라웠으나 그 또한 대상을 직접 보고 살피지 않고는 빛을 발할 수 없다는 걸 알기에 한층 더 놀라움이 컸다. 단순히 의례적으로 마을을 다녀간 게 아니라 그녀가 진심으로 마을의 곳곳을 살폈다는 걸 알 수 있는 말이었다.

"좋은 생각이십니다. 방풍림이라니요."

이벨루트가 생각지도 못했다는 듯 웬디의 얼굴을 새삼스레 바라보았다. 특유의 호탕한 웃음을 선보인 마그리트 백작이 연이어 공작 부인의 현명함을 칭송했지만, 이번만큼은 예의를 차리기 위한 인사말이 아니었다. 모여 있던 가신들 또한 저마다 한 마디씩 보태며 웬디를 추켜세웠기에 그녀는 한껏 불편해지고 말았으나 덕분에 전날의 얼음장 같았던 분위기는 거짓말처럼 사라졌다.

배는 빠르게 전진하여 호수를 벗어났다. 폭이 좁은 물길에 들어선 이후로도 속도는 줄어들지 않고 눈발 사이를 거침없이 미끄러져 나갔다. 나토체로 가는 물길은 큰 배가 드나들 정도로 충분히 넓지 않아 날렵한 모양의 쾌속정들이 주로 항해했다. 선실로 들어온 웬디는 잠시 멍하니 시간을 보내다가 라드의 제안에 체스를 한 판 뒀다. 비록 체크메이트를 하지도 못하고 멀미가 몰려와 말을 내려놓아야 했지만.

"누워 있는 편이 좋겠소."

웬디가 어지럼증을 호소하자 라드가 그녀를 장의자에 눕혔다. 장거리 항해를 위한 선박이 아니었던 까닭에 누울 자리도 협소했다.

"당신은 아무렇지 않나요?"

너무도 멀쩡해 보이는 라드의 얼굴에 오히려 웬디가 질린 낯을 했다. 자신은 이리 속이 울렁거려 한없이 몸이 늘어지는데 저처럼 한결같이 꼿꼿한 태도라니 신기하기까지 했다.

“난 괜찮소.”

“멀미를 대비하는 훈련 같은 거라도 받은 건 아니겠죠?”

웃자고 한 말이었는데 라드의 반응이 영 시원찮았다. 그가 무언가를 골똘히 생각했다.

“멀미를 대비하기 위한 건 아니었지만 확실히 도움이 될 법한 훈련을 받긴 했소.”

“어떤 훈련이요?”

“흠, 꼬인 줄에 다리를 묶고 거꾸로 매달리는 거였지. 줄을 한 번에 풀어 빙빙 돌아가게도 하고. 고문을 대비하려는 훈련이었소.”

그가 옛 추억이라도 떠올리는 것처럼 미미한 미소를 지었다. 타국에서의 고문이 얼마나 잔인하기에 기사들에게 그런 훈련을 시키는지 기가 질렸다. 라드가 묘사한 훈련 방식이 머릿속에 저절로 그려진 탓에 웬디는 속이 더 메슥거려 목구멍을 꾹 닫듯 침을 삼켜야 했다. 결국 그녀는 그와의 대화를 그만두고 눈을 감았다.

드르륵.

라드는 그녀를 홀로 내버려 두지 않고 웬디가 누워 있는 장의자 앞에 의자를 끌어다 놓고 앉았다. 그러고선 가만히 웬디의 손을 잡았다. 거슬리는 소음에 파르르 떨렸던 그녀의 미간이 그의 체온에 안정을 찾았다. 손등을 쓸어내려 주는 그의 손길이 따뜻해 웬디는 얌전히 그에게 손을 맡겼다. 차분하게 속이 가라앉는 것 같은 느낌이었다.

뱃전에 부딪치는 물결 소리와 투두둑 팽팽히 당겨지는 밧줄 소리, 돛을 때리는 바람 소리를 하나하나 예민하게 구별할 수 있을 만큼 그녀는 오래 눈을 감고 있었다. 흔들리는 요람 위에 누우면 이런 기분이 들까. 그녀는 곧 편안한 감각에 휩싸였다. 그러던 어느 순간 누군가 '웬디' 하고 다정하게 그녀의 이름을 불렀다. 듣기 좋은 낮은 음성에 감은 눈을 떴을 땐 믿을 수 없게도 시간이 훌쩍 지나가 버린 뒤였다. 선실에 난 작은 선창으로 정오의 강한 햇살이 들어오고 있었고 몽롱한 시야 사이로 따사로운 미소를 짓고 있는 라드가 보였다.

"나토체에 도착했소."

그가 짧은 항해의 끝을 알렸다. 깊은 잠에 빠졌었는지 선실 바깥으로는 벌써 하선을 기다리는 사람들의 발소리가 분주하게 들려오고 있었다.

"속은 좀 어떻소?"

"좋아졌어요."

가뿐해진 몸 상태에 만족하며 웬디가 외투를 걸쳤을 때 선실 문을 두드리는 소리가 들렸다. 레이첼 부인이었다. 부인이 웬디의 매무시를 가다듬어 주었다.

"부두에 사람들이 많이 나와 있습니다."

영주 내외를 환영하기 위한 인파가 생각보다 많이 몰려든 모양이었다. 레이첼 부인의 얼굴이 환했다.

와아아아!

갑판으로 나가니 과연 그녀의 말대로 부두에 사람들이 빼곡하게 들어차 있었다. 영주 내외가 모습을 드러내자 사람들이 일제히 소리를 질렀다. 손을 흔들어 주시라 부인이 귓속말을 해 와 웬디가 어색하게 손을 흔들었다. 그 손짓에 환영의 목소리가 한층 커졌다.

배에서 내린 후 마중 나온 나토체의 파견 관리들과 인사를 나눴지만 소란스러운 주변 때문에 긴 말을 할 순 없었다. 대기하고 있던 마차를 타고 부두를 빠져나갈 때까지 나토체 사람들은 영주 내외를 위한 환호를 멈추지 않았다. 나중에야 알았지만 이곳 사람들이 보인 이토록 지대한 환영에는 마그리트 백작의 사전 작업이 꽤 큰 영향을 미쳤다. 낭트셰의 본성을 떠나오기 전 마그리트 백작이 미리 이곳에 사람을 보내 새로 맞은 공작 부인에 대한 미담을 퍼뜨렸다는 것이다. 그중에는 사실도 있었지만 얼토당토않은 말들도 있었다. 사정이 딱한 과부의 손을 잡고 눈물을 흘렸다거나 고아 아이를 품에 안고 눈시울을 붉혔다거나 하는 것들이 그랬다. 후원금을 내고 이곳저곳에 도움의 손길을 내밀었던 건 사실이었지만 맹세코 눈물을 흘린 적은 없었다. 백작은 진실 위에 적당한 감성적 장치들을 가미한 것뿐이라 추후 웬디에게 해명했지만 기분이 썩 유쾌하진 않았다. 어쨌든 웬디는 마그리트 백작의 물밑 작업으로 인하여 사려 깊고 서민적인 공작 부인의 이미지를 갖게 됐다. 평민들의 고충을 공감하는 영지의 안주인을 그들은 마음 깊이 환영했다. 웬디가 평민 출신이라는 걸 역으로 이용하여 긍정적인 반응을 끌어내려 한 단순한 계책이었지만 피부로 느껴지는 효과는 컸다. 황제가 추진하고 있는 평민 지원 정책에 힘입어 공작 부인의 미담은 이곳 평민들의 마음을 파고들었다.

그러나 모두가 웬디를 환영했던 건 아니었다. 시가지에 있는 관저에 도착하여 파견 관리들의 아내들을 만났을 때 웬디는 그녀들의 시샘 어린 시선을 마주해야 했다. 물론 그들이 대놓고 웬디에게 적의를 드러낸 것은 아니지만 여자의 틀림없는 감으로 뾰족한 그들의 심사를 느낄 수 있었다. 라드와 함께 처음 황실 사냥 대회에 갔을 적 모아졌던 질시 가득한 시선을 다시 마주한 것 같은 기분이랄까.

"디벨로앙트국에서 들여온 찻잎입니다. 향이 어떠신가요?"

"아주 좋군요."

작은 항구 마을이었던 나토체는 십여 년 전부터 가파르게 성장하여 웬만한 영지 부럽지 않은 수준의 항구 도시가 되었다. 요한레스 공국은 물론 바다 건너 디벨로앙트국과도 지리적으로 가깝다는 이점을 살려 개발 정책을 꾸준히 추진해 온 것이다. 그 결과 나토체는 베냐한의 대표 항구인 다일런트를 위협하는 항으로 성장했다. 나토체에 파견되는 관리들은 낭트셰에서도 전도유망한 엘리트들로 그 덕에 그 아내들 또한 콧대가 높았다.

"다행이군요. 공작 전하께서 워낙 넘치는 향을 싫어하셔 은은한 것으로 선별하였는데 부인의 취향에도 맞으시나 보네요."

이곳에 모인 귀부인들의 우두머리 격으로 보이는 뷔제나 백작 부인이 커다란 눈을 깜박이며 찻잎을 얼마나 어렵게 구했는지 공치사했다. 웬디는 적당히 호응하며 그들의 환대에 고마움을 표했다.

"나토체의 본항에는 아직 가 보지 못하셨죠? 공작 부인께서 하선하신 곳은 미르와르와 단독으로 통하는 선착장이어서 본항과는 규모부터가 다르답니다. 가 보시면 정말 깜짝 놀라실 거예요. 저도 본항에 처음 가 보았을 때 즐비하게 정박해 있는 대형 선박들에 어찌나 놀랐는지 몰라요. 아! 그러고 보니 공작 전하의 성인식 즈음이던가, 전하와 함께 그곳에 처음 방문했었네요."

"어머나! 공작 전하와 함께요?"

뷔제나 백작 부인이 꺼낸 말에 다른 부인들이 별일이라는 듯 호들갑스럽게 눈을 빛냈다.

"그랬답니다. 정말 신사적인 분이셨죠."

백작 부인이 아련한 과거를 떠올리는 것처럼 손바닥을 포개어 볼 옆에 대고서 눈을 내리깔았다. 굉장한 사연이라도 있어 보였다.

"갑자기 몰린 인파에 치인 저를 부축해 주시더군요. 어찌나 강한 손길로 제 팔을 잡으시던지. 전 그만 그분의 품에—."

그녀가 말꼬리를 흐린 덕분에 저마다 상상의 나래를 마음껏 편 귀부인들이 탄식을 내뱉었다. 몇몇은 볼을 붉히기까지 했다. 가만히 듣고 있던 레이첼 부인이 '흠흠' 목청을 가다듬으며 눈치를 주었지만 이미 자신들만의 세계에 빠져 든 그녀들에겐 큰 효과를 발휘하지 못했다. 공작 부인 앞에서 크나큰 실례가 아닐 수 없었다. 이들 중 공작 전하와의 혼담을 바라지 않았던 여인이 없었던 까닭에 시샘이 넘쳤던 탓이다. 뷔제나 백작 부인만 하더라도 소녀 시절 공작 전하와 인연을 만들기 위해 줄기차게 그를 따라다닌 걸 모르는 사람이 없었다. 도저히 저 꼴을 그냥 둘 수 없다고 생각한 레이첼 부인이 막 한소리를 하려던 찰나였다.

"다정한 분이시죠."

웬디가 노여운 기색 없이 공감을 내비쳤다. 뷔제나 백작 부인의 눈매가 가늘어졌다. 공작 부인의 흥분한 모습을 은근히 기대했던 귀부인들에겐 김이 새는 반응이었다.

"인파에 치여 휘청거리는 여인을 부축해 주는 기사님이라니, 마치 동화 속 한 장면 같군요. 부인이 부럽네요. 전 안타깝게도 그런 동화를 그려 내지 못했거든요. 어딜 가든 제 손을 놓지 않으시는 바람에 그와 같은 상황을 맞이할 틈이 없었으니 말이에요. 모두가 그분을 어렵다만 하는데 그분의 참모습을 아는 부인의 말을 들으니 한편으론 동지를 만난 듯 기쁘군요."

웬디가 수줍게 눈을 반달로 접으며 찻잔을 내려놓았다. 뷔제나 백작 부인의 얼굴에서 미소가 걷혔다. 여기저기서 '어머, 어머' 하는 소리가 났다. 그녀들의 반응에 레이첼 부인이 몰래 웃었다.

"공작 부인, 잠시 실례하겠습니다."

때마침 시기적절하게도 시종 하나가 웬디에게 다가와 공작 전하께서 찾으신다는 말을 전해 왔다. 안내해 드리겠다며 서두르는 시종의 말에 웬디가 어쩔 수 없다는 것처럼 자리에서 일어났다.

"실례할게요. 이렇게 잠시도 절 가만 놔두지 않으신답니다."

그녀는 몸이 배배 꼬인 그대로 돌이 된다 해도 이상하지 않을 이야기를 능청스럽게 해냈다. 웬디가 일어서자 귀부인들이 모두 따라 일어나 예를 차렸다. 그들을 굽어보며 고개를 끄덕인 웬디가 사뿐한 걸음으로 사라지고 나서야 뷔제나 백작 부인의 얼굴이 종잇장처럼 구겨졌다. 그걸 본 레이첼 부인이 닫고 있던 입을 열었다.

"공작 전하의 사랑이 얼마나 지극하신지 지켜보는 사람조차 매사가 감동이랍니다. 공작 부인께 어찌나 푹 빠져 계신지!"

노부인의 심기를 살피지 않은 뷔제나 백작 부인이 노골적으로 입을 삐죽였다. 레이첼 부인은 백작 부인이 심술궂은 말을 할 틈을 주지 않고 곧장 말을 이었다.

"전하의 마음이 왜 온통 공작 부인에게 향해 있는지 부인을 모시니 자연히 알게 되더군요. 정말 그분은 사랑할 수밖에 없는 분이세요."

"특별한 구석이 있으신가 보죠? 뵙기엔 평범해 보이시던데요.

아, 물론 공작 부인께서 아름답지 않으시단 뜻은 아니에요."

뷔제나 백작 부인이 급히 말을 덧붙이자 그 옆에 앉은 부인 하나가 백작 부인의 속도 모르고 날름 끼어들었다.

"짙은 초록색 눈동자가 정말 어여쁘시더군요. 피부도 고우시고요."

"어머, 눈동자가 아름다우신 건 뷔제나 백작 부인도 못지않죠. 저 새파란 눈동자를 보세요!"

백작 부인과 절친하게 지내는 베리슨 남작 부인이 불쑥 둘의 외모를 놓고 비교했다. 레이첼 부인이 지체 없이 혀를 찼다.

"겉모습만이 사랑의 이유가 된다고 여긴다니 딱하군요. 공작 부인은 외모 역시 몹시 아름다우시지만 결코 그게 그분의 전부가 아니랍니다. 공작 부인을 더욱 아름답게 하는 건 누구보다 현명하고 굳센 그분의 심성이죠. ……세리직을 맡고 있던 레슬리 모건 경을 모두 알고 있죠?"

레이첼 부인이 슬쩍 그녀들의 얼굴을 훑어본 후 미르와르 마을에서 있었던 일을 짤막하게 이야기했다. 방자하게 굴던 레슬리 모건이 공작 부인에게 어떤 처벌을 받았는지, 대노한 공작 전하께서 검을 들어 그를 어찌 벌하셨는지. 이 모두를 말하는 데 몇 분조차 걸리지 않았지만 분위기는 삽시간에 변했다. 레이첼 부인이 그녀들에게 이런 이야기를 하는 까닭은 아주 분명했고 메시지는 명확하게 전달됐다. 기세 좋던 얼굴들에 낭패감과 두려운 감정이 함께 들어차는 걸 모른 체하며 레이첼 부인은 속으로 웃음을 삼켰다.

한편, 시종의 안내에 따라 접빈실을 나선 웬디는 문밖에서 그녀를 기다리고 서 있던 한 인물을 보고 소스라치게 놀라고 말았다.

흠칫, 본능적으로 뒷걸음친 그녀가 뒤늦게 주위의 눈을 의식하고서 내키지 않은 걸음을 그에게 옮겼다.

"여기 계셨어요? 왜 직접 들어오시지 않고요."

"들어갈 수가 없었소."

라드가 난감하다는 듯 웃었다. 웬디는 눈을 빠르게 깜박이면서도 당황하지 않은 척 그를 따라 미소 지었다.

"난 그대가 생각하는 것보다 부끄러움이 많소."

"가, 갑자기 그게 무슨 말이에요."

"나에 대한 소유권을 명백하게 하기 위해 그대가 한 말은 물론 모두 타당하지만 듣기에 부끄러운 면이 있었소."

"소유권이요? 제, 제가 언제요?"

웬디가 높아지는 목소리를 억지로 낮추며 벌게진 얼굴로 따졌다. 그런 그녀를 라드가 느긋한 눈길로 귀엽다는 듯 바라봤다. 웬디로선 더욱 환장할 노릇이었다.

"본항에 갑시다. 마침 인파가 많이 몰리는 시간이오."

정중하게 내미는 손을 매몰차게 외면한 웬디가 그를 피하듯 빠르게 걸어갔다. 라드가 머물던 자리에 기분 좋은 웃음소리가 퍼졌다.

"저 배들 모두 요한레스 공국에서 온 것이오."

압도적인 크기의 부두에 서 있으니 정신이 다 어질어질했다. 비릿한 바다 냄새가 찬바람에 섞여 코를 스치고, 인부들의 고함 소리와 바닷새들의 울음소리가 왁자하게 귓가를 맴돌았다. 라드는 이곳이 처음인 웬디를 위해 보이는 이곳저곳을 친절히 설명했다. 당장이라도 본항에 가자 했지만 일정에 밀려 실제 방문하게 된 건 다음 날이 되었다.

"저기, 하얀 수염을 기른 남자가 안델스 베타만이라는 자요. 요한레스에서 싣고 온 구리를 저자가 대부분 전담하여 사들이지. 수입된 구리는 화폐나 촛대 같은 걸 만드는 데 주로 쓰인다오."

"저 사람들은 모두 요한레스 공국 사람들인가요?"

그녀는 그들 근처에서 나무 상자를 옮기는 인부들을 응시하고 있었다. 생김새가 베냐한인들과 비슷한 듯하면서도 묘하게 달랐다. 키와 골격이 대체적으로 조금씩 더 크고 눈매가 깊고 부리부리했다.

"맞소."

"피부가 몹시 하얀 편이라 들었는데 저들은 그렇지 않네요."

"뱃사람들이지 않소. 저들이야 햇볕에 그을려 그렇지 대부분의 현지인들은 피부가 매우 하얀 편이라오."

미르와르보다는 덜했지만 나토체 역시 날이 찼다. 그럼에도 사방에서 뿜어내는 화끈한 열기가 고스란히 느껴질 정도로 항만은 바쁘고 수선스러웠다. 기사들을 대동하고 한가롭게 이곳을 돌아보는 게 면구할 정도였다.

"확실히 인파가 넘치는 곳이네요. 뷔제나 백작 부인이 휘청거리며 넘어질 법도 해요."

웬디가 돌연 쌀쌀맞은 태도로 말했다. 그녀가 먼저 그 얘기를 꺼낼 줄은 몰랐던지 라드는 곧바로 말을 되받아치지 못했다.

"얼마나 거침없이 팔을 잡아 주었기에 부인이 아직까지 그날의 기억을 잊지 못하고 있을까요?"

"난 기억조차 없는 일이오. 그러나 실제 그러했다면 기사의 도리를 행한 것일 테지."

"품에 안길 만큼 강한 힘으로요? 꿈 많은 소녀가 그런 일을 겪었다면 응당 오해를 할 법도 하지요. 어쩐지 절 보는 백작 부인의 눈빛이 연적을 바라보는 것 같더니만 이유가 있었군요."

젊은 기사들만이 그들 뒤를 따르고 있었던 까닭에 웬디는 스스럼없이 라드에게 토라진 척 장난을 걸었다. 부부의 사랑싸움을 눈치챈 마그리트 경이 일부러 그들에게서 몇 보 떨어져 걷는 배려를 선보였다.

"난 티끌만큼도 사심을 가진 적이 없소."

"사심 없이 그렇게 박력 있는 행동을 할 수 있나요? 품에 안길 만큼 잡아당겼다면 보통 힘이 아니었을 텐데."

웬디가 숫제 짓궂은 태도로 그를 놀렸다. 전날의 복수라도 하는 양 따져드는 데 거침이 없었다. 일순간 라드의 눈빛이 달라졌다.

"직접 해 보면 알 수 있겠지."

"네? 무얼—!"

웬디가 말을 다 끝내기도 전에 그가 그녀의 팔을 잡아당겼다. 갑작스러운 힘에 자세가 무너지는 걸 그가 허리를 잡아 지탱했다. 춤의 동작 중 하나처럼 허리가 젖혀진 채 그의 품에 안착한 그녀의 얼굴이 놀라 달아올랐다. 라드의 얼굴이 바로 코앞에 있었다.

"……전 휘청거린 적이 없다고요."

"알고 있소. 잡아당겨 품에 안으려면 얼마의 힘이 드는지 시연해 보인 것뿐이오. 명세컨대 난 이런 적이 없소."

"알겠으니까 이것 좀 놔요."

지나가는 사람들의 시선이 따가웠다. 웬디의 재촉에 그녀를 놓아준 라드는 조금도 부끄러워하는 기색 없이 다시 그녀에게 손을 내밀어 에스코트를 청했다. 오로지 웬디 홀로 얼굴을 들 수 없었다.

"어제는 스스로 부끄러움이 많다 하더니 절 속이셨군요."

그녀의 타박에 무표정하던 라드의 얼굴에 미소가 흘렀다. 다만 그 미소란 게 조금 삐뚜름했다.

"동화 속 한 장면을 그려 냈으니 그대는 소원을 이루었군."

그녀가 발끈하려는 찰나 그들을 향해 걸어오는 마그리트 백작과 가신들의 모습이 보였다. 요한레스 공국에서 온 관세 담당관과 예정되어 있던 만남을 마치고 돌아오는 길이었다.

"즐거운 시간을 보내고 계셨습니까?"

마그리트 백작이 만면에 웃음을 띠고 물었다. 조금 전 라드가 그녀를 안고 있던 장면을 모두 본 게 분명했다. 웬디의 시선이 정처 없이 헤매다 절로 땅에 처박혔다.

"송구스럽게도 공작 부인께 양해를 구해야겠습니다. 관세 문제로 공작 전하와 급히 상의할 일이 있어 말입니다. 잠시 전하를 빌려 주실 수 있으시겠습니까?"

"그럼요, 얼마든지요."

웬디는 흔쾌히 승낙하며 라드에게 잠시 뒤 보자 작별을 고했다. 홀로 된 시간을 반기는 듯한 그녀의 태도에 라드가 묘한 눈빛을 하더니 마그리트 경에게 호위에 만전을 기하라 당부했다. 아버지 된 마그리트 백작 역시 아들에게 단단히 주의를 주고서, 웬디에게는 근처에 좋은 디저트 전문점 몇 곳을 슬쩍 알려 주고 떠나갔다. 그가 나토체에 올 때마다 들른다는 곳이었다. 마그리트 경에게 듣자 하니 그의 아버지는 어울리지 않게도 달콤한 셔벗을 몹시 좋아한단다. 이 추운 날씨에 셔벗이라니, 듣기만 해도 이가 시렸다.

하나 슬슬 다리가 아파 오던 차였기에 웬디는 마그리트 백작이 추천한 가게 중 가장 가까운 곳을 목적지로 삼았다. 기사 여럿을 대동하고 길을 걸으려니 가는 데마다 시선이 몰려 저절로 걸음이 빨라졌다.

"저곳입니다."

단조로운 색의 지붕들 틈에서 단연 눈에 띄는 붉은색 지붕의 건물 하나를 마그리트 경이 가리켰다. 잘 차려입은 점원이 입구에서부터 웬디 일행을 반겼다.

"저 자리가 어떠십니까?"

2층으로 안내받아 올라간 일행에게 점원이 바다가 내려다보이는 창가 자리를 가리키며 의향을 물었다. 썩 좋아 보였기에 괜찮다 말하려던 차, 한 남자의 목소리가 그녀의 주의를 끌었다.

"케이크도 단풍 시럽을 넣은 것으로 주시오."

"단풍 시럽을 넣은 호두 파이도 막 구워 나온 게 있는데 어떠신가요?"

"그럼 그것도."

오른쪽 창가에 앉은 남자가 또 다른 점원에게 주문을 하는 게 보였다. 그런데 그 남자의 얼굴이 낯설지 않았다. 무심코 그를 봤던 웬디의 얼굴이 순식간에 당혹으로 물들었다. 사탕단풍 숲에서 본 그 남자였다! 측백나무 껍질 같은 적갈색 머리칼이 기억 속 그대로 생생했다. 그를 이곳에서 다시 보게 될 것이라 조금도 예상하지 못했던 까닭에 웬디는 잠시 어찌할 바를 알지 못했다. 그 순간 시선을 느낀 남자가 웬디가 있는 쪽을 향해 고개를 돌렸다. 그녀를 발견한 남자의 눈이 커졌다. 그가 움찔 몸을 일으키려다가 도로 자리에 앉았다.

"……."

"……."

두 사람 사이에 말없이 시선이 오갔다. 웬디 뒤에 있는 기사들의 모습을 본 그는 쉽사리 그녀에게 접근하지 못했다. 그로서도 웬디에게 묻고 싶은 것들이 많을 터였다.

"저쪽 자리가 마음에 들지 않으시면 이쪽은 어떠신가요?"

웬디가 가만히 서 있자 점원이 창가와 떨어진 한적한 자리를 추천했다. 아름다운 여인의 조각상이 테이블을 가리듯 세워져 있어 쉽게 눈에 띄지 않는 자리였다. 웬디는 대답 없이 점원이 가리킨 곳에 가 앉았다. 기사들이 자리에 앉지 않으려고 하는 걸 웬디는 강권하여 앉혔다.

"눈에 띄고 싶지 않아서요."

기사들을 납득시키고 그들의 몫까지 대충 주문을 한 웬디는 다시 창가 쪽으로 시선을 던졌다. 남자의 뒷모습이 한눈에 들어왔다. 남자를 피해 가게를 아예 떠나지 않은 건 그녀의 충동적인 선택이었다. 어쩌면 남자를 잠재적인 위협으로 여기고 그의 거취를 수색했던 라드의 행동이 떠올랐기 때문일지도 모르겠다. 그러나 그렇다고 그녀가 당장 어떤 행동을 취할 수 있는 건 아니었다. 그가 이곳에 있다 라드에게 알리는 것도 퍽 우스운 일이 아닌가. 서로의 목숨을 구명한 사이인 만큼 남자에게 해가 가는 일을 할 수는 없었다. 모른 척 자리를 피하는 게 옳았다는 후회가 금세 밀려왔다.

다다다닥!

그때 계단을 급하게 뛰어 올라오는 소리가 실내를 소란스럽게 울렸다. 덕분에 웬디의 상념이 깨졌다. 자연히 계단 쪽으로 시선이 갔다. 발소리가 점점 커지더니 다급한 몸짓을 한 남자가 2층에 모습을 드러냈다. 그가 누군가를 찾는 듯 두리번거렸다. 고개를 돌리는 그의 얼굴이 웬디의 눈에 박혔다.

"……딜런……?"

웬디가 멍하니 중얼거렸다. 맙소사, 자신의 눈이 잘못된 게 아닐까? 웬디는 믿을 수 없는 장면에 눈을 한 번 꾹 감았다가 떴다. 그러나 정녕 헛것을 본 게 아니었다. 여전히 시야에 그가 들어차 있었다. 딜런이 찾던 상대를 발견한 듯 창가를 향해 걸어가는 게 보였다.

"아는 분이십니까?"

웬디의 목소리를 들은 마그리트 경이 딜런을 흘깃 보며 물었다. 웬디는 아무런 대답을 할 수가 없었다. 딜런이 사탕단풍 숲에서 만났던 그 남자의 테이블에 가 앉았던 까닭이었다. 웬디가 앉은 자리에서 남자는 등밖에 보이지 않았지만 딜런의 얼굴은 바로 보여 그의 얼굴을 살필 수 있었다. 그의 표정이 어두웠다. 무언가 언쟁이 오가는 듯했다.

딜런이 머리를 한 번 쓸어 올리더니 그의 목덜미에 손을 얹었다. 답답할 때면 그가 늘 하던 버릇이었다. 웬디는 근심 어린 얼굴로 짤막한 한숨을 토했다. 나토체에는 대체 무슨 일이지, 저 남자와는 또 무슨 사이고. 웬디는 3년이 훌쩍 넘는 기간 동안 보지 못했던 그의 모습을 조심스럽게 살폈다. 건강상의 이유를 들어 기사 작위를 반납했던 그였기에 혹여 병색의 기운이 있을까 바라보는 눈길이 초조했다. 언뜻 야윈 곳 없이 건강해 보이는 그의 모습에 가슴을 쓸어내렸지만 수상하기 그지없는 남자와 딜런이 아는 사이라는 사실에 또다시 적잖은 불안감이 몰려왔다.

점원이 남자의 테이블에 주문한 케이크와 음료를 가져 왔다. 딜런이 무언가를 끊임없이 이야기하는 와중에도 남자는 개의치 않고 케이크를 맛봤다. 결국 말하기를 그만두고 잠시 남자의 모습을 지켜만 보던 딜런이 한숨을 내쉬고는 자리에서 일어났다.

웬디는 반사적으로 몸을 돌려 고개를 숙였다. 이어 그의 것이 분명한 계단을 내려가는 발소리가 들려왔다. 소리가 모두 사라질 때까지 웬디는 고개를 들지 않았다. 이윽고 그의 발소리가 더 이상 들리지 않게 되었을 때 점원이 그녀의 테이블에 주문한 디저트를 내왔다. 한눈에 봐도 알록달록 색이 곱고 먹음직스러웠지만 입맛이 전혀 돌지 않았다.

"근심된 일이 있으십니까?"

웬디가 따뜻하게 김이 올라오는 찻잔에 손도 대지 않자 그녀의 맞은편에 있던 듀이 경이 물었다. 마그리트 경은 그녀의 이상스런 행동에 이미 심려 가득한 표정으로 남자의 테이블을 주시하고 있었다. 딜런 역시 눈여겨보았을 게 분명했다.

"아니에요."

딜런을 피해 버린 스스로의 행동이 구차하여 목소리에 절로 힘이 빠졌다. 그를 만나 무슨 말을 해야 할지 아득하기 그지없어 비겁한 회피를 택했다. 이대로 그를 보낸다면 다시 볼 날을 기약할 수 없음이 자명했음에도 그녀는 그를 외면했다. 그래, 다시 볼 날을 결코 기약할 수 없으리라. 어쩌면 이게 그를 보는 마지막이 될 수도 있을 것이다.

"공작 부인?"

갑자기 자리에서 벌떡 일어난 웬디의 행동에 마그리트 경이 무슨 일인가 하여 그녀를 살폈다.

"잠시 다녀와야 할 데가 있어요. 마그리트 경만 함께 가 주었으면 해요. 다른 분들은 여기서 기다려 주세요."

웬디는 대답을 듣지 않고 서둘러 걸음을 옮겼다. 기사들 모두가 놀라 따라 일어났지만 마그리트 경의 제지로 나머지는 남고 그만 웬디를 뒤따랐다.

건물 밖으로 뛰쳐나온 웬디는 다급하게 딜런의 뒷모습을 찾았다. 건물 앞에 난 큰길 양쪽을 번갈아 보았지만 이미 너무 늦어 버린 건지 그의 자취를 찾을 수 없었다. 웬디는 결국 이끌리는 대로 눈에 익은 항구 쪽 길을 택해 내달렸다. 그녀의 하늘색 드레스 밑단이 바다 물결처럼 크게 펄럭였다.

얼마 뛰지 않아 숨이 거칠어지고 신발이 빠듯하게 느껴질 만큼 발이 아파 왔다. 이 길이 아니었던 걸까. 그를 만나지 못하게 될까 봐 마음이 조급해졌다. 거듭된 뜀박질에 망토 자락이 어깨 뒤로 넘어가 깃발처럼 휘날렸다. 그녀의 눈빛이 방황하며 딜런을 찾던 그때 저 멀리 낯설지 않은 이의 뒷모습이 보였다. 웬디는 남은 힘을 그러모아 그를 향해 뛰었다.

"딜런!"

그의 이름을 불렀지만 왁자지껄한 주변의 소음에 음성이 묻혔다. 새로 배가 정박했는지 항구 쪽에서 걸어오는 인파가 늘었다. 그들에게 치여 그녀의 뜀박질이 자연히 느려졌다. 사람들 사이를 피해 종종걸음으로 그를 뒤쫓길 잠시, 손 뻗으면 닿을 거리에 딜런의 뒷모습이 보이자 웬디는 망설임 없이 그의 팔을 잡았다.

스르릉!

챙!

그 순간 번뜩이는 은빛 검날이 그녀의 목덜미를 향해 위험스레 뻗어 왔다. 검날에 반사된 빛에 눈을 찡그린 순간 그녀의 뒤쪽에서 솟구친 검이 그녀를 위협하고 있던 검날을 쳐 냈다. 모두 눈 깜짝할 사이에 일어난 일이었다.

그녀를 뒤따르고 있었던 마그리트 경이 재빠르게 웬디 앞에 서 금방이라도 공격할 태세를 취했다. 웬디는 갑작스럽게 벌어진 상황에 굳은 얼굴로 멀거니 딜런을 응시했다.

"……올리비……."

웬디를 뒤늦게 인식한 딜런이 그녀의 옛 이름의 파편을 말했다. 황망 중에 튀어나왔으나 차마 온전히 부르지 못할 이름이었다. 그가 현실 감각 없는 얼굴로 그녀를 바라봤다.

"딜런."

웬디가 그의 이름을 불러 말하자 그제야 그가 마그리트 경과의 대치 상황을 의식하고 급히 검을 갈무리했다. 당혹스런 빛으로 그의 낯이 젖어 들었다.

"경, 괜찮아요. 제가 아는 분이에요."

웬디가 마그리트 경의 어깨에 조심스럽게 손을 올리고 그를 안심시켰다. 잠시 망설이던 그가 이내 검을 내렸다. 딜런이 사과의 뜻으로 마그리트 경에게 가볍게 고갯짓을 하고는 그녀에게 시선을 돌렸다.

"……미안, 많이 놀랐지? 내가 예민했어."

"아니야, 갑자기 팔을 잡은 내 탓인걸."

서둘러 그의 당황을 달랜 그녀가 가까이 선 딜런의 얼굴을 세세히 살폈다. 무엇이 그에게 이러한 경계심을 품게 했을까. 제도를 떠나 있는 동안 혹독한 일을 겪었던 건 아닐지 불쑥 안타까움이 치밀었다.

"잠깐 얘기를 나눌 수 있을까?"

그녀가 묻자 딜런이 모호한 표정으로 고개를 끄덕였다. 이제껏 그녀에게서 본 적 없는 조심스러운 태도가 낯설었던 탓이다. 떨어져 있던 시간 동안 두 사람의 관계 또한 변화를 맞았다는 걸 그는 직감할 수 있었다.

공기는 제법 찼지만 바닷바람은 이날따라 너그러웠다. 바람의 아량 앞에 파도는 잠잠히 작은 물결만을 그려 내고 있었다. 웬디와 딜런은 나란히 바닷가 근처 둔덕을 거닐었다. 그들 뒤를 마그리트 경이 멀찍이 서서 따랐다.

"나토체에는 어쩐 일이야?"

어떤 말부터 꺼내야 할지 망설이는 사이 딜런이 먼저 그녀에게 질문을 던졌다. 웬디는 그의 눈에 비춰질 자신의 표정을 의식하며 입을 뗐다.

"슈로더 경의 영지에 속한 곳이라……."

웬디가 잠시 쉼을 두고 말을 골랐다. 그의 질문에서 그가 아직 자신의 결혼 소식을 모르고 있단 사실을 짐작할 수 있었다. 그에게 근황을 전할 가장 적합한 말을 떠올려 보려 했지만 그게 잘 되지 않았다. 어떻게 말하든 어색함을 피할 수 없으리란 걸 알았다. 결국 그녀는 꾸밈없이 이곳에 온 목적을 말했다.

"슈로더 경과 얼마 전에 혼례를 올렸어. 지금은 그와 영지 순례 중이야."

딜런의 파란 눈동자가 한순간 흔들렸다. 깊고 잔잔한 바다 위에 커다란 고래 하나가 뛰어올랐다 사라지듯이 일순 흔들린 물결이었다. 웬디는 그의 파란 눈동자를 마주 보는 대신 저 멀리 잔잔한 바다를 바라봤다.

"……축하해. 그분이라면 널 행복하게 해 줄 거라고 생각했어."

말끄트머리에서 음성이 잦아들었다. 그가 헛기침을 한 번 했다.

"기사단을…… 나왔다고 들었어."

더디게 대화가 이어졌다. 묻고 싶은 게 많았지만 말을 모아 질문을 만드는 게 어려웠다. 웬디는 외국어를 처음 배우는 이방인이 된 기분이었다.

"그렇게 됐어."

멋쩍은 대답이었다. 이내 흐린 눈을 한 웬디를 본 딜런이 그녀가 생각하는 바를 알아차리고 '아니야.'라는 말을 여러 번 반복했다.

"너 때문이 아니야. 그런 얼굴 하지 마. 무력감을 떨치고 싶어서 내 스스로 선택한 길이었어."

그가 걷던 걸음을 멈추고 이마를 찡그렸다. 여전히 푸르른 그녀의 눈동자를 잠시라도 시들게 하고 싶지 않은 사람 같았다.

"선황제 폐하와…… 동료들의 죽음을 지켜만 봤던 일들이 날 견딜 수 없게 했어. 휴식이 필요했고 그렇게 했어. 그리고 그 이후엔 돌아갈 이유를 찾지 못했던 것뿐이야."

그가 까닭을 설명했지만 웬디는 죄책감을 떨치지 못했다. 무력감이라 하였나. 그 조용하고 파괴적인 감정에 그녀가 개입되지 않았다 자신하기 어려웠다.

"……지금은 어떠니? 기사단에 있을 때보다 편안해진 거야?"

"그래, 편안해."

그가 고개를 끄덕이며 웃었다. 재회 후 처음 본 선선한 웃음이었다. 웬디는 다행이란 말을 자그마하게 중얼거리고 시선을 늘어뜨렸다.

"순례 중이라면서 단장님은 어디 계시고 혼자야?"

"요한레스의 관리와 만남이 있어서."

"요한레스?"

그가 관심을 보이며 되묻더니 저 멀리 수평선에 떠 있는 여러 척의 배를 보고선 그럴 만하다는 듯 고개를 주억거렸다.

"……너는 나토체에 어쩐 일이야?"

"아…… 일행이 이곳에 볼일이 있다 해서. 함께 왔어."

딜런의 말에 웬디가 멈칫했다. 그가 말한 일행이 사탕단풍 숲의 남자를 말함일까? 웬디는 버릇처럼 입을 앙다물었다가 딜런을 만나게 된 경위를 설명했다.

"실은 길에서 널 만나기 전에 디저트 가게에 있는 걸 먼저 봤어. 어떤 남자와 이야길 나누고 있는 걸."

남자의 이야기를 꺼내자 뜻밖의 말을 들은 것처럼 딜런이 당황해

했다. 역시 무슨 일이 있는 걸까? 웬디는 속입술을 여리게 깨물었다.

"그 사람이 일행이야?"

"……일행 중 하나야."

그의 시선이 아래로 향했다. 모래 섞인 흙 위에 말라 버린 풀 한 포기가 잔바람에 흔들렸다.

"나토체에 볼일이 있다는 사람이 그 사람이니?"

곤란한 기색으로 그가 눈썹을 매만졌다. 그걸 알면서도 웬디는 몇 번을 머뭇대다 염려 담은 말을 건넸다.

"나쁜 일에 휘말린 건 아니지?"

"그런 거 아니야."

그녀가 무엇을 걱정하는지 눈치챈 그가 고개를 흔들었다.

"그 사람 인상이 그렇게 안 좋았어?"

딜런이 재밌는 소릴 들었다는 듯 난감해하던 눈매를 폈다. 그러더니 홀연히 무언가가 생각난 것처럼 그가 급히 물었다.

"아, 혹시 우리 분위기가 좋지 못했던 거 때문에 그래? 아까는 일이 좀 있었던 것뿐이야. 걱정 마, 나쁜 사람은 아니니까."

그녀가 생각한 것보다 두 사람의 관계는 나쁘지 않은 듯싶었다. 딜런이 목덜미를 여러 번 쓸며 말을 이었다.

"그냥…… 지금 자세히 말하기 좀 곤란한 사정이 있어서 그래. 나중에 만나게 되면 그땐 모두 설명할게."

그렇게 말하니 웬디로서도 더는 물을 수 없었다. 나중에 만나게 될 것을 가정하는 걸 두고 언젠간 제도로 되돌아올 마음이 있긴 하구나 하며 다소 안심했을 뿐이었다. 사탕단풍 숲의 남자로 인해 그를 염려했던 것도 자못 누그러졌다. 나쁜 사람이 아니라 했으니 그 말이 맞을 것이다. 더 이상 딜런의 말을 신뢰하지 못할 이유가 없었다.

"그래, 네가 그렇다면."

숲의 남자가 범법자가 아닐까 의심하던 마음이 걷히자 오만하지만 선량했던 인상만이 남았다. 웬디는 남자와 안면이 있다고 말해야 하나 고민하다가 이내 그만두었다. 숲에서의 일을 잊어 달라 했던 남자의 말대로 굳이 그와의 인연을 늘어놓을 필요가 없다는 생각이 들었다. 거기다 공연히 남자와 얽힌 일을 말하는 게 꺼림칙하기도 했다. 아니, 공연히 그런 건 아니었다. 과거의 연인에게 결혼 소식을 전한 자리에서 그의 지인과 실은 인연이 있었다 말하는 게 거북했다. 숲에서 함께 밤을 보내고 서로 목숨을 구명한 사이라 자질구레하게 말하지 않더라도 입에 올리기 수월한 이야긴 아니었다.

"순례가 끝나면…… 제도로 되돌아가는 거야?"

"그래, 이곳에서의 일정이 마지막이야. 모레 되돌아가."

웬디는 딜런이 제게 묻던 것과 마찬가지로 그의 여정에 대해 묻고 싶었지만 차마 입이 떨어지지 않았다. 마른 입술을 축인 그녀는 그의 얼굴을 물끄러미 보고선 전과 다름없이 건강한 그의 혈색에 대해 이야기했다.

"아픈 데는 없지? 얼굴은 좋아 보이는데……. 건강 문제로 작위를 내놓았다 해서 아닐 거란 걸 알면서도 혹시나 하고 걱정했어."

"……보다시피 건강해. 너도 건강하지?"

서먹한 사이, 의례적으로 되묻는 인사말 같았지만 그녀를 바라보는 그의 새파란 눈동자에 잔잔한 파문이 일었다. 걱정했단 말이 먹먹했다. 냉담한 말을 쏟아 내던 그 입술에서 들을 것이라 차마 예상하지 못했던 말이었다. 다사로운 말들을 못내 바라던 그 시절과는 벌써 이만큼 간극이 벌어졌지만 과거의 기억이 남긴 그림자가 마음을 호젓하게 했다.

"그럼. 나야 뭐 늘……."

그녀가 어색하게 뒷말을 흐렸다. 사부작거리는 발걸음이 조금씩 느려졌다. 바람이 거의 불지 않았지만 찬 공기에 오래 노출된 그녀의 코끝이 빨갛게 변했다. 추운지 그녀가 코를 훌쩍이기 시작했다. 역시, 어디든 건물 안으로 들어갈 걸 그랬다고 딜런은 뒤늦게 후회했다.

두 사람은 그 뒤로 몇 마디 짧은 말들을 더 나누었다. 뒤따르던 기사가 신경 쓰였는지 그녀가 뒤를 돌아보았을 때 딜런이 이만 되돌아가자 말했다. 그 말에 움찔하며 그를 멀거니 바라보던 웬디가 찬찬히 고개를 끄덕였다. 바닷바람에 섞여 있던 짠 기운이 눈가에 달라붙은 것처럼 눈이 따가웠다. 그녀는 끝내 묻고 싶은 걸 다 묻지 못했지만 시간이 더 주어진대도 마찬가지일 거란 것을 알았다. 어떻게 지내고 있는지 그에게 묻지 못했던 건 그가 고된 삶을 살고 있을까 두려웠던 까닭이었고, 행복하냐 묻지 못했던 건 행복하지 않을까 두려웠던 까닭이었다. 마지막까지 입가에 맴돌았던 그 말, 되돌아올 거냐는 물음은 스스로에게 물을 자격 없음을 알기에 안으로 삼켰다.

"몸 조심해."

"그래, 너도."

둔덕을 벗어난 두 사람은 짤막한 인사를 주고받았다. 허탈할 만치 짧은 인사였다. 먼저 가라는 듯한 그의 눈짓에 웬디가 먼저 돌아섰다. 그녀가 걸음을 옮기자 딜런 역시 뒤돌아 걸었다. 각자의 갈 길을 가는 그 모습 그대로 두 사람은 서로의 경계 밖에 있는 타인이 되었다. 멀리서 그의 행복을 비는 것만이 그녀가 품을 수 있는 경계 안의 감정이었다.

웬디는 디저트 가게로 되돌아가는 대신 관저로 갔다. 마그리트 경은 웬디를 호위해 바래다준 뒤 홀로 가게로 가 남겨져 있던 기사들을 데려왔다. 뜻하지 않게 남자들 간의 디저트 타임을 갖게 된 기사들이 무척 어색한 시간을 보냈다는 후문이 있었다.

"그 남자는 가게에 남아 있었나요?"

웬디는 관저로 돌아온 마그리트 경을 불러 디저트 가게에 있던 남자에 대해 넌지시 물었다.

"제가 갔을 땐 이미 떠나고 없었습니다."

그가 누구이기에 웬디가 이리 관심을 보이는지 마그리트 경이 의구심을 나타냈지만 그녀는 알겠다 말하고 그를 내보냈다.

"하아……."

그녀는 침대에 몸을 뉘었다. 가지런히 공들여 틀어 올린 머리가 망가지겠지만 개의치 않고 베개에 머리를 댔다. 까닭 모르게 온몸이 나른했다. 그게 이상하여 주먹을 쥐었다 폈다 해 보았지만 맥 풀린 손에 힘이 들어가지 않았다.

누운 지 얼마 지나지 않아 라드가 돌아왔다. 힘없이 몸을 일으키니 그가 다가와 침대에 걸터앉고선 그녀의 이마에 손을 올렸다.

"몸이 좋지 않은 것이오?"

"아니에요."

마그리트 경이 따로 말을 전하지 않았는지 그가 무슨 일인가 하고 걱정스런 낯을 했다. 웬디는 그의 가슴팍에 몸을 기댔다.

"딜런을 만났어요."

오르락내리락하던 그의 가슴이 순간 규칙성을 잃었다. 몸을 떼고 눈을 들어 라드를 보니 그가 염려 젖은 낯으로 그녀의 뺨을 쓸었다.

"일행을 따라 이곳에 왔다고 하더군요."

한 번도 말한 적 없지만 라드는 그녀의 근심 어린 마음을 오랜 시간 헤아리고 있었다. 딜런 레녹스가 작위를 반납하고 제도를 떠난 그날부터 보아 온 수심이었다.

"그에게 우리 소식을 전했어요."

그녀가 이불을 끌어당겨 덮었다. 마음의 서늘한 스산함이 몸의 온도까지 빼앗아 갔다. 딜런을 만난 일이 그를 제도에서 떠나게 만들었다는 죄책감까지 떨치게 하진 못했던 것이다. 라드는 가만히 그녀의 어깨를 안아 그의 온기를 전했다.

딜런의 이야기를 하다 자연히 숲의 남자에 대한 이야기가 나왔을 때 밖에서 인기척이 났다. 남자를 다시 만났다는 말을 들은 라드의 얼굴이 얼핏 굳어 보였지만 이야기를 더 이을 순 없었다. 종전의 관세 문제로 예정되어 있던 회의가 있어 라드는 방을 떠났다. 웬디 역시 얼마 안 있어 그녀를 찾아온 레이첼 부인에게 이끌려 다른 부인들과의 다과회를 가져야만 했다. 태도가 몰라보게 달라진 그녀들은 웬디의 비위를 맞추려고 노력하는 게 면면에 그대로 드러났다. 선웃음이 오가는 다과회를 마치고 또 예정되어 있던 일정을 소화하다 보니 정신없이 하루가 갔다. 이곳 특유의 소금기 가득한 공기는 이상하게 몸을 늘어지게 했다. 웬디는 숲에서 만난 남자에 대한 이야기를 이어 하지 못하고 지쳐 쓰러지듯 잠에 빠졌다.

나토체에서의 일정도 다른 곳과 별반 다르지 않았다. 웬디의 동선은 꼭 방문해야 할 상징성 있는 곳 위주로 짜여 있었고, 가는 곳마다 무수한 사람들을 연속해 만나 일일이 기억을 할 수 없을 정도였다. 그리하여 나토체의 아름다운 바다 풍광을 감상하거나 타지에 온 낯선 설렘을 즐길 만한 여유는 없었다. 라드는 그녀보다 더욱 분주했다. 외국의 관리와 무역업자들이 줄줄이 알현을 청해 온데다 이곳의 밀린 일을 처리하느라 예정된 일정을 웬디 혼자 소화한 일도 있었다.

“잠시 장터 구경을 가지 않으시겠어요?”

되돌아가는 날, 짐을 싸던 레이첼 부인이 웬디에게 돌연 나갈 것을 제안해 온 것은 나이 든 부인의 눈에도 그간 웬디가 딱해 보였기 때문이다. 이제 또 지루한 노정에 오를 텐데 기분 전환을 하는 것도 나쁘지 않다 생각했다.

“마차 바퀴를 손보려면 시간이 걸린다 하니 걱정 마시고 다녀오세요. 짐은 제가 말끔히 싸 놓을 테니까. 기사와 시녀를 불러 드릴게요.”

제도에서 타고 왔던 말과 마차는 나토체로 오는 배에 싣지 못하고 따로 육로를 통해 이곳으로 왔다. 제도로 가는 긴 여정을 앞두고 마차는 수리공에게 보내진 뒤였다. 웬디는 라드가 일을 마치고 되돌아온다고 했던 시간까지 남는 여유를 셈해 보고는 레이첼 부인의 성화에 밀려 자리에서 일어났다.

이번에도 마그리트 경이 웬디의 호위에 나섰다. 제도에서 함께 온 시녀까지 셋이서 단출히 나선 길이라 웬디는 여느 때보다 마음이 가벼웠다.

"자아! 다시 오지 않는 기횝니다! 돌고래를 볼 수 있어요! 돌고래 떼! 평생 보지 못할 장관입니다! 점프하는 물고기! 점프하는 물고기!"

장터로 가는 길 광장에서 커다란 북을 치며 홍보하는 사람들에게 행인들의 시선이 몰렸다. 그들이 든 팻말에는 유선형의 몸체를 가진 귀엽게 생긴 물고기가 그려져 있었다. 호기심에 가까이 가 보니 그들이 홍보하는 건 돌고래 떼가 출몰하는 근해로 나가는 유람선이란다. 책에서나 봤던 돌고래라니, 마음이 동했다.

"어디로 가면 되나요?"

웬디는 장터 구경을 가기로 했던 생각을 고쳐먹고 홍보하던 남자의 안내를 받아 뱃놀이에 나섰다. 뱃멀미가 걱정되긴 했지만 돌고래를 보고 싶다는 호기심에 필적하진 못했다. 복작이는 항구 가운데 그녀가 탈 배가 있었다. 주변의 화물선에 비교되어 작고 낡아 보이는 배였다.

"정말 이 배를 타실 겁니까?"

마그리트 경이 불안한 투로 물었다. 배에 묶인 밧줄을 풀고 있던 뱃사공이 그 말을 듣고, 큰 배로는 돌고래를 가까이에서 볼 수 없다며 끼어들어 한마디 했다. 가까운 바다로 나가 그 근방을 보고 돌아오는 코스인 데다 오늘은 바다가 잔잔하니 안심하라 그가 덧붙였다.

잠시 뒤 배가 출발했다. 잠깐 사이에 사람이 제법 모였다. 갑판 아래에서 뱃사공들이 동시에 노를 젓자 배가 앞으로 나아갔다. 다행히 파도가 잠잠해 멀미의 징후는 보이지 않았다. 한참 가서야 뱃사람 하나가 큰 목소리로 저 멀리 보이는 섬 이름이라든가 바위에 얽힌 전설 같은 걸 이야기하기 시작했다. 흔해 빠진 이야기였지만 남자의 화술이 좋아 모두가 집중해 들었다. 그러나 시간이 지나도 돌고래 떼가 나타날 기미가 보이지 않자 남자는 돌고래를 만나는 건 천운이라든가 선한 행실의 보답이라든가 하는 말들을 해 빠져나갈 구멍을 만들어 놓았다. 이런 일들이 비일비재한지 외운 대로 읊는 느낌도 들었다. 탁 트인 바다를 바라보는 것만으로도 나쁘지 않았지만 갈매기들이 연신 모여들어 갑판 위에 똥을 싸 재끼고 달아나자 슬슬 후회가 밀려 왔다. 이거, 괜히 온 건가. 웬디가 갈매기 똥을 피해 몇 발자국 움직일 즈음 사람들의 투덜거림도 점점 커졌다.

"아, 저기!"

남자가 더욱 열성적으로 떠들던 때 누군가 바다를 가리키며 소리쳤다. 그가 가리킨 바다 가운데에선 눈부시게 반짝이는 포말이 일고 있었다.

"돌고래다!"

검회색의 매끄러운 몸체를 가진 돌고래 여러 마리가 동시에 뛰어올랐다가 첨벙 하고 떨어져 내렸다. 은빛의 물방울이 사방으로 튀며 아름다운 곡선을 만들었다. 바다의 파동이 단숨에 가슴에 전해졌다. 웬디는 저도 모르게 '와아!' 하는 탄성을 내질렀다. 놀랍도록 자유로운 움직임이었다. 어찌나 빠르게 헤엄쳐 가는지 흰 포말이 눈 깜짝할 사이에 궤적이 되어 바다 위에 그려졌다. 새파란 바다색과 새하얀 거품의 어울림이 이토록 생동감 넘치고 아름다운 줄 웬디는 이날 처음 알게 됐다.

멋지구나! 속도감을 제대로 즐길 줄 아는 저기 저 바다 동물을 인정하는 말이 자연히 흘러나왔다. 턱 막혀 있던 어딘가가 뻥 뚫리는 느낌이었다. 나오길 잘했다는 생각이 들었다. 마그리트 경도 돌고래는 처음 보는지 불안해하던 처음의 모습과 달리 바다 위의 진풍경에 눈을 떼지 못하고 있었다.

"만나기가 이렇게 어려워서야."

바다를 바라보는 감상을 깨뜨리며 속삭이듯 말하는 누군가의 낮은 음성에 웬디는 무심코 옆으로 눈을 돌렸다. 챙 넓은 중절모를 깊게 눌러 쓰고 있는 남자가 그녀 옆에 서 있었다. 그를 본 웬디의 입이 저절로 벌어졌다.

"긴 말을 나누긴 어렵겠군."

남자가 마그리트 경이 있는 쪽을 슬쩍 바라보더니 짧은 한숨을 내쉬었다. 그의 적갈색 머리칼이 모자가 만든 그늘 아래 더욱 어두운 빛깔로 빛났다.

"묻고 싶은 게 많지만 나중으로 미뤄야겠소. 다시 보도록 하지, ……공작 부인."

사탕단풍 숲에서 보았던 그 남자가 오만한 투로 입꼬리를 말아 올렸다. 그가 말끝에 '공작 부인'이라는 존칭을 붙이더니 몸을 돌려 선박 반대편으로 갔다. 놀란 그녀가 얼른 마그리트 경과 시녀를 돌아보았지만 그들은 여전히 돌고래의 화려한 질주에 빠져 있었다.

저자가 어째서 이곳에 있는 거지? 놀란 가슴이 쿵쿵 요란히 뛰는 동시에 피부 위에 오소소 소름이 돋았다. 설마 날 따라온 건가? 웬디는 그가 사라진 방향을 눈으로 더듬으며 생각을 정리했다. 어떻게 자신을 찾아냈을지 혼란스러운 마음을 내리누르며 고민해 보았으나 경우의 수가 너무 많아 짐작하기가 어려웠다. 기사들의 뒤를 밟았을 수도 있었고 딜런에게 자신에 대한 이야길 들은 걸 수도 있었다. 그도 아니면 그저 단순한 우연의 반복일 수도 있었다. 나토체 전체가 공작 부처의 방문으로 떠들썩했으니 작은 단서만 쥔다면 찾기 어려운 일 또한 아니었을 것이다. 그러나 굳이 그녀를 찾아와 궁금했던 무언가를 물을 만큼 공작 부인이 호락호락한 상대는 아니지 않나? 더구나 기사들의 눈에 띄는 걸 극도로 꺼리던 그가 아닌가! 그를 이토록 무모하게 만드는 게 뭔지 알 수도, 알고 싶지도 않았다.

배가 항구로 되돌아갈 때까지 웬디는 주변 풍경을 바라보는 것처럼 연신 고개를 돌리며 남자의 모습을 찾았다. 시야가 계속 바뀌니 나중엔 가벼운 현기증마저 일었다. 그런 노력이 무색하게도 그는 내내 보이지 않다가 내릴 때가 되어서야 마지막 뒷모습을 보여 주었다. 멀어지는 그의 뒷모습에 시선을 고정한 채 웬디는 가슴의 선득한 느낌을 몰아내려 애썼다.

6화

측백나무가 보이는 황궁으로 함께 갈까요

측백나무가 보이는 황궁으로 함께 갈까요

"그럼 내주에 뵙도록 하지요. 평안하시길."

"네, 자료는 잘 보고 돌려 드리겠습니다. 살펴 가세요."

땅딸막한 체구에 눈썹 숱이 유난히 많은 노교수와 웬디가 인사를 주고받았다. 두 사람 모두 기대에 찬 얼굴빛을 굳이 숨기지 않았다. 노교수는 응접실을 나서기 직전 웬디를 한 번 더 돌아보며 호감 가득한 눈인사를 했다. 웬디 역시 그에 뒤지지 않는 호감으로 그를 배웅했다.

그가 떠난 뒤 소파로 되돌아와 테이블에 쌓여 있던 서류를 뒤적거리던 웬디는 이내 빼곡한 글씨 사이로 깊이 빠져들었다. 시녀가 따뜻한 차를 내왔지만 손도 대지 않고 연신 종이를 넘기기 바빴다.

"웬디?"

서류에서 눈을 뗀 건 그녀를 부르는 익숙한 음성이 들려왔기 때문이다. 언제 왔는지 정복 차림의 라드가 소파 옆에 서서 그녀를 내려다보고 있었다.

"언제 왔어요?"

"방금. 무얼 보기에 그리 집중하여 부르는 목소리도 듣지 못했소?"

"아…… 도날드 교수님께서 다녀가셨거든요."

라드가 그녀 옆자리에 앉으며 테이블 위에 놓인 서류 하나를 집어 들었다. 식물 이름과 특징, 식물의 분포 지역 같은 게 종이 가득 쓰여 있었다.

"글쎄, 노란 난쟁이 이끼를 레이니 숲에서 발견하셨다지 뭐예요? 저도 한 번을 보지 못했던 거였는데. 제가 드렸던 자료를 보시고 융단 이끼를 찾으러 가셨다가 노란 난쟁이 이끼를 발견하셨대요. 세상에, 너무 놀랐지 뭐예요. 숲을 그렇게 돌아다녔었는데도 전 지금껏 발견을 못했던 걸!"

그녀가 들뜬 목소리로 손뼉까지 마주치며 이야기했다. 라드는 어떤 표정을 지어야 할지 모르겠는 사람처럼 눈을 끔뻑였다.

"제도의 식생을 모두 정리한 이후에 차츰 지방으로 범위를 넓힐 거라고 하더군요. 먼저 레이니 숲을 조사한 걸 다시 한 번 목록화해야 하고요, 그걸 토대로 식생도를 만들 거예요. 아, 아직 레이니 숲 조사가 모두 끝난 건 아니에요. 어찌 보면 지난한 작업인지라—."

이렇게 수다스러운 웬디의 모습을 처음 본 라드가 피식 웃음을 흘렸다. 그 반응에 그녀가 멈칫 하고 손에 들고 있던 서류를 내려놓았다.

"도날드 교수를 돕기로 한 것이오?"

"네, 들어 보니 무척 흥미로워서……."

멋쩍은지 말을 흐렸다. 자신의 흥분을 뒤늦게 자각하고 입을 오므려 문 그 모습이 사랑스러웠다. 라드는 소파에 등을 기대며 그녀를 끌어당겨 품에 안았다.

"……폐하께선 뭐라 하세요?"

아이작 황제는 두 사람이 제도로 돌아오자마자 기다렸다는 듯 조금의 쉴 틈을 주지 않았다. 웬디에게는 도날드 교수를 보내 식생 조사 연구에 함께할 것을 은근히 압박했고, 라드는 바로 궁으로 불러들여 쌓인 정무를 논했다. 바로 전날 도착해 여독을 풀 새도 없이 라드는 아침부터 입궐을 해야만 했다. 영지 순례를 다녀온 그에게 황제가 베푼 아량은 비교적 이른 시간의 퇴궐이 전부였다.

"폐하께서 2세 소식을 물으시더군."

상상치 못했던 답에 웬디가 질색을 했다.

"아직 황후마마를 맞이하시지도 않으신 분께서 별소리를 다 하시네요."

똑같은 질문을 이미 몇몇에게 받았지만 황제가 그런 말을 하는 건 유독 능글맞은 느낌이었다. 역시 평소 행실에 따라 같은 말을 해도 받아들여지는 게 다르다는 생각이 들었다.

"안 그래도 오늘 그 문제로 논해야 할 게 많았소."

"그 문제요?"

"황후 간택 말이오."

"드디어 구체적인 얘기가 나왔나요?"

"우리가 낭트셰로 떠난 지 얼마 있지 않아 칼로엔과 요한레스에서 사절단을 보내겠다 연락을 해 왔다더군. 폐하의 탄신일을 축하하기 위한 사절단 말이오. 내일과 모레 양일간 연달아 도착이 예정되어 있다 하는데, 그 사절단에 양국 모두 특별한 인물이 끼어 있어 머리가 아파졌소."

때때로 주변국에서는 황제의 탄신일을 축하하여 우호를 다지기 위해 사절단을 보내왔다. 전쟁 이후 평화 협정을 맺었던 칼로엔이나 자치권 문제로 갈등을 겪고 있는 요한레스 공국 모두 거기엔 빠지지 않았다.

"누구이기에 그러세요?"

"칼로엔의 공주와 요한레스의 공녀. 그 둘 모두 미혼이지."

사절단에 그들이 끼어 있다는 건 의도가 뻔했다. 혼담을 논하기 위한 포석. 대국의 젊은 황제와의 국혼은 실리에 입각한 외교적 전략이었다. 올해 베냐한에서 황후 간택이 공론화될 거라는 걸 양국에서도 모르지 않았으리라.

"폐하께서도 외국과의 국혼을 생각하고 계신 거예요?"

"고민하고 계시오. 일단 정해진 건 없어. 비공식적으로 시험을 치르자는 것부터 제국 내에서도 후보를 올려야 한다는 이야기까지 온갖 제안들이 난립하여 나왔을 뿐. 우선은 사절단을 맞이하는 문제가 먼저지만 그들이 공식적으로 국혼을 청해 온다면 무엇이 됐든 답을 주어야 하겠지."

"폐하께서도 마음이 복잡하시겠군요."

그분께도 진정 사랑하는 사람이 생기면 좋을 텐데. 웬디는 실과 득을 따져 황후를 맞이해야 하는 아이작 황제가 문득 가여워졌다. 현실 감각 없는 소리라 비웃겠지만 사랑의 감정을 알고 나니 그 마음이 결여된 채 부부의 연을 맺는다는 건 쉬이 상상이 되지 않았다. 아이작 황제가 당장 진정으로 사랑하는 여인을 만나 국혼을 추진한다면 상대방이 누가 됐든 진심으로 응원하겠지만 지금으로선 그 또한 가능성이 낮은 이야기란 게 가장 안타까웠다. 주어진 길대로 베냐한을 위해, 또 황가를 위해 황후를 맞이하는 도리밖에 없다면 부디 그녀가 황제의 마음에 봄을 불러 올 수 있는 분이길 바랄 뿐.

"오늘 나토체에서 전서구를 받았소."

라드가 직전보다 조금 가라앉은 음성으로 새로운 화제를 꺼냈다. 모든 감상적인 생각들을 잊게 만드는 말이었다. 웬디는 그의 품에서 빠져나와 허리를 펴고 앉았다.

"그 남자에 대해 알아낸 게 있나요?"

"우리와 비슷한 시기에 미르와르 호수에서 배를 타고 나토체로 왔다더군. 그를 태운 선주를 찾았소. 여행자라 자신을 소개했고 돈을 두둑하게 냈다더군."

"물론 이미 나토체를 떠났겠죠?"

사탕단풍 숲에서 만났던 그 남자를 유람선에서 다시 만난 뒤 그를 찾으려 은밀히 사람을 풀었었다. 그러나 숨은 듯 종전처럼 그 자취를 찾기 어려웠다. 불안한 감정을 해결하지 못했지만 제도로 되돌아가는 걸 늦출 순 없어 그들은 나토체를 떠나올 수밖에 없었다.

"홀로 며칠간 여관을 옮겨 다니다 일행과 합류했다더군. 변두리 여관에서 목격된 게 마지막이오. 이미 나토체를 떠나고도 남았겠지."

"일행이란 게…… 딜런을 말하는 거죠?"

"하나가 아닌 여럿이었다 했소. 그중에 레녹스 경이 있었을 수도 있겠지."

웬디는 고개를 기울여 홀로 생각에 잠겼다. 그가 자신에게 묻고 싶다 한 게 무엇인지 조심스럽게 추정해 보았을 때 가장 먼저 떠오르는 건 상처에 대한 것이었다. 감쪽같이 나은 상처, 흔적 없이 아문 상처. 그것이 그에게 끝도 없는 궁금증을 자아냈을 것이다. 그러나 그가 떨치지 못한 궁금증이 그게 다가 아니라면? 사탕단풍 숲에서 다른 무언가를 본 것이라면?

웬디는 씁쓸하게 입맛을 다셨다. 이런 불안을 숱하게 경험했지만 언제나 명쾌한 해답은 없었다. 지금으로선 그의 행방을 계속 수소문하며 경계하는 것밖에 방법이 없었다.

"방으로 가요. 쉬어야죠."

불안한 마음을 애써 밀어낸 그녀가 라드를 일으켜 방으로 갔다. 라드의 얼굴이 피로해 보였기에 웬디는 어서 옷을 갈아입으시라 등을 한 번 떠밀었다. 그가 옷을 갈아입기 위해 드레스 룸으로 가는 걸 그녀가 총총히 따라 들어갔다. 지쳐 있을 그를 위해 옷을 갈아입는 걸 도와주려던 거였지만 라드는 재킷조차 벗으려 하지 않고 마다했다. 표정에 웃음기 하나 없는 게 언뜻 단호하기까지 했다.

"유혹하는 게 아니라면 내가 직접 하겠소."

남사스러운 그 말에 웬디가 '흡' 하고 급한 숨을 들이마셨다. 이건 정말 뜻밖의 공격이었다. 어째 이 남자가 자신을 놀리려 드는 게 부쩍 잦아진 것 같았다. 그 사실을 자각하자마자 웬디의 눈에 각이 세워졌다.

"그럼 갈아입고 나오세요. 전 정원에 가 있을 테니."

입매를 한 번 비틀어 문 웬디가 두 번 권하지 않고 정원으로 나가버렸다. 드레스 룸을 나오기 전 라드를 다시 한 번 흘겨본 건 자신을 붙드는 척도 하지 않는 그에게 심술이 난 까닭이었다. 진정 느낀 대로 진심을 말한 라드에게 있어선 참으로 억울한 일이었다.

"난감하군."

라드가 홀로 읊조렸다. 억누른 애정이 터져 나올까 경계한 게 냉담으로 보여졌을까 근심됐다. 순례 기간 내내 그녀와 함께하다 떨어져 삭막한 궁 안의 시시비비 가리는 소리나 듣고 있자니 괴롭기 그지없었다. 몸이 달아 자리를 박차고 나가고 싶은 것을 인내로 견뎠다. 오랜만에 기사 강령을 다 읊었을 정도였다. 하루 동안 그가 그녀를 몇 번이나 떠올렸는 줄 그녀는 알기나 할까.

"정원이 달라졌군."

흐트러진 마음을 부단히 다잡으며 편한 옷을 일부러 각 세워 갈아입은 그가 정원에 모습을 드러냈다. 정원 곳곳에 못 보던 나무와 꽃이 자라나 있었다.

"오전에 잠깐 손을 봤어요. 전부 가꾸려면 아직 멀었지만."

정원 이야기가 나오자 토라졌던 것도 잊고 웬디가 빙긋 웃었다. 기울어 가는 햇빛이 나긋하게 흩뿌려진 정원은 떠나던 때보다 더욱 아름다운 모습이었다.

"혹시 모르니…… 가끔 가다 꽃집에서 묘목 같은 걸 들여와야겠어요. 만에 하나 누군가가 이곳을 보게 돼도 의심하지 않을 수 있게요."

"나쁘지 않은 생각이군."

웬디가 그녀의 키보다 조금 더 큰 나무 근처로 걸어가 샛노란 열매를 툭 건드렸다.

"오렌지 나무를 키워 냈어요. 아침 산책 때마다 하나씩 똑똑 따먹으려고요."

그녀가 입술을 쫑긋 내밀며 익살맞게 말했다. 그게 꼭 입 맞춰 달라는 것만 같아 라드는 그녀에게 손을 뻗었다. 그가 가진 인내로는 더는 견디기 어려웠다. 느릿하게 턱을 받치고 연한 꽃빛의 입술 위에 입을 내리눌렀다. 느긋함을 가장한 갈급한 입맞춤이 조금씩 깊어질 즈음 웬디가 그의 가슴을 살짝 밀어냈다.

“오렌지를 하나 드릴까요?”

할 말이 없었던지 급하게 꺼낸다는 게 눈앞에 있는 오렌지 이야기였다. 그녀는 아직까지 부끄러움이 많은 소녀 같았다.

“그것보단 달콤한 게 먹고 싶군.”

“달콤한 거요? 아, 그럼 딸기는 어떠세요? 제가 또 기막히게 달콤한 품종을 알거든요.”

그녀가 반색했다. 그가 말한 달콤한 건 좀 다른 것이었지만 라드는 그녀의 말을 바로잡지 않고 그저 고개를 끄덕였다.

“이쪽으로 와 보세요.”

그녀가 평평하게 고른 땅으로 가더니 검지를 꾹 눌렀다. 거기서 그치지 않고 연달아 흙 위에 손을 맞대고 나서야 웬디는 품에서 손수건을 꺼내 흙 묻은 손을 닦았다. 그리고 그녀가 몸을 일으켜 세우기도 전에 암팡진 모양으로 초록빛 줄기가 뻗어 자라나기 시작했다. 긴 기다림은 필요 없었다. 무성한 떨기 위로 탐스러운 붉은 열매가 유혹적으로 달콤한 향을 뿜어냈다. 웬디가 딸기 한 알을 따서 라드에게 내밀었다

“어때요?”

“맛있군.”

그가 그녀 옆에 한쪽 무릎을 굽히고 앉더니 직접 열매를 땄다. 몇 개는 그의 입으로, 몇 개는 웬디의 입으로 들어갔다. 라드가 먹여 주는 것에 재미를 들린 그녀는 거절하지 않고 아기 새처럼 날름

받아먹었다. 과즙이 배어 든 입술에도 손에도 달콤한 향기가 났다. 어느덧 짙어진 노을빛이 사이프러스 나무에 둘러싸인 비밀스러운 정원 안쪽까지 깊이 스며들었다. 웬디의 얼굴이 노을로 연붉게 물들었다.

그가 향기 나는 그녀의 입술을 손으로 쓸었다. 목 뒤가 쭈뼛해질 만큼 달콤한 촉감이었다. 라드는 그 향내와 감촉에 취해 그녀에게 다시 입술을 겹쳤다. 딸기향이 혀끝에 감돌았다. 정신이 아득할 만큼 달콤한 향기였다.

"천천히 가요. 오, 제발 멜리사!"

만삭의 몸을 이끌고 종종걸음으로 내처 걷는 멜리사를 웬디가 만류했다. 부풀어 오른 배를 커버하기 위한 드레스 폭이 유난히 풍성해 발에 걸리지 않을까 조마조마했다.

"웬디, 여유 부릴 틈이 없어요. 어서 서둘러요! 요한레스의 가장 귀한 영애께서 등장하는 장면을 놓치면 안 되잖아요!"

황궁에 도착하자마자 복부의 불편함을 호소한 멜리사를 데리고 상주해 있던 황실 의원을 만나고 오는 길이었다. 조금 긴장한 것뿐 이상이 없다는 의원의 말을 듣고 나서야 멜리사는 평소의 기운을 회복하고 저렇게 줄달음질을 놓고 있었다.

"멜리사, 천천히 가도 늦지 않아요."

"그레이너 공녀의 미모가 대단하다던데 정말일까요?"

"글쎄요. 그보다 멜리사, 무엇 때문에 그리 긴장을 한 거예요? 배가 다 아플 정도로 말이에요."

간신히 걸음을 늦춘 멜리사를 붙든 웬디가 다시 뛸 새라 그녀의 주의를 돌렸다.

"세상에! 당연하잖아요? 그레이너 공의 하나뿐인 따님인 데다가 우리로 치면 공주님이나 마찬가지시잖아요. 그런 분을 만나는 게 당연히 설레고 긴장될 수밖에요."

"멜리사, 그런 말은 하지 않는 게 좋아요. 공주님이라뇨."

"으음, 그래서 웬디한테만 살짝 말하잖아요."

요한레스 공국의 군주인 그레이너 공에게는 1남 1녀의 자녀가 있었고 이번 사절단에 끼어 있는 샬로타 그레이너 공녀가 그의 유일한 딸이었다. 공국이냐 왕국이냐를 놓고 미묘한 갈등을 하고 있는 때에 공주라 그녀를 일컫는 건 아주 민감한 일이 될 수 있었기에 웬디는 멜리사에게 주의를 주었다.

"하아, 요한레스 사람을 처음 보는데 정말 살빛이 눈송이처럼 새하얄까요? 어떨까, 정말 두근거려요."

샬로타 그레이너를 만나는 게 도대체 왜 설레고 긴장되는 일인지 이해 가지 않았지만 꿈 많은 소녀처럼 볼을 붉히는 멜리사에게 뭐라 더 말하지 못하고 웬디는 그녀를 부축했다. 어찌 되었든 뜻하지 않은 소동으로 웬디 역시 가득 긴장하고 있었던 마음이 풀어졌다. 라드와의 혼인 후 처음 맞는 공식 자리인지라 어쩔 수 없이 긴장이 되었던 것이다.

"멜리사, 몸은 좀 어때?"

킹즈브레이 궁 앞 도열해 있는 사람들 사이로 돌아오자마자 장 자크 시뮤안 경이 득달같이 달려와 멜리사의 안부를 확인했다. 킹즈브레이 궁의 경계를 맡고 있는 탓에 그는 멜리사의 곁을 지키고 있을 수 없는 처지였다.

"괜찮아요. 그보다 장, 그레이너 공녀께선 아직이세요?"

대수롭지 않아 하며 연신 주위를 두리번거리는 아내의 반응에도 장 자크는 못내 걱정된다는 듯 그녀를 살폈다.

"조금 전 궁의 정문을 통과하셨다 하니 곧 오시겠지. 힘들면 저쪽 의자에 앉아 있지그래."

잔소리 같은 말을 몇 마디 더 늘어놓은 장 자크는 라드가 저만치서 걸어오는 걸 보고 흠칫하여 본분은 지키기 위해 급히 떠나갔다. 공작의 신분으로 오늘 사절단 환영식에 참석한 라드는 기사단 제복 대신 근사한 암적색 코트에 검은 팬츠를 입었다. 라드 역시 멜리사의 몸 상태를 묻고는 사절단을 가장 먼저 맞이하게 될 앞쪽으로 그녀들과 함께 자리를 옮겼다. 보통 사절단을 마중하는 일은 귀족들 중에서도 정무 회의에 참석 자격이 있는 이들이 도맡아 했지만 오늘은 드문드문 여성들이 끼어 있었다. 요한레스 공국의 공녀가 사절단의 대표였던 까닭에 그녀를 위해 배려한 구성이었다. 남자들만 있는 자리보다 편할 것이라는 생각에서였다. 웬디는 메리언 공주가 요한레스의 공녀를 위해 연 티 파티에도 참석이 예정되어 있었다.

"오십니다!"

저 멀리 사절단 행렬이 보였다. 아이작 황제가 사절단을 마중하기 위해 성문 밖으로 파견했던 사자가 행렬 선두에 있었다. 사자의 바로 옆으로 요한레스 공국의 남청색 기를 든 기수가 보무당당히 행진해 왔다. 깃발에는 방패 모양 도형 안에 날이 넓고 끝이 뾰족한 검이 그려져 있었는데 이것은 그레이너 공가의 문장이기도 했다.

곧이어 그들 앞에 마차가 멈춰 섰다. 시종이 마차 문 아래 발 받침대를 놓고 문을 열자, 안에서 한 남자가 모습을 드러냈다. 요한레스 공가의 상징인 남청색 예복을 입은 남자였다. 발 받침대에 발을 디디는 남자의 모습을 언뜻 본 웬디는 기이한 기분에 사로잡혔다. 이윽고 남자가 고개를 드는 순간, 그의 얼굴을 본 웬디의 얼굴이 눈에 띄게 굳었다. 잊으려야 잊을 수 없는 적갈색 눈동자가 오만하게 대열을 훑었다. 감흥 없던 남자의 눈빛이 달라진 건 웬디와 눈이 마주치던 순간이었다.

"다시 보도록 하지, ……공작 부인."

남자의 음성이 귓가에 생생히 메아리쳤다. 웬디는 당혹감에 눈을 길게 감았다 떴다. 일회성일 거라 믿어 의심치 않았던 숲에서의 만남이 의지와 관계없이 기세를 불려 나가 여러 번 반복되고 있었다. 가슴에 선득한 그림자가 다시 한 번 드리워졌다.

남자는 누구도 눈치채지 못할 만큼 노련하게 감정을 숨기고 마차 안으로 손을 내밀었다. 곧 우아한 드레스를 입은 한 여인이 그의 손을 잡고 마차에서 사뿐하게 내려섰다. 요한레스의 공녀 샬로타 그레이너였다. 적갈색 머리칼을 곱게 늘어뜨린 공녀는 오랜 여행이 고단했던지 안색이 조금 파리했다. 웬디는 공녀의 외모가 그녀 옆의 남자와 몹시 닮았단 걸 한눈에 알아챘다. 그녀의 눈동자 또한 남자와 똑 닮아 있었지만 가녀린 체구와 부드러운 표정 덕에 남자와 같은 오만함을 느낄 순 없었다. 그 둘에게 시선을 빼앗긴 사이 커다란 군마에서 내린 우람한 체격의 중년 남자가 그들에게 다가섰다. 짧게 몇 마디를 주고받은 세 사람이 마침내 라드를 향해 걸어왔다.

"슈로더 공, 그간 안녕하셨습니까. 다시 뵙게 되어 영광입니다."

"오랜만입니다, 베쉬타 후."

라드와 중년인이 인사를 주고받았다. 베쉬타 후작은 베냐한과의 외교 협정을 전담하는 요한레스의 고위 관리로 베냐한에 여러 번 방문한 전력이 있었다. 유난히 발달된 하관과 형형한 눈빛에서 느껴지는 강인한 인상이 그가 만만치 않은 외교 협상가라 짐작하게 했다. 베쉬타 후작은 아주 격식 있는 태도로 그 옆에 서 있던 두 남녀를 돌아보고는 그들에게 라드를 소개했다.

"슈로더 공작 가문의 라드 슈로더 공입니다. 황실 제1기사단의 단장직 또한 맡고 있는 유능한 분이지요."

"먼 길을 오시느라 노고가 많으셨습니다. 라드 슈로더라 합니다."

라드가 정중하게 그들에게 인사하자 그들 또한 정중히 예를 차렸다. 이어 베쉬타 후작이 공녀 옆의 남자를 한 번 바라보고 그를 소개하려는 듯 입을 열었다.

가만, 남자를 공녀보다 먼저 소개한다? 웬디는 멈칫하며 돌아가는 상황에 신경을 곤두세웠다. 공녀보다 그를 먼저 소개한다는 건 그의 신분이 더 높지 않고서는 불가능한 일이었다. 설마, 아닐 거야. 웬디는 비관적 생각을 몰아내며 마른 입술을 축였다. 남자의 가슴에 크게 수놓아져 있는 그레이너 가문의 문장이 아릿하게 눈에 박혀 왔다.

“이분께선 사절단의 대표이신 카시미르 그레이너 각하십니다. 요한레스를 수호하는 다섯 개 기사단의 두 번째 수장이시지요.”

베쉬타 후작의 목소리가 이전보다 힘 있게 변하여 귓전을 맴돌았다. 도열해 있던 귀족들 사이에서 웅성거림이 정제되지 않은 채 튀어나왔다. 사전에 알리지 않은 인물이 사절단의 대표라는 것은 커다란 외교적 결례였지만 그 때문에 이런 반응이 나온 건 아니었다. 카시미르 그레이너, 요한레스 공국의 젊은 후작이자 그레이너 공가의 유일한 후계자. 그리고 요한레스의 독립에 앞장서고 있는 가장 급진적이고 진보적인 인물. 그런 그가 직접 베냐한에 모습을 드러낼 거라고 누구도 예상하지 못했던 것이다.

“반갑소.”

카시미르가 짤막하게 인사말을 건넸다. 이어 샬로타 그레이너 공녀와 인사를 주고받고 몇몇 인사들을 소개한 후에야 그들은 라드의 안내를 받아 황제를 알현하기 위해 킹즈브레이궁 안으로 향했다. 웬디는 그녀 앞을 스쳐 지나가는 카시미르에게서 불안한 시선을 떼지 않았지만 그는 단 한 번도 그녀를 돌아보지 않았다. 마치 모르는 사람이라는 것처럼 외면하고 지나쳐 버린 그의 뒷모습을 바라보며 웬디는 그의 이런 태도가 차라리 계속되기를 간절히 바랐다.

“웬디.”

우두커니 서 있던 웬디의 드레스 소매를 멜리사가 살짝 잡아당겼다. 멀어진 뒷모습에서 눈을 떼고 멜리사를 바라보니 그녀가 왜인지 어쩔 줄 몰라 하며 눈알을 도르르 굴렸다. 그녀의 눈동자가 누군가를 가리키고 있음을 눈치챈 웬디가 멜리사의 시선 끝을 향해 고개를 돌렸다.

"딜…… 런?"

믿을 수 없게도 그곳에 딜런이 있었다. 사절단의 공식 완장을 찬 그가 웬디를 보고 멋쩍은 표정을 지었다. 경악한 웬디의 얼굴을 보고도 그는 이 모든 상황을 예측하고 있었던 듯 놀란 기색을 나타내지 않았다. 갑작스러운 일들로 포화 상태에 이르렀던 머릿속에 그가 카시미르와 일행이라 했던 말이 불현듯 스쳐 지나갔다. 일행이란 뜻이 이런 거였나?

"대체 이게—."

바로 딜런에게 다가서려는 웬디를 막은 건 뜻밖에도 멜리사였다. 아직 주변에 보는 눈이 많다는 걸 그녀가 웬디에게 주지시켰다. 누구든 딜런을 알아보는 게 이상하지 않은 상황인 데다가 타국 사절단 무리에 끼어 있는 그를 알은체하는 건 괜한 풍문을 떠돌게 할 수 있었다. 웬디는 도저히 믿을 수 없다는 듯 그가 찬 완장을 거의 노려보듯 바라봤다. 요한레스의 기사들과 같은 공식 기사 복장은 아니었으나 그 완장 하나로도 사절단의 일원임이 분명히 드러났다.

"기다려요, 이야기를 나눌 기회가 있을 거예요."

멜리사가 웬디의 귓가에 대고 소곤거렸다. 멜리사에게 조언을 듣게 되는 상황이 익숙지 않았지만 하나도 틀리지 않은 말이었다. 멜리사의 조언대로 웬디는 머릿속에서 아우성치는 온갖 의문을 잠시 억눌렀다.

그리고 그 기회는 생각보다 빨리 찾아왔다. 황실에서의 일정을 소화하기 위해 대기해 있던 웬디는 예정된 티 파티 시간이 되자 메리언 공주의 처녀 적 거처였던 볼투인 궁으로 갔다. 더는 놀랄 일이 없을 거라 여겼던 그녀의 생각을 비웃는 것처럼 웬디는 그곳에서 다시 딜런과 마주쳤다.

오, 맙소사. 그는 대체 무슨 생각인 거지? 웬디는 응접실 입구에서 경호를 서고 있는 딜런을 흘깃거리며 암담한 심정을 애써 감췄다. 그나마 팔에 차고 있던 완장을 떼어 냈다는 게 불행 중 다행한 일이랄까? 베냐한의 기사 작위를 버리고 타국의 기사가 되었다는 걸 대놓고 드러내다니, 이곳 사람들이 이를 어떻게 받아들이겠는가.

"꽃빛이 참으로 아름답지요? 차를 마시며 감상하기에 더할 나위 없는 풍경이에요. 이곳 정원의 꽃들은 모두 내가 한때 심취해 있었던 꽃을 선별해 가꾼 것이에요. 어떤가요, 그레이너 영애. 영애는 특별히 좋아하는 꽃이 있나요?"

웬디의 마음과 달리 티 파티 분위기는 평화로웠다. 여름빛이 기울어, 저무는 가을이 오고 있었지만 황궁의 정원은 여전히 아름다운 꽃빛으로 가득했다. 볼투인 궁도 사정이 다르지 않아서 티 테이블이 놓인 바로 앞 창밖으로 꽃들의 향연이 펼쳐져 있었다.

"요한레스는 여름이 굉장히 짧은 곳이랍니다. 꽃을 볼 수 있는 기간도 찰나와 같지요. 전 그 짧은 시간 고운 빛을 낸 후 얼어붙은 동토에서 다시 한 해를 나는 꽃들 모두를 좋아한답니다. 하나만 꼽는 건 어려운 일이에요."

샬로타 그레이너 공녀가 찻잔 표면을 손으로 한 번 쓸며 말했다. 목소리가 시를 읊듯 청아하고 나긋했다. 그런 그녀를 메리언 공주가 잠시 말없이 살피더니 언제 그랬냐는 듯 웬디에게 시선을 옮겼다.

"슈로더 공작 부인, 부인의 영지가 요한레스 공국과 비교적 가까운 편이지요?"

"판타르카 산맥에 가로막혀 있지만 제국에서는 가장 가깝다 말할 수 있겠지요."

"그러고 보니 영지를 처음 방문한 소감도 묻지 못했군요. 어땠나요?"

"다시고…… 언제라도 가고 싶은 곳이었습니다."

웬디의 미사여구 없는 짤막한 대답에 공주가 웃음을 터뜨렸다.

"슈로더 경과 어쩜 그리 똑같으실까요. 부부는 닮는다더니 무뚝뚝한 것도 닮나 봅니다. 다시 가고 싶은 곳이라니, 충분히 답이 되긴 하지만요."

다른 귀부인들이라면 웬디의 답을 우아한 어법이 아니다 헐뜯었을지 모르지만 메리언 공주는 진정으로 기꺼워했다. 그녀는 웬디에게 마음 가득 호감을 갖고 있는 몇 안 되는 사람이었다.

"이번에 부인께서 슈로더 공과 혼례를 올리고 영지 순례를 다녀왔답니다. 낭트셰로요."

메리언 공주는 샬로타 공녀가 대화에서 소외될까 설명을 덧붙여주었다. 제국의 지리에 어두운 이라 할지라도 낭트셰는 충분히 알 만했던 까닭에 긴 설명은 하지 않았다. 더군다나 요한레스 공국 사람인 샬로타 공녀가 자국 무역에 중요한 축을 담당하고 있는 낭트셰에 대해 모르지 않을 터였다.

그런데 어찌 된 일인지 낭트셰 이야기가 나오자 지금까지의 침착했던 태도와 달리 공녀에게서 당혹스러워하는 티가 눈에 띄게 났다. 그녀가 꿀을 덜어 내던 티스푼을 '챙강' 소리가 나게 떨어뜨렸다. 혹시 카시미르 때문일까. 웬디는 낭트셰의 봄살카 숲에서 그를 만났던 일을 떠올렸다. 공녀도 그녀의 오라버니가 자신과 숲에서 만난 적이 있단 걸 알고 있는 걸까? 허가받지 않은 외국인의 방문이 문제가 될 수도 있다는 것 때문에 지레 겁을 먹었다면 저런 반응이 그리 이상하진 않다.

"낭트셰의 여름을 겪어 보지 못했지만 그곳의 여름도 짧다고 하더군요. 공녀께서 좋아하시는 요한레스의 꽃과 비슷한 숙명을 가진 꽃들이 낭트셰에도 피겠지요. 오랜 겨울을 견뎌 낸 꽃이라니, 저 또한 그 꽃들에 불쑥 애정이 솟아납니다. 다음번엔 꼭 그 꽃들을 보고 싶군요."

웬디는 샬로타 공녀가 말한 대로 꽃을 예찬하며 그녀에게 새 티스푼을 내밀었다. 공녀의 표정이 비 맞은 어린 짐승처럼 안쓰러워 달래 주고 싶은 마음이 들었던 까닭이었다.

"그리 생각하신다니⋯⋯ 기뻐요."

샬로타 공녀가 자신을 이해하는 뜻밖의 사람을 만난 것처럼 놀란 눈을 깜박이며 티스푼을 받아 들었다. 놀랍도록 순수한 반응이었다.

"그래요, 다음번에 낭트셰를 방문할 땐 꽃 피는 계절에 맞춰 가 보는 것도 좋겠군요."

메리언 공주가 그녀의 찻잔에 차를 더 따르려는 시녀에게 그만 되었다는 듯 손바닥을 펴 보이며 말했다. 공주는 무언가 목이 타는지 시녀에게 물을 가져오라 명했다. 시녀가 유리잔에 물을 따르는 사이 짧은 정적이 내려앉았다.

"그런데⋯⋯ 공녀의 호위 기사가 낯설지 않군요. 요한레스 사람은 아닌 것 같은데 말이죠. 제 눈이 틀리지 않았겠죠?"

정적을 깬 메리언 공주가 자연스러운 태도로 입구 쪽에 선 딜런을 응시했다. 촉망받는 황실 기사 단원이었으며 유서 깊은 레녹스 후작가의 둘째 아들인 그를 공주 또한 익히 알고 있었던 것이다. 웬디는 올 게 왔다는 생각을 했다. 공주의 입가에는 부드러운 미소가 걸려 있었지만 공녀는 그렇지 못했다. 그건 웬디 역시 마찬가지였다.

"탓하지 말아 주세요!"

바로 그때 공녀가 돌연히 흥분하여 말했다. 이건 전혀 예상치 못했던 반응이었다. 희디흰 그녀의 피부가 마치 백합 꽃잎처럼 색조 없이 더욱 희게 질려 있었다.

"저분은 그저 잠시 제 경호를 봐주고 계신 것뿐이에요. 정식으로 임명된 기사가 아니니 노여워 마세요."

그의 등장으로 불거질 수 있는 문제를 샬로타 공녀 역시 모르고 있지 않았으리라. 그러나 그 태도란 게 과도할 만치 간절하여서 외려 메리언 공주를 당황시키고 말았다. 보통 자신의 호위 기사를 위해 저 정도의 절박함을 내비치는가? 딜런을 옹호해 주는 건 웬디 역시 바라는 바였지만 샬로타 공녀의 반응에는 지나친 감이 있었다. 그녀의 본래 성격을 모르니 섣부른 짐작 같은 걸 할 순 없지만 분명 일반적인 상황은 아니었다.

"딜런 레녹스 경은 윌리엄 보카르테 님의 문하에 계세요. 보카르테 님의 명을 받고 검술 수련의 하나로 장거리 호위에 나서신 것뿐, 다른 의미는 없답니다. 부디 레녹스 경의 애국심을 의심하지 말아 주세요."

상황이 이쯤 되자 딜런 또한 이 사태를 어찌해야 할지 몹시 난처해하며 표정 관리를 하지 못했다. 꼿꼿하게 유지되던 그의 자세는 샬로타 공녀의 말이 거듭될수록 흐트러져 갔다. 그러나 호위 기사인 그의 입장에서 선뜻 대화에 끼어들 수도 없는 일이어서 그는 그저 테이블을 주시할 도리밖에 없었다.

"……물론 레녹스 경의 애국심을 의심하지 않습니다."

가장 빠르게 침정을 회복한 메리언 공주가 상황을 수습했다. 공주 역시 이 일을 공연히 부풀려 양국의 관계에 문제가 되는 걸 원하지 않았던 것이다.

"윌리엄 보카르테 님의 명성은 이미 들어 알고 있습니다. 검에 있어 심오한 경지에 오르신 분이라고요. 그레이너 공가와도 인연이 깊으시다지요? 베냐한에도 그분을 존경하는 무인들이 많답니다. 딜런 레녹스 경도 그중에 하나였나 보지요. 외지인의 출입에 엄격한 요한레스에서 베냐한인을 들였다는 걸 우호의 표시로 보아도 되는 거겠죠?"

사뭇 부드러워진 분위기에 웬디는 놀란 가슴을 쓸어내렸다. 그 뒤로 메리언 공주는 민감한 이야기를 자제하고 가볍게 주고받을 수 있는 말만 화제에 올렸다. 겉으로는 모두가 미소 짓고 있었지만 속마음까지 그랬던 건 아니었다. 오랜 여로에 지쳐 있던 샬로타 공녀는 딜런의 이야기가 나온 이후 심신을 과도하게 소비한 사람처럼 얼굴이 더욱 안되어 보였다. 웬디 역시 공녀 못지않게 정신적으로 지쳐 있었기에 휴식이 절실했다. 그런 그녀들의 마음을 읽은 것처럼 메리언 공주가 얼마 지나지 않아 티 파티를 파했다. 공주도 이제 막 여장을 푼 샬로타 공녀를 오래 붙들고 있을 생각이 없었던 듯 그들을 배웅하는 모습이 담백했다.

볼투인 성을 빠져나와 바깥공기를 쐬자마자 웬디는 짧은 한숨을 내쉬었다. 안도인지 근심인지 스스로도 의미를 알 수 없는 한숨이었다. 연거푸 한숨을 내쉬며 바라본 공주 궁 앞길에는 얄궂게도 측백나무 여러 그루가 우뚝 솟아 있었다. 그 나무의 적갈색 껍질이 한 남자를 떠올리게 해 웬디는 또다시 한숨을 내쉬었다. 그녀를 강렬하게 쏘아보던 카시미르의 적갈색 눈동자가 저 나무처럼 또렷한 형상으로 떠올랐던 것이다.

그러나 남자를 잊고자 측백나무에서 시선을 돌린다 해도 그다지 나아질 건 없었다. 샬로타 공녀와 함께 서 있는 딜런의 모습이 또 다른 한숨을 불러 왔으니까. 카시미르에 이어 딜런까지. 심보 사나운 누군가가 그녀에게 풀기 어려운 과제를 잔뜩 던져 준 것 같았다. 웬디는 딜런을 슬쩍 바라보며 홀로 입술을 달싹였다. 그에게 상황 설명을 듣고 싶었지만 공녀 앞이라 차마 속에 있는 말을 할 수 없었다.

"어디로 갈 거야? 바로 저택으로 되돌아가?"

바로 그때 딜런이 먼저 웬디에게 말을 걸었다. 공녀를 의식해 모른 체할 수도 있겠다 생각했지만 그는 전혀 개의치 않았다. 오히려 그의 격 없는 말투에 샬로타 공녀가 토끼눈을 뜨고 둘을 번갈아 봤다.

"정무 회의가 끝나는 걸 기다려야 해."

티 파티가 생각보다 일찍 파해진 바람에 라드와 만나기로 했던 시간이 어그러져 버렸다. 회의가 끝나는 즉시 자신을 데리러 오겠다 말했던 라드의 말을 상기하며 웬디는 슬쩍 공녀의 눈치를 보았다. 공녀의 눈이 더욱 동그랗게 변해 있었다.

"서로 아는 사이세요?"

티 파티 내내 들어 보지 못했던 의문에 찬 목소리였다. 공녀가 묻는 말에 딜런이 머뭇대더니 웬디의 얼굴을 힐긋 바라봤다. 어떻게 아는 사이라 설명해야 할지 난감한 것이리라.

"친구 사입니다."

다른 설명은 배제한 채 그가 둘의 관계를 정의했다. 친구라. 그와 내가? 웬디는 그 말이 퍽 어색했지만 부정하지 않고 상황을 주시했다.

"두 분이 친구시라고요? 어릴 때부터 알던 사이신 건가요?"

"개인적인 이야긴 더 이상 하고 싶지 않습니다."

이런 단호함이라니. 웬디는 딜런의 칼 같은 말에 제가 다 민망해지는 기분을 느꼈다. 샬로타 공녀가 역정을 내지 않을까 가슴이 철렁했지만 그녀는 그저 시무룩하게 시선을 내리깔았을 뿐이었다.

면구해 무슨 말을 해야 할지 고민하던 때 저만치서 라드가 걸어오고 있는 게 눈에 들어왔다. 볼투인 성 앞길이 하나였기에 망정이지 하마터면 길이 엇갈릴 뻔했다. 심신이 지쳐 있던 웬디는 그의 얼굴을 보자 비로소 쉴 곳을 찾은 듯 마음이 놓였다. 그러나 라드의 시선이 딜런에게 고정되어 있는 걸 발견한 순간 괴이한 사자대면을 하게 될 작금의 상황이 몹시 난감했다.

"딜런 레녹스 경."

먼저 샬로타 공녀에게 간단한 목례를 한 라드가 의아한 목소리로 딜런을 알은체했다. 라드가 가까이 와 서자 딜런이 약식으로 기사단 경례를 붙였다. 그는 이미 황실 기사단 소속이 아니었지만 옛 상급자를 향한 존중의 의미를 담은 인사였다.

"오랜만이군. 잘 지냈는가?"

"네, 결혼 소식은 들었습니다. 늦었지만 축하드립니다."

두 남자의 눈빛이 무감하게 오갔다. 한때의 강렬했던 감정이 모두 빠져 버리고 더 이상의 접점 또한 없는 두 사람이었기에 그들의 눈빛에 불필요한 무게 같은 건 실리지 않았다. 다소의 불편함, 딱 그 정도의 감정만이 존재할 따름이었다.

"고맙네. 자네는 황궁에 어쩐 일인가?"

"사절단과 함께 왔습니다. 샬로타 공녀님을 호위하고 있습니다."

그의 답에 라드의 눈썹이 슥 올라갔다. 붉은 루비를 깨뜨린 제국의 옛 기사가 타국의 공녀를 호위하는 사절단이 되어 왔다니. 황실 기사 단장인 라드에게는 예민하게 받아들일 수밖에 없는 일이었다. 심상치 않은 분위기를 느낀 샬로타 공녀가 끼어들 타이밍을 보는지 움찔거리는 게 눈에 훤히 보였다. 아까와 같은 상황이 반복되는 걸 원치 않았던 웬디가 얼른 말을 돌렸다.

"먼 길을 오셨는데 무척 고단하시겠어요. 어서 돌아가 쉬셔야지요. 만나서 반가웠답니다. 그럼 또 뵐 날을 고대하고 있을게요."

급작스러운 인사와 함께 웬디가 라드의 팔을 잡았다.

"우리 어서 가요. 아까부터 몸이 좋지 않아요."

괜한 핑계까지 대며 웬디는 라드를 잡아끌었다. 성 앞으로 난 길은 하나밖에 없었지만 굳이 길 끝까지 그들과 동행할 필요는 없었다. 웬디는 먼저 실례하겠다 마지막 말을 남기고 후다닥 자리를 떴다.

"그도 분명히 무언가 생각이 있을 거예요. 제가 사정을 물어볼 테니 못 본 척 넘어가 줘요."

달리고 있는 마차 안이었지만 혹여 소리가 새어 나갈까 목소리를 낮춰 말했다. 웬디의 호소에 딱딱하기만 했던 라드의 표정은 이미 많이 풀어져 있었다.

"……공주 전하께서 덮으신 일에 내가 무어라 토를 달겠소."

라드의 입장에서 얼마든지 문제 삼을 수 있는 일이었지만 그는 그저 고개를 저었다. 딜런을 만나 사정을 묻겠다는 웬디가 걱정될 법도 했지만 굳이 만류하지 않은 것은 그녀가 고집을 꺾지 않을 것을 이미 알기 때문이다.

"만약에…… 이 일이 정무 회의에서 문제가 되면……."

"내가 무마시켜 보겠소. 정식 기사도 아닌 데다가 윌리엄 보카르테 님의 밑에서 검을 수련하고 있다 하니 여러모로 적당한 핑계가 될 수 있을 거요."

말을 맺지 못하고 망설이는 웬디 대신 라드가 한숨처럼 말을 쏟아 냈다. 썩 내키는 일은 아니었지만 딜런 레녹스에게 과도한 죄책감을 품고 있는 그녀가 이 일로 마음을 조금 편히 먹을 수 있다면 얼마든지 할 수 있는 일이었다.

"고마워요."

"카시미르, 그자는 내가 만나 볼 테니 그대는 가능한 그와의 만남을 피하도록 하시오. 느낌이 좋지 않은 자요."

라드는 황제를 알현한 자리에서도 고개를 숙이지 않던 그의 오만한 모습을 잊지 못했다. 붉은 안광이 번뜩이던 그의 눈빛이 라드의 머릿속에 아로새겨졌다. 황제 앞에서 요한레스 공국을 왕국이라 스스로 격상해 부르지 않은 게 외려 의외일 만큼 카시미르는 지금껏 강력하게 분리 독립을 주장해 왔다. 그를 위시한 요한레스의 독립 요구는 올해 가장 절정을 이뤘으나, 공론화가 되는 것을 막기 위해 제국에서는 이 문제를 철저히 통제해 왔다. 이런 상황에서 그가 무슨 생각으로 돌연히 사절단에 합류한 것인지 그 의도가 의심스러운 건 당연한 일이었다.

그런데 카시미르, 그자가 사탕단풍 숲의 남자와 동일인이라니.

라드는 저의 기민한 감각이 은밀하게 위험을 알려오는 걸 모른 척 덮어 놓을 수 없었다. 결코 그녀와 만나게 해선 안 된다는 예감이 강하게 들었다.

"당분간 황실에는 출입하지 않는 편이 좋겠군. 공식 일정에 대해선 내 폐하께 아뢰어 놓을 테니 염려하지 마시오. 레녹스 경을 만나는 것 또한 황실이 아닌 외부가 나을 테고."

"그럴게요."

순순한 대답에서 그녀의 짙은 불안감이 느껴졌다. 앞날에 대해 홀로 또 불안해하고 심려할 게 뻔했다. 겉으로는 강한 척하지만 실제 그렇지 않다는 걸 누구보다 잘 알고 있는 그였다.

"아직 아무 일도 벌어진 게 없소. 그런 표정을 지을 이유가 전혀 없단 뜻이오."

라드가 앉은 몸을 앞으로 바짝 기울여 웬디의 손을 당겨 잡았다. 흔들리는 마차 안, 두 사람의 손이 허공에서 만났다.

"제가 어떤 표정을 지었기에 그러세요. 전 아무렇지 않아요."

"그래, 그 말이 맞소. 그대는 지금도, 앞으로도 괜찮을 테니까."

그 무뚝뚝한 위로에 웬디가 그의 손등을 어루만졌다. 거친 감각이 놀랍도록 부드럽게 마음을 녹였다.

'탁탁' 땅을 고르게 다지는 소리가 규칙적으로 울렸다. 웬디는 작은 괭이로 흙을 고르는 데 아침부터 시간을 소비하고 있었다. 땀이 비 오듯 쏟아지고 허리는 물론 팔다리도 끊어질 듯 아파 왔지만 아무 생각 없이 집중할 만한 게 필요해 멈추지 않았다. 그 뒤로도 한참 괭이질을 계속하던 그녀는 힘이 빠진 손에서 괭이를 놓치고 나서야 하던 걸 그만뒀다.

"후우……."

손을 대충 털어 내고 겨우 허리를 편 웬디는 느른한 걸음으로 벤치에 가 앉았다. 물병 마개를 열어 꿀꺽꿀꺽 단숨에 들이켜고는 품에서 회중시계를 꺼내 봤다. 슬슬 준비를 해야겠단 생각이 들었다. 딜런과 만나기로 한 시간이 가까워 오고 있었다.

"마님, 정말 그 차림으로 괜찮으시겠습니까?"

수수하기 그지없는 크림색 드레스를 레이첼 부인이 마땅찮게 바라보았다. 말이 좋아 크림색이지 얼핏 보면 빛이 바래 누렇게 된 것처럼 보이기도 했다. 웬디는 말없이 웃으며 베이지색 줄무늬가 가늘게 들어간 하얀 보닛을 머리에 썼다.

"그럼 다녀올게요."

웬디는 그녀를 기다리고 있던 마그리트 경과 함께 공작가 신관 주방 건물로 갔다. 그곳 앞에는 허름한 마차 한 대가 미리 대기하고 있었다. 웬디가 마차에 타는 걸 도운 마그리트 경이 마부석으로 가 찬찬히 마차를 몰기 시작했다. 마차 안에는 오래된 가죽 냄새가 퀴퀴하게 났다. 관리되지 않아 해진 가죽 시트 표면이 까슬까슬하여 앉은 자리가 불편했다. 꼭 지금의 마음과 같았다.

마차는 데비타 대로를 거쳐 작은 골목을 여럿 지난 후 다시 한참 후미진 길을 간 후에야 멈춰 섰다. 마그리트 경이 도착을 알리며 마차 문을 열었다. 그는 입고 있는 옷이 영 불편했는지 허리에 찬 검대를 계속 매만졌다. 마차에서 내린 웬디는 그런 그의 복장을 어색하게 훑었다. 저잣거리에서 흔히 볼 수 있는 무명으로 된 옷에 여행용 부츠, 그리고 낡아 빠진 밀짚모자까지. 지금껏 보지 못한 해괴한 조합이었다.

"그 모자는 언제 챙겨 온 거예요?"

"미리 마차에 가져다 놓았습니다. 완벽을 기하기 위한 아이템이라고나 할까요."

마그리트 경은 이 일이 제도에 와 수행하는 첫 작전이라 여기고 힘이 잔뜩 들어가 있었다. 설레는 첫 임무, 뭐 그런 것인 모양이다. 눈에 띄지 않는 수수한 옷을 입으라고 당부했던 것이 화근이었던 것 같다. 저 구멍이 송송 난 밀짚모자는 지나가던 사람도 돌아보고 갈 만큼 눈에 띄었지만 그는 더할 나위 없이 완벽한 아이템이라 믿었다.

"그럼 들어갈까요?"

두 사람은 골목 한쪽 흔해 빠진 외양을 한 골동품 가게 안으로 들어갔다. 가게 안, 주인이 있어야 할 자리는 미리 이야기된 대로 텅 비어 있었다. 이곳 골동품 가게는 라드가 임무를 위해 정보원을 만나거나 비밀스러운 대화를 나눠야 할 때 이용하던 곳들 중 하나였다. 웬디는 내부를 천천히 살피며 안쪽으로 들어갔다. 가게는 조명이 군데군데 있었음에도 전체적으로 어두웠고, 세밀한 조각이 들어간 크고 오래된 가구들부터 이 빠진 접시까지 없는 게 없었다. 웬디는 드레스 자락이 골동품들을 건드리지 않게끔 조심하며 걸음을 내디뎠다. 몇 걸음 가자 커다란 기둥이 나왔고 기둥 뒤 빼곡하게 들어차 있는 골동품 사이로 한 인영이 보였다.

"딜런."

웬디를 보고 그가 눈짓으로 가볍게 인사했다. 마그리트 경은 딜런이 온 걸 확인하고선 계산대가 있는 입구 쪽으로 되돌아가 둘이 편히 대화를 나눌 수 있게 했다.

"오는 데 고생하지 않았어?"

"아니, 문제없었어. 교대 시간에 맞춰 나왔거든. 가문의 저택에 들렀다 오는 길이야. 이 옷도 갈아입고."

그가 셔츠 깃을 잡으며 말했다. 황궁에서 입던 쥐스토코르 대신 길이 잘 든 가죽조끼만을 단출하게 걸친 차림이었다. 황궁에서의 차림대로 나왔다면 이런 동네에서 쉽게 눈에 띄었을 테지만 지금은 어디서든 흔히 볼 수 있는 차림이라 큰 위화감이 없었다.

"왜 만나자고 했는지 알 거라고 생각해."

"그래."

경직된 그의 얼굴에 웬디는 손에 낀 레이스 장갑 위로 땀이 배어나는 걸 느꼈다. 말을 꺼내기 조심스러웠다.

"나토체에서…… 일행에 대해 자세히 말하지 못했던 게 그들이 요한레스 공가 사람들이었기 때문이니?"

"……안전을 위한 일이었어. 제도로 입성하기 직전까지 안전을 위해 공개적으로 신분을 드러내지 않기로 했거든. 지시 사항이라 어길 수가 없었어."

그가 면구해하며 말했다.

"그랬구나. ……난 네가 요한레스 사람들과 친밀하게 지내는 게 나쁜 일이 아니라고 생각해. 그렇지만 넌 베냐한의 기사였잖아. 이제 기사가 아니라 해서 폐하께 충성을 맹세했던 게 사라지는 건 아니잖아. 네가 요한레스의 사절단과 함께 공녀의 호위 기사로 베냐한에 온다는 건…….”

웬디가 차마 말을 맺지 못하고 얼버무렸다.

“네 일이니까…… 무슨 참견이냐 말하면 나도 할 말은 없어. 하지만 네가 곤란해지는 걸 그냥 보고만 있을 순 없었어.”

“참견이라고 생각하지 않아. 나였어도 똑같이 했을 테니까.”

딜런이 씁쓸한 투로 고개를 저었다. 웬디는 그의 태도에 적지 않게 마음이 놓여 비로소 안도의 한숨을 내쉬었다. 네가 무슨 상관이냐 일갈을 듣게 될 수도 있겠다 각오했던 그녀였다. 과거 그에게 했던 그대로 되돌려 받게 될지도 모른다 생각하며 자신이 그에게 얼마나 모질게 굴었는지 새삼 깨닫기도 했다. 그럼에도…… 마음에 이렇게 거리끼는 일이 많았음에도 웬디는 그의 일을 모른 척 그냥 지나칠 수 없었다. 딜런에게 품고 있는 부채감이 그녀를 계속 조바심 나게 만들었다.

“메리언 공주님의 궁에서 샬로타 님이 하셨던 말씀이 틀린 건 아니야. 난 요한레스에 소속된 정식 기사도 아니고, 윌리엄 보카르테 님의 명으로 샬로타 님을 따라오게 된 것도 맞아.”

어디서부터 얘기해야 할지 잠시간 고민하던 것도 잠시, 그가 천천히 이야기를 시작했다.

“여행 중에 우연히 윌리엄 보카르테 님을 만났어. 그분의 검술에 매료돼 가르침을 청했고 그분께서는 기꺼이 나를 받아 주셨지. 그렇게 요한레스 공국으로 가게 됐어. 외지인, 특히 베냐한인의 출입을 엄격히 통제하는 곳이지만 보카르테 님이 그분의 명예로 보증을 섰기에 가능했던 일이었어."

딜런은 꾸준히 웬디를 응시했지만 이따금 그녀 뒤편의 은촛대나 유화 그림에 시선을 건네기도 했다. 짙은 녹색 눈동자를 오래도록 바라보는 게 어려운 일이나 되는 것처럼 시선은 유지되지 못했다.

"보카르테 님은 그레이너 공가와 인연이 깊으신 분이야. 카시미르 그레이너 전하께서는 그분의 검술을 유일하게 모두 전수받은 애제자이기도 하고."

카시미르의 이름이 그의 입술 사이로 나오자 웬디의 표정이 미묘하게 찡그려졌다. 그녀를 요 며칠간 두문불출하게 만든 원흉이었으니 당연한 반응이었다. 오늘 딜런에게 카시미르와 엮인 일을 털어놓고 조언을 구할 생각이었지만 그의 이름만 듣고도 벌써 기운이 빠지는 것 같았다.

"거기다 특별히 샬로타 그레이너 님을 친따님처럼 귀애하셔서 요한레스에 있는 동안 두 분의 만남이 무척 잦았어. 그래서 나도 샬로타 님을 자연히 자주 뵙게 됐고."

그가 또 웬디 옆쪽에 놓인 가느다란 항아리로 시선을 비꼈다. 못할 말이라도 하려는 것처럼 이번엔 뜸을 들이기까지 했다. 웬디는 재촉하지 않고 끈기 있게 기다렸다.

"……그러던 중 샬로타 님께서 보카르테 님께 무슨 이야길 하셨는지……."

딜런이 말을 흐리며 뒷목을 긁적였다. 이번엔 웬디도 참지 못하고 되물었다.

"무슨 이야길?"

"……글쎄, 나야 그것까진."

이 싱거운 반응은 대체 무어란 말인가? 본인이 꺼낸 이야기를 주워 담지도 않고 모른다 잡아떼다니! 웬디는 답답해 눈매를 좁혔다.

"그래, 알겠으니까 계속 말해 봐."

"음, 그러니까 그 뒤로부터 보카르테 님께서 부쩍 나를 샬로타 님과 가까이하게 하시더니 이곳에 오기 한 달 전쯤이던가, 내게 갑작스럽게 제안을 하셨어. 샬로타 님과…… 혼례를 올리고 요한레스에 뿌리를 내리는 게 어떠냐는 거였지."

"샤, 샬로타 공녀와?"

웬디의 입이 떡 벌어졌다. 세상에, 지금 자신이 제대로 들은 게 맞나? 도무지 믿기지 않았다. 다른 사람도 아닌 샬로타 공녀와의 혼례라니! 공녀는 황제와의 혼담을 염두에 두고 제국에 온 게 아니었단 말인가? 메리언 공주와의 티 파티에서 딜런을 감싸는 공녀의 모습이 수상하다 했더니만 이런 사연이 있었을 줄이야! 공녀가 황후 후보라는 데 집중한 나머지 두 사람 사이에 어떤 감정이 오가는지 제대로 살피지 못한 게 뒤늦게 후회스러웠다. 카시미르를 만난 후 혼이 쏙 빠져나간 것도 한몫을 하긴 했지만 아무리 그래도 두 사람의 관계를 전혀 눈치채지 못하다니! 웬디는 둔하기 그지없는 자신에게 깊은 실망감마저 느꼈다.

"그럼 공녀와는 혼인을 약속한 사인 거야?"

"아니, 그런 거 아니야!"

딜런이 엄청난 소리를 들은 것처럼 펄쩍 뛰었다.

"난 과분하다 사양했어. 그런데도 보카르테 님께선 계속 날 설득하셨고, 결국 사절단에까지 날 끼워 넣으신 거야. 샬로타 님께서면 타국에 가 애정 없는 혼인을 하는 걸 원치 않으신다며……."

웬디는 여태껏 벌린 입을 다물지 못했다. 결국 그 말은 샬로타 공녀가 딜런 그에게 애정을 품고 있다는 뜻이지 않은가! 어째 이야기를 들으면 들을수록 누군가의 절절한 마음이 꽤 일방적으로 느껴졌다.

"베냐한 사람들은 요한레스가 국익을 위해 아이작 폐하와의 혼인에 매달릴 거라 생각하겠지만 적어도 샬로타 님 본인은 그렇지 않으셔. 그분은…… 폐하와의 혼인을 원치 않으셔."

"그럼 넌…… 단지 샬로타 공녀가 안쓰러워서 사절단에 합류한 거야? 네가 원한다면 거절할 수 있는 일이었잖아."

웬디가 정곡을 찔렀다. 베냐한의 기사 작위까지 훌훌 버리고 떠나 버린 그가 누군가에게 강제당해 원치 않는 일을 한다는 게 납득이 되지 않았다. 윌리엄 보카르테의 신묘한 검술이 그의 심장을 사로잡았다 하더라도 딜런은 얼마든지 그를 향한 제약을 떨치고 능히 거부할 수 있는 사람이었다. 프란시스와의 일로 그는 이미 자신을 조종하려 드는 사람에게 그 누구보다 진절머리가 난 상태였지 않은가.

"너도 네가 사절단과 함께 베냐한으로 되돌아왔을 때 어떤 문제가 생길지 알고 있었을 거 아냐? 그런데도 그렇게 했다는 건……."

웬디는 딜런의 새파란 눈동자를 한동안 들여다봤다. 오래전 사랑을 잃어버린 한 남자가 이젠 눈앞의 새로운 사랑을 두고도 알아차리지 못하는 건 아닐까 염려스러웠다.

"혹시 샬로타 공녀를 사랑하고 있는—."

"아니, 그런 감정 같은 게 아냐."

딜런은 웬디가 할 말을 미리 예상이나 하고 있었던 것처럼 도중에 말허리를 잘랐다. 적막이 내려앉았다. 웬디는 그가 방금 한 말을 곱씹으며 고개를 떨궜다. 그의 말에서 그가 사랑이라는 감정을 얼마나 하잘것없는 것으로 느끼는지 알 수 있었기 때문이다.

"그냥 난……."

그는 스스로의 감정을 쉽게 정의내리지 못하고 망설였다. 그와 공녀 사이에도 그들만의 사연이 존재할 터였다. 그들 두 사람이 함께한 시간 사이에 수많은 말과 행동과 눈빛과 음성이 스며들어 지금의 감정을 빚어냈을 것이다. 그거야말로 누군가 강제할 수 있는 게 아니었다.

"그분께 계속 마음이 쓰였어. 왜냐고 설명하라고 하면 명쾌히 말할 순 없지만…… 그게 여기까지 온 이유라면 이유야."

웬디는 그에게 감정을 설명해 보라고 할 필요를 전혀 느끼지 못했다. 그저 입가에 쓴웃음이 배어져 나왔다. 첫사랑의 열병을 심하게 앓은 이들은 모두가 다 저러한가? 사랑을 깨닫는 게 더디고 저에게 다가온 이를 밀어내고 부정하고. 그럼에도 차마 떠나 버리진 못하는 모습이라니. 그런 딜런의 모습이 괴이하게도 전혀 낯설게 느껴지지 않아 그녀의 입안을 더욱 쓰게 했다. 자신 또한 저 비슷한 모습을 보였던 것 같기도 하다.

"문제가 되지 않도록 내가 도울게. 공주 전하께서도 네 일이 문제가 되는 걸 원치 않으셨으니까."

웬디가 적극적으로 이런 말을 할 줄은 몰랐던지 딜런의 얼굴이 모호하게 변했다. 낯선 그녀의 반응에 그 또한 어떤 반응을 보여야 할지 갈피를 잡지 못한 것이다.

"그냥 호위 기사라고 하는 것보다는 안내역을 맡고 있다 하는 게 어때? 베냐한의 문화에 대해 조언해 주고 곁에서 일정을 돕는 보좌관 같은 역할을 하고 있다고 말이야. 실제로도 틀린 말은 아니잖아. 호위 일을 앞으로도 계속 해야겠다면 이것도 방법이 될 거야. 지칭하는 말이 달라지면 인식도 달라지는 법이니까."

"그래, 고려해 볼게."

웬디는 가볍게만 볼 일이 아니란 듯 말을 이었다. 그를 돕기로 마음먹은 이상 대충 넘길 수는 없었다.

"널 알아보는 사람들이 계속 생겨날 거야. 그들 사이에서 말이 나오지 않게 하려면 얕은 수라도 쓰는 게 좋아. 문제로 삼으려 든다면 얼마든지 끔찍한 말들을 갖다 붙일 수 있으니까. 불충이라든가 변절 같은 말이 나오기 시작하면 상황이 나빠질 거야. 너희 가문도 이 일로 곤란을 겪게 될지 몰라. 넌 모를 거야. 사람들이 얼마나 남의 이야기를 쉽게 하는지."

그녀 스스로가 지겹도록 당해 왔던 일이어서 그런 것일까. 웬디가 깊은 염증을 드러냈다.

"그럴 바에야 미리 가벼운 소문을 퍼뜨려서 그런 말을 사전에 차단하는 게 나아. 딜런 레녹스 경이 타국 사절단에 베냐한의 문화를 소개하는 일종의 애국을 하고 있다는 식으로 말이야. 그 부분은 내가 알아서 할 테니 넌 앞으로 사람들에게 네 임무를 소개하는 일을 주의하도록 해. 샬로타 공녀에게도 미리 양해를 구해 두는 게 좋겠지. 네 말이라면 얼마든지 돕겠다고 하실 거야."

그녀가 쏟아 낸 말에 딜런은 선뜻 그러겠다 답하지 못하고 애꿎은 머리만 몇 번 쓸어 올렸다. 웬디가 알겠냐고 다시 물음을 던진 이후로도 한동안 생각에 잠겨 있던 그가 결국 무겁게 고개를 끄덕였다.

"그렇게 할게. ……고맙다, 이렇게까지 신경 써 줘서."

그녀에게서 예상 밖의 친절을 받아 그런지 그의 표정이 그리 개운해 보이지 않았다. 웬디는 별일 아니다 겸양의 말을 하려다가 이어진 그의 말에 입을 다물었다.

"그렇지만 너무 애쓰지는 마. 아무리 날 위해서라지만 네가 사실과 거리가 있는 소문을 입에 올리는 건 마음이 편치 않아."

그가 몹시 침울한 어조로 이야기했다. 본인이 처한 문제에 대해 말할 때보다 더욱 분위기가 가라앉아 보였다.

"……그런 말들이 귀부인들 사이에서 쉽게 오간다는 것도 알고 네가 이제 사교계의 정점에 선 공작 부인이란 것도 알지만…… 내 기억 속에 넌 여전히 나와 함께 들길을 걷던 올리비아니까."

웬디는 입술이 바짝 마르는 걸 느꼈다. 딜런이 무슨 말을 하고 있는지 모르지 않았기에 말문이 막혔다. 다른 누군가에게 이런 이야길 들었더라면 널 위한 나의 노력을 도리어 조롱하느냐 불쾌히 눈살을 찌푸렸을지도 몰랐다. 그러나 그가 입에 올린 '올리비아'란 이름이 저주스럽던 과거의 지난한 삶이 아니라 순수를 이르는 이름이란 걸 알기에 침묵하는 것밖에 도리가 없었다. 가슴에 울렁이는 무언가가 차올랐다. 그건 부끄러움이었다. 그에게 있어 '올리비아'는 권모술수 같은 걸 모르는 무구한 소녀였던 것이다.

"나무라려는 게 아냐. 나 때문에 네가 굳이 마음 불편한 일을 감수할 필요가 없단 이야기를 하려는 거야."

"……그래도 이건 나쁘게만 볼 일이 아냐. 잘 생각해 봐."

웬디는 겨우 이 말을 남기고서 그에게 이만 가야겠다 작별 인사를 했다. 이곳은 오래 대화를 나눌 장소가 되지 못한다며 화급히 말한 후 떠나왔지만 실제 그런 이유 때문은 아니었다. 다시 낡아빠진 마차에 올라 공작가로 되돌아가는 길, 웬디는 딜런이 한 말을 몇 번이나 떠올렸다. 그녀는 동화 속 주인공처럼 착하기만 한 성격은 정녕 아니었고 오히려 당한 만큼 갚아야 직성이 풀리는 괄괄한 성깔에 더 가까웠지만 그 못 말리는 괄괄함으로도 소문을 통해 여론을 조작하려 든 적은 단 한 번도 없었다. 물론 여론을 마음대로 움직일 만한 위치에 있지도 않았고 그럴 만한 깜냥이 되지도 못했지만 그게 전부는 아니었다.

남들이 꾸며 댄 술책에 오랜 시간 시달려 와 이런 일들에 무뎌져 버리고 만 걸까? 공작 부인의 자리에 앉고 보니 모든 게 쉬워져 버린 걸까? 타인이 조작한 여론의 희생양이 되곤 했던 자신이, 그토록 혐오했던 그들과 똑같은 일을 하려 들었단 게 마음을 몹시 불편하게 했다. 옳은 일을 위해서라는 게 과연 그들과의 차별점이 될 수 있을까? 웬디는 끝도 모르게 자책하고 있는 자신을 발견하고 두 주먹을 아프게 꾹 쥐었다. 과한 고민이다, 이까짓 거 별것도 아닌데 괜한 마음고생 하지 말자 생각도 해 봤지만 딜런의 말이 쉬이 잊히지 않았다. 멍하니 창문을 바라보니 뿌연 창문에 자신의 모습이 흐리게 비췄다. 지금에 와 달라진 그 모습이 씁쓸해 그녀는 뻑뻑한 눈을 감아 버렸다.

공작가로 되돌아오고 나서야 웬디는 딜런에게 카시미르에 대한 이야기를 전하지 못한 게 떠올랐다. 아차 했지만 이미 늦은 후였다. 그에게 하려던 말도 잊고 떠나올 만큼 황망했던가. 허둥대던 스스로의 모습이 우스워 헛웃음이 나왔다.

"따뜻한 물을 받아 놓았습니다. 장미수를 풀어 놓았으니 기분 전환이 되실 겁니다."

레이첼 부인이 웬디의 기분이 저조한 걸 알아차리고 목욕을 권해 왔다. 웬디는 부인의 세심한 배려에 고마워하며 흔쾌히 응했다. 따뜻한 물이 가득 받아진 욕조에 몸을 담그니 과연 기분이 좀 나아지는 것도 같았다. 온몸을 감싸는 물의 온도와 적당한 무게감이 안정감을 느끼게 했다. 그 느낌이 달가워 손가락이 퉁퉁 불 만큼 욕조 안에서 늑장을 부렸다. 그렇게 평소보다 오랜 목욕을 마치고 나와 보니 시녀가 공작 전하께서 이미 귀가하셨다 아뢰었다. 그의 귀가 시간을 훌쩍 넘길 만큼 시간이 흘러 버린 것이다. 웬디는 젖은 머리를 대충 말리고 그가 있다는 정원으로 발걸음을 옮겼다.

"라드?"

정원의 사이프러스나무 사이를 지나는데 '퍽퍽'거리는 소리가 귓전을 울렸다. 소리가 들리는 쪽으로 가 보니 괭이질을 하고 있는 라드의 뒷모습이 보였다. 오전에 웬디가 하다 만 땅고르기를 그가 열성적으로 이어 하고 있었다. 저 괭이는 또 어디서 구해 온 걸까? 소매까지 걷어붙인 모습이 꼭 농사일에 익숙한 농군 같았다.

"그건 어디서 구한 거예요?"

웬디의 목소리를 들은 그가 괭이질을 멈추고 뒤돌았다. 괭이를 지팡이 삼아 삐딱하게 서는 폼이 그답지 않게 불량하여 픽 웃음이 났다.

"저걸로는 성이 차지 않아 정원사를 불러 가져오라 했소. 이제 좀 할 맛이 나는군."

그가 바닥에 팽개쳐져 있는 작은 괭이를 눈으로 가리켰다. 웬디가 오전 내내 붙들고 씨름하던 것이다.

"고단할 텐데 왜 이런 것까지 손을 대고 그래요. 놔두면 제가 할 텐데요."

"하다 보니 재미가 있더군. 운동도 되고."

그가 시범을 보이듯 크게 한 번 괭이를 휘둘렀다. 벌써 요령이 붙은 건지 흙도 튀지 않고 굳은 땅을 파헤쳤다. 낯설기 그지없는 모습이었다.

"검을 든 당신의 모습만 봐 와 그런지 무척 낯서네요. 언뜻 봐선 누구도 당신인 줄 모를 거예요. 노련한 농사꾼 같아 보이기까지 하는 걸요."

"농기구를 다루는 것도 힘의 작용을 알기만 하면 어려울 것이 없소."

라드가 으쓱하여 말했다. 웬디는 모든 걸 칭찬으로 받아들이는 그의 능력에 그만 웃음을 터뜨렸다. 우울함이 조금 가셨다.

"예전이라면 상상할 수도 없는 모습이잖아요. 괭이질을 하는 라드 슈로더 경이라니."

"사람은 누구나 변한다지 않소."

천지가 개벽할 노릇이었다. 그에게서 들으리라 생각지도 못했던 말이었다. 그러나 농담 같은 게 아니었다. 웬디는 그의 잿빛 눈동자에서 여느 때와 같은 진심을 읽었다.

"……변해도 괜찮은 건가요? 예전이라면 그런 걸 손에 들지도 않으셨을 거잖아요. 달라진 모습이 씁쓸하지 않으세요?"

"지금 이 괭이질이 하찮아 보일지 몰라도 쓰지 않던 근육을 단련하는 데 매우 큰 효과가 있소. 조금 달라지면 어떻소. 그런 것에 너무 연연하는 건 스스로의 발전을 가로막는 장애가 될 뿐이오."

"나쁜 쪽으로 달라져 버리면요? 근육 단련에 조금도 도움이 되지 않고 해만 되는 쪽으로요."

라드가 이상하다는 듯 그녀를 바라봤다. 우스갯소리 같은 말을 하는 것치곤 음성이 간절했다. 무슨 일이 있는 건가. 그가 그녀의 풀빛 눈동자에서 본능적으로 시름을 찾았다.

"중요한 건 내가 그걸 마음으로 경계하고 있느냐이지 해로운 행동을 조금이라도 했느냐가 아니오. 중심만 잃지 않는다면 두려워할 게 무엇이겠소."

"그런가요?"

"그렇소."

그의 단언에 웬디가 후련한 웃음과 함께 한숨을 허공에 터뜨렸다. 삐딱하게 서 있는 그 앞으로 가까이 다가가 가슴팍에 머리를 기대자 그가 움찔하여 물러섰다.

"땀을 흘렸소."

"괜찮아요. 중요한 건 내가 마음으로 그걸 경계하고 있단 거예요. 땀 같은 거 두려워하지 않으니 그냥 안아 주세요."

그녀의 대꾸에 그의 미간이 모아졌다.

"근육을 위한…… 변화 허용론이라고 할까요? 그 이론이 무척 명쾌하고 감동적이어서 갑자기 당신을 안고 싶어졌거든요."

"……그렇다면 안는 걸 허락하겠소."

정원에 바람 빠지는 가느다란 웃음소리가 났다. 웬디는 그를 두 팔 벌려 안으며 중심을 잃지 않는다는 것에 대해 생각했다. 조금 변해도 중심만 잃지 않는다면 괜찮을 것이라고, 두려워할 건 없다고 되뇌었다.

"경계심을 가지고 당신을 안아 보니 말이에요, 이 말을 꼭 해야겠어요."

그녀가 그의 품에서 빠져나와 장난기 어린 입술을 야무지게 삐죽였다. 불길한 예감에 라드의 눈이 가늘어졌다.

"당신 지금 당장 씻어야겠어요."

그의 가슴을 툭툭 두드린 웬디가 훌훌히 정원을 빠져나갔다. 걷다 슬쩍 뒤돌아보는 그녀의 얼굴에 미소가 떠올라 있었다. 라드는 그 미소에 항의도 하지 못하고 땀에 젖은 셔츠를 내려다봐야 했다.

7화

꽃잎에 베인 마음도 상처가 되나요

꽃잎에 베인 마음도 상처가 되나요

웬디는 카시미르를 피하기 위해 황궁으로의 입궁을 자제했다. 칼로엔의 공주가 이틀 전 이미 황궁에 도착했고, 그녀를 위해 메리언 공주는 또다시 티 파티를 열었지만 웬디는 거기에 불참해야 했다. 와병 중이라 핑계를 대긴 했으나 이런 식으로 계속 모든 초대를 거절하는 건 한계가 있단 걸 알았다. 그나마 다행인 건 황궁의 공식 행사가 2주 뒤에나 열린다는 것이었다. 그때까지 웬디는 돌발 상황이 생기지 않는 한 입궁할 필요가 없었다.

그녀가 원치 않아도 반드시 입궁해야만 하는 2주 후의 공식 행사는 바로 황제의 탄신 연회였다. 사절단이 베냐한에 방문한 목적이 황제의 탄일을 축하하기 위한 것이었으므로 그날이 지나면 그들도 자국으로 되돌아갈 확률이 높았다. 물론 황후 간택을 노리고 있다면 이야기가 달라지겠지만 샬로타 그레이너 공녀의 개인 의사나 지금까지 요한레스 사절단에서 보인 반응을 따져 봤을 때 그럴 가능성이 낮다고 생각했다. 라드는 요한레스 공국에서 황궁에 얼마간 머물겠다 정확한 날짜를 통보해 오지 않았지만 그들이 혼담을 논하려는 의향 또한 나타내지 않았다 했다. 칼로엔에서 은근한 의향을 드러낸 것과는 다른 행보였다. 웬디나 샬로타 공녀를 위해서는 잘된 일이었지만 결과가 어찌 될지는 두고 봐야 했다.

어찌 됐든 웬디는 이대로 웅크리고 있을 수만은 없다고 생각했다. 슬슬 사교 활동을 시작해야 했다. 황실 입궁은 자제하더라도 귀부인들과의 소소한 만남은 반드시 필요했다. 그건 바로 딜런에 대한 일을 마무리 짓기 위해서였다.

슈로더 공작 부인 앞으로는 매일같이 크고 작은 무도회와 티 파티, 그리고 쾌차를 바라는 위문편지가 쏟아져 들어왔다. 웬디의 출신 성분이 어떠하든 그녀가 권력자의 아내라는 사실은 변함없었기에 어떻게든 줄을 대려는 사람들과 친분을 쌓으려는 사람들이 여기저기서 넘쳐 났다. 웬디는 레이첼 부인의 도움을 받아 티 파티 초대장 중 세 통을 선별했다. 사교계에서 입이 가볍기로 소문난 부인들에게서 온 초대장이었다.

낭트셰의 항구 도시인 나토체에서 귀부인들과 티 파티를 가져 본 경험이 있었지만 제도에서는 처음이었다. 메리언 공주가 열었던 티 파티는 물론 예외로 쳤다. 공주의 티 파티는 사교보다는 외교를 위한 것이어서 일반적인 티 파티와는 성격이 매우 달랐기 때문이다. 그러니까 그녀는 진정한 의미의 티 파티—물고 뜯고 할퀴고 자랑하고 노려보고 노닥거리는 대화의 장—는 제도에서 처음 경험하는 것이다. 웬디는 전투적인 태세로 코르셋을 조였다. 낭트셰의 귀부인들이 보였던 질시와 레슬리 모건이 보였던 조롱을 한 번에 받을 수도 있다 각오했다. 웬디는 전쟁에 나가는 기사처럼 몸과 마음을 무장한 채 티 파티에 갔다.

"어머, 어머!"

웬디를 본 귀부인들은 하나같이 비슷한 반응을 보였다. '요란하게 화제를 몰고 다닌 소문의 주인공을 이리 가까이서 보다니 믿어지지가 않는다.' 정도로 해석이 되었다. 그러나 그들 또한 웬디의 신분이 공작 부인이란 걸 자각하고 있었기에 얼른 표정을 수습하며 인사를 올렸다. 오늘 모인 자리에서 웬디보다 신분이 높은 이는 없었다.

"슈로더 공작 부인의 옥면을 이제야 뵙는군요. 꽃같이 아름다우시다 소문을 들었는데 거짓 없는 진실이었네요. 어머나, 디벨로앙트국에서 나오는 최상급 비단보다 더 고운 저 눈망울 좀 봐!"

대개 여자들은 상대에게 잘 보이고 싶을 때 칭찬을 무기로 삼고, 그중에서 외모를 공략한다. 예쁘다는데 콧방귀를 뀔 여자는 거의 없기 때문이다. 물론 웬디는 콧방귀를 잘 뀌는 몇 되지 않는 소수에 속했지만 오늘만큼은 참아야 한단 걸 알았다.

"과찬이세요. 두두키 백작 부인의 외모에 비할 바 있을까요."

웬디가 환히 웃으며 말했다. 시작이 좋았지만 웬디 대신 멜리사가 연신 콧방귀를 뀌어 대고 있었기에 살짝 눈치를 줘야 했다. 두두키 백작 부인은 티 파티의 주최자로 남 험담하기를 좋아하는 여자였다. 멜리사는 두두키 백작 부인이 웬디의 험담을 한 백 번쯤 했을 거라며, 거기에 자신의 머리카락을 걸어도 좋다고까지 했다.

"가장 안타까웠던 건 데보라 백작 부인의 드레스가 이미 3년 전에 유행했던 스타일이란 거예요!"

"아이, 망측해라! 얼마나 부끄러우셨을까."

"데보라 백작 부인이 앨던 정보소 출신의 협잡꾼을 애인으로 두었다는 말은 사실인가요? 직접 물어볼 수도 없고 이거 참. 앨던 정보소라는 이름까지 자세하게 거론된 걸로 봐서 거짓은 아닌 것 같은데 말이에요."

이야기는 무르익어 갔다. 여러 귀부인들의 이름이 입에 올랐다가 내려갔고 별 해괴한 말들이 진실처럼 받아들여졌다. 웬디는 그들이 하는 양을 보다가 자신에 대한 뒷말이 어떤 식으로 나왔을지 잠시 상상해 보고는 아찔해져 물을 들이켰다. 물론 물 마시는 모습을 또 뒤에서 험담할까 딱 두 모금만 우아하게 마시려 노력했다.

"그런데 기사단을 탈퇴하셨다는 그 기사님 이야기가 요즘 적잖이 들리더군요. 딜런 레녹스 경이라던가요? 그분께서 요한레스 공국의 사절단을 따라 황궁에 드셨다고요."

드디어 웬디가 원하던 이야기가 나왔다. 이미 딜런에 대한 뒷공론이 심심찮게 나오는지 몇몇은 알고 있다는 듯 고개를 끄덕였다.

"공녀의 호위 기사가 되셨다는 말도 있던데……."

두두키 백작 부인이 말하다 말고 웬디의 눈치를 슬쩍 살폈다.

"메리언 공주님께서 주최하신 티 파티에 공작 부인께서 초대받으셨다 들었어요. 우리 중에 유일하게 말이에요. 부인께선 거기서 레녹스 경을 보셨겠죠? 소문의 진상 역시 물론 알고 계실 테고요."

현장을 목격한 증인을 앞에 두고 부인들 대부분이 흥분을 감추지 못했다. 아직 황궁에서 정식 무도회가 열리지 않았던 까닭에 샬로타 공녀가 실제 모습을 드러냈던 건 입궁하던 날이 전부였다. 공녀가 소화한 나머지 일정은 황제와의 면담이나 식사, 공주와의 티 파티 같은 것들로 황궁 사람들이 아니고서는 그녀와 그녀를 그림자처럼 따르는 호위 기사에 대해 알 길이 없었다. 공녀의 공식 일정이 거의 없었기에 소문이 그나마 이 정도밖에 퍼지지 않았던 것이지, 그게 아니었다면 소문이 하루아침에 기세를 불려 웬디가 손 쓸 길이 없었을지도 몰랐다.

"레녹스 경이라면 물론 보았지요. 아시다시피 슈로더 공작 전하께서 기사단의 단장직을 맡고 계신 까닭에 저 역시 황실 기사단 소식을 꽤 예민하게 듣고 있었답니다. 제2기사단 소속이었다 해도 거의 유일하게 기사 작위를 자의로 내놓으신 분을 제가 못 알아볼 리 있겠어요? 아주 눈여겨보았지요."

"아아, 역시나!"

두두키 백작 부인이 과장된 몸짓으로 탄성을 터뜨렸다. 멜리사가 또다시 코웃음을 치기 시작했다.

"그런데 소문이 잘못 난 모양이에요. 호위 기사라니. 그러기엔 좀 무리가 있던걸요. 검을 몸에 지니고 있지 않은 호위 기사라니요. 보좌관이라 말하면 모를까. 공녀에게 자문도 드리고 일정도 꼼꼼히 챙기시던데요. 그런 건 으레 보좌관의 업무잖아요? 레녹스 경께서 베냐한의 문화에 밝으시니 공녀께 도움을 드리는 거겠죠. 같은 베냐한 사람으로서 자랑스럽던걸요."

황족이 있는 자리에서 타국의 호위 기사는 검을 소지할 수 없었지만 그런 이야기는 굳이 할 필요가 없었다. 웬디는 그럴듯한 상황에 만족하며 레녹스 경의 애국심을 높이 평가하는 말을 마지막으로 했다.

"어머, 그런 거였어요?"

두두키 백작 부인이 실망했다는 듯 되물었다. 여기저기서 김이 샌 듯 심드렁한 표정들을 했다. 남을 파탄에 떨어지게 하는 소문이 이들에겐 크나큰 즐거움이라도 되는지 그 실망스런 얼굴들이 잔인해 보이기까지 했다.

"무얼 기대하셨는지 모르겠군요."

바로 그때, 귀부인의 탐탁지 않아 하는 꼴을 목도한 영애 하나가 지금까지 내내 다물고 있던 입을 열며 도저히 못 봐주겠다는 듯 끼어들었다. 비숍 백작가의 제일린 비숍 영애였다.

"딜런 레녹스 경은 황실 기사단 소속으로 긍지가 높으셨던 분이랍니다. 지금은 비록 기사 작위를 반납하셨다 해도 그 긍지가 어디 가겠어요? 베냐한의 기사였던 분이 타국의 기사가 되어 돌아왔다는 망상은 대체 누구 머리에서 나온 건지 모르겠군요."

"딜런 레녹스 경에 대해 잘 아는 것처럼 말하네요. 평소 친분이 없던 걸로 아는데?"

두두키 백작 부인이 못마땅한 눈초리를 보냈다. 어린 영애가 아는 체를 하는 게 눈꼴사납다는 반응이었다.

"꼭 친분이 있어야 말을 하나요? 저희 조부님 되시는 세자스 비숍 경과 오라버니 되시는 마르틴 비숍 경 두 분이 전, 현직 황실 기사단 소속이신걸요. 가까이에서 그분들의 드높은 긍지를 직접 목격한 게 어언 18년이에요. 아, 물론 제가 기억하는 가장 어린 시절의 첫 목격담이 세 살 때라 그걸 계산한 수치를 말씀드리는 거랍니다."

제일린 비숍 영애가 '18'에 악센트를 둬 발음했다. 두두키 백작 부인의 눈이 험악해졌다.

"물론 집안에 명예로운 기사 작위가 없는 경우에는 모르실 수도 있겠죠. 백작 부인의 시동생 되시는 두두키 영식께서는 벌써 오 년째 시뉴엘 시험에 응시하고 계신다죠? 기사가 되는 게 역시 쉬운 게 아니로군요."

웬디는 제일린 비숍 영애의 말재간을 넋을 놓고 바라봤다. 그야말로 타고난 말싸움꾼이었다. 붉으락푸르락 얼굴빛이 변한 백작 부인이 시동생 이야기가 나오자 더 이상 반격하지 못하고 연거푸 물을 들이켰다. 우아한 모습은 아니었다. 이미 승부는 났다.

"시뉴엘의 시험은 어려운 걸로 정평이 나 있으니까요. 두두키 백작 부인, 시동생 되시는 두두키 영식의 열정이 멋지군요. 포기하지 않는 열정이라니, 기사의 덕목 중 하나가 아닌가요? 머잖아 좋은 결과가 있으실 거예요."

웬디가 두두키 백작 부인을 달랬다. 그쯤하면 되었다는 뜻으로 비숍 영애에게 눈빛을 건네니 영애가 어깨를 으쓱였다. 웬디는 과거 숄터스 영애와 드잡이를 벌였다는 마르틴 비숍 경의 여동생을 떠올렸다. 저 아가씨가 비숍 경의 왈가닥 여동생이란 말이지?

"어쨌든 헛소문은 경계하는 게 마땅하지요. 딜런 레녹스 경의 명예가 지켜질 수 있어 기쁘군요."

그 뒤로 귀부인들은 황후 간택에 대해 저마다의 생각을 말하며 티 파티의 대미를 장식했다. 길고 긴 시간이 지난 후에야 티 파티가 끝이 났다. 지루한 시간이었지만 대놓고 웬디에게 시비를 거는 사람도 없었고 딜런의 일도 계획한 대로 된 것 같아 만족스러웠다.

"지루했죠? 그래도 오늘 티 파티 멤버들은 순한 편이에요. 슈로더 경을 따르는 집안의 부인들이 태반이기도 하고요."

멜리사가 마차에 오르기 전 웬디에게 속닥거렸다. 이들을 두고 순하다 말하는 멜리사의 표현이 재미있어 웬디는 싱거운 웃음을 터뜨렸다.

"두두키 백작 부인은 시뉴엘의 시험관 대표로 계신 슈로더 경께 줄을 대고 싶어 해요. 적당히 경계하는 게 좋아요."

"걱정해 줘서 고마워요, 멜리사. 그녀가 내게 보인 호의를 마냥 순수하게 생각하진 않았어요. 내게 바라는 게 있어서 내 출신을 걸고넘어지지 못하는 사람들이 많단 걸 알아요. 그래서 일부러 두두키 백작 부인의 티 파티에 온 거기도 하고요. 오늘만큼은 나도 싸움을 벌이고 싶지 않았거든요. 그래도 각오는 하고 왔지만요. 물론 각오한 거에 비해 싱겁긴 하네요."

웬디가 허허롭게 말했다. 산달이 가까워진 멜리사의 배를 잠시간 바라본 웬디는 몸조리 잘하라 당부를 하며 그녀를 먼저 시뮤안 가문의 마차에 태웠다. 사교계 활동을 유지하기 위해 저 몸으로 계속 티 파티와 무도회를 찾아다니는 멜리사가 안쓰러웠다. 태교를 위해서라도 유쾌하지 않은 이런 자리에 그녀가 더는 출입하지 않았으면 했다. 그러나 귀부인의 숙명대로 살자면 그건 어려운 일일 것이다.

"슈로더 공작 부인."

떠나는 시뮤안 가의 마차를 지켜보는데 제일린 비숍 영애가 웬디에게 다가와 알은척을 했다. 검은 눈에 고불고불한 검은 머리가 환한 실내보다 달빛 아래서 더욱 아름다워 보였다. 눈빛이 산뜻하고 고운 게 싸움꾼 같던 이미지와 달리 무척 영민하고 단아하게 느껴졌다.

"마르틴에게 부인의 이야기를 많이 들었어요. 개인 경호를 여러 번 맡기도 했다고요. 마르틴이 숙녀분을 칭찬하는 건 처음이어서 부인을 꼭 만나 뵙고 싶다 생각했어요."

"저도 비숍 경께 종종 영애의 이야길 들었답니다. 만나서 반가워요."

오라버니에게서 나올 말이 좋은 말은 아닐 거라고 생각했는지 제일린이 입술을 옴츠렸다.

"자주 뵈었으면 좋겠군요. 부족하지만 가끔은 부인께 힘이 되어 드릴 수도 있을 거예요."

"말만이라도 고맙군요."

위풍당당했던 그 기세라면 분명 많은 도움이 되겠지만 그만큼 큰 싸움이 될 공산도 컸다. 웬디의 뾰족한 입심에 제일린 비숍 영애의 말재간이 가세된다면 화기가 지나치게 강력해진다. 앞길 창창한 눈앞의 아가씨를 위해서라도 숄터스 영애와 드잡이를 했다는 그 옛날의 오명을 다시 재현할 순 없었다.

"그럼 또 보도록 하죠. 비숍 경께 안부 전해 주세요."

웬디는 그녀에게 작별 인사를 남기고 마차에 올랐다. 소문을 내 여론을 조작하려 든 최초의 날치고는 기분이 개운했다.

중심만 잃지 않는다면.

웬디는 이 말을 마음으로 되뇌며 마차 시트에 몸을 기댔다.

가는 시내가 졸졸 흐르는 깊숙한 숲 속, 융단 이끼가 돌 틈마다 빽빽하게 나 있었다. 흠 없이 진한 초록빛 이끼가 소복하게 솟아 있는 모습이 저절로 손이 갈 만큼 보드라워 보였다. 노교수와 그의 제자들이 주변을 돌아보더니 젊은 연구원 하나가 그 이끼 중 일부를 조심히 뜯어내 채집 봉투에 넣었다.

"지난번에 채집해 가지 않으셨나요?"

웬디가 야장에 기입된 내용을 뒤적거리며 고개를 갸웃했다.

"제리스타 교수가 표본을 더 가져다 달라 부탁을 해서 말입니다. 몇 년 전부터 이끼 연구에 푹 빠져 있는 친구입니다."

한 가지 연구에 몰입해 있다는 교수의 열정에 마음이 두근거렸다. 역시 이런 대화는 즐거웠다. 자신도 분발해야겠다 홀로 기합을 넣은 그녀가 야장의 비어 있는 공간을 충실히 채워 넣기 시작했다.

"누구지?"

한참 식생 조사를 이어 나가는 중 연구원들 사이에 수런거리는 소리가 퍼졌다. 그들은 하나같이 고개를 뺀 채 저 멀리서 오는 말을 탄 무리를 바라봤다. 인적 없는 숲에 돌연히 나타난 이들의 정체를 모두가 못내 궁금해했다. 이끼의 모양을 세밀하게 스케치하고 있던 웬디 역시 조금씩 가까워져 오는 무리를 주의 깊게 바라봤다. 그러다 그들의 모습을 정확하게 분별할 수 있게 되었을 때 그녀는 바위 위에서 벌떡 몸을 일으켰다.

"찰스테인 군, 이분들은 누구신가?"

무리가 도착하여 말에서 내리자 도날드 교수가 그들 중 서글서글한 인상의 더벅머리 청년에게 물었다.

"아, 도날드 교수님. 이분들은 황궁에서 오신 분들이세요."

청년의 말이 끝나기가 무섭게 옆에 있던 단정한 차림의 남자가 얼른 말을 받았다.

"도날드 교수님, 저는 외교부의 닉 윈더슨입니다. 그리고 여기 이분은 요한레스 공국의 카시미르 그레이너 각하십니다."

웬디는 먹이를 앞에 둔 포식자처럼 느긋하게 눈을 빛내는 카시미르를 날카롭게 응시했다. 눈을 떼는 순간 그 즉시 포식자의 잔인한 잇새에 짓이겨질 것 같단 위기감이 찾아올 만큼 남자에게서는 위험한 냄새가 났다. 그에게 품었던 호의적인 생각은 어느덧 자취를 찾을 수 없을 만큼 희미하게 변했다.

"그레이너 각하께서 베냐한의 식생 연구에 관심을 보이셔서 이리 모셔 왔으니 안내를 부탁드리겠습니다. 특별히 폐하께서도 베냐한의 선진 식물학과 발달된 연구 체계에 대해 상세히 설명해 드리라 명하셨으니 성심을 다해 주시지요."

"아…… 아, 예. 그리하겠습니다."

도날드 교수가 얼떨떨해하면서도 카시미르가 누구인지 알아보고 깍듯이 인사를 올렸다. 웬디는 여전히 그에게서 눈을 떼지 않은 채 경계를 늦추지 않았다. 황궁에서만 그를 피하면 된다 여겼던 게 잘못이었나? 그가 이런 숲 속까지 찾아오는 기행을 저지를 거라곤 꿈에도 예상하지 못했다. 웬디는 속입술을 아프게 깨물었다. 굳은 자신의 낯을 만족스럽게 감상하는 그의 꼴을 보자니 배알이 뒤틀렸다. 저자가 이렇게까지 나와의 만남에 집착하는 까닭이 무엇인가? 이젠 오싹한 기분마저 들었다.

"우선 지금 저희가 진행하고 있는 연구에 대해 설명을 드릴까요?"

"좋소."

카시미르는 한참 동안 도날드 교수에게 설명을 들었다. 내내 진지하게 듣는 모습이 정말 이런 쪽에 관심이 있어 왔나 하는 착각마저 들게 했다. 그러고 보니 저 남자를 처음 만난 것도 숲이었단 걸 잊고 있었다. 인적 없던 눈 덮인 사탕단풍 숲에 불현듯 나타난 그였다. 그는 대체 왜 그곳에 있었던 걸까? 공국의 후계자씩이나 되는 남자가 산보 따위를 한다고 그런 외딴 마을까지 들어오진 않았을 것 아닌가. 그렇다면 정말 어떤 전략적인 이유 같은 게 있었던 건 아닐까? 베냐한의 식생에 대해 알아야 하는 이유 같은 거라든가.

"공작 부인, 노란 난쟁이 이끼를 보고 싶어 하셨다면서요? 이쪽은 거의 마무리됐으니 제가 안내해 드리겠습니다."

연구원 중 하나가 채집 표본을 담은 가방을 안장에 매며 말했다. 듣던 중 반가운 소리였다. 불편한 자리를 피할 수 있는 좋은 핑계가 될 것이다. 웬디가 고맙다 말하려던 찰나, 난데없이 끼어든 누군가의 목소리에 이끼를 보러 갈 마음이 싹 사라지고 말았다.

"노란 난쟁이 이끼라. 나도 궁금하군. 함께 안내해 주겠나?"

카시미르가 그림 같은 미소를 지으며 다가왔다. 웬디는 그와 함께 있게 되는 상황을 어떻게든 피하기 위해 뭐라 반박하려다가 다시 입을 다물었다. 저 정도의 적극성을 보인다면 언제고 다시 자신을 만나려 들 것이다. 그땐 더 곤란한 일이 생길 수 있었다. 차라리 지금 그와 이야기를 나눠 보는 편이 나을지 몰랐다.

"안내해 주세요."

웬디는 연구원과 함께 이끼를 찾아 나섰다. 카시미르 역시 길을 나서자 그의 기사 하나가 세트처럼 함께 따라왔다. 얼마 가지 않아 무성한 덩굴이 지저분하게 얽혀 있는 곳이 나왔고 연구원이 익숙한 듯 그 사이를 헤쳐 갔다. 웬디가 그를 따라 덩굴을 손으로 걷어 내려는데 카시미르가 그녀보다 먼저 앞장서 걸음을 옮기기 시작했다. 웬디 앞에 버티고 선 그가 덩굴을 미리 걷어 내 준 덕에 웬디는 힘들이지 않고 편히 갈 수 있었다. 그러나 그녀는 고맙다든가 하는 반응을 전혀 보이지 않고 그가 하는 대로 놔두었다. 청하지도 않은 일을 굳이 행하는 그에게 뭔가 노림수가 있지 않을까 의심스런 생각이 들었던 것이다. 웬디의 반응이 어떻든 그는 전혀 개의치 않고 덩굴 사이를 노련하게 헤쳐 갔다. 얼마 뒤 작은 공터가 모습을 드러냈다.

"노란 난쟁이 이끼군요."

공터 한가운데 깨끗한 물이 솟아나는 작은 샘이 있었고 그 주변으로 노란 난쟁이 이끼가 바닥에 바짝 붙어 환한 노란빛을 뽐내고 있었다.

"엄청나군요. 이렇게 사방이 덩굴에 뒤덮여 있는 곳이라 지금까지 여길 찾아내지 못했던가 봐요. 도날드 교수님은 여길 대체 어떻게 찾아내신 거죠?"

웬디는 새로운 이끼를 발견했다는 기쁨에 빠져들어 급히 가방에서 종이 꾸러미를 꺼냈다. 간단히 스케치를 하려는 것이다.

"혹시 붕대를 가지고 계십니까?"

바로 그때 카시미르의 호위 기사가 연구원에게 상처 난 팔을 보이며 상처를 치료할 게 있는지 물었다. 생각보다 상처가 깊었던지 연구원이 금세 사색이 되었다.

"어쩌다가 이러셨습니까?"

"덩굴 사이에서 무언가에 스쳤는데 와서 보니 이랬습니다."

연구원이 지혈할 것을 찾아 품을 급히 뒤졌지만 딱히 도움이 될

게 없었던지 웬디와 카시마르를 번갈아 가며 봤다. 기사의 상처를 확인한 그녀가 고개를 내젓는 걸 카시미르가 뚫어져라 주시했다. 입술을 삐뚤게 말아 문 그는 곧 그의 기사에게 일행에게 되돌아가 치료를 받으라 말했다.

"그대가 나의 기사를 일행이 있는 곳으로 안내해 주겠나?"

카시미르의 말에 연구원이 그러겠다 대답하고는 다급히 기사와 함께 떠나갔다. 외진 숲 한복판, 웬디와 카시미르 두 사람만이 남았다. 마치 짜인 극본대로 모든 일이 흘러가고 있었다.

"저와 대화를 나누자고 기사의 팔에 저런 흠집까지 내야 했습니까?"

웬디가 차가운 투로 쏘아붙였다. 카시미르는 굳이 부인하지 않았다.

"저 정도의 상처로는 공작 부인의 심사를 어지럽힐 수 없다는 건가? 이번에도 상처를 치료해 주지 않을까 했는데."

"농담하자는 게 아니에요! 대체 내게 왜 이러는 거죠?"

웬디가 빽 소리쳤다. 카시미르가 그녀에게 마음에도 없는 웃음을 지어 보였다.

"만나기가 어려우니 별수 없지 않소. 이렇게라도 해야 그쪽과 이야기를 나눌 수 있으니까."

"나와 무슨 이야기가 하고 싶은 건데요?"

그녀가 노려보는 것 따위 신경 쓸 거리가 되지 않는다는 듯 그가 여유 있게 시선을 받아 냈다. 웬디는 그의 느긋한 적갈색 눈동자에서 웅크린 채 모습을 감추고 있는 어떤 감정을 읽었다. 그 눈이 틀리지 않았는지 어느 순간 그의 눈동자에서 웃음기가 싹 사라졌다.

"내 상처, 다친 흔적조차 거의 보이지 않더군. 어떻게 하룻밤 만에 그 중하던 상처가 나을 수 있지?"

날카로운 태도였지만 예상했던 물음이었기에 웬디는 당황하지 않았다. 그녀는 미리 준비해 두었던 답을 내놓았다.

"바하즈만. 들어 보았을 거예요. 생명의 열매라고 불리기도 하는 열매죠. 당신이 지금 여기서 살아 숨 쉬는 건 바로 그 열매 덕택이에요."

"……바하즈만이라고? 그 열매가 아무리 대단하다 해도 그렇게 중한 상처를 치료했다는 말을 들은 적이 없소."

그가 우스운 소릴 들었다는 듯 고개를 흔들었다.

"르들투 족과의 전투 중 숙부님께서 화살에 맞으셨지. 어렵게 바하즈만을 하나 구해 드시게 했지만 그분은 얼마 못 가 절명하셨소. ……내 상처도 숙부님 못지않았어. 급소를 겨우 비껴간 자리였지."

카시미르는 사고 당시 나뭇가지가 그의 배를 잔혹하게 뚫었던 자리를 손으로 짚었다. 웬디도 익히 알고 있는 상처 부위였다.

"내가 가지고 있던 바하즈만 모두를 사용했으니까요. 한 움큼이 넘는 양이었어요. 대저택을 몇 개나 사고도 남을 만한 가치를 지닌 양이었다고요."

"……그런 양을 일개 공작 부인이 지니고 있다? 황제라 해도 쉽게 손에 넣을 수 없는 양을?"

"이방인이 베냐한의 내정에 대해 무얼 안다고 쉽게 말하는 거죠? 나는 그 정도의 바하즈만을 받을 만한 가치 있는 일을 했고 폐하께선 제게 상으로 기꺼이 그 열매를 주셨어요. 그 귀한 걸 당신을 살리기 위해 모두 썼는데 지금 당신은 이렇게 뻔뻔한 태도로 날 추궁하고 있는 건가요?"

웬디의 항변에 남자의 말이 끊겼다. 그의 눈빛이 이상한 빛으로 번뜩였다.

"그래, 바하즈만으로 날 치료했단 말을 믿겠어. 사실 그런 게 아니고선 도저히 설명할 수 없는 일이니까."

남자는 믿겠다 했지만 그것만으로 선뜻 마음을 놓을 만큼 웬디는 바보가 아니었다. 카시미르가 천천히 걸음을 뗐다. 그가 움직일 때마다 바닥에 빽빽이 자란 노란 난쟁이 이끼가 발뒤축 아래 뭉그러졌다.

"그쪽이 말한 대로 그 정도 양의 바하즈만을 지니고 있었다는 게 아주 불가능한 일은 아니었을 거야, 당신에겐. 그랬겠지."

"무슨 말을 하고 싶은 거예요?"

그녀가 짜증스럽게 물었지만 그는 무시하고 제 할 말을 계속했다. 그가 걸음을 옮길수록 두 사람 사이의 거리가 좁혀졌다.

"사탕단풍 나무. ……내가 미르와르 마을에 갔던 건 그 나무 때문이었소. 요한레스는 농사를 짓기에 적합한 환경이 아냐. 해서 거의 대부분의 농산물을 이곳 베냐한에서 들여와야 하지. 물론 아주 값비싼 비용을 지불하고. 그건 설탕 역시 마찬가지야."

감정을 누르는 듯한 목소리였다. 그가 설탕에 대한 이야기를 꺼냈을 때 짐작되는 바가 있었지만 웬디는 조용히 그의 다음 말을 기다렸다.

"설탕에 관세가 얼마나 붙는 줄 아나? ……요한레스와의 무역에서라면 거의 모든 품목에 살인적인 관세를 매기는 게 바로 이 나라의 법이오. 베냐한에서 헐값에 거래되는 품목들도 바다만 건넜다 하면 천정부지로 값이 치솟지. 요한레스를 발아래 둔 공국 취급하는 작자들이 하는 수작이니 뻔하지 않나? 덕분에 요한레스 땅에 매장된 광석을 파내고 파내도 우린 제자리걸음이야."

"그래서…… 사탕단풍 나무의 종자를 얻으려고 했나요?"

웬디의 말에 그가 바로 알아맞혔다는 듯 입꼬리를 말아 올렸다.

"지금까지 사탕단풍 나무를 키우려는 시도가 여러 번 있었지만 대부분이 요한레스 땅에 뿌리를 잘 내리지 못했소. 그런데 미르와르 마을에서 아주 양질의 사탕단풍 나무를 접붙이는 데 성공했단 소문을 듣게 됐지. 그걸 듣자마자 바로 그곳으로 간 것이고. 내 여동생을 베냐한에 팔아넘기자는 공론이 있어 마음이 급했거든. 샬로타를 보내면 관세라도 줄여 줄 것이라 순진한 생각들을 하더군."

그가 비소를 머금으며 적대감을 고스란히 드러냈다. 웬디는 이해할 수 없다는 듯 그를 빤히 바라봤다.

"사탕단풍 나무의 종자를 가져간다고 해서 극적으로 뭔가가 달라질 거라 믿은 건가요? 겨우 재배에 성공해 보았자 대체 요한레스 인구의 몇이나 그 시럽을 먹을 수 있다고요. 국혼도 마찬가지예요. 그 나무의 종자 하나가 국혼에 대한 논의를 어떻게 막을 수 있다는 거죠? 사탕단풍 나무가 대체 무얼 바꿀 수 있다는 건지 제겐 허황된 이야기로만 들리는군요."

"일말의 희망을 줄 수 있지."

그가 주저하지 않고 말했다.

"요한레스도 달라질 수 있다는 걸 보여 주는 상징이 되어 줄 수 있어. 그래서 내가 그 마을까지 갔던 거고."

웬디는 그의 발아래 짓밟힌 이끼를 응시하며 자신의 팔을 한 번 쓸어내렸다. 이런 이야길 자신에게 낱낱이 털어놓는 남자의 의도가 무언지 불안했다.

"그래서 종자는 구했나요?"

그녀는 접붙인 사탕단풍 나무가 아직 제대로 종자를 생산해 내지 못했다는 걸 알면서도 그에게 질문을 던졌다. 예상대로 그가 고개를 내저었다.

"대신 그 숲에서 그쪽을 보게 됐지."

"……하고 싶은 말이 뭔가요?"

웬디는 바짝 타들어 간 마음을 숨긴 채 물었다. 그 물음에 그의 적갈색 눈동자가 만족스러운 빛을 띠었다.

"그래서 뭘 보았기에 이러는 거냐 묻고 싶은 건가?"

"대체…… 무슨 말이에요?"

순식간에 심장이 빠르게 요동치기 시작했다. 온몸의 피가 쑥 빠져나가는 느낌에 똑바로 땅을 지지하고 서 있는 게 힘들었다. 선득했던 예감이 실체를 드러내기 시작했다.

"보았지. 아주 재미있는 장면을 말이야. 처음엔 믿기지 않아 헛것을 본 거라 생각했지만 씻은 듯 말짱해진 상처를 보고 잘못 본 게 아니었단 걸 깨달았소. 정말 처음엔 내가 미친 게 아닐까 싶었지. 눈보라에 죄다 쓰러져 버린 사탕단풍 나무를 보고 실망한 나머지 말이야. 그런데 이렇게 믿을 수밖에 없는 명백한 증거가 있잖아?"

"정말 전 그쪽이 무슨 말을 하고 있는 건지 모르겠어요. 증거라니, 대체 무슨 말도 안 되는 소리예요? 난 이만 가야겠으니까 쓸데없는 소리를 하고 싶거든 혼자서 해요! 죽을 뻔한 사람을 구해 준 보답치고는 그리 유쾌하지 않군요."

"맞아, 바로 그거야! 그쪽이 구한 내 목숨, 지금 여기 살아 있는

나. 그게 바로 그 증거지. ……대체 어떤 방법으로 나무를 자라게 한 거지? 사탕단풍 나무가 한순간에 가지를 뻗더군. 내 생애 본 가장 환상적인 모습이었어."

웬디는 당황한 티를 내지 않으려 힘껏 노력했지만 순간적으로 숨이 턱 막혀 와 한참만에야 겨우 긴 날숨을 뱉을 수 있었다. 카시미르는 그가 본 생애 가장 환상적인 모습에 대해 말했지만 웬디는 지금이 그녀 생애 가장 끔찍한 모습으로 기억될 수 있겠다 생각했다. 만약 자신의 능력을 누군가에게 들키는 게 예정된 일이고 결코 운명을 거스를 수 없다면, 그 상대만은 이런 자가 아니어야 했다. 눈앞의 남자는 그녀가 비밀을 공유해서는 안 되는 가장 최악의 상대라 단언할 수 있었다. 그는 얼마든지 그녀의 비밀을 이용할 수 있는 위치에 있었고 심지어 그녀의 조국에 극단적 혐오감을 품고 있었다.

"더는 부정하지 않았으면 좋겠군. 더 이상 시간 낭비하고 싶지 않으니까. 내게 그 능력을 보인 걸 결코 후회하지 않게끔 만들어 주겠소. 내 약속하지."

그 특유의 오만한 낯이 다시금 드러났다. 그의 자신만만한 말을 들은 웬디는 상황도 잊고 픽 웃음을 터뜨리고 말았다. 후회하지 않게 하겠다? 지금까지 들어 본 말들 중 가장 우스운 이야기였다.

"그쪽의…… 소설 같은 말을 계속 듣고 있어야 할 이유를 모르겠군요. 먼저 가 볼게요."

웬디는 결코 순순히 인정할 마음이 없었다. 남자가 말한 이 모든 허무맹랑한 이야길 믿어 줄 이가 이 나라에 과연 몇이나 될까? 그는 그 자신이 웬디가 가진 능력의 증거라 말했지만 그의 상처는 이미 오래전에 아물었고 사람들은 그가 상처를 입었단 사실조차 알지 못한다. 베냐한과 요한레스의 불화를 가장 앞장서 조장해 온 그였으니 이 일도 그 일환으로 받아들여질 가능성이 충분했다. 게다가 라드는 물론이고 황제 역시 그녀의 능력에 대해 이자가 떠들고 다니는 걸 결코 그대로 놓아 둘 리 없었다. 그는 최악에는 미치광이로, 잘해 봐야 치기 어린 말썽꾼 정도로 낙인찍힐 것이다. 그러니 더는 여기서 그의 말을 들어주고 있을 이유가 없었다.

웬디가 몸을 돌려 떠나려 하자 그가 급박히 그녀의 팔을 붙잡았다. 남자의 갑작스런 무력 앞에 웬디는 순간적으로 겁을 집어먹었다. 손에 익은 얄팍한 호신술 따위로는 그를 조금도 제압할 수 없을 거란 걸 본능적으로 알았다. 그가 성난 맹수처럼 으르렁거렸다.

"나도 이런 이야기를 쉽게 한 게 아니오. 내겐 그쪽의 능력이 간절히 필요해. 그러니 더는 부정하지 마시오."

카시미르의 호소는 그녀의 단호함만을 부추겼을 뿐이었다. 그도 자신의 말을 믿어 줄 이가 많지 않으리라는 걸 알기에 이런 약한 모습을 보이는 걸 테다. 웬디는 그에게 잡힌 팔을 잡아 빼려 했다. 울컥울컥 짜증이 치밀었다.

"난—! 아니에요. 그런 거 모른다고요!"

웬디가 끝내 잡아떼자 그가 굳게 붙들고 있던 그녀의 팔을 놓았다. 언뜻 절박하게까지 보였던 그 얼굴이 단숨에 서늘하게 가라앉았다. 무언가를 결심한 듯 느리게 눈을 감았다 뜬 그가 그 순간 품에서 작은 단도를 꺼내 들었다.

스르릉.

섬뜩한 검날 소리가 귓가에 스쳤다. 웬디는 주춤주춤 뒷걸음질 쳤다. 저, 저자가 지금 무슨 짓을! 두려움에 숨이 턱 막혔다. 그가 단검을 뽑아 들기 무섭게 과거의 환영이 그녀를 덮쳐 눈앞을 뿌옇게 했다. 버투왓 강에서 웬디에게 잔혹하게 검을 휘둘렀던 오귀스트의 수하가 다시 그녀 앞에 나타났다. 웬디는 비명을 지를 수도 없는 공포에 사로잡혔다. 순간 그녀의 등 뒤로 타는 듯한 통증이 느껴졌다.

푸욱!

그때 살을 찌르는 끔찍한 소리가 났다. 웬디는 놀라 그 자리에 그대로 주저앉았다.

"지, 지금 무슨 짓을 한 거예요?"

웬디가 그녀 앞에 무릎을 꿇은 채 쓰러져 있는 남자를 보고 경악어린 외침을 토해 냈다. 카시미르가 들고 있던 단검이 그의 복부에 그대로 처박혀 있었다. 피가 주르륵 흘러 나왔다.

"내가 매혹됐던…… 그 신비를…… 다시 보자면 이 수밖에 없으니까."

"대체, 대체 왜 이렇게까지 하는 거예요?"

웬디가 도저히 이해할 수 없다는 듯 말했다.

"사람들은 지쳐 가고 있어. 나 또한 그렇고……."

그가 알 수 없는 말을 했다. 웬디는 처참한 몰골로 피를 흘리는 그를 보며 손에 닿은 노란 난쟁이 이끼를 꾹 움켜쥐었다. 이끼가 뭉개지며 노란빛이 손바닥에 스며들었다.

"당신은…… 내가 꿈꾸던 요한레스를 이룩하게끔 도울 수 있는…… 유일한 사람이야."

"정말 미쳤군요."

카시미르가 괴로운지 신음을 흘렸다. 그 와중에도 새빨간 핏물은 계속 그의 몸에서 달아나 노란 이끼 위를 축축이 적시고 있었다.

"이대로…… 날 죽게…… 놔둘 건가?"

그가 드문드문 끊기는 목소리로 말했다. 웬디는 그녀의 능력을 확인하겠다고 스스로 자해를 한 남자를 돕고 싶은 마음이 조금도 없었다. 그러나 그가 정말 이대로 죽어 버리게 된다면? 그의 죽음에 대한 트라우마는 둘째 치고라도 당장 외교적인 문제가 될 거란 걸 무시할 수 없었다. 어쩌면 그녀는 타국의 후계자를 해친 범인으로 몰릴지 몰랐다. 정말 더러운 상황이 아닐 수 없었다.

출혈이 심했는지 그가 기어코 바닥에 머리를 대고 완전히 쓰러졌다. 천천히 깜박이던 눈이 감긴 채 더는 떠지지 않자 웬디는 이를 악물며 검지의 힘을 썼다. 이끼 위에 아무렇게나 검지를 대는데 원망과 미움이 뒤범벅된 눈물이 눈꺼풀을 비집고 나왔다. 그녀의 감정과 관계없이 손가락의 힘은 발현됐고 바하즈만은 착실히 몸을 불려 열매를 맺었다.

웬디는 눈물을 얼른 닦아 내고서 남자의 복부에 박힌 단검을 단숨에 뽑아냈다. 지난번 숲에서의 경험 덕인지 많이 두렵진 않았다. 그러나 뽑아낼 때의 끔찍한 감각은 여전히 그녀의 등골을 오싹하게 만들었다. 그다음 처치 역시 이전과 비슷한 순서대로 이어졌다. 열매를 모두 쓴 그녀는 남자의 출혈이 잦아드는 걸 보고 바하즈만을 뿌리째 뽑아 들었다. 바로 그때 남자가 깨어났다.

"날…… 구했군."

카시미르가 그녀 손에 들린 작은 식물을 간신히 뜬 눈으로도 홀린 듯 바라봤다. 웬디는 바하즈만 나무를 가차 없이 여러 개로 분질러 바닥에 내려놓고 짓밟았다. 여린 가지와 가는 뿌리가 한순간에 형체를 알 수 없게 짓뭉개졌다.

"난 그대에게 모든 걸 줄 수 있어."

그가 상처 난 자리를 손으로 막으며 천천히 몸을 일으켰다. 어느새 상처가 아물어 가고 있었다.

"……여기서의 삶을 버리라고 하지 않아. 모든 걸 지키고도 더 많은 것들을 얻을 수 있게 해 주겠어. 그게 뭐든 그대가 상상한 것 이상이 될 거야."

그의 말을 들은 웬디가 깔깔 웃음을 터뜨렸다. 웃음소리에 울음기가 묻어 있었다.

"내게 부족한 게 있어 보였나요? 부와 명예? 그런 게 부족해 보였어요? 우습네요. 그런 걸로 날 설득할 수 있다고 생각하는 게. 생각보다 멍청하군요. 당신이 내밀 수 있는 것들 중에 가장 대단하다 믿는 것조차 날 설득할 순 없어요."

웬디의 도발에도 남자는 표정을 바꾸지 않았다. 그는 아직 고통이 가시지 않은 듯 찬찬히 숨을 몰아쉬며 말을 뱉었다.

"글쎄, 그건 두고 봐야 하겠지."

"그럼 이건 어때요? 당신의 나라를 내게 주세요. 요한레스 공국을. 내가 당신의 아버지에 이어 그 나라의 군주가 돼 줄 테니."

웬디가 피식거리며 하는 말에 그는 아무런 답을 하지 않았다. 그저 조금 기운을 차린 듯 입고 있던 망토를 끌어당겨 핏자국을 가렸을 뿐이었다.

"못하겠다면 이제 내가 당신에게 제안을 해 보도록 하죠. 지금껏 당신이 말했으니 이젠 내게 차례를 넘겨줄 때도 됐잖아요?"

웬디가 샘가로 걸어가 손바닥으로 샘물을 떠냈다. 샘물이 더럽혀

지지 않게 몸을 틀어 손을 닦으니 남자의 피와 바하즈만 즙이 섞인 물이 뚝뚝 바닥에 떨어져 내렸다. 그녀는 몇 번 더 그렇게 손을 닦았다.

"난 당신을 두 번 구했어요. 그 말은 역으로 얼마든지 당신을 죽게 만들 수도 있단 뜻이 되죠. 내 힘이라면 쥐도 새도 모르게 당신을 죽일 수 있으니까요. 검이나 화살만을 피하면 된다고 믿었겠죠? 이젠 더 많은 걸 두려워해야 할 거예요. 당신의 일상 속 언제 어디서나 그 무엇이든 위협이 되게끔 만들 테니까."

"……어울리지 않게 험한 소리를 하는군. 그쪽이 나를 죽이겠다?"

그가 어린아이 재롱을 보듯 웃으며 말했다. 그 조롱에도 웬디의 서늘한 태도는 달라지지 않았다.

"그러니까 입 닥치고 조용히 요한레스로 되돌아가는 게 좋을 거예요. 죽는 방법이 뭐가 되든 당신이 상상한 것 이상이 될 테니."

한마디 한마디를 씹어 내듯 발음하는 그녀 곁으로 카시미르가 바짝 다가왔다. 웬디는 더는 그가 두렵지 않았다. 자신 앞에서 낭자하게 피를 흘리며 쓰러졌던 남자였다. 스스로를 죽음으로 몰아넣으려 했던 남자의 연약함을 그녀는 이미 낱낱이 모두 본 후였다.

그가 이내 그녀를 향해 한쪽 손을 뻗어 왔다. 커다란 손이 위협적이었지만 그가 어떻게 악력을 쓰든 결코 피하지 않을 작정이었다. 얕잡아 보일 두려움 따위 보이지 않으리라. 웬디가 그렇게 결심하던 순간 그의 손이 그녀의 눈 아래 닿았다. 그가 피부 위에 남은 눈물 자국을 세심하게 쓸어 냈다.

"난 당신에 대해 생각보다 더 많은 걸 알고 있어. 물론 앞으로 더 많은 걸 알아갈 거고."

웬디는 다정한 척 구는 그 손길을 강하게 홱 뿌리쳤다. 그녀가 무어라 더 일갈하기 전에 그는 말끔하게 그녀에게서 물러났다. 노려보는 시선을 아무렇지 않게 받아 낸 남자가 떨어져 있던 단검을 챙겨 넣었다. 그는 더 이상의 말을 남기지 않은 채 곧 그곳을 떠나갔다.

웬디는 그날 밤 크게 앓았다. 와병 중이라 거짓말을 했던 게 진실이 되어 버렸다. 열에 들뜬 와중에도 그녀는 라드에게 그날의 일을 고백했다. 라드는 그녀를 품에 안은 채 조용히 이야기를 들어주었다. 토닥이는 손길이 위로가 돼 그녀는 울지 않고 말할 수 있었다.

"쉬이, 이제 그만. 이마가 뜨겁소."

"……내가 너무 바보 같았죠? 그가 죽도록 내버려 둘 걸 그랬나요?"

"아니, 그렇지 않소."

"난 그의 말을 절대 들어주지 않을 거예요. 절대로요."

그가 끊임없이 그녀를 달래는데도 웬디는 말을 멈추지 않았다. 점점 정신이 몽롱해졌던 탓에 나중에는 무슨 말을 했는지 스스로도 잘 알 수 없을 지경이 되었다. 열이 모두 내린 뒤에야 그녀는 자신이 라드에게 쓸데없는 말을 하여 그를 더욱 아프게 한 것은 아닐까 두려워졌다. 그런 생각을 할 만한 여유가 생긴 것은 카시미르와 일이 있은 지 이틀이 지난 뒤였다.

"기사단으로 공작 전하의 여벌옷을 보내 드렸습니다. 폐하의 탄일 축제로 많이 바쁘신 모양이에요. 게다가 올해는 칼로엔 제국과 요한레스 공국 양쪽에서 사신들을 보내왔으니 더욱 정신이 없으시겠죠."

레이첼 부인이 웬디의 눈치를 살피며 말을 늘어놨다. 웬디의 몸이 편치 않은데도 라드가 전날 저택으로 귀가하지 않고 갑자기 근무를 이어 갔던 까닭이었다. 레이첼 부인은 홀로 속앓이를 했다. 저택을 나서시던 전하의 표정이 심상치 않다 여기긴 했지만 마님이 편찮으신데도 돌아오지 않으시다니. 정말 두 분 사이에 무슨 일이 있으신 걸까 하고 말이다. 그러나 웬디 앞에선 걱정을 드러내지 않기 위해 일부러 더욱 밝은 체를 했다.

"오늘 햇살이 아주 좋답니다. 잠시 햇볕을 쬐시는 게 어떠세요?"

웬디의 안색이 아직 파리한 걸 못내 안타까워한 부인이 그녀에게 창가 자리에 앉을 것을 권했다. 따뜻한 햇살이 그녀의 혈색을 되찾아 줄 거라 믿는 듯했다.

"그럴게요."

"마님이 좋아하셨던 사탕단풍 시럽을 넣은 따뜻한 차를 준비해 오겠습니다. 주방장이 오전부터 쿠키 반죽에 공을 들이던데 뭘 만들었나 보러 가 봐야겠어요."

레이첼 부인이 빨리 다녀오겠다는 말을 남기고 침실을 떠났다. 웬디는 창가 앞 안락의자에 앉아 레이첼 부인의 원대로 햇살을 쬐며 생각에 잠겼다. 방 안이 훈훈한데도 손이 얼음장처럼 찼다. 머릿속 가득 떠도는 생각은 온통 라드에 관한 것뿐이었다. 그녀가 라드에게 털어놓은 말들이 그를 괴롭게 했으리란 걸 쉬이 짐작할 수 있었다. 어쩌면 당사자인 자신보다 더욱 마음 아파하고 있으리라. 요정이 선물한 손가락의 힘은 분명 축복이었지만 그만큼의 대가 또한 여러 번 치러야 했다. 그 대가는 대개 그녀의 몫이었지만 이젠 자신만의 일만으로 끝나지 않으리란 걸 알았다. 이 힘이 문제가 된다면 그 여파는 라드에게까지 미칠 것이다. 이 힘이 그를 고통스럽게 하는 걸까? 웬디는 멍하니 오른손 검지를 들여다봤다.

똑똑.

"마님, 들어가겠습니다."

레이첼 부인이 기척을 내고 안으로 들어왔다. 부인의 손에 다과가 든 쟁반이 들려 있지 않은 걸 본 웬디가 의문을 표하기도 전에 부인이 손님이 방문했다 고해 왔다.

"누구기에 이리 갑자기요?"

"저, 그게…… 요한레스 공국의 샬로타 그레이너 공녀라십니다."

전혀 의외의 인물에 웬디가 놀라 눈을 껌벅였다. 공녀를 응접실에 모셨다는 말을 들은 그녀가 서둘러 자리에서 일어났다. 부인이 준비해 주는 대로 간단히 드레스를 갖춰 입고 응접실로 들어서자 공녀가 소파에서 벌떡 몸을 일으켰다.

"앉으세요, 많이 기다리진 않으셨나요?"

"아니에요. 이렇게 갑자기 찾아와 죄송합니다."

"그런 말씀 마세요. 레녹스 경과 함께 오셨나요?"

공녀와는 단 한 번 차를 함께 마신 게 전부인 사이였다. 이렇게 자신을 찾아올 이유는 많지 않았다. 웬디는 공녀의 갑작스러운 방문이 딜런에 관한 일이라든가 그의 오라비인 카시미르에 관한 일 때문일 거라 짐작했다.

"아뇨, 레녹스 경에겐 알리지 않고 왔어요."

"……무슨 일이 있으신가요?"

딜런이 아니라면 카시미르에 관한 일일까? 입을 열었다 다물었다 가만있지 못하고 망설이는 게 무언가 일이 있긴 있는 모양이었다. 레이첼 부인이 차를 내올 때까지 망설이며 선뜻 말을 꺼내지 못하던 그녀는 부인이 다시 나간 후에야 입을 열었다.

"카시미르 그레이너 각하와……."

그녀 입에게 듣고 싶지 않은 이름이 흘러나왔다. 그런데 '카시미르 그레이너 각하'라니. 친오라비를 지칭하는 것치곤 거리감이 있는 호칭이었다. 그가 공국의 다음 후계자라 그런 것인지 공녀는 그를 깍듯이 높여 불렀다.

"말씀하시지요."

한 번 더 주저하는 그녀를 위해 웬디가 편히 말하라는 뜻으로 찻잔을 밀어 놔주었다. 그제야 그녀가 간신히 말을 이었다.

"혹 카시미르 그레이너 각하와 부군 되시는 라드 슈로더 공작 전하의 일에 대해 들으신 일이 없으신가요?"

카시미르의 이름이 라드와 나란히 나오자 바로 불안한 마음이 들었다. 웬디는 앉은 자세를 찬찬히 고쳐 앉았다.

"……어떤 일 말입니까?"

"두 분께서 어제 검술 대련을 벌이셨어요. 그러다 부상을 입으셨고요. ……정말 아무것도 모르시는군요?"

놀라는 웬디의 표정을 본 샬로타 공녀가 한숨을 내쉬었다.

"대련이라고는 하지만 정말 서로를 죽일 듯이, 네, 맞아요. 정말 서로 죽일 듯이 싸우셨어요. 그래서 전 무슨 일이 있나 하고, 공작 부인께선 뭘 아시지 않을까 해서 온 거예요. 그레이너 각하께선 제게 아무런 말도 해 주지 않으셨거든요. 타국에서 이렇게 구설수에 올라 좋을 거 하나 없는데……."

공녀가 끝에 가선 혼잣말처럼 중얼거렸다. 그녀의 적갈색 눈동자에는 걱정이 가득했다.

"그러니까, 슈로더 경께서도 다치셨단 말씀인가요?"

놀란 마음에 급히 묻다 보니 옛 호칭이 튀어나왔다. 그러나 그 점을 둘 중 누구도 눈치채지 못할 만큼 그들 모두 심려에 차 있었다.

"중한 상처는 아니니 너무 놀라지 마세요. 팔 쪽을 다치셨다 들었어요. 그레이너 전하께서도 옆구리에 검상을 입으셨고요."

웬디는 한동안 말을 잇지 못하다가 힘없이 등받이에 등을 기댔다. 온몸의 힘이 쭉 빠지는 느낌이었다. 라드가 왜 저택으로 귀가할 수 없었는지 그 이유를 모두 알았다. 그는 그녀에게 그의 상처를 보일 수 없었던 것이다. 차마 그녀에게 또 다른 걱정을 하게 만들 수는 없으니까.

"미안해요. 괜히 제가 와서 이런 이야기를 하는 바람에 부인을 놀라게만 했어요. 슈로더 공작 전하께서 다치신 걸 모르셨던 걸 보니 일부러 감추셨던 모양인데요."

공녀가 뒤늦게 깨닫고 진심으로 미안해했다. 웬디는 그렇지 않다고 오히려 그녀를 달랬다. 자신을 바라보는 공녀의 눈동자 색은 카시미르와 몹시 닮아 있었지만 웬디는 그녀가 밉지 않았다. 적갈색 눈동자에 안타까운 빛이 거짓 없이 담뿍 들어 있었기 때문이다. 웬디는 공녀에게 다시 한 번 마음 쓰지 말라 당부했다.

"그런데 왜 레녹스 경께는 절 만나러 오는 걸 알리지 않으신 건가요?"

갑작스럽고도 예리한 질문이었는지 샬로타 공녀가 움찔 어깨를 떨었다.

"그건…… 레녹스 경께서 공작 부인을 많이 신경 쓰셔서…… 만나 뵈러 간다 하면 분명 막을 거라 생각해서 그랬어요."

왜인지 모르게 그녀가 웬디를 보며 한숨을 폭 내쉬었다. 그리고 웬디는 이어진 말에서 그 이유를 알 수 있었다.

"공작 부인 이야기만 나오면 유난히 정색을 하시거든요. 그래서 말하기가 조심스러웠어요."

웬디는 공녀의 마음을 어느 정도 짐작했다. 딜런과 혼례 이야기가 나왔다더니 공녀는 그에게 진심인 게 분명했다. 그의 감정에 민감하게 반응하고 신경 쓰는 모습이 여간 그를 좋아하는 게 아닌 것 같았다.

"실례지만 부인께 질문을 하나만 드려도 될까요?"

"말씀하세요."

"혹시…… 레녹스 경의 첫사랑에 대해 알고 계시나요? 두 분이 굉장히 친해 보이셔서, 공작 부인이라면 알지 않으실까 했어요."

"첫사랑이요?"

공녀의 턱이 바짝 긴장한 듯 굳었다. 웬디는 퍽 난감했다. 자신의 반응을 살피는 게 대답 여하에 따라 눈물을 쏟아 낼 수도 있겠단 생각이 들었다.

"글쎄요. 그런 건 레녹스 경께 직접 물으시는 편이 좋겠군요."

"그렇게 말씀하시는 걸 보니 알고 계신 거군요. 제겐 무척 중요한 일이에요. 이야기해 주실 수 없을까요? ……레녹스 경께서 온 마음을 다해 사랑한 분이 계셨단 얘길 우연히 들었답니다. 레녹스 경께선 항상 선을 그어 두고 계신 것 같아요. 첫사랑을 여전히 잊지 못하신 건지 누구에게도 곁을 주지 않으세요. 그래서 알고 싶어요. 그분의 첫사랑에 대해서."

수더분해 보이던 그녀의 얼굴 위로 어떤 고집 같은 게 보였다. 그러나 그 첫사랑의 장본인인 웬디로선 결코 그녀가 원하는 대답을 해 줄 수 없었다. 어쩌면 공녀도 그걸 어느 정도 눈치채고 있을지 몰랐다. 여자의 감이란 건 때로 무척 예리하니까.

"중요한 건 과거가 아니에요. 그건 샬로타 공녀께서도 이미 알고 계시잖아요? 과거는 그저 작년의 추위 같은 거예요. '작년엔 추웠었지' 하고 지나치면 되는 거죠. 올 겨울을 따뜻하게 보내는 데 신경 쓰는 사이, 추웠던 기억은 금세 잊힐 거예요. 별 특별할 것 없는 옛일이 되는 거죠."

"저는……."

"공녀께서도 레녹스 경을 오래 지켜보셨으니 아실 거라 생각해요. 그는 굉장히 사려 깊은 사람이에요. 그의 마음을 살뜰히 살피는 사람이 곁에 있다는 걸 금방 알게 될 거예요."

웬디의 말에 샬로타 공녀가 멈칫하더니 볼을 붉혔다. 그녀가 식은 찻잔을 손에 쥐며 웬디에게 사과했다.

"제가 어리석어 공작 부인께 무례를 저질렀어요."

"전혀요. 좋아하는 사람에 대해 궁금해하는 건 당연한 일이니까요."

공녀의 얼굴이 더욱 새빨갛게 달아올랐다. 공녀는 순진하게도 부정조차 하지 못했다.

"레녹스 경의 어떤 면이 공녀의 마음을 빼앗았나요?"

이런 질문을 생전 처음 받아본 듯 샬로타 공녀가 허둥거렸다. 웬디는 그녀의 이 순수한 모습이 좋았다. 딜런에게 그만큼 진실한 마음을 보일 것 같아 마음이 놓였다.

"레녹스 경은…… 배려심이 깊으세요. 행동은 친절하시고 말씨는 따뜻하시죠. 그리고 누구보다 기사의 도리를 잘 알고 계시고요. 음, 또 웃을 때 입매도 무척 근사하세요."

밤을 샐 기세였다. 웬디는 그 정도면 되었다는 뜻으로 장점을 눈치채는 것도 상대에게 애정이 있다는 의미라 맞장구쳐 주었다. 공녀가 뜨거워진 볼을 달래려는지 볼 위로 손바닥을 가져다 댔다.

"요한레스의 남자들과는 다른 분이세요. 요한레스에선 남자들이 그렇게 친절한 미소를 보이지 않거든요. 무척 무뚝뚝하고 권위적이죠. 부인도 여럿 두고요. 르들투 족과의 전투로 싸움터에 나도는 게 일상이어서 그런지 집 안에서도 군인처럼 행동한다니까요. 그래서 전…… 요한레스 남자와 혼인하고 싶지 않았어요."

요한레스인들의 기질이 르들투 족 못지않게 거칠다 했던 마그리트 경의 말이 떠올랐다. 잦은 전투로 인한 치열한 삶은 그들의 기질을 어쩔 수 없이 거칠게 만들었을 것이다. 판타르카 산맥 너머 북부의 땅 중 광물 매장량이 가장 많은 요한레스는 가진 것을 지키기 위해 르들투 족의 침략 시도를 감내해야 했다.

"요한레스에서는 베냐한에 대한 감정이 좋지 않다 들었어요. 만약 두 분이 진실로 마음을 나누고 결혼을 약속하게 된다면 베냐한에 대한 거부감이 두 분의 결혼에 문제가 되진 않는 건가요?"

"네? 결혼이요?"

공녀가 화들짝 놀랐다. 그러나 그건 무척 기분 좋은 말을 들었을 때의 화들짝이었다.

"음, 문제가 없진 않겠지만, 일단 윌리엄 보카르테 님께서도 적극 나서실 테고 제가 간절히 원한다 하면 아버님께서도 허락하실 거예요. 카시미르 그레이너 각하께선…… 무뚝뚝하고 어려운 분이

긴 하지만 그래도 절 아끼시니 반대하진 않으실 테고요. 무엇보다 레녹스 경을 마음에 들어 하시기도 하고요. 게다가 요한레스를 떠받드는 가문의 수장들께서도 제 말이라면 줄곧 찬성해 주셨으니까 이번에도 다르지 않을 거라 믿어요."

이미 모든 가능성을 따져 본 듯 말에 막힘이 없었다. 웬디는 딜런이 정말 공녀에게 사랑을 깨달아 둘이 이루어지는 날이 온다면 그 과정이 어렵지 않길 바랐다. 이미 충분히 마음고생을 한 그가 앞으로는 그저 행복하기만을 바랐다.

똑똑.

응접실 문을 두드리는 소리에 둘의 대화가 끊겼다. 웬디가 들어오라 이르자 시녀 하나가 안으로 들어왔다.

"딜런 레녹스 님께서 방문하셨습니다. 급히 두 분을 뵙고 싶다 전해 달라 하십니다. 어찌할까요?"

시녀의 말에 웬디가 공녀를 슥 쳐다봤다. 그녀의 표정이 핼쑥하게 변했다.

"잠깐 두 분께서 이야기를 나누셔야겠죠?"

"……네."

"대화가 마무리되시면 딜런을 제게 잠시 빌려 주실 수 있겠어요? 물론 입궁하는 길까지만요. 저도 그와 나눌 이야기가 있거든요. 여기서 이어 얘기를 하고 싶지만 슈로더 공작 전하의 상태가 걱정돼 더는 기다리고 있을 수가 없네요. 이해해 주시겠어요?"

웬디의 정중한 제안에 샬로타 공녀가 오히려 민망해하며 기꺼이 그러겠다 답했다. 그녀는 너무 오래 웬디를 붙들고 있었던 것 같아 미안하다는 말을 끝에 덧붙였다. 웬디는 시녀에게 레녹스 경을 모셔

오라 이르고 두 사람이 대화를 나눌 수 있게 자리를 비켜 주었다.

"미안해, 샬로타 님께서 이렇게 막무가내이신 적이 없었는데. 갑자기 놀랐지?"

"아냐, 신경 쓰지 마."

마차 안에 딜런과 웬디가 마주 보고 앉아 있었다. 딜런은 그를 따돌리고 슈로더 저택에 방문한 샬로타 공녀에게 내내 뚱한 반응을 보였다. 샬로타 공녀는 그런 그의 어디가 그리 친절하다는 건지. 웬디는 픽 웃음을 흘렸다. 미리 말한 대로 웬디는 딜런과 함께 황궁으로 향하는 마차에 탔다. 샬로타 공녀 역시 그녀가 타고 왔던 마차를 타고 그들 마차와 나란히 황궁으로 되돌아가는 중이었다.

"샬로타 님께서 무슨 실례되는 말을 한 건 없어?"

웬디는 그가 은근히 떠보고 있다는 걸 바로 알아챘다. 공녀와 딜런 사이에 미묘한 무언가가 이제 확실히 느껴졌다. 웬디는 이번에도 샬로타 공녀는 내내 예의 바르셨다며 그의 말을 부정했다.

"너에게 하고 싶은 말이 있어서 함께 마차를 타고 가자고 했어."

창밖의 풍경을 보며 황궁까지의 남은 거리를 재어 본 그녀가 드디어 본론을 꺼냈다. 웬디의 낌새가 이상하단 걸 직감한 딜런이 윗몸을 긴장해 세웠다. 조금 늦은 감이 있었지만 웬디는 딜런에게 카시미르와 있었던 사건을 간추려 전했다. 카시미르가 그녀 앞에서 단검을 배에 꽂는 도박을 벌였다는 말을 했을 땐 딜런이 침음과 함께 머리를 짚었다.

"베냐한과의 관세 협정 문제로 요즘 골치 아파 하시긴 했지만 그렇게까지……."

그가 말을 잇지 못하며 손바닥으로 얼굴을 비볐다.

"많이 놀랐겠구나. 그런 모습을 봤다면…… 그래서 그렇게 얼굴이 상한 거야?"

그가 처연한 눈빛을 웬디에게 건넸다. 그녀가 지금껏 겪어 온 고통을 그 역시 오랜 시간 지켜봐 왔다. 올리비아의 고통과 웬디의 고통은 달랐지만 또 같았다. 그는 그걸 이해하는 몇 안 되는 사람이었다.

"잠을 좀 못 잔 것뿐이야."

웬디가 얼굴을 매만지며 괜찮다 했지만 그는 능숙한 그 거짓말을 믿지 않았다.

"그레이너 각하께서 내 능력에 그토록 집착하는 이유에 대해 아는 거 있어?"

웬디는 카시미르의 사정을 알고자 했다. 그가 이러는 이유를 알면 대응책을 세우든 역공을 하든 뭔가 응수할 수 있는 방법을 찾는데 도움이 되리라 생각했다. 딜런은 누구보다 요한레스의 내정을 잘 알고 있었으니 웬디에게 적절한 답을 줄 것이다.

"나도 자세한 건 모르지만…… 요즘 요한레스 정국이 뒤숭숭하긴 해. 르들투 족의 도발이 잦아져 전투가 예년에 비해 늘었고 그게 분열됐던 르들투 족이 결집해 나가고 있다는 증거라고도 하고. ……얼마 전에는 철광산이 거의 바닥을 드러냈다는 소문까지 돌아

다들 불안해했어. 사실 여부까진 나도 알 수 없지만."

"그레이너 각하께서 '사람들이 지쳐 가고 있다'고 했어. 자신도 그렇고. 그게 무슨 뜻인지 알겠어? 지금 네가 말한 르들투 족이나 공국의 자금 사정 같은 거에 관련된 일일까?"

딜런이 골똘히 생각에 잠겼다. 이마를 몇 번 긁적인 그가 확신할 수 없다는 듯 말했다.

"요한레스의 독립은 그곳에서 늘 뜨거운 화두야. 요즘 회의론이 나돌고 있긴 한데 그게 그렇게 심각한 일인지는 모르겠어. 난 그저 떠도는 이야기를 듣는 것뿐이니까."

회의론이라. 웬디는 하나씩 이야기를 짜 맞춰 보았다. 르들투 족이 정말 다시 결집하고 있다면 요한레스의 관리들로서는 제국에 원군 요청을 하게 될 가능성을 따져 볼 수밖에 없었을 것이다. 그게 독립의 회의론을 불러 왔을 수 있었다. 국고가 바닥나는 중이라면 그것도 공국의 독립에 커다란 장애가 될 터였다. 독립을 원하는 카시미르에겐 결코 좋다 말할 수 없는 상황이었다.

카시미르는 웬디가 가진 검지의 힘이 요한레스의 자급력을 끌어올릴 수 있을 거라 생각하는지도 몰랐다. 그게 위기를 돌파하는 힘이 될 거라 믿는다면 저리 집착하는 이유가 어느 정도 설명이 된다. 꼭 그게 아니더라도 그에겐 무언가 굉장히 절박한 이유가 있을 게 분명했다. 그러지 않고선 스스로의 목숨을 가지고 그런 위험천만한 일을 벌이진 않았을 것이다. 웬디는 목덜미가 한순간 뻐근해져 오는 걸 느끼고 반사적으로 뒤로 손을 가져갔다. 목덜미부터 시작해 뒷골이 쿡쿡 쑤셔 왔다.

"……난 얼마 전까지만 해도 요한레스 공국에 대해 제대로 알고 있는 게 거의 없었어. 그냥 변방의 추운 나라 정도로만 생각했지. 베냐한 황가와 핏줄이 이어져 있다지만 먼 타국보다 못한."

딜런이 깊은 한숨을 내쉬고 깍지 낀 두 손을 턱에 받쳤다. 그는 어디까지 그녀에게 말을 해 줘야 할지 고민했다.

"……요한레스에서는 공국이라는 말을 절대로 쓰지 않아. 요한레스 내부적으로 공국을 왕국으로 격상시켰다는 이야기는 들어 봤지? 이미 그곳에선 왕국이라는 말이 공식적으로 사용되고 있어. 물론 베냐한에선 인정하고 있지 않지만. 이곳에서는 카시미르 그레이너 님의 공식 직함을 카시미르 그레이너 후작 각하로 알고 있지만 요한레스에서는 카시미르 그레이너 왕세자 전하라 칭하고 있어. 샬로타 님도 마찬가지지. 샬로타 그레이너 공주. 누구도 그분을 공녀라 부르지 않아."

"그럼 난 지금까지 샬로타 님께 굉장한 무례를 범한 게 되는 건가? 몇 번이나 샬로타 공녀라 그분을 불렀는데."

웬디가 놀라 말했다. 바로 직전만 해도 웬디는 그녀를 샬로타 공녀라 여상히 불렀었다. 듣기에 따라 매우 불쾌히 여길 수 있는 일이었다.

"베냐한에선 하는 수 없잖아. 그분들도 그걸 아니까 처음부터 자신들을 왕세자나 공주로 소개하지 않은 거겠지."

그가 마음 쓰지 말라고, 두 나라의 관계가 그러니 어쩔 수 없다 담백하게 말했다. 딜런으로서도 요한레스에 머무는 동안 무수히 많은 곤란한 상황들에 직면했을 것이다. 그의 말투에서 느껴지는 달관적인 태도가 그걸 짐작하게 했다.

"아…… 한 가지 더 묻고 싶은 게 있었어. 나토체에서 그레이너 각하와 네가 다투던 모습을 봤다고 했잖아. 그땐 무슨 일이 있었던 거야?"

웬디가 문득 생각난 걸 물었다. 그동안 무척 궁금해했던 일이기도 했다.

"카시미르 님께서 홀로 봄살카 숲으로 가신 일 때문이었어. 요한레스에서는 그분이 사라진 일 때문에 난리가 났는데 홀로 태평하게 디저트 가게에 계시잖아? 그놈의 사탕단풍 시럽이 뭐라고."

사탕단풍 이야기가 나오자 웬디가 허탈한 웃음을 지었다.

"카시미르 님께서 나토체에 계시다는 소식이 가까이 있던 사절단 일행에 전해져서, 내가 그분을 찾아 나섰던 거였어. 애초에는 사절단에 합류하실 예정이 없었는데 갑자기 우릴 따라나서신 거고. ……아마 너 때문이었겠지?"

모든 의문이 어느 정도 풀렸지만 마음의 답답함은 해소되지 못했다. 웬디는 대답 없이 창밖으로 시선을 던졌다. 황궁의 뾰족한 첨탑이 훌쩍 가까워져 있었다.

얼마 후 마차가 멈췄다. 웬디가 마차에서 내리려 몸을 일으키자 딜런이 급히 그녀를 불렀다. 그는 말할 타이밍을 계속 찾고 있었던 듯 계면쩍은 음성으로 이야기했다.

"너에게 고맙다는 말을 하고 싶었어. 날 위해 애써 준 거에 대해서. ……내가 이렇게 별일 없이 지내고 있는 게 네 덕이란 걸 알아. 불충을 저질렀단 손가락질을 받지 않는 거 말이야."

의아하게 그를 바라보던 웬디의 눈초리가 부드럽게 내려앉았다.

"다행이야. 네가 욕을 먹고 있었다면 노력한 보람도 없었을 거 아냐."

"……그리고 미안하단 말도 하고 싶었어. 그날, 너에게 해서는 안 되는 말을 한 것 같아서 마음이 무거웠어. 상처가 될 수 있는 말이었는데."

"알면 됐어."

웬디가 그에게 눈을 흘겼다.

"……나도 네가 어떤 마음으로 그런 말을 했는지 알고 있으니까, 그러니까 된 거야. 안심해, 딜런. 난 괜찮으니까."

그녀가 그의 어깨를 툭툭 두드려 줬다. 멋쩍어하던 그가 그녀의 눈짓에 얼른 마차 문을 열었다. 웬디는 뒤이어 도착한 샬로타 공녀에게 작별 인사를 하고서 기사단 건물을 향해 갔다.

"웬디 양?"

웬디는 기사단 건물 근처에 다다라 아주 반가운 인물 둘을 만났다. 한때 웬디의 가게에서 일꾼 노릇을 했던 파스칼 도웨인 경과 웬디의 경호를 봐 줬던 마르틴 비숍 경이었다.

"아, 이제 슈로더 공작 부인이라 불러야겠지요?"

파스칼이 함박웃음을 지으며 정답게 말했다. 마르틴이 먼저 그녀에게 인사를 하며 안부를 챙겼다.

"두 분도 잘 지내셨죠? 굉장히 오랜만에 뵙는 것 같네요."

"낭트셰 순례 길이 힘드셨나 봅니다. 턱이 더 갸름해지셨습니다."

마르틴이 그녀의 야윈 모습을 걱정스럽게 봤다. 오랜만에 만난 탓인지 그들은 웬디의 변화를 더욱 기민하게 알아차렸다.

"그럴 리가요. 그곳의 진미를 맛보느라 오히려 제대로 관리를 못 했는걸요."

"그래도 여전히 아름다우십니다. 요즘 새신랑 되신 단장님을 모두가 무척 부러워한답니다."

웬디가 시치미를 떼자 파스칼이 속아 주는 척 넘어갔다. 그녀 곁에 머물렀던 짧지 않은 시간 동안 파스칼이 배운 게 있다면 그녀가 그렇다 하는 것엔 가능한 딴지를 걸지 않는 게 이롭다는 것이다.

"비숍 경, 얼마 전에 경의 여동생을 만났어요. 경 덕분에 더욱 반갑게 인사를 나누었답니다."

"안 그래도 재일린에게 이야기를 전해 들었습니다. 부족한 아입니다. 부인께서 잘 이끌어 주십시오."

마르틴이 부끄럽다는 듯 이야기했다. 웬디는 그녀의 첫인상이 굉장히 좋았다며 또 만나길 고대하고 있다 말했다.

"단장님을 뵈러 가십니까?"

파스칼이 그녀가 향하던 방향을 살피곤 안내해 드리겠다 청했다. 웬디는 두 사람과 함께 다시 걸음을 옮겼다.

"혹시…… 알고 오셨습니까?"

얼마쯤 걸었을 때 파스칼이 조심스럽게 물어 왔다. 그가 말하는 게 라드의 부상임을 알아챈 웬디가 무겁게 고개를 끄덕였다. 그가 난처한 듯 턱을 긁적였다.

"어떻게 아셨습니까? 단장님께서 시뮤안 부단장님께도 단단히 입단속을 시키셨는데요. 시뮤안 부인께 말이 들어가지 않게 말입니다."

라드는 멜리사를 통해 그의 부상 소식이 전해질까 나름 단속에 노력을 한 모양이었다. 웬디는 마음이 아팠다. 언제까지 말하지 않으려 했던 걸까. 상처가 다 아물 때까지 자신이 모를 수 없는 일인데.

"단장님께선 아마 훈련 지휘를 하고 계실 겁니다. 공식 훈련 시간이거든요."

마르틴이 저 멀리서 들려오는 훈련 소리에 귀를 기울이며 말했다. 기합과 구령 소리가 연이어 났다.

"경들은 훈련에 참가하지 않으세요?"

"저흰 방금 근무가 끝났습니다. 칼로엔 사절단이 머무는 타니아 궁 경계에 차출되어서 말입니다."

두 사람의 표정이 어쩐지 질려 보여 웬디를 의문에 차게 했다. 그러고 보니 둘의 눈 밑도 유난히 퀭한 것 같았다.

"칼로엔의 엘로이제 공주님께서는 어떤 분이신가요?"

"……굉장히 까다로운 분이십니다."

"까다롭다는 말로는 충분치 않을 만큼 까다로운 분이시죠."

파스칼의 말을 마르틴이 얼른 정정했다. 무언가 사연이 많아 보였다. 그들의 반응을 보고 나니 칼로엔의 공주가 어떤 사람일지 무척 궁금해졌다.

"저기 계시네요."

연무장 한쪽에 가림막처럼 서 있는 굴참나무 아래에서 웬디는 멀리 라드의 모습을 찾았다. 같은 옷차림의 기사들 중에서도 그는 한눈에 띄었다.

"많이…… 다치신 건 아니겠죠?"

그녀의 시선이 그의 오른팔에 붙박인 듯 떠날 줄을 몰랐다. 오른팔이 편치 않은지 그는 제대로 그쪽을 쓰지 못하고 있었다.

"팔꿈치 쪽이 찢어졌다 들었습니다. 의원이 상처가 벌어질까 움직이지 못하게 고정시켜 놓았을 겁니다. 심각한 건 아니니 걱정 마십시오."

아무리 대수롭지 않다 말해도 걱정이 되지 않을 리 없었다. 웬디는 한동안 그 자리에 서서 멀거니 라드의 모습을 바라봤다. 왼쪽 가슴이 시려 왔다.

“전 그만 가 볼게요. 제가 왔었단 이야긴 하지 말아 주세요.”

웬디는 그냥 발길을 돌렸다. 그가 어떤 마음으로 저택에 돌아오지 않았을지 다시금 짐작이 간 까닭이었다. 많이 다친 건 아닐까 한없이 불안하던 마음을 조금 달랜 걸로 되었다. 그를 만나 지금의 이런 표정을 보여 줄 수는 없었다. 그런 웬디의 마음을 짐작한 두 명의 기사는 그녀를 붙잡지 않고 비밀을 지키겠다 약속했다.

모셔다 드리겠다는 기사들의 청을 거절하고 웬디는 홀로 찬찬히 걸음을 옮겼다. 오른손이 자꾸 왼손에 낀 반지 위로 갔다. 잿빛의 투명한 보석을 손끝으로 만지작거린 건 그의 아픈 마음을 달래 주고 싶다는 모자란 생각 때문이다. 그의 팔에 상처를 낸 카시미르에 대한 원망이 문득 치솟아 올라 웬디는 입술을 아프게 깨물었다. 그자의 상처가 라드에 비해 얼마나 중하든 그건 중요치 않았다.

웬디는 새삼 깨달았다. 자신을 위해 주는 한 사람이 곁에 있다는 건 말도 못 하게 행복한 일이었지만 동시에 그가 자신으로 인해 상처받는 걸 보는 건 못 견디게 괴로운 일이었다. 그게 또다시 자신의 마음을 할퀴는 흉기가 되었다.

곳곳에 핀 꽃들이 서서히 지려는지 하나둘 꽃잎이 떨어진 흔적이 보였다. 어디선가 부드러운 바람이 불어왔다. 바람에 휘말린 붉은 꽃잎 하나가 웬디의 옷 위에 떨어져 내렸다. 웬디는 가슴께에 달라붙은 그 꽃잎을 떼어 내며 눈시울을 붉혔다. 다친 팔은 금방 아물겠지만 다친 마음이 아무는 데에는 얼마의 시간이 걸릴지 짐작조차 할 수 없었다. 꽃잎에 베인 마음이라 할지라도 상처가 남을진대 그와 자신의 마음에 남은 상처는 이제 어찌해야 할까.

붉은 꽃잎을 바닥에 떨구며 웬디는 다시 걸음을 옮겼다. 연무장의 구령 소리가 점점 멀어졌다.

8화

무도회가 열리는 킹즈브레이 궁으로 함께 갈까요

무도회가 열리는 킹즈브레이 궁으로 함께 갈까요

웬디는 그날을 이렇게 기억한다.

그날은 정원의 마지막 라일락이 떨어지고 샐비어 꽃대 중 하나가 붉은 꽃잎을 드러낸 날이었다. 다 스러진 라일락이 아쉬워 검지의 힘으로 계절을 붙잡아 볼까 했으나 곧 도리질을 친 날이었다. 가는 꽃은 보내 주고 새롭게 핀 꽃을 순리에 따라 맞이해 주리라 생각한 날이었다.

"아름답군. 드레스 자락이 꼭 꽃잎 같아 보여."

라드가 정원에 선 그녀의 자태를 보고 다가와 입을 맞췄다. 오후 내내 치장에 공을 들인 보람이 있었다. 폐하의 탄일 전야제 파티를 위해 특별히 주문 제작한 드레스와 구두, 장신구들이 모두 아름답게 어우러져 그녀는 몹시도 아름다웠다. 입궁 전 괜한 불안을 떨치기 위해 정원에 나와 있던 그녀는 꽃을 한 번 더 눈 안에 담고 라드와 함께 발걸음을 떼어 냈다.

황궁에 도착하자 평소처럼 그녀에게 시선이 몰렸지만 이번엔 그전처럼 불쾌하기만 한 시선이 아니었다. 파티장에서 웬디는 누구보다 돋보였다. 평민 출신의 공작 부인이라 하여 그 외모도 우아하지 않으리라 생각했던 이들 모두가 할 말을 잃을 만큼 그녀는 무척 고아하게 아름다웠다. 시작이 나쁘지 않아 불안이 조금 가셨다. 더군다나 외국의 귀빈들은 본연회가 열리는 다음 날부터 참석이 예정되어 있었다. 그래서 웬디는 이날의 파티를 조금이나마 마음 편히 즐길 수 있었다.

그런데 파티의 분위기가 무르익을 즈음부터 무언가 달라지기 시작했다. 웬디를 바라보는 사람들의 눈초리에 여태껏 전혀 보지 못했던 감정이 뒤섞여 있었던 것이다. 그건 경멸이었다.

해괴한 소문이 퍼지기 시작했다. 소문은 입에서 입으로 순식간에 전해졌고 사람들은 수군댔다. 저들끼리 모여 수군대던 음성은 얼마 못 가 웬디에게까지 전해졌다.

"세상에나! 그럼 신분이 대체 뭐랍니까? 평민이 아니란 소리예요?"

"귀족의 사생아였다는 말도 있던데, 모르죠. 더 천한 사창가의 소생이었을지."

"귀족이었다면 평민 신분을 사들일 이유가 뭐가 있겠어요. 죄를 진 도망자였다는 게 더 그럴듯하지 않나요?"

"그 이유가 뭐든 신분을 사들이는 건 중죄 아닌가요? 맙소사, 그럼 대체 슈로더가는 어찌 되는 건가요?"

웬디는 자신의 귀를 의심했다. 평민 출신의 공작 부인이라 하여 깔보아 업신여기는 상황은 이미 여러 번 경험했고 각오 또한 했지만 이건 전혀 뜻밖의 상황이었다. 신분을 사들였다고? 대체 그 이야기가 어디서 나온 거지? 웬디는 떨리는 손을 드레스 자락 사이로 감추며 당황을 나타내지 않으려 노력했다.

"웬디, 신경 쓰지 말아요. 다들 배가 아파서 헛소문을 만드는 거니까."

곁에 있던 멜리사가 떠드는 이야기를 듣고 화가 나 중얼거렸다. 웬디의 눈치를 살피는 게 웬디가 혹 이 소문에 상처를 받았을까 몹시 염려하고 있다는 게 티가 났다.

"그나저나 슈로더 공께선 언제 돌아오세요? 오셔서 저런 자들을 아주 작살내 줘야 이런 얘기가 쏙 들어갈 텐데."

멜리사가 못내 안타깝다는 듯 입을 삐죽였다. 멜리사 역시 사람들 사이에 퍼진 말이 품고 있는 위험성을 직감한 것이리라. 그러나 라드는 내내 웬디 곁에만 붙어 있을 수 없는 처지였다. 그는 황실의 안전을 책임지는 가장 높은 위치에 있었기 때문에 파티 중간중간 자리를 비웠고 그건 오늘도 마찬가지였다.

"적당히들 하시지요."

그때 파티장 한쪽에서 날선 목소리가 카랑카랑하게 들려왔다. 소리가 난 방향으로 자연히 시선이 모아졌고 거기엔 제일린 비숍이 분노에 찬 얼굴로 서 있었다.

"두두키 백작 부인, 며칠 전과는 몹시도 태도가 달라지셨군요. 간이라도 내줄 듯 알랑거리는 말을 쏟아 낼 땐 언제고 이젠 허황된 말을 옮기는 데 혈안이 되어 계십니까? 정말 도저히 그냥 보아 줄 수가 없군요."

"제일린 영애, 말을 가려 하시지요. 난 백작 부인이에요. 고작 영애 따위가 어찌 이리 버릇없이 군단 말입니까?"

"허무맹랑한 이야기로 타인의 명예를 더럽힌 분께 존경을 보이란 말씀인가요? 스스로의 품위를 져 버리고선 그런 존경을 바라다니요. 부끄러운 줄 아세요."

제일린의 시선이 두두키 백작 부인 곁에 있던 다른 부인들에게로 향했다. 혹 싸움에 얽혀 들까 두려웠던지 그들은 얼른 딴청을 부렸다. 제일린 비숍의 태도가 워낙 강경하여 이목이 몰린데다 자칫 소문의 주모자로 몰릴까 두려웠던 것이다. 이 소란을 계기로 웬디에게 쏟아지던 경멸이 한순간의 해프닝처럼 자취를 감췄지만 웬디는 이걸 우연한 사건이라 생각할 수 없었다. 이건 분명 누군가 악의적으로 퍼뜨린 소문이었다. 심지어 그 내용이 순전히 날조된 거짓도 아니었다. 소문은 언제든 다시 부풀려질 수 있었고, 그녀는 남 말하기 좋아하는 이들에게 누구보다 좋은 먹잇감이 될 것이다.

"난 당신에 대해 생각보다 더 많은 걸 알고 있어. 물론 앞으로 더 많은 걸 알아갈 거고."

카미시르 그레이너가 한 말이 머릿속을 쿵쿵 울렸다. 누군가 자신의 뒤를 캤다면 가장 유력한 건 그였다.

이미 황제에게 면죄권을 받은 죄였으나 그 모든 게 낱낱이 밝혀지게 된다면 곤란을 면치 못하리란 건 기정사실이었다. 아니, 단순히 곤란해지는 것만으로 끝나진 않으리라. 상황이 어떻게 급변하여 그녀를 나락으로 떨어뜨릴지 누구도 알 수 없었다. 분명한 건 이 일이 여기서 더욱 커지면 웬디는 필연 고초를 당하게 될 것이고 그렇게 되는 건 그녀 혼자만이 아닐 것이란 사실이었다. 라드는 물론 황제까지도 위험에 처할 수 있는 일이었다. 면죄권을 부여하는 건 황제 고유의 권한이었지만 그 사실이 알려진다면 귀족들은 면죄권을 준 이유에 관심을 쏟을 것이다. 황제가 평민에 불과한 여인에게 훈장과도 같은 면죄권을 준 이유를 과연 납득할 만하게 설명할 수 있을까? 웬디가 검지의 힘으로 몬트라피 이삭을 키워 내 농민들의 봉기를 막아 냈다고?

"제일린 비숍 영애가 요즘 사교계를 거의 석권했나 봐요. 물론 저런 쪽으로긴 하지만. 알타린 숄터스 영애가 있을 땐 한참 못 미쳤는데 이제 누구도 못 따라올 지경이에요. 그래도 엄청 멋있지 않나요? 사납다고만 생각했는데 오늘 보니 정말 멋진 구석이 있네요."

멜리사가 신이 난 목소리로 소곤거렸다. 상황을 정리해 버린 제일린이 웬디와 눈이 마주치자 간단히 눈인사를 한 후 자리를 피했다. 소동을 들은 마르틴 비숍 경이 무시무시한 얼굴로 그녀를 향해 다가가고 있었기 때문이다. 비숍 영애에게도 무서운 건 존재했던 것이다.

"어, 저기 슈로더 경이시네요!"

라드 역시 파티장을 휩쓸고 지나간 소문에 대해 들은 모양인지 표정이 과히 좋지 못했다. 그가 지나가는 대로 사람들이 길을 터 줄 만큼 그의 표정은 보는 이들이 몸을 사리게 했다. 라드가 다가오자 멜리사 역시 심상치 않은 분위기를 느끼고 두 사람이 이야기를 나누도록 자리를 비켜 줬다.

"……그자 짓일까요?"

웬디가 낮은 음성으로 물었다. 그녀가 이르고 있는 게 누구인지 알지 못할 리 없었지만 라드에게선 대답이 없었다. 그는 감정을 내리누르는 데 안간힘을 쓰고 있었다.

"제일린 영애가 제 뒷말을 하던 부인을 저 대신 혼쭐 내 준 걸 알고 있나요? 호위 기사보다도 든든하던걸요. 언제 한번 공작가로 초대를 해야겠어요."

웬디는 그의 손을 잡고 농담을 하며 일부러 여유를 보였다. 그의 분노가 상상할 수 없을 만큼 커 보였기 때문이다. 금방이라도 큰일이 터져 버릴 것만 같았다.

"일단 나갑시다. 그대에게 보여 줄 게 있소."

그가 장 자크를 불러 뒷일을 맡기고서 웬디와 함께 급히 파티장을 떠났다. 떠나는 공작 내외를 보며 또 여기저기서 수군거리는 사람들이 생겨났지만 둘은 개의치 않고 그곳을 빠져나왔다.

라드는 웬디를 기사단장실로 데려갔다. 근무를 서고 있던 기사단원들이 단장과 그 부인의 등장에 소스라치게 놀라 경례를 붙였다. 라드는 그들에게 물러가라 이르고 문을 굳게 닫았다.

"이걸 보시오."

그가 서랍의 자물쇠를 열더니 그 안에서 얇은 서류 뭉치를 꺼냈다. 날짜와 누군가의 이름, 장소 등이 적힌 서류였다.

"이게 뭐죠?"

"카시미르와 그자의 수하들이 접촉한 사람들 명단이오. 그자를 압박할 만한 증거 자료이기도 하지."

웬디는 굳은 얼굴로 서류를 빠르게 넘겨봤다. 눈에 익은 이름들이 꽤 보였다. 오귀스트의 반란 당시 목숨을 간신히 부지하고 작위를 박탈당했던 사람들이었다.

"그를 반란죄로 엮어 처벌할 수 있을 만큼 완벽한 자료는 아니지만 충분히 곤란하게는 만들 수 있소. 그가 여기서 더 나아간다면 물론 반란죄로 처벌도 가능하겠지."

"여기…… 이 이름은 뭔가요? 그자의 수하가…… 하즐렛 부인을 만난 거예요?"

서류 맨 끝단에 나온 이름을 보고 충격을 받은 듯 그녀의 손가락이 미세하게 떨렸다. 불과 사흘 전, 그의 수하로 짐작되는 남자의 이름과 그가 만난 인물의 이름이 거기 적혀 있었다.

게일 맨더스

접촉 대상: 아니스 하즐렛

접촉 후 게일 맨더스가 카시미르에 전서구 보냄.

아니스 하즐렛 신병 확보 중. 진술 거부, 기밀 노출 우려.

"하즐렛 부인이 내 얘기를 한 건가요? 내가 신분을 사들였다고?"

"그렇게 짐작하고 있소."

웬디가 기가 막히다는 듯 헛웃음을 지었다. 책상 위로 서류를 내려놓은 그녀가 두 손을 그대로 짚어 상체를 지탱했다. 허탈한 침음이 목구멍 사이로 새어 나왔다.

"자비의 대가가 이런 거로군요."

"동요할 것 없소. 사실로 드러나는 즉시 그만한 대가를 치르게 될 테니."

그가 웬디의 팔을 잡아 소파로 데려갔다. 그녀는 힘없이 주저앉았다.

"폐하께서도 카시미르가 한 짓을 알고 계시오. 최악의 상황에는 중요 증거 없이도 처분하라 이르셨소."

그 말이 무슨 뜻인지 모르지 않았다. 그건 요한레스와의 전쟁까지도 각오하겠다는 소리였다. 황제로서도 웬디의 힘이 외부에 노출되어 타국에 이용당하는 상황을 극히 경계하고 있었을 것이다. 하지만…… 아무리 그렇다지만…….

"지금은…… 아무것도 생각하고 싶지 않아요."

웬디는 두 손으로 머리를 감쌌다. 웅크린 그녀의 작은 등을 라드가 조심스럽게 어루만졌다. 뼈가 그대로 느껴질 만큼 마른 등이 안쓰러워 그는 이를 악물었다. 그녀를 망가뜨리려는 자에 대한 적의로 그의 마음이 서늘하게 가라앉았다. 그녀를 빼앗아 가려는 자에 대한 증오로 그의 머리가 차갑게 식었다. 그는 침잠한 눈빛을 하고 책상 위의 서류를 바라봤다. 반격은 이미 시작되었다.

다음 날, 웬디는 만류하는 라드를 설득하여 황제의 탄신 연회에 참석을 강행했다. 전날의 소문이 어떤 모습으로 몸집을 불렸을지 두려웠던 건 사실이지만 한 번 피하기 시작하면 영원히 나서지 못할 것만 같아 악으로 몸치장을 하고 길을 나섰다. 검과 활은 준비되지 않았지만 대신 그녀는 라드와의 결혼반지를 소중히 손에 끼고 그와 함께 마차에 탔다. 황궁에 도착한 건 연회 시작까지 한참 남았을 때였다. 황제의 부름을 듣고 그를 먼저 알현하기 위함이었다.

"잠시 이곳에서 기다리시지요."

황제가 라드와 먼저 단둘이 이야기를 나누는 사이 웬디는 시종에게 안내되어 뒤뜰로 나왔다. 화사하게 차려진 테이블에는 그녀를 위한 다과가 미리 준비되어 있었다. 웬디는 자리에 앉아 음료를 홀짝였다. 킹즈브레이 궁의 전담 요리사가 정성껏 준비한 달콤한 케이크가 눈길을 사로잡았지만 손이 가진 않았다.

“주인 없는 뜰을 차지하고 있는 그대는 누구인고?”

그때 갑자기 쨍쨍한 음성 하나가 웬디의 귀에 꽂혀 들려왔다. 고개를 돌려보니 놀랄 만큼 화려한 드레스에 커다란 머리 장식을 한 여인이 웬디를 가늘게 뜬 눈으로 노려보고 있었다. 근처에 서 있던 시종이 얼른 달려와 그녀에게 인사를 올렸다.

“칼로엔의 공주님을 뵙습니다.”

시종의 말을 들은 웬디 역시 가만히 앉아 있을 순 없었다. 상대가 그 소문의 공주라면 응당 일어나 인사를 올려야 했다.

“귀한 분을 몰라 뵈었습니다. 저는 슈로더 공작가의—.”

“아! 누군지 알겠군!”

공주가 웬디의 말을 싹둑 자르며 외쳤다. 드레스 자락을 요령 있게 움켜쥔 그녀가 성큼성큼 웬디 곁으로 다가왔다. 가까이서 본 공주는 코끝이 뭉툭하고 눈두덩이 유난히 두두룩해 심술 맞은 인상을 풍겼다.

“웬디 슈로더 공작 부인. 내 예상이 맞나?”

“네, 맞습니다.”

“그래, 내 어제 재미있는 소문을 들어서 기억하고 있었지.”

엘로이제 공주가 히죽 기분 나쁜 웃음을 지었다.

“그런데 그대가 왜 폐하의 뜰에서 한가로운 시간을 보내고 있는고?”

마치 자신의 영역을 침범당한 것처럼 음성에 노여워하는 기색이 서려 있었다. 차려진 테이블 위를 바라보는 눈이 곱지 않았다.

“폐하를 뵙기 위해 잠시 기다리는 중이었습니다. 함께 앉으시겠습니까?"

"……날 위해 준비된 자리가 아닌데 앉으라는 겐가? 그럴 순 없지. 그러지 말고 나와 잠시 걷지 않겠나? 안 그래도 무료하던 차였는데."

"송구하오나 폐하를 기다리는 중이어서—."

"폐하께서 나오실 것 같으면 네가 와 먼저 아뢰거라. 알겠느냐?"

공주가 시종에게 명령하고 막무가내로 먼저 걸음을 옮겼다. 웬디는 하는 수 없이 공주를 따라나서야 했다.

"내 그대에게 호기심이 있었다네. 칼로엔에서는 감히 평민이 귀족과의 혼인을 바랄 수 없거든. 그대가 이곳에서도 특이한 경우라던데. 뭐, 얼마나 대단한 미모를 가졌나 했는데 생각보다 대단할 건 없군."

위아래로 훑어보는 눈이 노골적이고 무례하여 웬디의 얼굴이 경직됐다. 그러나 타국의 공주를 상대로 초면에 똑같은 무례를 범할 순 없어 치밀어 오른 화를 꾹 참았다.

"으응, 이 정원은 정말 볼 것이 없어. 몇 번을 와 보아도 정이 붙지 않는군. 내 황후가 된다면 이곳을 모두 싹 뜯어 고칠 거야."

볼 것 없는 정원에 왜 몇 번씩이나 드나드는 건지 묻지 않아도 짐작이 갔다. 공주는 황제와의 만남을 위해 일부러 여길 드나들고 있는 눈치였다. 벌써 본인이 황후가 될 거라 믿어 의심치 않는 듯 말투에 거침이 없었다.

"저 새들도 경박하기 짝이 없지. 촐랑거리는 저 몸짓을 봐. 칼로엔 제국은 새들조차 우아하거늘. 쯧쯧."

공주가 꽃무더기 위를 비행하는 벌새들을 보며 눈살을 찌푸렸다.

그녀가 움직일 때마다 머리에 얹어진 거대한 꽃 장식이 바르르 흔들렸다. 칼로엔에서 거대한 머리 장식이 유행하고 있다는 말을 들었지만 저건 커도 너무 컸다. 공주 역시 무겁긴 한 모양인지 고개를 돌리는 게 뻣뻣하기 그지없었다.

"듣자 하니 그대가 신분을 조작하는 죄를 지었다면서? 사실인가?"

"……낭설입니다."

웬디가 바로 부정했지만 공주는 코웃음을 쳤다. 웃을 때마다 크게 벌름대는 그녀의 두툼한 코를 잡아 쥐고 싶은 충동이 일었다.

"아무리 소문이라도 그런 천박한 말을 달고 다니는 건 부끄러운 일이네. 이제 갓 귀족 사회에 발을 들였다더니 정말이지 부족한 게 많군."

파스칼 도웨인 경과 마르틴 비숍 경이 공주에 대해 왜 그렇게 질린 낯을 했는지 이제 알았다. 정말이지 참아 줄 수가 없는 여자였다. 웬디는 지금까지 별난 인간들을 볼 만큼 보았다 여겼지만 그 기록은 나날이 경신되어 가고 있었다. 누구더러 천박하다 하는지, 본인이 하는 꼴을 하나하나 되짚어 주고 싶었다.

"공주 전하께서도 베냐한의 사교계는 처음이시지요?"

"그래, 그래도 날 그대와 동류로 여기면 곤란하지. 칼로엔에서는 평민이 황족의 눈을 똑바로 쳐다볼 경우 태형 50대에 처해진다네. 그대는 오늘 여러 번 목숨을 건진 거나 다름이 없어. 그대와 나 사이엔 그만큼 까마득한 차이가 존재한다고. 감히 쳐다도 볼 수 없는 차이라 할까?"

"이곳이 베냐한이란 걸 잊고 계신 모양이군요. 전 베냐한을 떠받치고 있는 슈로더 공가의 안주인이고 말이에요. 베냐한의 가장 존

귀하신 존재인 폐하께서도 제겐 그만큼의 존중을 보이십니다. 그게 베냐한의 법도지요."

웬디가 선웃음을 지으며 말했다. 웬디의 대꾸에 공주가 이를 부드득 갈았다.

"그대는 예법 교육이 좀 필요하겠어. 아직 귀족이 된 지 얼마 되지 않아 잘 모르는 모양이니 오늘은 내 이해하고 넘어가겠네. 그렇지만 앞으로 내게 배울 게 많을 거야."

끔찍한 소리였다. 웬디는 자신을 노려보는 공주를 빤히 바라보며 '감사하다, 가르침을 바로 듣겠다' 입에 바른 소리를 했다. 가뜩이나 우울하기 짝이 없었는데 눈앞의 공주로 인해 기분이 더욱 곤두박질쳤다. 속이 부글부글 끓었다.

"머리 장식이 아주 특이하군요."

"그래, 이런 걸 본 적 없으니 아주 멋져 보이겠지. 이 정도 크기는 아무나 할 수 있는 게 아냐. 칼로엔에서도 황족 정도는 되어야 가능하지. 아주 아름답지 않나?"

"아름답습니다."

웬디가 비웃음을 감추며 동감해 주었다.

"어머, 저기 폐하!"

웬디가 궁을 향해 눈길을 두며 소리치자 공주가 반사적으로 고개를 돌렸다. 공주의 움직임에 머리 장식이 또다시 바르르르 흔들렸다. 그 틈을 타 웬디가 머리의 꽃 장식 위로 검지를 내리눌렀다.

"폐하께서 나오실 때가 되었는데 소식이 왜 아직 없으실까요?"

급하게 말을 돌리자 그녀가 성난 얼굴로 웬디를 쏘아봤다.

"난 또 아이작 폐하께서 나오셨다는 걸로 알았잖아? 말을 좀 분명히 하게나."

"어머, 송구해요."

그사이 공주의 머리 장식에선 아주 아름다운 꽃 뭉치가 피어올랐다. 향기가 진한 보랏빛의 라일락이었다. 원래의 꽃 장식보다 훨씬 아름다웠지만 웬디는 공주가 예뻐 장식을 손봐 준 게 아니었다.

"저놈의 새들, 정말 시끄럽군."

웬디가 노린 대로 벌새들이 소란스럽게 날갯짓을 하며 주위로 몰려들기 시작했다. 여름 꽃의 달콤한 꿀을 그리워한 벌새들이 라일락의 향기에 취해 경쾌하게 공중 비행을 했다. 먹이를 포착한 벌새들이 이윽고 공주의 머리 장식을 향해 동시에 날아들었다.

"아악! 이거, 이놈들이 왜 이래? 꺄아악!"

공주가 비명을 지르며 새들을 쫓아내기 위해 손을 허우적거렸다. 공격성이 강한 벌새들은 먹이 쟁탈전을 벌이며 그녀의 손을 쪼았다.

"어서 이놈들을 떼어 내 줘! 아악! 어서!"

공주가 발악을 하며 손을 내저었다. 그 소란 속에서도 벌새들은 먹이 활동을 계속했다. 공중에 정지한 채 능숙하게 라일락 꽃 속으로 부리를 꽂아 넣고선 원하던 꿀을 담뿍 마셨다. 새들이 원하던 걸 쟁취하고 날아간 후에야 웬디가 훠이훠이 소리를 내며 새들을 쫓아내는 척했다. 이미 공주는 바닥에 바짝 까부라진 채 넋을 놓고 있었다.

"세상에, 이 머리 좀 봐. 새들이 공주 전하의 머리 장식을 꽃으로 착각했는가 봐요. 이렇게 어여쁘시니 새들조차 착각을 한 게지요!"

웬디는 공주의 머리 장식에 붙은 라일락꽃을 그 틈에 모조리 떼어 내고 완전범죄에 성공했다. 공주가 멍하니 몸을 추슬렀다.

"제가 도울게요."

"됐네!"

흐트러진 매무새를 다듬어 주는 웬디의 손을 탁 쳐 내고 공주가 질린 얼굴로 정원을 떠났다.

"그대는 확실히 대단한 사람이야."

그때 토피어리된 회양목 뒤에서 황제가 모습을 드러냈다. 그가 황당하다는 듯 고개를 흔들었다.

"엘로이제 공주를 이리 통쾌히 골탕 먹일 수 있는 사람은 이 세계를 통틀어 그대밖에 없을 거야."

아이작 황제가 그녀에게로 천천히 걸어오며 말했다. 언뜻 비난조의 말로 들렸지만 표정은 그렇지 않았다.

"그런데 표정이 꽤 후련해 보이시는데요?"

"물론이지! 얼마나 날 귀찮게 하던지. 매번 저렇게 시녀들까지 따돌리고 와서는 내가 다니는 통로를 기웃대더라니까."

그가 소름 끼친다는 듯 팔뚝을 쓸었다.

"공주님께서 비명을 지르시는데도 기사들이 와 보지 않기에 폐하께서 벌써 나와 계신가 하고 짐작하긴 했어요."

"내가 기사들을 말리기라도 했단 말인가?"

"아닌 척 마세요."

그가 뜨끔한 표정으로 시선을 돌렸다.

"칼로엔과 국혼을 진행하실 생각은 없으시겠죠?"

"왜? 이제 와 두렵기라도 하나?"

아이작 황제가 그녀의 얄팍한 생각을 모두 알아챘다는 듯 눈을 가늘게 떴다. 웬디는 부정 않고 어깨를 으쓱였다.

“저런 분께서 황후가 되신다 생각하니 모골이 송연하네요. 폐하도 무척 가엽구요.”

“뭐? 짐이 가엽다니? 천하를 호령하는 짐이?”

황제가 짐짓 엄한 얼굴을 해 보였다.

“그럼요. 황후 되실 분은 좀 더 어질고 아름다우신 분이셔야죠. 천하를 호령하시면 뭐하나요? 저런 분이 곁에 계신데 행복하시겠어요?”

“……내 행복을 위해 황후를 맞이하는 건 아니니까. 짐이 국혼을 한다면 그건 오로지 베냐한을 위해서 일거야.”

그가 당연하다는 것처럼 말했다.

“사랑하는 분이 생기더라도요?”

“사랑? 하하하! 오랜만에 재미난 이야기를 다 듣는군. 글쎄, 사랑하는 사람이 생긴다고 뭐가 달라지겠나?”

웬디는 황제를 딱하다는 듯 바라봤다. 타인들의 신분을 넘어선 결합을 위해 발 벗고 나섰던 그가 정작 그 자신은 틀 안에 갇혀 있단 게 안타깝지 않은가. 가장 가진 자 되는 그가 정작 사랑을 가질 순 없다는 게.

“짐은 자유연애 같은 걸 할 수 없잖아. 슈로더 경과 같은 패기는 짐에게 먼 얘기야.”

“그래도 장담하진 마세요. 혹시 아나요? 폐하께서 두고두고 회자될 만한 세기의 사랑을 하게 되실지. 저 역시 지금의 제 모습을 상상조차 못 했으니까요.”

베냐한의 초대 황제인 니콜라스 베냐한의 동상 앞까지 와 두 사람은 걸음을 멈췄다. 용맹하게 검을 높이 쳐든 초대 황제의 동상은 승자의 모습 그대로였다. 역대 왕들 모두가 그의 발자취를 좇아 그 용맹을 닮기를 소원해 왔다. 그건 아이작 황제 또한 마찬가지였다.

"카시미르 그레이너에 대한 이야기를 들었네. 지금까지 그런 무모함을 보인 적이 없던 자였는데, 그대의 능력이 이성을 흐리게 한 듯하더군. 그 일로 웬디, 그대의 심려가 컸겠어."

"요한레스의 내부 사정이 생각보다 좋지 못하단 이야길 들었어요. 파악하고 계시나요?"

"그래, 그쪽에선 쉬쉬하고 있지만 우리도 그곳에 심어 놓은 눈이 없지 않거든. 공국의 독립 문제가 큰 골칫거리였는데 좀 잠잠해졌다더군."

황제가 뒷짐 진 손을 풀어 손차양을 만들었다. 그는 그대로 쨍한 햇빛을 받은 초대 황제의 얼굴을 자세히 살폈다.

"이번 카시미르의 뒷조사를 하며 우리 쪽에 심어진 그들의 끄나풀을 적발해 낸 게 의외의 수확이지. 그대는 더 걱정할 거 없네. 이제 카시미르 그자를 압박하는 일만 남았으니까. 남은 일은 내 곧 처리할 생각이야."

"……제 힘이 번거롭지 않으신가요? 폐하께 위협이 될 수도 있는 힘이잖아요."

"쓸데없는 소리를 하는군. 내가 아직도 그대를 체스판 위의 말 같은 존재로 여긴다 생각하나?"

웬디는 황제의 연한 갈색 눈동자를 물끄러미 응시했다. 여물지 않은 도토리빛 같은 그 눈동자는 언제부턴가 웬디에게 늘 다정하였다.

"그대는 스스로를 괴롭히는 강박에서 벗어날 필요가 있어. 설마 슈로더 경에게도 그러나? 이번 일로 인해 그에게 죄책감 같은 걸 갖고 있는 건 아니겠지?"

황제가 눈매를 찌푸렸다. 웬디는 입을 모아 다문 채 동상을 우두커니 바라만 보고 있었다.

"이것 보게, 내겐 그대도 그대의 힘도 모두 귀하고 소중해. 하물며 나도 이런데 슈로더 경은 어떠하겠나? 이상한 생각 같은 건 제발 떨쳐 내게. 그런 생각을 하는 건 둘의 관계에 틈을 만드는 것밖에 되지 않아."

웬디가 수긍하는 티를 내지 않자 황제가 흙바닥 위에 신발 앞축으로 선을 죽 그었다.

"이것 보게, 지금 우리 사이에도 이렇게 틈이 생기지 않았나."

그의 행동에 웬디는 그만 '푸웃' 웃음을 터뜨리고 말았다. 체통도 잊고 발재간을 부리는 황제의 모습이 그녀를 웃게 했다.

"폐하께 위로를 받을 줄은 꿈에도 몰랐어요."

"신을 갈아 신어야겠군. 흙이 묻었어."

"그래요, 오늘은 폐하의 탄일이시니 가장 돋보이는 모습이셔야죠."

"무도회장을 또 몇 바퀴나 뱅글뱅글 돌아야 할지 막막하구먼. 엘로이제 공주와 샬로타 공녀, 이 두사람과는 춤을 춰야 할 테고."

그가 볼멘소리를 했다.

"그런데 말이야, 저 동상을 이렇게 자세히 본 일이 없는데 말이지. 표정이 영 시원치 않군그래. 뭔가 굉장히 못마땅해 보이는 표정이 아닌가?"

웬디는 황제가 하는 대로 손차양을 만들어 초대 황제의 동상을 자세히 살폈다. 과연 그의 말대로였다.

"니콜라스 베냐한 폐하께서 정복지 통치를 위해 그곳 공주를 황후로 들인 건 유명한 일이잖아요? 세비티나 황후께서 희대의 악처였던 것도요."

"그것 때문이라고?"

황제가 혼잣말처럼 중얼거렸다. 힐끗 바라본 그의 얼굴이 떨떠름했다.

웬디는 그녀를 기다리고 있던 라드와 만나 연회가 열리는 킹즈브레이 궁의 서쪽 연회장으로 갔다. 거대한 주랑이 줄지어 늘어서 있는 구조의 서쪽 건물은 주랑 사이사이마다 기사들이 삼엄하게 경계를 서고 있었다. 황제의 궁인 킹즈브레이 궁에서의 연회는 흔치 않은 일이라 경비 역시 엄중하였다. 두 사람이 지나갈 때마다 기둥 옆에 서 있던 기사들이 차례로 경례를 붙여 도미노를 연상케 하는 상황이 펼쳐졌다. 근처에 있던 사람들의 시선이 모아졌음은 당연했다. 마침내 정문을 통해 건물 안으로 들어서자 긴 네모꼴의 내부와 가운데 천장에 커다랗게 솟아 있는 돔의 웅장한 모습이 가장 먼저 눈에 들어왔다. 아직 해가 지지 않았음에도 무도회장의 분위기는 이미 농익어 있었다. 대부분이 혈기 왕성한 젊은이들이었다.

"웨엔디!"

그녀가 온 걸 금세 알아채고 멜리사가 반갑게 다가왔다. 오늘은 장 자크 시뮤안도 근무에서 해방되었는지 멋들어진 차림으로 그녀와 함께 있었다.

"맙소사! 웬디, 오늘 정말 아름답네요. 역시 허리가 가느니까 뭘 입어도 이렇게 태가 나는군요!"

멜리사가 부러워 죽겠다는 듯 몸을 부르르 떨었다. 만삭의 몸으로 가슴 아래부터 풍성하게 떨어지는 드레스밖에 선택할 수 없는 그녀로서는 코르셋으로 바짝 허리를 조이는 드레스가 부러웠던 것이다.

"공작 전하, 공작 부인. 다시 뵙습니다. 오늘은 일찍 참석하셨네요."

어느덧 다가온 제일린 비숍 영애가 공작 부부에게 인사해 왔다. 웬디 역시 반갑게 그녀를 맞으며 오늘은 또래의 영애들과 인사를 나누고 싶어 일찍 왔다 속내를 전했다. 말 그대로 웬디는 오늘 친분을 넓히기 위해 다소 이른 시간에 연회장을 찾았다. 사교계에서 살아남기 위해서는 편이 되어 줄 사람들을 많이 사귀어 둬야 한다는 아주 간단한 사실을 웬디는 참으로 뒤늦게 깨달았다. 그것이 소문 따위에 흔들리지 않을 만큼 단단히 입지를 세우는 데 도움이 될 것이다. 사람 사귀는 일에 취미가 없는 그녀였지만 언제까지고 고고한 척 홀로 있을 순 없었다. 다가오는 사람들하고만 친분을 유지하다간 고립되기 십상이었다. 웬디는 상황을 바꾸기 위해서 스스로가 달라져야 한다는 걸 마음 깊이 느꼈다.

"그럼 제가 소개해 드리겠습니다."

제일린 영애가 선뜻 나서 웬디에게 또래의 영애들을 소개했다. 그녀가 소개하는 영애들은 왜인지 더 믿음이 갔고, 실제로도 제일린 영애는 특별히 모난 데가 없는 영애들을 선별하여 소개해 웬디가 헛된 인간관계를 만들지 않게 도왔다. 라드는 웬디가 또 어제처럼 괴로운 소문에 직면해 당황하지 않을까 주변을 떠나지 않고 맴돌았다.

웬디는 거의 해가 질 때까지 영애들과 대화를 나누며 시간을 보냈다. 슈로더 공작 부인의 출신에 대해 알고 있는 영애들은 처음에는 낯설어 하거나 껄끄러워 하다가도 웬디의 능숙한 예법과 우아한 태도에 언제 그랬냐는 듯 즐겁게 대화에 참여했다.

"허기지지 않으시나요? 파티가 아직 길게 남았으니 간단히 식사를 하시는 게 어떠세요?"

저녁때가 되자 제일린 영애가 제안해 왔다. 웬디는 흔쾌히 그러자 하고 접시에 음식을 담아 멜리사가 쉬고 있던 자리에 가 앉았다. 멜리사는 이미 접시 하나에 작은 핑거 푸드를 가득 채워 담고 한입씩 음미하는 중이었다.

"멜리사, 몸은 좀 어때요?"

"괜찮아요."

어쩐지 뚱한 멜리사의 대답에 웬디가 그녀의 기색을 살폈다. 웬디와 눈을 마주치려 들지 않는 게 무언가 못마땅한 구석이 있는 것 같았다.

"무슨 언짢은 일이 있었나요?"

웬디가 묻자 그녀가 무언가 서글픈 표정으로 웬디를 한 번 바라보더니 다시 고개를 돌렸다.

"멜리사?"

멜리사를 위해 음료를 가져온 장 자크가 분위기를 파악하고선 '허허허' 어색한 웃음을 흘렸다. 웬디가 무슨 일이냐는 뜻으로 그에게 눈짓을 보냈지만 장 자크는 그저 곤란하다는 듯 웃고만 있었다.

"음, 저도 음료를 한 잔 가져올게요. 공작 부인도 가져다 드릴까요?"

"네, 그래 주면 고맙겠어요."

제일린 비숍 영애가 음료를 가지러 자리를 비우자 내내 말이 없던 멜리사가 골이 난 표정으로 웬디를 찌릿 노려봤다.

"정말 너무해요!"

"멜리사, 난 무슨 일인지 잘 모르겠어요. 자세히 얘기를 해 줘요."

웬디에게 화내는 법이 없던 멜리사였기에 지금 상황이 무척 당황스러웠다. 웬디가 조곤조곤하게 설득하고 나서야 겨우 멜리사가 입을 삐죽이며 속내를 털어 놨다.

"내내 비숍 영애랑만 붙어 다니고! 웬디는 나와 단짝이 아니었나요? 난 오래 서 있을 수도 없는데 날 한 번 보러 오지도 않고 말이에요. 정말 서운해요. 친구를 빼앗긴 기분이라고요."

그녀가 끝에 가선 울먹이기까지 했다. 이건 웬디 생애 다섯 손가락 안에 드는 당황스러운 순간이었다. 산전수전을 다 겪어 봤다 생각했는데 이런 건 면역이 되지 않은 너무 어려운 일이었다.

"메, 멜리사. 내가 실수했어요. 우린 단…… 짝이니까 난 멜리사가 이해해 줄 거라고 그냥 쉽게 생각했어요. 난 아직 모르는 사람들이 많으니 그들과 인사를 나누는 걸 말이에요."

"정말 단짝이라고 생각은 하고 있었어요?"

"그럼요."

어쩐지 사랑을 확인받으려는 애인을 앞에 둔 기분이었다. 웬디는 파리해진 낯으로 연신 고개를 끄덕이며 그녀의 기분을 맞춰 주었다.

"그럼 됐어요. ……저기 바닷물에 삶은 바닷가재는 먹어 봤어요? 오늘을 위해 특별히 황실에서 공수해 온 거라던데."

"아니, 아직이요."

"아주 맛있어요. 나랑 같이 가서 가져올래요?"

"그래요."

웬디는 접시를 내려놓고 멜리사와 다시 자리에서 일어났다. 장 자크 시뮤안이 고맙다는 듯 두 손을 포개어 턱 앞에 댔다.

웬디는 멜리사의 말대로 바닷가재 속살을 접시에 담았다. 발간 집게를 공손히 모으고 있는 바닷가재가 커다란 접시 위에 올라 남김없이 제 속살을 내주는 모습이 자못 희생적이었다. 멜리사는 옆에서 '더 많이요, 더요, 더.'라는 말을 계속 반복했다.

"허윽!"

바로 그때였다. 돌연 멜리사가 신음을 내지르며 웬디의 팔을 덥석 붙들었다.

"끄으응. 배가, 배가……!"

그녀가 배를 움켜쥐었다. 놀란 웬디가 접시를 내팽개치고서 멜리사를 부축했다. 지, 진통이 오는 건가?

"시뮤안 경!"

웬디가 소리를 높여 그의 이름을 불렀다. 장 자크가 기민하게 상황을 예감하고서 하얗게 탈색된 얼굴로 뛰어왔다. 사람들이 웅성거렸다.

"아아아악! 허으윽……."

멜리사의 비명이 점점 높아졌다. 소란을 들은 라드가 급히 다가왔다. 부축해 나가는 건 무리라고 생각했는지 장 자크가 그의 아내를 안아 들었다. 멜리사가 고통에 몸을 가누지 못하며 되는 대로 마구 주변 사람을 붙들었다. 그녀가 라드의 재킷을 곧 찢을 듯 움켜쥐었다. 라드는 버거워하는 장 자크를 도우며 급히 그들과 함께 밖으로 나갔다.

"세상에……."

고통에 겨워하는 멜리사의 표정이 한동안 머릿속에서 떠나지 않았다.

"첫 아이는 진통을 더욱 오래 겪는다 하더군요. 얼마 전 사촌인 도넬린 남작 부인이 첫 아이를 낳았거든요. 장장 15시간을 고통 속에 있었다 들었어요. 더 오래 진통을 하는 사람도 있다 하니 참 대단한 일이죠."

제일린 비숍 영애가 웬디에게 음료를 건넸다. 웬디는 그걸 꿀꺽꿀꺽 들이켜며 놀란 마음을 추슬렀다. 그때 시종이 킹즈브레이 궁의 동궁으로 통하는 문을 활짝 열었다. 곧 황제의 등장을 알리는 우렁찬 목소리가 들려왔다. 화려한 예복에 붉은 망토를 걸치고서 오늘의 주인공임을 티 나게 드러낸 황제가 드디어 등장했다. 황제 뒤로 외국의 귀빈들이 줄줄이 무도회장에 모습을 드러냈다.

"세상에나, 저게 뭐죠?"

지금까지 웬만해선 동요를 드러내지 않던 제일린 비숍 영애가 탄성을 내질렀다. 그녀를 놀라게 한 장본인은 황제보다 더 화려한 모습으로 치장한 칼로엔 제국의 엘로이제 공주였다. 망가진 꽃 모양의 머리 장식은 더는 쓰지 않기로 한 것인지 그보다 더욱 해괴망측한 모양을 한 거대한 장식을 머리에 이고 있었다.

"저건…… 함선인가요?"

해상 전력이 탄탄한 칼로엔의 위용을 드러내려는 의도인지 공주의 머리 위에 거대한 함선 모형이 올라가 있었다. 엘로이제 공주는 단숨에 모두의 시선을 독차지했다. 주인공은 황제였으나 주목은 그녀가 더욱 많이 받았다.

그러나 웬디는 엘로이제 공주에게 오래 시선을 두고 있을 수 없었다. 그녀가 오늘 이곳에서 가장 경계해야 할 대상 역시 무도회장에 모습을 드러냈기 때문이다. 카시미르는 요한레스의 상징인 남청색 예복을 입고 샬로타 공녀를 에스코트하여 안으로 들어섰다. 큰 키와 탄탄한 근육이 늘씬하게 드러나는 옷이었기에 영애들의 시선이 그에게 연달아 꽂혔다. 베냐한 남성의 평균 키를 크게 웃도는 신장에 하얀 피부와 수려한 이목구비, 눈에 띄는 적갈색 머리칼이 멋지게 어우러져 누구라도 한 번쯤은 쳐다볼 만한 남자였다.

"레녹스 경이시네요."

그들 뒤로 딜런이 모습을 보이자 제일린 영애가 반가이 말했다.

"공작 부인과 친분이 있으신 분이시죠?"

영애가 넌지시 물었다. 웬디는 그녀가 어떤 이유로 그런 생각을 했을지 궁금해졌다.

"두두키 백작 부인의 티 파티에서 그분을 감싸시는 걸 보고 그러지 않을까 생각했어요. 그분을 잘 모르신다 하셨지만 제 느낌은 그렇지 않았거든요. 아주 사려 깊으시더군요. 딜런 레녹스 경에게 해가 되지 않게 허물을 덮어 주시는 게 말이에요. 부인 덕분에 레녹스 경에 대한 뒷말 역시 사라졌고요."

관찰력이 좋은 걸까, 감이 좋은 걸까. 제일린 영애는 사람의 심리를 통찰하고 포착하는 능력이 뛰어났다. 웬디는 천장의 샹들리에 빛에 반짝이는 그녀의 검은 눈동자를 보며 생각에 잠겼다.

"아니, 전 싫어요. 오늘 몸이 좋지 않거든요."

"그래도 영애, 이렇게 좋은 날 춤을 한 곡 춰야 하지 않겠습니까? 막상 추고 나면 영애께서도 후회하지 않으실 겁니다."

"글쎄, 싫다니까요."

불현듯 들려온 실랑이 소리에 웬디는 제일린 영애에게서 시선을 돌렸다. 소리가 난 곳엔 젊은 남녀가 서 있었다. '춤을 추자, 싫다' 하며 옥신각신하는 소리가 신경에 거슬렸다. 싫다는 영애에게 매달리는 남자의 태도가 제법 끈질겼다. 남자는 웬디도 몇 번 보았던 자였다. 난봉꾼으로 이름난 잭 자일더스로 오래전 방귀 버섯으로 버릇없는 영애를 혼쭐 내 줬을 때, 그가 본의 아니게 웬디를 도와 그 영애를 망신 준 일이 있었다. 물론 그건 그의 성미가 사나웠던 탓이긴 했지만.

"오우! 브라보!"

그때 여기저기서 우레와 같은 박수가 터져 나와 웬디의 주의를 돌려놓았다. 황제가 칼로엔의 엘로이제 공주와 첫 춤을 마친 것이다. 다시 음악이 바뀌었다. 비틀거리는 걸음으로 엘로이제 공주를 그녀 일행에게 데려다 준 황제가 도망치듯 그 자리를 피하려 했다. 그러나 엘로이제 공주는 쉽게 그를 놓아주려 하지 않았다. 그녀가 황제를 다시 붙들자 그가 웬디가 서 있는 쪽을 가리키며 무어라 했다. 웬디는 황제가 가리킨 게 자신이 맞는지 의아하여 고개를 돌려 주변을 확인했다. '뭐지?' 싶은 마음으로 다시 황제 쪽을 바라보는데 공주가 바짝 약이 오른 표정으로 웬디를 노려보고 있었다.

"영애의 허리가 너무 가냘퍼 제 두 손가락만으로도 능히 잡을 수 있을 것 같습니다. 부디 제게 그 영광을 허락해 주세요."

"죄송해요. 전 춤을 출 마음이 없어요."

"다시 한 번 생각하시죠."

"다시 생각해도 마찬가지예요."

"영애, 이 정도까지 말하는데 너무 박정하신 것 아닙니까? 그쯤

하시죠. 제 인내도 여기까집니다.”

그런 와중에도 남녀의 실랑이는 계속되고 있었다. 정말 듣자듣자 하니까! 칼로엔 공주의 도발적인 시선에 자극을 받아서일까? 웬디는 왈칵 짜증이 치밀어 올라 남녀가 있는 쪽으로 거칠게 고개를 돌렸다. 그런데 웬디보다 한발 빠른 사람이 있었다. 제일린 영애가 어느새 그들 앞에 다가가 있었던 것이다.

“자일더스 영식, 오랜만이네요. 다시 아는 척을 하고 싶지 않았는데 제 인내가 다해 하는 수가 없었어요. 제발 그쯤하시죠. 너무 추해 눈 뜨고 볼 수가 없군요. 허랑방탕한 행동은 킹즈브레이 궁이 아니라 투전판 같은 곳에서 하셔야죠.”

“비, 비숍 영애? 당신이 또 왜 끼어드는 거요? 대체 내게 무슨 억하심정이 있다고!”

두 사람 사이에 그들만 아는 어떤 사연이 있는지 잭 자일더스가 제일린을 보자마자 눈에 띄게 움찔했다.

“오늘은 폐하의 탄신 연회입니다. 부디 분위기를 해치지 마세요.”

“영애가 무슨 권리로 내게 그런 충고를 하지? 내가 대체 무슨 분위기를 해쳤다고!”

“그럼 마음대로 하세요. 전 내일 바로 자일더스 자작님께 편지를 쓰겠어요. 지난번 제 편지를 받으시고 같은 일이 있다면 다시 편지 달라 하셨는데 오늘 본 일을 소상히 고해야겠네요.”

제일린의 말에 자일더스가 분한지 주먹을 부르르 떨었다. 노려보는 기세가 살기등등했지만 제일린은 하나도 겁먹지 않고 그 시선을 맞받아쳤다.

“비숍 영애의 명성은 익히 들었지만 이 정도일 줄은 몰랐는데?”

어느 틈에 다가왔는지 황제가 그들의 대치를 흥미롭게 바라보며 웬디에게 말을 걸었다. 웬디는 동감을 표하는 것밖에 다른 할 말이 없었다. 그녀는 정말이지 사교계 다방면으로 손을 뻗치고 있는 듯했다.

"쳇! 내 편지 따위가 무서워서가 아니오! 영애의 얼굴이 꼴 보기 싫어 가는 거니 다신 보지 맙시다!"

자일더스가 결국 패배를 선언하고 꽁지 빠져라 달아났다. 악당의 손아귀에서 연약한 여인을 구해 낸 제일린 영애는 얼어 있던 영애에게 다가가 음료가 든 잔을 쥐어 주었다.

"3년 전이었나? 옛 숄터스 가문의 영애와 멱살을 움켜쥐고 싸웠단 소리도 들었는데, 정말 보통이 아닌 모양이야."

알타린 숄터스와의 일은 정말 유명한 일화였나 보다. 황제까지 그 일을 알고 있었다.

"그대와 조금 닮은 듯도 하고. 저 배짱 말이야. 남자에게 저렇게 당당할 수 있다니!"

어쩐지 놀리는 말 같아 웬디가 황제를 찌릿 노려봤다.

"그런데 칼로엔의 공주님께는 뭐라고 하고 오신 겁니까? 저를 노여운 눈으로 바라보시던데요."

"다음 춤은 그대와 출 거라 했지. 제국의 공작 부인인데 짐과 춤을 출 자격은 충분하잖아?"

"다음 춤은 샬로타 공녀와 추셔야 하잖아요?"

웬디의 물음에 황제가 춤을 추고 있는 무리를 향해 가벼이 턱짓을 했다. 오라비와 춤을 추고 있는 공녀의 모습이 눈에 들어왔다. 예에 어긋날 게 없는 상황이었다.

"그렇다면 기꺼이."

황제로선 단순히 상황을 모면하기 위해 춤 신청을 했겠지만 웬디로서도 마다할 일은 아니었다. 이날의 주인공인 황제가 두 번째 춤을 웬디와 춘다는 건 황제가 그녀를 인정하고 있다는 것을 공식적으로 나타내는 것과 다름없었다. 웬디는 바로 황제의 손을 잡고 홀 중앙으로 나갔다. 춤곡의 중간에 끼어든 것이었지만 박자를 조금도 놓치지 않고 훌륭하게 첫 스텝을 밟았다.

"그런데 슈로더 경은 어디 간 겐가? 적지에 그대를 혼자 남겨 두고 말이야."

황제가 카시미르를 슬쩍 바라보며 물었다.

"시뮤안 부인이 산기를 보였습니다. 진통을 호소해 급히 옮기느라 시뮤안 경과 함께 가셨어요."

"아아, 드디어 세상에 나오는군. 잘하면 짐과 같은 날 태어나겠는데 이거."

마주잡은 손을 놓고 한 발자국 떨어졌다가 다시 손을 잡는 동작이 반복됐다. 웬디는 그녀에게 집중된 시선을 느끼며 동작을 세심하게 신경 썼다. 오늘 춘 황제와의 춤이 전날 퍼진 안 좋은 소문까지 모두 잠재워 줄 수 있으리라는 기대가 되었다. 황제에게서 춤 신청을 받는 건 그만큼 영광된 일이었다. 물론 웬디가 그의 춤 신청을 실제 어떻게 느끼고 있느냐는 별로 중요하지 않았다.

"그자는 별 움직임이 없었지?"

"그는 물론이고 소문도 아직 잠잠합니다."

카시미르가 있는 쪽을 바라보기 무섭게 그와 공녀가 그들 근처를 스쳐 지나갔다.

"그의 시선이 그대를 떠나지 않는군."

음악이 끝날 즈음 황제가 마지막으로 그녀의 귀에 대고 소곤거렸다. 춤이 끝난 후 황제는 다시 엘로이제 공주에게 붙들려 갔다. 웬디는 라드가 떠나갔던 문 쪽을 힐끔거리며 그가 돌아오길 기다렸다. 멜리사는 괜찮은 거겠지? 불쑥 멜리사에 대한 걱정이 치밀었다. 라드가 이렇게까지 늦을 이유가 무엇일지 생각하다 보니 불길한 생각이 들었던 것이다. 잠시 늦어지는 거겠지, 별일 없을 거야. 웬디는 얼른 고개를 흔들며 나쁜 생각을 지웠다.

"공작 부인."

그때 제일린 영애가 소개했던 백작가와 자작가의 영애 둘이 웬디에게 다가왔다. 둘의 얼굴이 왜인지 붉게 상기되어 있었다.

"조금 전 폐하와 춤을 추시는 걸 보았어요. 아름다운 춤이던걸요!"

"폐하의 두 번째 춤 신청을 받으시다니, 정말이지 부러워요. 폐하께선 어쩜 그렇게 동작 하나하나가 세심하실 수 있을까요? 아, 물론 공작 부인의 동작 역시 하나하나 우아하셨고요!"

이 둘은 아이작 황제의 숨겨진 팬이 분명했다. 혼기가 가득 찬 황제는 영애들의 선망을 한 몸에 받고 있었다. 황태자 시절 바이올린 솜씨로 인기몰이를 하던 때보다 더하면 더했지 결코 덜하진 않은 듯했다.

"폐하께서 능숙하게 리드해 주신 덕분이지요. 두 분께선 첫 춤을 추셨나요?"

"첫 춤이야 추었지만 더는 출 마음이 생기지 않네요. 폐하께서 춤 신청을 해 주신다면 모를까."

자작가 영애가 한숨 같은 음성으로 말했다.

"어찌 그런 말을 하세요. 즐거이 시간을 보내셔야죠."

"춤을 추고 싶은 분이 계셔야 말이죠. 아, 제일린 영애는 에두아드 가문의 영식과 함께 계시네요."

그녀가 중앙 홀에서 춤을 추고 있는 제일린 영애의 모습을 건너다보며 말했다. 에두아드 가문의 영식 정도라면 합격이라는 것처럼 영애들이 나란히 고개를 끄덕였다.

"어머나 세상에!"

그 순간 백작가 영애가 돌연히 커다란 감탄사를 터뜨렸다. 홀을 보는 그녀의 눈이 놀란 듯 동그랗게 변해 있었다. 무슨 일인가 하고 영애의 시선을 따라 고개를 돌린 웬디는 제일린 영애의 파트너가 바뀌어 있는 걸 발견했다.

어라? 이게 어찌 된 일이지? 아직 곡이 끝나지도 않았는데 파트너가 바뀌다니? 웬디는 의아한 눈으로 제일린 영애의 손을 잡고 있는 파트너를 바라봤다.

"폐하……?"

놀란 웬디가 혼잣말처럼 중얼거렸다. 그는 다름 아닌 아이작 황제였다. 저만치 뒤쪽에서 엘로이제 공주가 이글이글 불타오르는 눈으로 그런 두 사람을 죽일 듯 노려보고 있었다. 상황이 왠지 재미있게 돌아가는 것 같아 웬디는 흥미진진하게 그들의 모습을 관람했다.

"맙소사! 지금 폐하께서 제일린 영애에게 춤 신청을 하신 거 맞죠?"

영애 하나가 믿기지 않는다는 듯 웬디에게 말했지만 웬디는 바로 대답할 수가 없었다. 제일린 영애와 아이작 황제의 사건을 모두 잊게 만들 만한 장면을 목격했기 때문이었다. 춤을 추는 이들 가운데 아주 낯익은 인물들이 그녀의 시선을 단번에 사로잡았다.

세상에나! 샬로타 공녀와 딜런이었다! 두 사람이 다정하게 손을 맞잡고 춤을 추고 있었다. 진전이 좀 있었던 건가? 희망적인 생각이 들어 그들을 기쁜 마음으로 바라보는데 갑자기 그들이 춤을 멈추고 굳은 듯 그 자리에서 꼼짝하지 않았다. 무슨 일이지? 웬디가 그들의 모습을 더 잘 보기 위해 앞으로 한 걸음 내딛던 순간 샬로타 공녀가 딜런의 손을 매몰차게 뿌리쳤다. 공녀가 울 것 같은 얼굴을 하고 홀 바깥 복도로 뛰쳐나갔다. 그 뒤를 딜런이 쫓아가는 걸 보자마자 웬디는 영애들에게 양해를 구하고 얼른 그들을 따라나섰다.

"……이거 놔요!"

복도로 나오자 울먹이는 샬로타 공녀의 목소리가 들렸다. 몇 발자국 더 가까이 가 보니 딜런을 원망스럽게 바라보는 샬로타 공녀의 모습이 눈에 들어왔다.

"결국 경께서는 날…… 날 사랑할 수 없다는 거잖아요."

"난……."

말을 맺지 못하는 딜런을 샬로타 공녀가 애타는 눈길로 바라보았지만 그에게서 끝내 그녀가 듣고 싶어 하는 말을 들을 수는 없었다.

"이제 됐어요."

샬로타 공녀가 그를 놓아둔 채 뒤돌아 뛰어갔다. 딜런은 그녀를 잡지 않고 그 자리에서 고개를 떨군 채로 넋을 놓고 있었다.

"이 바보야!"

갑작스러운 웬디의 외침에 딜런이 놀란 얼굴로 고개를 들었다.

"뭐? 지금 뭐라고……?

"왜? 더 심한 말도 할 수 있어! 이 머저리!"

웬디의 입에서 흘러나온 드센 말에 그가 제대로 들은 게 맞는지 모르겠다는 듯 계속 흐리멍덩하게 굴었다. 웬디가 그런 그를 더없이 안쓰럽다는 듯 응시했다.

"이번에도 바보처럼 눈앞의 사람을 놓칠 거야?"

웬디가 소리치자 비로소 그의 눈에 사라졌던 기운이 차기 시작했다. 어떤 각오 같은 게 그의 하늘색 눈동자 위에 어렸다.

"달려가, 이 멍청아!"

그게 마치 신호인 것처럼 딜런이 내달렸다. 샬로타 공녀가 사라진 방향을 향해 뛰어가는 그의 뒷모습을 보며 웬디는 가슴을 쓸어내렸다. 부디 그가 더는 사랑을 잃지 않길 그녀는 진심으로 기도했다.

"남 일에 그렇게 참견하고 있을 때가 아닐 텐데?"

음산하게 들려온 목소리에 웬디는 아차 하고 뒤를 돌았다. 무도회장으로 통하는 문 앞에 카시미르 그레이너가 서 있었다.

"당신이야말로 내 일에 참견 말아요. 비켜요, 지나가야겠으니까."

버티고 서 있는 그를 위협적으로 노려보았으나 그는 한 발자국도 비키지 않고 외려 웬디의 팔을 덥석 붙잡았다.

"여기 사람들은 모두가 언제든 당신에게 등 돌릴 준비가 되어 있더군. 어제 돈 소문을 당신도 들었겠지? 평민이라 손가락질하고 경멸하는 이들에게 둘러싸여 있으면서, 그래도 이곳에 머물고 싶은 생각이 드나?"

"날 고립시키면 당신을 따라갈 거라 생각했나요? 그게 당신의 계획이에요? 그럼 실패했어요. 난 고립되지도, 당신을 따라가지도 않을 테니까."

그녀가 그의 팔을 거칠게 뿌리쳤다. 팔뚝에 손자국이 새빨갛게 났다.

“이 일을 꾸민 게 모두 당신인데, 날 위협하고 있는 게 바로 당신인데! 그런 당신을 내가 따라갈 거라 생각하는 것부터가 큰 착각이란 거 모르겠어요? 어쩜 이렇게 비상식적일 수 있죠?”

“적어도 난 정직하니까. 저 안의 사람들처럼 겉으로만 당신에게 위선을 보이진 않으니까.”

웬디의 턱 끝이 버르르 떨렸다.

“그쪽 황제의 명으로 난 내일 일찍 베냐한을 떠나야 해. 국경 밖까지 친히 사람을 보내어 모셔다 준다더군. 말은 번드르르하지만 결국 추방이나 마찬가지지.”

그가 웬디의 떨리는 턱과 꾹 다물린 입술을 안타깝다는 듯이 바라봤다. 그의 막된 행동과 다른 이중적인 그 눈빛이 웬디를 더욱 못 견디게 했다.

“기회는 오늘뿐이야. 정말 나와 함께 가지 않을 텐가?”

“헛소리하지 말아요.”

웬디의 일갈에 그가 웃음을 흘렸다.

“그대가 원하는 걸 준다고 해도? 요한레스의 왕좌를 달라 했지? 그래, 그걸 주지.”

“하, 뭐라고요?”

“왕좌에 나란히 앉을 수 있는 자리를 말이야. 내 옆자리, 그걸 주겠어. 왕후가 되도록 해 주지. 공작 부인 따위완 비교가 되지 않는 자리일 거야.”

웬디는 분노에 차 주먹을 부르쥐었다. 손톱이 피부 사이로 파고드는 느낌이 났다. 이자가 지금 나와 농을 하려 드는 겐가?

"난 아직 혼인을 하지 않았어. 그대가 경쟁해야 할 사람 따위 없단 얘기야. 원한다면 그대 외에 더는 혼인하지 않겠다 맹세하지. 아, 걱정 마. 요한레스에서는 재혼이 흠이 아니니까. 남자들이 싸움터에서 죽는 수만큼 과부 또한 많아 여인의 개가에 관대하거든."

웬디는 그가 지껄이는 소리를 더 들어 주고 싶지 않았다. 화가 나 몸이 다 잘게 떨렸다.

"비켜요."

"내가 왜 이렇게까지 그대를 설득하려 들까? 원한다면 강제로라도 데리고 갈 수 있을 텐데."

"비키라고 했어요."

"당신은 날 두 번이나 구한 여자잖아. 강제하고 싶지 않아. 그리고 난 당신이 내 옆에 있는 게 싫지 않거든. 아니, 제법 마음에 들어."

카시미르의 돌연한 구애에 웬디는 두 팔을 쓸었다. 강제하고 싶지 않다는 말에서 더욱 큰 그의 집착이 느껴졌다. 그녀가 가진 힘에 대한 강렬한 탐욕이 섬뜩하게 느껴졌다.

"그렇다면 마지막 제안을 할게."

혐오스러운 시선이 걷히지 않자 그가 분위기를 바꿔 말했다. 웬디는 그가 또 어떤 짓을 할지 몰라 그에게서 한 걸음 거리를 벌렸다.

"당신을 만나고 싶어 하는 사람이 있어. 여기서 멀지 않은 곳에 그가 와 있으니 만나러 함께 가 줘."

"제가 갈 거라 생각해요?"

"그래, 그자가 누군지 알면 틀림없이 갈 거라 생각해."

자신만만한 그의 말투에 불안함이 엄습해 왔다. 라드가 보여 줬던 서류 뭉치가 떠올랐다. 오만한 눈웃음을 지은 카시미르가 확신

어린 음성으로 다시 말을 이었다.

"그가 자신을 소개하길—."

"……."

"본인이 바로 올리비아 하즐렛을 웬디 왈츠로 만들어 준 사람이라더군."

킹즈브레이 궁에서 제법 떨어진 오드트 호 근처에 그 남자가 있었다. 특유의 가느다란 눈동자와 볼 위에 난 커다란 점까지 웬디가 기억하고 있는 모습 그대로였다. 어둠 속에 서 있는 남자의 등이 몹시 음침해 보인다는 것 빼고 다른 점은 없었다.

"백작가의 아가씨께서 이제 공작 부인이 되시다니, 소인의 감회가 남다릅니다."

남자가 넙죽넙죽 허리를 굽히며 말했다. 웬디는 말없이 그를 응시했다.

"제가 만들어 드린 신분패가 소용이 있으셨겠지요? 그렇담 제가 지금의 부인 모습에 꽤 많은 공헌을 한 게 아닙니까?

그가 낄낄거렸다. 남자는 그녀가 하즐렛가에 있을 당시 평민의 신분패를 만들어 그녀에게 팔았던 신분 위조꾼이었다. 웬디가 이후 라드에게 모든 이야기를 털어놓았을 때, 라드가 다시 남자를 찾으려 시도했지만 그는 이미 오래전 하즐렛의 영지에서 감쪽같이 자취를 감춘 뒤였다.

"어떻게 저자를 찾아낸 거죠?"

웬디가 묻자 카시미르 대신 남자가 입을 열었다. 뭐가 그리 재밌는지 그가 연신 웃는 소리를 냈다.

"하즐렛 가문이 몰락했단 소문을 듣고 호기심이 생겼습죠. 귀족 영애에게 평민 신분을 만들어 줬던 건 제 생을 통틀어 아가씨가 최초였거든요. 하즐렛 가문의 몰락에 아가씨가 관련되지 않았을까 하는 직감이 들었답니다."

"저자가 먼저 하즐렛 부인에게 접근을 했더군. 하즐렛 부인을 통해 저자의 행방을 알았고. 부인이 그대에게 꽤 깊은 앙심을 품고 있던걸?"

카시미르가 부연했다. 웬디는 잇새를 짓이겼다. 자비를 베풀어 목숨을 구제해 주었거늘 지금까지 복수의 기회만을 보고 있었단 말인가? 마지막까지 독한 눈으로 자신을 바라보던 하즐렛 부인의 눈동자가 잊히질 않았다.

"그래서 저자로 뭘 어쩌려는 거죠?"

"저자는 꽤 철저한 자더군. 아주 꼼꼼하게 증거를 마련해 뒀어. 그대를 만났던 일자를 모두 기록해 둔 건 물론 '웬디 왈츠'라는 소녀의 신고하지 않은 사망 증명서까지 가지고 있던걸?"

카시미르의 말에 웬디가 놀라 입술을 달싹였다. 입술 전체가 저릿하게 아파 왔다.

"몰랐나? 실제 존재했던 사람의 신분을 써야 처리가 쉽다던데."

처음 듣는 이야기였다. 그저 그자가 멋대로 만들어 낸 이름인 줄로만 알았다. 누군가의 이름이었을 거라고는 생각조차 못했다.

"죽은 사람의 신분을 팔러 오는 사람들이 종종 있습죠. 문제가 되지 않을지 나름 철저히 조사를 마친 후에 다시 그 이름을 쓰니 걱정할 건 없습니다."

지금 누가 무얼 걱정한다고 저런 소리를 지껄이는 거지? 남자가 마치 영업을 하듯 손님을 안심시키는 듯한 투로 말했다. 웬디는 그의 뻔뻔한 작태에 치미는 구역질을 참아 냈다.

"저자 말고도 하즐렛가에서 일했던 하녀들을 어렵게 수소문했지. 그들이 그대의 얼굴을 기억할 거라 생각하는데. 어때? 내 생각이 틀린가?"

"대체……! 그들을 통해 내 과거를 폭로한다고 해서 뭐가 달라질 거라 여기는 거죠?"

"그대가 있을 자리가 사라지겠지."

카시미르가 증오를 내뿜는 그녀의 눈동자를 똑바로 바라보며 대답했다. 그의 목소리가 유난히 또렷하게 들렸다.

"난…… 이미 그 죄를 모두 용서받았어요."

웬디가 겨우겨우 이성을 유지하며 말했다.

"알고 있어. 그러나 과연 저 무도회장의 치들이 가만히 있을까? 신분을 조작한 공작 부인, 그걸 용서한 황제, 모든 증거를 덮어 버리고 그녀와 결혼한 기사단장까지. 과연 모두가 무사할 수 있을까?"

카시미르가 멀리 킹즈브레이 궁의 불빛을 바라보았다. 그의 적갈색 눈동자가 더욱 붉게 물들었다.

"황제는 그가 추진한 인재 등용법을 위해 비리를 눈감았다 손가락질 받겠지. 그대의 남편도 마찬가지야. 기사단장이 외려 그 비리를 폭로하겠다는 하즐렛 가문의 사람들을 압박하고 그 딸을 제도에서 추방하는 해결사 노릇을 했어. 그게 납득이 될까?"

웬디는 입이 떨어지지 않았다. 부정의 말을 해야 하는데 입술이 붙어 버린 듯 움직일 수가 없었다. 그녀는 말없이 그를 메마른 눈으로 노려봤다.

"아니면 그 신비한 힘 때문에 모두가 그대의 잘못을 눈감았다 말을 할 텐데?"

카시미르가 웬디의 귀에 대고 속삭였다. 웬디는 힘없이 두 눈을 감았다.

"날 미워해도 좋아. 곁에만 있어. 그대가 내게 힘을 준다면 나 역시 그대에게 모든 걸 줄 테니."

그가 웬디의 손을 조심스럽게 잡았다. 웬디는 그를 떨칠 용기가 나지 않았다. 소중한 사람들의 삶이 망가질까 겁이 났다. 이제 어쩌지? 머릿속에 답이 돌아오지 않는 의문만이 공허하게 메아리쳤다.

"결혼반지군."

그가 웬디의 왼손을 싸늘하게 내려다보며 말했다. 그의 눈썹이 미묘하게 비틀렸다.

바로 그때였다.

움찔 어깨를 떤 웬디가 고개를 바짝 들어 어둠 속 저편을 바라다봤다. 멀지 않은 곳에서 누군가 급히 이쪽으로 달려오는 소리가 났던 것이다. 고요한 호숫가에서 그 소리가 유독 크게 들렸다. 카시미르의 시선이 길 끝에 닿았을 때 한 남자가 숨을 거칠게 몰아쉬며 모습을 드러냈다. 밤이 이슥했지만 그의 모습이 놀랍도록 똑똑히 보였다. 웬디의 눈동자가 사정없이 흔들렸다.

"잘도 찾아왔군."

라드가 검을 뽑아 들었다. 그가 억눌린 목소리로 말했다.

"그녀에게서 당장 손을 떼."

그 말에 카시미르가 웬디를 잡은 손을 놓으며 두 손바닥을 라드에게 펴 보였다. 그러나 그건 결코 항복의 의미가 아니었다. 빙그레 웃는 카시미르에게 신분 위조꾼이 미리 준비해 둔 검을 던져 주었다.

"넌 그녀를 데리고 먼저 배를 타라. 호수 건너편에 우리 사람들이 기다리고 있을 테니까. 아, 웬디. 내가 한 말들을 기억하고 있다면 순순히 그를 따르는 게 좋을 거야. 모두를 곤란하게 만들 생각이 아니라면."

그가 그녀에게 경고를 남겼다. 고개를 주억거린 위조꾼이 웬디에게 다가오자 라드가 검을 들고 그를 향해 쇄도해 갔다. 그러나 카시미르 역시 그걸 두고 보지 않았다. 카시미르가 라드의 검을 잽싸게 막아 냈다.

"호수 건너편에 간다 해도 궁을 빠져나갈 수 있으리라 여기나?"

"건너편의 출구를 이미 확보해 놨어. 그 정도 준비도 해 놓지 않았을까 봐?"

라드의 외침에 카시미르가 빈정거렸다. 두 사람이 살벌하게 대치했다.

"샬로타 공녀를 놓아두고 가겠다?"

"베쉬타 후작이 그녀를 챙겼지. 설마 핏줄을 떼어 놓고 가겠나."

라드가 그의 빈틈을 보며 서서히 거리를 좁혔다. 남자가 씩 한쪽 입꼬리를 끌어올렸다.

"일이 뜻대로 되지 않는다 해도 가장 최우선 목표는 그녀를 데려가는 거야. 그대들이 날 몰아붙여 재촉한 일이니 원망하지 말도록."

그는 그 말을 끝으로 라드에게 날카롭게 검을 뻗었다. 둘의 검이 공중에서 맞부딪치며 커다란 금속성을 만들어 냈다. 웬디가 놀라 어깨를 움츠리는데 틈을 보고 있던 위조꾼이 그녀에게 덤벼들었다. 그녀를 호숫가에 묶어 둔 배로 끌고 가려는 거였다.

"윽! 이거 놔!"

웬디는 재빨리 남자의 손목을 비틀어 쳤다. 카시미르에겐 상대가 되지 않는 실력이었지만 이런 조잡한 뒷골목 잡배 따위에게는 지지 않을 자신이 있었다. 이런 상황에서 순순히 그를 따라갈 생각은 조금도 없었다. 웬디는 그의 복부를 빠르게 가격한 후 상체가 무너지자 연달아 턱을 찍어 올렸다.

"우으윽!"

남자가 바로 바닥에 고꾸라졌다. 웬디는 여기서 그치지 않고 남자를 향해 거칠게 발길질을 했다. 쓰러진 상대는 결코 공격하지 않는 게 무술인의 도리였지만 이런 자에게 도리를 다하고 싶은 마음은 추호도 없었다. 인정사정없는 발길질에 그가 정신을 잃은 듯 어느덧 조금의 미동도 보이지 않았다.

위조꾼을 제압할 도구를 찾아 주변을 두리번거린 그녀는 무언가를 결심하고서 바닥에 검지를 댔다. 그러자 이내 흙 위로 작은 싹이 하나 피어났다. 여린 싹이 떨어지고 거기서 손가락 굵기의 덩굴이 뻗어 오르기까지는 그리 큰 인내심이 필요하지 않았다. 무서운 기세로 자라난 덩굴은 쓰러져 있던 남자의 몸을 칭칭 감기 시작했다. 남자가 덩굴의 힘에 의해 옆으로 끌려가는 모습은 언뜻 기괴해 보이기까지 했다. 웬디는 카시미르가 이 장면을 보고 미약하게

나마 공포심을 느끼길 바랐다. 그녀가 카시미르를 의식하며 고개를 들자마자 자신을 힐끗대던 그와 눈이 마주쳤다. 웬디는 그를 향해 입을 벙긋거렸다. 제일린이 두두키 백작 부인에게 했던 욕설이었다.

"한눈팔 시간이 있나 보군!"

그 순간 라드의 검이 크게 궤적을 그었다. 카시미르가 소스라치게 놀라 뒤로 물러났으나 그가 입은 남청색 예복 가슴 부위가 검에 찢겼다. 그 사이로 벌건 핏물이 비쳤다. 명백하게 심장을 노린 일격이었다.

챙! 챙!

약이 바짝 오른 카시미르가 무서운 기세로 반격을 해 왔다. 검의 귀재라 불리는 윌리엄 보카르테에게 검을 전수받았다 하더니 결코 라드에게 밀리는 실력이 아니었다.

그러나 그가 라드와 다른 점이 있다면 기사의 상징 같은 검을 들고도 기사의 도를 지키려 들지 않았다는 것이다. 카시미르는 라드가 하던 대로 심장을 노리는 척 달려들다 라드가 검을 막아 내는 사이 손목을 꺾어 검을 미끄러뜨렸다. 그의 검이 라드의 부상 부위를 공격했다. 다친 팔꿈치 위로 검이 스쳤다. 웬디는 머지않아 처음부터 이 싸움이 라드에게 매우 불리한 싸움이란 걸 깨달았다. 라드는 오른쪽 팔꿈치의 부상을 입은 손으로 검을 들었던 것이다.

"정작 그대는 아내에게 치료를 받지 못했나?"

그걸 눈치챈 카시미르가 이기죽거렸다. 라드는 입었던 상처를 웬디에게 내내 숨겨 왔다. 웬디는 그를 치료할 기회조차 얻지 못했다. 둘 다 서로가 받을 마음의 상처를 염려했던 탓이었다.

"으윽!"

카시미르가 검 손잡이로 라드의 팔꿈치를 찍어 내렸다. 그걸 피하지 못한 라드가 결국 검을 떨구고 말았다. 카시미르의 검이 라드의 목 위에 닿았다.

"그 반지를 빼."

카시미르가 보란 듯이 웬디에게 명령했다. 라드 앞에서 그녀의 결혼반지를 빼내려는 그의 의도가 뻔했다. 웬디는 시키는 대로 하지 않고 그를 죽일 듯 노려봤다. 카시미르의 검이 라드의 목젖에 거칠게 가 닿았다.

"잠깐요! 그러지 말아요!"

웬디는 라드를 당장 그의 검으로부터 지켜 낼 수 있는 방법에 대해 생각했다. 그러나 손가락의 힘을 아무리 쓴다 해도 카시미르가 검을 휘두르는 속도를 이기지는 못할 것이다.

"빼. 그리고 저기 호수로 던져."

그가 다시 오만한 투로 말했다. 떨리는 눈으로 라드를 한 번 바라본 웬디가 억지로 시선을 떼어 내고 반지를 손에서 뺐다. 호숫가로 몇 발자국 걸어간 그녀가 반지를 힘껏 호수로 던졌다.

"배에 타."

웬디가 천천히 배에 올랐다. 머릿속으로는 끊임없이 라드를 지킬 수 있는 방법을 강구해 내려 했지만 퍼뜩 떠오르는 게 없어 애간장이 탔다. 바로 그 순간 카시미르가 라드의 뒷목을 후려쳐 그를 쓰러뜨렸다. 그는 애초부터 라드를 해칠 생각이 없었던지 쓰러진 그를 놔둔 채 배로 다가왔다. 이윽고 그가 호수를 향해 배를 힘껏 밀었다.

챙강!

웬디는 두 손으로 급히 입을 틀어막았다. 다시금 라드의 검이 카시미르의 검과 부딪쳤다. 라드는 정신이 또렷하지 않은 듯 눈을 똑바로 뜨지 못하고 있었다. 충격에 쓰러졌지만 완전히 기절하지는 않았던 것이다. 라드는 몸에 익은 그대로 본능적으로 검을 움직였다. 그런 두 사람의 움직임이 너무 빨라 식물을 자라게 한대도 도움을 주기 어려웠다. 웬디는 차라리 소리치는 편을 택했다.

"여기요! 도와주세요! 여기예요!"

카시미르가 자신의 비밀을 폭로한다 해도 상관없었다. 눈앞에서 라드가 위험에 처해 있는 걸 바라만 보고 있는 건 그녀를 견딜 수 없게 했다.

"상처는 나만 입은 게 아니겠지."

그 순간 라드의 검끝이 카시미르의 왼쪽 옆구리를 찔렀다. 치명상을 입히기엔 턱없는 공격이었지만 부상당한 자리를 재차 공격당하자 카시미르의 상체가 순간 무너져 내렸다. 그 틈을 놓치지 않고 라드가 그의 배에 검을 찔러 넣었다. 검을 찌른 그대로 호숫가로 밀어붙인 라드가 그를 있는 힘껏 찼다. 카시미르의 몸이 호수에 그대로 처박혔다.

벌건 핏물이 호수 위로 번졌다. 배에 장검이 꽂힌 그는 몇 번 허우적거리다 움직임을 멈췄다. 처절한 광경이었다.

웬디는 급히 라드에게로 뛰어가 그의 몸을 더듬었다. 그가 웬디를 와락 끌어안았다. 그에게서 혈향이 났다. 웬디는 눈물이 차오르는 걸 꾹 참았다.

"저자는……."

그녀가 호수에 반쯤 가라앉은 카시미르를 보며 말했다. 라드가 그녀의 눈을 가렸다.

"아니요. 이래선 안 돼요."

웬디가 눈을 가리고 있던 그의 손을 끌어내리며 울먹였다.

"당신이 내게 말했죠? 중심만 잃지 않으면 된다고. 그럼 두려워할 게 없다고요."

라드가 그녀의 양 볼을 감싸며 고개를 내저었다. 그로서는 카시미르를 살려 둘 수 없었던 것이다.

"저자가 어떤 짓을 저질렀는지 생각해 보시오."

"그러니까 살려요. 벌을 받게 해야죠."

웬디는 끝내 눈물을 흘렸다. 그녀의 눈물을 흔들리는 눈빛으로 바라보던 라드가 떨리는 손으로 젖은 볼을 닦아 냈다.

그는 이내 안고 있던 그녀를 놓고 호숫가로 발길을 돌렸다. 첨벙첨벙 물을 차는 소리가 크게 들려왔다. 라드가 카시미르의 재킷 옷깃을 잡아채어 그를 물에서 끌고 나왔다. 이미 피를 많이 흘린 그의 피부는 죽은 사람처럼 새하얗게 변해 있었다. 웃옷은 새빨간 핏물로 온통 물들어 있었다.

웬디는 소매로 슥 눈물을 모두 닦아 내고 호수 앞 모래톱 위에 검지를 눌렀다. 곧 척박한 모래 위에 바하즈만이 자라나기 시작했다. 식물은 성실하게 제 할 일을 모두 다 해 발간 열매를 웬디에게 내밀었다.

웬디가 카시미르의 배에 박힌 검을 빼내려 하자 라드가 만류하고 힘껏 뽑아 들었다. 검을 뽑자 다시금 피가 솟구치기 시작했다. 웬디는 빠르게 처치를 이어 갔다. 우스꽝스러운 일이 아닐 수 없었다. 벌써 세 번이나 이 지긋지긋한 일을 하고 있다니.

잠시 뒤 바하즈만을 모두 처리하고 나자 남자가 눈을 떴다. 라드의 이름을 부르는 기사들의 목소리가 여기저기서 들려오고 있었다.

"왜 나를 다시 구했지? ……내가 이대로 죽는다면 일이 훨씬 쉬워질 것 아냐?"

자신의 상처를 내려다본 카시미르가 허탈한 음성으로 중얼거렸다. 그가 쿨럭쿨럭 기침을 해 댔다.

"당신이 죽길 바랐어요. 이미 수십 번도 넘게 마음으로 당신을 죽였고요. 하지만 난 항상 내가 가진 힘에 대해 생각해야 해요. 그게 이번에도 당신을 살렸어요."

웬디는 차갑게 응수했다. 어느새 기사들이 주변을 에워싸고 있었다. 웬디의 신분을 위조했던 남자가 기사들에게 발견되어 거칠게 일으켜졌다.

"그렇지만 착각하지 말아요. 당신이 또다시 목숨을 담보로 내 앞에서 장난을 친다 해도 난 결코 당신이 내게 바라던 걸 들어줄 생각이 없으니까. 내가 증오했던 당신을 살릴 수 있게 한 용기로 당신의 부당한 요구를 들어주지 않을 거예요."

그는 웬디를 뚫어져라 바라봤다. 오만했던 적갈색 눈동자에 혼란이 들어찼다.

"난 지금까지 그렇게 살아왔어요. 나에 대해 조사했으니 당신도 어느 정도 알고 있겠죠? ……난 당신 농장의 가축이 되어 줄 수 없어요. 당신의 땅은 당신이 일구어야 해요. 누구도 그걸 대신 해 줄 순 없어요."

어리석은 자를 대하듯 그녀가 낮은 한숨을 내쉬었다. 부상을 겨우 회복한 가운데 온몸이 젖어 있던 그가 가늘게 몸을 떨기 시작했다. 웬디가 그 모습을 처연하게 내려다봤다.

“당신이 어떻게 살아왔는지는 몰라도 지금과 같은 방법으로도 앞으로를 산다면 누구의 마음도 얻을 수 없을 거예요. 이젠 당신의 협박이 두렵지 않아요. 그래 봤자 난 굴복하지 않을 테니까. 폐하께서도 하지 못한 일이에요. 날 강제할 수 있는 건 세상에 무엇도 없어요.”

“그래, 짐도 하지 못한 일을 하려 들다니 자만이 지나쳐. 슈로더 공작 부인을 강제할 수 있는 사람은 이 세상에 존재하지 않는다고.”

그때 아이작 황제가 나타났다. 사자처럼 어슬렁어슬렁 뒷짐을 진 채 걸어온 그가 기사들에게 카시미르를 일으켜 세우라 명했다. 곧 그가 기사들의 도움을 받고 몸을 일으켰다.

“내 이번 일은 요한레스에 공식적으로 항의하겠네. 그대가 오귀스트의 잔당들을 만난 일들 모두를 말이야. 오늘 당장 그대의 일행 모두 다 짐의 궁을 떠나게. 그리고 두 번 다시 슈로더 공작 부인에게 접근하지 마. 그녀를 또 걸고넘어진다면 난 요한레스와의 전쟁도 불사하겠어.”

전쟁을 거론하는 황제의 말에 카시미르는 아무런 대답을 하지 못했다. 황제가 기사들에게 그를 끌고 가라 일렀다. 그를 비롯한 요한레스의 모든 사절단이 지니고 온 것들 중 어떤 것도 궁 밖으로 가지고 나가지 못하게 하라는 지시가 있었다. 그들은 바람을 피할 옷 한 벌만을 입은 채 궁에서 쫓겨나는 신세가 되었다.

“잠깐만요. 아직 할 말이 남았어요.”

떠나려는 그를 붙잡은 웬디가 그에게 다가가 돌연 손을 쳐들더니 그의 뺨을 거세게 내갈겼다. '철썩!' 하는 소리가 크게 대기를 울렸다. 살벌한 소리를 들은 아이작 황제가 제가 아픈 듯 눈매를 가득 찌푸렸다. 여인에게 뺨을 얻어맞을 거라 생각하지 못했던 카시미르는 웬디의 손을 막을 시도조차 못하고 고스란히 뺨을 내줘야 했다.

"이건 그동안 날 괴롭힌 분풀이예요."

경악한 눈으로 그녀를 보는 그를 무심히 두고 그녀가 반대쪽 손을 한 번 더 크게 휘둘렀다. 이번에도 뺨을 내갈기는 소리가 매섭게 들렸다. 여인에게 두 번이나 뺨을 얻어맞을 거라 생각하지 못했던 그는 그녀의 손을 막지 못하고 고스란히 뺨을 내줘야 했다. 이번에는 첫 번째보다 강도가 셌던지 그의 얼굴이 반쯤 돌아가 있었다. 아이작 황제가 끔찍하다는 듯 몸서리를 쳤다.

"이건 내 남편을 괴롭힌 분풀이고요."

벌게진 얼굴로 한동안 입을 벌린 채 상황을 정리하지 못하던 카시미르가 돌연 픽 웃음을 흘렸다. 웬디가 볼일이 끝났다는 듯 그에게서 돌아서자 기사들이 다시금 그를 끌고 갔다.

"전쟁을 불사하겠다는 말씀은 진심이셨어요?"

웬디가 황제에게 다가가 의심스럽다는 듯 물었다. 헐레벌떡 뛰어온 의원이 라드의 상처를 봐주는 걸 지켜보던 황제가 리듬감 있게 고개를 한 번 끄덕였다.

"물론이지. 그대는 베냐한의 보물이니까."

웬디는 믿기지 않는다는 눈길로 황제를 보다가 라드에게 다가갔다. 라드의 몸을 살피던 의원이 가방에서 피부에 바르는 약을 꺼내 그의 상처 몇 군데에 발랐다. 모든 처치를 끝낸 의원이 공손히 고개를 조아리며 황제에게 아뢰었다.

"가벼운 타박상을 조금 입으셨습니다. 약을 바르시고 며칠 쉬신다면 금방 나으실 겁니다."

"음, 그래. 자네가 수고가 많았네."

웬디는 라드의 오른쪽 팔꿈치 위로 손을 뻗어 상처 났던 자리를 만지작거렸다. 그의 상처는 이미 말끔히 치유된 뒤였다. 바하즈만의 힘이었다.

"앞으로는 다쳐도 숨기지 말아요. 절대로요."

"그리하겠소."

라드가 순순히 대답했다. 둘의 다정해지려는 분위기를 직감한 황제가 이 일에 대한 논의는 잠시 뒤에 하자며 먼저 자리를 떠났다.

"반지를 던져 버렸어요. 미안해요."

웬디가 비어 버린 왼쪽 손가락을 민망한 듯 오른손으로 가렸다. 그가 그녀의 왼손을 잡아당겨 반지가 있던 자리에 입을 맞췄다.

"날 위해서 그랬단 걸 알고 있으니 내게 사과하지 마시오."

라드가 이내 손에 끼고 있던 결혼반지를 빼냈다. 웬디의 눈동자색을 닮은 초록색 다이아몬드가 호수 빛에 반사되어 반짝였다. 라드는 미련 없이 그걸 호수에 집어던졌다. '퐁당' 하는 소리도 잘 들리지 않을 만큼 미약한 파문이 일었다.

"반지는 그저 반지일 뿐이오."

그가 다이아몬드보다 더 아름다운 그녀의 생기 있는 초록색 눈동자를 바라다봤다. 웬디가 낮은 한숨 끝에 미소를 보였다. 잠시 서로의 눈동자를 바라보던 두 사람이 손을 잡고 나란히 호수를 향해 섰다. 그들의 눈길은 호수 표면에 닿아 있었지만 어딘지 호수 저편 깊은 곳을 향하는 듯 그 빛이 아련하였다.

“고생 많았어요. 이렇게 무사해 다행이에요. 아기도 건강하고요.”

웬디는 멜리사의 야윈 손등을 어루만지며 진심으로 축하를 전했다. 난산으로 고비를 여러 번 넘긴 멜리사는 며칠 사이 몰라보게 야위어 버린 얼굴로 누워 있었다. 나중에 알게 된 일이었지만 그날, 해산을 앞둔 멜리사의 상태가 심각하여 라드 또한 금방 무도회장으로 되돌아오지 못한 것이었다. 멜리사는 몇 번이나 까무러쳐 의식을 잃었다 했다.

“한번 안아 볼래요?”

멜리사가 유모에게 눈짓하자 아기를 안고 있던 유모가 웬디에게 아기를 안겨 줬다. 딸아이라는 걸 들어서 그런지 성별조차 드러나지 않는 그 어린 얼굴이 곱고 예뻐 보였다. 떨리는 손길로 아기를 안은 웬디는 한동안 숨도 제대로 쉬지 못하고 품 안의 작은 생명을 내려다보았다.

“아기가 웬디를 좋아하네요.”

눈도 뜨지 못한 아기가 입매를 씰룩이는 게 꼭 웃음 짓는 것만 같았다. 웬디는 아기를 보고 있는 내내 가슴이 이상하게 간질거려 괜히 몸을 꼼지락거렸다.

“아기의 이름을 왈츠로 지을까 하는데 허락해 줄래요?”

멜리사가 돌연히 꺼낸 말에 웬디가 놀라 그럴 순 없다 얘기했다. 침상으로 다가온 장 자크가 웃으며 말을 거들었다.

"허락해 주세요. 꼭 그 이름으로 짓고 싶어요."

"웬디의 성을 다시 못 듣게 되는 게 싫었어요. 내가 꼭 지켜 주고 싶어요! 이제 웬디는 웬디 슈로더라고 불릴 테니까 말이에요."

둘의 간곡한 부탁에 웬디가 마지못하여 허락했다. 그래도 되는 건지 확신이 없었지만 행복해하는 멜리사의 얼굴을 보니 더는 말이 나오지 않았다.

멜리사를 쉬게 하고 마차를 타러 가는 길을 장 자크가 배웅했다. 그는 아빠가 된 행복에 겨워 입이 귀에 걸려 있었다.

"그렇게 좋으십니까?"

"그럼요. 공작 부인께서도 어서 2세를 보셔야지요. 그럼 제 마음을 아실 겁니다."

그가 싱글벙글 바보스런 웃음을 짓다 웬디의 눈초리에 얼른 표정을 갈무리했다.

"그나저나 황제 폐하께서 요한레스에 정식으로 항의 서한을 넣으셨다면서요? 이번 일로 후계자 교체와 요한레스에 대한 베냐한인의 자유 출입을 요구하셨다던데, 맞습니까?"

"네, 맞아요. 전자는 몰라도 후자는 받아들일 것 같더군요. 카시미르 그레이너…… 그자는 아마 이전과 비교할 수 없을 만큼 입지가 좁아질 거예요. 그대로 무너질 수도, 다시 일어설 수도 있겠죠. 그것도 물론 그의 몫이겠죠, 누구도 대신할 수 없는."

마부가 웬디를 위해 마차 문을 열었다. 웬디는 마차에 올라서며 장 자크에게 다시 한 번 축하한다 전했다.

슈로더 공작가로 되돌아온 그녀는 옷을 갈아입자마자 정원으로 나갔다. 안에는 이미 라드가 먼저 와 요즘 한참 재미 들린 괭이질을 하고 있었다.

"폐하와는 이야기가 잘 마무리되었나요?"

웬디가 빠른 걸음으로 다가와 그에게 수건을 내밀었다. 그가 그걸로 흠뻑 쏟은 땀을 닦아 냈다.

"그렇소. 하즐렛 부인과 그 위조꾼은 침묵의 탑에 구금하는 걸로 결정되었소."

침묵의 탑은 죄인들을 모두 소리가 새어 나가지 않는 독방에 가두고 귀머거리 간수들이 그들을 관리하는 곳이었다. 거기에 갇힌 자가 누구든 아무리 발악을 하고 고함을 질러 보았자 들어줄 이는 아무도 없을 것이다.

"프란시스 하즐렛과 하즐렛 전 백작에 대한 감시도 이전보다 삼엄해질 것이고."

"그렇군요."

웬디는 가을꽃으로 뒤덮인 정원을 한 번 슥 보고는 그 아름다움을 제대로 느끼지 못하고 멍하니 벤치에 가 앉았다. 하즐렛 부인은 이제 남은 생애 동안 죽음보다 못한 삶을 살게 될 터였다. 육체적인 고통은 없지만 숨 막히는 침묵과 혼자라는 외로움이 조금씩 그녀의 정신을 갉아먹을 것이다.

"카시미르에 대한 소식도 있소."

라드가 그녀 곁에 와 털썩 주저앉으며 말했다.

"후계자가 바뀌었다더군. 카시미르가 오귀스트의 잔당을 만나 베냐한에서 반란을 모색했다는 게 생각보다 내부적인 반발을 많이 산 모양이야. 당장 두 나라를 오가는 뱃길을 막겠다 했으니 그들로선 어쩔 수 없었겠지."

"카시미르는 그걸 받아들였대요?"

"순순히 물러났다더군. 의외지?"

라드가 그날 그와의 일을 되새김질하는 듯 싸늘한 얼굴을 했다.

"우리 쪽에서 증거라 내민 게 모두 사실이니 반발할 게 없었나 보죠. 그에 반해 그쪽에서 우리의 약점으로 삼을 만한 증거는 가져가지 못했으니까요."

그들이 증거라고 내밀 수 있는 건 결국 증인들이었는데 위조꾼은 이미 침묵의 탑에 갇히는 것으로 처벌이 확정되었고, 하즐렛가의 예전 하녀들은 카시미르의 수하를 만난 직후 라드가 이미 신병을 확보해 더 이상의 만남을 차단해 놓은 뒤였다. 라드가 웬디에게 카시미르가 접촉한 이들의 명단을 보여 주기 훨씬 이전의 일이었다.

물론 아무리 그렇다 해도 카시미르가 그리 순순히 물러났다는 건 이상한 일이었다. 뭔가 새롭게 깨달은 거라도 있는 걸까? 아니면 그가 예전에 했던 말대로 정말 지쳐 버리기라도 한 것일까.

"그런데 말이에요. 카시미르가 후계자 자리에서 내쳐졌다면…… 샬로타 공녀가 다음 후계자가 되는 건가요?"

"아마도 그렇게 되겠지."

"하아……!"

그렇담 딜런과의 사랑은 어찌 되는 거지? 웬디는 불안한 마음에 치맛자락을 만지작거리다 문득 샬로타 공녀가 했던 말들을 떠올렸다. 주변 사람들이 딜런과의 결혼을 반대하지 않으리라 장담했던 그녀의 말들을 말이다. 그녀에겐 아군이 많았다. 상황이 어찌 될진 모르지만 비관적이지만은 않을 거란 생각이 들었다. 웬디는 또 다른 희망이 피어오르는 걸 느꼈다. 악의 없이 매사에 사려 깊었던 그

성품 그대로 놀랄 만큼 훌륭한 군주가 될지 혹시 아는가? 무엇보다 요한레스의 여성 지위 상승에 누구보다 공헌하리란 건 분명했다.

"어찌 되었든 이젠 걱정을 털어 버립시다. 살아남았던 오귀스트의 사람들도 모두 삼엄한 경계의 감옥으로 이송되었으니 말이오. 그 위조꾼이 지녔던 증거들도 모두 파기되었고."

그 말에 웬디가 멈칫거리며 불편한 얼굴을 했다. 묵직한 무언가가 마음을 짓누르는 느낌이었다.

"'웬디 왈츠'. 이 이름을 처음 지녔던 소녀에 대해…… 거기에 뭐라 쓰여 있던가요?"

그녀가 조심스럽게 말을 꺼냈다. 라드는 웬디가 이런 말을 꺼낼 줄 예상이나 한 것처럼 기억하고 있는 바를 말해 주었다.

"소녀가 살던 지역과 태어난 연도가 나와 있었소."

"……묻힌 곳을 알 수 있을까요?"

"찾을 수 있을 거요. 찾는 즉시 함께 갑시다."

라드가 사려 깊게 먼저 꺼내 준 말에 웬디가 천천히 고개를 끄덕였다. 자신에게 새 삶을 선물해 준 건 쥬아소네뜨뿐만이 아니었다. 몹시도 아름다운 이름을 준 그 소녀에게 웬디는 고마운 마음을 전하고 싶었다.

"잠깐 걸을까요?"

마음을 비워 낸 웬디가 라드에게 산책을 청했다. 그 역시 흔쾌히 그러자 했다. 가을꽃이 천지사방으로 핀 정원을 거닐며 둘은 오랜만에 평화로운 기분에 사로잡혔다. 이게 얼마 만에 누려 보는 안락함인지 감회가 새로웠다.

"꽃이 많이 졌어요. 새로 핀 꽃이 그보다 많지만요."

빛이 바래 꽃잎을 겨우 한두 장 남긴 여름 꽃을 향해 그녀가 손을 뻗었다. 잎에 영양분이 가도록 그 쇠락한 꽃을 따 내는데 허전한 왼손 약지로 시선이 갔다. 웬디가 왼손을 눈높이로 들고 비어 버린 반지 자리를 바라보았다. 눈길에 아쉬움이 있었다.

웬디의 마음을 눈치챈 라드 또한 그녀를 따라 손을 펴 보았다. 야외 활동에 그을린 피부였으나 반지가 있던 자리만 그보다 옅은 빛을 띠고 있었다. 한참 손을 바라보다 동시에 마주친 눈빛에 웃음이 터져 나왔다. 옆자리에 바로 이 사람이 있는데 반지 같은 게 없으면 어떤가 하는 싱거운 생각이 들었던 것이다.

"어…… 어?"

그때였다. 그들의 웃음이 미처 다 갈무리되기도 전에 웬디의 입에서 놀란 음성이 비어져 나왔다. 두 사람 앞에 뿌연 빛무리가 둥글게 모여 들기 시작했던 것이다. 당황스런 눈길로 이끌리듯 아래를 보니 빛 사이로 은빛의 나뭇가지가 그들 키만큼 뻗어 올랐다. 찬란히 빛나는 그 은빛 가지가 각기 하나씩 두 사람의 손가락 사이로 감겨들었다. 닿는 촉감이 따뜻하고 그 빛이 몹시 아름다워 전혀 두렵다는 생각이 들지 않았다. 이윽고 덩굴처럼 둥글게 손가락을 감은 나뭇가지가 '똑' 하는 소리를 내며 끝을 부러뜨렸다. 둘의 왼손 위에 나뭇가지 모양의 은빛 반지가 남아 있었다. 웬디는 너무 놀라 반지와 라드의 얼굴을 번갈아보며 입을 다물지 못했다.

빛무리가 사라지고 아래를 내려다보니 나무는 온데간데없이 사라지고 모든 게 거짓말인 양 아무것도 남아 있지 않았다. 그러나 나뭇가지 모양의 반지는 여전히 두 사람의 손 위에 있었다. 아니, 반지 모양의 나뭇가지라고 해야 할까? 웬디는 홀린 듯 왼손을 들어

약지에서 빛나는 그 신비로운 은빛을 들여다봤다. 이게 무엇이든 은은한 빛을 내뿜는 게 몹시 아름다웠다.

"쥬아소네뜨일까요?"

"글쎄. 그저 요정의 선물이라 여기는 것도 좋겠지."

라드가 언젠가 한 번 했던 이야기를 되풀이했다. 웬디는 반지를 한 번 더 들여다본 후 그와 함께 다시 정원을 거닐었다. 흐드러지게 핀 가을꽃의 아름다움이 다시금 두 눈에 가득 찼다.

외전

제다 아카데미에 오지 마세요

제다 아카데미에 오지 마세요

"찾았다!"

바위 틈새에 자그맣게 자란 보라색 꽃을 바라보는 웬디의 눈이 희번덕거렸다. 레이니 숲 구석구석을 헤집고 다니며 온갖 고생을 다했던 지난 몇 주간의 노력이 헛되지 않은 순간이었다. 웬디는 저도 모르게 낮은 웃음을 흘렸다.

"이런 곳에 숨어 있었구나."

웬디는 조심스럽게 구들풀을 바위틈에서 캐내었다. 국화잎처럼 깃꼴로 갈라진 잎과 별 모양으로 자잘하게 피어난 보라색 꽃이 온전하게 그녀의 손에 딸려 나왔다. 웬디는 어린아이처럼 보송보송하게 돋아난 구들풀 잎의 솜털과 제법 굵직한 뿌리 생김을 세세히 눈에 새겼다.

구들풀이 실제 존재하고 있을 줄이야!

진실을 말하게 하는 약의 비술이라 떠돌던 이야기의 실제를 마주하자 양 어깨가 부르르 떨렸다. 웬디는 두 달 전 황궁 도서관 구석에서 우연히 발견했던 로제스터의 약학 사전을 꺼내 들었다. 사전이라고 부르기 무색할 만큼 얇고 작았지만 그 초라한 겉모습과 달리 어마어마한 가치를 지닌 책이었다. 식물학의 기초를 세우고 고대 약초학을 집대성한 로제스터 발리투스의 발표되지 않은 책을 발견했을 때 얼마나 큰 충격에 휩싸였던가! 우스갯소리라 생각했던 구들풀이니 필그먼트니 하는 식물이 실제 존재하는 데다, 이 식물들을 통해 '진실을 말하는 약'을 실제로 만들어 낼 수 있다니!

이미 한 달 전 케일럽 지방의 골짜기에서 필그먼트를 찾아낸 그녀는, 책에 쓰인 제조법대로 얻어 낸 식물의 진액을 이용한 실험에서 소기의 성과를 거둘 수 있었다. 처음에는 새로운 식물을 발견했다는 데에 그저 기뻐하며 식물이 가진 효과에 대해서는 반신반의했지만 필그먼트의 놀라운 힘을 직접 경험하고서 그 생각이 완전히 달라졌다. 비록 구들풀과 합쳐지지 않으면 그 효과가 떨어진다지만 필그먼트만으로도 진실을 말하게 하는 데 분명한 효험이 있었던 것이다. 혹시 모를 부작용을 염려해 스스로를 실험 대상으로 삼아 소량 복용한 웬디는 그날 갑자기 차를 마시러 온 멜리사 로우니 앞에서 크게 망신을 당하고 말았다. 라드 슈로더와의 관계 진전을 은근슬쩍 묻는 멜리사에게 그와의 사적인 이야기를 미주알고주알 죄다 말해 버리고 만 것이다! 라드와의 입맞춤과 그의 손이 그녀의 등을 훑을 때 느껴지는 전율 같은 것을 미친 사람처럼 지껄여 댔다니! 그건 분명 웬디의 의지가 아니었다!

필그먼트만으로도 이런 엄청난 힘을 가지는데 구들풀이 합쳐진다면 얼마나 강한 힘을 가지게 될까!

물론 웬디가 이 식물들을 찾는 데 혈안이 되었던 것은 진실을 말하는 약을 제조해 써먹으려는 의도 같은 게 아니었다. 그녀는 다만 학문적 호기심과 새로운 식물을 발견한 데서 오는 흥분에 들떠 구들풀을 찾아내는 데 지난 몇 주간의 시간을 온통 쏟았을 뿐이었다. 그리고 바로 오늘, 그토록 찾아 헤맸던 구들풀을 발견해 낸 것이다!

"으, 넌 뭐야!"

바로 그때였다. 인적이라곤 없는 깊은 숲 속에서 누군가의 불만 섞인 외침이 들려왔다. 웬디는 깜짝 놀라 급히 주변을 살폈다. 반사적으로 소중한 구들풀을 숨기듯 손에 꼭 쥔 그녀는 목소리의 주인을 찾기 위해 부지런히 고개를 돌렸다. 그러나 여전히 외침의 주인공을 찾을 수는 없었다.

"야! 여기야, 여기!"

그때 다시 불퉁한 목소리가 들려왔다. 소년의, 아니, 어린 남자아이의 목소리였다. 웬디는 소리가 들리는 쪽을 향해 휙 고개를 돌렸다.

"헉!"

가파른 바위에 위태롭게 몸을 의지하고 있던 그녀는 눈앞에 나타난 뜻밖의 생물체에 기겁하여 급히 숨을 들이켰다. 휘청하고 몸이 기울었지만 가까스로 중심을 잡아 다행히 낙상을 면할 수 있었다. 웬디는 거친 숨을 몰아쉬며 더듬더듬 입을 열었다.

"너, 너는!"

요정이었다! 밤의 숲에서 보았던 쥬아소네뜨만 한 작은 요정이 바위 위에 서서 웬디를 노려보고 있었다.

"네가 가지고 있는 그거! 내가 찾고 있던 거야! 이리 내 놔!"

요정이 다짜고짜 웬디가 들고 있는 구들풀을 가리키며 말했다. 뭐가 그리 분한지 말할 때마다 어깨를 들썩들썩하는 바람에 요정의 짧은 금발이 연신 빛을 내며 흔들렸다.

"……너라니, 말이 짧구나."

어린 녀석의 버릇없는 말투에 웬디는 요정을 만난 놀라움도 잊고 눈살을 찌푸렸다.

"이, 인간에게 존대를 할 필요는 없어! 어서 그거 내 놔!"

"이 풀을…… 말하는 거니? 글쎄, 나도 간신히 찾은 거라 너에게 주고 싶은 마음이 조금도 없는데."

구들풀의 생김을 이미 눈에 새긴 그녀에게 손에 든 식물은 무용했지만 웬디는 요정의 버릇없는 태도가 못마땅해 녀석이 바라는 그 풀을 주지 않으리라 마음을 정했다. 밤의 숲에서 만났던 귀여운 요정과 달리 눈앞의 요정은 당돌하기가 그지없었다.

"으, 소네뜨의 마음을 알려면 그 풀이 필요하단 말이야! 내 놔!"

요정이 바위 위에서 방방 뛰며 말했다. 숫제 떼를 쓰는 모습이었다. 그때마다 요정의 날개가 파르르 떨렸다.

"소네뜨라고? 방금 소네뜨라고 했니?"

익숙한 이름에 웬디가 눈을 크게 뜨며 물었다.

"너 따위가 알 필요 없다구! 어서 그 풀이나 내 놔!"

"넌 좀 더 공손히 말하는 법을 배워야겠구나."

요정의 태도에 빈정이 상한 웬디는 날카로운 미소를 보이며 손에 들고 있던 구들풀을 허리춤의 가죽 가방 안에 고이 넣었다. '으, 으' 이상한 소리를 내면서 그 모습을 안달 나 지켜보던 요정이 입가를 바르르 떨며 말했다. 한풀 고집이 꺾인 음성이었다.

"……미, 미안해. 마음이 급해서 그랬어. 제발, 그 풀을 내게 줘! 나한텐 꼭 필요한 거란 말이야! 구들풀을 찾기 얼마나 어려운데!"

"이 풀이 필요한 이유라면…… 소네뜨라는 요정에게 듣고 싶은 진실이라도 있는 거니? 이를테면, 너를 좋아하는지 아닌지 하는?"

"어, 어떻게 그걸!"

마음을 모두 들킨 요정이 얼굴을 붉혔다. 소네뜨의 마음을 알기 위해 구들풀이 필요하다 제 입으로 말한 일을 모조리 잊은 것처럼 말이다.

"네가 요정이라면 직접 식물을 자라게 할 수 있을 것 아니야. 구들풀을 자라게 하면 될 걸, 왜 굳이 이게 필요하지?"

"그런 건 밤의 숲의 일족들밖에 못한단 말이야! 윽…… 난 그런 힘이 없다구."

요정이 풀이 죽어 말했다. 금방이라도 울 태세였다. 어깨를 한 번 으쓱인 웬디가 요정을 놀리는 걸 그만두고 가방에서 다시 구들풀을 꺼냈다. 요정의 세계에 대해 잘 알지 못하지만 쥬아소네뜨가 준 검지의 힘을 모든 요정들이 가지고 있는 건 아닌 모양이었다.

"자아, 받아라."

요정은 웬디가 건넨 구들풀을 잠시 경계하며 살폈다. 웬디의 눈치를 보던 어린 요정은 얼마 안 가 다시 빼앗길 새라 구들풀 줄기를 와락 끌어안았다.

"고, 고마워. 마르탱 영감이 인간들은 야비하다고 했는데 다 그런 건 아닌 모양이야. 넌…… 좋은 인간 같아."

요정이 조금 머쓱해하며 말했다. 전혀 칭찬 같지 않은 그 말에 웬디는 코웃음을 치며 찬찬히 몸을 일으켰다.

"어찌 됐든 요정을 만나다니 반갑구나. 그럼, 난 이만 가 보마."

더 이상 요정에게 볼일이 없다는 듯 떠나려는 그녀를 보고 어린 요정이 다시 발을 굴렀다.

"아, 안 돼! 요정은 은혜를 입으면 반드시 갚아야 한다고! 난 은혜를 아는 요정이야. 어디서 날 은혜도 모르는 요정으로 만들려고 하는 거야? 이 클라우디오를 뭘로 보고!"

요정이 눈을 홉뜨며 웬디에게 말했다. 언젠가 들은 적이 있는 말이었다.

"기다려 봐. 음, 넌 일을 많이 하는 인간 같으니까 피로를 잊게 해 주는 요정의 춤을 한 번 보여 줄까? 킁킁, 윽! 땀도 많이 흘리는 거 같은데, 땀 냄새를 없애는 요정의 가루를 한 번 뿌려 줄 수도 있어."

"필요 없다."

웬디가 매정하게 말하며 요정을 흘겼다.

"그, 그럼 뭐가 필요한데?"

웬디가 대답 않고 있자 요정이 그녀의 행색을 다시 한 번 매서운 눈빛으로 살폈다. 그러길 잠시, 곧 요정 클라우디오는 그녀의 손에 들린 약학 사전을 발견해 냈다. 책을 보는 요정의 눈이 떨떠름하게 찌푸려졌다.

"……역시 만만하지 않은 인간이군. 이런 가벼운 선물들은 받지 않겠다는 거지? 확실히 인간들은 계산적이라는 마르탱 영감의 말이 틀리지 않는군. 그래, 좋아. 그렇담 내가 줄 수 있는 가장 좋은 걸 주겠어! 내게 구들풀을 양보한 일의 대가치고는 말도 안 되게 큰 선물이니까 고마워해야 할 거야!"

웬디가 거절을 말할 새도 없이 요정 클라우디오가 포르르 날아올랐다. 요정이 웬디의 눈앞 가까이까지 바짝 다가와서는 그녀의 풀빛 눈동자를 들여다봤다.

"보아하니 넌 배움에 대한 열정이 있는 인간인 것 같군. 그래, 그런 부류의 인간이라면 요정의 춤이나 가루 같은 거에 관심을 안 보일 만도 하지. 좋아, 그렇담 네가 가장 아쉬워하는 부분을 채울 수 있는 기회를 선물하도록 하겠어! 난 과거의 시간 위에 있는 요정이거든! 날 만난 걸 행운으로 여기도록 해!"

"무슨……!"

말을 마친 요정이 꿀벌처럼 8자 비행을 한 번 하더니, 웬디의 미간을 향해 돌진했다. 그리고 그대로 미간 사이에 쿵 하고 박치기를 해 왔다. 작은 요정의 박치기 따위 무엇이 아플까 싶겠지만 웬디는 흡사 머리가 쪼개어지는 충격을 느끼며 그대로 '컥' 소리 한 번 못 내고 뒤로 넘어갔다. 정신을 잃기 전 눈앞에 황금빛 아지랑이가 피어오르며 사방으로 번져 나가는 눈부신 빛을 본 것 같기도 했다. 그렇게 그녀는 정신을 잃었다.

"웬디 왈츠 양! 제 말을 듣고 있는 겁니까?"

웬디는 자신을 부르는 새된 목소리에 퍼뜩 정신을 차렸다. 눈에 초점이 잡히고 웅웅대는 주변의 소리가 명확히 들려오기 시작했다.

"첫날부터 졸다니……! 신입생이라면 조금 더 경각심을 가지고 있어야 하는 거 아닌가요?"

매부리코의 중년 여인이 웬디를 보며 질책했다. 웬디는 급히 주변을 둘러보았다. 낯선 공간에 처음 보는 사람들이 주위에 가득했다. 여긴 어디지? 정신을 차릴 수가 없었다.

"오늘 수업은 여기서 마치겠어요. 전공 수업이 아니라고 우습게 봤다가는 후회하게 될 거예요. 내 수업에서 태도가 불량한 학생들은 진급을 할 수 없을 테니까요!"

여인은 기분이 상한 듯 웬디를 찌릿 한 번 노려보고는 쌀쌀맞게 몸을 돌려 밖으로 나갔다. 수업? 진급? 학생? 도무지 이해할 수 없는 말을 하는 여인과 갑자기 벌어진 상황 앞에서 웬디는 당황했다.

그렇게 모든 일이 시작되었다.

"웬디, 교양 수업 신청은 모두 마쳤니?"

웬디는 자신에게 살갑게 말을 걸어오는 진한 밤색 머리칼의 소녀를 보며 고개를 끄덕였다. 자신 앞에 놓인 갑작스러운 변화에 며칠간은 충격에 빠져 있었지만 어쩔 수 없이 그 변화를 받아들였다. 요정이 벌여 놓은 농간 앞에 그녀가 저항할 수 있는 방법은 없었다.

"음, 여기 있네."

소녀가 벽에 붙은 수업 신청 명단에서 웬디의 이름을 찾아내고 방긋 웃었다. 웬디 왈츠라는 이름 옆에는 제다 아카데미 1학년생을 상징하는 깃털 그림 하나가 그려져 있었다. 웬디의 가슴에도 황금색의 반짝이는 깃털 모양 브로치가 달려 있었다.

그렇다. 웬디는 제다 아카데미에 새로 입학한 16살 소녀가 되어 있었다. 뜻밖의 회춘에 그녀는 결코 기뻐할 수 없었다. 망할 요정이 배움에 대한 열정이네 뭐네, 과거의 시간 어쩌고 하며 실컷 지껄이더니 결국 자신을 이런 곳으로 보내 놓은 것이다. 신분을 어떻게 조작한 것인지, 아카데미 입학을 어떻게 했는지는 알 수 없었다. 그녀는 여기서 요한레스 공국 출신의 한미한 귀족 영애였다. 공국에서 출생 후 베냐한에서 어린 시절을 쭉 보냈고, 몇 년 전 부모를 모두 여의었다는 정보를 학생 기록 수첩에서 직접 확인했다. 현실에서 자신이 웬디 왈츠라는 평민의 신분을 사들였던 것처럼, 요한레스 공국 출신이라는 것도 모두 자신이 이곳에서 조작하여 만들어 낸 것인지 다른 무언가가 있는지는 알 수 없었다. 머리 아프게 생각해 보았자 무엇할까 하는 생각도 물론 들었다. 전부 요정의 농간이라 보면 다 설명이 되니까!

"웬디! 이 드레스 어때? 이번에 새로 출시된 템슬린의 드레스야!"

소녀가 어깨 부분에 거대한 뽕이 들어간 화려한 드레스를 웬디에게 선보이듯 말했다. 과거에 유행하던 디자인이었다. 그러니까 거의 10여 년 전에.

제국력 213년.

신입생들에게 나누어진 달력을 들고 웬디는 다시 한 번 경악했다. 제국력 213년…… 그때 자신은 11살 어린아이였다. 16살의 웬디 왈츠로 현재 이 세계에 존재하고 있지만 하즐렛가의 영지에는 11살의 어린 자신이 존재하고 있다는 소리였다. 어떻게 이런 일이 가능할 수 있는가? 머리가 욱신욱신 쑤셔 왔지만 이 또한 생각해 보았자 답이 나올 리 없었다. 모두 요정의 농간일 뿐이니까!

다만 한 가지 다행스러운 일은 기억을 잃지 않았듯 손가락의 힘 역시 그대로라는 것이다. 비록 16살로 나이는 어려졌을지언정 그녀가 갖고 있던 지식과 능력은 온전하였다. 불행 중 다행이라는 말이 절로 나왔다. 이건 또 어찌 된 영문일까 했으나, 그녀의 머릿속 기억들과 검지의 능력은 레이니 숲의 요정이 관여할 수 있는 범위가 아니라는 결론만이 막연하게 내려졌을 뿐이다.

“입학 선물로 받은 드레스거든. 이제 이런 어른스러운 디자인에도 도전해 보라고 이모님이 사 주신 거야!”

“비올라 네게 무척 잘 어울리는 색이야. 화사해 보여.”

웬디는 드레스에 대해 짧게 품평했다. 비올라가 기쁘다는 듯 웃었다.

“그런데 이 교양 수업은 왜 신청한 거야? 체술이라니……. 여학생들은 거의 발레를 들을 텐데, 바꾸는 게 어때?”

“아니, 가벼운 호신술 정도는 배워 두는 게 좋잖아. 걱정 마. 잘해 낼 테니까.”

웬디의 교양 수업 목록을 보며 걱정하는 비올라에게 웬디는 대수롭지 않게 말했다. 식물학 수업 다음으로 자신이 가장 기대하고 있는 수업이 체술이었으니까.

“이만 가 볼게. 체술 수업은 3학관이라 여기서 꽤 멀거든.”

웬디는 아쉬워하는 비올라와 헤어져 3학관을 향해 갔다. 한참을 걸어 도착한 건물에서는 여기저기서 소란스러운 기합소리가 들려오고 있었다. 검술학부 학생들이 사용하는 3학관은 다른 학관과 달리 시끌벅적한 느낌이었다. 웬디는 체술 수업이 진행될 수련장을 찾아갔다.

“라드!”

막 계단을 오르려던 웬디는 귓가에 들려온 익숙한 이름에 자신도 모르게 우뚝 멈춰 섰다.

"이봐, 기다려! 같이 가자니까."

투덜대는 남자의 음성이 계속 들려왔다. 웬디는 설마 하는 생각에 소리가 들려오는 방향으로 고개를 돌렸다. 알 수 없는 긴장이 몰려왔다.

"……!"

그 순간 웬디의 초록빛 눈동자가 크게 떠졌다.

라드, 라드 슈로더!

분명 그였다. 자신이 알고 있는 그의 모습보다 훨씬 어리고 앳된 모습이었지만 분명 라드 슈로더였다.

웬디는 이끌리듯 그를 향해 걸음을 옮겼다. 그가 이곳에 있다니! 이 세계 어딘가 그가 있을 것이라 짐작하긴 했으나 같은 아카데미 내에 있을 거라고는 미처 생각지 못했다. 뒤늦게 왜 그런 예상을 하지 못했을까 하는 생각과 함께 스스로에 대한 한심함이 밀려왔지만 그런 감정 역시 라드 슈로더를 향하는 그녀의 걸음을 막을 수는 없었다.

"같이 가자니까, 매몰차기는. 그런데 정말 괜찮겠어? 그 녀석, 다리가 부러진 것 같던데."

"대련 중 입은 상처다. 그 일을 문제 삼는다면 검을 들 자격 또한 없는 거겠지."

"그래도……."

라드의 근처까지 걸어간 웬디는 조금 더 자세히 그의 얼굴을 관찰했다. 오밀조밀 말하는 이목구비는 똑같았으나 확실히 소년티가 역력했다. 웬디는 그게 너무 신기하여 그의 얼굴을 바라보고 또 바라봤다. 자신도 모르는 사이 입가에 미미한 미소가 맺혔다. 세상에, 라드 슈로더의 소년 시절 모습이라니!

그의 가슴께에 매달려 있는 세 개의 깃털 모양 브로치가 눈에 들어왔다. 그는 웬디보다 두 학년이 높았다. 올해가 그에게는 아카데미에서 보내는 마지막 해가 될 것이다.

"야, 저기……."

라드와 그의 친구가 그녀 근처를 스쳐 지나가며 그런 웬디를 이상하게 쳐다봤지만 시선을 감추는 방법을 그녀는 알지 못했다. 마주친 라드의 잿빛 눈동자가 불쾌한 듯 찌푸려지는 것을 웬디는 똑똑히 보았다. 자신을 홀린 듯 바라보는 여학생의 시선이 불편한 것처럼 말이다. 익숙하지 않은 눈빛이었다. 그가 자신에게 저렇게 싸늘한 눈빛을 보낸 것은 지금껏 단 한 번도 없었으니까. 웬디는 멍하니 자신을 지나치는 그의 뒷모습을 바라보았다.

라드의 뒷모습이 모퉁이를 돌아 사라진 후 한참 지나서야 웬디는 다시 가던 길을 갔다. 기분이 이상했다. 무표정하고 감정이 잘 드러나지 않는 얼굴은 웬디가 알던 모습과 별반 다르지 않았지만 무언가 조금 더 서늘하고 차가운 인상을 느꼈다. '어린 시절의 그는 이런 모습이었구나' 하고 그녀는 씁쓸하게 읊조렸다. 십 대 시절의 라드 슈로더가 웬디를 알아볼 리 없었지만 그가 보인 써늘한 태도에 조금 서운한 기분마저 들었다. 찰나의 멈칫거림도 없이 스쳐 지나가다니.

한참 생각에 잠겨 걷다 보니 어느덧 수련장에 다다라 있었다. 웬디는 라드에 대한 생각을 잠시 미뤄 두고 수업을 위해 모인 학생들의 모습을 둘러보았다. 역시나 남학생 천지였다. 여학생이 그녀 외에 전무하다고 하는 게 더욱 옳은 표현이리라. 남학생들 역시 수련장에 있는 유일한 여학생인 웬디를 연신 힐끗거리며 살폈다. 그들도 체술 수업에 여학생이 오리라고는 생각하지 못한 모양이었다.

교수는 단신에 탄탄한 근육을 가진 중년의 남자였다. 한눈에 강한 유단자라는 걸 알 수 있었다. 그가 두툼하고 커다란 손을 들어 손뼉을 한 번 딱 치며 학생들을 한곳에 불러 모았다.

"오늘은 간단히 몸을 풀어 보겠다. 이 수업을 감당할 자신이 없는 학생들은 수업이 끝나는 즉시 수강 정정을 하길 바란다."

간단히 몸을 풀어 보겠다는 말과는 달리, 교수는 무지막지한 강도로 수업을 진행했다. 길고 긴 몸풀기가 끝나자 교수는 학생들을 한 명씩 지도하기 시작했다. 일대일 대련이었다. 말이 좋아 일대일 대련이지, 그저 학생들을 무자비하게 집어던진 것에 지나지 않았다. 확실히 겁을 주려는 모양새였다. 그의 손아귀 힘에 번쩍 들려 집어던져진 학생들은 모두 희게 질렸다.

"여학생이군."

웬디 차례가 되자 교수가 어깨를 으쓱하며 말했다. 그는 여학생이라 하여 봐주지 않겠다는 듯 매서운 눈빛으로 그녀에게 달려들었다. 웬디는 그의 빈틈을 찾아 간발의 차이로 몸을 피했다. 웬디가 공격을 피할 거라 예상하지 못한 듯 그가 조금 놀란 얼굴을 했다.

"제법인데."

그러나 그 말을 끝으로 교수는 단숨에 웬디의 멱살을 틀어쥐었다. 몸이 붕 뜨는 느낌이 드는 것에 이어 시야가 순식간에 뒤집혔다. 어찌해 볼 도리도 없이 웬디는 '쿵' 하는 소리와 함께 바닥에 처박히고 말았다. 떨어지며 낙법을 썼기에 망정이지 자칫 다른 남학생들처럼 우스꽝스러운 모양으로 매트 위를 나뒹굴 뻔했다. 교수는 웬디의 낙법을 보며 흡족하게 고개를 끄덕였다. 학생들 사이에서 작은 탄성이 터져 나왔다.

수업을 신청한 학생 중 절반 정도는 검술학부였지만 그들은 체술을 처음 접하는 것처럼 보였다. 검을 쓰지 않는 체술은 주로 평민들이 익히는 무도였기에 아카데미의 귀족 학생들에게는 낯설 수밖에 없었다. 체술 수업에 온 검술학부 학생들은 타 학부 학생들에 비해 몸짓이 민첩하고 대련 시간을 좀 더 끌었을 뿐이지, 결국 모두가 교수에게 무자비하게 집어던져지는 종말을 맞았다.

학생들은 뒤이어 둘씩 짝을 지어 대련을 하게 되었다. 웬디에게 호기심을 느낀 듯 근처를 맴도는 학생들은 많았지만 막상 여학생과 짝을 지어 대련을 할 수는 없었는지 대련 신청을 하는 이는 없었다. 그런 그들의 모습을 날카로운 눈빛으로 살펴보던 웬디가 이윽고 마음을 정한 듯 학생들 중 한 명을 향해 다가갔다.

"나와 대련을 하지 않겠니?"

웬디에게 지목당한 남학생이 당황한 듯 멋쩍게 웃었다. 미소가 봄꽃처럼 싱그러운 아이였다.

"괜찮겠어? 난 장난처럼 할 생각은 없는데."

그가 자신의 연갈색 머리칼을 장난스럽게 흩트리며 말했다. 호두껍데기처럼 밝은 갈색의 머리칼이었다.

"바라던 바야."

수련장의 학생들 중 가장 강해 보이는 아이를 일부러 택정한 것이었기에 웬디는 그의 말에 고개를 끄덕이며 답했다.

"난 검술학부 1학년 드웬 이바네즈야."

그가 웬디에게 자신을 소개하며 악수를 청하자 그들의 대화를 주시하고 있던 주변 학생들이 휘파람을 불었다. 어린아이들의 치기 어린 장난에 웬디는 반응을 보여 주지 않았다. 당황해 보았자 아이들에게 즐거움만을 선사할 거란 걸 잘 알고 있었다. 대신 웬디는 어른스럽게 자신을 소개했다.

"난 식물학부 1학년 웬디 왈츠야."

웬디가 그의 손을 맞잡았다.

주말 내내 웬디는 레이니 숲을 이 잡듯 뒤지며 요정 클라우디오를 찾아 헤맸다. 요정의 이름을 외쳐 부르고 아름드리 나무둥치를 두드려 보고 풀숲 사이사이를 헤쳐 봤지만 그 작은 꼬마 요정을 찾을 순 없었다. 자신을 원래대로 되돌려 줄 수 있는 건 클라우디오밖에 없었기에 시간이 흐를수록 절박함이 쌓여 갔다. 마음 같아서는 아카데미니 뭐니 모두 때려치우고 요정을 찾는 일에만 몰두하고 싶었지만 이곳에서의 상황이 어떻게 돌아갈지 알지 못하는 지금은 자신이 적을 둔 곳에 어느 정도 충실할 필요가 있었다. 장기전이 될 경우, 오갈 데 없는 신세가 될 수도 있었기 때문이다. 미리 지불된 학비 외에 아카데미 밖으로 나가 독립할 만큼의 돈이 그녀 수중에는 없었다. 귀한 식물 몇 개를 키워 내다 팔까도 생각해 보았지만 이곳에서 미성년자의 신분인 자신이 준비 없이 일을 벌이는 건 위험하다는 판단 역시 들었다. 해서 웬디는 수업을 가능한 몰아 듣고 나머지 시간을 이용해 숲에 갈 수 있도록 계획을 세웠다.

결연한 마음으로 레이니 숲을 찾았지만 웬디는 결국 아무런 성과 없이 녹초가 되어 아카데미로 되돌아왔다. 숲의 개울가에서 대충 지저분한 곳을 닦아 냈지만 외출복 여기저기가 꾀죄죄해져 있었다. 아카데미 입구를 통과해 걷던 그녀는 저만치 멀리서 익숙한 얼굴을 발견해 냈다. 라드 슈로더였다. 그는 홀로 교정을 거닐고 있었다. 승마복을 입고 있는 것으로 보아 마구간을 향해 가거나 이미 다녀온 것 같았다. 심신이 지쳐 있었던 그녀는 위로받고 싶은 기분에 그를 향해 다가갔다. 그가 자신이 알던 라드 슈로더가 아님을 알고 있음에도 그랬다. 그냥 그 얼굴이라도 가까이서 본다면 조금 위안이 되지 않을까 했다.

웬디는 조금 거리를 두고 멈춰 서 그를 바라봤다. 그가 걷는 방향대로 눈길을 두던 그녀는 연약한 해바라기가 된 심정으로 여린 한숨을 쉬었다. 이렇게 지켜보고만 있어야 하다니 가슴이 쓰렸다. 자신이 사라진 걸 알고 현실의 라드가 얼마나 깊이 걱정하고 있을지 생각하니 더욱 힘이 빠졌다.

그때 라드 슈로더가 시선을 느꼈는지 웬디가 있는 쪽을 향해 고개를 돌렸다. 그녀의 얼굴을 보자마자 그가 반사적으로 인상을 찌푸렸다. 웬디는 순간 화가 났다. 아니, 왜 나를 보고 저리 인상을 쓴단 말인가! 내가 무얼 어찌했기에!

그녀가 속으로 이기죽거리는 와중에도 라드는 못마땅한 표정을 감추지 못했다. 눈썹과 눈매의 미세한 움직임이었지만 웬디는 그가 짜증스러워하고 있다는 걸 분명히 알 수 있었다. 라드 슈로더 근처에서 추파를 던지던 여인들 중 하나가 된 듯한 기분에 웬디는 몹시 언짢아졌다.

그녀는 거의 충동적으로 라드의 뒤를 따랐다. 지친 다리가 휴식을 호소하고 있었지만 모두 무시하고 걸음을 옮겼다. 얼마 걷자 마구간이 나왔다. 아카데미 마구간지기가 라드에게 말고삐를 내밀었다. 발로스보다 훨씬 작은 말이었지만 제법 탄탄해 보이는 근육을 가진 훌륭한 말이었다. 라드가 말에 올라타 출발하는 모습을 본 웬디 역시 마구간지기에게 다가가 말을 하나 내어 달라 청했다. 그가 웬디를 보고 미소 지으며 예쁘고 작은 체구의 암말이 있는 우리에 다가갔다.

"아니, 여기 이 녀석이 좋겠군요."

웬디는 얼른 근처 우리 안에서 목을 쓱 내밀고 있던 크고 힘 좋아 보이는 말 한 마리를 가리켰다. 곧 그녀는 녀석의 등 위에 탈 수 있었다.

"으랴!"

웬디는 이를 악물고 말을 출발시켰다. 엄청난 속도로 내달리는 말을 보고 마구간지기가 멀리서 뭐라고 소리쳐 댔다. 그러나 그 외침도 웬디를 멈춰 세울 순 없었다. 그녀는 들판 중앙 즈음에 있는 라드 슈로더를 금세 발견했다. 그리고 전속력으로 그를 향해 말을 몰았다. 얼마 안 가 그녀가 탄 말이 라드를 따라잡았다. 웬디의 얼굴을 힐긋 본 그가 또 어김없이 인상을 찌푸렸다. 귀찮아하는 모양새였다. 웬디는 이를 갈며 그를 앞지르기 위해 속도를 높였다. 그런 그녀의 낌새를 눈치챈 라드 역시 추월을 허락하지 않겠다는 듯 말을 더욱 빠르게 몰았다.

곧 둘의 괴상한 질주가 시작되었다. 앞서거니 뒤서거니 한참을 엎치락뒤치락했지만 끝내 웬디가 그를 추월했다. 그가 모는 말이 그녀의 꽁무니를 쫓는 형상이 되자 웬디는 가슴 가득 희열을 느꼈다. 결코 선두를 내주지 않으리라!

들판을 뺑 돌아 다시 마구간으로 되돌아온 웬디는 아주 홀가분한 마음으로 말에서 내렸다. 돌풍 같은 질주를 보고 희게 질린 마구간지기에게 웃으며 말고삐를 건넨 그녀가 막 마구간을 나서려고 할 때였다.

"뭐하자는 거지?"

라드 슈로더가 그녀에게 삐뚜름한 시선을 건네며 물었다. 웬디는 영문을 모르겠다는 투로 답했다.

"무엇을 말인가요?"

웬디가 시치미를 떼자 그의 한쪽 눈썹이 꿈틀거렸다. 아직 어려서 그런지 그녀가 아는 라드 슈로더보다는 확실히 감정을 감추는데 서툴렀다. 그런 그의 모습을 보자 웬디는 다시 한 번 승리자의 기분에 도취되었다. 그와의 관계에서 우위를 점한 것 같은 그런 기분이었다. 물론 라드는 조금도 그녀를 신경 쓰지 않고 있겠지만.

"비켜 주시겠어요? 입구를 막고 계시는군요."

웬디가 상냥한 투로 그에게 말했다. 그가 비켜서지 않고 웬디의 얼굴을 뚫어져라 바라보자, 그녀는 어쩔 수 없다는 듯이 입구 사이로 그를 스쳐 지나갔다. 둘의 어깨가 가까이에서 스쳤다.

바로 그때였다. 지나쳐 가는 웬디의 손목을 라드가 빠르게 잡아 그녀를 멈춰 세웠다. 갑작스러운 그의 행동에 당황한 웬디가 눈매를 잔뜩 좁히고 그를 바라봤다. 맨살에 닿은 단단한 그의 손은 익숙했지만 눈앞의 남자는 그녀가 알고 있던 라드 슈로더가 아니었다. 웬디는 어린 티가 도는 라드의 잿빛 눈동자를 마주 쏘아보다 팩 고개를 돌렸다.

"제게 할 말이 있으신가요?"

시선을 비끼며 묻는 그녀의 말에 라드는 아무런 대답이 없었다. 보지 않아도 자신을 못마땅하게 바라보고 있는 그의 시선이 오롯이 느껴졌다. 그 불편한 시선에 굴복당하기 일보직전, 웬디가 다시 그를 향해 고개를 훽 돌리며 당돌하게 그를 노려보았다. 그 강렬한 눈빛이 통했던 걸까. 잠시 떨어졌던 눈이 다시 마주치자, 웬디의 시선이 자신을 향할 거라 예상하지 못했던 것처럼 그가 얼핏 당황하는 기색을 보였다. 라드가 마치 훔쳐보다 들킨 소년처럼 어색하게 눈을 돌리며 그녀의 손목을 놓았다.

기숙사 복도를 걷던 라드가 셔츠에 묻은 흙먼지를 툭툭 털어냈다. 그 손길에 그답지 않은 짜증이 서려 있었다. 모퉁이를 돌아가니 멀찍이 그의 방 앞에 한 남학생이 서 있는 모습이 보였다. 의학부 3학년 에드몬즈 베일럽이었다. 그가 라드를 발견하고 손을 흔들었다.

"한참 기다렸어. 휴일에도 얼굴 보기가 힘들군. 승마를 하고 온 거야?"

에드몬즈가 라드를 반기며 말했다.

"해부학 시험이 있다더니, 어쩐 일이야?"

"공부가 손에 잡혀야 말이지."

그가 한숨을 푹 내쉬며 말을 이었다.

"폴 아버키 다리를 작살냈다면서? 크루스 교수님께서 최소 삼 개월은 요양을 해야 한다고 하시더라. 이번 학기를 제대로 마치기는 이미 틀린 거나 마찬가지 아냐. 아버키 백작가에서 항의라도 해 오면 어쩌려고 그래?"

에드몬즈의 물음을 못 들은 체하며 라드가 잠긴 방문을 열었다. 안으로 들어가는 라드를 쫓아 에드몬즈 역시 따라 들어왔다.

"내 말 듣고 있는 거야?"

"신경 쓸 것 없어. 항의 따위 하지 못할 테니까."

"녀석이 네 훈련용 부츠에 손을 댔다면서? 그런 비겁한 수를 쓰는 놈 따위 그냥 교수님들께 맡겨 버리면 그만 아냐? 무엇하러 대련을 받아 줘."

"건방진 작태를 보였다면 밟아 주면 그뿐이야. 자신이 누구에게 싸움을 걸었는지 녀석도 알아야지."

라드가 셔츠 단추를 풀어내며 말했다. 그 말에 에드몬즈가 어쩔 수 없다는 듯 고개를 흔들었다.

"너무 무지막지하게 밟아 놓았으니 문제지."

"검에는 하찮은 수 따위 통하지 않는다는 걸 이 기회에 조금은 깨달았겠지."

"잘도 그랬겠다!"

에드몬즈가 버럭 소리를 지르자 라드의 한쪽 눈썹이 꿈틀 올라갔다. 그제야 에드몬즈의 말투가 조금 누그러졌다.

“휴…… 너는 어때? 다친 곳은? 괜히 숨기지 말고 보여 봐. 약 챙겨 왔으니까.”

“작은 상처다. 이미 치료받았으니 신경 꺼.”

라드의 짤막한 대답에 에드몬즈가 다시 한 번 크게 한숨을 내쉬며 소파에 가 앉았다. 친구의 심란한 마음을 헤아릴 리 없는 라드는 그런 그를 무심히 지나쳐 옷장을 향해 걸어갔다. 셔츠를 갈아입기 위해 옷장 문을 열어젖히던 라드가 그 순간 무언가 생각이 난 것처럼 고개를 돌려 에드몬즈를 바라봤다.

“그런데 말이야.”

의미를 알 수 없는 얼굴을 하고 있는 라드 슈로더를 보며 에드몬즈가 계속 말해 보라는 듯 고개를 가볍게 끄덕였다.

“땀 냄새도 성별에 따라 다를 수 있나?”

“무슨 말이야? 땀 냄새?”

에드몬즈가 눈매를 좁히며 되물었지만 라드는 대답 없이 생각에 잠겼다. 조금 전 그의 손에 닿았던 한 여학생의 자취를 더듬듯 그 눈길이 아득한 빛을 띠었다. 숲의 나무 냄새 같기도, 꽃 냄새 같기도, 바람 냄새 같기도 했다. 그 아이와 가까이 선 순간 번지던 그 향기는.

돌풍 같은 승마 후 열이 올랐는지 분홍빛으로 물들어 있던 그 아이의 두 뺨을 그는 기억하고 있었다. 둥근 이마 위에 송골송골 맺혀 있던 땀방울과 샛노란빛을 띠는 잔머리들이 땀에 젖어 있는 모습을.

함께 검을 섞던 이들에게서 나던 후끈한 체취를 수없이 맡아보았지만 그런 냄새 같은 게 아니었다. 영애들에게서 나던 분 냄새나 향수 냄새 같은 것 또한 아니었다.

"무슨 소리냐니까? 땀 냄새라니."

"아니다. 그만 가 봐, 쉬어야겠으니까."

뜬금없이 솟은 생물학적 호기심이라고 그는 생각했다. 성별에 따라 체취 또한 다를 수 있을 것이라고. 홀린 듯 자신을 바라보다가 끝에 가서는 삐딱하게 자신을 보던 그 시선이 못내 신경 쓰였지만 라드 슈로더는 생물학적 호기심에서 비롯된 쓸데없는 생각들을 얼른 머릿속에서 몰아냈다.

"이얍!"

자그마한 체구의 여학생에게서 났다고 상상하기 어려운 커다란 기합 소리가 수련장을 가득 채웠다. 이어 몸을 날래게 움직인 여학생이 그녀의 몸집과 거의 두 배 정도 차이 나는 남학생의 옷깃을 요령 있게 틀어쥐더니 순식간에 그를 메다꽂았다. 매트 위에 떨어져 내리는 몸의 마찰에 큰 소리가 났다.

"와아!"

모두가 멍하니 탄성을 흘렸다. 매트 위에 뻗어 있던 드웬 이바네즈가 찬찬히 몸을 일으키며 웬디에게 볼멘소리를 했다.

"살살 하라니까. 체술 초짜에게 너무하잖아."

웬디가 그에게 손을 내밀자 드웬이 그녀의 손을 잡고 몸을 일으켰다.

"이건 검을 처음 잡아보는 너를 상대로 내가 진검 승부를 벌이는 거나 마찬가지라고. 그것도 전력으로."

"너와 검술학 수업을 함께 들을 생각은 없으니 그런 일은 없을 거야. 다행이군."

웬디가 웃으며 답하자 드웬이 표정을 구겼다.

"뭐가 다행이이란 거야? 윽, 삭신이야."

웬디는 수업 몇 번 만에 체술 수업을 듣는 학생들 사이에서 화젯거리로 떠올랐다. 어느 누군들 상상할 수 있으랴! 자신보다 체구가 절반쯤은 작은 여학생이 자신을 가볍게 들어 집어던지는 상상을! 드웬 이바네즈를 시작으로 여러 명이 그 희생양이 된 이후에야 모두는 웬디 왈츠를 인정하지 않을 수 없었다. 그 상상이 현실이 될 수 있음을 깨달은 것이다.

"재지? 웬디 왈츠라던가? 이야, 확실히 눈으로 보니까 대단하네."

검술학부 3학년 루카스가 가볍게 휘파람을 불며 말했다. 수련장을 나눠 쓰고 있던 검술학부 3학년 학생들 역시 방금 수련장에서 벌어진 대련을 똑똑히 지켜보았다. 그리고 그건 라드 슈로더 역시 별반 다르지 않았다. 루카스 옆에 선 그가 말없이 웬디의 모습을 건너다봤다. 그 시선에 지난날 그녀와 난데없는 승마 경주를 벌였던 일이 덧씌워져 있었다.

그 순간 웬디가 멀리 라드 슈로더가 있는 방향을 향해 고개를 돌렸다. 둘의 눈이 마주쳤다. 잠시 멈칫하던 그녀가 이내 라드를 보고 인상을 팍 찌푸렸다. 못 볼 걸 보았다는 것처럼 고개를 돌려 버리는 웬디의 모습을 응시하던 라드의 눈매가 못마땅하게 좁혀졌다.

"건방지군……."

"응? 뭐라고?"

루카스가 무슨 말이냐는 듯 물었지만 라드는 대답 없이 서늘한 눈으로 웬디의 뒷모습을 좇았다. 의아한 듯 루카스가 말했다.

"저기 저, 여학생 보고 하는 말이야?"

"……."

"왜? 관심 있어? 요한레스 공국 출신이라던데. 베냐한의 공작 전하에게는 조금 쳐지는 감이 있긴 하지만 꽤 매력 있지?"

그가 빙글거리는 얼굴로 라드의 어깨를 쳤다.

"네가 여자한테 관심을 다 보이다니. 으, 종말의 징조 같은 건 아니겠지? 다들 네가 여자한테 관심을 보이는 날 베냐한에 종말이 올 거라고 했단 말이야."

라드가 무시무시한 눈으로 루카스를 바라보자 그가 찔끔한 표정으로 한 걸음 물러섰다.

"아무튼 마음에 들면 서둘러야 할 거야. 지금 저 애를 노리는 애들이 얼마나 많은 줄 알아? 저렇게 새침한 얼굴로 남자들을 묵사발을 만드니 다들 흥미가 동한 거겠지. 벌에 쏘일 줄 알면서도 잡고 싶은 심정 같은 건가?"

그가 '후후' 웃으며 말을 이었다.

"앤드류가 일주일 내에 사귀겠다 호언장담을 했다니까. 에릭도 마찬가지고. 신입생이라면 또 그 애가 껌벅 죽잖아."

"시끄럽군. 쓸데없는 소리 그만둬. 그런 데 관심 없으니까."

시끄럽다 루카스를 타박하고도 라드는 자리를 뜨지 않았다. 평소

같으면 뒤도 안 돌아보고 쌩하게 가 버렸겠지만 어쩐지 그는 손에 들고 있던 검을 다시 들 생각조차 하지 않고 있었다. 라드의 시선이 여전히 웬디 왈츠를 향해 있는 걸 본 루카스가 '헤헤' 웃음을 지었다.

"자, 모두 주목해라!"

체술 교수인 찰리와 3학년 검술학 수업을 진행하던 쉐인 교수가 학생들을 불러 모았다.

"이번 시간에는 체술과 검술을 접목한 수업을 하겠다. 검을 든 상대를 제압하는 방법과 무기를 잃었을 때의 대응법을 함께 알아볼 테니 모두 집중해 수업에 임하길 바란다. 먼저 몸도 풀 겸 무기 없이 대련을 해 보겠다. 체술 수업을 받고 있는 1학년과 검술학부 3학년 학생이 각기 한 조가 되도록 한다. 3학년들에게도 좋은 경험이 될 테니 상대가 1학년이라 하여 얕잡아 보지 말도록."

체술은 아카데미에 올해 처음 개설된 과목이었던 까닭에 3학년 학생들에게도 낯설 수밖에 없었다. 검을 숭상하는 베냐한에서 체술은 저급한 평민들의 무예라 하여 경시되어 왔기에 귀족 자제들인 아카데미 학생들이 이를 접할 기회는 없었다. 그러나 전투 상황에서 벌어질 수 있는 많은 돌발 상황들과 위험들에 대처하기 위해서도 체술을 일정 부분 익히는 게 필요하단 의견이 교수들 사이에서 지배적이었다. 체술에 대한 오랜 부정적 인식으로 인해 정규 과목으로의 개설이 늦어졌으나 뛰어난 검사이자 체술에도 일가견이 있는 찰리 교수를 올해 임용하면서 체술이 정규 과목이 된 것이다.

학생들은 교수들의 지도 아래 둘씩 조를 이뤘다. 웬디 왈츠의 높아진 유명세 때문인지 그녀를 노리는 3학년 학생들이 근처를 배회하며 한 조가 되길 기대했으나 찰리 교수는 엄격한 눈빛으로 그들의 기대를 무너뜨렸다.

"라드 슈로더."

그가 라드의 이름을 불렀다. 여학생에게 사감을 갖지 않을 만한 학생을 지목한 것이었으나, 글쎄, 그 판단이 옳은 것인지는 두고 볼 일이었다.

한편 교수의 부름을 들은 웬디는 깜짝 놀라 하마터면 눈을 동그랗게 뜨고 라드 슈로더를 바라볼 뻔했다. 또 그렇게 바보 같은 표정을 보일 뻔하다니! 웬디는 마음을 단단히 먹고 댕그랗게 커지려는 눈을 의지로 붙잡으며 꾹 힘을 줬다. 그리고 그대로 라드가 있는 방향으로 도도하게 시선을 두니 묵묵하던 그의 표정이 자신을 보자마자 불쾌하게 허물어지는 게 보였다.

"그렇게 인상 쓸 것 없다. 나 역시 너와의 대련이 그리 달갑지 않으니까."

그가 웬디 앞에 서며 말했다. 눈 근육에 힘을 과도하게 불어넣었던 걸까. 하필 그 표정이 인상을 쓴 것처럼 보인 모양이었다. 웬디는 얼른 턱을 치켜들며 모아진 눈매를 풀었다.

"인상을 쓰다니요. 대련 전 상대를 탐색하는 건 기본 중에 기본이죠. 제 시선이 제법 날카로웠나 보군요."

웬디가 거들먹거리며 피식 웃었다.

"그리 자신 있어 하는 걸 보니 기대가 되는군."

그가 손에 들고 있던 검을 검집에 꽂아 넣으며 웬디에게 먼저 공격해도 좋다는 것처럼 턱짓을 했다. 웬디는 침을 꿀꺽 삼키며 자세를 잡았다.

라드 슈로더와의 대련이라니, 상상해 본 적도 없는 일이었다. 웬디가 가끔가다 도장에서 땀을 빼는 걸 즐긴다지만 황실 기사단장이자 제1기사단의 롯테어인 남자에게 대련을 신청할 정도로 정신이 없진 않았다. 하지만 그는 아직 황실 기사단장도, 롯테어도 아니었다. 그의 무위가 아무리 뛰어나다 할지라도 체술을 한 번도 경험해 보지 못한 이상 작은 빈틈 정도는 있을 것이다. 웬디는 번뜩이는 눈빛으로 그 빈틈을 찾았다.

그러나 불과 수 초 후에 그녀는 이를 악물며 자신의 생각이 얼마나 순진한 것이었는지 돌이켜 보아야 했다. 없다! 없어! 그 빌어먹을 빈틈이란 걸 찾으려야 찾을 수가 없었다.

"선공은 무리인가?"

라드가 그녀를 자극했다. 웬디는 자신에게 한없이 다정하던 그 남자가 저토록 얄미운 말을 툭툭 던져대는 것에 도무지 적응할 수 없었다. 서로의 마음을 확인하기 전 그를 경계하던 때에도 저리 대놓고 얄미운 말을 던진 적은 없었다. 아무리 십 대 시절의 보송보송한 모습을 한 라드 슈로더라지만 저 잿빛 눈동자도 얇은 입술도 견고한 턱 선도 전부 자신이 알던 그 모습이 아닌가! 사람이 이렇게 달라질 줄이야. 아니, 이렇게 다를 줄이야!

"인내심이 없으시군요!"

웬디가 언짢은 기색을 그대로 드러내며 짓씹듯 말을 뱉었다. 잠시 둘의 대치가 이어졌다. 날카로운 눈빛이 얽히고설켰다. 그리고 그 순간 웬디가 빠르게 그의 오른쪽 옆구리를 파고들었다. 포악한 맹수처럼 날렵하게 두 손을 뻗어 그의 옷자락을 비틀어 쥐려는 찰나, 라드가 몸을 틀어 그 공격을 피했다. 아주 아슬아슬한 타이밍으로 그가 몸을 피한 탓에 더욱 바짝 약이 올랐다. 만약 그녀와는 상대도 되지 않는 빠르기로 그가 공격을 피했다면 벽을 만난 막막함을 느꼈겠지만 공격이 비록 실패했다 하나 간발의 차이였기에 아쉬움이 그 뒤에 덕지덕지 묻었다. 그러니까 '요거 잘만 하면 될 거 같다' 이런 생각이 든 것이다.

"하압!"

웬디는 연속 공격을 퍼부었다. 그의 손목을 노리고 달려들길 한 번, 연이어 무릎과 목덜미. 가슴팍과 정강이를 노리는 다섯 번의 공격을 퍼부었지만 모두 실패했다. 심지어 중간에 가슴을 노리는 척하고 목덜미를 내리치는 교란 작전까지 선보였으니 여섯 번의 공격이라고 해도 무방할 것이다!

"헥헥……."

지친 것은 웬디뿐이었다. 웬디는 거친 숨을 몰아쉬며 그의 얼굴을 독기 어린 눈으로 노려봤다. 가만, 저 입가에 덧그려져 있는 것이 설마 미소 따위는 아니겠지? 지금, 저자가 날 비웃고 있는 것인가?

"피하는 것밖에 할 줄 모르나 보군요!"

자존심이 상한 웬디가 버럭 소리를 질렀다. 방어를 위해 체술을 배워 왔던 그녀는 지금과 같은 적극적인 공격보다는 상대의 공격을 되받아쳐 뿌리치는 기술에 더욱 자신 있었다. 이 때문에 공격 않고 요리조리 피하기만 하는 라드 슈로더가 더욱더 못마땅했다.

"다음 공격이 훤히 보이는데 피하지 않을 이유가 없지. 동작이 너무 정직하군."

"하! 그런 정직한 공격에도 정면으로 맞부딪쳐 승부를 낼 생각은 전혀 없는가 보군요? 아니면 배짱이 없는 건가요?"

차가운 노여움이 서린 얼굴로 그녀가 말했다. 그러나 웬디가 아무리 성을 내 보았자 그의 표정에 조금의 변화도 이끌어 낼 수는 없었다. 단호한 손길로 새겨진 판화처럼 수백 번을 찍어도 똑같은 그림이 나올 것만 같은 그런 얼굴이었다. 아이러니하게도 그의 그러한 점이 또 그녀가 알던 라드 슈로더와 닮아 있어서 웬디의 가슴에 더욱 격한 풍랑을 일으켰다.

"승부라면 이미 난 것이 아닌가?"

"뭐라고요? 어디서 나 모르게 검이라도 섞고 온 건가요? 어찌 그런 망발을! 오만하기 이를 데 없군요!"

"이렇게 확연한 실력 차이 앞에 오만이라는 말을 갖다 붙이진 않지."

"제대로 된 승부 한 번 벌이지 않아 놓고서 언변으로 상황을 무마하려 드는군요."

수련장에 난데없는 말싸움이 벌어졌다. 그들 주변에서 대련을 준비하는 척하며 흥미롭게 둘의 대치를 지켜보고 있던 학생들이 수군거리기 시작했다.

"쟤들 왜 저래? 지금 뭐야, 싸우는 거야? 그것도 말로?"

루카스가 같은 학년 친구인 조쉬에게 황당하다는 것처럼 물었다.

"라드 녀석, 굉장히 흥분한 거 같은데."

조쉬가 무표정한 라드의 얼굴을 가리키며 말했다.

"응, 그것도 엄청. 너, 라드가 공격을 피하기만 하는 거 본 적 있어?"

"없지. 공격을 퍼부어 대기만 하는 거면 모를까."

"그치? ……그럼, 싸우는 게 아니고 다른 건가?"

"다른 거라니, 뭐?"

"연애?"

"에이, 설마."

"음, 아무래도 난 본국으로 돌아갈 준비를 해야겠어. 이곳 베냐한 땅에 종말이 올지도 모른다는 생각이 진지하게 들기 시작했어."

"나, 나도 그럴까?"

두 사람이 심각한 얼굴로 소곤댔다. 그 순간에도 라드와 웬디의 말다툼은 계속되었다.

"언변으로 상황을 무마한다니. 말주변이 없다 정평이 난 내게 그렇게 훌륭한 평가를 내려 주다니 고맙군."

"그래요, 칭찬으로 들으셨다면 하는 수 없죠. 훌륭한 재주를 가지셨네요, 비난을 칭찬으로 승화시켜 듣다니!"

날선 공방이 이어졌다. 뾰족한 말을 내뱉은 웬디가 고슴도치처럼 가시를 세운 채 라드를 바라보자 그는 덤덤한 양 그 눈빛을 받았다. 라드의 무미건조한 잿빛 눈동자를 본 웬디는 분기가 치밀어 올랐다. 퍽퍽하기 이를 데 없는 시선이었다. 금방이라도 풀풀 흙먼지가 날릴 것만 같은.

아무렇지 않은 척하고 있지만 웬디는 제법 잘 참아 내고 있는 중이었다. 낯설기 그지없는 공간에 뚝 떨어져 자신의 연인과—정확히는 연인이 되기 한참 전의 라드 슈로더와—대련을 하는 이런 우스운 상황에 놓인 것만도 황당하기 짝이 없는데, 내내 저런 눈으로 자신을 바라보는 그를 마주하고 있어야 한다니! 웬디는 라드 슈로더의 무감한 눈빛 앞에서 이젠 서러운 기분마저 들었다.

"날 그런 식으로 바라본 걸 후회하게 해 주겠어요!"

알알이 맺힌 분을 터뜨리듯 말을 던진 그녀가 자세를 낮추어 그에게 달려들었다. 빠르게 그의 명치를 향해 주먹을 꽂아 넣으려는 그녀의 공격을 그가 좀 전처럼 피했다. 그러나 이번에는 그녀 역시 호락호락하게 넘어가지 않았다. 웬디는 그의 다음 행동을 미리 예측하고 있었던 것처럼 순식간에 몸을 비틀어 라드의 얼굴을 향해 손날을 휘둘렀다. 피할 새도 없이 날아든 공격에 라드가 그녀의 손목을 막아 쥐었다. 몸에 익은 행동대로 그는 상대를 넘어뜨렸다. 피할 수 없는 일격이었다. 자세가 허물어진 웬디의 몸이 공중에 잠시 떴다가 빠르게 매트를 향해 추락했다.

쿵!

매트 바닥을 울리는 큰 마찰음이 났다. 모두의 시선이 두 사람을 향했다.

"……."

웬디는 눈앞, 한 뼘도 안 되는 거리에 있는 익숙한 잿빛 눈동자를 멍하니 올려다보았다. 그가 한껏 좁혀진 눈매를 하고 자신을 내려다보고 있었다. 새벽 미명 같은 그 잿빛 눈동자에 시간을 거스른 노을빛이 아득히 떠올랐다 금세 흔적 없이 사라졌다. 그저 열기 같은 것이었는지도 모른다고 웬디는 생각했다. 차갑지도 뜨겁지도 않은 온도의 열기. 내일의 열기를 품은 노을빛, 혹은 낮의 열기를 속 안에 품은 일출 직전 미완의 온도 같은.

뒤통수가 조금 얼얼했지만 크게 아프진 않았다. 낙법도 하지 못하고 바닥에 처박힌 것치고는 작은 고통이었다. 웬디는 숨결이 느껴질 만큼 가까이 있는 눈앞의 남자를 보며 어떤 행동을 취해야 할지 그 짧은 시간 결정하지 못하고 숨을 삼켰다. 주위는 이상하리만치 조용했다. 자세가 불편했던지 그가 팔을 조금 움직였다. 그녀의 머리칼이 그 움직임에 따라 조금 흩어졌다. 이상한 기분을 느낀 그녀가 고개를 조심스럽게 옆으로 돌렸다. 시야에 자신의 머리 옆으로 바짝 붙어 있는 그의 팔이 들어왔다. 이건 마치 그가 자신을 감싸안고 있는 것 같은 모습이었다. 음, 가령 그가 자신의 머리를 고이 감싸안고 있다면 지금과 같은 포즈가 나오리라.

그녀는 그제야 뒤통수에 닿은 것이 매트가 아니라 누군가의 손바닥임을 알아차렸다. 온몸의 감각이 요동하며 바짝 일어섰다. 허, 허리 근처에도 그의 손이 있었다! 세상에, 그가 자신을 감싸안고 있었다!

"봤어?"

"응."

"내가 헛 걸 본 게 아니지?"

"응."

"지금 라드 슈로더 저놈이 1학년 후배를 넘어뜨려 놓고 지가 지레 놀라서 저런 거지?"

"응, 같이 넘어졌어. 일부러."

"평소 같았으면?"

"더 밟아 놨겠지."

"그치?"

"응."

루카스와 조쉬가 둘이서 가만가만 이야기했다. 문제는 그 목소리가 모두에게 생생히 들렸다는 것이다. 그것은 웬디 역시 마찬가지였다. 그녀의 얼굴이 새빨갛게 달아올랐다.

먼저 몸을 일으킨 건 라드 슈로더였다. 그는 주변의 동요를 느끼지 못하는 사람처럼 웬디에게 무덤덤하니 손을 내밀었다. 그 무뚝뚝한 표정에 웬디는 또다시 자신이 알고 있던 라드 슈로더의 익숙한 모습을 느끼고 홀린 사람처럼 내민 그 손을 마주 잡았다. 달아오른 얼굴을 한 웬디를 흘깃 본 그가 지나가는 투로 던진 말만 아니었다면 그녀는 십 대 시절의 라드 슈로더에 대한 평가를 달리 했을지도 모른다.

"오해하지 않았으면 좋겠군. 무의식중 여인에 대한 예를 저버리지 못한 것뿐이니."

넘어지는 그녀를 감싸안은 것이 너무도 바른 자신의 예절 감각 때문이라 말하는 라드를 보며 웬디는 급격하게 기분이 나빠졌다. 누가 물어보기나 했단 말인가! 이 빌어먹을 유치함이라니!

"오해는 제가 아닌 다른 분들께서 하신 것 같은데요. 해명이라면 그분들에게 하시는 게 좋을 듯하군요."

웬디는 더욱 강렬한 유치함으로 이에 대응했다. 무덤덤한 라드의 얼굴이 한순간 흔들리는 모습을 본 것으로 그녀는 나빠진 기분을 회복시켰다.

수업이 끝날 때까지 두 사람 사이에는 쌩쌩 바람이 불었다. 둘 다 무성의하게 대련을 하는 둥 마는 둥해 교수님들께 경고를 들었지만 달라지는 것은 없었다. 웬디는 수업이 끝나자마자 뒤도 돌아보지 않고 수련장을 떠났다.

"화난 거 같은데, 따라가 봐야 하는 거 아냐?"

루카스의 말에 라드가 그를 똑바로 바라보며 경고 조로 말했다.

"장난은 그쯤 해 둬."

싸늘한 일갈에 루카스가 머리를 긁적이며 중얼거렸다.

"아니, 난 네가 그런 모습 보이는 게 처음이라……."

라드는 시답지 않은 말을 지껄이는 루카스의 입을 닫치게 하기 위해 한 마디를 더 던지려다 도로 입을 꾹 다물고 자리를 떠났다. 수련장을 떠나기 전, 분위기 파악을 못 하고 그에게 다가오려는 동기 몇이 있었지만 방해하지 말라는 듯 한 번 바라보는 것만으로도 그들을 쉽게 떨쳐 낼 수 있었다. 3학관을 홀로 빠져나와 한참 걷던 그는 인적 없는 벤치가 나오자 그 자리에 꼿꼿한 자세로 앉았다. 버릇처럼 검집을 한 손으로 꽉 잡은 그의 얼굴이 곧 심각하게 굳었다.

내가 무슨 짓을 한 것인가. 대련 중에 대체……!

대련 중 단 한순간도 진심이 아닌 적 없었던 라드에게 있어 오늘 그가 한 대련은 스스로를 꾸짖어야만 하는 최악 중에 최악이었다. 그는 심히 자책했다. 동기들과 후배들 앞에서 꼴사나운 모습을 보인 것은 둘째 치고서라도 무예 앞에 그런 태도를 보인 것을 스스로 용납할 수가 없었다.

여자와의 대련이라는 핑계를 대서는 안 됐다. 초반, 그녀의 움직임은 놀라우리만치 좋았다. 대련을 망친 건 그 자신이었다.

"웬디 왈츠라……."

그녀와의 대련을 떠올리다 자신도 모르게 그 이름을 중얼거린 라드가 화들짝 놀라 주변을 두리번거렸다. 다행히 그 목소리를 들은 사람은 없었다. 곧 그가 느리게 손바닥을 펴 들고 자신의 두 손을 내려다봤다. 날카롭게 들어온 공격을 무의식중에 되받아친 탓에 벌어진 일이었다. 그대로 그녀가 매트에 처박히든 넘어지든 그건 대련 중 일어난 일일 뿐이었다. 결코 잘못된 일이 아니었다.

그런데 그가 모든 것을 망쳤다. 머리로 생각한 건 아무것도 없었다. 정신을 차려 보니 그녀를 감싸안고 매트 위에 함께 쓰러져 있었다. 여인에 대한 예를 저버리지 못했다 말했지만 정말 그래서인지는 그도 알지 못했다. 안았던 촉감이 아직까지도 두 손에 남아 있는 것 같아 그는 개운치 않은 낯으로 주먹을 쥐었다.

다음 날 제다 아카데미에는 괴한 소문이 파다하게 났다. 베냐한 제국의 공작이자 검술학부의 우등생인 라드 슈로더가 수업 중 1학년 여학생과 애정 행각을 벌였다는 소문이었다. 점심시간, 식당에서 그 폭탄 같은 소문을 듣게 된 웬디는 스프를 한 술도 떠넘기지 못했다.

"들었어? 그냥 와락 끌어안았대!"

"슈, 슈로더 선배가? 여자애는 누군데? 걔는 가만있었대?"

"어머, 얘! 가만있기는, 그냥 같이 폭 안겼지. 선배 어깨가 좀 넓니! 그냥 쏙 들어갔겠지. 1학년 신입생이라던데, 웬디 미뉴에트라든가, 왈츠라든가 뭐 그런 이름이었어."

여기저기서 흘러나오는 자신의 이름과 라드 슈로더의 이름에 웬디는 숨을 죽였다. 곧 이어진 친구들의 질문 공세를 피해 웬디는 서둘러 식당을 나와야 했다.

그날은 물론이고 그로부터 며칠 동안 웬디는 수업만 끝나면 그녀에게로 몰려드는 학생들에게 계속 시달렸다. 사실이 아니다, 내용이 와전됐다 해명하는 그녀의 말을 듣고 일부는 그럼 그렇지 하는 표정을, 일부는 앙큼하다는 듯한 표정을 지었다. 그들의 반응 모두 웬디를 곤란하게 만드는 것이었다. 그리고 시간이 흐를수록 눈에 띄게 웬디에게 시기 어린 시선을 보내는 이들이 늘었다. 라드와의 관계로 인해 질시의 대상이 된 적은 이전에도 있었으나 이번에는 정말 억울했다.

라드 슈로더와 자신은 실제 연인 사이가 맞았지만 십 대 시절의 그와는 아무런 사이가 아니었으니까! 웬디는 억울한 감정을 숨길 수가 없었다. 그와 주고받은 것이라곤 싸늘한 눈빛뿐이건만 이런 뜬소문에 시달려야 하다니!

주말이 되어서야 웬디는 잠시 소문에서 해방될 수 있었다. 아카데미를 나와 레이니 숲에 가니 턱 막힌 숨통이 트이는 것 같았다. 이날 웬디는 기쁜 마음으로 요정을 찾아다닐 수 있었다. 주말이 끝나 갈 즈음에는 발바닥이 부르트게 레이니 숲을 헤매고 다닌 게 괴로운 게 아니라 다시 아카데미에 돌아가야 하는 게 괴로울 지경이었다. 웬만한 핍박에도 끄떡없는 웬디였지만 자신을 성가시게 하는 십 대들의 공세는 여간 감당하기 어려운 일이 아니었다.

그러나 그녀가 돌아갈 곳은 아카데미밖에 없었다. 웬디는 도살장에 끌려가는 소처럼 아카데미의 기숙사를 향해 마지못해 갔다. 상황이 이러하니 건방진 꼬마 요정 클라우디오에 대한 원망이 더욱 무럭무럭 샘솟았다. 되돌아가는 내내 녀석에 대한 욕을 홀로 중얼거리자 그나마 조금 답답한 게 가셨다.

주말 마지막 날, 외출 시간의 끝 무렵이었기에 아카데미 입구는 외출 후 되돌아온 학생들로 꽤 번잡했다. 학칙에 정해진 시간 안에 기숙사로 돌아가야 했기에 학생들의 발걸음은 분주했다. 웬디 역시 누가 말을 걸세라 걸음을 더욱 빨리했다.

"저기, 잠깐 시간 좀 있니?"

그러나 상황은 그녀를 돕지 않았다. 웬디는 자신에게 말을 걸어온 사람을 짜증스럽게 바라봤다. 또다시 라드와의 관계를 의심하며 자신을 귀찮게 군다면 그게 누구든 가만두지 않겠다는 생각을 하였다. 그래, 조용히 소문이 잠재워지기만을 기다리는 건 자신의 성미에 맞지 않았다. 내 본때를 보이리라!

"무슨 일이지요?"

의지를 곧추세운 웬디가 눈을 가늘게 뜨고 차갑게 묻자 상대가 조금 당황하며 멋쩍게 웃었다. 눈매가 순한 아주 잘생긴 소년이었다. 소년이 난감한 것처럼 그의 발 앞에 놓인 책 꾸러미를 한 번 내려다본 후 말했다.

"책을 묶은 끈이 끊어져 버려서. 혹시 나 좀 도와줄 수 없을까? 혼자 들기가 어려워 그런데."

그가 겨드랑이에 끼고 있던 목발을 살짝 들어 보였다. 그의 발 앞에는 끊어진 끈과 책 여러 권이 흐트러져 있었다. 그의 말대로 목발을 짚은 채 책을 들고 가는 건 영 어려워 보였다.

웬디는 그들 옆을 지나쳐 가는 학생들의 모습을 잠시 바라본 후 의아한 표정을 했다. 힘 좋은 남학생들을 놔두고 하필 자신에게 이런 부탁을 할까 하는 생각이 들었던 것이다. 하지만 그걸 지적할 순 없는 일이었다. 소년의 가슴에 달린 브로치의 깃털 세 개를 힐끗 본 그녀가 입을 열었다.

"……어디까지 가시는데요?"

"기숙사까지면 되는데."

제법 먼 거리였지만 하는 수 없었기에 웬디는 그의 발밑에 흐트러져 있는 책을 집어 들었다.

"진짜 난감했는데, 고마워."

"어차피 가는 길이었어요."

웬디의 말에 소년이 작게 미소 지으며 자신을 소개했다.

"난 검술학부 3학년 폴 아버키야. 반가워."

소년이 걷는 속도에 맞춰서 느리게 걸음을 옮기던 웬디가 그의 말에 살짝 고개를 숙여 인사를 대신 했다. 선배에 대한 최선의 예의였다. 웬디 역시 자신에 대한 소개를 이어 갈 거라 생각했는지 폴이 그녀의 얼굴을 쳐다봤지만 웬디는 그의 시선을 모른 체했다. 자신의 이름이 한창 오르내리고 있는 지금, 굳이 그에게 자신을 소개해 불쾌한 뜬소문을 대화거리로 삼고 싶지 않았던 것이다. 기숙사까지는 아직 한참이었다.

"무겁지? 외출하고 돌아오는 길 같은데 괜히 나 때문에 고생이다."

폴은 이내 그녀의 이름을 듣길 포기한 듯 시선을 웬디가 들고 있는 책으로 돌렸다. 그의 음성에 미안스러운 감정이 내비쳤다.

"들을 만해요."

짧고 투박한 말이었지만 그 말에 섞인 배려를 읽었는지 폴이 잠시 멈칫하다 쑥스럽다는 듯 대화를 이어 갔다.

"다리를 다치고 나니까 사람들이 얼마나 남의 일에 무관심한 줄 알겠더라. 아무도 선뜻 나서 도와주려고 하지 않아. 실은 방금 너에게 도움을 청한 게 세 번째 시도였거든. 귀사歸舍 시간에 늦을까 걱정하는 마음은 알겠지만 그래도 씁쓸한 건 어쩔 수 없더라고."

아무래도 이 아카데미의 학생들은 쓸데없는 뜬소문에만 관심이 있는 모양이었다. 폴 아버키의 말을 듣자 웬디의 아카데미 학생들에 대한 평가가 더욱 확고해졌다. 몸이 불편한 이를 돕는 것보다 학칙을 우선으로 여기는 학생들의 태도에 웬디는 깊은 실망을 느꼈다. 지식의 산실이라 불리며 존경받는 아카데미의 수준이 겨우 이 정도였다니! 학문 탐구의 사명을 지닌 학생들이 남의 뒷담화에 혈안이 되어 있으니 더 무얼 바라겠나.

그 후로도 폴은 웬디에게 이런저런 이야기를 했다. 그녀가 별 호응을 보이지 않았음에도 그는 어색한 침묵을 견디기 어려워하는 것처럼 계속 말을 걸었다. 그렇게 한참 더 걸은 끝에 둘은 기숙사 앞에 도착할 수 있었다. 웬디는 그를 위해 남학생 기숙사 건물 앞까지 함께 가 주었다. 그가 품에서 회중시계를 꺼내 보더니 눈을 휘며 웃었어.

"다행이다. 아직 시간 여유가 있어."

"다행이군요."

"덕분에 무사히 잘 도착했어. 고마워. 음, 보답의 의미로 식사를 한번 대접하고 싶은데 어때?"

웬디는 바로 고개를 가로저었다. 라드 슈로더와의 스캔들로 떠들썩한 지금, 또 다른 3학년 선배와 식사하는 모습을 보인다면 또 어떤 험담에 시달릴지 모를 일이었다.

"신경 쓰실 필요 없어요. 보답 받을 생각이 아니었으니까."

"알아. 그래도 한번 시간을 내줬음 좋겠어. 보답하지 않고 넘긴다면 내 마음이 편치 않을 것 같아서 그래."

끈질기게 다시 권하는 그를 떨치기 위해 웬디는 정 그러하다면 식당 식권 하나를 달라는 말이라도 하고 싶은 심정이었다. 조금 전부터 지나가던 남학생들의 시선이 여럿 자신을 향해 모아지는 와중이었다.

"아뇨, 제가 불편해서 그래요. 그럼 전 이만 가 볼게요."

웬디가 들고 있던 책을 그의 품에 안기며 말했다. 얼떨결에 책을 받아 든 그가 목발을 짚은 채 허둥거리다 순간 중심을 잃었다. 놀란 그녀가 빠르게 그의 몸을 붙들었다. 그의 어깨가 웬디의 어깨에 닿았다.

"괜찮아요?"

웬디가 기울어진 그의 상체를 붙잡아 주며 물었다. 그의 팔과 가슴팍을 짚은 손을 떼어 내면 금방이라도 넘어질 듯 그의 중심이 흐트러져 있었다.

"야아, 여기서 무슨 연애질들이야?"

그때였다. 두 사람을 본 남학생 여럿이 휘파람을 불며 짓궂게 소리쳤다.

"폴 아버키! 넌 아픈 와중에도 대단하다, 야!"

장난스럽게 킥킥대는 남학생들의 모습이 보였다. 웬디의 얼굴이 자연히 찌푸려졌다. 이런 조무래기들의 놀림 따위야 무시하면 그만이었다. 그러나 그들 뒤에 떨어져 서서 자신을 불쾌한 표정으로 바라보고 있는 누군가의 얼굴을 무시할 수는 없었다. 라드 슈로더, 그가 못 볼 것을 보았다는 표정으로 그녀를 바라보고 있었다.

웬디는 얼른 폴의 가슴을 밀어냈다. 그 바람에 그가 다시 한 번 넘어질 위기를 겪었지만 들고 있던 책을 대신 바닥에 떨어뜨리는 것으로 그는 간신히 그 위기를 넘겼다. 웬디는 폴에게 인사도 남기지 않고 얼른 자리를 피했다.

거의 뛰듯 자신의 방으로 되돌아온 그녀는 숲의 흙먼지로 지저분해진 겉옷을 아무렇게나 벗어 던지고 바닥에 주저앉았다.

라드가 자신의 모습을 오해할까 걱정돼 폴을 밀어냈던 게 아니었다. 그가 자신을 오해한들 무슨 상관이 있겠는가. 그녀가 걱정한 건 라드였지만 또 라드가 아니었다. 그건 어린 라드를 의식했다기

보다는 그녀의 연인인 라드 슈로더 경을 의식한 것이었다.

스스로가 품은 복잡한 생각에 웬디는 '으' 하는 괴상한 소리를 내며 헝클어진 머리카락을 구기듯 쥐었다.

다시 한 주가 시작되고, 웬디 역시 학생의 본분을 지키기 위해 다시금 마음을 다잡았다. 그러나 애석하게도 웬디를 성가시게 하던 소문은 잠잠해질 기미를 보이지 않았다. 불행 중 다행이라면 그 소문에 폴 아버키에 관한 게 추가되지 않은 정도랄까?

철없는 십 대 아이들이 휩쓸리듯 소문을 재잘거리는 모습을 웬디는 거의 달관하듯 바라보게 되었다. 그나마 곤란한 질문 공세가 줄어든 것에 그녀는 위안하였다. 대부분이 장난 삼아 소문을 이야기했다. 지루한 아카데미 생활을 버티기 위한 하나의 방편처럼 말이다. 100년 전 사람인 아카데미 초대 총장이 밤마다 도서관에 나타난다는 이야기와 더불어 웬디의 이야기는 요즘 단연 화제였다.

"안녕!"

"웬디, 얼굴 살이 좀 빠진 것 같은데."

"반가워, 난 미술학부 램브란트야. 오늘은 나랑 대련해 보지 않을래?"

체술 수업 시간. 수련장에 모인 학생들 대부분이 웬디에게 아주 반갑게 말을 걸었다. 마치 오래 만난 친구처럼 말이다. 2주 동안 이어진 웬디에 관한 소문에 휩쓸려 하도 그녀 이야기를 많이 하다 보니 웬디에 대한 격의가 없어져 버린 것이다. 그녀는 기가 막혔지만 동기들과 선배들의 웃는 낯에 차마 침을 뱉을 수는 없었다. 대신 거슬리게 피식대며 그들의 인사를 받아 줬다.

"지난 시간 수업에 집중하지 못했던 학생들이 많았던 것으로 안다. 이 수업에서 그런 태도는 용납되지 않는다는 걸 확실히 해 두겠다. 오늘은 지난 시간을 만회할 수 있는 마지막 기회를 주겠다. 이번 역시 무성의한 태도로 대련에 임한다면 다음 시간부터는 이곳 수련장에 발을 붙이지 못할 테니 모두 정신 차리도록!"

수업이 시작되자마자 교수가 경고하듯 말했다. 그의 시선이 정확히 웬디와 라드에게 번갈아 가며 꽂혔다.

"지난 시간 대련 상대와 마주 서라."

교수의 구령에 따라 웬디는 또다시 라드 슈로더와 함께 매트 위에 섰다. 그를 보자 지난날 남학생 기숙사 앞에서 자신을 질색하며 바라보던 그 표정이 떠올랐다. 웬디는 그를 의식하지 않기 위해 애써 고개를 흔들었다.

기숙사 앞에서 벌어진 일을 모두 잊은 듯 그는 무심하게 자신을 바라보고 있었다. 그녀 또한 무표정하게 그를 바라보며 속으로 투지를 불태웠다. 아무렇지 않다는 듯 말끔한 그 얼굴을 보니 절로 투쟁심이 샘솟았다. 이번만큼은 반드시 그를 매트 위에 꽂아 넣으리라.

"이번엔 내가 선공을 하겠다."

라드가 말했다. 웬디가 고개를 끄덕이기가 무섭게 그가 손을 뻗어 왔다. 깜짝 놀랄 속도에 그녀는 급하게 몸을 비틀어 공격을 피했다. 짧은 순간 여러 번의 공격이 오갔다.

잠시 숨을 가다듬기 위해 웬디가 그와의 거리를 벌리자 그가 순식간에 다시 거리를 좁혀 왔다. 정신없는 공격이 계속해서 이어졌다. 요리조리 그 공격을 피해 내던 웬디가 라드의 가슴팍 옷깃을 틀어쥐었다. 그 순간 그가 웬디의 손을 비틀어 잡았다.

"불쾌하군."

라드의 말에 웬디가 울컥하며 잡힌 손을 떨쳐 냈다.

"뭐가 불쾌하단 거예요?"

웬디는 빠르게 그의 옆구리를 향해 팔을 휘둘렀다. 라드가 가볍게 그 팔을 붙들어 꺾으려 들었다.

"네 손 말이야. 이 어깨도."

웬디가 그에게서 벗어나 몸을 웅크리자 그가 대번에 웬디의 어깨를 잡아챘다.

"뭐, 뭐요?"

"태도를 확실히 하는 게 어때?"

주먹을 뻗어 그와의 사이를 급하게 벌린 웬디가 무슨 말이냐는 듯 눈을 홉뜨며 라드를 노려봤다.

"너와 나에 대한 황당한 소문이 돌더군."

"황당하긴 저 역시 마찬가지란 걸 모르시나 보군요?"

자석이라도 붙은 것처럼 그가 다시 웬디와의 거리를 좁히며 돌진해 왔다. 웬디는 빠르게 피하는 척하다 몸을 돌려 그의 멱살을 쥐려 했다. 그러나 라드가 더 빨랐다. 그가 알아채고 웬디의 손을 쳐냈다.

"어림없어. 폴 아버키, 그 녀석에게 닿았던 손을 내 몸에 닿게 할 것 같아?"

라드의 말에 웬디가 얼굴을 구기며 미친 것처럼 양손을 마구 뻗었다.

"닿으면 어쩔 건데요? 닿으면?"

여유롭게 모든 공격을 피한 그가 언짢은 티를 역력히 내며 말했다.

“대체 몇 번의 소문에 휘둘려야 만족하겠나?”

“만족이요? 하! 그래요, 난 그쪽이 말한 이 불쾌한 손으로 당신을 내던져야만 만족하겠는데요?”

웬디는 계속해서 양손을 뻗어 그의 멱살을 틀어쥐려 했다. 그런 그녀의 양팔을 내려친 라드가 외려 단숨에 웬디의 멱살을 틀어쥐었다. 둘의 사이가 한 치의 틈도 없이 좁혀졌다.

“그따위 황당한 소문이라도 내 이름이 거론된 이상, 그 뒤에 폴 아버키 같은 놈이 오게 하지 마.”

그가 음산한 목소리로 말했다.

“대, 대체 무스……!”

황당함을 넘어 경악 섞인 음성을 내뱉던 그녀는 하려던 말을 미처 다 끝내지 못하고 ‘흡’ 하는 숨을 삼켰다. 기습적으로 라드가 기술을 걸어왔기 때문이다. 이를 악물고 버티던 웬디가 몸에서 순간적으로 힘을 뺐다. 몰아붙이는 힘의 방향 그대로 넘어갈 찰나, 그녀가 라드의 목을 감아 죽자고 조이자 엎어지던 힘의 작용으로 두 사람 모두 바닥을 향해 추락했다.

쾅!

헉헉거리는 웬디의 숨소리가 크게 울렸다. 주변의 시선이 그들에게 모아졌다. 바닥에 엎어진 두 사람의 모습을 본 모두가 입을 딱 벌렸다. 그중에서도 검술학부 학생들은 그들이 지금껏 상상조차 해 적 없는 라드의 모습, 그러니까 대련에서 패했는지 비겼는지 알 수 없지만 바닥에 널브러져 있는—그것도 여자애와의 대련에서—모습을 본 충격에 더욱 입을 다물지 못했다.

그러나 공격은 아직 끝난 게 아니었다. 그의 목을 조이던 팔심을 뺀 웬디가 손바닥을 펴들고 라드의 양 뺨에 쩍 갖다 댔다.

"불쾌한 손에 닿은 기분이 어때요?"

웬디는 기회를 놓치지 않겠다는 듯이 미친 것처럼 마구잡이로 그의 양 볼을 손바닥으로 눌러 돌려댔다. 라드의 얼굴이 괴상하게 일그러졌다. 생각지도 못한 상황에 라드 역시 반쯤 혼이 나갔는지 재빨리 그녀의 손을 저지하지 못했다.

"당신이 이렇게 유치한 사람이었다니! 아무리 나이가 어리다 해도……!"

웬디가 그의 코앞에 얼굴을 들이밀며 원망스럽게 외쳤다. 대련 중 여학생에게 일격을 당했다는 생각 때문인지, 웬디의 돌발행동 때문인지, 이해할 수 없는 그녀의 말 때문인지 라드는 얼이 빠진 것처럼 웬디의 풀빛 눈동자를 들여다봤다. 어쩐지 꼼짝을 할 수가 없었다.

라드 슈로더는 남들에게 주목받는 것에 익숙한 소년이었다. 어린 나이에 오른 공작이라는 작위와 검에서 보인 놀라운 성취로 인해 그는 어딜 가나 특별한 취급을 받아 왔다. 제다 아카데미에 입학하고 나서는 그 정도가 더욱 심해졌는데 그것은 그를 향한 여학생들의 유별난 관심 때문이었다. 여학생들은 그가 지금껏 받아 온 온갖 주목들이 별거 아니라는 걸 가르쳐 주듯 그에게 열성적으로 굴었다. 라드가 그런 그녀들을 번거롭게 여기며 한 치의 따뜻함도 보이지 않은 덕에 그나마 드러내 놓고 그를 성가시게 하지 않았지만 그에 대한 여학생들의 관심이 식은 것은 아니었다.

그런데 그 관심이 요 근래 다시 수면 위로 드러나기 시작했다. 타인의 시선에 익숙한 라드에게도 최근 그를 향해 쏟아지는 시선들은 매우 불편한 것이다. 그것은 전에 없이 노골적이었고 호기심과 안타까움, 원망 같은 것들이 범벅된 불쾌한 시선이었다.

"내가 왜 해명을 해야 하는지 모르겠군."

"그냥 전! 사실을 알고 싶은 것뿐이에요. 선배가 분명 그랬잖아요. 다른 데 허비할 감정이 없다고! 제 고백을 그렇게 거절해 놓고 대체 이 소문은 뭔가요?"

칼른섬 영주의 딸인 베아르사는 2학년 무용부 학생으로 라드의 오랜 추종자 중 한 명이었다. 그녀가 수련장에서 막 나오던 라드를 붙잡고 해명을 요구했다. 웬디와의 소문에 대해 직접 묻진 못하고 줄곧 야릇한 시선만을 보내오던 다른 여학생들과는 달리 베아르사는 스스로 행동에 나선 진취적인 여성이었다. 물론 그녀의 그런 진취성은 라드를 더욱 불쾌하게 만들었다.

"어떤 소문이 돌고 있든 내게는 그걸 해명해야 하는 의무가 없어. 특히 너로부터 그런 의무를 찾기는 어렵군."

"네……?"

"내게서 의무를 주장하는 게 스스로도 면구하지 않나?"

"서, 선배!"

"이만 실례하지."

라드는 표정 하나 변하지 않고 차가운 말을 남긴 채 자리를 떴다. 그는 짙은 피로를 느꼈다. 낮 시간의 대부분을 검술 수련에 쏟아야 했지만 오늘은 그러지 못했다. 좀처럼 정신을 집중할 수 없어 검 앞에 서기가 어려웠다.

"여학생한테 너무 심한 것 아니야?"

복도에 비스듬히 기대어 있던 소년이 라드에게 말을 걸었다. 라드가 무시하고 가던 길을 가려 하자 그가 손에 쥔 목발을 뻗어 그 앞을 막았다.

"나한테도 너무 심했고 말이야."

"……폴 아버키, 내게 분한 게 있다면 검으로 이야기해라. 언제든 받아 줄 테니. 너와 이런 쓸데없는 신경전을 벌이고 싶지 않다."

라드가 차가운 태도로 소년을 대했다. 폴을 보는 그의 눈빛에 혐오감이 언뜻 내비쳤다.

"나도 그러고 싶은데, 이런 다리를 하고 당장 검을 쓸 수 있어야 말이지. 네 덕분에 이번 학기를 제대로 마칠 수나 있을지 모르겠거든."

"유감이군."

라드의 말에 폴의 반듯한 이마가 구겨졌다.

"너한테 사과를 기대한 건 아니었지만 이 정도로 형편없는 줄은 몰랐는데. 하긴, 여기저기 염문을 뿌리고 다니시느라 바쁘신 분께서 남 생각을 하실 틈이 있었겠어? 요즘 아주 대단하던데, 너에 대한 소문이. 웬디 왈츠라든가 하는 신입생 여자애를 다들 보는 데서 엎어트렸다면서? 그런 쪽엔 영 관심이 없는 줄 알았더니 말이야. 그래, 기분이 어땠어?"

폴의 비아냥거림에 라드의 눈이 가늘어졌다. 나빴던 기분이 더욱 곤두박질쳤다.

"내게 사과를 기대하는 게 사리에 맞다 생각하나? 남을 탓하기 전, 네가 한 짓에 대해 먼저 생각해 보지그래."

"아직도 그 부츠 얘기야? 내가 그랬다는 증거가 있냐고!"

"너와 네 친구들 외에는 모두가 알고 있는 사실이다. 네가 박아 넣은 칼 조각 덕택에 그날 네가 소원하던 승리를 거머쥘 수 있었던 것도 사실이고 말이야."

"뭐, 이 자식아?"

"내가 부상을 입어야만 가까스로 이길 수 있다는 현실을 절절히 깨달았을 텐데, 기분이 어떤가?"

라드의 도발에 폴의 얼굴이 새빨갛게 변했다. 목발을 잡은 손이 부들부들 떨렸다. 라드는 굳이 비웃음을 남기지 않은 채 그의 목발을 지나쳐 걸음을 옮겼다.

라드는 그 길로 마구간을 찾았다. 무엇을 하든 기분이 나아지진 않을 것 같았지만 홀로 있을 곳이 간절히 필요했다.

"오셨습니까?"

마구간지기가 라드를 반기며 미리 준비해 놓았던 말고삐를 건넸다.

"오늘은 경주를 하지 않으시나요? 아가씨께서 아주 실력이 좋으시던데요."

그가 마구간 입구를 가볍게 건너다보며 물었다. 경주라니, 마구간지기가 무언가를 단단히 오해하고 있었다.

"어찌나 깜짝 놀랐는지 모릅니다. 그렇게 질풍 같이 달리시다니."

마구간지기는 그녀의 방문을 기다리는 것처럼 계속 입구를 흘깃거렸다. 라드의 시선이 그를 따라 마구간 입구를 향했다. 눈을 사납게 뜬 당돌한 소녀가 금방이라도 그 자리에 나타날 것 같단 생각이 들었다. 헛웃음을 삼키게 만든 생각이었다.

라드는 서둘러 말을 몰았다. 번잡한 마음의 소란을 잠재우기 위해서였다. 그러나 아무리 속도를 올려 봐도 짜증스러운 마음은 가시지 않았다.

빌어먹을.

그는 속으로 욕을 내뱉었다.

소녀를 떠올리자 그의 마음을 불편하게 만든 실체가 선명히 그려졌다. 소문의 당사자는 그 혼자만이 아니었다. 자신이 이런 사정인데 그 소녀는 얼마나 더 시달림을 당하고 있을지. 따지고 보면 이 모든 일의 발단은 자신으로부터 비롯된 일이지 않은가.

"워!"

들판을 크게 여러 번 돈 후 말이 지친 기색을 보일 때쯤 라드는 말을 멈춰 세웠다. 말에서 내린 그가 고삐를 나무에 묶어 둔 후 아름드리 둥치에 몸을 기대고 앉았다. 땀을 흠뻑 흘렸지만 승마 후 느끼던 예의 그 개운함을 전혀 느낄 수 없었다.

소녀에 대한 생각을 하지 않으려고 그는 노력했다. 그러나 그 노력은 그리 오래가지 못했다. 들에 핀 노란색 꽃무리가 무심히 그의 시야에 들어왔을 때 라드는 필연적으로 다시금 소녀를 떠올릴 수밖에 없었다. 그 꽃잎과 비슷한 진한 금발을 가진 소녀를 말이다.

"니가 웬디 미뉴에트니?"

웬디는 자신을 순식간에 둘러싼 여학생들을 동요 없이 살폈다. 하나같이 야리야리한 몸뚱이에 피부가 희멀건 게 육체적인 공격 따위는 하지 못할 위인들로 보였다. 그러나 쏘아보는 눈빛이 만만치 않아 안심할 순 없었다.

"대답해! 선배가 말씀하시는데 지금 설마 딴생각을 하는 건 아니겠지? 니가 웬디 미뉴에트냐고 묻잖아!"

그중 콧날이 날을 세운 검처럼 뾰족한 여자가 유독 크게 다그쳤다. 여자의 가슴에는 두 개의 깃털 모양 브로치가 달려 있었다. 꼴에 한 학년 위 선배가 맞긴 맞았다.

"……사람을 잘못 찾으셨나 봅니다. 전 웬디 미뉴에트가 아닙니다."

웬디가 심드렁하게 대답했다.

"어디서 잡아떼려 드는 거야? 뻔히 알고 왔는데! 그 지푸라기 같은 노란 머리카락이 어디 흔한 줄 알아?"

여자가 다시 소리쳤다. 지푸라기라니, 그 알량한 비유에 발끈했지만 웬디는 애써 침착하려 했다. 어린애들의 시비에 휘말리는 건 어른답지 못한 일이라고 스스로를 타일렀다.

"다시 한 번 잘 알아보시지요. 전 웬디 미뉴에트가 아닙니다."

웬디는 진실하게 사실만을 이야기했다. 어디서 저런 이상한 이름을 자신에게 갖다 대는지, 너무나도 모욕적이었다.

“얘, 너 이리로 와 봐. 이 아이 이름이 웬디 미뉴에트 아니니?”

또 다른 여자 선배가 지나가던 1학년 여학생을 불러다 물었다. 웬디와 같은 수업을 여러 개 듣는 아이였다. 잔뜩 겁을 집어먹은 여학생이 웬디를 힐끔힐끔 보더니 더듬거리는 투로 말했다.

“웨, 웬디는 맞는데요, 미뉴에트는 아니에요. 쟤는 웬디 왈츠예요.”

“뭐? 웬디 왈츠? 하, 참 별 괴상한 이름도 다 있네! 알겠으니까 그만 가 봐.”

웬디의 이름을 실토한 여학생이 미안하다는 듯한 시선을 보내고선 줄달음질 쳤다. 웬디는 자신의 정체를 확인하고 기세가 보다 사나워진 여학생들을 보며 한숨을 내쉬었다. 이런 날이 올 수도 있겠다 생각했지만 실제 맞닥뜨리니 기분이 묘했다. 이제 이 철없는 십대들과 드잡이를 해야 하는 건가? 아니면 잘 타일러 돌려보내야 하는 걸까?

“네가 감히 라드 슈로더 선배에게 꼬리를 쳐? 고작 공국 출신 계집애가 주제도 모르고?”

“오해를 하셨나 봅니다. 저는 그런 적이—.”

“선배를 통해 신분 상승이라도 해 볼 셈이었니? 버러지처럼 단내를 맡고 꼬이는 계집애들을 숱하게 봐 왔지만 적어도 걔들은 수준이라는 게 있었어. 그런데 뭐어? 듣도 보도 못한 요한레스 공국 출신? 귀족은 맞긴 한 거니?”

악다구니를 퍼부어 대는 여학생의 꼬락서니를 지켜보던 웬디는 이들을 타일러 돌려보내는 건 터무니없는 바람이란 걸 깨달았다. 웬디는 속으로 혼자 중얼거렸다. 그렇다면 하는 수 없다. 이왕 이렇게 된 거 너희들이 걸어온 싸움을 받아 주마.

"공교로운 일이 거듭되어 선배님들께서 그만 오해를 하셨나 봐요. 하지만 더는 걱정 마십시오. 말씀하신 대로 저는 꼬리를 칠 주제가 되지 못해서 말입니다. 아카데미를 신랑감이나 낚는 장소로 잘못 알고 꼬리를 치는 족속들과는 인연이 없었거든요. 물론 앞으로도 없을 것 같고요."

"뭐, 뭐어?"

여학생들이 단체로 눈시울을 치뜨고 웬디를 잡아먹을 듯 노려봤다. 여럿이 그런 눈을 하니 조금 위협적으로 보이긴 했다.

"할 수 있으시다면 지금 떠도는 소문의 주인공을 선배님들 중 한 분의 이름으로 바꿔 넣으셔도 좋아요. 슈로더 선배와 나란히 입에 오르내리는 게 그리 샘이 난다면 말이에요. 전 얼마든지 물러날 수 있으니까요."

비아냥거리는 후배의 낯짝을 더는 못 보아 주겠다는 듯 여기저기서 날렵한 손이 위험스럽게 뻗쳐 왔다. 단체 공격이라니, 이런 비열한! 웬디는 잽싸게 '여학생1'의 손등을 쳐 누르고 '여학생2'와 '3' 사이로 몸을 비틀어 피했다.

"저, 저게!"

여학생들은 더욱 바짝 약이 오른 듯 '숭숭' 콧김을 내뿜었다. 가냘픈 체구의 여학생들이었지만 단체로 죽일 듯 달려드니 위기감이 느껴졌다. 괴상하게 일그러진 여학생들의 얼굴은 기사들의 목숨을 건 싸움이나 뒷골목 부랑배의 칼부림 같은 데서는 보지 못할 또 다른 살기가 있었다. 저런 이들의 애정을 온몸으로 받는 라드가 가엽다는 생각이 불현듯 들었지만 남 걱정하고 있을 때가 아니었다. 아니, 그런 무례하고 유치한 십 대 감성의 라드에게 보낼 걱정 따위는 애초부터 없었다!

"저 계집애 머리털을 죄다 뽑아 버려!"

주도적으로 웬디를 모욕하던 여학생이 모두에게 지령을 내렸다. 여학생들의 눈에서 번들거리는 살기를 본 웬디는 달아나야 할 때라는 걸 직감했다. 그러나 수적으로 우위에 있었던 그들은 웬디의 낌새를 눈치채고 곧장 퇴로를 차단했다. 여학생들의 손이 동시다발적으로 웬디의 머리칼을 목표에 두고 뻗쳐 왔다. 그들 중 넷은 가까스로 밀쳐 공격 불능의 상태로 만들었지만 나머지는 역부족이었다. 웬디는 금세 그들에게 머리채를 붙들리고 말았다.

"아악!"

세상에나! 십 대들에게 머리채를 잡히다니! 웬디는 속으로 울분을 토했다. 하즐렛 부인에게 머리채 좀 잡혀 본 이력이 있었지만 이렇게 앙칼진 십 대들 여럿에게 머리채를 잡힌 건 태어나 맹세코 처음이었다. 이 치욕적인 상황에 웬디는 어찌할 바를 모르고 허공으로 손을 휘저었다.

"이거 놔! 놓으란 말이다! 악! 어린 것들에게 이런 능멸을 당하다니!"

큰소리를 땅땅 쳤지만 머리를 잡아당기는 손이 매서워 찔끔 눈물까지 나왔다. 아아, 눈앞이 암담했다.

"그만!"

그 순간 여학생들의 새된 목소리와 구별되는 묵직한 남성의 목소리가 멀찍이서 터져 나왔다. 급히 달려온 누군가가 여학생들 사이를 헤쳐 웬디 뒤에 와 그녀를 감쌌다. 웬디는 머리채를 붙들린 악력에 이끌려 턱을 치켜든 채 강제로 하늘을 바라보고 있었기에 자신을 감싸 안은 상대의 얼굴을 확인할 수 없었다. 그사이 머리를 꽉 쥐고 있던 손길들이 하나둘씩 떨어져 나갔다. 여기저기서 씩씩거리는 숨소리가 뚜렷하게 들려왔다.

"서, 선배가 왜 끼어드는 거죠?"

"이런 저열한 짓을 벌이고도 할 말이 있나 보군."

웬디는 머리 위에서 들리는 서릿발같이 낮고 음산한 음성에 흠칫 몸을 떨었다. 올려다본 소년의 얼굴이 기가 질릴 만큼 무섭게 굳어 있었다.

"여자들끼리의 일이에요! 상관 마시라고요! 그 애와 아무 사이도 아니라면 끼어들 필요도 없잖아요?"

"이런 막돼먹은 행동을 보고도 못 본 체할 만큼 내가 무도한 자로 보이나?"

라드가 여학생들의 얼굴을 기억하려는 것처럼 그들을 하나하나 바라봤다. 그의 가시 같은 시선이 박힐 때마다 여학생들이 본능적으로 몸을 움츠렸다.

"더는 소란을 만들지 마. 이 아이에게 또다시 이런 무도한 짓거릴 한다면 학교 측에 오늘 너희가 벌인 짓에 대해 알리고 처벌을 건의하겠어. 물론 너희들 가문에도 정식으로 항의 서한을 넣을 거야. 내 힘이 닿는 데까지 그렇게 하겠다 장담하지."

라드의 협박이 통했는지 그들도 더는 말을 잇지 못하고 우물거렸다. 몇몇은 훌쩍이기까지 했다. 좋아하는 선배가 다른 여학생을 감싼 게 충격이었는지, 그들이 한 짓이 학교나 가문에 알려지는 게 겁이 났던 건지는 알 수 없었다. 저마다 새빨개진 눈으로 라드를 원망스럽게 바라보던 여학생들이 결국 휙 몸을 돌려 떠나갔다.

"……이제 이 손은 놓아주시죠."

웬디가 자신의 허리를 휘감은 그의 손을 내려다보며 말했다. 말이 끝나기가 무섭게 라드가 손을 떼어 냈다. 그녀에게서 한 걸음 거리를 벌린 그가 멀어지는 여학생들의 뒷모습을 응시했다.

"도움을 주신 건 고맙게 생각하겠습니다."

웬디는 끝 모를 유치함을 보였던 소년에게 똑같이 굴고 싶은 마음이 굴뚝같았지만 어른스럽게 고맙다 말하는 자비를 보였다. 그래, 그는 지금 십 대일 뿐이야. 내가 이해하겠어. 이런 식으로 스스로를 다독였다. 물론 그렇다고 지난 앙금이 모두 사라진 건 아니었다.

"그럼 이만."

웬디가 더는 그와 함께 있기 싫다는 듯 얼른 자리를 비키려 들자 그가 급하게 그녀의 손목을 잡았다. 웬디의 찌릿한 시선이 잡은 손목에 닿자 라드가 다시 손을 떼 냈다.

"매무새를 정돈하는 게 좋을 것 같군."

그가 산발이 된 그녀의 머리를 보며 말했다. 웬디는 떨떠름한 심정으로 반쯤 풀린 머리를 완전히 풀고 손가락으로 엉킨 머리칼을 쓸어내렸다. 손가락이 스칠 때마다 한 움큼씩 머리칼이 딸려 나왔다. 웬디는 생을 다해 끊어진 머리칼을 바닥에 떨구며 이를 갈았다.

"여긴 어떻게 알고 오신 거죠?"

"……우연히 들었다."

어쩐지 그가 바닥에 떨어진 머리칼을 유심히 바라보는 것 같았다. 언뜻 눈길에 안타까운 빛이 섞인 듯해 다시 그를 바라봤지만 그는 어느새 무미건조한 낯으로 되돌아와 있었다. 역시, 그럴 리가 없지.

"다신 얽힐 일이 없었으면 좋겠군요."

웬디는 냉정한 말을 남기고 뒤돌았다. 그에게서 반박이나 대꾸가 있을 거라 생각했지만 그는 끝내 말이 없었다. 그녀는 조금 찝찝한 심정으로 걸음을 옮겼다.

홀로 남겨진 라드는 그 후로도 한동안 그 자리에 서 있었다. 바닥에 아무렇게나 버려진 머리칼이 누군가 잃어버린 금빛 실 뭉치처럼 바람에 이리저리 뒹굴었다. 그 모습이 처량하기 짝이 없어 이상하게 발이 떨어지지 않았다. 햇살에 반짝이는 그 버려진 머리칼이 마음에 쓰였다. 그 이상스런 감정에 퍼뜩 놀란 그가 정신을 다잡으려는 것처럼 검집을 손으로 꾹 쥐었다.

그날 수업 내내 라드는 그다지 집중을 하지 못했다. 그런 그를 이상하게 쳐다보던 동급생 루카스가 한쪽 눈썹을 치켜 올리며 조심스럽게 물었다.

"너 무슨 일 있었냐? 볼에 그 상처는 뭐고?"

루카스가 그의 볼에 난 작은 생채기를 가리켰다. 손톱에 할퀸 상처였다. 어느 틈엔가 여학생들 사이에서 상처가 남은 모양이었다. 살벌한 진검 대련에서도 쉬이 부상을 입지 않는 라드였기에 루카스가 의아해하는 것도 무리는 아니었다.

"할퀸 상처 아냐?"

"알 거 없어."

자연히 딱딱한 말이 나갔다. 익숙한 듯 루카스는 어깨를 으쓱이며 책을 챙겨 들었다.

"오늘 대련 한 번 어때? 체술로 말이야. 영 익숙지가 않아서 연습을 좀 해야겠어. 너 그 후배랑 대련하는 거 보니까 잘하던데에."

놀림 조였지만 라드는 별 반응을 보이지 않았다. 루카스도 딱히 라드와 농을 주고받을 의도는 아니었던지 수업 중 뻐근해진 목을 심드렁하니 주물렀다.

"어라? 저 아이 수련장의 그 후배잖아? 야, 라드. 저기 폴 아버키랑 같이 있는 여자애 봐 봐. 맞지?"

놀랍게도 지금까지 무관심으로 일관하던 라드의 시선에 찰나의 생기가 돌았다. 그러나 그건 그야말로 극히 일순간의 일이었다. 루카스가 가리키는 방향을 확인한 라드의 눈은 본래보다 더욱 차가운 온도로 가라앉았다.

"폴 저 자식, 이번 축제 위원인가? 다리도 불편한 놈이 잘도 돌아다니네. 그 후배님도 축제 위원인가 본데? 괜찮겠어?"

떠보며 하는 말에 라드의 인상이 찌푸려졌다. 여러 명의 학생들이 곧 있을 봄 축제의 심벌인 꽃 모양으로 엮은 지푸라기 인형을 옮기고 있었다. 그들 중 폴 아버키 그 바퀴벌레 같은 놈이 금발머리 소녀 곁에 붙어 얼쩡거리는 게 눈에 들어왔다.

"괜찮다니, 대체 뭐가?"

"저 둘이 같이 붙어 다녀도 괜찮겠냔 말이야. 폴 저 자식이 저래 봬도 여학생들 사이에서 인기가 좋다고. 호남형이잖아 일단. 눈웃음도 보기 좋고."

"호감형이라니 무슨 말도 안 되는."

발끈하는 모습에 루카스의 인중이 길쭉하게 늘어났다. 동글게 모은 입술 사이로 루카스가 작게 휘파람을 불었다. 이거, 놀리는 재미가 서서히 오는데? 라드 슈로더를 놀리는 재미라니, 졸업 전 그 희귀한 경험을 할 수 있단 말인가? 기대감에 발가락이 마구 간질거렸다.

"네 녀석의 몰이해는 알아줘야 한다니까. 후후."

루카스가 쾌활한 웃음을 보란 듯이 입가에 걸었다. 그런 후 형님 같은 어조로 충고를 건넸다.

"여자들은 저런 타입을 좋아한다고. 잘생긴 얼굴에 부드러운 미소, 적당히 붙은 근육까지. 딱 소녀들이 꿈꾸는 미소년이잖아. 너처럼 찬바람만 쌩쌩 일으키는 녀석이 지나가는 찰나의 바람이라면 폴 아버키는 안주하고 싶은 훈풍이랄까. 긴장 좀 해. 맨날 살벌한 눈빛만 보내는데 누가 좋다 하겠냐?"

라드의 얼굴 근육이 미세하게 떨렸다. 루카스는 그 모습을 놓치지 않고 봤다.

"그러니까 저 후배님도 머지않아 폴 아버키 저 자식의 매력에 빠져들겠지. 그런데도 넌 이렇게 태평하냐 이 말이야. 아까는 1학년 애가 와서 하는 말에 기겁을 하고 달려가더니. '슈, 슈로더 선배님! 웬디 왈츠가 여자 선배들에게 끌려갔어요오오—', '뭐엇?'"

루카스가 조금 전의 일을 장난스럽게 재현해 보였다. 이쯤 되니 그가 라드의 뺨에 난 상처의 이유를 속속들이 알고도 일부러 모르는 척하고 있단 게 확실해졌다. 라드가 심상치 않은 눈으로 루카스를 노려봤다.

"캬아, 후배님 마음도 넓으셔. 폴 아버키 저놈 다리 불편하다고 저 지푸라기 인형 대신 들어주는 것 좀 봐라. 그냥 봤을 땐 너처럼 싸늘하기 그지없는데 가만 들여다보면 마음이 정말 곱단 말이야. 아, 그나저나 저 못생긴 인형은 대체 언제까지 축제 상징으로 쓰이는 거야? 미적 감각들 하고는."

루카스가 자신을 향하던 라드의 살기 어린 눈빛을 그들에게 간신히 돌려놓았다. 다음부턴 라드를 놀릴 때 수위 조절을 잘 해야겠다고 생각하며 그는 가슴을 쓸어내렸다. 라드는 어느새 멀어진 웬디와 폴 아버키의 뒷모습을 못마땅하게 바라보고 있었다. 음울하게 찌푸려진 그의 잿빛 눈동자는 아카데미 생활에서 지금까지 본 적 없던 생소한 모습이었다. 가벼운 지푸라기 인형 하나 들지 못하고 여학생에게 신세를 지다니. 세상에 둘도 없는 한심한 놈이라고 라드가 말하는 소리가 들리는 것만 같았다. 루카스는 속으로 회심의 미소를 지었다.

"웬디? 왜 그래?"

폴 아버키가 갑자기 걸음을 멈춘 웬디를 의아하게 불렀다. 그의 부름에도 웬디는 대답 없이 주변을 살피는 데만 골몰했다. 뒤통수를 강타하는 어떤 강렬한 느낌이 그녀의 걸음을 멈춰 세웠던 것이다. 머지않아 웬디는 그 느낌을 들게 한 주모자를 찾아낼 수 있었다. 소년 라드가 갸름한 턱을 살짝 치켜든 채 가늘게 뜬 눈으로 그녀를 바라보는 걸 발견한 것이다. 눈이 마주치자 그가 특유의 무표정으로 그녀에게서 시선을 돌렸다. 뭐지? 왜 날 그렇게 쳐다보고 있었던 거야? 의문에 차 있던 웬디는 옆에서 순진한 눈을 동그랗게 뜨고 있는 폴 아버키를 힐끗 바라봤다. ……이 남자애 때문인가?

"그따위 황당한 소문이라도 내 이름이 거론된 이상, 그 뒤에 폴 아버키 같은 놈이 오게 하지 마."

라드가 격분해 외치던 음성이 뇌리를 스쳤다. 말하는 투로 보아 이 녀석과 분명 껄끄러운 사이인 모양인데. 웬디가 알던 라드는 누군가와 갈등이 있어도 악의를 표면에 드러낸 적이 거의 없었던 까닭에 그가 보였던 태도가 더욱 생경했다. 대체 무슨 일이 있었기에 그러지? 역시 아직 치기 어린 소년이라 그런가? 뭐, 아이들은 싸우면서 큰다고 하지만.

"늦겠다, 얼른 가자. 전부 다 옮기려면 한참이잖아."

폴이 서글서글한 웃음을 보이며 말했다.

"그래요."

"그런데 어디 불편한 데 있어? 아까부터 인상을 계속 찌푸리기에."

머리채를 잡힌 여파로 두피가 계속 따끔거려 저도 모르게 인상을 쓰고 있었나 보다. 폴 아버키가 그걸 눈치채고 걱정스럽게 그녀를 살폈다.

"아, 머리가 좀 아파서요."

머리채를 잡혔었단 사연까진 차마 말할 수 없어 대충 얼버무렸다. 그러자 폴 아버키가 주머니를 뒤적거리며 사탕 하나를 꺼내 건넸다.

"이거 허브로 만든 사탕이야. 먹으면 머리가 개운해. 나도 가끔 두통 올 때 먹는 거니까 한번 먹어 봐."

사탕 껍질에는 리누스 국립의료원의 상징인 하얀 유니콘이 그려져 있었다. 약초가 들어간 사탕인 모양이었다. 과거엔 의료원의 사업 분야가 꽤 다양했던가 보다. 사탕 껍질을 까먹어 보니 입안이 단숨에 개운해지는 게 지끈거리던 두피까지도 조금 나아지는 듯했다.

"고마워요, 맛이 괜찮네요."

"다행이다. 또 있으니까 필요하면 말해."

폴 아버키는 십 대 소년치고는 섬세한 구석이 있는 아이였다. 웬디의 감정을 민감하게 살피고 있다는 느낌이 들었다. 문득 라드가 떠올랐다. 십 대 소년이 아닌 근사한 그녀만의 라드가 말이다. 그도 그렇게 자신의 감정에 예민하게 반응했었다고, 웬디는 마치 옛일을 회상하듯 아련하게 그를 떠올렸다.

아카데미의 봄 축제는 학년을 불문한 모두의 축제였지만 특별히 1학년 학생들에겐 더욱 기대되는 날들이었다. 그건 축제 기간을 빌어 선배들이 신입생들에게 마음 고백을 하는 전통 아닌 전통이 이어져 내려오고 있었기 때문이다. 어딜 가든 새로운 인물은 관심을 끌기 마련이고 아카데미의 뉴 페이스인 신입생들 또한 선배들의 뜨거운 관심을 한 몸에 받았다. 여학생, 남학생 구분할 것 없는 고백 릴레이가 이어지지만 그중에서도 특히 여학생들은 선배 남학생들에게 많은 고백을 받았다.

"아아, 나 긴장돼."

웬디와 나름 친하게 지내고 있는 동급생 비올라가 양 볼을 붉혔다. 몸을 잠시도 가만있지 못하고 무척추동물처럼 흐물흐물 움직이는 게 딱 보아도 상태가 별로였다.

"고백을 기대하고 있나 보구나. 특별히 마음을 둔 사람이 있니?"

"아이, 그걸 내 입으로 어떻게 얘기해. ……웬디는 체술 수업을 들으니까 검술학부 선배들을 잘 알지? 2학년 검술학부의 가일 조이슨 선배라고 알아? 흐흥."

"그 선배를 좋아하는 거야?"

"어머, 얘! 큰일 날 소리! 그냥 몇 번 얼굴 본 사이야. 그냥 몇 번 차 좀 마시고 그런 거 가지고 좋아하긴."

비올라가 손사래를 치더니 깜찍스럽게 새로 산 원피스 자락을 툭툭 정리했다. 가슴 위부터 어깨 부위까지 은근히 비치는 원피스였다. 필승 매력 어필이라며 그걸 사 들고 온 걸 모르지 않았다.

"그럼 좋은 하루 보내. 난 대연회장 단장 때문에 먼저 가 볼게."

"그놈의 제비뽑기 때문에 너도 고생이 많다. 그럼 수고해!"

비올라와 헤어진 웬디는 서둘러 대연회장으로 갔다. 지난 주말 내내 레이니 숲을 수색하느라 녹초가 되어 있었지만 축제날이라 하여 쉴 수는 없었다. 운이 없어도 어쩜 이렇게 없을 수 있는지 제비뽑기에 져 축제 위원을 맡게 된 까닭에 아직 할 일이 산재해 있었던 것이다. 하기 싫다 하여 일을 농땡이 치거나 대충 했다가는 경고를 받아 학점은 물론이고 기숙사 이용에도 영향을 끼치게 되어 그럴 수도 없었다.

"오, 웬디! 마침 잘 왔다. 오늘 해야 할 일 잘 숙지하고 있겠지? 늦기 전에 실내 정원에 다녀오렴. 한 시간 후에 남학생들을 보낼 테니까."

축제 운영의 전반을 맡고 있는 셰우드 교수가 웃으며 그녀를 반겼다. 웬디에겐 실내 정원의 꽃을 거둬들여 연회장을 장식하는 임무가 주어져 있었다. 꽃을 꺾어 두면 남학생들이 와서 받아가기로 미리 말도 맞춰 두었다. 이런 일쯤이야 꽃집에서 늘 하던 일이라 웬디도 흔쾌히 하겠다 지원하였던 것이다.

"어머, 저기 그 계집애잖아."

실내 정원을 가는 길목에서 웬디는 자신의 머리끄덩이를 잡아당겼던 2학년 여학생들을 만나는 불운을 맞이했다. 아직도 두피의 욱신거림이 가시지 않아 자연히 그들을 잔뜩 경계하게 됐다. 혹여 다시 덤벼들까 싶어 거리를 유지하며 옆 걸음질을 하는데 여학생들은 자기들끼리 키득거릴 뿐 웬디를 해코지하려 들지 않았다. 물론 실실 웃으며 소곤거리는 폼이 기분 나쁘긴 했지만.

"얘!"

콧대가 유독 뾰족했던 우두머리 격의 여학생이 불현듯 웬디를 불러 세웠다. 옆 걸음질을 하던 웬디가 언제든 공격을 받아 줄 태세로 비스듬히 그녀를 응시했다.

"언제까지 그 태연한 표정이 유지되는지 보자고. 선배가 널 감싸준다고 기고만장했던 걸 후회하게 될 거야."

"오해가 있으신가 본데 전 기고만장했던 적이—."

"악! 그만! 오해는 무슨 오해! 네 그런 표정이 얼마나 우리 속을 뒤집히게 하는 줄 알아?"

여학생이 빽 소리를 지르자 지나가던 학생 몇 명의 이목이 집중됐다. 패거리들이 만만한 1학년 여학생을 본보기로 삼아 무시무시하게 노려보자 다른 학생들이 모른 척 시선을 돌렸다.

"뭘 봐? 넌 네 갈 길이나 가."

껄렁한 일갈에 놀란 1학년 여학생이 후다닥 도망쳤다.

"잠깐, 저 애 지난번에 이 계집애랑 시비 붙었을 때도 있었던 애

아냐? 이 계집애 이름 알려 줬던 애 말이야."

"어? 누구?"

이미 저만치 사라져 버린 여학생의 뒷모습을 보며 그들끼리 수군거렸다. 웬디는 더는 그들과 어울리고 싶지 않아 다시 옆 걸음질을 하기 시작했다. 뒤에서, 아니, 옆에서 자신을 욕하는 소리가 들렸지만 무시하고 갈 길을 갔다. 그들이 전처럼 덤빌 용기를 내지 못하는 걸 보고 무사히 위기를 넘긴 걸 내심 자축하면서 말이다.

"이건, 대체……."

그러나 실내 정원에 당도해 그 안의 풍경을 확인한 그녀는 그만 할 말을 모두 잃고 말았다. 색색의 꽃으로 가득해야 할 정원이 온통 난도질당해 엉망으로 뒤집혀 있었기 때문이다. 웬디는 멍하니 바닥에 뒹구는 꽃송이를 주워들었다. 꽃잎이 밟히고 뭉개져 도저히 쓸 수 없었다. 누군가 일부러 고의적으로 악심을 품고 한 짓이 분명했다.

"그 계집애들이?"

웬디는 조금 전 마주쳤던 2학년 계집애들의 얼굴을 떠올렸다. 눈에서 순간 불똥이 튀었다. 아무리 자신이 밉기로서니 이따위 짓을 해? 누군가를 골탕 먹이기 위한 장난 치고는 그 정도가 심했다. 이건 자신이 경고를 받는 것에서 끝날 문제가 아니었다. 메인 축제가 벌어질 대연회장을 제대로 꾸미지 못하는 것은 물론, 아카데미의 재산인 실내 정원이 전부 망가져 버린 것까지 누군가 책임져야 했다. 그 계집애들은 그 책임을 웬디가 지게 될 거라 바란 모양이지만 그렇게 내버려 둘 수는 없었다. 분기탱천한 웬디는 정원을 꼼꼼히 확인한 후 문을 걸어 잠갔다.

"가여워라……."

흙바닥 위에 콩콩 검지를 찍어 누르며 웬디는 짓뭉개진 꽃잎을 안쓰럽게 바라보았다. 정원을 모두 복구해 내는 것까진 무리겠지만 전과 비슷하게 해 놓는 것쯤은 할 수 있었다. 그 계집애들이 이 사실을 알면 황당해 눈을 동그랗게 뜨겠지만 그들로서도 어찌할 도리가 없을 것이다. 자신들이 실내 정원을 죄 엉망으로 만들어 놓았다고 이실직고할 수도 없는 노릇이니 그저 속을 끓일 수밖에! 식물이 순식간에 빽빽하게 자라나다니, 이건 너무 기상천외한 일이라 웬디가 그런 능력을 가지고 있다고 쉽게 의심할 수도 없을 터였다.

"으, 다리야."

바닥 위를 계속 쭈그려 걷다 보니 슬슬 다리가 저려 왔다. 그러나 웬디는 인고로 그 모든 작업을 마쳤다. 처음 검지를 찍어 누른 곳에서는 벌써 아름다운 꽃대가 자라 올라오고 있었다. 얼마 안 가 마치 물결처럼, 황량했던 실내 정원이 꽃으로 뒤덮이기 시작했다. 얼룩덜룩하게 지저분하던 정원 위로 붉고 노랗고 희고 푸른빛이 차례차례 밀려왔다. 꽃의 파도였다.

쾅! 쾅! 우지끈! 쾅! 탁!

그리고 바로 그때, 문을 때려 부수는 소리가 나더니 한 소년이 거친 숨을 몰아 내쉬며 급하게 정원 안으로 들어왔다. 꽃의 향연에 초대받지 않은 인물이 등장했지만 이미 일어난 꽃의 물결은 멈출 줄 모르고 이어졌다.

소년은 눈앞에 펼쳐진 꽃잎의 파동을 그대로 목격하게 됐다. 소년의 다리가 굳은 채 움직일 줄 몰랐다. 숨 막히도록 진한 꽃향기가 순식간에 그를 덮쳐 왔다. 소년의 놀란 마음일랑은 아랑곳없이 꽃들은 계속 봉오리를 터뜨리며 눈부신 꽃의 파도를 일으켰다. 그 파도 끝에 바로 그녀가 서 있었다.

"넌……."

라드가 웬디의 경악한 얼굴을 보며 말을 잇지 못했다.

"이건 그러니까……."

웬디는 어떤 변명을 해야 할지 알지 못했다. 어떤 그럴듯한 이유를 끌어온다고 해도 눈앞에 펼쳐진 장면을 설명해 낼 순 없을 것이다. 라드는 믿을 수 없다는 듯 정원의 풍경을 다시 한 번 바라봤다. 얼떨떨해하는 기색이 완연했다. 시치미를 뗄까? 무슨 헛것을 본 거냐고 외려 다그쳐 볼까? 웬디는 분주하게 머리를 굴렸다.

그사이 라드가 붙박였던 걸음을 떼고 찬찬히 그녀에게 다가왔다. 그가 어떤 반응을 보일지 두려웠지만 한편으로는 능력을 들킨 상대가 라드 슈로더라 다행이란 생각이 들었다. 소년의 얼굴을 한 그는 웬디가 알고 있던 라드는 아니었지만 그녀가 후에 사랑하게 될 사람이란 사실은 변하지 않았다. 그에 대한 믿음은 이미 그녀의 마음에 있었다.

"너는…… 요정인가?"

그가 멍하니 중얼거렸다. 이건 생각지 못한 반응이었다. 그는 아직 순수함을 잃지 않은 십 대 소년이었던 것이다. 아…… 아카데미 졸업 후 대체 무슨 일이 있었던 거야? 웬디는 속으로 당황 섞인 외침을 토했다.

"무얼 어떻게 한 거지?"

라드는 우두커니 서서 웬디에게 답을 구했다. 그녀를 보는 잿빛 눈동자가 퍽 갈급하여 웬디는 변명 같은 걸 하지 못하고 마른 입술을 축였다.

"이건 그러니까……."

머리가 어지러웠다. 새로 피어난 꽃들이 아찔한 향기를 내뿜어 심장 박동을 빠르게 했다. 이 남자의 눈이 이렇게 맑았던가? 웬디는 투명한 잿빛 눈동자에 침음을 흘렸다.

"일종의 음, 요술 같은 거예요. 그러니까, 전 요정 비슷한 거고요."

천연덕스럽게 꾸며 말했지만 정말 믿으리라 생각했던 건 아니었다. 그런데 소년이 놀란 낯을 했다. '이거, 내 예측이 정말 맞았단 말이야?' 이렇게 말하는 얼굴이었다.

"아니에요! 설마 제 말을 정말 믿는 건 아니겠죠?"

웬디가 얼른 고개를 젓자 그가 눈매를 좁히며 한숨을 내쉬었다. 조금 안도한 것도 같았다. 그가 자신의 말을 정말 믿었던 건지 아리송했지만 웬디는 상황을 수습하기 위해 황급히 말을 꺼냈다.

"방금 전에 보았던 일들을 가능하게 만든 능력을…… 정말 우연한 계기로 얻게 됐어요. 말하자면…… 너무 복잡하고 설명하기 어려운 일이에요. 내겐 목숨 같은 비밀이라 모든 걸 낱낱이 말해 줄 순 없어요."

"……."

그녀의 눈에서 단호한 고집을 읽었는지 그는 더 묻지 않고 홀로 생각에 잠겼다. 웬디는 자신의 비밀을 지켜 달라는 말을 굳이 하지 않고서 그가 생각을 정리할 시간을 주었다. 라드라면 어떤 상황에서건 자신의 비밀을 지켜 줄 것이란 믿음이 있었던 까닭에 조바심 같은 건 나지 않았다. 그가 비록 나이 어린 소년이라 할지라도 말이다. 소년이 자신을 사랑하고 있는 미래의 그 남자가 아니라 해서 그의 타고난 인격까지 달라진 건 아니었다. 웬디는 그의 그런 마음을 믿었다. 그건 '라드 슈로더'를 향한 애정에서 피어난 뿌리 깊은 믿음이었다.

"낱낱이 모두 말해 준다 해도 쉬이 이해할 수 없는 일일 테지. 눈으로 본 지금도 제대로 믿기지 않으니까."

그가 한참 만에야 독백하듯 나직이 말했다. 음성에 단념하는 투가 섞여 있어 더는 그녀를 추궁하지 않을 것 같단 예감이 들었다. 그리고 그 예감은 틀리지 않았다. 웬디가 대연회장을 꾸밀 꽃을 꺾는 동안 그는 아무것도 묻지 않고 기다렸다. 그녀는 꺾은 꽃을 한가득 안고서 그런 그를 흘깃거렸다.

"왜 가지 않고 거기 있는 거예요?"

떠나지 않고 자리를 지키고 선 그가 신경 쓰여 웬디가 결국 물음을 던졌다. 그녀를 물끄러미 바라보고 있던 그가 갑작스런 물음에 퍼뜩 정신을 차렸다. 넋을 놓고 있었던 게 부끄러웠던지 그의 귀끝이 조금 빨개졌다.

"……그 애들이 또 올까 싶어서."

"누구요?"

"베아르사 영애, 그 애들 패거리 말이다."

그제야 웬디는 그가 누굴 걱정하고 있는지 깨달았다. 자신의 머리채를 붙들었던 2학년 여학생들이 이곳 정원을 망쳐 놓았단 걸 그도 알고 있었던 것이다.

"그런데 여긴 어떻게 알고 온 거예요?"

"……우연히 들었다."

어쩐지 지난번과 똑같은 래퍼토리가 반복되는 기분이었다. 뭐,

이 마당에 아무러면 어떠랴. 웬디는 어깨를 으쓱이며 하던 일을 마무리 지었다.

"이 정도면 된 거 같은데."

한 아름의 꽃을 한 번 더 꺾어 온 웬디가 바닥에 쌓인 꽃의 양을 헤아렸다. 그러다 어딘가에서 불편한 시선이 느껴져 고개를 드니 라드가 또다시 자신을 멀거니 바라보고 있는 게 아닌가. 뭐지? 왜 자꾸 날 쳐다보는 거지? 웬디가 가자미눈을 했다.

"……뭘 그렇게 봐요?"

"기사의 기본은 경호 대상에게서 눈을 떼지 않는 것이다."

그가 당황하지 않고 경호 수칙을 읊어 댔다. 준비한 멘트가 아니라면 엄청난 순발력이었다.

"아, 그런가요?"

탐탁하지 않은 반응에도 그는 전혀 개의치 않았다. 이런 점은 웬디가 알던 그의 모습 그대로였다.

"그냥 지켜만 보지 말고 좀 돕지 그래요?"

웬디가 새침하게 눈을 흘기자 그가 잠시 망설이다 그녀가 들고 있던 튤립 다발을 받아 들었다. 워낙 많은 양이라 넘겨받고도 그녀 품에 여러 송이의 꽃이 남았다. '후드득' 미처 추스르지 못한 분홍빛 꽃송이들이 바닥으로 떨어져 내렸다. 그 추락하는 광경을 바라보던 라드가 품에 안은 꽃을 내려놓고선 떨어진 꽃을 하나하나 주워들었다. 그 꽃을 웬디에게 건넨 그가 그녀의 눈동자를 빤히 들여다봤다.

"왜, 왜요?"

"……네 눈동자, 그 꽃이랑 어울려서."

리드가 그녀가 안은 분홍색 튤립을 한 번 건너다보며 말했다. 그녀의 눈동자는 꽃을 위해 빚어진 것처럼 고운 풀빛이었다. 말하지 않고선 못 배길 만큼 그 조화가 퍽 아름다웠다. 물론 뱉어 놓고 보니 무슨 짓을 한 건가 싶어 인상이 찌푸려지기는 했지만 말이다.

"고, 고맙군요!"

그러나 그보다 더욱 당황한 건 웬디였다. 소년 라드에게 이런 칭찬을 들을 거라 기대하지 않았던 그녀는 얼굴이 느닷없이 달아오르는 것을 느꼈다.

때마침 웬디를 돕기로 했던 남학생들이 실내 정원을 찾았다. 꽃을 담을 바구니를 하나씩 들고 온 남학생들은 갑작스럽게 나타난 침입자를 쏘아보는 라드를 보고 저마다 본능적으로 기함을 했다. 그들은 박살이 나 있는 실내 정원의 문짝과 라드를 번갈아 보며 수군거렸다. 그런 반응에도 라드는 아랑곳하지 않고 그들에게 뒤처리를 맡긴 채 웬디와 함께 셰우드 교수를 찾아갔다. 그는 정원의 문이 잠겨 곤란을 겪고 있던 웬디를 도우려다 문을 부쉈다며 깔끔하게 상황을 정리했다. 문제가 된다면 보상을 하겠다 했지만 셰우드 교수는 후배를 아끼는 마음이 아름답다며 그를 칭찬하는 걸로 일을 마무리 지었다.

낮 동안 야외에서 이런저런 행사가 이어지다가 저녁 무렵이 되어서야 대연회장에서 무도회가 열렸다. 대연회장은 갖가지 꽃들로 보기 좋게 장식되어 있었다. 저마다 들뜬 학생들이 훌륭한 차림으로 그곳을 찾았다. 여학생들은 평소와 다르게 한껏 부풀린 화려한 드레스를 입고 고운 화장을 했다. 앞자락을 가른 풍성한 겉치마가 여기저기서 나풀거렸다. 남학생들 역시 멋들어진 프록코트에 몸매가 드러나는 바지를 받쳐 입고서 실크 천을 목에 감은 완벽한 차림으로 등장했다. 모두가 하룻밤 사이에 신사, 숙녀가 됐다.

그건 웬디 역시 다르지 않았다. 그녀는 일부러 얌전한 드레스를 골라 입었지만 하늘거리는 하얀 레이스와 반쯤 틀어 올린 머리 모양이 무척 청초해 여럿의 시선을 사로잡았다. 특히나 1학년 신입생이란 메리트가 특수 효과처럼 그녀를 더욱 눈부시게 했다. 날이 날인지라 쭈뼛대며 다가오는 남학생들을 모른 체하며 요리조리 피해 다니는 데 기력을 낭비해야 했지만 나쁘지만은 않은 시간이었다.

"어머, 넌……!"

무도회 분위기가 무르익을 무렵 웬디는 베아르사인지 베아르체인지 하는 그 패거리들과 우연히 마주쳤다. 웬디의 머리끄덩이를 붙들었던 소녀들 말이다. 웬디를 발견한 그들의 얼굴이 자동적으로 찌푸려졌다. 웬디는 그들이 대연회장을 꾸민 화려한 꽃송이들을 못마땅한 얼굴로 훑고 있던 걸 빠뜨리지 않고 봤다. 무슨 재주로 위기를 넘겼나 하고 쏘아보는 꼴이 무척 배 아파 보였기에 웬디로선 무척 통쾌했다.

"오, 웬디! 후배님 맞지? 웬디 후배님!"

그때 누군가 웬디를 알은척했다. 체술 수업에서 안면이 있는 3학년 선배였다. 루카스라 했던가? 붙임성이 좋은 사람이었다.

"어이, 라드! 이리 좀 와 봐."

그가 뒤쪽에서 누군가와 이야기를 나누고 있던 라드를 적진 한가운데로 불러 왔다. 아니, 그를 부르지 마! 그는 원군이 아니야! 웬디가 소리 없는 비명을 질렀지만 루카스는 라드의 팔을 붙든 채 그를 그녀 곁으로 끌고 왔다. 아니나 다를까, 라드가 웬디와 함께 있는 모습을 본 베아르사 패거리들의 얼굴이 심상치 않게 변했다. 적의 치솟는 분노를 감지한 웬디는 온몸을 긴장시키며 경계 태세를 취했다.

"후배님, 아직 첫 춤을 추지 않았지? 잘됐다, 잘됐어! 라드, 얼른 나가서 후배님이랑 멋지게 춤 한 곡 추고 와. 둘 다 첫 춤은 춰야지 않겠어? 오, 마침 왈츠 연주잖아!"

루카스가 웬디와 라드를 무도회장 중앙으로 떠밀었다. 웬디가 괜찮다고 거절하려던 찰나 라드가 먼저 그를 제지했다.

"춤 신청쯤은 나도 할 수 있다."

그가 뱉어 낸 말은 무척 의외였지만 말이다. 아주 단호하고 반항적인 눈빛으로 그가 루카스의 간섭을 배제시켰다. '흐흐흐' 괴상한 웃음을 흘린 루카스가 손바닥을 펴 보이며 뒷걸음질 쳤다.

"춤을 함께 추지. ……너만 괜찮다면."

라드가 웬디에게 손을 내밀었다. 말투와 다르게 무척 정중한 몸짓이었다. 웬디는 그가 내민 손과 그의 굳은 얼굴을 번갈아 바라보았다. 그의 얼굴이 긴장한 것처럼 보인 건 자신의 착각이었을까?

거절 같은 걸 생각할 겨를도 없이 그녀는 끌리듯 그의 손을 잡았다.

연회장 중앙으로 나간 두 사람은 점잖은 인사를 나누고서 음악에 맞춰 춤을 추기 시작했다. 그리고 그때부터 이상한 일이 함께 벌어지기 시작했다. 같은 템포로 걸음을 내디딜 때마다 심장 역시 함께 쿵쿵 떨어져 내렸다. 일정하게 유지되는 거리 사이에 둘의 눈빛이 꼼짝없이 갇힌 채 떨어질 줄 몰랐다.

웬디는 온몸의 감각이 살아 요동치는 기분에 정신이 다 아찔해졌다. 라드의 위팔에 얹은 손으로 경직된 그의 근육이 그대로 느껴졌다. 맞잡은 손은 얼얼한 게 불이 나는 듯했다. 내, 내가 미친 것인가! 그녀는 얕은 날숨을 내뱉으며 평정을 유지하려 노력했다. 우아하게 턱을 들고 옆으로 고개를 틀려 했지만 그런 기본 동작조차 제대로 되지 않았다. 정말이지 그에게서 눈을 뗄 수 없었다.

음악이 왜 이렇게 긴 거지? 왈츠가 이렇게 격정적인 음악이었던가? 막상 춤을 추는 몸짓은 단조롭기 그지없었지만 웬디는 남부의 무희처럼 격렬하게 춤을 추는 듯한 착각에 빠져 들었다. 꼼짝할 수 없는 시선 때문인지 가슴 위쪽이 울렁거렸다. 이, 이건 대체 뭐지?

"브라보!"

열성적으로 박수를 치며 다가온 루카스 덕에 웬디는 비로소 그의 시선으로부터 해방감을 맛볼 수 있었다. 어느덧 음악이 끝나 있었다. 라드와 잡은 손을 놓으려 하자 그가 그녀의 손끝을 꾹 쥐었다가 퍼뜩 놀라 놓았다. 웬디는 그를 흘깃 보았다 눈이 마주치기 무섭게 고개를 돌렸다. 어쩐지 똑바로 쳐다보는 게 어색하였다.

"나는 타오르는 불꽃을 보았네! 아아, 그건 결코 꺼지지 않을 불꽃이었네!"

루카스가 정신 나간 사람처럼 시를 읊었다. 아니, 시가 맞긴 한 건가?

"자, 다들 목이 탈 텐데 와인이라도 한 잔씩 하지. 루데인 지방의 와인이라던데 그럭저럭 마실 만하더라. 그렇다고 너무 취하진 말고. 불꽃 정도야 낼 수 있지만 아직 학생인 걸 잊어선 안 되지. 하하하하!"

그가 지나가던 하인에게서 와인 두 잔을 받아 건넸다. 웬디는 루카스가 더 이상한 소리를 지껄이기 전에 어서 자리를 피하고 싶었다. 베아르사 패거리들 또한 여전히 그들 주변을 맴돌며 살기를 뿌리고 있었다. 먹이를 앞에 둔 고양이처럼 앙칼진 눈을 한 게 당장이라도 손톱을 바짝 세우고서 자신에게 달려들 것 같았다.

"두 사람, 춤 멋지던데."

그때 그들 사이로 한 남학생이 걸어와 말을 걸었다. 그의 등장에 웃고 있던 루카스의 얼굴이 단숨에 구겨졌다.

"폴 아버키, 너어. 다리는 어떻게 된 거냐?"

목발 없이 말짱하게 걷는 폴의 모습에 루카스가 의문을 표했다.

"아아, 이거? 이번 황실 자선 행사에 나온 바하즈만 열매를 하나 낙찰 받았거든. 어렵게 구했어. 다리 때문에 학기를 망칠 수 없어서 말이지."

폴 아버키가 라드에게 은근한 시선을 보내며 말했다. 라드가 가늘게 뜬 눈으로 그를 쏘아봤다.

"다리도 자유롭겠다, 웬디와 첫 춤을 함께 추고 싶었는데 선수를 빼앗겨 버렸네. 두 사람, 파트너가 아니라면 내가 웬디에게 다음 춤을 청해도 될까?"

웬디에게 상냥한 미소를 보인 폴 아버키가 라드를 돌아보며 물음을 던졌다. 웃음기 어린 눈을 한 채 라드를 마주 보고 있던 폴이 여유롭게 재킷의 앞여밈을 매만졌다. 둘의 눈빛이 허공에서 부딪쳤다.

"괜찮겠지?"

"……내게 허락을 구할 필요는 없을 것 같군. 우린 오늘 파트너로 온 게 아니니까."

"그래? 그렇다면—."

“물론 그렇다고 해서 다음 춤을 출 수 있는 기회가 너에게 주어진단 소리는 아냐.”

라드가 그의 말을 도중에 끊으며 말했다. 상대를 도발하는 말임에도 음성이 무미건조했다. 그리고 그 점이 더욱 상대를 발끈하게 했다.

“뭐?”

“다음 춤 역시 내가 청할 생각이라 넌 좀 더 기다려야 할 것 같은데. 아, 충분히 인내심을 가지는 게 좋을 거야.”

말을 마친 라드가 웬디에게 손을 내밀었다. 그 순간 그들을 알게 모르게 지켜보고 있던 모두의 시선이 그녀에게 향했다. 폴 아버키가 눈썹을 좁힌 채 그녀의 선택을 기다렸다. 웬디는 늘 상냥하던 폴의 얼굴이 처음으로 굳어 있는 걸 봤다. 이, 이건 또 무슨 상황이지?

“꺄악, 삼각관계!”

누군가 외치는 소리가 들렸다. 쿨럭이는 기침 소리까지 들릴 만큼 좌중이 고요했다. 다, 다들 왜 여길 주목하고 있는 거야! 연주는 또 왜 멈춘 거고? 웬디는 주변을 슥 둘러보고선 긴장되는 마음에 침을 꿀꺽 집어삼켰다. 그에 반해 이 사달을 만든 라드는 한 점의 동요도 없이 예사스러운 얼굴을 하고 있었다.

아니, 정말 그런 줄로만 알았다! 자신이 손을 움직였을 때 그의 눈동자가 흔들리는 걸 보지 않았더라면 정말 깜박 속을 뻔했다. 웬디는 라드가 지금 바짝 긴장해 있음을 알아차렸다. 그걸 자각하자마자 어쩐지 그의 자세 또한 뻣뻣하게 경직되어 보였다. 라드가 내민 손을 거절해 볼까 하는 짓궂은 생각이 들었지만 그의 잿빛 눈동자를 더는 곤욕스럽게 할 수 없었다. 웬디는 그가 내민 손 위에 살

포시 손을 포갰다.

그와 동시에 다시 음악이 시작됐다. 악단의 지휘자 역시 아카데미의 새로운 스캔들에 큰 관심을 두고 있는지 아주 극적인 배경음악을 깔아 주었다. 두 사람이 다시 중앙으로 나가 음악에 맞춰 춤을 추기 시작하자 그들에게 집중됐던 시선이 하나둘 흩어졌다. 그러나 웬디는 이곳에 모인 모두의 시선을 합친 것보다 더욱 강렬한 시선을 마주해야 했다. 라드의 잿빛 눈동자가 그녀를 또다시 꽁꽁 묶었다. 웬디는 다시 한 번 남쪽의 무희가 된 것 같은 착각에 빠져야 했다.

"클라우디오!"

레이니 숲 가장 깊숙한 곳까지 들어온 웬디는 목청이 터져라 요정의 이름을 불러 젖혔다. 매주 주말마다 허탕을 치다 보니 이젠 아주 악이 받쳤다. 이 망할 놈의 요정! 대체 어디 있는 거람! 웬디는 씩씩대며 요정의 이름을 다시 한 번 외쳐 불렀다.

"클라우디오! 어서 모습을 드러내지 못하겠니? 네가 이렇게 계속 숨어 있는다면 나 또한 생각이 있다! 당장 밤의 숲으로 가 쥬아소네뜨를 만나고 오겠어! 가서 네 녀석이 벌인 장난질을 모두 말해 버릴 테다악!"

화가 나 쥬아소네뜨의 이름까지 들먹이며 협박 조의 말을 혼자 떠들어 댔다. 누군가 보았다면 미친 아이가 홀로 바락바락 소리를 지르며 숲을 쏘다닌다 생각했을 것이다.

그런데 바로 그 순간, 생각지도 못한 장면이 눈앞에 펼쳐졌다. 황금빛 아지랑이가 수풀 속에서 일렁이더니 둥글게 뭉쳐져 웬디 앞까지 천천히 날아오는 것이다! 눈을 홉뜬 채 그 모습을 지켜보는데, 아른아른한 빛이 어느 한순간에 폭발하듯 사방으로 퍼졌다.

"……뭐야, 이 건방진 인간! 감히 인간 주제에 어디서 쥬아소네뜨의 이름을 들먹여?"

눈부신 빛에 반사적으로 눈을 감은 웬디는 누군가의 건방진 말투를 듣고 번쩍 눈을 떴다. 당돌하고 까랑까랑한 목소리가 아주 익숙했다!

"크, 클라우디오?"

"인가안! 내 이름을 대체 어떻게 아는 거지?"

요정 클라우디오가 눈을 부라리며 넓적한 잎사귀 위를 콩콩 뛰었다. 인간이 자신의 귀한 이름을 알고 있는 게 아주 분해서 어쩔 줄 모르겠다는 듯이 말이다.

"날 모르겠니? 네가 날 이곳으로 보냈잖아!"

"무슨 소릴 하는 거지 대체?"

"네가 과거의 시간 위에 있는 요정이라고 했잖아! 그러면 수가 있을 것 아냐? 날 원래의 시간으로 돌려보내 줘! 장난은 이쯤하면 됐으니까!"

웬디가 다급한 마음에 요정을 향해 손을 뻗었다. 기겁을 한 클라우디오가 포르르 날아올라 멀찍이 있는 나뭇가지 위에 안착했다.

"어, 어떻게 내 정체를 아는 거지? 그러니까 인간, 네 말은 내가 널 이곳의 시간으로 보냈단 말이야?"

"그래!"

"미래에서 과거로?"

웬디가 고개를 끄덕였다.

"세상에나!"

클라우디오가 그의 금발을 두 손으로 움켜쥐며 믿기지 않는다는 듯 소리쳤다. 웬디는 가까스로 흥분된 마음을 가라앉히고 침착하게 요정의 반응을 살폈다. 표정이 진심으로 놀란 듯해 그가 그저 모르쇠로 잡아떼고 있는 것 같진 않았다.

가만있자! 그런데 이 녀석이 원래 이렇게 작았던가? 웬디는 자신의 손가락을 펼쳐 손가락 마디의 길이를 헤아려 봤다. 눈앞의 요정은 기억 속에 있던 그 요정의 모습보다 더욱 조그매 보였다. 원체 작았지만 지금은 더 작았다! 그러니까, 원래 크기가 손가락 세 마디 정도였다면 지금은 두 마디 정도나 될까 싶은 크기였던 것이다.

"오, 이럴 수가! 내가 잘못 들은 건 아니겠지? 인간, 네 말은 이 클라우디오 님께서 드디어 과거의 시간 위에 섰다 이 말이야?"

그가 재차 확인했다. 웬디가 그렇다 긍정하니 요정의 표정이 점차 환희로 뒤바뀌어 갔다.

"야호! 끼야호!"

그가 흥분해 8자 비행을 마구잡이로 하기 시작했다. 웬디의 표정이 점점 괴상하게 일그러졌다.

"헥헥! 미안, 미안! 과거의 시간 위에 서는 게 쉬운 일이 아니라서! 인간 너처럼 하등한 생명체는 모르겠지만 그렇게 되기까지 참 많은 수련을 해야 하거든! 내가 드디어 해냈다니 엄청 신나잖아!"

클라우디오가 감정이 북받친 듯 두 다리를 번갈아 가며 폴짝폴짝 뛰었다. 그걸로는 만족이 되지 않는지 원숭이처럼 나뭇가지를 잡고 뱅뱅 돌기까지 하는 게 아주 가관이었다. 웬디는 그가 진정하길 초인적인 참을성을 갖고 기다려야 했다.

"음, 그러니까 네 말은 네가 있던 원래 그 시간으로 보내 달라 이거야?"

감정을 겨우 가라앉히고 나서야 요정은 웬디의 이야기에 귀를 기울였다. 웬디는 지금까지 벌어졌던 대강의 이야기를 전해 주며 자신이 얼마나 간절한지 그 심정을 피력했다. 클라우디오는 턱을 쓰다듬으며 고민에 빠졌다.

"인간 네가 그 아카데미에 가게 된 건 너의 의지가 요정의 힘에 작용했기 때문이야. 정말이야! 요정이라고 해서 마음대로 할 수 있는 일이 아니라고!"

클라우디오가 뜬금없이 변명조로 말했다. 급하게 지어 낸 이야기 같기도 했지만 웬디는 더 따지고 들지 않았다. 눈앞의 요정을 원망해 봐야 소용이 없다는 걸 잘 알았다. 지금의 클라우디오는 웬디를 이곳으로 보냈던 그 요정이 아니니까.

"……그래, 내 마음 아주 깊숙한 곳에서 나도 모르게 아카데미 생활을 꿈꾸었을 수도 있겠지. 하지만 이젠 아니란다. 난 원래의 내 삶을 되찾고 싶어."

"그렇담 잘 찾아오긴 했는데."

"혹시 날 돌려보내는 방법을 모르는 거니? 아까 하는 말을 듣자니 아직 넌 과거의 시간 위에 서지 못한—."

"그 정돈 나도 알아!"

클라우디오가 자존심 상한다는 듯 팩 소리쳤다. 요정의 호언장담에 웬디는 가슴을 쓸어내렸다.

"그럼 날 어서 돌려보내 줘."

웬디는 그가 어서 되돌아갈 방법을 일러 주길 기대했다. 그러나 요정에게서 듣고 싶었던 말은 쉽사리 들을 수 없었다. 클라우디오는 엉뚱한 곳에 초점을 맞추며 인상을 찌푸렸다.

"대체 왜 그렇게 급히 돌아가려고 하는데? 지금의 생활이 불만족스럽나?"

"그런 건 중요하지 않아. 난 원래 있던 곳에 소중한 사람이 있어. 그곳에 내 모든 게 있다고!"

"여기엔 소중한 사람이 없어?"

요정이 고개를 갸우뚱했다. 그 말에 불현듯이 잿빛 눈동자의 소년이 떠올랐다. 웬디는 순간적으로 말문이 막혔다.

"넌 시간을 거스른 존재야. 다시 되돌아가게 된다면 이곳에 너라는 존재가 영원히 사라질 거야. 다시 순리대로 돌아가는 거지. 이곳에서 인간 널 기억하는 사람은 아무도 남지 않을 텐데 괜찮겠어?"

"……이곳은 내가 있어야 할 곳이 아냐."

웬디가 한참 만에야 먹먹한 목소리로 대답했다. 그 말은 요정이 던진 물음에 대한 답이기도 했지만 스스로를 타이르는 말이기도 했다. 그녀는 무의식중에 목을 매만졌다. 소년 라드가 자신을 잊게 된다 생각하니 목구멍에 가시가 걸린 듯한 감각이 사라지지 않았다. 그러나 답은 이미 정해져 있었다. 인력으로 되지 않는 일에 연연하는 건 어리석은 짓이었다.

"그렇게 말하는 것치곤 표정이 좋지 못한데."

클라우디오가 웬디의 눈치를 슬쩍 보며 말했다. 그녀는 억지로 표정을 펴며 마음을 정리하려 노력했다. 이곳의 사람들이 자신을 잊는 건 순리를 따르는 일이라 애써 홀로 되뇌었다. 그러던 중 갑자기 섬뜩한 생각 하나가 머릿속을 스쳤다. 그녀의 얼굴이 단번에 새하얗게 질렸다.

"잠깐…… 그럼 원래 내가 있던 시간에서는? 그곳에서 날 알던 사람들은 어떻게 되는 거니? 설마 그들이 날 잊어버린 건 아니겠지?"

웬디가 발작적으로 소리쳤다. 자신이 과거에 와 있는 동안 모두가 자신을 잊어버렸을까 봐 덜컥 겁이 났다. 자신이 이미 없는 사람이 되어 있을까 봐 몹시 두려웠다.

"무슨 소릴 하는 거야? 원래 네가 있던 세계의 시간은 당연히 그대로 멈춰 있지! 요정의 힘이 시작되는 순간 그곳의 시간은 멈춘 거나 마찬가지야. 어차피 네가 되돌아 갈 수 있는 시간은 그때 그 시간밖에 없으니까 그곳의 시간이 흘러가는 건 무의미해."

클라우디오가 커다란 나뭇잎을 하나 따서 우산처럼 받쳐 들었다. 그걸 빙글빙글 돌리며 그가 말을 이었다.

"물론 요정의 힘이 시작됐던 그날이 언제인지는 잘 기억하고 있어야 하지만. 그날이 오기까지 몇 년이나 남았어?"

"왜 그날을 기억하고 있어야 하지?"

"음, 그때까진 되돌아갈 수 있는 기회가 얼마든지 있거든! 그날이 지나가면 좀 힘들어질 수 있어도. 헤헷, 왜 그렇게 놀란 표정이야? 아직 한참이나 남았는데. 그러니까 마음 푹 놓고 좀 더 느긋하게 이곳의 생활을 즐기라고!"

클라우디오의 뜬금없는 데드라인 선언에 웬디가 입을 쩍 벌렸다. 아무리 수년이 남았다 한들 되돌아가지 못하게 된다는 건 살이 떨리는 끔찍한 공포였다.

"그게 무슨 소리지? 그럼 그때가 지나면 되돌아갈 수 없게 된단 말이야? 대체 왜?"

"아이참, 요정의 힘으로 뒤틀린 시간의 개념을 인간 네가 이해하는 건 무리라고. 더는 묻지 마!"

클라우디오가 나뭇잎 우산을 든 채 나무 위에서 폴짝 뛰어내렸다. 나뭇잎이 공기 저항을 조금 줄여 주긴 했지만 추락 속도가 무척 빨라 위험천만해 보였다. 놀란 웬디가 급히 손을 뻗어 요정을 손바닥으로 받아 냈다.

"나도 날 수 있다구우! 내 비행 실력을 뭘로 보고! 이거 참 피곤한 인간이군."

요정이 볼을 빵빵하게 불리며 불만을 토하더니 말과는 다르게 손바닥 위에 털썩 주저앉았다.

"인간의 손바닥이 생각보다 안락하군."

웬디는 클라우디오의 하는 양을 보며 눈매를 좁혔다. 머릿속을 스치는 어떤 생각 때문이다. 요정의 꿍꿍이속이 순간 의심스러웠다.

"클라우디오, 솔직히 말해 봐. 너 정말 날 되돌려 보낼 수 있긴 한 거야?"

느긋하게 즐기라는 둥 기회가 얼마든지 있다는 둥 말하는 본새가 굉장히 수상쩍었다. 웬디는 번뜩이는 눈으로 요정의 기색을 살폈다.

"뭐, 뭐야? 날 의심하는 거야?"

클라우디오가 정곡을 찔린 듯 당황하며 그녀의 눈을 피했다. 어라, 이것 봐라? 녀석의 허점을 잡은 웬디가 손바닥으로 요정을 감싸 쥔 채 취조를 시작했다.

"바른대로 말하지 못해?"

"이거 놔! 나, 난 아직 어린 요정이라고오!"

요정이 빠져나가려 발버둥을 쳤다. 그러나 웬디 역시 호락호락하지 않았다.

"쥬아소네뜨를 함께 만나러 갈까?"

"대, 대체 쥬아소네뜨를 어떻게 아는 거야? 아윽, 이거 놔! 나, 나는! 응, 그러니까…… 악! 이봐, 일단 진정하라구우! 난 분명 널 돌려보내는 방법을 안다고 했지, 돌려보낼 수 있다곤 안 했어! ……그, 그래, 내가 잘못했어!"

클라우디오가 결국 이실직고했다. 어린 요정이 능청스러운 게 못돼 먹은 사기꾼 기질이 있었다. 웬디의 눈초리가 험악해졌다.

"하지만 금방 배울 수 있어! 배우려고 했다고! 마르탱 영감한테 물어보면 될 거야. 나 금방 배워서 널 돌려보내 줄게!"

"그럼 그 마르탱 영감을 당장 내 앞에 데려와! 그는 날 돌려보낼 수 있을 거 아냐?"

"이익! 그렇게 쉬우면 진작 했게? 넌 내 힘으로 이곳에 왔다며! 그걸 돌려놓을 수 있는 건 나뿐이니까 그렇지!"

요정이 웬디의 엄지를 콩콩 때렸다. 잠시 클라우디오를 노려보던 웬디가 시름 깊은 한숨을 내쉬었다. 스르르 손의 힘이 풀렸다.

"아이쿠, 죽다 살았네. ……인가안! 힘으로 날 제압하려 하다니, 두 번은 용서하지 않겠다아!"

클라우디오가 눈을 홉뜨며 웬디에게 깜찍한 경고를 날렸다. 물론 그리고 나서 후환이 두려웠던지 나무 위를 대피처 삼아 포르르 날아올랐다.

“요정의 이름을 걸고 약속해 줘. 날 돌려보내 주겠다고. 물론 빠른 시일 안에.”

“좋아! 약속하지, 이 클라우디오의 이름을 걸고 말이야.”

“막연한 약속으론 안 돼. 중간중간 진척 상황을 보고하도록 해. 그렇지 않으면 쥬아소네뜨에게—.”

“아이, 정말! 알았다고! 보고할게, 보고한다구우! 으으, 인간의 정보력이 이리 엄청날 줄이야! 쥬아소네뜨를 대체 어떻게 알고!”

웬디는 겨우 요정에게서 약속을 받아 냈다. 다음 만날 날을 정한 후 그녀는 레이니 숲을 빠져나왔다.

아카데미로 가는 길은 어쩐지 발걸음이 무거웠다. 마침내 요정을 만나 되돌아갈 희망을 품게 됐지만 영 마음이 찜찜했다. 그건 클라우디오가 배움이 짧은 어린 요정이라 실망한 이유 때문만은 아니었다.

“하아…….”

거푸 한숨만 나왔다. 천지 사방에는 연둣빛 잎사귀와 색색의 고운 봄꽃이 만발해 있었으나 웬디의 마음은 오늘따라 황량했다.

‘승마를 하면 기분이 좀 나아질까?’

아카데미에 다다르자마자 그녀는 슬그머니 승마를 핑계 삼아 마구간으로 발길을 옮겼다. 누군가 버릇처럼 주말마다 승마를 한다는 사실을 애써 모르는 체하고선 말이다.

“아이구, 오셨군요! 안 그래도 한 번은 오시지 않을까 생각했습니다.”

마구간지기가 전과 달리 웬디를 몹시 반겼다. 눈빛이 초롱초롱한 게 무언가를 기대하는 눈치였다. 그가 급히 안장을 챙겨 들고 우리로 들어가더니 근육이 짱짱한 붉은 말 한 마리를 끌고 나왔다. 크고 다부진 게 한눈에 봐도 훌륭한 말이란 걸 알 수 있었다.

"이번에 새로 식구가 된 녀석입니다. 혈통이 대단한 놈입죠."

그가 붉은 말의 혈통에 대해 신이 나 설명했다. 웬디는 대강대강 흘려듣고는 말 위에 올랐다. 라드가 혹 먼저 다녀갔는지 묻고 싶었지만 차마 입이 떨어지지 않았다.

"이랴!"

너른 승마장을 목을 뺀 채 바라보던 그녀가 어느 순간 급하게 말을 출발시켰다. 웬디의 질풍 같은 질주에 마구간지기가 탄성을 터뜨렸지만 그녀는 그의 요란한 반응을 돌아볼 틈이 없었다. 그녀가 빠르게 한 지점을 향해 나아갔다. 저 멀리 말을 탄 소년의 모습이 보였던 것이다.

"워워!"

소년의 앞에 다다라 말을 멈춰 세운 웬디가 밭은 숨을 몰아쉬었다. 라드가 조금 놀란 얼굴로 웬디를 응시했다. 그녀가 숨을 고를 때까지 그는 말없이 기다렸다.

"……경주할래요?"

숨결을 겨우 가라앉히고 처음 한다는 말이 고작 이거였다. 웬디는 민망함에 입술을 깨물었다. 라드가 눈을 가늘게 떴다.

"무슨 일이 있나?"

그는 엉뚱한 경주 신청은 마음에도 두지 않고 웬디의 안색을 살폈다. 그녀는 잠시 머뭇댔다.

"……아니요, 일은 무슨 일이요."

"주말마다 외출을 하는 것 같더군."

웬디는 그가 자신의 차림을 신경 쓰고 있단 걸 알아챘다. 밑단이 더러워진 바지와 군데군데 얼룩진 셔츠가 눈에 띄었던 모양이었다. 그녀가 셔츠에 묻은 얼룩을 괜히 툭툭 털어 냈다.

"숲에 다녀왔어요. 찾아야 할 게 좀 있어서."

"실내 정원에서 봤던…… 그 힘과 관련된 일인가?"

"……비슷해요."

라드가 미약하게 고개를 끄덕이고서 말고삐를 고쳐 잡았다.

"셋까지 센 후 출발하는 걸로 하지."

"네? 정말요? 아, 잠깐요!"

그 말에 놀란 웬디가 얼떨결에 달려 나갈 채비를 했다. 무심코 던진 제안에 그가 정말 응할 줄은 몰랐던 것이다. 숫자를 세는 라드의 목소리가 들려왔다. 이상하게도 갑자기 가슴이 두근거리기 시작했다.

둘은 동시에 쏘아지는 활처럼 나아갔다. 어느 누가 우세하다 쉽게 말할 수 없을 만큼 대등한 속도였다. 웬디는 곁눈질로 라드를 견제하며 바람을 피해 몸을 낮췄다. 다소 황당하게 시작된 경주였지만 마음은 점점 진지해져 갔다. 이기고 싶다, 이기고 싶어! 그녀는 양 미간에 주름을 잡고 매섭게 질주했다.

"이랴!"

라드가 말의 속도를 더욱 높였다. 전장에 나선 장수처럼 그는 자비가 없었다. 지난번의 패배를 설욕하려는 듯 번뜩이는 눈빛이 흡사 죽기 살기로 내달리는 것처럼 보였다. 그 역시 엄청 진지하게 경주에 임하고 있었던 것이다.

"워워!"

히이이잉!

두 사람은 거의 동시에 들판 끝에 다다랐다. 폭풍 같은 질주에 숨이 턱까지 차오르고 가슴은 터질 것만 같았다. 그건 말들 역시 다르지 않아 두 마리 모두 뜨거운 콧김을 연신 푸르릉 내뿜어 댔다.

"헉헉…… 승부가 났죠?"

웬디는 곧 넘어갈 듯 숨을 몰아쉬면서도 입꼬리를 말아 올렸다. 승리를 확신했던 것이다.

"내가…… 조금 더 빨랐다."

그러나 승리를 확신한 건 그녀뿐만이 아니었다. 라드가 틀림없다는 태도로 말했다.

"네에? 무슨 소리예요! 제가 더 빨랐죠!"

둘 사이에 불꽃이 튀었다. 두 사람 모두 쉽게 패배를 인정하려 들지 않았다. 가쁘게 숨을 쉬며 서로를 빤히 바라보던 둘은 어느 한순간 동시에 피식 하고 헛웃음을 터뜨렸다. 별것 아닌 일에 아등바등하는 꼴이 우스웠던 것이다. 그 웃음에 맥이 턱 풀려 버렸다.

"말들에게 물을 먹여야겠어요."

웬디가 말구유가 있는 마구간 방향을 바라보며 말하자 라드가 말머리를 그 반대편으로 돌렸다.

"근처에 개울이 있어."

라드가 먼저 앞장서 그녀를 개울가로 안내했다. 지친 말들을 위해 웬디가 군말 없이 따랐다. 얼마 가지 않아 물줄기가 가느다란 시내가 나왔고 그들은 말을 끌어와 물을 마시게 했다. 말들이 해갈을 하고 풀을 뜯기 시작하자 웬디 역시 시냇가로 가 두 손 가득 물을 떠냈다. 봄의 기운이 무르익은 시냇물에선 청량한 꽃향기가 났다. 웬디는 물을 몇 모금 넘기고 땀에 젖은 얼굴을 씻어 냈다.

"아, 시원하다."

저절로 탄성이 나왔다. 목을 축인 그녀는 여유를 찾고 물에 비친 자신의 모습을 가만히 들여다봤다. 곱게 묶었던 머리가 승마로 죄 흐트러져 있는 게 척 봐도 엉망이었다. 웬디는 서둘러 리본을 풀어냈다. 그런 후 머리를 다듬으려 손을 뻗던 중 그녀는 그만 들고 있던 리본을 물에 빠뜨렸다. 급히 주우려 했지만 물살에 휩쓸린 푸른색 리본은 손끝을 스치고 떠내려갔다.

웬디는 급히 물길을 따라 종종걸음 쳤다. 물결을 따라 이리저리 몸을 뒤척인 리본은 라드가 선 자리까지 빠르게 흘러갔다. 그는 수월하게 리본을 물에서 건져 냈다.

"아."

라드가 그녀에게 리본을 내밀었다. 웬디는 그를 향해 천천히 다가갔다. 리본에서 동그란 물방울이 똑똑 떨어져 내리고 있었다. 그 물방울이 떨어지는 게 이상하리만치 아주 느리고 분명하게 보였다. 웬디는 조심스럽게 그걸 받아 들었다. 둘의 손이 스쳤고 그가 웬디의 얼굴을 빤히 들여다봤다. 푸른 초원을 닮은 그녀의 눈동자에서 그는 눈을 떼지 못했다.

어디선가 불어온 바람이 젖은 얼굴을 스치고 지나갔다. 그가 그녀의 젖은 볼 위로 손을 뻗었다. 승마 후 봄빛으로 달아오른 양 볼이 뜨거웠다. 그 열기에 이끌린 그가 그녀에게 고개를 기울였다. 입술 가까이 다가간 라드가 잠시 멈칫거렸을 때 한 차례 바람이 더

불어왔다. 향기로운 그 바람이 그녀 쪽으로 그의 등을 가볍게 밀어냈다. 그는 더 망설이지 않고 웬디에게 입을 맞췄다.

그녀의 입술을 적신 봄의 시냇물이 그의 입술 위에도 묻어났다. 가슴을 떨리게 만든 향기로운 꽃향기가 입술 사이로 밀려들어 왔다. 둘은 눈을 꼭 감은 채 짧은 입맞춤을 나누었다.

입술이 떨어지고 난 뒤로도 둘은 서로에게서 한동안 눈을 떼지 못했다. 스치듯 나눈 짧은 입맞춤이었지만 그걸 평생 잊지 못할 거란 걸 두 사람 모두 알고 있었다. 다만 그녀는 머잖아 이 기억이 자신만의 것이 될 거란 사실 하나를 더 알고 있었을 뿐이었다. 그건 그의 의지와는 상관없는 일이었고 웬디는 그걸 받아들여야 했다.

그녀가 무언가 하고 싶은 말이 있는 것처럼 입술을 달싹였다. 그러나 그 말은 끝내 언어가 되지 못하고 실낱같은 한숨으로 봄바람에 뒤섞였다. 웬디가 이내 고개를 돌리고 걸음을 옮겼다.

"상투적인 이야길 하나 해도 될까요?"

그녀가 멋쩍게 말했다. 라드는 대답이 없었지만 웬디는 시냇가 근처에 핀 작은 꽃 몇 송이를 따 들고서 천천히 말을 이었다.

"이 꽃은 이름보다 꽃말이 더욱 유명한 꽃이에요. 꽃빛이 참 예쁘죠?"

옅은 파란색 꽃 뭉치가 그녀의 손 위에서 한들거렸다. 가는 꽃대 하나에 여러 개의 꽃이 어긋나 핀 것이다. 라드는 지금껏 꽃을 진정으로 아름답다 생각해 본 적이 없었으나 그 꽃의 여릿한 빛은 퍽 아름다워 보였다. 그녀가 그렇다 하니 그렇게 보였다. 다만 그녀의 새하얀 손에 들려 있는 여린 그 꽃이 바람에 흔들리는 모습은 어딘가 마음을 불안하게 하는 구석이 있었다. 손을 뻗어 그 꽃을 잡아

주고 싶다 생각하는 찰나 그녀가 먼저 그 담청색 꽃송이들을 라드에게 건넸다.

"이걸 간직해 줘요. 전 그냥…… 그거면 돼요."

그녀가 미소를 보였다. 그러나 소년과의 입맞춤에 뛰는 심장을 내리누르느라 미소의 처연한 빛까진 감추지 못했다. 웬디가 막 뒤돌아 먼저 자리를 뜨려던 순간 라드가 그런 그녀를 붙잡아 세웠다.

"왜 그러는 거지? ……내 행동이 무례했다면, 그랬다면 사과하겠다."

소년이 굳은 얼굴로 말했다. 그녀가 무어라 대답하기도 전에 그가 빠르게 말을 이었다.

"하지만 되돌리고 싶은 생각은 없어. 경솔하게 한 행동이라 생각하지 마."

"……그 말은 날 좋아한단 이야긴가요?"

웬디는 충동적인 기분에 사로잡혀 무작정 질문을 던졌다. 어쩌면 내내 싸늘하게 자신을 대했던 라드에게 섭섭함 같은 게 남았던 까닭일지도 모른다. 자신과 같은 기억을 공유하지 않은 그에게 돌연한 애정을 바라다 그 부재에 서운해했던 것이 사실이었으니까. 그래서 웬디는 평소라면 결코 하지 않았을 말을 꺼냈다.

"난……."

당혹감 따위 느끼지 못할 것 같던 그가 차마 말을 잇지 못하고 입을 벙긋거렸다. 그녀가 알던 라드와 똑같은 얼굴을 하고서 어수룩한 모습을 보이는 게 대답을 끝까지 듣고 싶게 만들었다. 웬디는 더욱 짓궂은 심사로 낙심한 티를 냈다. 그녀가 한숨을 쉬며 흐트러진 머리를 쓸어내렸다. 이를 본 라드가 초조한 투로 급히 입을 열었다.

"비슷한 거다."

"비슷한 거요?"

"……그 마음의 작용을 설명하기엔 나의 언변이 부족해."

그가 어쩐 일로 겸손하게 나왔다. 웬디는 슬며시 피어오르려는 웃음기를 감추며 넌지시 물었다.

"내가 남들보다 조금 특별해 보이는…… 그런 건가요?"

그가 눈매를 좁히고서 무언가를 고민하다 천천히 고개를 끄덕였다.

"그래, 그 말도 맞아."

"어디가 특별해 보이는데요?"

그는 오늘 여자의 집요함을 보았다. 라드의 목울대가 크게 흔들렸다. 웬디는 그에게 천천히 고민할 시간을 주며 젖은 머리 리본을 들어 여유롭게 다시 머리를 묶었다. 짧은 시간 침묵이 흘렀다. 그녀가 머리를 이리저리 매만질 때마다 눈부신 봄 햇살만이 분주하게 그 위를 미끄러져 내렸다.

"네 머리칼이, 이마 위…… 잔머리가."

라드가 돌연히 뱉은 말에 그녀가 눈을 동그랗게 떴다. 자, 잔머리라고? 그게 특별하단 건가?

"햇빛 아래…… 빛나는 모습이."

라드가 혀로 입술을 축이며 띄엄띄엄 말했다. 그녀의 샛노란 금발은 어디서도 보지 못한 특별한 색이라 한 번 보면 잊기가 어려웠다. 햇살 아래 있을 땐 그 오묘한 빛이 더욱 시선을 빼앗았다. 반듯하게 머리를 묶고 나서도 이마 위에 솜털처럼 나 있는 잔머리는 햇살에 금빛으로 살랑거렸다. 노란 꽃눈이나 병아리 같은 게 연상돼 그 부드러운 이마께를 한 번 손으로 쓸어 보고 싶었다.

"그럴 땐 그냥 하나도 특별하지 않은 데가 없다고 말하는 게 좋아요."

웬디는 그에게 조언을 던지고는 서둘러 말 위에 올라탔다. 사소한 걸 특별하게 보아 준 그의 말이 괴이하게 마음에 남아 쑥스러운 기분이 들었다. 겨우 잔머리라니 우스웠지만 그래서 더 마음이 설렜다.

"먼저 갈게요, 나중에 봐요!"

웬디가 말의 옆구리를 차며 급히 달려 나갔다. 그녀의 멀어지는 뒷모습을 한참 바라보던 라드가 문득 생각난 듯 손에 들고 있던 꽃을 내려다보았다.

"꽃 이름이 뭔지 묻지도 못했군."

그는 조심스럽게 그 꽃을 왼쪽 가슴 주머니에 꽂아 넣었다. 무엇이 그리도 당혹스러웠는지 꽃 이름도 꽃말도 아무것도 묻지 못했다. 말을 타고 높은 장애물을 뛰어넘는 순간처럼 내내 붕 뜬 기분으로 있었던 것 같았다.

라드는 냉정을 찾으려 노력했다. 그러나 숙소로 돌아가는 내내 자꾸 그 소녀 생각이 나 그게 쉽지가 않았다. 그때마다 그는 왼쪽 가슴이 아릿한 감각을 느끼고 인상을 찌푸렸다. 이건 조금 심각한 일이었다. 내상을 입지 않고선 이런 감각이 들 리 없지 않은가? 그는 생전 처음 겪는 감각이 은근히 불안하여 공연히 가슴에 꽂은 꽃을 몇 번 매만졌다.

"라드!"

기숙사에 다다른 라드는 건물 복도에서 의학부의 에드몬즈 베일럽을 만났다. 검술학부 기숙사에 에드몬즈가 있다는 건 그가 라드를 만나러 이곳에 왔다는 뜻이었다.

"마침 잘 만났다. 안 그래도 책을 가져다주던 참이었는데. 이거, 잘 봤어."

에드몬즈가 라드에게 여러 권의 책을 내밀었다. 모두 황실 행정과 관련된 책이었다. 최근 황실 의원에 관심을 가진 에드몬즈는 의원 시험의 필수 과목인 황실 행정 관련 서적들을 라드에게서 잠시 빌려 봤다. 애초부터 황실 기사를 꿈꿨던 라드는 그 책들을 이미 모두 독파한 뒤였다.

"대충 훑었는데 해 볼 만할 것 같아. 다음 학기엔 수업도 신청하고 제대로 공부해 볼까 한다."

에드몬즈가 말끝에 씩 웃음을 지었다. 그 역시 장래의 길에 대한 확신이 조금 더 생긴 모양이었다.

"그런데 이 책은 뭐야? 나랑 관련 없는 게 끼어 왔더라."

에드몬즈가 맨 위에 놓인 '군사 행정법' 책을 눈짓했다.

"공부를 꽤 열심히 한 거 같던데. 책이 퍽 낡았더라고. ……이봐, 내 말 듣고 있어?"

다른 생각에 잠겨 있는 듯한 라드의 태도에 에드몬즈가 고개를 갸웃거렸다. 그제야 라드가 그와 눈을 마주했다.

"내가 선택한 길이니 당연히 열심히 할 수밖에. 너도 마음을 정한 이상 최선을 다해 봐라."

라드에게서 무뚝뚝한 말이 흘러나왔다. 에드몬즈는 그 틀에 박힌 조언을 흘려들으며 한쪽 눈을 찡그렸다.

"라드, 그런데 네 가슴에 꽂힌 그거 말이다. 설마 꽃은 아니지?"

에드몬즈의 물음에 라드가 고개를 숙여 자신의 왼쪽 가슴을 내려다봤다. 셔츠 주머니에 꽂힌 담청색 꽃송이들이 존재감을 한없이 드러내고 있었다. 라드가 조심스럽게 그 꽃을 뽑아 들었다.

"이 꽃 이름을 아나?"

괴상한 질문을 받은 것처럼 에드몬즈의 표정이 구겨졌다.

"표정을 보니 역시 너도 모르는가 보군."

"아니, 너에게서 이런 질문을 받을 줄 몰라서 그런 거야. 물망초 잖아, 물망초."

에드몬즈가 고개를 내저으며 말했다. 어처구니없다는 투였다.

"……물망초? 그럼 이 꽃의 꽃말도 아나?"

"세상에, 이게 대체 무슨 일이야? 네가 꽃말을 묻다니!"

그가 믿기지 않는다는 듯 눈을 연신 깜빡였다. 에드몬즈의 격한 반응에도 라드는 흔들림 없이 무미건조한 얼굴을 유지했다. 그러나 라드의 눈빛에는 어서 대답을 하라는 강요가 섞여 있었다.

"여기서 말하라고? 말하기 좀 부끄러운데……. 듣고 면박을 주려는 건 아니지?"

에드몬즈가 뜸을 들였다. 지난번 그가 라드에게 좋은 시구를 하나 소개했을 때 싸늘하기 그지없는 반응을 보였던 걸 잊지 않았다. 그러나 지금 그 앞에 서 있는 친구는 농담이 아니라는 듯 눈 한 번 깜빡이지 않고 뚫어져라 그를 바라보고 있었다.

"꽃말이 좀 감성적이라 말이지. 알겠어, 대답할 테니까 그렇게 보지 마. 웃지 말고 들어라. ……'나를 잊지 마세요.' 그게 물망초의 꽃말이다."

에드몬즈가 계면쩍은 목소리로 이야기했다. 그의 답을 듣고도 라드는 미동 없이 서 있었다. 고민에 빠진 듯한 라드의 모습에 에드몬즈가 영 이해할 수 없다는 표정을 지었다. 라드는 이내 손에 들고 있던 꽃을 에드몬드가 돌려줬던 책 사이에 꽂아 넣고서 그 책만 따로 추려 들었다. 그가 늘 손에 끼고 보는 '군사 행정법' 책이었다. 라드의 그런 새벽 감성 돋는 행동에 에드몬즈는 질색하며 인상을 찌푸렸다.

"어이! 일어나!"

단잠을 방해하는 소리에 웬디의 속눈썹이 파르르 떨렸다. 모기처럼 귀찮게 앵앵대는 그 목소리에 잠이 반쯤 달아났다. 이윽고 쿡쿡 볼을 찌르는 감각이 느껴졌을 때 그녀는 화들짝 놀라 잠에서 깼다.

"인가안! 이 클라우디오 님께서 친히 납시셨는데 잠에만 빠져 있다니잉!"

요정이 그녀의 베개에 서서 발을 콩콩 굴렀다. 웬디는 급히 눈을 비비며 지금 자신이 헛것을 보고 있는 게 아닌지 확인했다.

"……클라우디오?"

그녀가 시간을 가늠하듯 창밖의 새벽빛을 바라봤다. 그걸 본 순간 잠기운이 확 달아났다. 이런 시간에 자신을 찾아왔다면 분명 급한 일일 거라는 생각이 스친 것이다.

"날 보낼 방법을 알아낸 거니?"

"참을성이 없는 인간이군! 으이구, 벌써 알아냈을 리가 없잖아."

클라우디오가 이마를 짚으며 말했다. 짧게 구시렁댄 그는 곧바로 만사가 귀찮다는 얼굴로 웬디의 베개에 털썩 주저앉아서는 꿍하니 팔짱을 꼈다.

"너에게 소개할 사람이 있어서 왔어. 영감이 새벽잠이 없어서 이 시간에 온 거니까 탓하려면 영감을 탓해! 나도 졸려 죽겠으니까."

요정이 방 한쪽에 있는 책상 위를 못마땅하게 흘겨봤다. 웬디의 시선도 자연히 클라우디오가 바라보는 곳을 향했다.

"아이쿠! 내가 아가씨의 단잠을 깨운 건가? 허허허, 이거 미안하구먼."

거기엔 하얀 수염을 길게 기른 작은 요정이 하나 있었다. 그는 웬디에게 인사를 건네면서도 책상 위의 책을 신기한 듯 힐끔댔다.

"마르탱 영감! 어서 와서 인간에게 할 말을 해 줘."

클라우디오가 재촉하자 그가 아쉽다는 듯 베개 위로 포르르 날아들었다. 가까이 오니 비로소 요정의 얼굴이 제대로 보였다. 눈가와 입가에 웃는 상으로 주름이 져 있고 몸집이 땅딸막하니 동글동글한 인상의 요정이었다. 이상한 표현일지 몰라도 귀엽게 나이 들었다는 말이 절로 나오는 그런 생김이었다.

"호오! 신기한지고! 인간에게서 밤의 숲 일족의 향기가 나다니."

마르탱 영감이 코로 숨을 깊게 들이마셨다. 이를 지켜본 클라우디오가 덩달아 킁킁거렸다.

"무슨 냄새가 난다고 그래? 아무 냄새도 안 나는데."

"그러니 네 녀석이 아직 멀었다는 거다. 이렇게 진한 향기가 나는데! 이건, 아주 강력한 힘인지고!"

웬디는 요정 영감이 하는 소리를 듣고 깜짝 놀라 반사적으로 검지를 꾹 쥐었다.

"영혼이 얼마나 맑기에 요정들과 이리 얽히었는고?"

그가 웃으며 수염을 쓸어내렸다. 밤의 숲에서 만났던 쥬아소네뜨와의 기연을 마치 짐작하고 있는 것 같은 말투였다. 웬디가 당황한 채 대답을 하지 못하고 있자 그가 괜찮다는 듯 고개를 끄덕였다.

"그래, 클라우디오 저 녀석 때문에 시간을 거슬러 왔다고? 이거, 많이 놀랐겠구먼. 아무리 미래에서 벌어진 일이라 한들 그 또한 그 일을 벌인 요정의 책임. 그건 우리 시간 요정들의 불문율이라네."

마르탱 영감이 본론을 꺼내며 클라우디오 옆으로 날아왔다. 그가 어린 요정의 이마에 작게 꿀밤을 먹였다. 클라우디오의 입이 대번에 삐죽이 나왔다.

"마르탱 님이라고 하셨지요? 제가 원래 있던 시간으로…… 돌아갈 수는 있는 거겠죠?"

웬디의 음색에서 불안감이 짙게 배어났다. 마르탱 영감이 염려 말라는 것처럼 웬디의 팔꿈치를 툭툭 두드렸다. 팔에 닿는 것조차 느껴지지 않을 만큼 미약한 힘이었지만 웬디는 그의 손길에서 왠지 모를 위로를 느꼈다.

"염려 말게나. 클라우디오 저 녀석에게 모두가 매달려 특훈을 하고 있으니까. 이미 성과가 있다네. 클라우디오가 세 번째 벽에서 영 헤맸는데 이번에 그걸 넘었거든. 그다음부턴 아주 쉽다네. 허허허, 머지않았으니 걱정 말게. 내 보증하지."

희망적인 말이었다. 세 번째 벽이 어떤 걸 의미하는지 알 수는 없었지만 굳이 묻고 싶진 않았다. 자신에 대한 이야기가 나오자 클라우디오가 자랑하고 싶어 입을 빼끔거리는 걸 보았기에 더 그랬다. 내내 무기력하게 있던 요정이 벌떡 몸을 일으켜 세워서는 '물어봐 줘, 물어봐 줘' 하는 눈빛을 보내왔다.

"되돌아가면 이곳의 모든 사람들이 절 잊게 된다 들었는데 사실인가요?"

웬디는 클라우디오에게 자랑할 기회를 주는 대신 그가 해 준 말이 사실인지 영감에게 재확인했다. 클라우디오가 눈을 세모로 만들어 웬디를 빡 노려봤다.

"사실이라네. 이곳의 시간 역시 이치에 따라 움직여 아가씨가 남긴 모든 흔적을 지워 갈 것이라네. 그렇다고 너무 씁쓸해하지 마시게나. 여기 사람들이 자취 없이 사라져 버린 아가씨를 잊지 못하고 그리워하는 건 더욱 슬픈 일이 되지 않겠는가?"

웬디는 그의 말에 동의한다는 듯 고개를 한 번 주억거렸다. 그러나 행동과 다르게 입으로는 그 말을 부정하는 말이 흘러나왔다.

"그렇지만…… 의지와 상관없이 기억을 잃게 되는 것도 충분히 슬픈 일이에요. 단지 그 슬픔조차 알지 못할 뿐이죠."

마르탱 영감이 한숨과 함께 수긍하는 끄덕임을 보였다.

"제가 이곳 사람들을 홀로 기억하게 되는 것도…… 마찬가지로 슬픈 일이고요."

웬디의 어깨가 힘없이 처졌다. 둘의 대화에 끼어들지 못하고 손만 꼼지락거리고 있던 클라우디오가 허리에 척 손을 올리더니 무언가를 결심한 듯 말했다.

"그래! 그럼 인간 너의 기억도 내가 지워 줄게! 기억 요정들한테 부탁을 하면 될 거야. 이 클라우디오 님께서 어떻게든 해 주겠어!"

호기롭게 장담하는 요정을 웬디가 빤히 바라봤다. 클라우디오가 자신을 믿으라는 듯 가슴을 툭툭 두드렸지만 그녀는 이내 요정에게서 시선을 늘어뜨렸다.

"누군가 한 명 정도는 기억해야 할 일들이 있어서…… 남은 내가 그걸 기억해야 해. 혼자 쓸쓸히 기억하게 되는 게 대가가 된다 해도 잊고 싶지 않은 일들이야."

클라우디오가 뒷머리를 긁적였다. 늘 당당하던 인간이 기운 없는 모습을 보이자 뭐라고 시비를 걸 수도 없었다. 마르탱 영감이 분위기를 전환하려는 듯 남은 시간 동안 원 없는 학창 시절을 보내라 허허로운 격려를 했다. 그런 후 그들은 웬디 곁에 잠깐 더 머물다 동이 트기 전 떠나갔다.

웬디는 다시 베개에 머리를 대고 빡빡한 눈을 깜빡였다. 아침이 오기까지 잠시라도 잠을 청해 볼까 했지만 잠이 오지 않았다. 이상하게 가슴이 크게 뛰었다. 이곳에서의 시간이 얼마 남지 않았다 생각하니 짧은 새벽빛까지도 어딘지 애처롭게 느껴졌다. 그녀는 라드를 떠올리고 또 소년을 떠올렸다. 아침이 오기까지 몇 번이나, 몇 번이나 그렇게 했다.

그녀에게 남겨진 시간이 얼마 되지 않는다 해서 달라질 건 없었다. 웬디는 바로 그날도, 그다음 날도 똑같이 수업을 듣고 일정대로 시간을 보냈다. 다만 그 이틀간 웬디는 일부러 라드가 있을 만한 곳에 가지 않았다. 보고 싶은 마음은 간절했지만 왜인지 그를 만나는 게 두려웠던 것이다.

"웬디!"

반갑게 자신을 부르는 음성에 웬디는 누군가를 떠올리며 뒤를 돌아보았다. 그러나 음성의 주인공은 그녀가 내내 생각하던 사람이 아니었다. 한 템포 늦은 인사를 건네는 웬디를 보며 폴 아버키가 의아한 듯 고개를 기울였다.

“무슨 일 있어? 기운이 없네.”

“아뇨, 별일 없어요.”

“음, 밥은 먹었어? 같이 먹으러 가지 않을래? 나 아직 저녁 전인데.”

봄 축제 무도회 이후 폴 아버키와 웬디의 사이는 조금 어색해졌다. 그녀가 그와 춤을 추지 않고 라드의 춤 신청을 받아들인 일 때문이다. 그렇다고 풀 아버키가 웬디에게 이전과 달리 쌀쌀맞은 태도를 보인 건 아니었다. 오히려 더욱 웬디의 기분을 맞춰 주려 한 그의 노력이 둘 사이를 어색하게 했다. 웬디는 그와 있으면 불편하다는 생각을 부쩍 하게 됐다.

“……과제할 게 있어서 오늘은 간단히 때우려고 했어요. 샌드위치나 사 가려고요.”

“그럼 나랑 간단히 먹자. 내 친구들 죄다 아까 식당에 몰려갔거든. 지금 가 봤자 혼자 먹을 텐데 나도 그냥 간단히 먹지 뭐.”

이렇게까지 말하는데 웬디로서도 더는 거절할 수 없었다. 그녀가 긍정의 뜻으로 조용히 고개를 끄덕였다.

“음료는 뭐가 좋아? 날도 좋은데 간만에 야외에서 먹을까?”

“…….”

웬디는 폴 아버키의 말에 바로 대답하지 못하고 멍하니 한 곳을 바라봤다. 라드가 건물에서 나오는 모습을 발견했기 때문이다. 얼마 지나지 않아 그 또한 웬디와 폴의 모습을 발견했다. 그는 별 망설임 없이 그들 쪽으로 다가왔다.

"어딜 가던 중이지?"

폴을 한 번 바라본 라드가 웬디를 향해 물었다. 둘의 사이가 좋지 않다는 걸 알고 있었기에 웬디는 조금 난감해하며 대답했다.

"샌드위치를 사러 가던 길이었어요. 아버키 선배와 저녁을 먹기로 해서요."

"……그건 다음으로 미루고 잠깐 내게 시간을 내주겠어? 할 말이 있다."

라드의 청에 폴에게서 뾰족한 음성이 단박에 튀어나왔다.

"선약이 있는 거 안 보여? 지금 당장 너에게 내줄 시간 같은 건 없으니 이번엔 네가 좀 기다리는 게 어때? 아, 물론 충분히 인내심을 가지고 기다리는 게 좋을 거야."

폴이 지난번 라드가 했던 말을 그대로 되돌려 주었다. 라드의 눈이 싸늘하게 가라앉았다.

"이미 충분히 인내심을 발휘 중이니까 그런 충고 따위를 할 필요는 없다. 너야말로 한 번 더 인내심을 가지는 게 좋을 것 같군. 너에게 부족한 덕목이니 수련을 위해서도 좋은 일이잖아?"

"뭐 이 자식아? 말이면 다인 줄 알아?"

폴이 위협적으로 한 걸음 앞으로 나섰다. 금방이라도 충돌이 일어날 듯 분위기가 험악했다. 놀란 웬디가 다급하게 둘 사이를 중재했다.

"왜들 이러세요? 진정하세요!"

그녀의 외침에 폴의 분기가 한풀 꺾였다. 그가 라드를 보며 아니꼽다는 것처럼 픽 비웃음을 흘리더니 곧바로 웬디의 손목을 덥석 잡고 자리를 뜨려 했다. 웬디가 뭐라 의사를 표할 사이도 없이 벌어진 일이었다. 그가 막 두어 걸음을 떼었을 때 폴 아버키의 어깨를 라드가 잡고 막아섰다.

"그 손 놔."

감정 없는 음성처럼 들렸지만 표정은 그렇지 않았다. 라드의 눈매에 드물게 격한 감정이 서려 있었다.

"뭐야? 정말 해 보자는 거야?"

"원한다면."

일촉즉발의 상황이었다. 둘의 기세가 바뀌었다. 웬디는 가만 지켜보지 못하고 급히 폴 아버키의 팔을 잡았다. 그녀의 손목을 쥐고 있던 팔이었다. 그 행동에 폴이 그녀를 돌아봤다.

"미안해요. 무례에 대해선 제가 대신 사과할게요. 두 분이 싸우는 걸 원치 않아요. 저녁은 다음에…… 함께하도록 해요."

그 말에 폴이 굳은 얼굴로 숨을 크게 들이마셨다. 웬디를 다시 돌아보는 그의 눈빛이 써늘했다. 그녀의 말이 그의 자존심을 상하게 한 듯했다. 폴 아버키가 잡고 있던 웬디의 손목을 놓았다. 라드를 마지막으로 한 번 쏘아본 그가 이내 뒤돌아 자리를 떠났다.

"……너무 무례했어요. 아버키 선배에게 양해를 구하는 게 먼저잖아요."

웬디가 라드의 행동을 나무랐다. 그 책망에도 아무 대답 없이 그녀를 바라만 보고 있던 그가 이윽고 입을 열었다.

"얼굴 보기가 힘들더군. 그렇게 빈번히 마주치다가."

라드는 그녀에게 이런 말을 하는 상황 자체가 마음에 들지 않는 듯 얕은 한숨을 내쉬었다. 불과 얼마 전까지만 해도 생각지도 못한 자신의 모습이었다.

"널 보자고 식물학부 학관에까지 다녀왔어. ……혹시 날 피하는 건가?"

웬디는 말문을 열지 못하고 그에게서 시선을 피했다.

"내가 널 성가시게 하는 거라면 주저 말고 말해."

"그런 거 아니에요!"

웬디의 부정에 그가 비로소 표정을 풀었다. 그러나 마음의 답답함까지 모두 해소되진 못했다. 이건 소년의 치기 따위가 아니었다. 고작 이틀 못 보았다 하여 그녀를 몰아붙인 게 아니란 소리다. 어떤 불길한 예감 같은 게 그를 초조하게 만들었다. 그에게 꽃을 건네며 간직해 달라고, 자신은 그거면 된다 했던 그 말이 계속 머릿속을 맴돌았다.

"……아직 저녁 식사 전이라 했나? 함께 가도록 하지. 그 샌드위치 내가 사 줄 테니."

그가 먼저 걸음을 옮겼다. 웬디는 어쩔 수 없이 그를 따라나섰다. 배려 없이 앞장 서 먼저 걷는 것처럼 보였지만 얼마 걷다 보니 그가 자신과 속도를 맞춰 주고 있단 걸 느낄 수 있었다. 웬디는 그의 뒤를 따르며 입술을 쭉 내밀었다. 이럴 거면 그냥 옆에서 같이 걷지.

"아버키 선배와 왜 그렇게 사이가 안 좋은 거예요?"

"……그 녀석과는 서로 성향이 맞지 않아."

무슨 말을 하건 폴 아버키에 대한 험담이 될 것이기에 라드는 간단히 답하고 입을 다물었다. 무언가 사연이 있을 것이라 짐작한 웬디도 더는 폴 아버키 이야기를 꺼내지 않았다. 샌드위치를 사 들고 와 화단 근처 벤치에 앉을 때까지도 둘은 침묵을 지켰다.

"안 먹어요?"

"그 꽃 이름…… 알아냈다."

샌드위치에는 손도 대지 않고 있던 그가 마치 미션을 수행한 것처럼 말했다. 본의 아니게 라드에게 미션을 내린 게 되어 버린 웬디는 샌드위치를 씹는 걸 멈추고 그에게 미묘한 눈길을 던졌다. 그가 꽃 이름에 관심을 기울일 거라고는 생각하지 못했다.

"물망초."

박수라도 짝짝짝 쳐 줘야 하나? 웬디는 손에 든 샌드위치를 잠시 내려다보며 고민했다.

"꽃말도 알아냈다. 굉장히…… 불길한 꽃말이더군."

물망초의 꽃말을 두고 불길하다고 표현하는 게 낯설었다. 감성적이라거나 애처롭다거나 그도 아니면 오글거린다든가 하는 표현은 흔히들 할 수 있지만.

"내가 널 잊을 거라는 걸 전제로 한 말이잖아. 난 너에게 아직 제대로 된 교제 신청도 하지 못했는데 넌 벌써 헤어짐을 상정하는 것 같은 느낌이더군."

"그, 그게 어떻게 날 잊을 거란 걸 전제한 말이에요? 그 애틋한 꽃말을 어떻게 그렇게 해석할 수 있죠?"

아주 날카로운 지적이었지만 웬디는 아닌 척 잡아뗐다. 그는 의외로 엉뚱한 데서 감이 좋았다. 이런 자질 덕분에 황실 기사단장에까지 오른 걸지도 모른다.

"그냥…… 전 그 순간을 기억해 달라는 의미였어요."

웬디의 말을 되새기듯 잠시 생각에 빠져 있던 그가 뒤늦게 샌드위치를 입으로 가져갔다. 둘은 한동안 식사에 열중했다. 화단의 봄

꽃들을 넌지시 바라보며 야외에서 씹는 빵 맛은 무척 훌륭했지만 그 맛에 집중할 수는 없었다.

"그래서…… 꽃은 잘 가지고 있나요?"

살며시 묻는 말에 그가 고개를 끄덕였다.

"정말요? 그런 거 신경 쓰지 않을 줄 알았는데."

말을 꺼내 놓고 웬디는 스스로가 얼마나 어리석은 이야길 했는지 뒤늦게 후회했다. 그녀가 알던 라드는 그녀의 손에서 피어났던 물푸레나무를 소중하게 가꾸었던 사람이었다. 그녀로 인해 생전 가까이 하지 않던 것에도 관심을 기울일 줄 아는 사람이었던 것이다. 그건 여기 이 소년 역시 다르지 않으리라.

"증거를 보여야 믿겠나?"

"네?"

그녀의 말이 그를 자극하는 단초가 된 모양이었다. 그가 취조를 당한 용의자처럼 눈을 번뜩였다. 잠시 무언가를 고민하던 그가 벤치 위에 내려놓았던 책 한 권을 손에 들더니 좌르르 페이지를 훑었다. 펼쳐진 책장 사이로 눈에 익은 담청색 꽃이 보였다.

"물망초네요……."

웬디가 표정 관리를 하지 못하고 그와 꽃을 번갈아 봤다. 라드가 '큼큼' 헛기침을 하더니 책을 탁 하고 덮어 버렸다. 그 와중 표지 위 책 제목을 보게 된 웬디의 입에서 '푸시시' 바람 빠지는 소리가 났다. 세상에, 군사 행정법과 물망초라니. 책 제목과 꽃이 너무도 어울리지 않았다. 누가 저 안에 꽃이 있을 거라 상상이나 할까.

"샌드위치 맛이 괜찮네요."

웬디는 괜스레 마음에도 없는 말을 하며 딴청을 부렸다. 라드의 귀 끝이 붉게 물들어 있는 걸 보았기 때문이다. 어느덧 해가 기울어 화단이 온통 주황빛으로 물들어 있었다. 그에게서 보았던 그 붉은색과 닮은 빛이었다. 웬디는 자신의 양 볼도 그와 같이 물들어 있을 거란 걸 알았다.

벤치 앞, 나란히 놓인 서로의 발을 내려다보며 그녀는 마지막 샌드위치 조각을 삼켰다. 이 날의 풍경 또한 자신 홀로 기억하게 될 테지만 아무렴 어떤가 하는 생각이 문득 들었다. 라드가 감추듯 옆구리에 낀 책을 다시 한 번 건너다본 웬디가 잔웃음을 터뜨렸다.

"역시 넌 못 당하겠다."

같은 학년의 드웬 이바네즈가 허리를 툭툭 두드리며 몸을 일으켰다. 힘으로라면 얼마든지 웬디를 이길 수 있었지만 치고 빠지며 순식간에 잡아 넘기는 그 기술은 체술 초보인 그가 감당하기 어려웠다.

웬디는 그에게 수건을 건네고서 마무리 체조를 시작했다. 체조를 하면서도 눈은 연신 3학년 학생들이 있는 쪽을 힐끗거렸다. 라드가 검을 베어 내는 동작을 계속 연습하고 있는 게 보였다. 땀에 젖은 셔츠와 셔츠 위로 도드라진 팔 근육에 자꾸 시선이 갔다. 그의 완벽한 비율은 이미 소년 시절 완성되었던 것이다.

웬디의 시선을 느낀 건지 어느 순간 그가 웬디 쪽으로 고개를 돌렸다. 눈이 마주치자 그들의 눈매가 조금 둥글게 변하였다. 그걸 미소라 부르긴 애매했지만 어쨌든 서로를 보는 눈빛이 특별한 건 틀림없었다. 검이 오가는 소란스러운 수련장에서도 그 시선은 고요하고 부드러웠다.

바로 그때 라드 바로 뒤에서 그의 동급생인 루카스가 고개를 빼꼼히 뺐다. 그가 웬디 쪽을 쳐다보며 능글맞은 웃음을 보였다. 웬디는 그의 웃음을 모른 체하며 재빨리 스트레칭에 몰두했다.

그렇게 웬디가 시치미를 뗀 게 무색하게도 수업이 끝난 뒤 라드는 바로 그녀에게 다가왔다. 두 사람이 이야기를 나누는 모습을 모두가 흥미로운 눈길로 주시한 건 당연한 일이었다. 웬디와 라드가 봄 축제 무도회에서 춤을 추고 나서부터 그들에 대한 소문은 단지 소문이 아닌 것으로 받아들여지는 분위기였다. 물론 그렇다고 해서 그 관심이 줄어든 건 아니었다. 바로 코앞에서 떠들썩한 스캔들의 실체를 목격하는 건 아주 구미가 당기는 일이었다.

"오늘 저녁에 다른 일이 있나?"

"아뇨, 특별한 건 없어요."

"그럼 함께 식사를 하지. 이야기할 게 있어. 내가 기숙사 앞으로 데리러 가겠다."

주변에서 웅성거리는 소리가 커져 갔다. 누군가는 탄성을 내질렀다. 웬디는 잠시 머뭇거리다 알겠다고 답하였다. 소년이 오늘 정식으로 교제 신청을 할 거라는 아주 강력한 예감이 들었다. 기분이 이루 말할 수 없이 묘했다.

시간이 오늘따라 느리게 흘러가는 것 같았다. 수업이 일찌감치 끝이 나 딱히 할 일이 없었기에 더 그렇게 느껴진 걸 수도 있다. 웬디는 마지막 수업이 끝난 건물 앞 벤치에 앉아 책을 읽으며 시간을 보냈다. 살랑거리는 바람에 흔들리는 나뭇잎이 책장 위에 그림자 졌다. 그러다 문득 고개를 드니 저만치서 여자애들 여럿이 그녀를 보며 수군거리고 있는 게 눈에 들어왔다. 웬디와 눈이 마주치자 그녀들이 깜짝 놀란 얼굴로 후다닥 자리를 떠났다. 베아르사 영애와 그 패거리였다. 어쩐 일로 시비 한 번 걸지 않고 노려만 보다 저리 가는지 의아했다. 그때 뒤쪽에서 '부스럭' 하고 검불을 밟는 소리가 났다.

"웨, 웬디."

뒤를 돌아보니 낯익은 여자아이 하나가 나무 옆에 놀란 낯으로 서 있었다. 웬디와 같은 수업을 듣는 1학년 학생이었다. 그 애의 얼굴을 본 웬디의 눈매가 가늘어졌다. 그 애와 요즘 들어 지나치게 자주 마주치고 있다는 생각이 들었던 것이다. 가만 생각해 보니까 베아르사 패거리들과 처음 충돌이 있던 날 그들에게 자신의 이름을 알려 줬던 것도 저 여자애였다. 또 실내 정원으로 가던 길목에서도 봤고. 그 외에도 무수하게 저 아이와 마주친 것 같았다. 그 순간, 아주 가능성 높고도 미심쩍은 생각이 하나 스쳤다.

"왜 그런 데 서 있니? 혹시 날…… 지켜보고 있었던 거니?"

웬디의 물음에 그 애가 고개를 도리도리 저었다. 누가 봐도 거짓말이란 걸 알 수 있었다. 웬디는 여자애에게 가까이 다가가 추궁을 이어 갔다.

"그러니까…… 슈로더 선배가 너에게 날 지켜보고 있다가 무슨 일이 생기면 알려 달라 했다고?"

웬디가 팔짱을 낀 채 소녀가 한 말을 조곤조곤 정리했다. 소녀가 난처하다는 듯 입을 다셨다. 소녀의 말을 듣고야 비로소 웬디는 자신의 위기 상황마다 라드가 어떻게 그리 척척 나타날 수 있었는지 그 이유를 알 수 있었다.

"……그런데 너도 시간이 여유 있진 않았을 텐데 어떻게 매번 날 지켜볼 수 있었던 거야?"

"너랑 수업이 거의 비슷하거든. 난 식물학부 1학년 샐비어 왓치야. 어, 음. 내가 이렇게 지켜본 게 기분 나쁠 수 있겠지만 선배를 탓하진 말아 주라, 응? 내가 선배한테 꼭 돕고 싶다고 말한 거니까. 선배가 날 도운 것처럼 나도 돕고 싶었던 것뿐이니까."

샐비어가 과거 라드에게 구명을 받았던 사연을 털어 놨다. 아카데미의 허랑방탕한 사내자식이 그녀를 희롱하는 걸 라드가 구해 주었고 그래서 그녀는 그 빚을 꼭 갚고 싶었다고 했다. 더구나 자신처럼 괴롭힘을 당하고 있는 웬디를 돕는 일이라 망설임 없이 할 수 있었다고 수줍게 말했다.

"사정이 있어서 입학 전에 기숙사에 먼저 입사했거든. 방학 기간이라 아카데미에 사람이 거의 없었는데 못된 선배한테 걸려 드는 바람에……. 큰일을 당할 뻔한 걸 슈로더 선배가 구해 줬어. 내겐 은인 같은 분이야."

"그런 일이 있었구나."

"응, 그러니까 이 일은 그냥 넘어가 줄 수 없을까? 선배도 널 좋아하는 마음에 내게 이런 부탁을 한 걸 테니까."

샐비어가 웬디의 손을 덥석 잡으며 호소했다. 웬디는 가만히 고개를 끄덕이며 그녀를 안심시켰다.

"정말이지? 아, 다행이다. 그 여자 선배들도 대충 해결이 된 거 같고 말이야. 히힛, 봤지? 꽁지 빠져라 도망치는 모습! 그 선배들 가문에 슈로더 선배가 정식으로 항의 서한을 넣었다고 들었어. 아마 혼쭐이 났을 거야."

"선배가…… 항의 서한을 넣었다고?"

샐비어가 해 준 말에 웬디가 놀란 낯을 했다. 소년 라드에게서 그런 도움을 받을 거라곤 상상조차 하지 못했던 것이다. 그녀 기억 속의 라드는 늘 그녀의 안위를 살피긴 했지만. 이곳에서조차 이렇게 그의 보살핌을 받다니. 그의 마음 씀씀이에 가느다란 한숨이 새어 나왔다.

"그럼 이젠 날 지켜볼 필요가 없겠구나. 그 선배들의 반응을 직접 눈으로 확인했으니까."

샐비어가 밝게 고개를 끄덕였다. 무척 후련해하는 모습이었다.

"고마워, 날 지켜 줘서."

웬디에게 고맙다는 말을 들을 줄은 몰랐던지 소녀가 볼을 붉혔다. 웬디는 샐비어와 따뜻한 인사를 나누고서 헤어졌다. 기숙사로 돌아가는 길은 유난히 햇살이 따뜻했다. 찬란한 봄의 온기가 마음 가득 퍼져 가는 느낌이었다. 라드를 떠올리면 늘 이런 느낌이었다. 웬디는 봄기운을 만끽하며 느릿느릿 걸음을 옮겼다.

그리고 기숙사 근처에 거의 다 왔을 때에서야 그녀의 한가로운 산책이 끝났다. 그 앞을 서성이고 있는 소년을 만난 것이다. 폴 아버키였다. 그가 웬디를 보고 가까이 다가왔다.

"기다리고 있었어. 수업이 진작 끝났다 들었는데 늦었네."

"책을 좀 읽느라고요."

폴이 계면쩍다는 듯 볼을 긁적였다. 둘 사이의 어색함을 그 또한 느끼고 있었으리라.

"지난번에 그렇게 간 이후로 마음이 내내 안 좋았어. 너에게 괜히 안 좋은 모습을 보인 것도 같고……."

그가 말을 흐렸다. 그때 두 사람 옆으로 여학생 무리가 지나갔다. 그들이 멀리 사라질 때까지 폴 아버키는 말을 골랐다.

"저녁 먹기로 했던 거 오늘 어떨까? 이대로 어색하게 지내는 건 나도 불편해서."

웬디가 멈칫거렸다. 이번에도 그에게 거절을 말하는 게 못내 민망했다.

"저어…… 오늘은 저녁 약속이 있어서요."

역시나, 폴이 무척 실망한 얼굴을 했다. 그의 순한 눈매가 상처받은 것처럼 축 처졌다.

"그럼 잠깐 차라도 한잔 어때? 저녁까진 아직 시간이 있으니까. 오래 붙잡진 않을게."

웬디로서도 그의 제안을 더는 거절할 수가 없었다. 그녀가 그러자 말하니 그의 얼굴이 대번에 밝아졌다. 웬디는 그에게 라드에 대한 자신의 마음을 이야기해야겠다고 마음먹었다. 폴 아버키가 자신에게 보인 친절이 이성적인 관심이 아니라 할지라도 말해야 할 것 같은 기분이 들었다. 웬디는 그를 따라 걸음을 옮겼다.

"어디로 가는 거예요?"

"아, 신입생이라 잘 모르겠구나. 구舊 학관에 학생 클럽에서 운영하는 찻집이 있어. 지금 시간이면 문을 열었을 거야. 오늘은 아마 머랭 쿠키가 구워지는 날일걸?"

그는 품에서 회중시계를 꺼내 보았다. 싱긋 웃는 게 쿠키 맛을 기대하는 것 같은 얼굴이었다. 구 학관이라면 웬디도 몇 번 그 앞을 지나친 적이 있었다. 마구간에서 멀지 않은 곳에 자리한 건물이었다. 오솔길을 여러 개 지나서 도착한 건물 앞은 인적이 거의 없었다.

"여기야. 겉은 좀 허름하지?"

그가 건물 2층의 어느 한 곳의 문을 열었다. 아무리 학생들이 운영하는 간이 찻집이래도 아무런 표지가 없는 게 이상했다. 웬디는 문 앞에서 들어가지 않고 고개를 기울여 안쪽을 살폈다. 뭔가 불안한 느낌이 들었다.

"왜 그래?"

폴이 무슨 일이냐는 듯 의아해했다. 웬디가 뭐라 대답을 하기도 전에 그가 씩 웃으며 그녀의 팔을 잡아당겼다.

"여긴……."

안으로 들어선 웬디는 휑하니 비어 있는 살풍경을 마주하고 딱딱하게 표정을 굳혔다. 안에는 의자 몇 개가 이리저리 쓰러져 있었고 굳게 닫힌 창문은 오랫동안 열지 않은 듯 퀴퀴한 곰팡이 냄새가 진동을 했다.

"뭐하자는 거죠?"

웬디가 날카로운 어조로 물었다. 폴 아버키는 여전히 영문을 모르겠다는 듯 고개를 갸웃거렸다. 그때 여럿의 남학생이 우르르 안으로 들어왔다. 지난번 폴 아버키의 짐을 기숙사 앞까지 들어다 줬을 때 만났던 자들이었다. 웬디를 보며 느물거리는 웃음을 지었던 그들의 얼굴이 생생하게 떠올랐다. 그들 중 하나가 문을 닫아걸었다.

"왜 그렇게 노려보는 거야? 무섭잖아, 그러니까."

폴이 과장되게 두 팔을 쓸었다.

"뭐하자는 거냐고 물었어요."

"몰라서 그래? 네가…… 날 우습게 만들었잖아. 나 그 일로 무척 상처받았다고."

폴의 말에 남학생들이 키득거렸다. 그들은 재밌는 볼거리나 되는 것처럼 폴을 응시했다.

"처음부터 슈로더 같은 놈이랑 엮이질 말았어야지. 널 적당히 구슬려서 그놈 기분이나 상하게 해 볼까 했는데 외려 내 기분이 상해 버렸잖아? 그러게 그런 놈이 뭐가 좋다고 그리 헤헤거린 거야."

웬디는 몹시 화가 났지만 애써 감정을 내리누르며 상황을 냉정하게 바라보려 했다. 폴 아버키는 자신을 해코지하려는 의도를 아주 분명하게 드러내고 있었다. 순식간에 바꾼 안면이 소름 끼칠 정도였다. 그렇담 이제 난 어찌해야 될까? 그녀가 문 쪽을 슬쩍 바라봤다. 이 방의 하나뿐인 퇴로였지만 여럿의 남학생이 그 앞을 막고 있었다. 하나, 둘, 셋, 넷. 폴 아버키까지 총 다섯이었다. 쉽사리 도망치긴 힘들 것 같았다. 남은 선택지는 두 가지였다. 창문을 부수고 뛰어내리거나 저들을 때려눕힌 뒤 문을 통해 나가는 것. 손가락의 힘을 쓰는 건 가장 마지막까지 남겨 둬야 할 보루였다.

"너무 걱정하진 마. 너한테 크게 해를 끼칠 생각은 없으니까. 난 너보다 그 슈로더 자식이 더 짜증 나거든. 그 자식은 자기가 아주 대단한 줄 안다니까. ……그까짓 검술? 그 자식 정도의 배경이라면 누구나 그 정도는 할 거라고. 큭, 물론 그놈의 꼬락서니 중에 가장 가관인 건 자신이 정의의 사도쯤 된다고 착각하고 있단 거지만. 그걸 아주 역겹게 생각하는 사람들이 많다는 것도 모르고 말이야."

폴 아버키가 악의 담긴 목소리로 말했다. 얼굴에 켜켜이 쌓인 응어리가 그대로 나타났다.

"뜻대로 될 거 같아요?"

"물론이지."

그가 음산한 미소를 지었다.

"자, 재밌는 연극을 시작해 볼까? 내가 그럴듯한 대본을 써 왔거든. 아주 멋들어진 계획을 말이야. 그럼 1막을 열어 볼게. 우선 널 잡아 묶는 걸 첫 장면으로 쓸까 하는데."

웬디가 뒷걸음질 쳤다. 뒤쪽에 쓰러져 있는 의자가 보였다. 그녀가 그걸 곁눈질할 때 폴 아버키가 큰 소리로 외쳤다.

"잡아!"

이를 신호로 남학생들이 웬디에게 달려들기 시작했다. 그들 모두 약속이나 한 듯 비열한 얼굴을 하고 있었다.

웬디는 잽싸게 의자를 잡아들고 그걸 그들에게 집어던졌다. 몇몇이 의자를 피하는 사이 의욕 충만한 남학생 하나가 웬디에게 달려들었다. 웬디는 피하지 않고 단숨에 그를 잡아 메쳤다. '쿵' 소리가 크게 나며 그가 바닥에 내리꽂혔다. 벼락같이 빠른 군더더기 없는 동작이었다.

"으윽……."

한 명이 당하자 나머지 남학생들이 무슨 일인가 하고 얼떨떨한 기색을 보였다. 이들 모두 웬디와 함께 체술 수업을 듣지 않았던지라 정보력이 부족했다. 웬디는 그들이 방심한 틈을 타 다른 한 놈의 정강이를 후려차고 똑같이 그를 바닥에 내다꽂았다.

"허억!"

두 번째 비명이었다. 웬디의 실력을 본 그들의 눈빛이 달라지기 시작했다. 지금까진 놈들이 방심해 있었기에 비교적 쉬웠지만 이젠 달랐다. 쓰러진 두 놈이 기운을 차리기 전에 상황을 타개해야 했다. 속전속결! 웬디는 그 말을 가슴에 새기며 가까이에 있는 의자를 하나 더 주워들었다. 그녀가 그걸 던지려 들어 올리자 그들이 놀라 움찔거렸다. 웬디는 한 번 씩 웃고는 의자를 있는 힘껏 창문으로 내던졌다.

짱그랑!

어마어마한 소음과 함께 유리가 박살 나 바깥으로 떨어져 내렸다. 의자 역시 건물 아래로 추락하며 커다란 소리를 냈다. 그들이 당황했는지 눈을 빠르게 깜빡였다. 웬디는 파리 날갯짓 같은 그 눈 깜빡임을 길게 보지 않고 바로 그들에게 달려들었다. 그들은 검술 학부의 몸집 좋은 남학생들이었지만 체술에는 문외한이었다. 그렇다고 여학생을 상대로 검을 뽑아 들 만큼 최악은 아니었는지 검에 손을 대는 놈들은 없었다. 웬디에게는 그나마 다행스러운 일이었다. 그녀는 가장 가까이에 있는 한 놈에게 손을 뻗는 척하다가 대신 발을 뻗어 녀석의 급소를 찼다. '빠각' 하는 소리와 함께 녀석이 비명조차 지르지 못하고 바닥에 엎어졌다.

이제 두 놈 남았나?

웬디는 빠르게 몸을 낮추면서 다리를 휘둘러 한 놈의 균형을 무너뜨렸다. 그가 휘청대는 사이 잽싸게 일어나 놈의 턱을 무릎으로 가격했다. 이건 체술 수업 중 새로 배운 동작이었다. 실기 시험을 본다면 만점을 받을 자신이 생겼다. 놈은 얼굴을 잘못 맞았는지, 아니, 얼굴을 잘 맞았는지 코와 입에서 피를 흘리며 쓰러졌다. 그의 상태가 중해 보였던지 폴 아버키가 그에게 다가가 부상을 살피는 사이 웬디는 쾌재를 부르며 문으로 달려갔다. 그리고 그녀가 막

문을 따 여는 순간 뒤에서 누군가 머리채를 콱 잡아당겼다.

"악!"

강한 힘에 웬디가 비명을 내지르며 뒤로 넘어갔다. 마루에 살짝 머리를 부딪쳤지만 뒤로 풍성하게 잡아 묶은 머리 덕분인지 심하게 아프진 않았다. 폴 아버키가 웬디 곁에 쭈그려 앉더니 꼴좋다는 듯 그녀의 얼굴을 내려다봤다.

"너 생각보다 더 재밌는 애였구나?"

그가 정말 신나는 일을 겪은 것처럼 헤헤 웃었다.

"그런데 이건 내 대본에 없는 내용이거든."

폴 아버키가 안됐다는 것처럼 고개를 흔드는 순간, 웬디가 바짝 상체를 일으키며 그의 이마에 머리를 박았다. 박이 터져 나가는 청량한 소리와 함께 그가 뒤로 꼬꾸라졌다.

"으윽……."

그러나 웬디 역시 상태가 좋진 못했다. 그녀는 머리를 움켜쥐고 가까스로 몸을 일으켰다. 문밖으로 나와 복도를 살폈지만 도움을 청할 사람은 보이지 않았다. 웬디는 어지럼증을 참아 내며 계단을 향해 달려갔다. 휘청거리며 계단을 내려가는데 어느새 뒤에서 그녀를 따라오는 소리가 들려왔다.

"히이이익!"

웬디는 등골이 오싹해지는 걸 느끼며 더 빠르게 발을 놀렸다. 그러나 계단을 내려와 건물 입구로 막 달려 나가는 순간 그녀는 불현듯 어마어마한 깨달음을 얻고 뛰던 발을 멈춰 세웠다. 가만! 어차피 난 여기서 잊힐 사람이지 않은가? 이렇게 손가락의 힘을 죽자 살자 감출 필요가 있을까?

웬디의 눈이 희번덕거렸다. 그래, 이렇게 된 이상 내가 그간 상상만 하던 모든 걸 예서 선보여 주겠다!

그녀가 계단 아래에 빠르게 검지를 여러 번 가져다 댔다. 작업은 순식간에 끝났고 웬디는 곧바로 건물 밖으로 나가 문 옆에 몸을 숨기고서 안쪽을 주시했다. 그러는 사이에 식물들은 싹을 틔우고 무럭무럭 키를 키웠다. 얼마 안 가 계단을 뛰어내려온 남학생들의 모습이 시야에 보였다.

"으악! 이게 뭐야!"

놈들이 동시에 소리를 질렀다. 계단 끝, 그들 앞을 막고 선 식물들의 생김을 보고 경악을 한 것이다. 날카로운 꽃잎을 쩍쩍 벌리며 위협적으로 몸을 흔드는 식충 식물의 모습이 그들을 충격에 빠뜨렸다. 뱀처럼 머리를 요리조리 휘두르며 왁왁 입을 벌리는 그 흉기 같은 꽃잎이 절로 공포를 조성했다. 잘못 물렸다가는 그대로 명을 달리할 것 같은 위기감마저 들었다. 웬디는 그녀의 애완식물인 독이빨을 똑 닮은 녀석들의 자태를 흐뭇하게 바라봤다. 그 순간 식충 식물 하나가 빠져나갈 타이밍을 노리던 남학생의 다리를 턱하니 물었다. 그가 비명을 내질렀다.

스르릉— 쉑!

옆에 서 있던 놈이 재빠르게 검을 빼 들고 식충 식물의 줄기를 댕강 잘라 냈다. 덕분에 식물에게 물렸던 남학생은 날카로운 꽃잎에서 간신히 벗어날 수 있었지만 꽃잎에 묻어 있던 독으로부터도 안전할 수 있었던 건 아니었다. 곧 남학생이 괴상하게 몸을 꼬며 쓰러졌다. 몸을 마비시키는 독에 중독된 것이다.

"도, 독이다!"

남학생이 쓰러지자 나머지 놈들이 죄다 당황해 우왕좌왕했다. 식충 식물들에겐 기회였다. 녀석들은 움직이는 모든 걸 물려는 습성이 있었다. 가라! 독이빨 2호! 웬디의 응원이 통했는지 식충 식물 하나가 다른 남학생의 팔목을 왁 물었다. 팔을 물린 그가 쥐고 있던 검을 쨍강 떨어뜨렸다. 그때부터 식물을 베어 내고 물고 하는 난타전이 시작되었다. 웬디는 그 광경을 뒤로하고 얼른 다시 몸을 내뺐다.

발길은 본능적으로 눈에 익은 길을 따라 움직였다. 전속력으로 질주하여 다다른 곳은 웬디가 몇 번이나 와 보았던 곳이었다. 말들이 '투루루' 투레질하는 소리가 들려왔다. 웬디는 진한 말똥 냄새를 따라 재빠르게 마구간 안으로 들어갔다.

"누구 없나요!"

목이 터져라 외쳐 보았으나 그토록 그녀를 반기던 마구간지기의 모습이 이날은 보이지 않았다. 도움을 청할 곳이 없었다. 웬디는 하는 수 없이 말을 타고 이곳을 빠져나가기로 마음먹었다. 그녀는 낮은 간이 벽 위에 놓인 안장 하나를 낚아채듯 손에 들었다.

"거기까지만 하지그래?"

그때였다. 음침한 목소리가 마구간 입구 쪽에서 들려왔다. 화들짝 놀라 뒤를 돌아보니 폴 아버키가 잔뜩 성이 난 얼굴로 검을 든 채 서 있었다.

"귀엽다고 봐줬더니 일을 이 지경까지 만들어?"

그가 웬디를 향해 이를 갈며 걸어왔다.

"야, 방심하지 마!"

폴 아버키 뒤로 남학생 두 명이 헉헉대며 마저 뛰어 오더니 끝에 충고랍시고 이런 말을 지껄였다. 그들 뒤로 더 이상 나머지 떨거지들이 오지 않는 걸 보니 독이빨 주니어들이 제 몫을 톡톡히 한 모양이었다.

“이마가 보기 좋네요.”

웬디가 폴 아버키의 툭 불거진 이마를 보며 비아냥거렸다. 새빨갛게 부어 있는 게 조금 지나면 퍼런 혹이 될 것 같았다.

“덕분에. 그런데 너 빈정거리는 게 슈로더 자식 못지않구나? 우릴 이렇게 만든 대가를 치를 각오는 하고 그렇게 지껄여 대는 거겠지?”

그가 잔뜩 약이 오른 얼굴로 그녀에게 덤벼들었다. 웬디는 손에 들고 있던 안장을 냅다 던져 버리고 빠르게 말 우리로 달려갔다. 안장을 채울 시간까지 포기한 채 전력으로 달렸지만 남자의 빠르기를 당해 낼 재간은 없었다. 그가 웬디에게 위협적으로 검을 들이밀었다.

“이제 좀 말을 들을 준비가 됐어?”

폴 아버키의 검이 그녀의 목덜미를 겨누었다. 웬디가 바짝 몸을 곧추세우고 얼어 있자 그가 거칠게 그녀의 두 손을 뒤로 잡아 눌렀다. 손이 잡힌 채 검으로 위협당하는 상황에 놓이자 쉽사리 검지의 힘을 쓸 수가 없었다. 웬디의 얼굴에 낭패감이 서렸다.

“너 때문에 내 대본이 처음부터 틀어져 버렸잖아. 하다하다 이젠 무대까지 바뀌어 버렸으니 어쩔 셈이야?”

그가 마구간 안을 비릿한 표정으로 둘러봤다. 그러던 어느 순간 그의 여유 있던 표정이 갑자기 허물어졌다. 폴 아버키가 입구 쪽에 시선을 둔 채로 고개를 내저었다.

“너무 빨리 왔잖아. 여긴 어떻게 알고 찾아온 거야? 분명 구 학관으로 오라고 했을 텐데."

입구 쪽에서 다른 두 놈이 검을 빼 든 채 라드를 향해 겨누고 있는 모습이 보였다. 웬디가 놀라 몸을 앞으로 빼자 폴이 그녀를 사납게 잡아당겼다.

"……수색의 기본도 배우지 못한 놈에게 내가 설명할 필요가 있을까?"

그녀를 거칠게 대하는 걸 본 라드가 움찔 몸을 떨더니 가라앉은 목소리로 짓씹듯 말을 뱉었다. 그의 잿빛 눈동자가 분노로 들썩이고 있었다.

"입은 여전히 살았군. 이런 상황을 보고도 그렇게 큰소리가 나와?"

폴 아버키가 웬디의 어깨 위를 검 면으로 툭툭 두드렸다. 라드의 눈매가 가늘어졌다.

"네가 한 짓이 얼마나 큰 문제가 될지 알고 있긴 한 건가? 네 앞날을 모두 망칠 셈이야?"

"와우, 내 걱정을 다 해 주는 거야? 물론 그 정도 계산은 해 놨어. 누구도 이 일을 발설하지 못하도록 만들 셈이거든. 벡터! 네가 좀 나서야겠는데."

폴 아버키가 다부진 체구에 눈매가 갸름한 소년을 쳐다보며 말했다. 웬디에게 급소를 맞았던 녀석이었다. 그의 얼굴을 보고서야 폴이 한 말뜻을 눈치챈 라드의 표정이 찡하니 굳었다.

"네놈이 이렇게까지 바닥인 줄은 몰랐군. 하긴, 저런 자식을 끌어들인 순간부터 넌 이미 인간 되길 포기한 거겠지."

라드가 폴 아버키와 벡터를 번갈아 보며 말했다. 벡터가 붉으락푸르락한 얼굴색으로 그 말을 맞받아쳤다.

"슈로더, 네가 뭐 얼마나 대단하다고 그렇게 남들을 판단해 대는 거야?"

"그러는 네놈은 뭐가 그렇게 떳떳하기에?"

"이익! 내가 그 샐비어 왓치인지 워치인지 하는 계집애한테 장난을 좀 건 걸 가지고 아직까지 그 소리야? 날 그렇게 혐오스럽다는 것처럼 쳐다보지 말란 말이야! 네 그런 태도가 얼마나 짜증 나는 줄 알기나 해?"

"장난? 그런 무도한 짓을 넌 장난이라 부르나?"

웬디는 둘의 대화를 통해 샐비어 왓치를 희롱한 그 허랑방탕한 놈이 벡터라는 사실을 알아챘다. 저런 찢어 죽일 놈! 그녀가 눈을 홉뜨고 녀석의 상판을 노려봤다.

그런데 폴 아버키는 저 녀석더러 왜 갑자기 나서라고 한 거지? 녀석을 쏘아보던 그녀는 폴 아버키가 벡터라는 놈에게 무슨 짓을 시키려 든 건지 잠시 고민했다. 이들이 벌인 이 대책 없는 짓을 누구도 발설하지 못하게끔 만드는 행동이라면…… 그 순간 그녀는 등줄기에 오소소 소름이 돋는 걸 느꼈다. 설마, 아무리 막돼먹었기로서니!

웬디는 이대로 상황을 관망해서는 안 된다는 걸 느꼈다. 어떻게든 손가락의 힘을 쓸 수 있는 방법을 찾아야 했다. 폴, 저 자식의 옷자락에 가시덤불을 자라게 해 볼까? 여러 가능성을 재 보며 그녀가 손을 꼼지락거리자 폴 아버키가 지체 없이 그녀의 손을 꺾어 비틀었다. 아픔에 그녀가 헛숨을 삼키자 그가 다시 손을 고쳐 쥐며 얌전히 있으라 귓속말을 했다. 그 바람에 웬디의 손바닥이 그녀의 엉덩이 방향 쪽으로 뒤바뀌었다. 웬디는 침음을 삼켰다. 이제 손가락의 힘을 쓰려면 자신의 엉덩이 위에다가 하는 것밖에 도리가 없었다. 엉덩이에 식물을 키운 모습을 상상하니 흉측해 인상이 절로 찌푸려졌다.

"글쎄, 장난인지 아닌지 지켜보도록 해. 다 본 후에도 네가 그렇게 큰소리를 칠 수 있나 보자고. ……저기 저 계집애랑 서로 좋아하는 사이라면서? 그럼 저 애의 명예는 지켜 줘야 하지 않겠어?"

벡터가 비열한 웃음을 보이더니 어기적거리는 걸음으로 폴과 웬디가 있는 곳을 향해 걸어왔다. 라드가 그를 막으려는 듯 한 걸음 앞으로 나서자 다른 한 놈이 검을 뻗어 라드를 막아섰다.

그러나 그 시도는 아주 허무하게 끝이 났다. 순식간에 검을 발도한 라드가 녀석이 든 검을 강하게 쳐 냈다. 장애물을 손쉽게 없앤 그는 잠시도 머뭇대지 않고 그대로 벡터를 향하여 돌진해 나갔다. 갑작스럽게 쏘아진 공격에 기겁을 한 벡터가 가까스로 라드의 검을 막아 냈다.

"역겨워 더는 보아 줄 수가 없군. 겨우 네놈들의 실력으로 날 상대할 수 있을 거라 생각했나? 이렇게 허접한 손재간으로?"

"으으윽! 폴! 어떻게 좀 해 봐! 그러니까 다섯은 있어야 한다고 했잖아악!"

벡터가 있는 힘껏 라드의 검을 밀어내며 소리쳤다. 폴이 당황한 듯 우물쭈물하다가 웬디를 향해 더욱 검을 가까이 들이밀었다. 그녀를 인질로 잡고 위협하는 게 모든 걸 해결할 수 있을 거라 생각한 듯했다. 그러나 폴 아버키가 위협의 말로 라드를 협박하기도 전에 상황은 끝이 났다. 라드가 벡터의 검을 멀리 쳐 냈다. 무기를 잃은 벡터는 바짝 얼어 주춤주춤 뒤로 물러섰다.

이 자식들 바보 아닌가? 웬디는 어딘지 어수룩한 녀석들의 행동에 상황도 잊고 혀를 찼다. 아직 아카데미를 다니는 십 대 청소년이라 그런지 못된 짓도 치밀하지 못했다. 어쩌면 그저 머리가 나쁜 걸 수도 있지만.

"이제 어떡해? 지, 지령을 내리라고!"

녀석들은 무슨 군사 게임이라도 하는 것처럼 굴고 있었다. 벡터의 외침을 들은 폴이 웬디의 등 뒤에서 씩씩대다 더듬더듬 입을 열었다. 그러나 이번에도 폴보다 라드가 더 빨랐다. 그가 높낮이 없는 어조로 선고를 내렸다.

"엎어져 있는 게 네 마지막 임무다."

말과 함께 그의 검이 뻗어져 나갔다. 벡터가 소스라치며 검을 피해 고개를 숙이자 라드가 그의 목덜미를 검 손잡이로 내리쳤다. 벡터는 '끅' 소리 한 번 못 내고 그대로 바닥에 고꾸라졌다.

"포, 폴!"

검을 잃고 멀뚱히 서 있던 나머지 놈이 애타게 폴의 이름을 불렀다. 다음 타깃이 자신이 될 거라 예감한 것이다.

"이익! 제기랄! 보디스와 벤자민을 잃은 손실이 너무 크잖아! 이 자식아, 그러게 평소에 수련 좀 하지 그랬어! 젠장! 대체 아까 그 괴식물은 뭐였던 거야!"

패색이 짙단 걸 알고 폴이 바득바득 악을 썼다. 그의 외침에 귀청이 떨어지는 것만 같아 움찔한 웬디가 고개를 돌려 그를 노려봤다. 순하게만 보였던 그 얼굴이 어느덧 엉망으로 일그러져 있는 게 보였다. 독이빨에게 당한 두 놈이 그나마 이들 중에선 검 실력이 출중했던 모양이었다. 이제 그는 혼자나 다름없었다.

"그 이빨을 쩍쩍 벌리던 놈들, 혹시 네 짓이냐?"
"대체 무슨 소릴 하는 거예요?"
느닷없이 의심스러운 눈길로 자신을 보는 그를 웬디가 외려 미친 사람 보듯 했다. 그러자 그가 이내 조금은 겸연쩍어하며 그녀에게서 시선을 거뒀다. 자신이 한 말이 스스로도 우습다는 것처럼 말이다. 하긴, 그렇게 거대한 식충 식물을 누군가 갑자기 가져다 놓을 수 있다는 걸 상식적으로 받아들일 수 없었을 것이다.
"오지 마! 오지 말라고!"
그사이 라드는 나머지 녀석을 바닥에 쓰러뜨렸다. 녀석이 벽에 세워져 있던 갈퀴를 들어 마지막 발악을 했지만 소용없었다. 그는 그의 동료와 똑같은 꼴로 바닥에 엎어졌다.
"이제 네놈 하나 남았군."
두 녀석을 깔끔하게 정리한 라드가 웬디와 폴이 서 있는 자리로 천천히 걸어왔다. 폴 아버키는 웬디를 이끌고 라드가 접근하는 만큼 뒤로 물러섰다.
"네놈 따위 두려워 할 줄 알고? 너 정도 이기는 건 일도 아니라고."
"이번엔 내 부츠에 칼 조각을 박아 넣지도 않았는데 그럴 수 있을까?"
"그런 것 따위 아니라도 얼마든지 널 이길 수 있어! 네가 늘 압도적이었던 것처럼 말하지 마!"
"이제야 인정하는군. 그게 네놈 짓이란 걸 말이야."
두 사람 사이에 불똥이 튀었다. 웬디를 잡은 폴의 손에 힘이 들어갔다. 라드가 그녀를 곁눈질로 잠시 바라봤다. 웬디는 마주친 그의 잿빛 눈동자에서 불안을 읽었다. 아무렇지 않은 척 당당하게 폴을 압박하고 있었지만 실상은 그렇지 않았던 것이다.

"네 그런 표정이 정말 지긋지긋해. 네놈만 아니었으면……! 이따위 비참한 기분 따위!"

"자격지심은 그만 버리는 게 어때?"

"뭐? 자격지심?"

라드의 말에 폴 아버키의 분위기가 달라졌다. 마음 깊숙한 곳의 어떤 상처를 건드린 건지 그가 직전과 다르게 착 가라앉은 목소리로 입을 열었다.

"……더는 날 자극하지 않는 게 좋을 텐데? 어떻게 하면 네 그 무표정한 얼굴에 금이 가게 할 수 있을지 내가 고민하게 만들지 마."

폴 아버키가 손에 쥐고 있던 검을 한 번 내려다봤다. 웬디는 그가 무슨 짓을 할 줄 몰라 흠칫 몸을 움츠렸다. 그녀의 그런 반응이 재밌다는 듯 피식 웃은 그가 여유롭게 주변을 슥 돌아봤다. 그의 입가에서 가벼운 휘파람 소리가 흘러나왔다.

"좋은 생각이 났어."

그 순간 폴 아버키가 웬디를 휙 잡아끌더니 그녀의 목덜미를 거칠게 쥐어 눌렀다. 이어 웬디의 뒷무릎을 걷어 차 간단히 그녀를 무릎 꿇린 그가 라드를 쏘아봤다. 순식간의 일이었다.

"어때? 이제 좀 생각이 바뀌나?"

웬디의 목 뒤에 검을 댄 채 그녀의 머리를 바닥으로 누른 그가 한쪽 입꼬리를 말아 올렸다. 웬디는 속으로 꺽꺽 비명을 내질렀다. 바로 눈앞에 커다란 말똥 무더기가 있었기 때문이다. 어마어마한 냄새가 코를 꿰뚫고 후두부를 강타했다. 자칫하면 똥에 얼굴을 처박게 될 처지에 놓였다. 머리에 있는 대로 힘을 줘 봤지만 뒷목을 내리누르는 폴 아버키의 힘을 이길 수가 없었다. 이 망할 놈의 자식아! 웬디는 눈을 번들거리며 놈에 대한 욕을 해 댔다.

"뭘 원하지?"

라드가 말했다. 그의 말에 폴의 손길이 잠시나마 미약해지는 걸 느꼈다. 라드가 보인 항복의 징후에 그가 순간적으로 환희에 차 있다는 사실을 알 수 있었다.

"무릎을 꿇어. 그리고 내게 빌어."

그, 그게 다야? 웬디는 폴 아버키가 요구한 게 그다지 잔혹하지 않아 가슴을 쓸어내리면서도 녀석의 두뇌 구조에 대해 의문을 품었다. 저 자식은 그냥 지금 악에 받쳐 있는 것뿐인가?

"그거면 그녀를 놔주겠나?"

"그래."

웬디는 위기에 빠진 라드를 보며 가만히 뒷목의 감각에 온 정신을 집중했다. 목덜미에 겨누어진 검은 그녀의 옷깃 아래로 힘없이 늘어진 반면 내리누르는 손길은 억세기 그지없었다. 웬디는 폴이 자신을 무릎 꿇린 게 검으로 위협하려는 의도가 아니라 바닥의 똥 더미에 처박으려는 의도가 아닐까 하는 아주 가능성 높은 의심을 품었다. 그는 검을 들고 있는 것보다 웬디를 내리누르는 데 더 집중하고 있었다. 어쩌면 그는 그다지 잔인한 성정이 되지 못하는 걸지도 몰랐다. 그런 생각이 들자 갑자기 용기가 불끈 솟아올랐다. 이미 손은 자유로워져 있었고 힘을 쓰는 데 더는 주저할 필요가 없었다. 그가 휘두르는 검의 속도를 이길 만큼 빠르게 식물을 키워 낼 자신이 없어 망설였지만 그가 자신을 베려는 게 아닌 이상 승산이 있었다.

웬디는 제일 먼저 손을 내려뜨리고 있던 자세를 조금 바꿔 바닥에 검지를 꾹 찍어 눌렀다. 머릿속으로는 나뭇가지가 배배 꼬인 덩굴의 모습을 그려 내면서 말이다. 똥 무더기로부터 얼굴을 보호해 줄 안전장치가 가장 먼저 필요했던 것이다. 그다음 그녀는 곧바로 두어 번 더 검지를 바닥에 찍어 눌렀다. 이번엔 폴 아버키를 저지할 식물을 떠올렸다. 하나론 그를 상대하기 부족하다 여겨 웬디는 넉넉히 두 종류의 식물을 바닥에 키워 냈다. 얼마 지나지 않아 바닥에 푸릇푸릇 신호가 왔다.

웬디는 라드에게 입을 벙긋거리며 폴 아버키의 주의를 끌어 달라 말했다. 같은 입모양을 몇 번이나 반복하자 라드 역시 알아들은 듯했다. 그러자 그가 곧 걱정스러운 시선을 보내왔다. 그 말을 통해 그녀가 무엇을 하려는 건지 짐작한 것이리라.

"내가 무릎을 꿇는 게 너에게 대체 어떤 의미가 있지?"

"난 네놈이 굴복하는 걸 눈으로 확인하고 싶을 뿐이야. 그렇게 뻣뻣하게 들고 있던 고개를 숙이고 내 앞에 처절하게 무릎 꿇는 걸 말이야."

그런 순간에도 식물은 착실히 성장을 거듭하고 있었다. 말똥이 굴러다니던 땅의 정기를 가득 받은 나무덩굴이 바닥을 슬슬 기더니 배배 몸을 꼬아 나갔다. 덩굴은 말똥 더미 위까지 몸을 꼬아 'P' 모양의 커다란 안전 펜스를 만들었다. 위로는 수북한 이파리를 피워 내 얼굴이 거칠게 처박힌다 해도 아프지 않게 했다. 포근한 감각까진 아니더라도 충분히 말똥으로부터 웬디를 지켜 줄 수 있을 만했다. 거기다 냄새를 가려 줄 보라색 꽃 무더기 역시 몇 송이 군데군데 피어났다. 등나무 꽃이었다. 웬디의 기억 속에 아주 아름답게 남아 있는 식물이었지만 오늘은 조금 민망한 역할을 해내게 됐다.

그와 동시에 폴 아버키를 제지하기 위한 식물들도 성장을 거듭하고 있었다. 먼저 바닥 위로 검붉은 무언가가 옅게 비치기 시작했다. 언뜻 보아서는 잘 보이지도 않는 그 작은 키의 식물은 한 번 발을 잘못 디뎠다가는 절대 벗어날 수 없는 끈끈이 풀이었다. 폴 아버키가 걸음을 옮기는 순간 그는 저 덫에 꼼짝없이 걸려들 것이다.

끈끈이 풀과 동고동락하여 그 옆에서 함께 피어난 식물 역시 성장을 착실히 이어 나갔다. 연녹색 나무줄기는 차츰 흑갈색으로 변하여 한 손에 다 들어오지 않을 정도의 굵기로 변했다. 그게 정강이 높이쯤까지 자랐을 때, 폴 아버키도 뭔가가 잘못되고 있다는 걸 알아챘다. 말똥 더미 근처에서 무언가가 움직이고 있는 게 보였고 그의 발치에서도 무언가가 솟아오르고 있었다. 그러나 이미 때는 늦었다. 그가 멈칫하며 발을 뒤로 내딛는 순간 그는 끈끈이 풀에 그대로 걸려 버렸다. 그 순간에도 흑갈색 줄기는 그를 향해 뻗어 올라 폴 아버키의 양손과 팔을 빠르게 휘감았다. 어찌해 볼 새도 없이 그는 나무줄기에 손이 붙들려 버렸다.

이건 모두 앞뒤 없이 동시에 한꺼번에 일어난 일이었다.

웬디는 그의 압제에서 해방되어 재빠르게 몸을 옆으로 피했다. 끈끈이 풀을 밟지 않도록 조심하는 것 역시 잊지 않았다. 경악에 차 있던 폴 아버키가 어떻게든 몸을 움직여 보려 아등바등했지만 그건 소용없는 몸부림이었다. 그의 손에 들린 검 역시 이미 나뭇가지에 꽁꽁 싸여 버린 뒤였다.

"절대 벗어날 수 없을걸요. 아이언우드예요. 이 정도 굵기라면 연장 없인 평생 가도 무리예요. 조직이 아주 치밀하고 단단한 나무거든요."

"대, 대체 무슨 짓을 한 거야?"

그가 두려운 얼굴로 웬디를 바라봤다.

"그러게 날 건들지 말았어야죠!"

눈을 부라린 그녀가 그를 놀라게 하려는 듯 잽싸게 몸을 바짝 들이댔다가 떨어졌다. 그가 까무러치듯 상체를 뒤로 물렸다. 그러나 손과 발이 제압당한 상황에서 움직일 수 있는 범위는 제한적이었다. 웬디가 그런 그의 모습을 비웃듯 훑었다.

"너, 넌 마녀냐? 사, 사악한 마녀!"

"좋을 대로 생각해요."

반응이 이렇게 다를 수가! 라드는 그녀더러 요정이냐 물었는데 이자는 지금 마녀냐고 묻고 있었다. 역시 뭐 눈에는 뭐만 보인다고! 웬디는 그에게서 팩 고개를 돌리고 라드를 바라봤다.

"많이⋯⋯ 놀랐나요?"

그러나 정도만 다를 뿐 놀란 건 폴 아버키뿐만이 아니었던지 라드 역시 믿기지 않는다는 낯을 하고 있었다. 실내 정원에서 꽃들의 파도를 목격하고도 적응이 쉽지 않은 모양이었다. 하기야, 이런 장면을 한두 번 본다 하여 쉽게 적응될 리 없었다.

"우선 여기 뒤처리를 하고 우리 얘기는 그다음에 하도록 할까요?"

"⋯⋯다친 데는 없나?"

웬디가 말을 걸자 그는 겨우 마음을 가다듬었다. 웬디에게 다가온 라드가 가장 먼저 그녀의 안위를 확인했다. 그녀가 밝은 어조로 괜찮다 했지만 그는 안타까운 눈빛을 보였다. 그녀가 겪은 일에 대해 가슴 아파하고 있는 것이다. 그의 그런 눈빛에 웬디 역시 마음이 한껏 감상적으로 변하려는 걸 가까스로 참아 냈다. 일단은 이곳의 말똥들을 처리하는 게 먼저였다. 웬디는 애써 마음을 다잡으며 폴 아버키에게 가까이 갔다.

"다시 이따위 짓거리를 벌였다간 뼈도 못 추릴 줄 알아요! 다음번엔 그 나무가 당신의 어딜 잡아 비틀지 몰라요."

"허어어억!"

그녀가 살기 어린 눈으로 그의 하체를 쏘아봤다. 웬디를 마녀라 철석같이 믿고 있는 폴 아버키가 부르르 어깨를 떨었다.

"그렇지만 오늘 벌인 일에 대한 벌은 받아야겠죠? 그래야 당신이 꾸민 무대도 막을 내릴 것 아니겠어요?"

웬디가 씨익 웃으며 가장자리에 놓인 삽 하나를 집어 들었다. 폴 아버키의 얼굴이 해쓱하게 변했다. 그녀는 어떤 설명도 없이 삽을 도처에 널린 말똥 무더기로 가져가 한 삽 퍼 들었다. 그걸 폴 아버키 앞으로 가져온 그녀가 악동 같은 얼굴을 했다.

"받아요, 헙!"

웬디가 불꽃 똥 따귀를 날렸다. 삽을 탄력 있게 휘두르자 거기에 고여 있던 똥 무더기가 폴의 얼굴로 날아들었다. '투드득' 하는 찰진 소리와 함께 뭉쳐 있던 똥들이 그의 따귀를 때리고 이리저리 튀었다. 각도에 맞춰 아주 세밀하게 스윙을 해야만 하는 쉽지 않은 작업이었다.

"내 얼굴을 똥 더미에 처박으려 하다니! 앞으로는 숙녀에게 그에 맞는 예의를 갖추도록 해요."

웬디는 그를 따끔하게 야단쳤다. '큼큼' 목을 가다듬은 그녀는 작업을 이어하려는 듯 말똥을 한 삽 더 퍼 들었다.

"무얼 하려는 건가?"

그 행동을 본 라드가 의아한 듯 그녀의 팔을 잡아 세웠다. 이에 웬디가 말리지 말라는 것처럼 눈에 힘을 빡 주고 쓰러져 있던 떨거지들을 턱짓했다.

"저들을 가만 놔두자고요? 절대 그럴 수 없어요!"

웬디의 피 어린 원한을 목격한 라드가 서둘러 그녀의 팔을 놓아줬다. 웬디는 쓰러져 있는 두 놈에게 다가가 그들 몸 여기저기에 말똥을 뿌렸다. 불꽃 똥 따귀를 날리지 못하는 게 아쉬웠지만 하는 수 없었다. 독이빨에게 당한 녀석들도 똥 맛을 보여 줄까 하는 생각이 들었지만 삽을 든 손에 점차 냄새가 배는 듯한 느낌이 들어 그만두었다. 녀석들에겐 천운 같은 일이었다.

"자요, 받아요!"

모든 작업을 마친 웬디는 라드에게 말안장을 내밀었다. 어리둥절해하는 그를 보며 그녀가 미소를 보였다.

"그때 함께 갔던 시내에 가고 싶어요. 손도 좀 씻을 겸."

"이곳을 이렇게 놔두고 가도 괜찮겠나?"

그가 폴 아버키의 팔을 감싸고 있는 나무를 건너다봤다. 웬디가 염려 말라는 것처럼 그의 등을 떠밀었다.

"다른 사람에게 능력을 들킨다 해도 이젠 별 상관없어요."

그 말을 들은 그가 뒤돌아 웬디의 팔을 덥석 잡아 끌어당겼다.

"무슨 뜻이지? 왜 그게 상관없단 거야?"

웬디의 얼굴에서 웃음기가 걷혔다.

"냇가에 가서 이야기해요."

그녀가 그를 달래듯 말했다. 그제야 그가 잡은 팔을 놓았다. 웬디는 얼른 말을 끌어와 안장을 얹고 그 위에 올라탔다. 라드와 함께 마구간을 떠날 때 폴 아버키가 살려 달라든가 도와 달라는 말을 몇 번 내뱉었지만 두 사람 모두 귀를 기울이진 않았다.

"물이 정말 시원해요."

냇가에 도착해 손을 씻어 낸 그녀가 다시 한가득 물을 받아 얼굴을 적셨다. 새하얀 얼굴 위로 물방울이 동글동글하게 맺혔다. 웬디는 진정 개운한 얼굴로 몸을 일으켰다.

"내게 오늘 할 말이 있다고 했죠?"

웬디가 묻자 라드가 멈칫거렸다. 그녀가 다정한 얼굴로 고개를 기울였다.

"나도 오늘 할 말이 있어요."

그녀의 그 말이 어딘지 몹시 슬프게 느껴졌다. 라드는 가슴이 저릿하게 아파오는 걸 느끼고 입술을 몇 번 달싹였다. 지난번 이곳에서 그녀와 첫 입맞춤을 나누고 되돌아갈 때 느꼈던 가슴의 통증과는 다른 종류의 것이다.

"내가 먼저 말하는 게 맞는 거 같아요."

"아니, 내가 먼저 말하겠다."

그가 그녀의 말을 막으며 서둘러 입을 열었다. 반드시 그래야 할 것 같은 기분이 들었던 것이다.

"네가 특별해 보인다고 말했던 걸 기억하겠지? 그래, 넌 내게…… 정말 하나도 특별하지 않은 구석이 없었다."

지난번 웬디가 충고했던 말을 라드가 그대로 인용했다. 그녀가 숨결이 섞인 낮은 웃음을 터뜨렸다. 순간적으로 가슴에 뜨거운 무언가가 치밀어 올랐다.

"널 많이…… 좋아하고 있어. 어쩌면 사랑이라는 감정과 비슷한 걸지도 모르겠어."

그의 어깨 뒤에서 뻗은 햇살이 물기 어린 눈가 위로 부서져 내렸다. 웬디는 눈이 부셔 제대로 눈을 뜰 수가 없었다. 그가 조심스럽게 그녀의 얼굴 위로 손을 뻗어 왔다.

"이 감정이 무엇인지 쉽사리 정의내릴 수가 없었다. 다만 네가 준 그 꽃의 꽃말처럼 널 영원히 잊고 싶지 않아."

그가 함께 있고 싶단 말을 에둘러 표현하며 웬디의 이마 위 젖은 잔머리를 손으로 쓸어내렸다. 매만지는 손길이 한없이 애틋하고 또 애틋했다. 그가 생애 처음 보인 마음이었다.

"전……."

웬디가 말을 잇지 못하자 그가 그녀의 볼을 감싸 쥐었다. 바라보는 눈빛이 물러서지 않겠다는 듯 간절하였다. 웬디가 그의 마음을 모두 알겠다는 것처럼 라드의 손등 위로 손을 포갰다.

"선배에게…… 꽃을 하나 더 선물하고 싶어요. 받아 주겠어요?"

그가 그녀의 떨리는 음성에 고개를 끄덕였다. 눈초리에 맺힌 눈물을 닦아 낸 그녀가 물가 옆 낮은 둔덕에 검지를 가져다 댔다. 얼마 있지 않아 그에게 주고 싶다던 그 꽃이 그녀의 손끝에서 피어났다. 웬디는 그 청초한 빛의 꽃을 꺾어 라드에게 내밀었다.

"이건……."

"물망초예요. 이미 그 꽃말을 알고 있죠? ……하지만 그 꽃의 꽃말이 그것만 있는 건 아니에요."

옅은 남색 꽃이 그의 손에서 애처롭게 흔들렸다. 그걸 보자니 가슴이 먹먹해져 와 웬디는 말을 띄엄띄엄 할 수밖에 없었다.

"……진실한…… 사랑."

웬디의 음성이 바람을 타고 잔잔히 퍼졌다. 바람이 부는 방향을 따라 풀잎이 부딪치는 소리가 들판 위로 이어졌다. 나뭇잎 소리와 냇물 소리, 새들의 지저귐, 말들의 투레질 소리…… 그 무수하게 이어지는 소리 가운데 그녀의 음성만이 또렷하게 들렸다.

라드는 웬디의 어깨를 잡아 그의 품으로 끌어당겼다. 품 안을 모두 채우지 못할 만큼 작고 여린 몸이 그의 팔 안에 감싸였다. 사랑의 고백을 들었으나 가슴이 벅차오르는 기쁨보다 두려운 마음이 먼저 들었다. 품에 안은 그녀는 마치 그녀가 저에게 건넨 그 연한 꽃 같았다. 언제든 바람에 휩쓸려 사라져 버릴 것 같아 안은 팔을 풀 수가 없었다.

"난 이 손가락으로 꽃을 키워 낼 수 있지만…… 선배가 말했던 요정 같은 건 아니에요."

그의 품에서 그녀가 읊조렸다.

"지금 이 모습으로 이곳에 있긴 하지만…… 이곳 사람 또한 아니고요."

라드가 무슨 말인가 하고 그녀를 내려다봤다. 그의 품에서 벗어난 그녀가 라드를 마주 봤다.

"이해할 수 없겠지만 난 원래 내가 있던 곳으로 돌아가야 해요."

"……요한레스 공국 말인가?"

"아뇨, 그런 곳이 아니에요. 가깝지만 또 굉장히 먼 그런 곳이에요."

그가 무슨 말인지 알지 못하겠단 듯이 눈매를 좁혔다. 웬디는 마음이 조급해졌다.

"먼 훗날…… 시간이 아주 많이 흐른 뒤 그때 우리가 처음 만날 운명이었다면."

"……먼 훗날?"

"그리고 내가 그곳에서…… 시간을 거슬러 이곳에 왔다면, 그랬다면 믿을 수 있겠어요?"

라드가 인상을 찌푸렸다. 도무지 이해할 수 없는 말들이 그녀 입에서 계속 흘러나왔다.

"네가…… 미래에서 왔단 소린가?"

대답하지 않았지만 그녀가 긍정하고 있단 걸 알 수 있었다. 라드는 저도 모르게 침음 같은 한숨을 내뱉었다. 그녀가 거짓말을 하고 있다곤 생각할 수 없었다. 눈앞에 있는 소녀는 온 마음을 다해 진실을 전하고 있었다. 웬디의 풀빛 눈동자가 애처롭게 흔들렸다.

그리고 바로 그 순간이었다. 두 사람이 떨리는 눈으로 서로를 바라보던 그때 흘러가던 냇물 위에서 황금빛 아지랑이가 둥글게 뭉쳐지기 시작했다. 얼마 뒤 그 둥근 구체가 공중을 둥둥 선회할 즈음 라드가 그 빛을 발견해 냈다. 생전 처음 보는 그 둥근 구의 정체를 미처 파악도 하기 전에 거기서 부신 빛이 뿜어져 나오기 시작했다. 라드는 빛을 피해 고개를 돌렸다.

"인가안!"

또랑또랑한 어린애 목소리에 그가 번쩍 눈을 떴다. 손을 뻗으면 닿을 만한 거리에 아주 작은 생명체가 포르르 날개를 흔들며 비행하고 있었다.

"클라우디오!"

웬디의 부름에 요정이 의기양양한 표정으로 '하하' 웃었다. 웬디는 갑작스러운 요정의 등장에 깜짝 놀라 라드의 반응을 살폈다. 자신 외의 사람 앞에서 요정이 모습을 드러낼 거라곤 생각하지 못했다. 실제 요정의 모습을 목격하게 된 그에게서 놀란 빛이 역력히 드러났다.

"내가 드디어 해냈다!"

요정의 기세등등한 목소리에 웬디가 움찔 몸을 떨었다. 무엇을 해냈다는 건지 묻지 않아도 바로 알 수 있었다. 기다리던 일이었음에도 가슴이 덜컥 내려앉았다.

"이야앗호! 당장 네가 있던 곳으로 돌려보내 줄 수 있다구우! 어때, 이 클라우디오 님의 능력이? 멋지지? 멋지지?"

요정이 방정을 떨며 뱅글뱅글 공중에서 곡예를 선보였다. 클라우디오의 말을 들은 라드의 얼굴이 어느덧 딱딱하게 굳어 있었다.

"호오? 이 인간인가? 네가 기억해야 할 추억의 주인공이?"

공중제비를 멈춘 클라우디오가 라드를 관찰하듯 그의 주변을 맴돌았다. 웬디가 그런 그를 만류했다.

"클라우디오, 알겠으니 조금 이따 다시 얘기하도록 하자."

"에잉, 왜에? 당장 떠나게 해 달라고 울상일 땐 언제고? 내 능력 보고 싶지 않아? 나 완전 잘할 수 있다니까!"

요정이 눈치 없이 구는 걸 웬디가 매섭게 노려봤다. 그 시선을 본 녀석이 왜 그러냐는 것처럼 고개를 갸우뚱했다. 그러다 문득 지난번 웬디가 했던 말이 떠올랐는지 녀석이 아차 하는 표정을 지었다.

"아! ……이 남자 인간 때문이구나!"

클라우디오가 황금빛 머리칼을 두 손으로 꾹 쥐며 인상을 찌푸렸다. 연거푸 한숨을 내쉰 요정이 안됐다는 눈으로 웬디를 보았다.

"인간, 너 아직도 마음 정리를 못했구나. 이 인간의 기억이 지워지는 게 그렇게 슬픈 거야? 하는 수 없는 일이란 걸 알잖아. 응? 얼굴 좀 펴! 인간 네가 그렇게 속상해 하니까 나두 속상하잖아. 나 아주아주 바쁜 요정이지만 가끔 와서 이 남자가 잘 지내나 살펴볼 테니까, 그러니까 걱정 말라구우."

스르르르릉—.

그 순간 라드가 검집에서 검을 빼 들었다. 번뜩이는 검날에 놀란 클라우디오가 기겁을 하고 높이 날아올랐다.

"네가 모든 일의 원흉인가?"

라드에게서 살기가 피어올랐다. 웬디가 입을 쩍 벌린 채 그의 팔을 잡고 늘어졌다.

"왜, 왜 이러는 거예요?"

"지금 저놈이 하는 소릴 못 들었나? 널 다른 곳으로 보내는 걸로도 모자라…… 뭐? 내 기억을 지워? 내가 그렇게 둘 거라 생각했나!"

라드가 낮은 목소리로 말했다. 음성에 분기가 가득해 웬디는 어찌할 바를 알지 못했다. 그러나 올려다본 그의 잿빛 눈동자는 음성과 다르게 상처 입은 짐승처럼 불안에 떨고 있었다. 그녀는 그걸 본 순간 그를 와락 끌어안을 수밖에 없었다.

"미안해요."

웬디가 울먹였다. 잘게 떨리는 그녀의 어깨를 바라본 라드가 손에 든 검을 늘어뜨렸다.

"내가 되돌아가는 건…… 당신을, 당신을 만나기 위한 거예요."

"난…… 여기 있는데?"

그 말에 그녀가 말을 잃고 입을 앙다물었다. 울음을 참으려는 티가 역력했다.

"무슨 말인지 하나도 이해할 수가 없어. 이제 겨우 마음을 말했는데……."

"나는—."

"날 만나러 가는 게 이유라면, 지금부터 함께하는 게 더 나은 일 아닌가? 더 오랜 시간을 함께할 수 있는데 왜 굳이 헤어짐을 감내해야 하지?"

그는 지금껏 포기를 몰랐다. 뜻대로 되지 않는 일은 지극히 드물었다. 그런데 이번 일은 그의 뜻대로 되지 않을 것 같단 예감이 들었다. 마음이란 건 힘의 영역이 아니기에 그가 어찌 힘쓸 여력이 없었다. 논리로 설득을 해 보아도, 하다못해 감정으로 호소해 본다 해도 이번엔 되지 않을 것 같단 예감이 들었다.

"……난 미래에서 당신이 나를 기다리고 있단 생각을 떨칠 수가 없어요. 그 애타는 마음이 자꾸 나를 아프게 해요."

시간을 거슬러 오기 전 바로 그 시점으로 되돌아간대도, 미래의 시간이 그대로 멈춰 있대도 라드 슈로더, 그가 하염없이 그녀를 기다리고 있을 거란 생각을 그만둘 수 없었다. 이곳에 머물러 있는 게 그를 외면하는 일이 될까 봐 그녀는 두려웠다.

"고민하지 않은 게 아니에요. 그렇지만 당신과 여기서 계속 함께한다면…… 미래의 당신과 함께했던 추억들은 모두 사라지고 말 거예요. 우리의 첫 만남과 그다음 만남도 처음 입맞춤, 우리가 함께했던 모든 일들 전부가요."

미래의 그와 함께했던 모든 추억이, 그 빛나던 순간이 다 자신만의 기억이 될까 봐 그녀는 차마 이곳에 머물러 있을 수 없었다. 그건 그녀의 모든 걸 무너뜨리는 일이었다.

"그래, 네 말을 모두 이해한다고 치자. 그래도…… 조금 더 머물러 있을 순 있잖아?"

떠난다는 말을 하는 게 어려워 그가 뜨문뜨문 느릿하게 이야기했다.

"순리대로, 원래 그래야만 했던 대로…… 당신은 당신의 삶을 살아야 해요. 이곳에서 나는 한순간의 꿈일 뿐이에요."

그렇다면 그 꿈은 무척 아릿한 꿈이군. 그가 작게 중얼거렸다. 기사가 되기 위해 부단히 경계해 왔던 감정의 파동에 귀를 기울였던 게 독이 된 걸까. 그런 생각 끝에 그가 씁쓸히 고개를 내저었다. 거듭 이 소녀를 만난다 해도 또다시 감정의 파도를 이기지 못하리란 걸 그는 이미 알고 있었다. 떠난다는 그녀를 붙잡지 못하는 것처럼 그녀를 다시 마음에 두게 되는 것도 그로서는 거스를 수 없는 일이었다.

"우린 다시 만날 거예요. 약속할게요. 그때까지 내가 모든 걸 기억하고 있을 테니까 조금만…… 기다려 줘요."

그녀가 간절히 말했다. 이곳에 더 머무르는 게 그를 괴롭게 하는 일이 될 것이란 걸 그녀는 이미 깨달은 뒤였다. 상실감에 젖은 소년의 얼굴을 더는 보기 어려웠다. 자신이 이곳에 머무는 만큼 그는 그 상실을 그대로 겪어야 할 것이다.

"물망초 꽃말을 기억하죠? ……그 두 가지 꽃말 모두 내 간절한 마음이에요. 맹세해요, 그 모든 게 내 마음이란 걸."

그녀의 풀잎 눈동자에서 투명한 눈물이 흘러내렸다. 라드는 흐트러진 한숨을 내쉬며 그 눈물을 닦아 냈다. 어느덧 노을이 지고 있었다. 주홍빛이 그녀 눈가에 남아 있던 눈물을 온통 반짝이게 했다. 그는 끝을 직감하고 그녀에게 입을 맞췄다.

입술이 떨어지고 나서도 그는 남은 미련으로 그녀의 손을 놓지 못했다. 노을빛이 짙어지고 점차 땅거미가 찾아올 즈음에서야 그가 그 손을 놓았다. 그녀의 얼굴이 마지막 햇살을 받아 음영져 보였다.

"그, 그럼 준비된 거야?"

클라우디오가 다시 다가와 라드의 눈치를 보며 물었다. 둘은 서로를 바라봤다. 라드는 끝내 고개를 돌리지도 눈을 감지도 않았다. 그는 그녀의 마지막을 외면하지 않고 지켜봤다.

"그래."

웬디의 허락이 떨어지자 요정이 흡 숨을 들이마신 후 포르르 날아올랐다. 꿀벌들이 춤을 추듯 이리저리 공중을 수놓은 요정에게서 어느 순간 환한 빛이 뿜어져 나와 웬디를 감쌌다. 어스레한 어둠을 한순간 몰아낸 그 빛이 잠시 뒤 사라졌고, 그 자리엔 누구도 남아 있지 않았다.

"허억!"

웬디가 벌떡 상체를 일으켰다. 그녀가 일으킨 갑작스런 소음에 나무 위 새들이 한꺼번에 날아올랐다. 그녀는 숨을 헐떡이며 주변을 살폈다. 숲 속이었다. 주변은 고요했고 그녀 외 누구도 없었다.

웬디는 정신을 가다듬으며 떨리는 가슴을 진정시켰다. 마른 입술을 혀로 축인 그녀가 천천히 자리에서 일어섰다. 그때 '툭' 하는 소리와 함께 그녀 무릎에 있던 책 한 권이 바닥으로 떨어져 내렸다. 황궁 도서관에서 발견했던 로제스터의 약학 사전이었다.

"……클라우디오?"

웬디가 요정의 이름을 조심스럽게 외쳐 불렀다. 그러나 숲은 여전히 고요하기만 했다. 그녀는 인내심 있게 몇 번이나 클라우디오의 이름을 되풀이해 불렀다. 나중에는 쥬아소네뜨의 이름까지 불러 보았으나 여전히 반응이 없었다. 그리고 그 모든 게 소용없단 걸 깨닫기까진 그리 오랜 시간이 걸리지 않았다.

"꿈인가……?"

웬디는 멍하니 자신의 차림을 내려다보았다. 처음 레이니 숲에 들어왔던 그때의 복장 그대로였다. 심지어 올이 풀린 옷소매조차 그날 그녀가 기억하던 것과 똑같았다. 이쯤 되자 자신이 무언가 굉장한 꿈을 꾼 게 아닐까 하는 생각이 들었다.

"정말 꿈이라고?"

그녀는 혹시나 하는 생각에 주변을 한 번 휘둘러보았다. 멀지 않은 곳에 그녀가 구들풀을 발견했었던 가파른 바위가 있었다. 웬디는 그 바위의 형상을 보자마자 급하게 허리춤의 가죽 주머니를 뒤졌다. 그 순간 그녀는 등줄기로 좍 소름이 돋는 걸 느꼈다. 이럴 수가! 그녀가 캐냈던 구들풀이 그 안에 없었다.

웬디는 더 고민하지 않고 바로 흙바닥에 검지를 댔다. 자신이 기억하고 있던 구들풀의 모습을 떠올리면서 말이다. 모든 게 꿈이었다면 구들풀을 찾아냈던 것 또한 한낱 꿈속의 일일 게 분명했다.

그렇다면 그 식물을 손가락의 힘으로 자라게 할 수 있을 리 만무했다. 그녀는 구들풀의 마지막 행방을 떠올리며 꿈이 아니라는 확신을 가졌다.

투두두두둑.

그 순간 잠잠하던 흙바닥에서 연녹색 새싹이 피어오르기 시작했다. 얼마 안 가 국화잎을 닮은 잎과 별 모양의 보라색 꽃이 그녀 발치에 피어났다. 웬디의 얼굴에 화색이 돌았다. 구들풀이었다!

"클라우디오!"

틀림없이 클라우디오가 그 풀을 가져갔을 거란 확신이 들었다. 쥬아소네뜨의 마음을 알기 위해 그 풀이 필요하다고 요정이 말하지 않았나? 울상이 됐던 그 조그마한 요정의 얼굴이 떠올라 웬디는 피식 웃음을 흘렸다. 요정은 여전히 대답이 없었지만 웬디는 녀석이 어디선가 자신을 바라보고 있을지도 모른다는 생각이 들었다.

"언젠가 만날 일이 있다면 그때 또 보자. 잘 지내렴!"

웬디는 마지막 인사를 숲 속에 남기고 빠르게 달음박질치기 시작했다. 급히 만날 사람이 있었다. 가슴이 세차게 뛰었다.

"웬디 양! 여긴 어쩐 일로—."

"슈로더 경께선 안에 계신가요?"

자신을 보며 반갑게 인사하는 장 자크 시뮤안의 말을 도중에 가로채며 웬디가 급히 말했다. 무례한 태도란 걸 알았지만 기다릴 여유가 없었다.

"네, 계시긴 합니다만. 고해 드릴—."

이번에도 장 자크의 말을 끝까지 듣지 못했다. 웬디는 기사단장의 집무실 문을 벌컥 열고 안으로 거의 뛰어 들어갔다. 기사들이 당장 가로막아도 이상할 것 없는 태도였지만 그녀였기에 아무도 그 행동을 제지하지 않았다.

"슈로더 경……?"

열린 창문으로 커튼이 나폴대는 모습이 가장 먼저 눈에 들어왔다. 안은 적막했다. 그가 늘 앉아서 업무를 보는 책상이 텅 비어 있었다. 라드가 있을 거라 생각했던 자리에 그가 없자 퍼뜩 두려운 생각이 들었다. 웬디는 뛰는 심장을 내리누르며 집무실 안을 두리번거렸다.

"아……."

흔들리던 그녀의 눈동자가 한순간에 안정을 찾았다. 소파에 몸을 누인 채 잠들어 있는 그의 모습을 발견했기 때문이다. 웬디는 찬찬히 그에게 다가갔다. 늘 반듯하게 채워져 있던 셔츠 단추 몇 개가 풀려 있는 등 차림이 평소보다 흐트러져 있었다. 밤을 샌 모양이었다. 그가 전날 입었을 것으로 보이는 기사단 정복 셔츠가 소파 위에 걸쳐져 있는 게 눈에 들어왔다. 그녀는 라드가 깨지 않도록 그의 옆자리에 조심스럽게 앉았다. 잠이 든 그의 반듯한 얼굴을 보자 울컥 서러운 감정이 치밀었다. 이 얼굴이 사무치게 그리웠다. 그녀가 그리워한 게 소년 시절의 그인지 지금의 그인지는 이제 중요하지 않았다.

"잘 지냈나요?"

그녀가 속삭이듯 말했다.

"……다시 만날 거라고 했죠? 내가 모든 걸…… 이렇게 기억하고 있어요."

웬디가 그의 이마로 손을 뻗었다. 가지런한 이마를 손으로 한 번 쓸어보며 그 따뜻한 온기를 느꼈다. 꿈을 꾸고 있는 건지 그의 눈매가 미묘하게 찌푸려져 있는 게 보였다. 웬디가 그 미간을 조심스럽게 어루만지자 찌푸려졌던 게 편안히 풀렸다. 그녀가 작은 웃음을 머금은 찰나, 그가 스르르 눈을 떴다.

"……웬디?"

라드가 눈을 껌벅였다. 천장을 한 번 쳐다보고 몸을 일으킨 그는 자신이 지금 집무실에 있는 게 맞는지 확인하는 것처럼 주변을 둘러봤다.

"여긴 어쩐 일이오?"

"보고 싶어서 왔어요."

웬디가 평소 하지 않던 말을 하자 그가 잠이 달아난 얼굴로 그녀를 뚫어져라 바라봤다. 웬디는 그저 한 번 싱거운 웃음을 그에게 보였다.

"밤을 샌 거예요?"

"기사단 조직 재편이 있소. 그 때문에 분주하군."

그가 흐트러진 의복을 정제하면서 말했다.

"안 그래도 오늘 꽃집에 들릴 생각이었는데. ……혹 무슨 일이 있소?"

"아뇨, 정말 보고 싶어 온 거라니까요."

라드가 미심쩍은 눈으로 그녀를 살폈다. 웬디는 괜히 테이블 위에 흐트러진 서류를 정리하며 딴청을 부렸다. 그녀가 겪었던 꿈같은 이야기를 늘어놓진 못했지만 보고 싶어 왔다는 말은 진실이었다. 그 마음을 어떻게 낱낱이 말할 수 있을까.

"이 책은……."

그 순간이었다. 서류 밑에 깔려 있던 책 한 권을 발견한 그녀의 표정이 달라졌다. 웬디가 굳은 얼굴로 그 책을 손에 들었다. 한눈에 보아도 오래된 책의 표지 위에는 웬디가 익히 아는 제목이 쓰여 있었다.

"시뮤안 경이 업무 자료를 챙기며 책장에서 꺼내 놓은 모양이군. 아카데미 시절 보던 책이오. 조직 개편에 도움이 될진 모르겠지만."

라드가 왜 이런 책을 꺼내 놓았나 하는 눈길로 낡은 표지를 건너봤다. 웬디는 그의 그런 반응을 살필 겨를도 없이 넋이 나간 사람처럼 그 책을 넘겨봤다. 좌르르 책장을 빠르게 훑던 그녀의 손길이 어느 순간 멈췄다. 누렇게 바랜 책장 사이에 있던 마른 꽃대 하나가 눈에 들어왔다. 담청색 빛을 잃지 않은 그 꽃잎이 그녀의 눈물샘을 자극했다. 세상에, 이건…… 클라우디오의 또 다른 장난인가?

"무슨 일이 있었는지 말해 보시오."

그녀의 눈두덩이 붉게 변하자 라드가 상황의 심각성을 깨닫고 그녀에게 재차 질문했다. 웬디는 눈물 섞인 웃음을 내뱉으며 고개를 흔들었다.

"군사 행정법 책에 물망초 꽃이라니, 너무 어울리지 않아서요."

그가 의아한 낯으로 펼쳐진 책 위에 자리한 푸른 꽃을 바라봤다. 웬디는 찔끔 나온 눈물을 얼른 훔치며 말을 이었다.

"슈로더 경의 감성이 놀라워서 눈물이 나왔어요. 이런 거 정말 동경했거든요. 책장 사이에 꽃을 간직하는 남자라니."

그녀가 코를 훌쩍였다. 라드의 얼굴이 더욱 당황스럽게 변했다.

"나는 모르는 꽃이오. 왜 그런 꽃이 그 책에 있는지 아는 바가 없소."

모른다 하는 그 말에 웬디가 씁쓸하게 고개를 숙였다. 그러나 시야 가득 들어오는 담청색 마른 꽃대에 그녀는 이내 다시 마음을 추스를 수밖에 없었다. 이 책에서 꽃을 발견한 것만으로도 이미 충분했다. 추억은 자신이 모두 기억하고 있지 않은가.

"그런데…… 물망초 꽃이라 했나?"

꽃의 이름을 되묻는 라드에게 웬디가 그렇다 긍정하며 책장 사이에서 곱게 마른 꽃을 다시 들여다봤다. 그가 무언가를 생각하는 듯 길게 콧숨을 내쉬었다.

"왜 그러세요?"

"공교로운 일이군."

웬디가 고개를 갸웃했다. 그가 턱을 쓸었다.

"이상한 꿈을 꿨소. 꿈의 내용은 기억나지 않지만 그 꽃 이름만은 생생히 기억나는군. 물망초라, 꽃말이 아주 감성적인 꽃이었는데."

"꽃말이요?"

웬디가 조금 고조된 음성으로 물었다. 가슴이 빠르게 뛰기 시작했다.

"그렇소. 입에 올리기 부끄러운, 그런 꽃말."

"말해 주세요. 듣고 싶어요."

그녀가 지나치게 애원하는 투로 말하자 라드가 눈매를 좁혔다. 아무래도 무슨 일이 있긴 있는 모양이었다. 그는 멜리사 영애에게 묻든 옆집 소년 벤포크에게 묻든지 간에 웬디에게 무슨 일이 있는지 반드시 알아내야겠다고 생각했다.

"실제 꽃말이 아닌지도 모르는데. 심지어 기억나는 꽃말이 하나가 아니라 말하기 면구하군. 의미 없는 꿈일 뿐이오."

“그래도 말해 주세요. 꽃말이 여러 개인 꽃도 많은걸요.”

그가 난처한 듯 ‘큼큼’ 목을 가다듬었다. 그 꽃말을 입에 올리기 정말 부끄럽다는 듯 말이다.

“기억나는 하나는…….”

라드가 망설이며 말을 끌었다. 열어 놓은 창문으로 바람이 밀려와 탁자 위 서류가 일제히 팔랑였다. 여러 장이 흩어졌지만 웬디는 주울 생각을 하지 못했다.

“나를 잊지…… 마세요.”

“다른…… 하나는요?”

그녀의 음성 끝이 잘게 떨렸다. 그가 미미한 미소를 지으며 답했다.

“진실한 사랑.”

외전 2

내 이름은 쥬아소네뜨예요

내 이름은 쥬아소네뜨예요

쥬아소네뜨는 수만 가지 생각으로 머리가 깨질 듯 아팠다. 해박함을 뽐내며 여왕의 길에 대해 설명하던 요정의 여왕, 이자벨리샤가 느닷없이 질문을 해 왔기 때문이다. 가만있자, 요정들 간에 꽃을 두고 분쟁이 일어났을 때 어찌해야 한댔지? 꽃이 누구 것인지 꿀벌한테 물어봐야 할까?

"더 기다려야 하니?"

"아뇨! 음, 음, 꽃을 하나 더 키워 내면 돼요! 누구도 싸우지 않게끔요."

마뜩잖은 표정으로 쥬아소네뜨를 바라보던 여왕의 얼굴이 펴졌다. 여왕 이자벨리샤가 고개를 끄덕였다.

"정답이다! 꽃의 요정들 간에 꽃을 둔 소유권 분쟁이라니, 말이 되지 않는 상황이지 않느냐. 그런 걸 두고 너무 오래 고민한 것 아니니?"

쥬아소네뜨의 얼굴이 뾰로통해졌다. 그 말이 안 되는 질문을 대체 왜 한 건지 심술이 났다. 그러나 여왕이 오늘 수업을 이만 마치겠다고 말하자 쥬아소네뜨의 얼굴이 대번에 펴졌다.

"여왕님! 저 한동안 수업을 받을 수 없는 거 아시죠?"

"……꼭 가야겠니? 다녀온 지 얼마나 됐다고 다시 가?"

"지난번엔 우리 아가씨의 결혼식이었잖아요! 그건 아주 특별한 경우였고요, 이번엔 계절마다 돌아오는 약속된 방문 일정이잖아요!"

쥬아소네뜨가 볼을 크게 부풀렸다. 이미 다 얘기된 걸 또 다시 트집 잡는 여왕에게 한껏 불만스런 감정을 표현했다.

"내가 널 어떻게 이기겠니? 가 보거라."

고개를 설레설레 내젓는 여왕의 항복 선언에 쥬아소네뜨는 웃음을 감추며 꾸벅 인사를 올렸다. 드디어 기다리고 기다리던 아가씨와의 재회가 다가온 것이다!

그 길로 쥬아소네뜨는 짐을 챙겨 들고 비행에 나섰다. 짐이라고 해 봐야 옆으로 매는 작은 가방 하나에 요정의 가루 조금과 꽃물 같은 것들이 전부였다. 쥬아소네뜨는 아주 홀가분한 심정으로 아가씨를 향해 고속 비행을 했다. 그런데 들뜬 마음에 너무 쉴 틈 없이 날아왔던 걸까? 아가씨가 있는 큰 도시에 다다랐을 때 요정은 자신의 몸에서 이상한 냄새가 풍기고 있단 걸 알아챘다. 너무 오랜 기간 씻지 않았던 탓이다.

아이쿠! 이게 무슨 냄새지? 아가씨에게 이런 꼴을 보일 수는 없지! 요정은 소스라치게 놀라 얼른 가까운 냇물을 찾았다. 졸졸 흐르는 냇물에 퐁당 뛰어들어 물장구를 치고 머리를 살랑살랑 헹구니 개운하기가 이를 데 없었다. 어푸어푸, 물을 만나자 점점 기분이 고조됐다. 요정은 물에 젖은 바위를 미끄럼틀 삼아 연신 냇물로 풍덩풍덩 다이빙했다. 꺄아! 너무 신이 났다. 쥬아소네뜨는 끝으로 가방에서 피로를 풀어 주는 요정의 가루를 찾아 냇물에 뿌리며 날개의 피로도 모조리 풀었다. 그렇게 여유를 부리다 보니 어느덧 저만치에 노을이 떠올랐다. 요정은 부랴부랴 몸에서 물기를 털어 내고 다시 아가씨를 찾아 나섰다.

와앙! 아가씨다! 요정이 그토록 만나길 고대했던 아가씨는 이전과 비교할 수 없을 만큼 커다란 집에서 살고 있었다. 아가씨가 결혼식을 올렸던 곳이었다. 요정은 아가씨의 얼굴을 창밖에서 반갑게 바라봤다. 아아, 우리 아가씨의 저 눈빛! 여전히 매력 있어! 요정은 창틀에 턱을 괸 채 콧노래를 흘리며 아가씨와의 상봉을 홀로 기뻐했다.

아, 그 남자네! 그때 아가씨와 결혼식을 올렸던 남자가 방 안으로 들어섰다. 남자가 아가씨에게 다가섰다. 어, 어라? 이, 이게 무슨 일이야! 요정은 아가씨와 남자가 입 맞추는 장면을 보고 유리창에 더욱 바짝 다가섰다. 두 손바닥을 유리창에 탁 짚고 동그래진 눈으로 바라보는데 남자가 아가씨의 옷을 천천히 끌어내렸다. 쥬아소네뜨의 얼굴이 화악 붉어졌다. 나, 나는 성인식을 치른 요정이야! 이런 거 봐도 당황하지 않는다구우! 요정이 목을 움츠리며 유리창에 코를 박을 기세로 달라붙었다. 그 순간 정원을 한가롭게 날아다니던 나비 여러 마리들이 한꺼번에 요정 곁으로 날아들었다. 팔랑팔랑 날갯짓을 하며 성가시게 쥬아소네뜨 주변을 날아다니는 녀석들의 훼방에 요정은 유리창에서 시선을 거둬야 했다. 나, 훔쳐본 거 아냐! 애써 변명한 쥬아소네뜨가 나비들을 따라 포르르 날아올랐다.

몇 날이 흘렀다. 아가씨 곁을 떠나지 않고 있던 요정은 그녀의 안색이 그다지 밝지 않다는 걸 쉽사리 알 수 있었다. 쥬아소네뜨는 못내 걱정이 되었다. 아가씨는 몹시 피곤해 보였지만 계속 그래 왔던 것처럼 이날도 외출을 감행했다. 아름답게 차려 입은 아가씨가 아가씨의 남편과 함께 마차에 탔다. 요정은 살금살금 그 마차 위에 내려앉았다.

마차가 도착한 곳은 어마어마하게 거대한 성이었다. 아하! 여기가 황궁이란 곳이구나? 쥬아소네뜨는 요정의 여왕이 가르쳐 줬던 인간 세상의 지식을 떠올렸다.

황궁에는 사람들이 엄청나게 많았다. 여기서 아가씨를 따라 다니려면 더욱 단단히 준비를 해야 했다. 쥬아소네뜨가 몸이 투명해지는 가루를 꽃물에 가득 타 꿀꺽꿀꺽 삼켰다. 그러자 몸이 금세 투명해졌다.

아아, 우리 아가씨는 춤도 잘 추시는구나! 요정은 황홀한 눈빛으로 아가씨의 춤 솜씨를 지켜봤다. 드레스 자락이 곱게 팔랑이는 게 마치 한 마리 나비 같았다. 새로운 세상의 풍경에 들뜬 요정은 신이 나 아가씨를 따라 연회장 여기저기를 누볐다.

그러나 즐거운 기분은 오래가지 않았다. 얼마 지나지 않아 일이 터졌다. 기분 나쁜 기운을 풍기는 남자가 아가씨를 마구 위협하여 어딘가로 끌고 가는 장면을 목격했던 것이다! 그러지 마! 우리 아가씨를 괴롭히지 말라구우! 요정이 남자의 귓가에 대고 마구 소리를 질렀지만 이미 꽃물을 마신 뒤라 그 목소리는 인간에게 닿지 않았다.

히잉, 어쩌지? 요정의 힘을 써야 할까? 쥬아소네뜨가 불안하게 아가씨 근처를 맴돌며 갈등에 빠졌다. 아냐, 그럴 순 없어! 인간을 억압하기 위해 요정의 힘을 썼다간 여왕에게서 당장 불호령이 떨어질 것이 분명했다. 아무리 사정이 있었다 설명해도 소용이 없을 것이었다. 쥬아소네뜨는 하는 수 없이 날개를 분주히 움직여 아가씨의 남편을 찾아 나섰다.

저기 있다! 쥬아소네뜨는 연회가 열렸던 건물 앞까지 가서야 남자의 모습을 발견할 수 있었다. 그 또한 아가씨를 찾고 있는지 움직임이 매우 다급했다.

"자네들은 각각의 성문을 확인하게. 경은 대기하고 있는 기사단을 모두 호출하여 작전의 개시를 알리고. 샬로타 공녀와 베쉬타 후작의 신병을 반드시 확보해야 해."

"네! 기사단은 이미 준비를 마쳤습니다. 계획한 대로 하겠습니다."

"제1기사단의 3개 조는 흩어져서 카시미르를 찾는다. 나의 아내를 인질 삼고 있을지 모르니 각별히 행동에 주의하도록."

아가씨의 남편이 말을 마치자 갑옷을 겹겹이 입은 남자들이 와르르 흩어졌다. 저기요! 지금 이럴 때가 아니에요! 아가씨가 위험하다고요! 쥬아소네뜨는 마음이 급해져 남자의 주의를 끌 수 있는 새로운 방법을 강구했다. 아무리 크게 외쳐 봤자 소용이 없을 것이기 때문이다.

맹렬히 머리를 굴린 요정이 어느 순간 손뼉을 '짝' 하고 쳤다. 그래! 요정의 빛을 내는 거야! 그 정도는 여왕님도 뭐라고 하지 못하실 테니까! 쥬아소네뜨는 그 즉시 날개를 빠르게 팔락였다. 날갯짓을 반복하자 요정의 아름다운 날개 위로 빛이 모여들기 시작했다. 하늘의 별빛도 조금, 달빛도 조금, 풀벌레들의 등껍질 위에서 반짝이던 빛도 조금씩 다 요정의 날개 위로 자신들의 빛을 보탰다.

여기예요, 여기! 쥬아소네뜨는 날개 위로 모여든 은색 빛을 깜박이며 남자의 시선을 끌었다. 어느새 그 빛을 발견한 남자가 요정의 의도를 알아차린 것처럼 빛을 따라오기 시작했다. 남자의 속도가 생각보다 엄청 빨라서 쥬아소네뜨는 그 속도를 맞추느라 고생을 해야 했다.

드디어 남자가 아가씨가 있는 곳에 다다랐다. 제발, 우리 아가씨를 구해 주세요! 요정의 바람대로 남자는 아가씨를 구하기 위해 최선을 다했다. 그가 기분 나쁜 분위기를 풍기던 남자와 검을 부딪쳤다. 둘이 무시무시한 기세로 싸우는 걸 요정은 마음 졸이며 지켜봐야 했다. 상황이 급박하자 아가씨가 손가락의 힘을 썼다. 아가씨를 끌고 가려던 또 다른 남자가 덩굴에 꽁꽁 묶였다. 무지막지한 힘이었다. 이쯤 되자 아가씨가 손가락의 힘을 나쁜 쪽으로 쓸 수도 있겠다는 생각이 들었다. 아이, 그러면 안 되는데. 요정은 더욱 바짝 마음을 졸이며 불안에 떨었다.

그러나 요정이 사랑하는 그 선량한 아가씨는 끝내 손가락의 힘을 나쁜 쪽으로 쓰지 않았다. 오히려 아가씨는 죽어 가는 남자를 구하기 위해 그 힘을 사용했다. 그녀 자신을 해코지하려 들었던 남자를 위해서였다. 아아, 역시 우리 아가씨! 요정은 그 모습에 깊은 감명을 받고 코를 훌쩍였다. 인간의 본성이 악하다고 다들 그랬지만 쥬아소네뜨가 지금껏 지켜봐 온 아가씨는 요정들의 말과 달랐다.

그래서 요정은 떠나기 전, 아가씨에게 선물을 하나 남기고 왔다. 여왕의 왕관을 만드는 데 쓰이는 은빛 월계수 가지를 특별히 아가씨 앞에 자라게 하였다. 은빛 월계수는 여왕이나 여왕의 후계자가 아니고선 키워 낼 수 없는 신비한 식물이었다. 아가씨와 아가씨의 남편은 깜짝 놀란 얼굴로 그들의 약지 위의 은빛 월계수 가지를 내려다봤다. 둥글게 손가락을 감은 나뭇가지가 오묘한 빛으로 빛나고 있었다.

아가씨! 은빛 월계수 가지는 충성심이 높아서 결코 그 주인을 떠나지 않아요! 이제 잃어버릴 걱정은 하지 마세요! 쥬아소네뜨가 그들 주변을 날아다니며 신이 나 외쳤다. 둘 중 누구든 피치 못할 상황 속에서 반지를 잃어버린다 할지라도 그 반지는 언젠가 어떤 계기로든 다시 그 주인의 손에 돌아올 것이다.

은빛 월계수 가지야! 나의 아가씨를 부탁해! 쥬아소네뜨는 기쁜 마음으로 아가씨를 떠났다.

계절은 빠르게 바뀌었다. 늘 똑같은 일상 속에 있던 요정은 그 빠른 계절의 변화가 퍽 반가웠다. 계절이 바뀐다는 건 요정의 삶에 이제 더없이 소중해진 아가씨와의 만남이 다가온다는 걸 의미했던 까닭이었다.

"쥬아소네뜨 님께서 왜 저러시지?"

"인간 세상에 나가실 때가 되었잖아."

이제 쥬아소네뜨의 외출은 요정들 세계에서도 유명한 일이 되었다. 쥬아소네뜨가 한껏 들떠 있으면 다들 '또 그 계절이 돌아왔구나' 하고 생각했다.

그렇게 쥬아소네뜨는 또다시 기분 좋은 여정에 나섰다. 먼 길이었지만 하나도 힘들지 않았다. 같은 길을 매번 가다 보니 이젠 요령도 붙었다. 아, 저기 정원에 아가씨가 보인다! 우와, 여전히 아름다우셔!

"쥬아소네뜨?"

풀잎 위에 사뿐히 내려서던 요정은 그만 그대로 풀잎에서 미끄러질 뻔했다. 아, 아가씨가 내 이름을 불렀어! 내가 온 걸 어찌 아셨지? 쥬아소네뜨는 심장이 벌렁거려 견딜 수가 없었다. 숨기엔 이미 늦어 버린 것 같았다. 으앙, 이제 어쩜 좋아! 또 모습을 들키면 여왕님께 혼쭐이 날 텐데!

"쥬아소네뜨, 일어났니?"

그런데 아가씨의 시선이 향하는 방향이 어째 조금 이상했다. 아무리 요리조리 보아도 아가씨가 자신이 있는 쪽을 보는 것 같지 않았던 것이다. 그제야 요정은 아가씨가 그녀 바로 옆에 있는 하얀 바구니를 들여다보고 있단 걸 깨달았다. 뭐, 뭐지, 저건?

요정은 조심스럽게 날개를 움직여 아가씨 근처로 날아갔다. 물론 날아가기 전 혹시 몰라 준비해 두었던 투명 꽃물을 몇 모금 삼켰다.

"우리 아가, 울지도 않고 참 착하구나."

그 순간 아가씨에게서 웃음기 어린 음성이 흘러나왔다. 의문에 빠진 쥬아소네뜨는 바구니 가까이로 가 그 안을 빼꼼 확인했다. 푸른 눈을 가진 아주 작은 아기가 그 안에 있었다. 세, 세상에! 아가씨랑 똑같이 생겼잖아! 요정은 아가씨를 꼭 빼닮은 아기의 모습에 놀라 숨을 집어삼켰다. 머리카락만 검은색일 뿐이지 눈동자도 얼굴 모습도 아가씨와 그대로였다. 아기에게 몇 마디 말을 건넨 아가씨가 조심스럽게 바구니로 손을 뻗었다. 아기를 꺼내 안은 아가씨의 모습을 보며 쥬아소네뜨는 두 손으로 입을 턱 틀어막았다. 맙소사, 아가씨가 두 명이야!